陇上文藏

王烜诗文校释

王旭敏 邓明 ○ 校释

WANGXUAN
SHIWENJIAOSHI

甘肃文化出版社
甘肃·兰州

图书在版编目（CIP）数据

王烜诗文校释 / 王旭敏，邓明校释. -- 兰州：甘肃文化出版社，2023.12
（陇上文藏）
ISBN 978-7-5490-2637-1

Ⅰ. ①王… Ⅱ. ①王… ②邓… Ⅲ. ①古典诗歌－诗集－中国－清后期②古典散文－散文集－中国－清后期 Ⅳ. ①I215.22

中国国家版本馆CIP数据核字(2023)第236464号

王 烜 诗 文 校 释

王旭敏　邓　明｜校释

责任编辑｜史春燕
封面设计｜史春燕

出版发行｜甘肃文化出版社
网　　址｜http://www.gswenhua.cn
投稿邮箱｜gswenhuapress@163.com
地　　址｜兰州市城关区曹家巷1号｜730030（邮编）

营销中心｜贾　莉　王　俊
电　　话｜0931-2131306

印　　刷｜兰州新华印刷厂
开　　本｜787毫米×1092毫米　1/16
字　　数｜796千
印　　张｜42.25　　插　页｜4
版　　次｜2023年12月第1版
印　　次｜2023年12月第1次
书　　号｜ISBN 978-7-5490-2637-1
定　　价｜138.00元

版权所有　违者必究（举报电话：0931-2131306）
（图书如出现印装质量问题，请与我们联系）

王烜(1878–1959年)

鹿鸣私宴合影

(1930年摄。第三排左六王烜、左五牛载坤、左三张建。第一排左四邓隆,第二排左五刘尔炘、左六慕少堂、左二杨巨川、左一邓宗。)

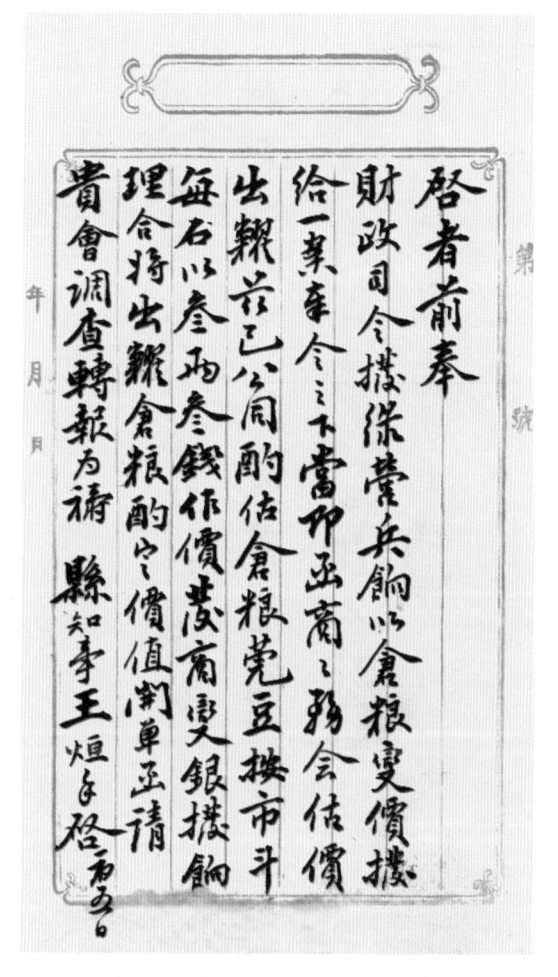

静宁县知事王烜关于"兵饷"事宜致县商务会信札

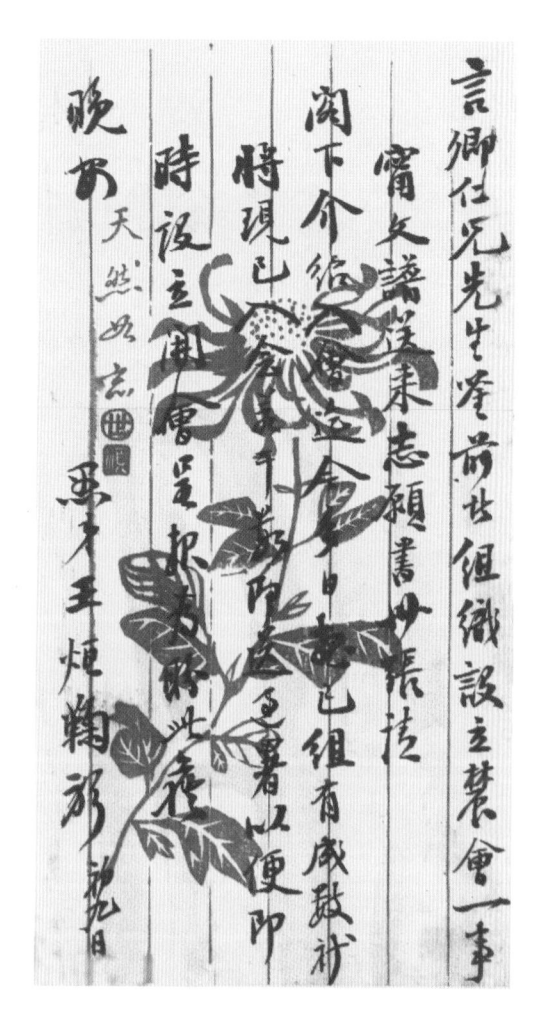

静宁县知事王烜致言卿（王尔兴）信札

王烜为后五泉所题"北极尊神"匾

翰墨文缘二十年 知新温故让君先 壮游
大有西来意 佛地庄严粉本传
萍踪未到玉门头 鹫岭当前作卧游 祗恨
故人常寐寞 黄沙漠漠水悠悠
福缘匪易有前因 石室依然万古春 文物衣
冠今尚在 画中彷神骑驴人
鸿汀吾友要老家诘古图今拈见之为题三绝
著明王烜

考山横北郭 白水遶东城
此地一为别 孤蓬万里征
浮云游子意 落日故人情
挥手自兹去 萧萧班马鸣
竹民王烜

王烜为张鸿汀《莫高窟访古图》题七绝三首手迹

王烜书法条幅

《皋兰县新志稿》书影

皋蘭縣新志

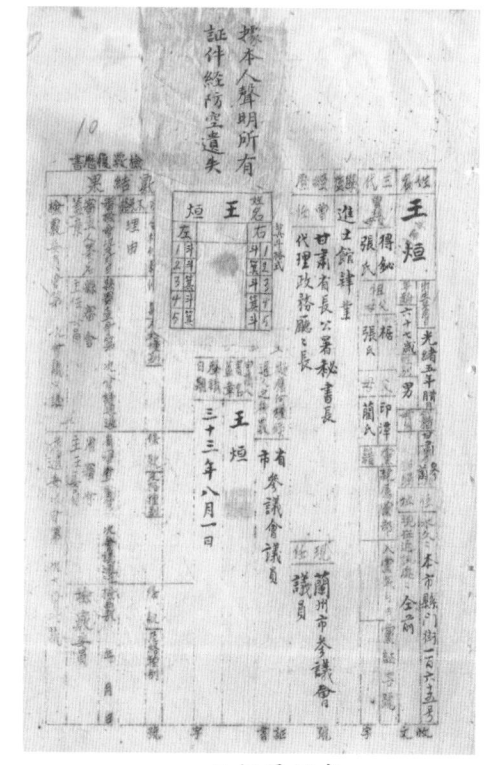

纂修名氏

總纂
　呈進士度支部庫藏司主事王烜
分纂
　甘肅省長公署秘書李禮炳
　蘭州中山大學教務主任李禮炳
　彩繪蔥藏材甘肅科學教育館 顏剛甫
　甘肅科學教育館
採訪
　電報局　司長 姚咸相
　甘肅測字測量局　員 陳士杰
　　　　　　　　　繪章局 王錫九

皋蘭縣志卷之一　沿革表卷一

縣境禹貢在雍州中為西戎所居殷周戎羌錯處秦漢以
來更名易地史冊有徵張志考之纂詳蕪參校古籍及甘
肅地理沿革圖表補其闕遺既表而出之並著舊説備詳
考焉

秦漢　三國晉　十六國北魏　周隋　唐五代宋金元　明清　今制

隴西金城　魏金城　東晉金城　周涼州金城　唐蘭州　明陝西
郡地　郡屬金城　郡屬金城　郡金城　金城郡　五涼吐蕃　行省蘭
秦屬金城　縣子城　前涼金城　皇武德　蕃據　州屬臨
城郡　子城　子城　郡金　城郡二年　宣和元豐　洮路阿
領所治　縣　後魏金　皇興三年　設蘭州　干縣成紀
金城　兄改　城郡舊　徒郡改置　總管府　宋蘭州　化府

...（余略）

《皋蘭縣新志稿》題名

王烜《甘肅辛壬之間政變材料》手稿

王烜履歷書

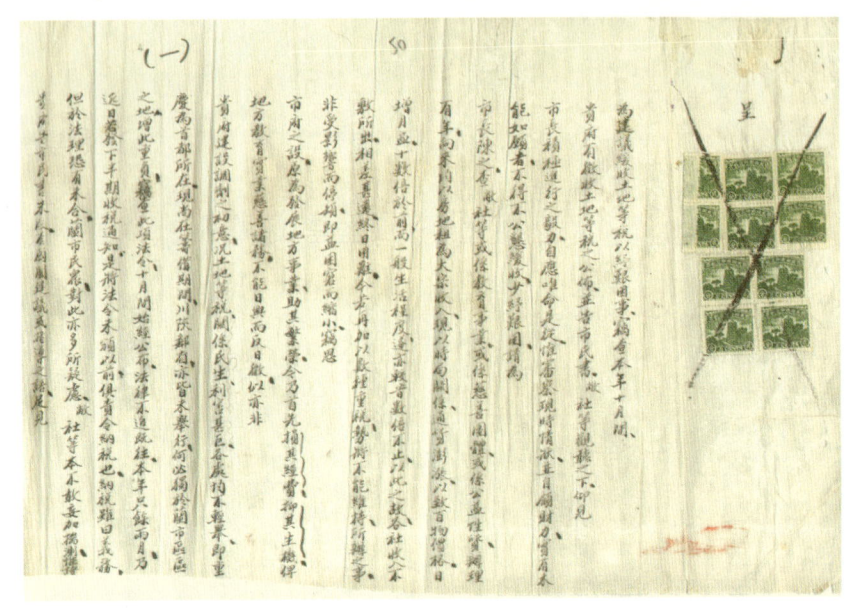

王烜《為建議緩征土地等稅以紓艱困事》呈文

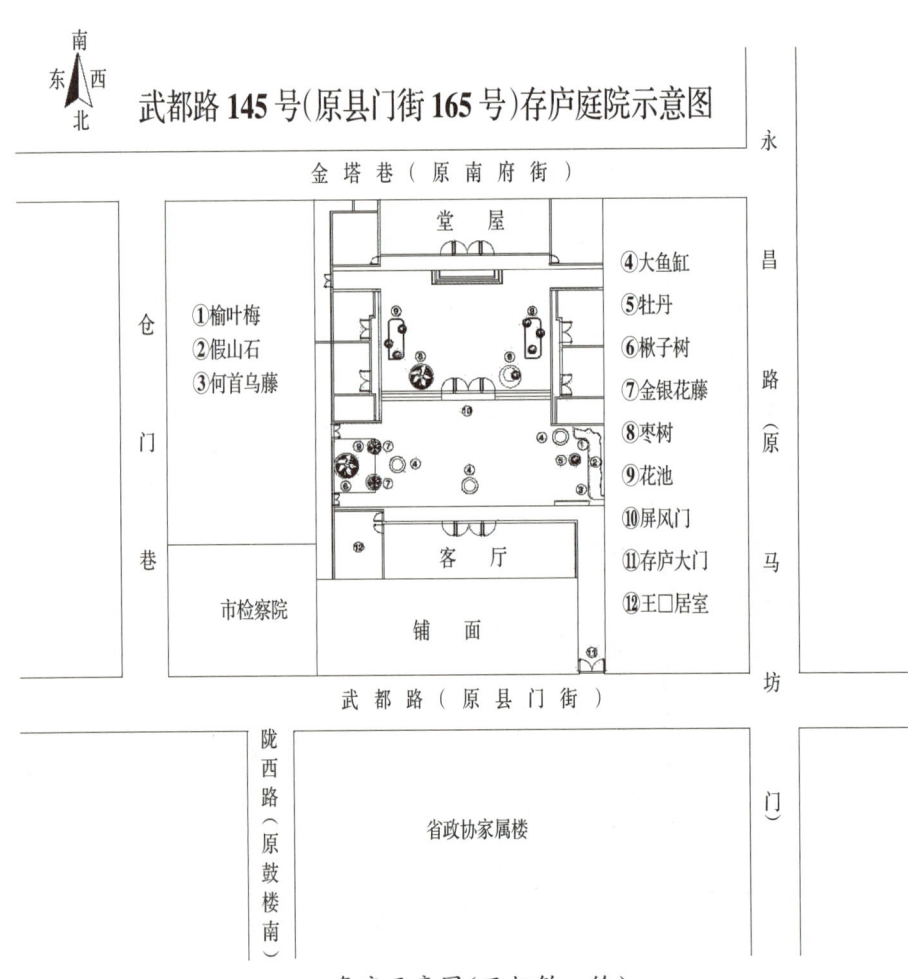

存廬示意圖（王旭敏　繪）

前　言

晚清科举人士历清代、民国而到中华人民共和国者，20世纪五六十年代健在者各地均有一些，兰州王烜就是其中杰出的一位。他从政为循吏，与时俱进，支持蔡锷护国运动，跟随孙中山开展护法运动；在野为良绅，兴办赈灾等社会福利事业，挥笔修史编志，整理地方文献；任甘肃省文史研究馆第一副馆长，撰写甘宁青地区近代史，留下珍贵史料，并有一千多首诗传世，在甘肃近现代文学史上占有重要地位。

家史、师承与科第

王烜(1878—1959年)，字著明，别字竹民、竺民、竹茗，号煮茗山樵，别署市隐、三竺游民、外史氏，书斋名存庐。皋兰县内城县门街(今武都路永昌路至陇西路段)人。县门街居所在街南，为四合院，坐南朝北，一进两院，用屏风门隔断。屏风门北悬匾，由嘉庆间兰州道严烺撰书"天香深处"，盖前院花池多植牡丹故也，西房为王氏子弟读书处。屏风门南悬匾，由嘉庆间甘肃布政使蔡廷衡撰书"退一步轩"，为内宅。[1] 1939年冬日机轰炸兰州，王宅大门前落一弹，震毁大门，宅院幸存，故改书斋为存庐。

据《王烜甲辰会试卷存本》载：竹民始迁祖国器，原籍陕西，七世前随肃王迁甘，始家狄道(今临洮县)，后迁居兰州。高祖在宫，优贡，提举衔，江南常熟县知县。曾祖得鈊，敕封奉政大夫。祖楖，候选县丞，诰封奉政大夫。父印潭为五品衔通判，诰授奉政大夫。母蔺氏，提塘官蔺衡如之女。伯父鉴潭，邑庠生，捐贡职，平凉府学训导，敕授修职郎。长兄炳，廪生，尝为甘州知府燕训卿幕僚。次兄炜，分省补用，从九品。

从上可知，竹民出生于一个仕宦家庭。由长兄炳启蒙。竹民14岁时父逝世，由母蔺氏典卖首饰，供给读书，他先后在普照寺(原兰园)受业于兰州庠生滕尚儒、举人佘德楷。佘德楷对于《易经》《诗经》有深入研究，著有《易翼贯解》《诗经古训》，他教王竹民等学生要"重躬行，不斤斤责记诵"[2]。常联系古今历史讲课，并令"学者多读史古文

---

[1]王烜：《庭院八咏》，载《王烜诗文集》上册，第54页，1997年内部印刷本。
[2]王烜：《佘务斋先生德教碑》，载《王烜诗文集》下册，第417页，1997年内部印刷本。

辞，欲救时弊。后果变法，人以为得风气先。"[3]王竹民一生注重"躬行"的精神，研究史志的兴趣，皆来自佘德楷的教诲。

复先后在求古、兰山、五泉、皋兰书院课读，授业于求古书院山长赵文源和刘光祖、兰山书院山长张国常、五泉书院山长刘尔炘、皋兰书院山长王兆辰。其中对他影响最大的是张国常和刘尔炘。张国常为光绪丁丑科进士、刑部主事，主讲兰山书院近三十年，辛勤课士，"桃李盈门，陇上之文坛泰斗也！"[4]而张维在《陇学略述》中评论张国常"常用经史教授，先后从学者甚众，训诂谨严，为一代宗师"。张国常著有《听月山房诗文集》《土司蕃族考》，编纂《重修皋兰县志》《甘肃忠义录》。张维在《陇右方志录》中，极赞《重修皋兰县志》"义例谨严，文辞渊雅，吾省名志也"！这对王竹民的治学，尤其是地方史志的研究、编纂产生很大影响。

而刘果斋"课诸生业，务崇实学。书院膏火固绌，贫士每困顿，乃拔其尤者重奖，以鼓舞之。一时负笈者向风，恒教以读有用书，谓勿以雕虫技自域。又令人读《李文贞公集》，盖先生之学，从安溪入朱子，故亦教人也。"[5]王竹民接受了刘果斋通经致用，知行合一的主张，跟随刘果斋从事社会福利事业，践行了这一主张。

王竹民在县试、府试中，考卷优秀，被皋兰知县姚世贞、兰州知府周景曾拔列前茅。光绪二十四年（1898年），王竹民考中皋兰县学廪生，考列第一。光绪二十九年（1903年）考中癸卯科举人。

光绪三十年（1904年），王竹民参加会试，考题为《贾谊五饵三表之说，班固讥其疏。然秦穆公尝用之以霸西戎，中行说亦以戒匈奴，其说未尝不效论》《诸葛亮无申商之心而用其术；王安石用申商之实而讳其名论》《北宋结金一图燕，南宋助元以攻蔡论》，考中清代最后一科甲辰恩科进士，授户部主事。

生平简历

据王竹民《七十二生日自述》[6]及《王竹民先生年谱》[7]载：王竹民于清季两任户部（后改为度支部）主事，娴熟财经，入民国任甘肃布政使署预决算委员、甘肃财政司科员。分任甘肃静宁县和灵台县知事，兴修水渠，应付陕军，保境安民，为政清廉，被誉为廉吏。1916年，被北洋政府派往四川成都，时蔡锷讨袁任四川督军兼省长，任命王烜为剑阁县征收局长，为讨袁军征集经费。1919年被选为护法国会参议院议员，赴广

---

[3]王烜：《佘务斋先生德教碑》，载《王烜诗文集》下册，第417页，1997年内部印刷本。

[4]王烜：《王烜诗文集》上册，第298页，1997年内部印刷本。

[5]王烜：《刘果斋先生德教碑》，载《王烜诗文集》下册，第431页，1997年内部印刷本。

[6]王烜：《王烜诗文集》上册，第235—238页，1997年内部印刷本。

[7]王烜：《王烜诗文集》下册，第807—822页，1997年内部印刷本。

州拥戴孙中山先生,参与制宪。1922年夏,赴北京国会,王竹民等守正议员抵制曹锟贿选总统,赴上海,撰《沪上与国会同人议法律问题》,抨击接受贿赂的猪仔议员见利忘义的行径。1924年,王竹民任省署秘书长、代理政务厅长,先后协助省长林锡光、陆洪涛处理政务。1926年王竹民任华洋赈灾会总办。其后任甘肃筹赈会会长、甘肃赈务会主席,积极筹款救灾。1928年,刘尔炘将兰州八社交由他的弟子掌管,王竹民则任兴文社名誉检察、丰黎社仓主管、全陇希社义务赞襄和同仁局名誉检察,一直持续到1951年。1944年,王竹民被选为兰州市临时参议会议员。1950年,王竹民被选为甘肃省各族各界人民代表会议代表。1952年被甘肃省人民委员会聘为甘肃省文史研究馆馆员,1955年任省文史馆第一副馆长,主持工作,领导馆员从事甘肃文史研究工作。是年,参加民革,任民革甘肃省委员会社会联系委员会委员,联系友朋及昔日僚属,宣传中国共产党的政策,共同参加社会主义建设。

1959年6月7日,因脑出血逝世,享年82岁。9日,省文史馆在甘肃日报刊登《讣告》,14日9时在省政协礼堂(今武都路陇西路相交西北角)召开追悼会,甘肃省政协领导出席,并致悼词,省城各界敬献花圈、挽幛,备极哀荣。

赈灾济困

1920年12月16日,甘肃省海固原发生里氏8·5级大地震,为"全球地震,堪称奇灾。峰飞山崩,地裂水涌,摇坏房屋无数,压毙生灵极伙。"[8]事后统计压毙人民20多万,牲畜数10万,重灾区达30多县。

当时正由广州赴北京的护法国会参议院议员王竹民,闻知噩耗,奔赴兰州。当他路过静宁县祁家山时,只见山崩地裂,满目疮痍,惨不忍睹,就含泪写下了《祁山崩行》:"南峰颠兮北峰起,高岸为谷丘陵徙。千树倒垂根出土,几家零落室无户。……山下屋瓦解鱼鳞,山头白土崩陶穴。穴崩屋解几万千?千家百家惨沦灭。陵壑居然现大荒,原田陆海幻沧桑。"[9]

王竹民到兰州已是1921年早春,应刘果斋之邀,入甘肃震灾筹赈处襄理赈务。其时,陕、甘、豫、冀、晋5省遭遇干旱,死亡50多万人,灾民达2000万人,全国各地各界都在赈济旱灾,舆论都在关注旱灾,以致海固原大地震未能得到彰显。加之军阀混战,百业凋敝,国库空虚。因之,地震赈灾难度特大。刘、王二人,先将丰黎义仓等存粮、存款提出,开始急赈,在灾区开设粥棚,向灾民施放舍饭。再向省城各界人士募捐,并呼吁全国各地紧急赈济,还通过北京法政大学教授兰州人柴春霖,联系国际统一救灾会请拨赈款。

---

[8]赵澄西:《补修北塔山三星殿文昌宫魁星阁疏》,嵌白塔山三星殿西壁。
[9]王烜:《王烜诗文集》上册,第108页,1997年内部印刷本。

1921年3月，国际统一救灾会派干事美国人赫约翰等来甘调查灾情，柴春霖亦来，"与中外人士共组华洋义赈会于兰垣。赫约翰由固原至静宁，见其以灾民疏河者，深以为得工赈意"，[10]遂由华洋义赈会竭力集款设工赈处于会宁县青江驿，招灾民千余人疏河修路架桥，既畅通了交通，又救济了灾民。他们将赈款根据各县灾情，发放下去，安排工程，派员指导、监督，招集灾民以工代赈。在会宁、静宁、通渭等县，疏浚滑坡所壅塞之河道，架设所毁之桥梁，修复震坏之道路。既救活了灾民，又修复了家园。各个工程竣工后，王竹民均撰写碑记，记录受灾过程及灾害程度，表彰捐款者的义举及完工经过。救灾之后，并编印《甘肃赈务汇刊》，逐一列明赈款收支、盈余明细账，向社会公示，获得各界好评。

王竹民在赈灾中的干练、廉洁，使他的威信提高，后来，担任过华洋赈灾会总办、甘肃赈务会主席，以及社会福利团体兰州兴文八社的主管或检察，热心为民众服务。

1928年春，爆发河湟事变，战乱延及河西，加之河东地区大旱，灾民甚众。为救灾，设立甘肃筹赈会，王竹民被选为会长。1929年灾情加重，甘肃50多县大旱，赤地千里，灾民达240多万，饿殍盈野。为加强救灾工作，甘肃筹赈会改组为甘肃赈务会，王烜任主席，他率同人，多方募款，根据灾情轻重，开展急赈、以工代赈，开设粥厂，救活灾民无算。

1932年兰州爆发"雷马事变"，陕军十七师师长孙蔚如奉蒋介石、杨虎城之命，率军平叛，掌控甘肃政局。孙蔚如多方索取省赈务会存款欲充军费，王竹民以赈款是预备赈灾用的救命款，断然拒绝。孙蔚如恼羞成怒，扬言省赈务会账目不清，主事者侵吞数万元。王竹民不为所动，后经南京赈务会、省署三次查账，收支一清二楚，谣言不攻自破。1933年灾情渐息，赈务结束，王竹民遂辞职，从此隐居不出，自号"市隐"，开始读书、著述、赋诗、礼佛、静坐的平淡生活。

王竹民还对社会弱势群体施以救助。1924年，甘肃督军陆洪涛看到兰州保节堂基金亏蚀、房屋倾败的报告，拨银万两，请刘果斋异地重建，刘以年老婉拒，嘱全陇希社公举王竹民承担此役。[11]保节堂在曹家巷，一院27间，光绪十二年（1886年）兰州道饶应祺置，筹银4114两，初建堂用银504两4钱6厘外，所余3635两5钱9分4厘，发商生息，作为运作基金。该堂收养无依无靠的嫠妇及贞女，每月支口粮钱一千文，她们亡故后该堂为之抬埋。[12]王竹民接手后，以银1320两在山字石购置一所四合院，有房27间，雇工重修。在堂后隙地增建房屋6间、南北走廊两条，并对其他复室颓檐、危阶破

---

[10]王烜：《甘肃赈灾华洋救济会静宁县疏河记》，载《王烜诗文集》下册，第421页，1997年内部印刷本。

[11]王烜：《兰州保节堂改建记》，载《王烜诗文集》下册，第428页，1997年内部印刷本。

[12]张国常：《重修皋兰县志》卷13，《经政》下，第3页，1917年乐善书局石印本。

壁及凡宜整饬者均予以修缮。用银1200多两。余银作基金,收养孀妇三四十人(包括其未成年子女)。

治学与著述

王竹民一生博览群书,受佘德楷、张国常、刘果斋影响,勤奋著述,著作等身,但因动乱所致,存世十不及四,大致分为四类:

一是王竹民生前已印著述

《皋兰乡贤事略》(与王国香、李九如合撰)一册。铅印本。1919年编成,选晋代麴允至清代张国常等41位乡贤,用白话文写为小传,1925年印刷,以弘扬地方文化,教化来者。

《皋兰明儒遗文集》1册2卷收录明代兰州黄谏、段坚、赵英、陈祥、彭泽、邹应龙、聊让、滕佐等8名进士存世的文赋诗词。

《五泉山人刘果斋先生年谱》1册。仿《王渔阳年谱》体例,列表编成刘尔炘年谱。书前为《刘氏世系表》,正文分为纪年、出处交游、事迹、学术著作四栏,分列各事项,可窥易代之际陇右政治、经济、文化、军事、民族、社会等方面的历史。

《甘肃人物志》(由李九如、王国香搜集资料,张维、王烜、李蔚起纂辑,张维增删进退,统一体例)1册。铅印本,1926年,由陇右乐善书局交和通印刷馆排印出版。收录甘宁青历史人物432人,用以弘扬陇右历史文化。

二是王竹民故后整理印行的著述

今存《击柝集》4卷。为王烜按年编排的诗集,起自1902年,迄于1959年,凡1199首。《竹民文存》1册,收文22篇。《存庐文录》存4卷,收文44篇。《存庐诗话》1册,收录91则诗话。《甘肃文献录》《历代甘肃文献补录稿》,为较早著录甘宁青地区学人的著作。《甘肃历代地震纪》1册,为甘宁青历史上第一部系统的地震史料集,为后来的科研人员提供了方便,某人据此稍做整理,署己名公开刊印,不提竹民之名,实不应该。

王竹民据所征集史料以及自己所撰史料编成《甘肃辛壬之间政变材料》1册。记述辛亥(1911年)、壬子(1912年)甘宁青地区反清革命、甘军攻陕、黄钺秦州军政府、甘肃共和、赵惟熙督甘等事变。是研究甘肃现代史的珍贵第一手资料。《白朗扰甘纪略》1册,稿本。记述1914年白朗起义军反对袁世凯专制统治,进军甘肃的始末。

《陆洪涛督甘史料》1册。记述1921-1925年陆洪涛督甘的施政举措,以及李长青火并黄得贵的经过。

《冯玉祥部督甘史料》1册。记述1925-1926年冯玉祥国民军刘郁芬部入兰州,诱杀李长青,张兆钾等攻兰州,国民军剪除甘肃地方军阀,统一甘肃的过程。

上述11种书稿,由王竹民哲嗣王浚源主编、邓明校点注释,以《王烜诗文集》之书名,于1997年铅印内部使用。

三是今存稿本

《皋兰清诗拾遗》1册。收录清代皋兰县16人诗166首。

《补修金城吴氏家谱》1册。系清代御史吴可读的家谱。

《甘肃书院史稿》1册。记述全省82所书院、262所义学、77所社学的简况。

《甘肃社会教育史料》1册。记述全省的平民学堂、图书馆、教育馆、讲演所、博物馆、剧艺所、体育场简况。

《甘肃省水利著略》1册。记述全省47县的水利简况。

《皋兰县新志初稿》7册16卷。为天文图、舆地图、沿革表、选举表、人物、文化、经济、地震等。

《皋兰县新志》4种19册43卷。部分章节重复。无序跋。抗战时皋兰县参议会倡修县志，县政府拨款。聘王竹民为总纂，杨沛霖、李孔炤、颜永桢为分纂，至1949年基本完稿。之后经费停拨，人员散去。志稿存王竹民处，他曾增补修改，部分内容记至1957年，终因各种原因，未曾总纂成志。此志光绪十七年（1891年）事，多取材于张国常《重修皋兰县志》，之后到1949年事由新征资料所编，部分事物延至1957年。其中所记民国时三次地震、民国十八年大饥荒、西安事变时兰州政局、日机轰炸兰州等事皆为王竹民亲历之事，具有重要价值。此志于2020年由兰州市地方志编纂委员会整理，九州出版社出版。

四是佚失著述：《读经偶记》《周易大象义》《吏学札记》《中学通绎》《闺欢雅集丛录》《随获录》《陇音》《时轩诗义录》《存庐异梦录》《竹民日记》《甘肃特产考略》。[13]

诗作的思想性与艺术性

王竹民于公牍、治学之余，雅好吟咏，并与师友结社唱和。其诗出自三唐两宋，受元白体影响较大，正如《瓯北诗话》所言："元、白尚坦易，务言人所共欲言。"也学习李贺熔铸词采、想象奇谲、辞采瑰丽的风格。但自写己意，有真性情流露其间。曾有诗云："吾爱香山诗，老妪能解之。吾善长吉句，妙造自瑰奇。恢诡与平易，那能并得师？聊以性灵写，但当纪实为。"此为夫子自道之言。今存诗凡1199首，反映1902—1959年之间的历史、人文、社会等方面，着重在陇右，部分涉及京、陕、川、沪、粤等地，展示某些近现代史的片段，具有补史料不足之缺憾。

例如《爇馀纪闻》写八国联军之丑态，"岂意铜驼荆棘里，禁城铙鼓殡西军"，联军兵败黄村后，入正阳门，葬死者于西什库。《纪事四首》写武昌起义，"欧风东渐酿干戈，大厦难支唤奈何？竹剖势成唐节镇，土崩患伏汉山河。"写腐败的清廷不堪一击，"大厦难支"，各省拥军为师，担忧将出现藩镇割据的不堪局面。《蓉垣听鼓杂咏》之

---

[13]见邓明：《兰州市志·地方文献志》"王烜著述"条，2011年，兰州大学出版社。

五:"北伐功高甲未除,义旗回指向成都",写蔡锷护国之役。《参战诗》:"婆婆老子兴非浅,尚有腹中百万兵。祗待风云筹笔后,一言已足抵长城。"写抗战中,兰州老人抗战团,烈士暮年,壮心飞扬,献计献策,抗日救亡的爱国情怀。抗战胜利,王竹民大喜若狂,连赋《鼓吹铙歌新乐府十八章》,其中《胜利夕第一》:"爆竹响动狂欢,同庆普天。还我大好河山,卢沟晓月重妍。露布遍寰宇,百万军齐唱凯旋。今夕何夕?千年万年!"表达举国欢庆的心声。

还有一些反映地方风物的诗,如《咏软儿梨》:"梨花馆下果盈田,珍品冬来树树鲜。有味有香甘若醴,无丝无缕软于绵。沁心绝胜哀家爽,润面能回婉女妍。满瓮琼浆春更好,羡他老圃乐欣然。"写兰州严冬果品软儿梨"甘若醴"的独特风味。《浆水面戏咏》:"清暑凭浆水,炎消胃自和。面长咀嚼耐,芹美品评多。溅齿酸含透,沁心冻不呵。加餐终日饱,味比秀才何?"写兰州人炎夏食浆水面消暑和胃的功能。

王竹民在甘肃省文史研究馆任第一副馆长时,参加社会活动,歌颂新时代,写诗吟咏。如《应邓宝珊省主席招与文史馆同仁慈爱园看牡丹》:"万花齐放向春风,管领群芳现大同。绿叶扶持花更好,粉团魏紫朝阳中"写欣欣向荣的时代。《朝鲜访华团来兰》:"澄波鸭绿混同江,唇齿相依兄弟邦。问俗采风友好重,保家卫国敌氛降",歌颂抗美援朝的兄弟之情。《工农联盟》:"生产兴时国运昌,工农两大联盟强。突飞猛进工人厂,并驾齐驱农业场。唯物多多求幸福,有田处处趁春光。五年计划于今现,能使群黎乐无疆",对于共和国的基石工农联盟认识到位,对于取得的成就由衷高兴。

从遗文看政治主张

王竹民善属文,既能写纯正典雅的文言文,也能写通俗晓畅的语体文,他存世的文章以文言文为居多,从中可以看出他某些思想。思想上他主张尊孔,这是可以理解的,自幼读四书五经,写代圣人立言的时文以及试帖诗、策论,并以之掇巍科,因此深知"孔教兴而国与治,孔教晦而国必亡"的道理,因此,他于1912年写《请勿废孔子庙祀议》,支持黎元洪副总统通饬尊孔的主张。[14]

政治上,王竹民主张注重县这一层级的建设,他认为"县令者,故为治之始基也。必县令得人,而后民可安,而国可治"。[15]为此他建议要培养人才,树其志气,并教育他们在法制的框架内施政。建议五年举行一次文官考试,注重实学,分专门、普通两科,视需要多寡,制定选授县令名额,这样"则人才无散置之忧,而仕路亦清矣"。[16]

王竹民还主张"中央集权与地方分权,二者相辅而行,无或轻重之畸,然后治理

---

[14]王烜:《请勿废孔子庙祀议》,载《王烜诗文集》上册,第338页,1997年内部印刷本。
[15]王烜:《说吏治》,载《王烜诗文集》上册,第348页,1997年内部印刷本。
[16]王烜:《说吏治》,载《王烜诗文集》上册,第348页,1997年内部印刷本。

得其平"。[17]那么如何分权？他主张各明权限，斟酌轻重，各赋予相应的范围，使之运转，各尽其用。"多者衰之，寡者益之。有相节制，无相侵越，俾操此权者，足以有所为，庶几可言分权矣"。[18]

  王竹民考中进士后分发户部任主事，入民国又任甘肃布政使署预决算委员、甘肃省财政司科员，后来又掌管甘肃赈务会，因此他娴熟财政事务。他曾就甘肃财政问题，提出一些建议。民国以来各省协饷停止，甘肃财政枯竭，当局新增多种苛捐杂税，征收额度高于他省，民众受累匪浅，数县骚动抗税，酿成祸端，而省财政竟然亏空180多万元，当局无策可施，困顿至极。王竹民致函财政司，指出"财政以预算为基础，以决算为归宿，以收支适合为原则"[19]，而甘肃历年亏空，不能收支平衡，已失财政之原则。遂建议调查亏空之数，究竟亏在预算内，还是预算外？即令亏在预算内，也要各项支款是否适当。其中最主要的是，规定官员不能兼差兼薪，但是"甘肃各机关，兼差而兼薪者比比皆是，虚耗巨款，上下相蒙，大为财政蠹害"。[20]建议省议会调查机关和官员实数，按章裁并重叠机关，取消兼差人员，以解决靡费公款问题。

校释的说明

  《王烜诗文集》尊重作者意愿，编排按作者自定顺序，不另行分开重编。本书亦按《王烜诗文集》编排顺序，其后排列《刘果斋先生年谱》《皋兰乡贤事略》及新发现的信札、匾额。其后排列《甲辰会试存本》《书稿存目》。其后设附录。

  本书整理以甘肃省图书馆所藏王竹民著述，包括稿本、写本、油印本为底本，以《王烜诗文集》校勘，用中华书局点校本二十四史、《(乾隆)甘肃通志》《(宣统)甘肃新通志》《(民国)甘肃通志稿》《重修皋兰县志》以及相关文集互校。校出的错字、衍字加( )，正确的字加〔〕，缺字用□，并出校勘。本书对个别篇章及个别敏感词语作了技术处理。

  本书在作者某些原注后做补充注释。本书对于《辞源》《辞海》等工具书查不到的地方人士、事件、地名、掌故等尽量作出注释。由于校释者水平所限，容或有错误之处，敬请读者批评指正。

校释者
2021年9月26日星期日

---

[17]王烜：《分权议》，载《王烜诗文集》上册，第352页，1997年内部印刷本。

[18]王烜：《分权议》，载《王烜诗文集》上册，第352页，1997年内部印刷本。

[19]王烜：《甘肃清理财政议》，载《王烜诗文集》上册，第355页，1997年内部印刷本。

[20]王烜：《甘肃清理财政议》，载《王烜诗文集》上册，第355页，1997年内部印刷本。

目　录

前言 ··· （001）

《击柝集》
卷　上

光绪壬寅（1902年）
七首：五古五首，七律一首，七绝一首
  书怀四首 ·· （003）
  碧血碑词 ·· （004）
  东岗镇暮望 ·· （004）
  感事 ·· （004）

癸卯（1903年）
九首：五古三首，七绝六首
  书楼即景 ·· （005）
  与同人迎春东郊 ··· （005）
  河北散步口占 ··· （005）
  五泉春游 ·· （005）
  秦王川 ·· （006）
  咏古四首 ·· （006）
    谢安　祖逖　岳钟琪　赵良栋

甲辰（1904年）
七首：五律二首，七绝五首
  北上拜别慈怙 ··· （007）
  过六盘山 ·· （007）
  浮云 ·· （008）
  颐和园引见 ··· （008）
  九月出都河南道早行 ··· （008）
  和店壁闺行韵（二首） ··· （008）

乙巳（1905年）
五首：五古一首，七绝四首

奉慈舆北上赴都 ·· (009)
过长安旅店，短垣外桃花盛开，因题壁 ············· (009)
读《喀希尼条约》有作 ································· (009)
领俸作 ·· (009)
重阳微雨 ··· (010)

丙午(1906年)

六首：七绝六首

春晴 ··· (010)
爨馀纪闻(三首) ·· (010)
老槐(二首) ·· (011)

丁未(1907年)

十二首：七律三首，七绝九首

送陆阶平同学之官太原 ································· (011)
和刘晓岚师慰移花原韵(四首) ······················· (011)
和刘晓岚师祷雨诗(二首) ····························· (012)
有感 ··· (012)
过红泥岩有怀 ··· (012)
七夕偶成 ··· (013)
与金星阶、王旭东、于映五、陈克清诸同学游曹家园 ··· (013)
阎简斋同年自日本柬来却寄 ·························· (013)

戊申(1908年)

六首：五律二首，五绝一首，七律一首，七绝二首

夏游五泉登眺 ··· (014)
夏夜与金松乔、刘韶庭诸友同宿五泉 ·············· (014)
和刘晓岚师九日金山寺登高原韵(二首) ············ (014)
秋夜即景 ··· (015)
卜居 ··· (015)

己酉(1909年)

十四首：五律三首，五绝二首，七律二首，七绝七首

春二月北上晓次青家驿 ································· (015)
过长安旅店重题 ·· (015)
自叹 ··· (016)
谒吴公祠 ··· (016)
七月朔暴雨 ·· (016)

无题 ……………………………………………………………（017）
　　促织 ……………………………………………………………（017）
　　思家 ……………………………………………………………（017）
　　买菊 ……………………………………………………………（017）
　　读长生殿传奇为题三绝 ………………………………………（017）
　　和王建侯约同拍影题句原韵（二首）…………………………（018）

庚戌（1910年）

十七首：五绝二首，七古一首，七律五首，七绝九首

　　游南下洼 ………………………………………………………（018）
　　水云乡客以近作香奁体见示，步韵和之（三首）……………（019）
　　离鸾词（二首）…………………………………………………（019）
　　杨柳词 …………………………………………………………（020）
　　拟子夜歌 ………………………………………………………（020）
　　有访不遇 ………………………………………………………（020）
　　又集定庵词 ……………………………………………………（020）
　　后访不遇（二首）………………………………………………（020）
　　忆旧（二首）……………………………………………………（021）
　　幺凤词 …………………………………………………………（021）
　　怀古 ……………………………………………………………（021）
　　纪梦 ……………………………………………………………（021）

辛亥（1911年）

二十八首：五律一首，七律七首，七绝二十首

　　和吴秉丞新春原韵三章 ………………………………………（022）
　　和祁少昌同年槛鹤原韵 ………………………………………（022）
　　送董翰臣太守之任山左，和郑卿珊陶然亭公饯原韵 ………（023）
　　送袁叔畬曹长旋湘，和邹怡斋原韵 …………………………（023）
　　晚香玉 …………………………………………………………（023）
　　秋海棠 …………………………………………………………（023）
　　题泥美人（二首）………………………………………………（023）
　　又题泥人风尘三侠 ……………………………………………（024）
　　纪事四首 ………………………………………………………（024）
　　题贞青女士图二绝 ……………………………………………（025）
　　祁少昌约观盘丝洞剧口占以赠 ………………………………（025）
　　观东洋幻戏 ……………………………………………………（025）

无题六首 ………………………………………………………… (025)
　　除夕感怀(二首) ………………………………………………… (026)
　　即事 ……………………………………………………………… (026)

壬子(1912年)
三十二首：五古一首,五排一首,五绝六首,七古六首,七律九首,七绝九首
　　和张天石杨花原韵五首 ………………………………………… (027)
　　听王玉峰弦子歌 ………………………………………………… (028)
　　金台行,送刘韶廷司直还乡 …………………………………… (029)
　　纪晋抚陆文烈公殉难事,以吊亮臣同年 ……………………… (029)
　　种秋海棠两盆,淡冶可爱,将行,赋此别之 …………………… (030)
　　将出都,赠别诗友张天石 ……………………………………… (030)
　　过崤石山 ………………………………………………………… (030)
　　车中偶占 ………………………………………………………… (031)
　　过临潼,浴于温泉,口占二绝 ………………………………… (031)
　　青门歌 …………………………………………………………… (031)
　　过长安经满城有感 ……………………………………………… (031)
　　咸阳道中 ………………………………………………………… (031)
　　监军镇 …………………………………………………………… (032)
　　邠州道中志闻 …………………………………………………… (032)
　　过冉甸桥 ………………………………………………………… (032)
　　亭口 ……………………………………………………………… (032)
　　抵泾州 …………………………………………………………… (032)
　　夜行 ……………………………………………………………… (032)
　　山行 ……………………………………………………………… (033)
　　过弹筝峡 ………………………………………………………… (033)
　　六盘山阻雪 ……………………………………………………… (033)
　　晚次车道岭 ……………………………………………………… (033)
　　抵家 ……………………………………………………………… (033)
　　除夕感怀二首 …………………………………………………… (033)
　　奉和刘晓岚师五十初度有感原韵二首 ………………………… (034)

癸丑(1913年)
十三首：五律三首,七律一首,七绝九首
　　隆裕皇太后升遐志感 …………………………………………… (034)
　　前题 ……………………………………………………………… (034)

重到五泉 ……………………………………………………… (035)
家中碧桃别四年矣,春来花颇少,为诗询之 …………………… (035)
兰州竹枝词 …………………………………………………… (035)
穷途 …………………………………………………………… (035)
阿阳即事(四首) ……………………………………………… (035)
赴庄浪查案夜行 ……………………………………………… (036)
由庄浪赴隆德,途遇暴雨 ……………………………………… (036)
寄张育生 ……………………………………………………… (036)

甲寅(1914年)
九十五首:四言二首,五古十三首,五律五首,五绝二十二首,七古四首,七律十二首,七绝三十七首
  静宁衙居咏物四首 ………………………………………… (037)
      杏　刺梅　楸子　樱桃
  供花(六解) ………………………………………………… (037)
  游魏园牡丹满地,赋落花四绝 ……………………………… (038)
  王建侯以憩园诗索和,步原韵三章 ………………………… (039)
  游魏园,正卿主人以牡丹见赠,赋诗三章以报 ……………… (039)
  和邓德舆游魏园韵 ………………………………………… (040)
  同金星阶诸友游后五泉 …………………………………… (040)
  又七绝二首 ………………………………………………… (040)
  游武侯庙 …………………………………………………… (041)
  和武侯庙壁间韵 …………………………………………… (041)
  白朗行 ……………………………………………………… (041)
  卧佛殿 ……………………………………………………… (042)
  千佛阁即景 ………………………………………………… (042)
  兴隆山纪游 ………………………………………………… (042)
  兴隆山即景十二首 ………………………………………… (043)
      东岳台　均利桥　二公祠
      朝元观　上天梯　二仙洞
      自在窝　冲虚台　云龙桥
      太白泉　风月岭　五岳楼
  白云窝歌 …………………………………………………… (044)
  秋海棠(二首) ……………………………………………… (044)
  秋意 ………………………………………………………… (045)

有感二首 …………………………………………………………………………（045）
玉簪花 ……………………………………………………………………………（045）
夹竹桃 ……………………………………………………………………………（046）
十样锦花 …………………………………………………………………………（046）
偶作二首 …………………………………………………………………………（046）
访菊 ………………………………………………………………………………（046）
灭刺 ………………………………………………………………………………（046）
和刘晓岚师生女原韵（三首）……………………………………………………（047）
重九日北山登高，欢宴王说岩、王建侯两观察，即席步刘晓岚师原韵 ……（047）
和何筱葵北山登高原韵 …………………………………………………………（047）
晓起偶成 …………………………………………………………………………（048）
夜梦至河北山楼，观河涨，得"沙细人堪坐"一联，醒而足成之 ……………（048）
冬十月上弦夜即事 ………………………………………………………………（048）
庭院八咏 …………………………………………………………………………（049）
　　假山石　花池　鱼盆　北轩　天香深处
　　退一步屏　榆叶梅　楸子树
观赌 ………………………………………………………………………………（050）
雪后五泉游 ………………………………………………………………………（050）
曹园与金星阶对雪呼饮，偶拈二绝 ……………………………………………（050）
金松乔约五泉踏雪，既期不至，独游而归 ……………………………………（051）
消寒六首 …………………………………………………………………………（051）
冬月十五日值新历除夕（二首）…………………………………………………（052）
邓德舆邀至其守拙园看梅（二首）………………………………………………（053）
听留音戏盘有感（六首）…………………………………………………………（053）
岁除日送贫病 ……………………………………………………………………（054）
为郭杰三题其父母遗行（二首）…………………………………………………（054）

卷　中

乙卯（1915年）

九十二首：五古二首，五绝六首，五律六首，七古四首，七律十六首，七绝五十八首

春二月游小西湖 …………………………………………………………………（055）
闻欢词 ……………………………………………………………………………（055）
院中榆叶梅去年为岩墙所压，折其大半，
　今春花仅数枝，怜其厄，幸其犹芳也，
　诗以志之（二首）………………………………………………………………（056）

三月五日宿雨初晴游梨花馆 …… (056)
邓德舆作睫巢招饮 …… (056)
送刘韶庭大令赴新疆 …… (057)
三月二十三日闰欢同人集于五泉嘛呢寺(二首) …… (057)
春雨晚晴 …… (057)
魏园问紫(三首) …… (057)
西龙口听笛 …… (058)
水洞楼看河,和五泉山人韵 …… (058)
又五言二首 …… (058)
五泉酒后,与德舆西龙口散步 …… (059)
和问芳老人六六闰欢原韵 …… (059)
五泉山观瀑 …… (059)
七夕(七首) …… (060)
将赴都,典屋充资,感而有作 …… (060)
七月闰欢再集,余以北上,提前作主,赴五泉途中即景 …… (061)
闰欢诸公为余饯别于梨花馆,诗以谢之(二首) …… (061)
秋蝉 …… (061)
会宁道中 …… (061)
过静宁有感(四首) …… (062)
过六盘山 …… (062)
和王兰亭同年过六盘〔山〕原韵 …… (062)
平凉道上晓行即景 …… (063)
八月十四夜宿太峪怀内作 …… (063)
十五日夜宿冯市镇又作 …… (063)
长安道篇 …… (063)
华阴庙登楼望岳 …… (064)
宿盘豆镇 …… (064)
小游仙词(八首) …… (064)
都中观音寺宾筵楼毁于火,重构落成,与张天石、慕少堂茗叙口占二绝 …… (065)
观猎 …… (065)
无题二绝 …… (066)
汉口搭昌和轮船赴宜昌途中即景(四首) …… (066)
宜昌易乘小舟上峡江(四首) …… (066)
荆州吊古 …… (067)

夜泊夔府 …………………………………………………………………… (067)
川江舟中即事 ………………………………………………………………… (067)
夜雨 …………………………………………………………………………… (067)
万县登陆(二首) ……………………………………………………………… (068)
过梁山(三首) ………………………………………………………………… (068)
闺怨 …………………………………………………………………………… (068)
拂耳岩过山 …………………………………………………………………… (068)
大竹道中 ……………………………………………………………………… (069)
有梦二首 ……………………………………………………………………… (069)
蓬溪道上晚行 ………………………………………………………………… (069)
过丞相祠堂 …………………………………………………………………… (069)
南充过江怀邓德舆同年 ……………………………………………………… (069)
闺词二首 ……………………………………………………………………… (070)
驷马桥 ………………………………………………………………………… (070)
除夕前一日即事(二首) ……………………………………………………… (070)
咏史四首 ……………………………………………………………………… (071)

丙辰(1916年)

六十四首：五古二首，四言二首，五律三首，五绝五首，七古一首，七律十一首，七绝三十九首

正月三日与同舍诸人晚步 …………………………………………………… (071)
和乡人某君春初见寄原韵三首 ……………………………………………… (072)
春晴 …………………………………………………………………………… (072)
成都竹枝词(二首) …………………………………………………………… (073)
温江道中雨行 ………………………………………………………………… (073)
由灌县赴新繁,次清安桥小坐 ……………………………………………… (073)
李约斋以所著书见赠,赋诗答之 …………………………………………… (073)
广汉差次感赋二首 …………………………………………………………… (074)
至绵竹又自嘲一首 …………………………………………………………… (074)
绵竹至绵阳道中即景 ………………………………………………………… (074)
绵阳征收局长谢筱舲君与余同出马积生师门,
一见如旧,遂游东门外李杜祠,致足幽胜,赋此谢之 …………………… (074)
过剑阁 ………………………………………………………………………… (075)
过昭化浮桥 …………………………………………………………………… (075)
过木门镇至张祠 ……………………………………………………………… (075)
雨中赴南江 …………………………………………………………………… (076)

南江过山泥行(三首) …………………………………… (076)
由关路口至十里河湾,宿雨初晴,少憩 ………………… (076)
渡巴江 …………………………………………………… (076)
江岸小憩,闻乡塾读书声 ………………………………… (076)
山村李花盛开,步至其处 ………………………………… (077)
渔艇 ……………………………………………………… (077)
寓楼夜坐观江 …………………………………………… (077)
过巴山 …………………………………………………… (077)
巴州咏古 ………………………………………………… (077)
　　　桓侯　严将军 ………………………………… (077)
巴江岸上感兴(二首) …………………………………… (078)
三月三日清明行嘉陵江上 ……………………………… (078)
江油道中 ………………………………………………… (078)
一鸟 ……………………………………………………… (078)
谒靖侯祠 ………………………………………………… (078)
途中闻警 ………………………………………………… (079)
雨后金堂道上 …………………………………………… (079)
记行 ……………………………………………………… (079)
蛛网 ……………………………………………………… (079)
双柳(二首) ……………………………………………… (079)
苍蝇谣(二首) …………………………………………… (080)
蕉窗即事 ………………………………………………… (080)
拾花泡茗碗中,咏之得二绝 …………………………… (080)
六月望后与何子高、陈少禹两大令同游公园(三首) …… (081)
凉意 ……………………………………………………… (081)
蓉垣听鼓杂吟(八首) …………………………………… (081)
吊姜维 …………………………………………………… (082)
和刘晓岚师寄闰欢雅集见怀原韵(二首) ……………… (082)
长夜有怀 ………………………………………………… (083)

丁巳(1917年)
十三首:五律三首,七古一首,七律六首,七绝三首
新晴 ……………………………………………………… (083)
卸剑阁局篆,尤君阆三以诗五章赠别,步韵答之(五首) ……… (083)
过葭萌关 ………………………………………………… (085)

过白音峡 …………………………………………………………… (085)
　　甘草店和万藜堂韵 ………………………………………………… (085)
　　早发金家崖 ………………………………………………………… (085)
　　阎简斋同年以九日金山登高作见示,即步原韵 ………………… (085)
　　病后偶占 …………………………………………………………… (086)
　　潜园赏雪歌 ………………………………………………………… (086)

戊午(1918年)
十六首:五绝一首,七古二首,七律十三首
　　元旦偶作(二首) …………………………………………………… (087)
　　送阎庆皆之任新疆实业厅长(四首) ……………………………… (087)
　　梨花馆为阎庆皆饯别,是日清明大雨(二首) …………………… (088)
　　挽陇西王安卿先生 ………………………………………………… (088)
　　和许际唐同年清明节小西湖雨中种树原韵(四首) ……………… (089)
　　灵台莅任,上张勋帅一首 ………………………………………… (090)
　　慕少堂同年以太夫人事略见示,将征文为祝嘏资,聊寄芜章,以当寿言 … (090)
　　雪中口占 …………………………………………………………… (090)

己未(1919年)
十七首:五古六首,七律一首,七绝十首
　　岁首有作 …………………………………………………………… (091)
　　秋八月有粤东制宪之行,偶成断句四章 ………………………… (091)
　　过六盘山口占 ……………………………………………………… (091)
　　夜过峡石山 ………………………………………………………… (092)
　　重九日江行过小姑山 ……………………………………………… (092)
　　沪滨见月 …………………………………………………………… (092)
　　乘海轮赴粤舟中偶作 ……………………………………………… (092)
　　夜游长堤 …………………………………………………………… (092)
　　粤中杂吟六首 ……………………………………………………… (092)

庚申(1920年)
三十七首:五古二首,五律四首,五绝一首,七律二首,七绝二十八首
　　黄花岗吊古(二首) ………………………………………………… (094)
　　自粤乘火车赴九龙途中即景 ……………………………………… (094)
　　制宪未成,将作归计,步同人韵 …………………………………… (094)
　　荔枝湾消夏 ………………………………………………………… (095)
　　偶作二首 …………………………………………………………… (095)

目录

　　有感(二首) …………………………………………………………… (095)

　　夏夜口占 ……………………………………………………………… (095)

　　苦热 …………………………………………………………………… (096)

　　即事 …………………………………………………………………… (096)

　　襟江楼即目 …………………………………………………………… (096)

　　六月十三日晚步,又至襟江楼 ……………………………………… (096)

　　东园蕉亭独坐 ………………………………………………………… (096)

　　过沙面有感 …………………………………………………………… (097)

　　东山晚步 ……………………………………………………………… (097)

　　秋暮西湖纪游(二十首) ……………………………………………… (097)

辛酉(1921年)
七首:五律一首,五绝一首,七古二首,七律二首,七绝一首

　　祁山崩行 ……………………………………………………………… (099)

　　会宁雪霁晓行 ………………………………………………………… (100)

　　登五泉太昊宫俯仰楼题壁二首 ……………………………………… (100)

　　三月二十九日偶作 …………………………………………………… (101)

　　游红泥岩与柴东生、金含章诸君小饮 ……………………………… (101)

　　东龙口口占 …………………………………………………………… (101)

壬戌(1922年)
九首:五绝一首,七古一首,七律三首,七绝四首

　　夏夜即景 ……………………………………………………………… (101)

　　北上至潼关,有警,冒险而过 ……………………………………… (102)

　　都中送孙重甫乡台归汴,即步酒楼见赠原韵 ……………………… (102)

　　感旧 …………………………………………………………………… (102)

　　有赠 …………………………………………………………………… (102)

　　题晚妆图 ……………………………………………………………… (103)

　　题嫦娥奔月图 ………………………………………………………… (103)

　　自忏二首 ……………………………………………………………… (103)

癸亥(1923年)
十二首:五古一首,七律二首,七绝八首,七古一首

　　夏六月重游西湖(五首) ……………………………………………… (104)

　　青阳江即景 …………………………………………………………… (104)

　　过姑苏城外 …………………………………………………………… (105)

　　过泰山下 ……………………………………………………………… (105)

011

谢潘锡九师惠书二件(二首) ……………………………………… (105)
　　咏史 ………………………………………………………………… (106)
　　除夕录近作 ………………………………………………………… (106)

卷　下

甲子(1924年)
九首：五古一首，五律一首，七古一首，七律三首，七绝三首
　　元夜出都，车中偶成二绝，寄窦子峨 ………………………… (107)
　　彰德过袁项城墓吊之(二首) ……………………………………… (107)
　　瓦亭早行 …………………………………………………………… (107)
　　郑镜泉以哀亡女诗见寄，赋此慰之 ……………………………… (108)
　　刘阁青同年迁居有作，即步原韵以贺 …………………………… (108)
　　苏琢章厅长以冯梦华中丞题其先祖之联册见示，为书五言一百字 …… (108)
　　腊尽书怀兼志得雪之喜 …………………………………………… (109)

乙丑(1925年)
五首：五古一首，五律二首，七古一首，七律一首
　　春三月梨花馆和友人韵 …………………………………………… (109)
　　慕少堂同年以余权政务来诗见贺，步原韵答之 ………………… (109)
　　即事 ………………………………………………………………… (109)
　　书怀 ………………………………………………………………… (110)
　　北风 ………………………………………………………………… (110)

丙寅(1926年)
十五首：五古一首，五律一首，七古一首，七律六首，七绝六首
　　春暮出城见落花 …………………………………………………… (111)
　　无题 ………………………………………………………………… (111)
　　偶作 ………………………………………………………………… (111)
　　和刘晓岚师无题原韵 ……………………………………………… (111)
　　秋日漫兴 …………………………………………………………… (112)
　　九日登高口号 ……………………………………………………… (112)
　　咏古二首 …………………………………………………………… (112)
　　早起 ………………………………………………………………… (112)
　　与王少沂、邓德舆、水楚琴诸君作消寒会(五首) …………… (112)
　　四十九生日自叹 …………………………………………………… (114)

丁卯(1927年)

九首：五古一首，五律一首，五绝三首，七律二首，七绝二首
  春宵偶句 ……………………………………………………（114）
  花蝶词 ………………………………………………………（114）
  送行曲二首 …………………………………………………（114）
  题画壁梅鹤竹 ………………………………………………（115）
  张清濂厅长将北归，以龙藏寺旧拓见赠，因赋谢 …………（115）
  有感 …………………………………………………………（115）
  偶成 …………………………………………………………（115）
  冬夜闻歌 ……………………………………………………（115）

戊辰（1928年）
十九首：五古一首，五律六首，七古五首，七律四首，七绝三首
  元日书怀 ……………………………………………………（116）
  伤春 …………………………………………………………（116）
  金天观赏牡丹，和刘果斋师拍影原韵二首 ………………（116）
  邓德舆同年招饮拙园看牡丹，赋此赠之 …………………（116）
  杂诗五章 ……………………………………………………（117）
  拉拉行 ………………………………………………………（117）
  锅魁谣 ………………………………………………………（118）
  静坐偶成 ……………………………………………………（118）
  饥民谣 ………………………………………………………（119）
  其二 …………………………………………………………（119）
  其三 …………………………………………………………（119）
  和王耕山来诗原韵 …………………………………………（119）
  喜雪 …………………………………………………………（120）
  雪后郊行 ……………………………………………………（120）

己巳（1929年）
十四首：五古三首，五律一首，七古二首，七律四首，七绝四首
  二月二日踏青有感 …………………………………………（120）
  偶作 …………………………………………………………（120）
  立秋后三日，游节园即事 …………………………………（120）
  和程晋三同年己巳周甲初度自赠原韵 ……………………（121）
  九日登高 ……………………………………………………（121）
  无题 …………………………………………………………（121）
  有梦 …………………………………………………………（122）
  义孺词 ………………………………………………………（122）

无题	(122)
梦猫谣	(122)
招隐	(123)
腊八日食粥	(123)
五十二初度感怀二首	(123)

庚午(1930年)

九首：五绝一首，五律一首，七古一首，七绝四首，七律二首

春日书怀二首	(124)
喜雨	(124)
重九登高	(124)
鹿鸣私宴引	(124)
秋日即事	(125)
过后五泉	(125)
偶作二章	(125)

辛未(1931年)

十七首：五律二首，七古六首，七律二首，七绝七首

东园看花	(126)
咏海棠四章	(126)
赠金星阶	(126)
挽李酝班	(127)
九日未登高漫兴三绝	(127)
寒菊吟	(127)
吴子玉上将军莅兰，赋此欢迎	(128)
挽刘果斋先生五歌	(128)

壬申(1932年)

二十五首：五古七首，五绝一首，七古一首，七律七首，七绝九首

寄生草歌	(129)
夏日即事	(129)
家藏北苑山水长幅，文衡山《中秋望月图》，皆希世珍也。诗以纪之	(130)
与金星阶同学绿阴湾小饮	(130)
说诗	(131)
古意	(131)
种瓜熟，分饷戚友	(131)
秋宵听邻家胡琴	(131)

有感	(131)
雨中郊行口占	(132)
偶忆二首	(132)
东郊秋望	(132)
白发	(132)
梦觉口占	(133)
不寐	(133)
晓月	(133)
遣怀二首	(133)
杂感二首	(133)
冬夜月下口占	(134)
夜半	(134)
腊八日感怀	(134)
断发叹	(134)

癸酉(1933年)

十六首：五古一首，七律三首，七绝十二首

鸿雁	(135)
李星伯种虞美人一畦，花开鲜艳可爱，为诗赠之(四首)	(135)
游仙词	(135)
闻赈务会改组有日，且感且喜，率成一律	(136)
宵坐	(136)
兴文各社以五泉层碧山庄，改建刘果斋先生专祠，参观立木，口占二绝	(136)
秋晴	(136)
学佛偈	(137)
唯心偈	(137)
传心偈	(137)
冬月十六日过新年，微雪初晴	(137)
冬柳	(137)

甲戌(1934年)

十一首：五古一首，七律六首，七绝四首

度岁	(138)
庭中海棠碧桃齐开，咏之	(138)
病目初愈	(138)
晨钟	(138)

邓德舆同年自拉卜楞以诗来,有肉身佛韵,为和之 ……………… (138)
九月初七为先慈忌日,墓祭归途口占 …………………………… (139)
重阳前日郊行 …………………………………………………… (139)
十月望夜,月下口占 ……………………………………………… (139)
和郑镜泉来诗原韵 ……………………………………………… (139)
新历元月三日,与谈瑞岐、李绳之诸君公宴癸卯同年
翁醉亭、江伯修,感赋二律 …………………………………… (140)

乙亥(1935年)

十五首:五古三首,七古二首,七律一首,七绝九首
窗前榆叶梅今春开花颇盛,走笔赏之 …………………………… (140)
春院即事 ………………………………………………………… (140)
三月廿六日与金松乔游五泉即事三首以赠 ……………………… (141)
禅榻吟二首 ……………………………………………………… (141)
又七言二首 ……………………………………………………… (142)
中秋对月,有怀郑镜泉 …………………………………………… (142)
纪东关子药局爆炸灾 ……………………………………………… (142)
四圣颂(四首) ……………………………………………………… (143)

丙子(1936年)

六十九首:五古一首,五律六首,五绝十首,七古三首,七律三十首,七绝十九首
春院即景 ………………………………………………………… (144)
闰三月廿三日,邓德舆同年邀至拙园看牡丹,重作闰欢会,为长句纪之 ……… (144)
四月八日五泉山浴佛会竹枝词(九首) …………………………… (145)
四四闰欢小集五泉曲曲亭喜雨 …………………………………… (146)
夏日雨中郊行 …………………………………………………… (146)
闰欢第三集,杨济舟同年招饮于五泉图书馆,夕阳将落,同登榆巢览山光,
寄余兴。张质生首赋四律,爰步原韵和之(四首) ………………… (146)
张质生、杨济舟均叠前韵,因更和四章 …………………………… (147)
杨济舟、张质生以感事唱和,更叠前韵属和(四首) ……………… (148)
济舟来笺,苦为诗魔所扰,欲寻解脱,诗以答之(三首) ………… (149)
和济舟追念闰欢旧集刘果斋师及白宝千诸人原韵 ……………… (149)
邓德舆同年来诗责令听经,依韵答之 …………………………… (149)
和杨济舟同年六十四自寿原韵 …………………………………… (149)
秦幼溪同年于其颐园作夏六闰欢小集,
为赋《夏云奇峰篇》,并质同集诸公 ………………………… (150)

步张质生七夕即事书怀元韵四首 …………………………………（150）
郑镜泉以花甲自寿五言长篇见寄，依韵和之 ……………………（151）
和徐益珊同年即事四首原韵 ………………………………………（151）
煦园即景六首 ………………………………………………………（152）
　　　坐春轩　寥天一室　平庐
　　　假山　澄碧亭　小桥
和水楚琴煦园闲欢集原韵（四首）…………………………………（153）
和张质生煦园行原韵 ………………………………………………（153）
重九日煦园作闲欢第七集，余以事先去，
　次日乃赋《昨日重阳日》四首，以质同人 ………………………（154）
秦幼溪以"满城风雨近重阳"辘轳体见示，因效颦为之（五首）…（154）
闲欢八集，和徐益珊同年初冬感怀元韵（六首）…………………（155）
长　夜（二首）………………………………………………………（156）

丁丑（1937年）

六首：四言一首，诔一首七古，七律三首，七绝一首
　春暮游梨花馆 ……………………………………………………（157）
　偈语 ………………………………………………………………（157）
　金星阶老友五泉新居落成，诗以贺之 …………………………（157）
　诔邓德舆同年 ……………………………………………………（157）
　除日感事（二首）…………………………………………………（157）

戊寅（1938年）

二十五首：七古一首，七律二首，七绝二十二首
　杨吉舟以老人参战诗见示，走笔酬之，得五绝句 ……………（158）
　春庭花月夜歌 ……………………………………………………（158）
　和郑镜泉保阳避乱原韵十四首 …………………………………（159）
　和刘韶廷《救国吟》原韵 …………………………………………（160）
　京沪变后，忆旧和韶廷韵 ………………………………………（161）
　秋阴 ………………………………………………………………（161）
　畴昔之夜，梦天南现一"残"字，未知何祥，缀语纪之 …………（161）
　除夕赓"残"字诗 …………………………………………………（161）

己卯（1939年）

十首：五律一首，七律二首，七绝七首
　正月二、五两日，敌机炸兰，予东邻落数弹，
　屋宇多圮，予家幸无恙，事后志之 ……………………………（162）

闻警赴乡 ………………………………………………………（162）
十月十七夜，敌机袭兰，事前有传言，演习空战，人多未避 …………（162）
十九日夜，敌机又袭兰 ……………………………………………（162）
警报解除 …………………………………………………………（163）
冬月十六、七、八日，敌机连炸兰垣，灾情惨重，记之（四首）………（163）
桃符叹 ……………………………………………………………（164）

庚辰（1940年）
八首：七律二首，七绝六首
忆扇 ………………………………………………………………（164）
值雨（二首）………………………………………………………（164）
六月二十九日有警，闻系演习空袭 ………………………………（164）
新秋即事 …………………………………………………………（165）
冬日即事 …………………………………………………………（165）
百物昂贵，余以戒酒少此浮费，戏拈一绝 …………………………（165）
腊月初四日，值三十年新历元旦，有作 ……………………………（165）

辛巳（1941年）
八首：五古二首，七古一首，七律四首，七绝一首
蔺子贤表兄六旬晋七之庆，诗以祝之 ………………………………（165）
自嘲 ………………………………………………………………（166）
看花 ………………………………………………………………（166）
碧桃花落词 ………………………………………………………（166）
偶书 ………………………………………………………………（167）
采金银藤花有作 …………………………………………………（167）
和郑镜泉来书见怀原韵，并柬乃弟玉堂 ……………………………（167）
偶作 ………………………………………………………………（167）

壬午（1942年）
八首：五古二首，七律三首，七绝三首
杨济舟同年七旬悬弧之庆，诗以祝之 ………………………………（168）
九月初八日，为熙儿续娶，感赋 ……………………………………（168）
村居偶作 …………………………………………………………（168）
和蔺子贤表兄为余六十五生辰赠诗原韵 …………………………（168）
木兰叹 ……………………………………………………………（169）
数月来，小儿多病，又负债累，口占二十八字 ………………………（169）
塞上词 ……………………………………………………………（169）

夜卧不寐 …………………………………………………………………（169）

续集

癸未（1943年）

十四首：七古一首，七律二首，七绝十一首

  正月九日为蔺子贤表兄六十九生辰，诗以祝之（四首）……………（170）
  花事 ……………………………………………………………………（170）
  庭院楸子树五十余年矣，将枯复荣，今春华茂，为诗纪之 ………（170）
  端午 ……………………………………………………………………（171）
  浇花 ……………………………………………………………………（171）
  病痢甚剧，口占二绝 …………………………………………………（171）
  病中偶成 ………………………………………………………………（171）
  雁字 ……………………………………………………………………（171）
  蛛网 ……………………………………………………………………（172）
  黄鱼 ……………………………………………………………………（172）

甲申（1944年）

十七首：五律二首，七古一首，七律七首，七绝七首

  元旦听爆竹 ……………………………………………………………（172）
  马勋臣七旬弧辰征诗 …………………………………………………（172）
  雨中碧桃 ………………………………………………………………（173）
  兰市议会同人亦园赏牡丹，席间有索诗者，为拈四绝 ……………（173）
  和张质生自寿诗之养生四首原韵 ……………………………………（173）
  裴孟威将军以凤尾兰盛开，招饮赏花，席间分韵"得"者字，为赋七古一章 ……（174）
  题刘颐叟诗集二首 ……………………………………………………（175）
  谢赠衣料 ………………………………………………………………（175）
  达家梁农田出售，纪之二首 …………………………………………（175）

乙酉（1945年）

四十七首：五古十三首，五律一首，乐府十八首，七古二首，七律八首，七绝五首

  题《张乐天荣誉录》……………………………………………………（176）
  观物 ……………………………………………………………………（176）
  鼓吹铙歌新乐府十八章 ………………………………………………（176）
    胜利夕第一 陪都雄第二 大西南第三 大西北第四 台庄捷第五 潼关捷第六 缅北捷第七 受降第八 华中复第九 华南复第十 华北复第十一 东北复第十二 台湾复第十三 还都第十四 大一统第十五 庆同盟第十六 机器劫灭第十

七　颂升平第十八

胜利歌 ·· (179)
闻郑镜泉学兄作古,悲悼之余,诗以挽之(五首) ············ (179)
王廉泉以画兰见赠,赋谢 ······································· (180)
秋暮即景 ·· (180)
胜利诗为儿曹示作法(十二解) ································ (181)
纪同盟胜利(四首) ··· (182)
　　中美英苏
咏软儿梨 ·· (183)
挽白豫三老友 ·· (183)
原子弹 ·· (183)

丙戌(1946年)

四十六首:五古六首,五言排律一首,七古五首,七律九首,七绝二十五首

过年口号 ·· (183)
人日,闻祁少昙同年讣,悲痛之余,挽词当诔 ············ (184)
玉门行 ·· (184)
其二 ··· (184)
陇头水(四首) ·· (185)
天水谒李广墓(六首) ··· (185)
为徐君韵潮题《风木兴悲图》 ································ (186)
诗人节 ·· (187)
独卧口占 ·· (187)
秋日送徐韵潮还江西,步高涵庐韵(六首) ················ (188)
题时画 ·· (188)
竹枝词(七首) ·· (189)
题徐渊如社友唱酬集(二首) ································· (189)
徐韵潮招饮五泉山居,酒后同游西龙口,为赋长句谢之 ········· (190)
读徐渊如为其长兄彝生八十诞辰祝嘏百韵诗书后 ············ (190)
祝张致堂先生七旬有八之庆 ································· (190)
双十节日千龄社兰园雅集赏菊,分韵得"集"字 ············ (191)
悼亡(八首) ··· (191)
老态 ··· (192)

丁亥(1947年)

三十七首:五古四首,五律二首,五绝十三首,七律七首,七绝十一首

再题王廉泉画兰	（193）
和煦园清明前三日千龄社公饯陈果青、张石轩赴湖北，兼怀高涵庐社长元韵	（193）
和高涵庐告别兰州诸友原韵（四首）	（193）
暮春千龄社煦园观牡丹，分韵得"台"字（三首）	（194）
与杨雨丞砚台山访段容思先生墓碑	（194）
兴隆山纪游杂咏（十三首）	（195）

  云龙桥 成陵 东山松 又 太白泉

  宿太白泉，晨望西山 东窗听泉 鱼篮观音

  《栖云记》墨拓 朝元观 通天柱 白云窝 石盘路

水楚琴为次子授室，闻之补贺	（196）
秋日	（196）
浆水面戏咏	（197）
湖上	（197）
徐渊如社友之次子溺水，聊以慰之	（197）
赠画师马藤伯	（197）
九月十九日，千龄社以闰重阳集会煦园	（198）
又题菊展	（198）
旁观	（198）
读《枹罕张氏三代事略》书后	（198）
冬初书事	（199）
悔	（199）
梦中得"红豆半生怀去国，绿芜千里怨征人"二语，醒而足成之	（199）
李鉴亭议长专祠落成临洮，行入祠典礼	（200）

戊子（1948年）

十五首：五古二首，七律十一首，七言排律一首，七绝一首

题画	（200）
祝徐渊如七十寿（四首）	（200）
窗前碧桃	（201）
上巳日，徐渊如桃觞招饮，酒后踏青，归赋谢	（201）
程晋三同年八秩之庆，以率吟八首征诗，为赋二律	（202）
和高涵庐监使解职后喜赋，并简兰州社友原韵（二首）	（202）
重九日千龄社集煦园	（203）
和徐渊如祝和平诗社成立原韵	（203）

读徐韵潮寄千龄社友及述怀诗,即步见寄原韵 ………………………… (203)
和唐昭防和平征诗原韵 ………………………………………………… (204)

己丑(1949年)

二十九首:五古二首,五律二首,七律二首,七绝二十三首

人日立春,邀徐渊如、杨济舟诸友小饮,
渊如即席赋赠,遂步原韵和之 ……………………………………… (204)
花朝前二日,张玉如招宴千龄社友,徐君玉章醉归有作,
出以见示,遂步原韵(四首) ………………………………………… (204)
和水楚琴社长煦园宴集四绝 …………………………………………… (205)
春夜雷雨,正值碧桃花开时,朝起有作(二首) ……………………… (205)
阎荫桐以诗四章见赠,和其第一章,谢之 …………………………… (206)
书阎荫桐悼亡诗后 ……………………………………………………… (206)
盆花满屋偶成 …………………………………………………………… (206)
秋晚小西湖上 …………………………………………………………… (206)
重九前日,荫桐有赠,即步原韵答之 ………………………………… (207)
杂诗十二首 ……………………………………………………………… (207)
七十二生日自述 ………………………………………………………… (208)

庚寅(1950年)

十一首:五古二首,七古一首,七律四首,七绝四首

送阎荫桐归晋省亲(二首) ……………………………………………… (211)
碧桃花开甚盛,诗以赏之 ……………………………………………… (211)
庭前白牡丹初开,看花有作 …………………………………………… (211)
夏夜 ……………………………………………………………………… (211)
有怀徐渊如、阎荫桐二老友 …………………………………………… (212)
重九日,某公别业看菊 ………………………………………………… (212)
题临洮孙钝叟画兰册 …………………………………………………… (212)
七十三生日,书示儿辈 ………………………………………………… (213)
续作一首 ………………………………………………………………… (213)
除日 ……………………………………………………………………… (213)

辛卯(1951年)

十八首:五古三首,五绝二首,五律三首,七古三首,七绝七首

纪梦 ……………………………………………………………………… (213)
郭又村自长安来诗,寄和原韵四绝 …………………………………… (213)
春暮即事 ………………………………………………………………… (214)

画意 …………………………………………………………………… (214)

答人问近况(二首) …………………………………………………… (214)

春院 …………………………………………………………………… (215)

子贤来谈,言寻归路,口占二绝 ……………………………………… (215)

古意 …………………………………………………………………… (215)

偈语一首 ……………………………………………………………… (215)

图书馆陈览敦煌经卷、造像、西夏佛画诸珍品,参观有纪 ………… (215)

与冯仲翔访邹兰谷画梅石刻于金山寺,
拓本以归,纪为长句赠之,并谢指引 ……………………………… (216)

悲秋 …………………………………………………………………… (217)

即事 …………………………………………………………………… (217)

壬辰(1952年)

三十三首:五古一首,五律七首,七古一首,七绝十九首,七律五首

春初述怀 ……………………………………………………………… (217)

摊书 …………………………………………………………………… (217)

偶拈三解 ……………………………………………………………… (218)

观心二首 ……………………………………………………………… (218)

无端 …………………………………………………………………… (218)

碧桃花开颇茂,诗以讯之(三首) …………………………………… (219)

榆叶梅 ………………………………………………………………… (219)

留春 …………………………………………………………………… (219)

鱼鸟吟 ………………………………………………………………… (219)

送春 …………………………………………………………………… (220)

咏史(六首) …………………………………………………………… (220)

院中牡丹颇茂,偶成一律 …………………………………………… (220)

迁墓叹 ………………………………………………………………… (221)

晚晴 …………………………………………………………………… (221)

苦乐 …………………………………………………………………… (221)

故我 …………………………………………………………………… (221)

久苦夏旱,忽得夜雨,喜而记之 ……………………………………… (221)

剧场 …………………………………………………………………… (222)

买药 …………………………………………………………………… (222)

无生 …………………………………………………………………… (222)

冬至书感 ……………………………………………………………… (222)

冬月十六日,值新历元旦,漫赋一律 …………………………………………（222）

腊廿日为余生辰,次日立春,得俚言一则 ………………………………（223）

癸巳（1953年）

十首：五古三首,五律一首,七古一首,七律三首,七绝二首

春眠 ……………………………………………………………………………（223）

苦乐三解 ………………………………………………………………………（223）

榆叶梅花颇少,诗以调之 ……………………………………………………（224）

清明墓祭 ………………………………………………………………………（224）

碧桃春雨词 ……………………………………………………………………（224）

诗家 ……………………………………………………………………………（224）

徐渊如自迪化来诗数章和其《击壤》原韵 ………………………………（225）

和徐渊如《吊香妃墓》原韵 ………………………………………………（225）

甲午（1954年）

十八首：五古六首,五律一首,七古二首,七律四首,七绝五首

今年七七矣,漫写一律 ………………………………………………………（225）

朝鲜访华团来兰,为写两律,以当欢迎（二首） …………………………（225）

客从平壤来,为朝鲜访华团来兰作（五首） ………………………………（226）

春夜即事 ………………………………………………………………………（226）

即景 ……………………………………………………………………………（227）

题故友张鸿汀《敦煌石室访古图》三首 …………………………………（227）

春晚旧作 ………………………………………………………………………（227）

题李祥麟之太夫人画像 ………………………………………………………（227）

咏史（二首） …………………………………………………………………（228）

答问 ……………………………………………………………………………（228）

乙未（1955年）

十首：五绝一首,五律一首,七古一首,七绝六首,七律一首

水仙独科,丛开紫花,殊罕见,咏之 ………………………………………（228）

寒流 ……………………………………………………………………………（229）

偶句 ……………………………………………………………………………（229）

花事（二首） …………………………………………………………………（229）

剪花 ……………………………………………………………………………（229）

供花 ……………………………………………………………………………（229）

应邓主席招,与文史馆同人慈爱园看牡丹 …………………………………（230）

病嗽日久,又逢冬至,偶成一律 ……………………………………………（230）

咏水仙 ……………………………………………………………（230）

丙申（1956年）

十四首：五古一首，五律一首，七律一首，七绝十一首

　　咏榆叶梅 …………………………………………………………（231）

　　折花 ………………………………………………………………（231）

　　和韩定山参加武汉参观团原韵四首 ……………………………（231）

　　懋爱园宴集敦煌参观团，即席赋赠（二首） ……………………（232）

　　祝张质生八十寿 …………………………………………………（232）

　　与文史馆同人重阳小饮 …………………………………………（232）

　　嘲蟹 ………………………………………………………………（233）

　　五泉公园赏菊 ……………………………………………………（233）

　　又五言一首 ………………………………………………………（233）

　　孙中山先生九十诞辰纪念 ………………………………………（233）

丁酉（1957年）

三十四首：五古四首，五律三首，七古二首，七律七首，七绝十八首

　　春节为民委会征诗有作二首

　　　　工农联盟　百花齐放 ………………………………………（234）

　　徐渊如自迪化来诗，即以答之 …………………………………（234）

　　春节文史馆联欢会上，赋《百家争鸣》一首 ……………………（234）

　　今岁丁酉，余年幸登八秩，又值廿岁游沣之辰，
　　同人欲为祝嘏，因以《重游沣水》纪之。
　　倘得惠有佳什，当胜祝辞也（二首） ……………………………（235）

　　和张质生《重游沣水》元韵八首 …………………………………（236）

　　和徐渊如为其夫人陈月如八十寿诗原韵四绝 …………………（237）

　　碧桃开已七日，尚得荣茂，喜而志之（二首） …………………（238）

　　咏子午莲 …………………………………………………………（238）

　　洗兵词（二首） ……………………………………………………（238）

　　忆闰欢集 …………………………………………………………（239）

　　拾花有句 …………………………………………………………（239）

　　和东雪《闰八月望日玩月》原韵 …………………………………（239）

　　重阳日，文史馆同人欢聚，并庆祝苏联十月革命纪念 ………（239）

　　范禹卿画赠《重游沣水图》，并题七古一章，依韵赋谢 ………（240）

　　浮生（二首） ………………………………………………………（240）

　　十月廿夕，人造卫星过兰州 ……………………………………（240）

好眠 …………………………………………………………………（241）

　敝裘 …………………………………………………………………（241）

　杨干如以问范老病诗索和，即步其韵，并柬范老禹卿 ……………（241）

戊戌(1958年)

二十五首：五古三首，四言二首，五律六首，七古二首，七律五首，七绝七首

　韩定山以《和友纪年诗》见示并索余作，因效颦为之 ……………（242）

　戊戌政变六十周年纪念，写寄康同璧女士 ………………………（242）

　碧桃盛开欣赏二十八字 ……………………………………………（242）

　浆水面 ………………………………………………………………（243）

　患痰嗽 ………………………………………………………………（243）

　家藏赵孟𫖯画驴小图，七百余年物也。题以二十八字珍之 ……（243）

　引洮颂 ………………………………………………………………（243）

　端午即事 ……………………………………………………………（243）

　卧病 …………………………………………………………………（244）

　范禹卿以预写《引洮工成》近作见示，为步原韵和之 ……………（244）

　偶阅蔺子贤表兄旧赠诗，感而有作 ………………………………（244）

　和杨干如《立秋前大雨》原韵 ………………………………………（245）

　自嘲 …………………………………………………………………（245）

　《纪年诗集》题词 ……………………………………………………（245）

　日影 …………………………………………………………………（245）

　题《学步集》 …………………………………………………………（245）

　食无肉 ………………………………………………………………（246）

　食肉谣 ………………………………………………………………（246）

　出无车谣 ……………………………………………………………（246）

　眠起 …………………………………………………………………（246）

　炼钢 …………………………………………………………………（246）

　和挈园菊展原韵四律，并依原作，

　　用"力止浩劫，高呼和平"口号，为双钩格(四首) ………………（247）

己亥(1959年)

五首：七律一首，附自挽联，五绝二首，七绝二首

　病中作 ………………………………………………………………（247）

　附录：自挽联 ………………………………………………………（248）

　病起，碧桃正开，口占二十字 ………………………………………（248）

　又 ……………………………………………………………………（248）

　春暮 …………………………………………………………………（248）

自觉 …………………………………………………………………… （248）

存庐诗话

自序 …………………………………………………………………… （251）
徐文泉序 ……………………………………………………………… （251）
存庐诗话 ……………………………………………………………… （251）

竹民文存

箴风 …………………………………………………………………… （281）
请勿废孔子庙祀议 …………………………………………………… （281）
闰欢赋 ………………………………………………………………… （283）
祭蔺衡如舅父三周年文 ……………………………………………… （283）
北京上刘晓岚师函 …………………………………………………… （284）
甘肃田赋征收刍议 …………………………………………………… （285）
四川吏学馆上言编纂事宜笺 ………………………………………… （286）
说吏治 ………………………………………………………………… （286）
分权议 ………………………………………………………………… （288）
甘肃清理财政议 ……………………………………………………… （290）
致田枫溆书 …………………………………………………………… （291）
与省议员李翼侯论用人书 …………………………………………… （292）
代阎庆皆致都中同人函 ……………………………………………… （293）
上刘晓岚先生函 ……………………………………………………… （294）
上陇东陆镇守使书 …………………………………………………… （294）
粤东重修甘肃义园募捐启 …………………………………………… （295）
沪上与国会同人议法律问题 ………………………………………… （296）
《吴氏家谱》跋 ……………………………………………………… （297）
上黎总统书 …………………………………………………………… （297）
都中上甘督陆仙帅书 ………………………………………………… （299）
公祭前督办甘肃军务兼省长仙槎陆公文 …………………………… （300）
公祭陆公仙槎合祀陶公祠文 ………………………………………… （300）

存庐文录

卷一　序

《甘肃特产考略》自序 ……………………………………………… （305）

金书舲先生《听云山馆集》序 ………………………………………… (306)
《关氏家谱》序 …………………………………………………………… (307)
《绮史新咏》序 …………………………………………………………… (307)
《甘肃赈务汇刊》第一编序 ……………………………………………… (308)
《甘肃赈务汇刊》第二编序 ……………………………………………… (309)
《甘肃赈务汇刊》第三编序 ……………………………………………… (310)
重印《太上感应篇》序 …………………………………………………… (311)
《颐园杂咏》序 …………………………………………………………… (311)
邰阳谢静庵先生懿行序 …………………………………………………… (312)
杨济舟重修家谱序 ………………………………………………………… (313)
刘绍庭重修家谱序 ………………………………………………………… (314)
《皋兰明儒遗文集》自序 ………………………………………………… (315)
《学海指南》序 …………………………………………………………… (316)
水太夫人七旬晋一寿序 …………………………………………………… (316)
《时轩〈诗〉义录》自序 ………………………………………………… (318)
《存庐异梦录》序 ………………………………………………………… (318)
《皋兰彭氏家谱》序 ……………………………………………………… (319)
《重修怀德堂王氏家谱》自序 …………………………………………… (319)
《祁漓云荫杰诗稿》序 …………………………………………………… (320)
《求是斋诗法指南》序 …………………………………………………… (320)
重印《小儿语摘钞说意》后序 …………………………………………… (321)
《崔氏家谱》序 …………………………………………………………… (322)
《刘果斋先生年谱》序 …………………………………………………… (322)
《枳香山房诗草》序 ……………………………………………………… (323)

卷二　记

佘务斋先生德教碑记 ……………………………………………………… (323)
甘肃赈灾华洋救济会会宁县疏河修路记 ………………………………… (324)
甘肃震灾华洋救济会静宁县疏河记 ……………………………………… (326)
甘肃震灾华洋救济会通渭县疏河记 ……………………………………… (326)
颐和园游记 ………………………………………………………………… (327)
兰州保节堂改建记 ………………………………………………………… (329)
陶公祠碑记 ………………………………………………………………… (329)
刘果斋先生德教碑记 ……………………………………………………… (330)

卷八　传略

刘果斋先生事略 …………………………………………………………… (332)

张天石传略 ……………………………………………… (333)
　　阎简斋传略 ……………………………………………… (333)
　　祁少昙传略 ……………………………………………… (334)
　　白豫三传略 ……………………………………………… (335)
　　张介侯传 ………………………………………………… (335)
　　吴柳堂先生事略 ………………………………………… (336)
卷九　公牍
　　上北京华北救灾协会电 ………………………………… (339)
　　致徐季龙代电 …………………………………………… (340)
　　公呈甘肃省政府请饬兰州市政府缓免土地建筑等税文 … (341)
　　呈行政院请缓收兰州市土地等税文 …………………… (342)
　　呈请甘肃省政府提倡经学以存固有文化文 …………… (344)

甘肃文献

例言 …………………………………………………………… (349)
历代甘肃文献录 ……………………………………………… (350)
大清甘肃文献录 ……………………………………………… (409)
历代甘肃文献补录稿 ………………………………………… (485)

甘肃历代地震纪

………………………………………………………………… (501)

年谱等

皋兰乡贤事略 ………………………………………………… (523)
刘果斋先生年谱 ……………………………………………… (538)
甲辰会试卷存本 ……………………………………………… (568)
静宁县信札（四通） …………………………………………… (572)
王烜为其长子王均熙的请假函 ……………………………… (573)
王烜致次子王浚源的信 ……………………………………… (573)
"北极尊神"匾 ………………………………………………… (574)

附录

附录一　书稿存目
《甘肃书院史稿》 ……………………………………………… (577)
《甘肃社会教育史料》 ………………………………………… (577)

《甘肃省水利著略》………………………………………………………（577）
《关梁》……………………………………………………………………（577）
《甘肃特产考略》…………………………………………………………（577）
《闰欢雅集丛录》…………………………………………………………（577）
《皋兰明儒遗文集》………………………………………………………（577）
《皋兰县新志稿》…………………………………………………………（577）
《皋兰县新志初稿》………………………………………………………（578）
《补修金城吴氏家谱》……………………………………………………（578）
《皋兰清诗拾遗》…………………………………………………………（578）
《三变史料初编》…………………………………………………………（578）
《纪提督曹克忠事》………………………………………………………（578）
《读经偶记》………………………………………………………………（578）
《吏学札记》………………………………………………………………（578）
《中学通绎》………………………………………………………………（578）
《随获录》…………………………………………………………………（578）
《陇音》……………………………………………………………………（578）
《时轩诗义录》……………………………………………………………（578）
《存庐异梦录》……………………………………………………………（578）
《竹民日记》………………………………………………………………（578）
《周易大象义》……………………………………………………………（579）
《诗笺粘存》………………………………………………………………（579）

附录二　友朋赠诗

闰欢雅集怀竹民寄赠 …………………………………………… 刘尔炘（579）
赠竹民画中题句 ………………………………………………… 刘尔炘（579）
送王竹民北上 …………………………………………………… 邓　隆（579）
和王竹民《残花诗》 …………………………………………… 邓　隆（579）
闰欢雅集 ………………………………………………………… 邓　隆（580）
四月初四王竹民邀游五泉，是日天寒，张质生不至，戏以调之 ………… 邓　隆（580）
心道法师讲《金刚经》竺民不至，吟此速之 ……………………… 邓　隆（581）
再柬王竺民 ……………………………………………………… 邓　隆（581）
张质生云王竹民催讨诗债，拈此搪塞 ……………………… 邓　隆（581）
约客看花王竹民以戒酒辞吟此调之 ………………………… 邓　隆（582）
喜雨步王著明原韵 ……………………………………………… 杨巨川（582）
自慰和王竹铭解嘲，七叠前韵 ………………………………… 杨巨川（582）
和王竹茗烜处长鹿鸣私宴引原韵 ……………………………… 张质生（583）

今年农历二月十九日,为余重游泮宫之期,去冬曾预赋
七章,今再补一绝句,足成八首,分寄同人索和 …………… 张质生(583)
和王著明烜喜赈务会改组原韵 …………………………… 张质生(584)
四月四日竹茗招同诸社友于五泉山作第二雅集,余以
有事爽约,越日访竹茗未晤,
知题为喜雨竹枝词为补上八截句 …………………………… 张质生(585)
和竹民闰欢二集竹枝词元韵 ………………………………… 张质生(585)
杨济舟招同张鸿汀、邓德舆、王竺民、蔺紫仙、
秦幼溪、徐廉泉、刘百禄作闰欢第三集于五泉
图书馆,并登榆巢畅谈,为赋七律四首 …………………… 张质生(586)
再叠前韵柬济舟、竺民 ……………………………………… 张质生(586)
济舟再叠前韵赐和,三叠以答并质竺民 …………………… 张质生(587)
济舟三叠前韵见教,四叠酬之并质竺民 …………………… 张质生(587)
济舟又示感事叠韵,六叠酬之并柬竺民 …………………… 张质生(588)
竹民转示济舟五叠感事,七叠酬之 ………………………… 张质生(588)
奉酬济舟自慰竺民解嘲,各叠第一章韵 …………………… 张质生(589)
济舟以九十两叠杂感见示,十叠十一叠酬之,并柬竺民解 … 张质生(589)
丙子闰三月二十三日,邓德舆招王竹茗、徐益珊、
杨济舟、水楚琴、张鸿汀、蔺自贤复兴闰欢雅
集于拙园,为第一集,以绍刘果斋太史诗社,
为赋长歌,聊质同人 ………………………………………… 张质生(590)
酬水楚琴、王竺民仍叠前韵 ………………………………… 张质生(590)
孟威将军招同范喑翁之杰、水楚琴、范禹勤、
徐韵潮、高一涵、郭冷厂、蔡晓霞、王竺民、廖井芝、
丁宜中诸名流二十余人宴赏凤尾兰,即席分韵,
余得王字,为赋长歌 ………………………………………… 张质生(591)
温儿和著明诗,词意俱佳,喜而又和并抄送著老,以示难忘结习 …… 张质生(591)
前索王著明老友吟邹公梅花古风,欣荷抄示,为赋长句报之 … 张质生(592)
又和著明老友元韵,并质仲翔以博一粲 …………………… 张质生(592)
已丑花朝,奉约楫舟、禹勤、著明、渊如、楚琴诸老,
宜中、定三、新令、仲翔、啸霞、玉章诸先生小集寓斋。
渊如、玉章均有赠诗。省工窑街,行役匝月,
归赋七律四章,补纪其事 …………………………………… 张思温(593)
和王著明先生重游泮水诗原韵 ……………………………… 张思温(593)

附录三　王烜传及相关序跋

《兰州市志·王烜传》……………………………………《兰州市志》(595)
《王烜诗文集》序一 ……………………………………… 吴廷富(596)
《王烜诗文集》序二 ……………………………………… 李鼎文(596)
《王烜诗文集》跋一 ……………………………………… 邓　明(597)
《王烜诗文集》跋二 ……………………………………… 王浚源(598)
《我的父亲王烜》 ………………………………………… 王浚源(599)
《皋兰县新志稿校注·序》 ……………………………… 杨建新(622)

附录四　王竹民先生年谱 ……………………………… 邓　明(624)

参考文献 ………………………………………………………（632）

后记 ……………………………………………………………（634）

《击柝集》

此集为编年诗,写作时间起自1902年,迄于1959年,共58年,收诗1199首。

卷　上

光绪壬寅(1902年)

五古五首,七律一首,七绝一首

书怀四首[1]

一

南山一片云,不为飘风移。
托根岱宗石,崇朝蔽四垂。
士生贵有本,本立荣其枝。
有如微云行,好雨随乃施。
有如旱既甚,苍生望属斯。

二

少壮宜努力,勿贻老大悲。
古语不吾欺,安可弃若遗。
但抚幽兰操,空谷抱芳姿。
披榛花自馥,廉泉根可滋。
忧乐以天下,穷达任所之。
胡为多自苦,独行在忘机。

三

邓禹年廿四,佐命定炎刘。
陶潜晋处士,心逸而日休。
达者固已达,贫士贵优游。
我来自田畔,泛泛飞白鸥。
振翎刷其羽,天地任遨游。
胡不抟九万,风高动人愁。
但惧草木腐,非为浮名留。

四

本无近俗韵,岂与世浮沉。
帝乡不可即,招隐到山林。
明窗列万卷,抗怀观古今。
但企诸葛君,时作梁父吟。
世情日以远,道味日以深。

龙眠足经济，牛卧扩胸襟。

行藏听用舍，驰驱在知音。

校释：

[1]原注："此求古书院考课作。"求古书院：清光绪九年（1883年），陕甘总督谭钟麟与甘肃学政陆廷黻改兰州府贡院考棚为求古书院，招收全省诸生肄业。光绪三十一年（1905年）改为甘肃初级师范学堂。宣统二年（1910年）改为求古学堂。入民国，先后入驻陇右实业待行社、丰黎社仓、甘肃通志馆、贡元巷小学。1976年后入驻城关区文教局。1980年建成兰州市少年宫东楼。1990年后建为三洲开发公司家属楼，门牌号为贡元巷53–59号。

碧血碑[1]词

拂云楼，[2]矗城北。下有碑，号碧血。碧不风吹尽，血不雨淋灭，缕缕留殷红，天阴乃赫赫。嗟呼顾与颜，千秋犹芳烈。

校释：

[1]碧血碑：肃王府北城拂云楼原有诗碑二通，碑阴各有一块碗大血迹，历久不泯，故名。明崇祯十六年（1643年）李自成部贺锦攻入兰州，执肃王朱识鋐，其妃颜氏、顾氏登北城欲投黄河，未及，以头撞碑而死。封建统治者为表彰颜氏、顾氏，称此碑为"碧血碑"，葬妃城下节园内。清同治十二年（1873年）陕甘总督左宗棠在墓南建烈妃庙。1940年移碑于墓西南韬碧亭。1976年后，一碑移入兰州市工人文化宫内。

[2]拂云楼：旧名源远楼。明代建在兰州北城墙上，北临黄河，南为明肃王府后花园。位置约在原中共兰州市委招待所附近。1959年拆除，拓修为滨河路。

东岗镇暮望[1]

东关遗堡访东岗，千仞振衣大野苍。

云际秋风南去雁，岭头夕日下来羊。

炊烟绕郭连阡紫，河水萦堤一带黄。

官道归随官树绿，依依垂柳映垂杨。

校释：

[1]原注："镇宋时东关堡。"东关堡：原名恭噶关、巩哥关。恭噶、巩哥，为吐蕃语。安史之乱后，吐蕃所建。宋元丰四年（1081年）李宪收复兰州后置巩哥关，六年（1083年）改称东关堡。因地处兰州城东，故名。金因之，元废。明景泰初重筑。后为驿站，清代为东岗镇。即今城关区东岗镇。

感　事

仲由菽水承欢日，鼎食他年讵可期。

每到晨昏增喜惧,堂前萱笑暮云垂。

癸卯(1903年)

五古三首　七绝六首

书楼即景

青苍万叠山,朝日出林莽。
灼灼幻云霞,大观瀛海上。

与同人迎春东郊

社鼓晴郊闹几回,年年此日笑相催。
诸君莫信东皇返,已去春光不复来。

河北[1]散步口占

河道经枹罕,[2]悬崖积石[3]开。
奔流东北折,白马浪[4]飞来。

校释:
[1]河北:黄河兰州段北岸。
[2]枹罕:西汉置县,治所在今甘肃省临夏县韩集镇双城村。
[3]积石:指今青海省东南部积石山脉。
[4]白马浪:在兰州市金城关与雷坛河口之间的黄河中。水石湍激,雪涌涛飞,如万千白马奔驰,故名白马浪。

五泉春游

南园[1]野色艳阳春,水水山山次第新。
斜日登楼开醉眼,青衫归去几游人。

校释:
[1]南园:明清兰州城南多农田、菜园、果园、花园,故名南园。南园西起上下沟,东至颜家沟,为灌溉溥惠渠水、五泉山和红泥沟泉水的带状绿地。

秦王川[1]

荡荡秦王川,周回二百里。
闻说晓行人,往往见灵诡。
城郭隐约间,旌旗倏来止。
数见亦不鲜,蜃楼与海市。[2]
中有石青洞,[3]抑岂藏大傀。
或为古允吾,英奇护故垒。
或光影所映,或蛟龙在水。
进征格致家,为之搜野史,
野史不言详,请君精析理。

校释:

[1]秦王川:在永登县中川镇、秦川镇、上川镇及皋兰县西岔镇。以十六国时陇西鲜卑族乞伏氏西秦王驻牧地而得名。为断陷盆地,南北长约40千米,东西最宽处约16千米,面积约470平方千米。2012年8月,国务院批复设立为兰州新区,面积扩展为1744平方千米。

[2]蜃楼与海市:昔日秦王川,常在空中、地面出现高大楼台、城郭、树木、旌旗人马的幻境。此为海市蜃楼现象,系沙质或石质地表热空气上升,使得光线发生折射作用所致。清代诗人吴镇《秦王川石青洞记》称:秦王川"每清晓辄见城郭楼台、人马旌旗之状,若海市然。"为永登八景之一的"晴川幻境"景观。

[3]石青洞:在秦王川,洞深邃,内产石青,故名。石青为蓝铜矿,系碱性铜碳酸盐矿物,常与孔雀石一起产于铜矿床的氧化带中。蓝铜矿可作为铜矿石来提炼铜,也用作蓝颜料。

咏古四首

谢安
阿谁国手济时难,淝水功成一局闲。
江左风流王与谢,勋名毕竟让东山。

祖逖
剑锋楫响自英雄,誓扫胡尘恨未终。
一看星沉秋垒寂,吴山半壁夕阳红。

岳钟琪[1]
百花潭畔结茅庐,幸免邹阳狱内书。
红柳蔽天桑骆海[2],殊勋长忆竟何如?

赵良栋[3]

东风吹马如吹船,万里征鞶独请先。
谁道功成犹自诉,不曾轻载苡珠旋。

校释：

[1]岳钟琪(1686—1754年)：字东美,号容斋,兰州人。康熙末率军入西藏平乱。雍正时随年羹尧破罗卜藏丹津于青海,后率军进攻准噶尔部。官至川陕总督,任宁远大将军。乾隆时参与大金川之战。晚落籍成都。

[2]桑骆海：在唐古拉山以北、乌兰乌拉湖以南的沱沱河上游一带,系青海省格尔木市唐古拉山镇辖地。清雍正元年(1723年),抚远大将军年羹尧和奋威将军岳钟琪,率军进军青海,平定和硕特首领罗卜藏丹津发动的反叛,岳钟琪率骑兵追击到桑骆海。

[3]赵良栋(1621—1697年)：字擎之,号西华,宁夏人。清顺治初,随英亲王定陕西。又从洪承畴征云南。康熙十三年(1674年)任宁夏提督,平定驻军叛乱。十八年(1679年)出兵攻吴三桂,攻克成都,擢云贵总督。二十年(1681年)攻克昆明,平定吴三桂之乱。后受权贵排挤,乞病而归。

甲辰(1904年)

五律二首　七绝五首

北上拜别慈帏[1]

一领紫衣换彩衣,相期禄养报春晖。
祇愁拜别萱堂日,有泪沾襟嘱早归。

校释：

[1]原注："本年会试在汴梁,殿试在北京。"清光绪二十六年(1900年),因八国联军摧毁京师贡院,三十年(1904年)甲辰科会试,遂借用河南省会开封(古称汴梁)贡院举行,复在紫禁城保和殿举行殿试。此为中国科举制度最后一科会试。

过六盘山

六盘山险绝,晓月照人行。
云压轮都没,峰回马不鸣。
祖鞭先著意,尊驭叱闻声。
纵到崎岖甚,犹言未喜平。

浮 云

世情蕃变原如此,富贵傥来幻化成。
但是山川深不出,谁能霖雨润苍生。

颐和园引见[1]

雨中禁树凤池头,几度鸡人报晓筹。
宫扇开时门四辟,跄跄多士绿牌留。[2]

校释:

[1]原注:"是日值雨。"
[2]原注:"凡引见者,俱以绿头牌书名字,呈御览。"

九月出都河南道早行

秋老河阳路,苍然曙色低。
归鸿分日影,征马落霜蹄。
红叶枫依岸,黄芽菜满畦。
前程何处是,迢递望关西。

和店壁闺行韵[1]

一

门外征车任往还,云鬟未整晓来天。
支颐细审昨宵梦,梦到燕山何处边?

二

热透心肠冷透拳,深宵独倚枕寒边。
无端脉脉相思泪,滴尽灯油未肯眠。

校释:

[1]原注:"与阎简斋同年各和数首,强半遗忘矣。"阎简斋(1879—1934年),名士璘,号玉彬,甘肃陇西县人。清光绪甲辰科进士,授翰林院编修、国史馆协修。光绪三十二年(1906年),留学日本法政大学。民国初期,任甘肃省议会议长、省立第一中学校长、甘肃省公立图书馆馆长、甘肃省教育厅厅长、安肃道尹、泾源道尹等。

乙巳(1905年)

五古一首　七绝四首

奉慈舆北上赴都

板舆迎养日,喜心何如惧。
亲年届古稀,乃涉迢迢路。
吾亲言无妨,皇都夙所慕。
乘时得游豫,奚必虑迟暮。
从此望秦云,竟尔指燕树。

过长安旅店,短垣外桃花盛开,因题壁

三月春风满路香,征车停处已斜阳。
桃花何似东邻女,笑靥盈盈隔短墙。

读《喀希尼条约》[1]有作

卅年兵革事已非,海外征帆送夕晖。
祇为秋鸿误密约,(慈)〔辞〕[2]他北雁向南飞。

校释:
[1]《喀希尼条约》:清光绪二十年(1894年)甲午之战后,清廷与俄国使节喀希尼签订的条约,共六条,日本如侵占东亚、中国等国土地,容许俄军从水陆进入中国,清俄两国共同援助御敌。
[2](慈)〔辞〕:油印本误为"慈",据文意改为"辞"。

领俸作

已仕何堪素飧讥,葵心也自向晨晖。
家贫亲老君恩重,击柝抱关[1]是与非。

校释:
[1]击柝抱关:《孟子·万章》下:"辞尊居卑,辞富居贫,恶乎宜乎?抱关击柝。"抱关,门卒;击柝,敲梆子警夜。指守门打更的小吏。

重阳微雨

十分秋色总萧条,紫蟹黄花债未消。
买醉又逢重九节,一番小雨过崇朝。

丙午(1906年)
七绝六首

春　晴[1]

羁栖旅馆亦吾家,一事浑无便足夸。
白雪初晴春日暖,小窗闲看水仙花。

校释:
[1]原注:"时寓皋兰会馆。"

燹余纪闻

一

黄村村外莽妖氛,战胜犹夸乌合群。
岂意铜驼荆棘里,禁城铙鼓殡西军。[1]

二

橹楼灰烬势燎原,何幸灵光劫后存。
见说一鞭红袖影,柳腰袅娜入金门。[2]

三

柏林游罢几残春,烽火相逢识旧人。
风韵犹存侬未老,汉家赢得再和亲。[3]

校释:
[1]原注:"都人云:庚子之役,西洋军败于黄村,犹鸣金鼓入正阳门,葬死者于西什库。"
[2]原注:"联军进京后,西妇自由出入禁中。"
[3]原注:"德将瓦得西居宫内,召赛金花同处。闻议和金花与焉。"

老　槐[1]

一

虬干笼莛老气横,百年鬱勃一敷荣。
吾家亦有三株秀,五夜飞来丝竹声。

二

历尽劫尘几度秋,荣枯且自任天游。
南柯又傍门前绿,旅馆何人好梦留。

校释:
[1]原注:"在甘肃会馆外,久枯。今岁复荣,为咏二绝。"

丁未(1907年)

七律三首　七绝九首

送陆阶平[1]同学之官太原

茫茫别绪怅绮筵,意气如君幸夙缘。
壮志独游万里外,好书共读十年前。
云山杳霭瞻三晋,烟雨溟蒙话五泉。
勉此功名争第一,文官不爱半文钱。

校释:
[1]阶平:名恩泰,甘肃榆中县人。清末附生。民国初期,历官甘肃陇西、安西、敦煌县知事。

和刘晓岚[1]师慰移花原韵

一

恹恹芳魂莫自哀,如今我亦谪蓬莱。
相期植干培根地,早育衔华佩宝胎。

二

并无雨骤与风狂,应有新阴月半墙。
休作柳眠棠睡态,蔚蒸元气早回阳。

三

鹃声啼断为谁哀,萱草堂前愧老莱。[2]
拈得返魂香一瓣,祗容脉脉祝花胎。

四

惊回春梦岂猖狂,寄语花君莫面墙。
天意玉成须自励,挥戈犹得返斜阳。

校释:

[1]晓岚(1865—1931年):名刘尔炘,号果斋,晚号五泉山人,兰州盐场堡人。清光绪十五年(1889年)进士,改庶吉士,授翰林院编修。主讲五泉书院,王烜为其学生。二十九年(1903年)任甘肃文高等学堂总教习。创办陇右实业待行社、丰黎义仓、乐善书局等。以工代赈,重修五泉山。著有《果斋前集》《嚘经日记》等。

[2]原注:"时余丁内艰家居。"

和刘晓岚师祷雨诗

一

喧喧社鼓震灵湫,都为田苗祝有秋。
朝起望云暮望雨,与民同乐应同忧。

二

馨香到处苦相求,神力也穷佛也愁。
安得桑林[1]十日雨,大家欢舞谢天麻。

校释:

[1]桑林:地名。古代传说,汤之时,七年旱,以五事自责,身祷于桑林之际。

有 感

误踏红尘已卅年,悲欢离合竟何缘?
人生不为情多累,都作蓬莱无上仙。

过红泥岩[1]有怀

红泥岩下树依依,梵籁铃声出翠微。
欲踏芒鞋探幽胜,林深恐有鹧鸪飞。

校释:

[1]红泥岩:在兰州市五泉山公园东侧,系皋兰山麓一小岔沟。沟顶裸露红胶泥层,故名。有泉汇为小溪,古木参天,幽邃清寂,景色殊佳。旧有惠泉寺、志公洞。

七夕偶成

长生殿里再生缘,辗转蛾眉死马前。
谁似星河牛共女,千秋七夕总团圆。

与金星阶[1]、王旭东、于映五、陈克清[2]诸同学游曹家园[3]

相逢重上镜泉楼,山色苍然野色秋。
爱此田园小隐乐,输他廊庙盛时忧。
绿云满亩参烟谱,[4]红树当窗折酒筹。
胜地登临能几度?少年同学话从头。

校释:

[1]金星阶:名泰乾,皋兰县禄家巷人。父金文揆,叔父汉中知府金文同。清光绪廪生。任甘肃省立一中仪器图书管理员。

[2]陈克清:字膺禄,皋兰县人。清考职试用巡检、署理灵台县承审员。工书法,善仿唐琏书法。1950年代犹在世,年八十许。

[3]曹家园:在兰州市小稍门外甘肃省保育院。清道光间兰州翰林曹炯创建,其子曹春生续修。民国初年,会宁进士秦望澜购进,重新修葺,改名为颐园。占地二十多亩,有果树百余株,种菜莳花,引五泉山溪水灌溉,有镜泉楼、瑞杏轩、养花莳竹之斋等园林建筑物。1950年,甘肃省人民政府购买,改建为甘肃省第一保育院。

[4]烟谱:清乾隆间,江苏吴江陆燿所撰烟草专著。记述烟草来历及名烟产地、烟叶加工及各地所制烟的特点、吸烟工具的形制、吸烟风尚和吸烟宜忌。曹园左近多种植烟草,引五泉山、红泥沟泉水灌溉,质量绝佳,为兰州水烟的重要原料地之一。

阎简斋同年自日本柬来却寄

八月都门忆送君,壮游我独叹离群。[1]
归来陇坂千山雪,望断海天万里云。
但有经纶匡国步,莫将忧愤坠斯文。
鱼书读罢神长往,学说中西试解纷。

校释:

[1]原注:"去年秋同人均赴东洋留学,余以侍慈疾未去。"

戊申(1908年)

五律二首　五绝一首　七律一首　七绝二首

夏游五泉登眺

几度五泉来,登临亦快哉。
山根盘水石,树杪现楼台。
绿野东岗尽,红泥曲径开。
著鞭寻古迹,[1]人说冠军才。

校释：

[1]著鞭寻古迹：黄建中乾隆《皋兰县志》卷三《山川》：五泉"又名鞭搠泉,相传霍去病卓鞭泉出,俗为东龙口、西龙口。"

夏夜与金松乔[1]、刘韶庭[2]诸友同宿五泉

日暮云归鸟倦还,留人明月正衔山。
林阴古寺钟声妙,麓下田家灯影闲。
潺潺泉流通曲径,茫茫野色叩禅关。
楼头夜半茶香歇,尔我忘形万虑删。

校释：

[1]金松乔：名森乾,皋兰县禄家巷人。汉中知府金文同的长子。清光绪廪生。工书法。
[2]刘绍庭：名绳武,皋兰县人。清宣统时以优贡朝考为七品小京官。民国初年在青海、新疆做官。晚年归兰州,行医,吟诗。著有《听云山房诗草》。

和刘晓岚师九日金山寺[1]登高原韵

一

聊写心声藉献酬,春秋佳日数从头。
祗今惭对陶彭泽,欲别黄花又远游。[2]

二

金城关[3]外极瓜州,百战河西亦已休。
杯酒漫谈天下事,登高且赋北山头。

校释：

[1]金山寺：在兰州市白塔山西部山腰,高低错落,雄视黄河。清康熙四十四年(1705年)建,1967年拆除。
[2]原注："时余将起复入都。"

[3]金城关:在兰州市黄河铁桥北。隋设关,宋重修,明代屡修。1942年,拓修甘新公路时拆除。

秋夜即景

秋夜凉如洗,闲阶独步迟。
风来红蓼影,月上碧桃枝。
孤雁分明过,群蝉断续嘶。
向眠眠未得,寒到二更时。

卜　居

沧浪清浊水,若木[1]高低枝。
卜居何处是?欲去故迟迟。

校释:

[1]若木:《山海经》所载,长在日入处的一种树木。

己酉(1909年)

五律三首　五绝二首　七律二首　七绝七首

春二月北上晚次青家驿[1]

驿长行欲晚,落日满岩巅。
车绕悬崖路,牛归远树烟。
危桥偏曲折,野店且流连。
又是携儿女,风尘苦自怜。

校释:

[1]青家驿:在甘肃会宁县城东九十里的青江。为明清时陕甘驿道上的驿站。

过长安旅店重题

陌上风和草欲香,邻邻[1]车过趁垂杨。
为言我似春来燕,依旧寻巢入画梁。

校释:

[1](邻邻)〔辚辚〕:油印本误作"邻邻",据文义改为"辚辚"。

自叹

艳说京曹吏若仙,风尘仆仆竟何缘?
须眉老大惭形影,郎署浮沉积月年。
陋巷箪瓢仍乞米,小园榆荚却名钱。
此生岂得徒温饱,须是贫来不悯然。

谒吴公祠[1]

故宅椒山迹正同,[2]南横街北日朝红。
清槐香枣生虚室,[3]辣桂辛姜此老翁。
庙貌千秋旌大节,疏言两壁刊孤忠。[4]
于今废立已陈迹,奕局纷纷尚未终。[5]

校释:

[1]原注:"祠为柳堂先生故宅,在都中南横街,后(贷)〔货〕于张姓。吾乡金书舲、刘子嘉诸先生募赀赎回,因为祠。"柳堂(1812—1879年),名吴可读,字柳堂,皋兰县南府街(今兰州市城关区金塔巷)人。清道光三十年(1850年)进士,授刑部主事。主讲兰山书院。转河南道监察御史。为抵制慈禧太后专权,尸谏为同治帝立嗣。著有《携雪堂全集》。(贷)〔货〕:油印本误作"贷",据文义改为"货"。金书舲(?—1909年),名文同,皋兰县禄家巷(今属兰州市城关区)人。清光绪六年(1880年)进士,授户部主事,迁员外郎、郎中。庚子事变,因扈从慈禧太后、光绪帝至西安,授兴安(今陕西安康)知府,政声卓然,调署汉中知府,推行新政不扰民。著有《听云山馆集》《书舲公牍》。刘子嘉(1850—1906年),名永亨,一字次元,号晴帆,秦州(今天水市)人。光绪三年(1877年)进士,翰林院庶吉士,授编修。因纂修《会典》,擢侍读学士。庚子事变,因随扈慈禧太后、光绪帝至西安,官内阁大学士兼礼部侍郎,移总都仓侍郎,卒于官。曾任求古书院山长。

[2]原注:"都中杨椒山故宅,后人葺以为祠"。杨椒山(1516—1555年),名继盛,字仲芳,保定容城(今河北容城)人。明嘉靖进士,二十六年(1547年),官兵部员外郎,以劾大将军仇鸾误国,贬官狄道(今甘肃临洮)典史,兴办学校,疏浚河道,开发煤矿,传授纺织技术,深受民众拥戴。不久起用,官兵部武选员外郎,劾权相严嵩十大罪,下狱受酷刑,被杀。著有《杨忠愍集》。

[3]原注:"甘肃馆有槐清枣香之室,公祠内亦有槐枣各一株。"

[4]原注:"公遗疏刊于祠内回廊壁上。"

[5]原注:"大阿哥立为穆宗嗣,后被废。"

七月朔暴雨

好梦雷惊破,秋声万斛波。

觉来无一事,听雨晓眠多。

无 题

莫问通津处,仙源已洞开。
鸭头春涨绿,争见舣船来。

促 织

促织鸣后鸣,凉宵梦未成。
一墙金月影,万里玉关情。
机锦怀人泪,刀环战士盟。
可怜虫似汝,凄切到三更。

思 家

陇云空怅望,客子触离情。
官味同鸡肋,乡思入雁声。
今秋人逾瘦,昨夜梦还清。
那矢桑蓬愿,[1]羁栖尚玉京。

校释:
[1]那矢桑蓬愿:即桑弧蓬矢,古代男子出生,以桑木作弓,蓬草为矢,使射人射天地四方,寓志在四方之意。典出《礼记·内则》。

买 菊

一肩秋色到门迟,随意分来数几枝。
栽得黄花增叹息,今吾又不在东篱。

读长生殿传奇为题三绝

一

一死犹堪社稷存,美人总未负君恩。
当年若葬唐陵玉,千古谁怜罗袜魂?

二

不怕身亡怕国亡,碧凝白练竟何伤?
赵家阿妹青年死,那似坡前冢草香。

三

马嵬坡下悼仙姿,千载人题葬玉诗。
谁似清平三绝调,香浓檀口度新词。

和王建侯[1]约同拍影题句原韵[2]

一

同向天涯踏紫尘,如兰臭味契前因。
明朝莫洒别离泪,南北东西眼底人。

二

宦海萍踪几度春?依依形影帝乡尘。
须眉毕竟仍今我,肝胆还须照后人。

校释:

[1]王建侯(1868—1916年):名树中,号百川,又号梦梅生,皋兰县长川人。清光绪二十年(1894年)进士。官太和知县,署颖州知府,勤政爱民。民国初任甘肃省农会会长、甘肃省教育会会长。著有《细阳小草》《梦梅轩诗草》。

[2]原注:"时建侯以引见毕,将出都,约同乡六人同拍一影。"

庚戌(1910年)

五绝二首　七古一首　七律五首　七绝九首

游南下洼[1]

粘泥落溷数残花,歌管消沉冷碧纱。
流水无情春草绿,可怜人在玉钩斜。

校释:

[1]原注:"在宣武门南,有香冢古迹。"

水云乡客以近作香奁体见示,步韵和之

一

南国佳人鬓若蝉,回头花影化秋烟。
红笺写字春闺怨,绣被焚香月席眠。
老大徐娘成韵事,风流潘令思华年。
知君有意坚于石,争奈情多莫补天。

二

高树晚来一个蝉,窗纱护遍碧如烟。
春风红豆随人去,秋雨黄槐落地眠。
欲赋闲情心岂石?但弹古调意无弦。
阑干倚处增惆怅,往事何烦再问天。

三

无端绮语写联蝉,富贵风尘过眼烟。
江荻青衫曾孰湿,海棠红烛伴人眠。
刘郎本事已成卷,钟子知音不在弦。
惯是才情惯感慨,秋心又逐暮云天。

离鸾词

一

樱桃时节断人肠,竟事蛾眉也未妨。
木为理连难结果,花因泪化不生香。
愁中漫卜缘深浅,别后空余梦短长。
今日若侬恩与怨,试垂帘下自猜量。

二

几度征歌羯鼓挝,当时原说是空花。
秋篱落落红红豆,月榭萧萧碧碧纱。
往事难收欹水器,薄情惯使顺风槎。
石天自古无人补,好与消除夙债赊。

杨柳词

幽怨谁家弄玉箫?柳梢青曲唱魂销。
无情唯有章台树,舞尽春风一搦腰。

拟子夜歌

相思了无益,别离那经惯。
不愿知郎心,那愿见郎面。

有访不遇[1]

红阑干外夜阑珊,万劫千生再见难。
我自低迷思锦瑟,半襟斜月不知寒。

校释:
[1]原注:"集龚定庵词为截句。"

又集定庵词[1]

凤靥过阑干,蒙他讯晚寒。
有相思两字,不愿住人间。

校释:
[1]原注:"五言一首。"

后访不遇[1]

一
笑问客从何处来?且将团扇共徘徊。
花开堪折直须折,今日残花昨日开。
二
自是寻春去较迟,黄金何日赎蛾眉。
楼台深锁无人到,君问归期未有期。

校释:
[1]原注:"集唐二首。"

忆 旧[1]

一

重来已是朝云散,[2]当日何曾轻负春。[3]
玉树歌残秋露冷,[4]安排肠断到黄昏。[5]

二

二年终日苦相思,[6]梦见难多相见稀。[7]
满眼游丝兼落絮,[8]一宵风雨送春归。[9]

校释:

[1]原注:"集词句二首。"
[2]原注:"朱竹垞。"
[3]原注:"陆务观。"
[4]原注:"萨天锡。"
[5]原注:"秦少游。"
[6]原注:"张曙。"
[7]原注:"冯延巳。"
[8]原注:"张泌。"
[9]原注:"康兴之。"

幺凤词

飞来幺凤莫轻弹,抛得隋珠值几千?
慵向新巢栖梦影,祇今身世剩逃禅。

怀 古

黄衫豪侠青衫泪,红拂因缘红线功。
都是人间难得事,古今儿女几英雄?

纪 梦

山岚叠翠起参差,野水萦回渺无涯。
云中仙人如指迷,予恍与人相追随。
楼台隐约临清池,檐帘冻合雪玻璃。

中有佳人坐所宜,钿车忽来八骏驰。
须臾变幻难可期,云峦烟嶂天际垂。
眼前文妙匪夷思,豁然开眸都若遗。
呜呼梦中有此神仙居,但愿终古长睡他无知。

辛亥(1911年)
五律一首　七律七首　七绝二十首

和吴秉丞[1]新春原韵三章

一

朝来晴雪净飞尘,忆别家山又一春。
容易年华殊可惜,莫轻辜负者番新。

二

幽居小院解嚣尘,碧柳青榆掩映新。
好是月明三径夜,与君同醉十洲春。

三

卖花声里又逢春,百感苍茫物态新。
半世如云浮眼过,今年还踏帝乡尘。

校释:

[1]吴秉丞(1866—? 年):名钧,号筱谷,皋兰县万寿宫(今兰州市通渭路)人。寄籍贵德厅(今青海贵德县)。清光绪二十一年(1895年)进士,翰林院庶吉士,改度支部主事,出任山西忻州知州。1923年任敦煌县长。

和祁少昙[1]同年槛鹤原韵

野性萧疏惯任天,此生自分老林泉。
亭前肯放嬴苏子,林下相延伴遁仙。
不信牢笼能我致,何曾轩盖受人怜。
云霄万古真毛羽,一去音尘不计年。

校释:

[1]祁少昙(1882—1946年):名荫杰,字少昙,一字少潭,号漓云,甘肃陇西县人,生于杭州。清光绪三十年进士,授礼部主事。辛亥革命后移居陇西,不复出。著有《漓云诗存》等。

送董翰臣太守之任山左,和郑卿珊陶然亭公饯原韵

使君五马徂他乡,十里离亭饮恨长。
南浦筵开春草绿,东山车过雨梅黄。
绛帷旧学征繁露,紫绶新荣拜上阳。
料得刑清还政简,风声遥听被于棠。

送袁叔畲曹长旋湘,和邹怡斋原韵

诗人老去已华颠,湘水衡云别有年。
清节励时高卧雪,素怀招隐乐归田。
一春花事开离宴,半夜书声载满船。
恰好吟囊凭览胜,五湖烟雨望无边。

晚香玉

爱向帘前斗晚妆,琉璃盆子供芬芳。
却怜月落人归去,谁与秋风伴夜凉?

秋海棠

点缀秋光到小园,豆篱瓜架护阴繁。
花开滴滴如红泪,犹是当年倩女魂。

题泥美人

一

一笑倾城已逼真,谁知抟得是沙尘?
女娲神力原如此,不补情天也动人。

二

漫从画里唤真真,粉黛妆成色色新。
谁道无言花欲落?含情犹似息夫人。

又题泥人风尘三侠

撮合姻缘假是真,居然三侠在风尘。
聪明放诞如红拂,奈向虬翁作呆人。

纪事四首

一
欧风东渐酿干戈,大厦难支唤奈何?
竹剖势成唐节镇,土崩患伏汉山河。
谁堪江左推王谢?独向云中起牧颁。
罪己禹汤欣有诏,数行读罢泪痕多。[1]

二
旁午军书次第哗,凄风盲雨太堪嗟。
大江流激咸阳火,三晋云沉博浪沙。
兔窟安营六国店,燕巢危剩万人家。
寄言倡爱同胞者,蚌鹬鸡虫计已差。[2]

三
将军大树自英雄,背水呼成一战功。
捷报风传飞露布,降旗云绕走艨艟。
金陵王气忽兴日,纶阁霸才须下风。
创新开前未□[3]有,诸君容易得情同。[4]

四
秦树苍茫陇水寒,烽烟满地太无端。
花门莽伏由来易,梅驿书传乍觉难。
少府帑虚番舶实,司农券积债台宽。
安危总有异人任,献曝还当输寸丹。[5]

校释:

[1]原注:"革命军起,各省或拥军为帅,或推官绅为长,朝廷遂起袁项城督鄂,岑西林督川,并下罪己之诏。"

[2]原注:"山、陕、湘、皖、沪、粤以次独立,北军克汉口,残杀过甚。吴禄贞欲引军北上,遂授晋抚,未至省被刺。都中诸富贵家,多移居东交民巷,或赁住六国饭店,或出都,其留者则穷官耳。"

[3]□〔曾?〕:油印本脱字,疑为"曾"字。

[4]原注:"汉阳克后,统军冯国璋赏穿黄马褂,并封男爵,海军有降革命党者。至是南京又陷,革

军将以为根据地,朝廷已布立宪十九信条,袁项城又请议和停战。"

[5]原注:"陕西变起,甘肃宁夏亦有乱,屡电京请饷,而部库早竭,由内帑发前敌饷百万,又拨黄金七万余两。"

题贞青女士图二绝

一

玉树坚牢是化身,生生世世证前因。
个中省识拈花笑,暗里双蛾总觉颦。[1]

二

维摩一卷坐黄昏,花落花开欲断魂。
愿得慈云前顶礼,来生善果福田根。

校释:
[1]原注:"祁少昙之女,遭逢不偶,遁入空门。"祁少昙之女,名祁瑛,工书法,善刺绣。

祁少昙约观盘丝洞剧口占以赠

禅关魔障解难开,万朵飞花落舞台。
赖有心猿收得住,蛛丝断尽见如来。

观东洋幻戏

夜半铙吹曲[1]部场,花灯电影漾秋光。
步虚声里催眠术,东海神仙竹子娘。[2]

校释:
[1](曲)〔鞠〕:油印本误作"曲",据文义改为"鞠"。鞠部:戏班的旧称。
[2]原注:"竹子娘,东洋妇名。"

无题六首

一

十二红楼隐翠钿,云英未嫁惜芳年。
新词好事才翻近,毕竟多磨离恨天。

二

不是梅魂是菊魂,如花倩影玉霏言。
谁知冰雪聪明甚,枉把琴心谱一番。

三

同命鸳鸯薄命花,平生哀乐诉琵琶。
休弹玉树江南曲,亡国声中有恨赊。

四

记曾春雨夜敲棋,奁畔灯前玉手迟。
大好河山凭指顾,与他残局共撑持。

五

饯春还比送春愁,芳草晴川汗漫游。
从此美人迟暮恨,锁君眉上我心头。

六

二十五年待我来,英雄情语费疑猜。
苦留后约误人老,曾见秋花泫露开。

除夕感怀

一

十年客梦醒春婆,世事沧桑竟若何?
爆竹一声家万里,谁能听唱太平歌。

二

天时嬗代符推步,人事兴亡类转蓬。
大好年光今夕尽,忍听暮鼓到晨钟。

即　事

君亡空有国,家在已无亲。
二百年余业,三千里外人。
宫花红溅泪,畔草白成尘。
叹恨予生晚,艰难此一身。

壬子(1912年)

五古一首　五排一首　五绝六首　七古六首　七律九首　七绝九首

和张天石[1]杨花原韵五首

一

飘零身世托春风,歌舞江山洒泪红。
玉树香残人醉后,琼花白堕客愁中。
柳眠未起连荒苑,麦秀堪悲认故宫。
竟日茫茫谁是主?漫天雨雪更溟蒙。

二

艳曳萦盈态可怜,妆楼宿恨锁眉巅。
征衣棉薄输银甲,别绪条长绕绮筵。
切玉丝丝偏作粉,点金缕缕不名钱。
春来双燕浑相识,衔上雕梁欲化烟。

三

飞琼满地逗韶光,底事桃花细逐狂。
垂柳堤边帆作锦,沉香亭畔靥回廊。
乘风竟欲凌云海,泳浪何缘涸草塘。
似我浮游浑无赖,砚池春暖写鸳鸯。

四

一缕烟痕罨翠屏,轻抛春色入杳冥。
谁家纤手飞能捧,此日繁华掷莫停。
珠玉九天随落叶,琴樽千里等浮萍。
输他乱与儿童捉,垂柳偏垂两眼青。

五

不曾添锦却沾泥,芳草晴川日向西。
征士临场穿叶戏,词人献赋借枝栖。
片鳞残甲白龙战,剩粉零香乌雀啼。
野水苍茫春雨歇,渡头谁指问津迷?

校释:

[1]张天石:名振麒,一名振骐,号苦吟生,又号臧史氏,甘肃武威人。清光绪十九年(1893年)举人。曾在《请废马关条约呈文》上签字,参加"公车上书"运动。富有才华,跌宕不羁。寓居北京,诗酒自娱。著有《神乘杂咏》《绮史新咏》,收有讥讽袁世凯称帝组诗。民国初年客死京华。

听王玉峰[1]弦子歌[2]

玉峰瞽者，善弹三弦，都中称绝技焉，五声八音悉能于上奏之。余曾听于一茶园，先作二簧、秦腔并诸时调，末则军乐齐奏，金鼓喧（嗔）〔阗〕[3]，步伐声、呼声、唱歌声间作，若不知为弦也者。乐学之废久矣，非心领而神会者，谁能知其妙哉？予固不娴音律，遭际时变，抑郁无聊，忆此觉声之感人深也，漫为长歌以抒意。

承平歌舞不逢时，我生寥落将何之？马上琵琶壮士泪，坐中锦瑟佳人词。
几年挟策走燕赵，朝野欢娱何酣嬉。梨园子弟腰缠绵，鞠部人才款段骑。
眼中碌碌无余子，师旷之徒有绝技。瞽者氏王字玉峰，其心不盲智足使。
手携三弦上舞台，一番喜乐一番哀。听者忘倦不忘感，坐倾落日满青埃。
一声嘹亮过行云，中宵鹤唳九天闻。间作缠绵忽奔放，鸾和鹄怨骥空群。
繁弦慢拨再三作，北调南腔齐合拍。羽衣霓裳谈天宝，牙板檀槽乱乐籍。
极众仙，咏大罗，悲来商妇江船客。忽然鼓伐将登坛，破阵军中列羽干，
貔貅十万衔枚走，鹅鹳群呼动地欢。俄顷乍教三挝起，痛快似骂曹阿瞒。
累累忽若珠一贯，嘎嘎长鸣又征变。余音绕梁客消散，烟香袅袅满春院。
此时有客叹乌栖，吹竽挟瑟群攀跻。浩歌长夜何时旦，蓦然引动渔阳鼙。
南朝玉树先入破，风波无定莺乱啼。巴人莫唱阳春曲，北里休弹子夜题。
闻道战士刀环伤，凭将一代说兴亡。供奉衣冠零落尽，侏儒粉墨竞登场。
去年国乐鸿典章，[4]大海滔滔天苍苍。岂知云和竟寂寞？不曾雅奏上明堂。[5]
祗今谁朦渐离目，燕市悲歌还击筑。今言万宝空流涕，野狐龟年各潜伏。
请为君歌百感生，难歌雅正歌曼声。梁父谁吟诸葛子，乐工空有雷海清。
从今勿复听君技，听之容易动人情。

校释：

[1]王玉峰(1872—1913年)：字正如，汉军正黄旗人，民间盲艺人。善歌唱并工胡琴，以弹唱谋生。能在弦上模仿谭鑫培、龚云甫等京剧名演员唱腔，称三弦弹戏。

[2]原注："有序"。

[3]（嗔）〔阗〕：油印本作"嗔"，据文义改为"阗"。

[4]（去年国）：油印本衍"去年国"。

[5]原注："上年定国乐，有'海滔滔'语，迄未颁行"。国乐：即清朝国歌。宣统三年八月十三(1911年10月4日)，清政府颁布国歌《巩金瓯》，六天后武昌起义，遂罢。其词曰："承天幬，民物欣凫藻，喜同袍，清时幸遭。真熙皞，帝国苍穹保，天高高，海滔滔。"

金台行，送刘韶廷司直还乡

春老金台飘落花，陇干有客走天涯。软尘紫陌踏几日？沧桑过眼相咨嗟。嗟兹离乱君莫留，别酒盈樽话旧游。君亦胡作春婆梦，我亦胡牵故考国。愁忆[1]金台五六年，四千里外草芊芊。长铗归来增叹息，郎署浮沉趋后先。贫仕与君甘碌碌，诸公衮衮号名贤。如何燕市悲秋风，高歌慷慨各称雄。祇闻六尺孤无托，国门以外战群龙。而今万事尽焚如，看到劫灰泪眼枯。城头落尽西山日，阙下人稀长绿芜。富贵浮云已如此，莫道饥寒迫腐儒。挂冠曾是弹冠客，今吾依然一故吾。君今归去南山卧，放浪形骸无不可。采薇时作首阳歌，种菊何妨栗里坐。况乃仁术精黄岐，不为良相为良医。闭户著书多暇日，雄文招隐北山移。灼灼将离红如许，骊歌一唱人前席。昔日飘蓬今乍归，感慨拼将唾壶击。君不闻金台下士有昭王，骏骨千金遗事芳。郭隗择君亦自择，乐生素抱非寻常。然长往，休自轻。大器由来晚始成，不为驽骀恋豆栈，当作老骥伏枥不平鸣。

校释：

[1]（到）：油印本"忆"后衍"到"字。

纪晋抚陆文烈公[1]殉难事，以吊亮臣同年[2]

雁门关外翻白草，雁门关内秋将老。秋老南天鼙鼓催，南军北军轰如雷。攻城野战何纷纷，瓦解土崩日日闻。陆子亮臣同年生，乃翁坐镇晋阳城。老谋方画中原策，檄军夜半防边行。军心已醉革命祸，诘朝望见辕门火。公闻剧变立堂皇，孝子奔父相扶将。桓桓武士狠如狼，弹雨纷来那可当。臣死原为君忧辱，血殷阶石鬼神哭。一叶芦席才掩尸，劫火不到忠臣骨。令妻义仆血模糊，干城杰士同捐躯。[3]吁嗟乎！武昌一震莽烽烟，似鼠疆臣窜后先。唯有西江水清闽江月白，遥连杳霭之云山。[4]多君忠孝增国重，何愧金马玉堂仙。况君有兄蹈东海，[5]一门义烈竞慷慨。史册千秋姓字香，严日清霜永如在。一事犹可慰忠魂，佩符三晋人称尊。反斾长驱将犯阙，竟逢聂政丧其元。[6]君不见汉家灭国号传贤，百代兴亡天数然，遗臭那似流芳传。

校释：

[1]陆文烈公(1848—1911年)：名锺琦，字申甫，顺天宛平（今属北京市）人，光绪十五年(1889年)进士，历官江苏按察使、布政使等，宣统三年(1911年)八月擢山西巡抚，就任未逾月，新军起义，中弹死，谥号文烈，妻儿自杀以殉。

[2]原注："亮臣名光熙，公之次子，殉难焉。"

[3]原注："有谭协统闻变至，亦被戕。"

[4]原注："时以疆臣死难者，有闽、赣、晋三省。"

[5]原注:"亮臣兄韬庵,为争苏杭甬铁路蹈海。"
[6]原注:"吴禄贞被刺。"

种秋海棠两盆,淡冶可爱,将行,赋此别之

帘幕沉沉话别辰,浮生尽道等浮萍。
秋花寂历凄凉雨,也带啼妆送远人。

将出都,赠别诗友张天石[1]

去年今日送阁子,[2]秋风落日人千里。今年今日我当归,黯然销魂亦如此。
与君此别非寻常,燕山易水几沧桑?平生不洒穷途泪,莫奈兴亡话短长。
把臂论交畴昔时,因缘文字订相知。青衫沦落逢青眼,长向花前慰别离。
读君神乘诗百首,饮君茵陈酒一斗。乘醉往往踏香尘,时裼貂裘学夜走。
少年狂态谁能无?黄虞遐想随腐儒。春婆梦断莫须问,秋士悲多那可除。
文章忠义都绝口,艳羡人家未读书。茫茫浩劫愁云过,骡车谣唱关山月。
天涯聚首更何时?漫言作长安客。河西自昔号雄州,文采风流物望收。
他日归来应过我,皋兰山上举杯酬。好撷林秀挹泉流,豪吟得句凌沧洲。

校释:
[1]原注:"武威人。"
[2]原注:"客秋,阎简斋同年出都。"

过峡石山[1]

言旋又到此,峡路逾坎坷。秋草高低岭,石岩上下坡。
铎声来涧谷,车影逼陵阿。柿赤霜余树,枫丹雨后科。
夏周遗迹杳,晋楚战场多。天险中原设,山光大好过。
荒垣游客息,羌陇牧童歌。昔岁方戎马,荆榛叹奈何。[2]

校释:
[1]原注:"在河南,即古崤陵。"
[2]原注:"阴壕至磁中数十里间,皆昨岁毅军与秦军交战处也。"

车中偶占

车轮转铁钉,万里事长征。
少年有壮志,消磨总不平。
嗟哉少年与轮铁,世间毕竟谁铮铮?

过临潼,浴于温泉,口占二绝[1]

一

华清才一浴,流水尚汤汤。
遗事谈天宝,温泉犹自芳。

二

曾洗凝脂滑,芳流千百春。
夕佳楼外月,犹照浴归人。

校释:
[1]原注:"温泉上有楼三楹,题曰:'华清池上夕佳楼。'"

青门歌

青门之外天早秋,瓜熟蔓长子可收。
更无人吊东陵侯,英雄末路我心愁。

过长安经满城有感

走马西来霜树红,长安市上酒楼空。
可怜一派银潢水,流向寒沙尽化虫。

咸阳道中

咸阳道上九秋天,碧柳才黄半欲眠。
去去河干闻欸乃,一鞭落照也呼船。

监军镇

监军镇外草连天,野老伤心说去年。
战血横飞三十里,陇云流过月如烟。

邠州道中志闻

火石嘴接水帘洞,漫天杀气云垂阵。
弹雨枪林金鼓震,秦军北走甘军进。
呜呼!甘军方进共和成,非战之罪天亡清。

过冉甸桥

莫将成败论功高,浩劫茫茫冉甸桥。
白骨万千沟壑满,行人过处马萧萧。

亭　口

晓发来亭口,潺潺黑水流。
旷观群马渡,独立万峰头。

抵泾州

山色望回中,泾流接陇东。
依然乡树绿,官柳纪元戎。

夜　行

明月入车窗,征人苦夜长。
长途如长夜,日日未还乡。

山　行

峭壁接巉岩,车中时复见。
不是厌山多,只愁行路险。

过弹筝峡

弹筝声里过山隈,守险于今仗异才。
峭壁奔流牢锁钥,中原万马莫飞来。

六盘山阻雪

六盘塞下三日宿,雪地冰天行路难。
愿得山灵多呵护,一朝飞过报平安。

晚次车道岭

树里望烟知野屋,山隈趁月看前车。
迂回车道迢遥甚,茅店孤灯客到初。

抵　家

山川城郭是耶非,冻霭皋兰尚翠微。
闻道吾乡无恙好,朝冠挂去旅人归。

除夕感怀二首

一

鼙鼓京华忆去年,又逢除夕倍惘然。
终南文豹容藏雾,朔汉封狼未靖烟。
幻梦吾生今卅六,回头客路旧三千。
凭君莫话沧桑记,毕竟风光不似前。

二

才过新年入旧年，声声爆竹尚轰然。
风云起伏时千变，日月周行历两全。
犹复村中鸣社鼓，几曾塞上谱家弦。
屠苏但酌消垒块，无奈春光到眼前。

奉和刘晓岚师五十初度有感原韵二首

一

难得骚坛老斫轮，苍生此日望斯人。
草间偷活英雄泪，林下由来自在身。
北地文章群拜李，西山学业尚思真。
维桑已赖支撑力，服政于邦亦为民。

二

河山大好莽风尘，吾与同胞亦此民。
几度征书难遁世，数年学易不知春。
浮生富贵风飘瓦，从古殷忧火厝薪。
沧海横流原此始，箪瓢何处得安贫？

癸丑(1913年)

五律三首　七律一首　七绝九首

隆裕皇太后升遐志感

藐孤六尺寄椒房，国难家愁药无方。
博得女中尧舜誉，神州原自不兴亡。

前　题

缺陷天难补，娲皇恨未休。
亡家非一姓，覆辙已千秋。
新室推父母，魏公禁伏后。
英雄唯石勒，寡妇不须愁。

重到五泉

无恙旧游地，五泉今又来。
柳黄春二月，峦碧阁三台。
瀑布飞腾下，琳宫错落开。
何时衣百衲，万感付尘埃。

家中碧桃别四年矣，春来花颇少，为诗询之

别花几岁走风尘，但到花时相忆频。
今日红芳偏淡寞，为谁留意不争春。

兰州竹枝词

好雨新开十日晴，家家换著布衫轻。
牡丹花朵萝卜把，四月兰州晓市声。

穷　途

造物有心困我曹，穷途阮籍亦人豪。
买花莫惜俸钱少，待月能忘案牍劳。
鸡鹜篱边争一啄，骊龙涔下泣崇朝。
尔来犹复论盐铁，笔耒当耕代价高。

阿阳即事[1]

一

无端作宰到阿阳，父老相逢美故乡。
国计民生丁创钜，戴星出入亦何妨。

二

前贤政绩百年来，丁令重归化鹤猜。
遐想胜朝全盛日，民安物阜颂康哉。[2]

三

四围山色拥岩城,绕郭新堤玉带横。
但愿旁流均乐利,晴川千亩课春耕。[3]

四

却因薪桂问山虞,也似长安不易居。
毕竟小民艰力食,十年树木盍兴诸。[4]

校释:

[1]原注:"静宁古名阿阳,余时权邑篆。"
[2]原注:"清乾隆时知州王公有政绩,与余同名。"知州王公:王烜,钱塘(今杭州)人。乾隆十一年(1750年)任静宁州知州,重修陇干书院,捐资置学田,编修《静宁州志》。
[3]原注:"城外有兴隆渠,久废。前经修复,予莅任督成之。"
[4]原注:"静邑柴炭甚贵,非速造林,烟火为民累矣。"

赴庄浪查案夜行

庄浪万壑里,傍晚更难行。
犬吠知城近,灯开得路清。
多艰如世道,善幻是人情。
此日真公仆,劳劳已半生。

由庄浪赴隆德,途遇暴雨

村村问路叩人家,雨过天晴油碧车。
山色四围浓翠里,道旁开遍马兰花。

寄张育生[1]

经年事业已千秋,盐铁论成百虑周。
海市蜃楼今日始,一杆黑白混神州。

校释:

[1]原注:"时为国税厅坐办,闻已罢职。"张育生(1843—1915年),名世英,甘肃天水人。清光绪六年(1880年)进士,选翰林院庶吉士。历官陕西甘泉、武功、渭南等八县,邠州、商州二知州,推行新政,兴学恤民。辛亥革命后,任甘肃临时军政府正总务处长。创办乡自治会,革旧俗,开民智。著有《邠渭偶存》等。

甲寅(1914年)

四言二首　五古十三首　五律五首　五绝二十二首　七古四首　七律十二首　七绝三十七首

静宁衙居咏物四首[1]

一

薄暖轻寒三月才,嫣红欲吐倚云栽。
东风犹自狂如虎,努力春华珍重开。[2]

二

耐过春寒赋别离,芬芳不及见花时。
如君芒刺英英露,棘手何人敢折枝。[3]

三

赢得花红俪海棠,清明时节茁新芳。
陇干天气寒如许,莫要乞阴上绿章。[4]

四

浅绿深红忆去年,珊瑚颗颗缀珠圆。
春来几度看花发,只有柔枝色转鲜。[5]

校释:
[1]原注:"时春三月,余卸任居衙内,庭院有杏、楸子、樱桃、刺梅,此间候寒,尚无开花者,消闲咏之。"
[2]原注:"杏。"
[3]原注:"刺梅。"
[4]原注:"楸子。"
[5]原注:"樱桃。"

供　花[1]

一

供花胆瓶里,香留满室清。
春芳正可折,相对总多情。[2]

二

供花花争艳,春闺几许红?
怜君真绝色,不任落东风。[3]

三

供花曾几时？花落谢君子。
同是荣与枯,采采感知己。[4]

四

供花折新枝,花泣与人约。
何如老干头,年年春开落。[5]

五

供花如美人,殷勤常护惜。
岂知坠楼魂,芳香尽一掷。[6]

六

供花如供仙,心香一瓣凝。
十年学面壁,默对即枯僧。[7]

校释:
[1]原注:"家居事少,日唯供花相对,即作数解。"
[2]原注:"一解。"
[3]原注:"二解。"
[4]原注:"三解。"
[5]原注:"四解。"
[6]原注:"五解。"
[7]原注:"六解。"

游魏园[1]牡丹满地,赋落花四绝[2]

一

阑珊花事太凄迷,吟断芳魂未敢题。
闻说杨妃娇欲舞,舞声堕地醉如泥。[3]

二

点点胭脂一捻红,几番晴雨几番风。
美人消泪才人怨,付与繁英飘荡中。

三

锦茵泥淖任纷飞,一别瑶台总不归。
富贵逼人犹若此,金裙玉佩旧时衣。

四

为惜花荫护寸阴,人间天上两消沉。
姚黄魏紫名呼遍,不到春归未易寻。

校释：

[1]魏园：在兰州市上沟东。种植果树、蔬菜、牡丹等花卉，灌溉溥惠渠水。园主魏正卿，抗战时开设茶园。1950年驻甘肃省军区通讯站。90年代改建为国防宾馆。

[2]原注："魏园在上沟。"

[3]原注："牡丹有醉杨妃种。"

王建侯以憩园[1]诗索和，步原韵三章[2]

一

夕佳楼外万徘徊，主客如何不速来。
只为春光犹看得，薔腾几醉趁花开。[3]

二

异代风标振林木，常时富贵起楼台。
谈何容易消清福，且向憩园得得来。

三

满城风雨日相催，著意春花珍重开。
我说花王须自主，莫教蜂蝶浪疑猜。

校释：

[1]憩园：在兰州市通渭路甘肃省群众艺术馆与通渭路小学内。为清甘肃布政使署（即原兰州军分区院内）后花园，康熙时李渔修建，名艺香圃。后因仙鹤栖园内，改为鸣鹤。亦名望园、涉园。道光时布政使程德润改建为若己有园。光绪时陕甘总督杨昌濬改为憩园。也称西花园。民国时改为中山公园。1948年改为国立兰州图书馆。1949年后为甘肃省图书馆。1986年改为省群众艺术馆。

[2]原注："憩园即藩署涉园也。牡丹最佳。"

[3]原注："建侯与邓德舆至园，王南轩司长不约而同。"邓德舆（1884—1938年），名隆，号玉堂，别号睫巢居士。甘肃临夏人。清光绪三十年（1904年）进士，官四川南充知县等职。民国初年，任甘肃造币厂监督等职。著有《壶庐诗集》等。王南轩：名含棠，时任甘肃省财政司长。

游魏园，正卿主人以牡丹见赠，赋诗三章以报[1]

一

林泉堪托高人躅，魏紫丛中问姓名。
尽有玉楼春可赠，隐居事业好经营。

二

廿年前事话相知，金缕歌残又一时。
移得红云青玉案，是留春计莫轻辞。

三

醉里群芳笑语娇,随君供养忍香销。
春深铜雀谁能锁?嫁与周郎作小乔。

校释:
[1]原注:"正卿与余大兄子文相善,言二十年前曾醉牡丹花下。"

和邓德舆游魏园韵

万树忽然绿,流莺闹比〔邻〕[1]。
酒家金缕曲,花圃玉楼春。
有客闲沽醉,呼童净扫尘。
劳劳还自笑,正可避嬴秦。

校释:
[1]〔邻〕:油印本"比"后脱一字,据邓隆《拙园诗存》原诗补"邻"字。

同金星阶诸友游后五泉[1]

乘兴穷幽胜,同来后五泉。
岩深常滴雨,径曲别开天。
久坐尘心洗,忘言佛意参。
小桥流水外,人望若神仙。

校释:
[1]后五泉:在兰州市阿干河谷,皋兰山南麓深谷内,岩下泉水滴落不绝,如雨声,故名夜雨岩。谷内水木清华,佛寺幽僻。其东北麓为五泉山,故称后五泉。

又七绝二首

一

一径峰回水抱中,巉岩向背辟鸿蒙。
深山当有龙蛇窟,夜半闻雷起太空。

二

石可潄兮流可枕,山深林密问仙居。
何当结屋穹崖畔,也读华严也读书。

游武侯庙[1]

丞相祠堂何处寻,万方多难此登临。
细推物理须行乐,日暮聊为梁父吟。

校释:
[1]原注:"集杜句。"

和武侯庙壁间韵

睥睨人材海内空,卧龙事业自沉雄。
祠前猿鸟三分后,槛外山河一览中。
有数功名符秉赤,好奇将略蠢飞红。
泉声树色苍茫里,千古兴亡问似穹。

白朗[1]行[2]

周王服戎征绝域,得四白狼归中国:一狼羁足献庙堂;一狼宣武赐群力;一狼横逸当要路,汉家张纲去以踣;唯有一狼善遁藏,出柙独穴终南侧。四千余年孕育繁,野心狼子跳中原。狐群一啸聚如蚁,贪心乍肆吞元元。嘈嘈忽向河南路,颍亳襄鄢走剽疾。妇子号咷男子奔,闾阎那得有宁日。山中有猎师,闻之赫然怒。发纵指示中,功狗待其竖。岂知狼烽起,咆哮猛如虎。蹭蹭猎徒尾其尾,[3]狼跋其前竟不武。噬遍河南及商南,城空乾凤犹盱盱。陇云变黑夏霜白,时耶命耶民何堪!猖獗来去十三邑,洮阳最惨鸟难集。猎人尾尾食其余,环观壁上谁肯急?一獒已为狼反噬,訔訔奔突群自毙。[4]猎徒尚自夸弓长,相向何曾加一矢。萧萧猎马奋长鸣,狼狈相闻心胆惊。此时饱飏亦可矣,长驱直出谁敢撄?吁嗟乎!狼归自在窝,丑类何伙多。他日更效尤,民命当如何?君不见春蒐夏苗废礼久,猎人无术空负负。人云穆王不听谋父谏,贻患数千年以后。

校释:

[1]白朗(1873—1914年):字明心,被官方诬为"白狼",河南宝丰人。清陆军炮科学生。1912年,在豫西武装起义,打富济贫,反对袁世凯的统治。1914年,进入甘肃,连破岷州(今岷县)、洮州(今临潭)。又取道漳县东下,攻克秦州(今天水),沿渭河回河南。

[2]原注:"时豫匪白狼窜甘,赋此譬之。"

[3]原注:"毅军随匪后,并不截剿。"毅军:由河南护军使赵倜率领,镇压白朗起义。

[4]原注:"南路镇将死焉。"南路镇将死焉:1914年5月5日,白朗军进逼秦州,秦州镇总兵马国仁率马队迎击,大败,被击毙。

卧佛殿[1]

卧佛终古卧,梦幻时时觉。
梦亦如觉时,觉亦复如是。

校释:

[1]卧佛殿:在兰州市五泉公园中麓。始建于明初,清乾隆间毁而重修,同治间毁,光绪间复修。前建悬楼一列,后为三殿依山而建,中殿三楹,塑释迦牟尼佛涅槃像,两侧塑十八罗汉像。1966年,毁塑像,1981年,重塑释迦涅槃像。

千佛阁[1]即景

一重眼界一胸襟,更上层楼几百寻。
人自高危天自变,南山过雨北山晴。

校释:

[1]千佛阁:在兰州市五泉山公园东龙口悬崖上。明初始建,明代三次重修。清乾隆、同治间毁,旋修。阁内有洞三孔,塑佛像,壁间又绘小佛数以千计,故名。佛像毁于1966年。

兴隆山纪游[1]

六月之望,与颜鹭廷[2]、金松乔诸公结伴,为兴隆山之游,五日而返。山在金县南十五里,两峰对峙:西曰栖云,东曰兴隆。吴松崖[3]诗集易兴隆为兴云,实则两山相倚,故土人均以兴隆称之。

软红十丈消昼永,芒鞋日踏兰山岭。忽欲异地开胸襟,驱车来揽兴隆景。
望之蔚然翠如屏,宿雾新收云岚横。连朝暴日殊闷闷,到此始觉神为清。
西山栖云东兴云,五丁何日手擘分?万松林立覆山骨,蹲狮欲吼绿毛纷。
楼台掩映辟蒙茸,天梯石蹬曲曲通。狂呼试向山灵问,秦李仙踪[4]何处穷?
冲虚台上阴符证,太白泉流何莹莹。且随樵子登幽岩,落日一声浮清磬。
二三侣伴相传喧,悟元子[5]亦此中仙。弃荣厌俗不复顾,自在窝里好谈玄。
胜迹流传百十春,仙家奥旨还其真。何当采药云深处,凤好诸君作隐伦。
仰天一笑举霞杯,临流白眼望崔嵬。但结仙缘终须悟,他年晨肇[6]应重来。

校释:

[1]原注:"有序。"

[2]颜鹭廷:名学序,皋兰县人。清光绪十五年(1889年)举人。官四川渠县、彰明县知县,有政声。后任四川大学堂提调。

[3]吴松崖(1721—1797年),名镇,字信辰,别号松花道人,临洮县人。清乾隆十五年(1750年)举

人。历官山东陵县知县、湖北兴国知州、湖南沅州知府。晚年任兰山书院山长。著有《松花庵全集》等。

[4]秦李仙踪：传说宋宁宗庆元间(1195—1200年)，秦致通、李致亨在栖云山朝阳洞修道成仙，后人改此洞为二仙洞。

[5]悟元子(1736—1820年)：俗姓刘，名一明，别号素朴子，被褐散人，晚号素朴老人，山西曲沃人。全真教龙门派道人。清乾隆后期居金县(今榆中)栖云山修道，募款兴修道观，开坛传教，著书立说。著有《周易阐真》等。

[6]晨肇：刘义庆《幽明录》载：相传东汉刘晨、阮肇到天台山采药迷路，遇仙女，半年后归家，子孙已过七代。

兴隆山即景十二首

东岳台[1]

策杖晨观日，蒲团夜坐云。
东山万松树，罗列似儿孙。

均利桥[2]

桥外柳荫繁，桥边水流急。
独立一徜徉，夕阳鸟飞集。

二公祠[3]

召杜遗风在，荒祠祀二公。
灵山俱万古，利泽被无穷。

朝元观[4]

楼台何隐约，一径入云深。
漠漠晚烟里，同来古迹寻。

上天梯

青天十二重，攀缘不得上。
有梯如何扪，飞仙共来往。

二仙洞

仙人秦与李，闻是宋逸民。
石洞流云气，中栖千载神。

自在窝

道人悟元子，养性自在窝。
树里危楼回，藏书尚几多。

冲虚台

高台凌绝顶，中峙通天柱。

何以号冲虚,犹龙清净祖。

云龙桥

排闼两山立,奔流倒峡雄。
玉皇忽利涉,云祭下飞龙。

太白泉

太白琳宫峻,泉流澈底清。
山茶煎饷我,老衲亦高情。

风月岭

乍可邻风月,蚕丛石壁间。
冷冷列子御,渺渺姮娥来。

五岳楼

五岳归来否?高楼一角悬。
看山应不倦,小住辟尘缘。

校释:
[1]原注:"在山下,借宿于此。"
[2]原注:"在东岳台下。"
[3]原注:"金县令恩、李二公,因旱取水太白泉,返至峡,为暴雨冲没,民感而祀之。"
[4]原注:"宋建。"

白云窝歌[1]

白云窝,乐如何?仙人一去几千载,白云杳霭窝里多。我愿衣一衲,从仙问斗科。终年常卧山之阿,朝餐霞而暮宿霭,时参揭而发浩歌。任他造化小儿恶作剧,翻云覆雨因风起波,焉能使我神眩而意惑,安乐自在一生过。

校释:
[1]原注:"在栖云山。"

秋海棠[1]

一

也占枝头一国春,秋花工笑又工颦。
西施眼见吴为沼,红泪琳琅亦可人。

二

博得芳名八月春,相思入骨总含颦。

那堪惹恨廉纤叶,系就红丝不见人。

校释:

[1]原注:"用吴松崖集中秋海棠原韵二首。"

秋 意

秋花白如粉,秋叶黄似金。
秋山远若许,秋水渺何深?
秋雨初长夜,秋风天易阴。
忽如当远别,京华曩昔心。
我从辛亥后,一日欢莫寻。
此意为秋挟,无端来相侵。

有感二首

一

从来达士皆知命,要是男儿但读书。
利索名疆犹易脱,情苗恨蕊总难除。
茫茫大地今何世?落落高风古兴徒。
一卷楞严香一瓣,逃杨归墨即真如。

二

中年哀乐万流并,往事填胸热泪横。
黄土美人终赍恨,碧霄仙吏旧知名。
因缘祇许前生悟,姓字谁能一旦更。
亦欲潜踪尘海外,仰天休作不平鸣。

玉簪花

楼上粉妆晓镜中,楼前雪萼乱花丛。
步摇飞燕琼枝舞,一片芳心犹不同。

夹竹桃

桃叶桃根侍献之,桃花作室子猷宜。
美人佳士相逢处,秋月春风共一枝。

十样锦花[1]

烂漫阶前碎锦铺,芳香绝艳袭人襦。
女儿拨叶收花子,言向妆台作粉敷。

校释:

[1]原注:"俗亦名抹丽。"抹丽:紫茉莉科紫茉莉属草本植物。花瓣分紫红色、黄色、白色,或杂色,故称十样锦。

偶作二首

一

踵息才无梦,心斋亦坐忘。
试寻颜子乐,何必异蒙庄。

二

圣贤宏胞与,佛祖大慈悲。
斯道同功果,何人不我师。

访 菊

清霜烈烈檐前垂,寒花不寒瘦骨支。
我亦曾辞五斗粟,呼朋酾酒来东篱。
东篱落落高千古,叩门乞食谁能武。

灭 刺

腐儒耐静坐,忽为饥所驱。
出门怅四顾,苍莽意踟蹰。
东道谁云主?西方邈佛居。
蛮炎不可即,有北豺虎虞。

天地为我窄,今古哭歧途。
榛苓空叹息,灭刺返吾庐。

和刘晓岚师生女原韵[1]

一

华封学祝愿男多,入梦熊罴竟若何?
偏是天教生道韫,雪中佳句要评哦。

二

如戟须眉漫自夸,丈夫巾帼不曾差。
木兰未有长兄抱,造物因缘问女娲。

三

豆蔻含芳已脱胎,珠怀玉韫气佳哉。
他年看结菩提果,先报琼花一树开。

校释:

[1]原注:"三首。"

重九日北山登高,欢宴王说岩、[1]王建侯两观察,即席步刘晓岚师原韵

铁桥北上北上高,歌唱扶风士气豪。
塔影当空凌绝顶,萍踪欢合赋同袍。
黄花又醉重阳节,白浪如观八月涛。
回首十年前故事,染衣柳汁枣蒸糕。

校释:

[1]王说岩(1871—1923年):名世相,字说岩,号梦沅,皋兰县金沟乡(今属兰州市西固区)人。清光绪二十一年(1895年)会试期间,参加"公车上书"运动,旋入甘肃提督董福祥幕,次年保举直隶州,晋花翎知府,加盐运使衔。二十四年(1898年)成进士,次年升陕西候补道,三十四年(1908年)任陕西法政学堂监督。1918年,当选为甘肃省议会议长,主持公道,以维持全省安全为要务。1921年,任安肃道尹,1923年,病逝于酒泉道尹署。著有《说岩诗草》等。

和何筱葵[1]北山登高原韵

浩浩黄流浊,千年俟一清。嶙峋白塔立,霭霭云岚生。

登山复临水，意气为纵横。今朝值良会，君子无所争。
争此佳节至，置酒聊搁诚。百壶且复尽，但醉莫须醒。
俯仰足啸傲，风物倍清明。元会十二万，重阳岁岁更。
我生竟何世，任化一枯荣。孟嘉亦狂客，陶潜亦傲氓。
从古已如此，劳劳何所营。请君勿嘘唏，世变多豪英。
屠狗应将相，烂羊即公卿。箕风与毕雨，相视难为情。
犹喜相逢盛，道故须班荆。敲棋赌胜著，得句歌由庚。
茱萸醉且笑，松柏心还贞。苍然秋色至，晚景谁能评。
香山九老约，赤壁二客行。菊篱共留影，片刻画图成。
人生贵适意，何用慕浮名。

校释：
[1]何筱葵：名念忠，甘肃永昌县人。清光绪十一年（1885年）拔贡。任儒学教官，宣统元年（1909年）被选为甘肃谘议局副议长。

晓起偶成

檐霜侵晓白，窗日入秋清。
却向家童问，寒衣已未成。

夜梦至河北[1]山楼，观河涨，得"沙细人堪坐"一联，醒而足成之

宵寒拥一枕，忽傍大河行。
沙细人堪坐，堤高浪欲平。
楼台凭半岭，烟树隐层城。
得句登临际，蘧然记不明。

校释：
[1]河北：兰州市黄河段北岸。

冬十月上弦夜即事

沉沉心事起，橐橐绕阶行。
庭月寒能静，林星散更明。
余花身外影，落叶足边声。
暮鼓邻衙动，长宵已二更。

庭院[1]八咏

假山石
何时愚公谷,磊磊青苔上。
我欲学米颠,一揖常相向。

花 池
繁英植满墀,周栏步可七。
好吟太白句,池花春映日。

鱼 盆
清冷注鱼盆,鱼游若大海。
为语临渊人,即此濠梁在。

北 轩
广厦三五间,夏凉冬却暖。
读画观藏书,是我忘忧馆。

天香深处[2]
先人读书处,天香之西屋。
但使继书香,此室若天禄。

退一步屏[3]
今人求进步,退步无乃愚。
但余可退处,让步莫踌躇。

榆叶梅[4]
老树百年物,年来秋著花。
愿君能自蕴,根蒂固吾家。

楸子树
春深花媚妩,秋实酸聊可。
赢得小儿女,笑语拾红果。

校释:

[1]庭院:王烜住宅,在兰州市城关区武都路中段路南225号。四合院,由屏风门隔为前后两部分。有假山、鱼盆、花木之胜。抗战时,被日本飞机炸毁门楼,宅院幸免,王烜命名为存庐。20世纪80年代改建为兰州市检察院家属楼。

[2]原注:"屏门外严烺书额也。其西屋乃余诸父兄读书处。"严烺:字存吾,号匡山,云南宜良人。清嘉庆元年(1796年)进士,翰林院庶吉士,授主事。十三年(1808年)任兰州道,二十年(1815年)任甘肃布政使。著有《红茗山房诗存》。

[3]原注:"屏门内匾蔡廷衡书。"蔡廷衡:字咸一,号小霞,浙江仁和(今属杭州市)人。清乾隆四十三年(1778年)进士,授翰林院编修。嘉庆五年(1800年)任甘肃按察使,旋署甘肃布政使,八年

（1803年）实授,因克扣军饷被削职为民。

[4]原注:"近数年每秋深开花数朵。"

观　赌

竞争世界等闲身,乘兴开场霸气伸。
壁上参观如异国,局中成败总同人。
输他变相牛为鬼,[1]赢得移情雀是宾。[2]
大地河山孤注耳,亚欧今日莽风尘。

校释:

[1]原注:"牛九。"
[2]原注:"麻雀,鸟,一名宾雀,近来此牌盛行。"

雪后五泉游

小阳寒不胜,大雪封山径。呼伴寻五泉,惝恍迷石磴。
兴高足偏逞,踏破溪云冷。郎朗玉山行,玻璃碎声警。
琼楼寂浮磬,棋树弄清影。太素本难名,醇醪味弥永。
山灵恕我戆,惊觉游仙梦。冬睡浓且酣,谁何不解冻。
发纵草木兵,烈烈凉风送。披襟快当之,抽辞为□贡。[1]
忆昔当艳阳,春花满谷香。马龙车水客,梵宇群称觞。
天道与人事,代谢忽炎凉。秋飚号木叶,落寞情难芳。
今朝出城隈,恍睹白龙堆。鹤氅披何惜?幽意为探梅。
他山如旧友,相见颜应开。平生不附热,此志良自哀。
山灵亦笑乐,怜我憨态作。飞瀑增奇观,容我卧丘壑。

校释:

[1]□处为原诗稿缺字。

曹园与金星阶对雪呼饮,偶拈二绝

一

名园第一傍城斜,[1]半是林亭半酒家。
槛外忽然千树白,狂呼天女散琼花。

二

小楼同上快衔杯,恰对南山入画来。
耳热酒酣寒不得,故教两面纸窗开。

校释：

[1]原注："园在小稍门外。"

金松乔约五泉踏雪，既期不至，独游而归

踏雪听泉约，先来独倚楼。
林间嗥乱犬，岗下卧闲牛。
对面唯参佛，闻声却觅俦。
清游聊自足，城郭暮烟浮。

消寒六首[1]

同人作消寒会，主者为刘晓岚师，约同王建侯、高献廷[2]、邓德舆、王紫垣[3]、白宝千[4]、祁樾门[5]与余共八人。王说岩道尹为客，合九九之数，逢九集会，分韵为诗。

一

暖炉小会破清寥，赢得寒消意也消。
谁肯赠袍怜范叔，漫将投笔话班超。
却衣冻死浑闲事，献曝余生忆旧僚。[6]
又值日长添线候，从头九九是今朝。

二

八珍玉食杂山肴，不速欣来莫逆交。
何处相呼何处醉，几人善谑几人嘲。
尽堪冰雪寻畦菜，哪管霜风动屋茅。
且咏霓裳同剧饮，座中佳客有垂髫。[7]

三

朔风吹叶落黄多，唯有梅花贪客过。
热处烘炉手可炙，晴窗冰砚字须呵。
炎凉世态犹如此，冷暖人情任若何。
七日欣占来复易，一回雅话一高歌。

四

茗铛酒鼎饭胡麻，门外忽停长者车。
座上三杯含暖玉，窗前一架忍冬花。

热肠冷肠[8]时宜合,雄辩高谈日又斜。
典尽春衣天下士,万间广厦在谁家？

五

邂逅群阴天步艰,寒云六合赖谁删。
后雕松柏同人健,甘冒风霜笑我顽。
一片冰心难附热,半生傲骨肯投闲。
与君及此须行乐,夸父何须追日烦。

六

斩冰炽炭寒虫号,人事天时总莫逃。
岂有文章争岁暮？拼将意气傲霜高。
香浓宝鼎垂帘久,坐暖青毡说剑豪。
解冻春风来指顾,回阳功高应吾曹。

校释：

[1]原注："同人作消寒会有序。"
[2]高献廷(1860—1924年)：名炳辰,号晓塘,榆中县青城人。清光绪二十三年(1897年)举人,官陕西直隶州同,署陕西长武知县。能文喜书画,书仿王、赵,画摹倪云林。
[3]王紫垣(1857—？年)：名兆辰,晚号问芳老人,皋兰县人。清光绪八年(1882年)举人,任平番县(治今永登县)教谕。主讲皋兰书院、五泉书院。
[4]白宝千：名鉴真,号石头主人,皋兰县东关(今兰州市城关区庆阳路)人。清光绪十四年(1888年)举人。工诗词歌赋。与兰州进士黄毓麟、平番举人周应沣齐名,人称"金城三才子"。著有《北游诗草》等。
[5]祁樾门(1866—1946年)：名荫甲,号梦蘅,甘肃陇西县人。清末官浙江青田知县。民国时任甘肃财政厅秘书主任。著有《梦蘅馆诗话》。
[6]原注："在都时,曾与吴秉丞诸友作消寒会。"
[7]原注："说岩携一小儿。"
[8]冷肠：油印本作"冷肠","肠"平声,误,应为仄声字。

冬月十五日值新历除夕

一

今年守岁月明中,新历惊人夺化工。
为数大梴来甲子,但当除夕是鸿蒙。

二

却疑来日是新年,树影石花月正圆,
好向嫦娥开夜宴,屠苏肯醉要争先。

邓德舆邀至其守拙园[1]看梅

一

陇头春色到红梅,可有江南驿使回?
美绝孤山三百树,皋兰山下也栽培。

二

姑射仙同洛浦仙,山寒水暖在春前。
多君雅事真成癖,千里买花割俸钱。[2]

校释:

[1]守拙园:亦名拙园,在兰州市城关区正宁路。民国初年,河州进士邓隆购官驿后梨园,建拙园,广植花草竹山,垒假山,建佛塔。1950年,改建为甘肃省军区司令部。
[2]原注:"盆梅间有水仙花,皆来自南路。"

听留音戏盘有感

一

阳春高唱遏云行,变征移宫恰有情。
夺得天工天一笑,传神那得不传声。

二

不见婆罗舞柘枝,乍听弦管谱新词。
声声总似谈天宝,重遇龟年又一时。

三

梨园弟子散如烟,旧恨新愁付鹍弦。
留得绕梁音尚在,无端哀乐触中年。

四

水调新翻第几回,青衫有客重徘徊。
如何万唤人难出,但弄琵琶服善才。

五

疑从云外奏云和,牙板檀槽入破多。
犹是承平丝竹事,可能听到定风波。

六

此曲闻时欲断肠,人间天上费评量。
野狐故有兴亡感,偏使寻声出教坊。

岁除日送贫病

茂陵偃卧相如才,富贵当时付冷灰。
无赖病魔遣不去,连番债主苦相催。
药笼取物常烧鼎,铁券成书欲筑台。
明日送穷兼送鬼,一声爆竹唤春回。

为郭杰三[1]题其父母遗行[2]

一

青岚山高,下有孝子。孝子维何?林宗之氏。孝子亦文,孝子亦武。文耽诗书,武参鼙鼓。亦侠亦义,亦规亦矩。使君(曰)[3]长者,民受多祜,暮年知止。白莲净土,一笑谢尘,落花如雨。

二

青岚山高,孝子有妇,相敬如宾,齐眉为偶,鹿车相夫,野蔬奉舅。奈何不幸,邑为贼薮,追夫投崖,贼亦惊走。断股所甘,所天无咎。形影孑遗,彼苍斯牖。云程君奋,蓬门妾守。扬名显亲,与君白首。孝子有妇,名乃不朽。

校释:

[1]郭杰三(1886—1978年):名汉儒,甘肃定西县(今定西市安定区)人。清宣统元年(1909年)毕业于甘肃优级师范学堂博物科。民国时任兰州中学教员、甘肃省立第一师范学校校长。1949年后任定西县长、定西专署副专员、省政协常委等。编著《陇右文献录》等。

[2]原注:"杰三定西人。"

[3]使君(曰):油印本"使君"后衍"曰"字。

卷　中

乙卯(1915年)

五古二首　　五绝六首　　五律六首　　七古四首　　七律十六首　　七绝五十八首

春二月游小西湖[1]

春风吹雨飞如霞,春水作波纹艳艳。
春寒湖上少人行,况复风雨那经惯。
周回翼阁[2]上螺台,且共闲鸥任去来。

校释:

[1]小西湖:在兰州市七里河区黄河之滨。元代方圆十里,植莲花,夏夜清香可爱,称莲荡。明肃王蓄神泉为湖,五里见方,并建亭榭楼台。四围芦荻丛生,垂柳飘拂。湖内荷花映红,鸥鹭盛集,称莲荡池。明末毁,清前期多次修建。清光绪时陕甘总督杨昌濬重修,改名小西湖。民国初甘肃督军陆洪涛及刘尔炘重修。20世纪50年代后逐渐改为楼群、医院、学校,唯剩兰州陆军总院一片湖面。

[2]原注:"湖有来青阁。"

闰欢词[1]

刘晓岚师创为闰欢雅集,凡十人,自二月二日始,至十一月十一日止,人各得一月为主。所谓闰欢者,以每月日数相重者寓闰意,若曰天地之余气,唯有嘉欢而已,为诗纪之。

君不见阶蓂益荚风添翼,灵奇乃与天消息。岂若朝菌与蟪蛄,光景流连争顷刻。
人生斯世若朝露,寸阴莫教等闲度。茫茫天地一蘧庐,漫漫古今旦还暮。
富贵浮云信有之,剧秦美新乃天数。古来人事都如斯,今我不乐须何时?
百年三万六千日,美景良辰无或差。为咏霓裳集众仙,每逢佳日讵徒然。
过客光阴争百代,定时岁月惜三年。如梦浮生无住著,与君休负烟霞约。
香山结社喜同游,涑水园开漫独乐。李艳桃秾烛夜游,岩深林密绝幽索。
天公毋或愆其期,直须呼之共欢谑。欢谑无心复无已,不知十二万年今何世。

校释:

[1]原注:"有序。"

院中榆叶梅去年为岩墙所压,折其大半,今春花仅数枝,怜其厄,幸其犹芳也,诗以志之

一

天公何事忌倾城,荣枯因缘付土崩。
最是一番春雨后,凝汝含睇不分明。

二

粉零香剩得春娇,雨叶风枝亚舞腰。
回首埋尘经一劫,金铃护惜又花朝。

三月五日宿雨初晴游梨花馆[1]

背城村坞向春忙,梨苑踏青草正芳。
几度登楼临水曲,同来系马到山庄。
湿云著树晴粘絮,寒雨侵花晓斗妆。
我欲醉眠莎满地,溶溶入梦月中香。

校释:

[1]梨花馆:在兰州市上沟小学稍西龙尾山麓,明清时有古建筑红楼、白雪楼,春赏梨花,秋观红叶。楼下为上沟、下沟梨园,引溥惠渠灌溉,为兰州八景之一的"梨苑花光"景观。抗战时修公路时拆除,后梨园逐渐建为楼群。

邓德舆作睫巢招饮[1]

德舆,余同年友也。其别业曰拙园,梨花十余树,皆百年物也。一树老干盘屈四起而空其中,德舆构巢其上,度以木板,可容五六人坐。今春花盛开,适巢成,招饮而登临焉。花叶参差如幕之覆,树枝交错如窗之开,云影山光扑人眉宇,是凭空结撰者,额之曰"睫巢"。盖蠛蠓巢蚊睫之意云,以占五言赠之。

君有烟霞痼,结构偏奇僻。
架空起楼台,借在梨花树。
云来鸟不知,低头唤巢父。

校释:

[1]原注:"有序。"

送刘韶庭大令赴新疆

此日闻君万里游,春风浩荡使人愁。
终军壮志孺当弃,定远奇功笔肯投。
河黑柳红驼载道,沙黄草白雁来秋。
阳关合作骊歌唱,杯酒旗亭意未酬。

三月二十三日闰欢同人集于五泉嘛呢寺[1]

一

棠梨落尽暮春天,转眼风光到五泉。
麦叶万畦三月雨,杨花满地一溪烟。
岩腰瀑激流当枕,楼角阴浓鸟共喧。
能得东皇留几日,会须祖帐坐琼筵。

二

峰回路转到山庄,风送梨花入座香。
一雨连朝新菜熟,五泉三月夹衣凉。
林亭幽胜春图画,世界华严佛靓妆。
若得南园田十亩,耦耕愿学楚人狂。

校释:
[1]嘛呢寺:在兰州市五泉公园西麓,旁临西涧。清同治六年(1867年)毁,十二年(1873年)重建,供观音。1966年中毁佛像。20世纪80年代重塑佛像。

春雨晚晴

最好知时雨,微风向晚晴。
天青星逾朗,夜黑水偏明。
高树听余沥,残花聚落英。
一帘深院静,可喜是春耕。

魏园问紫[1]

一

阑干百宝护红装,上国原来号众香。

管领春风真富贵,知君端不让姚黄。
二
如醉玉环作态狂,要封天后只寻常。
而今胙土封曹国,也着绯衣染御香。
三
柳荫路曲步迟迟,园叟相逢笑致辞。
且住行行寻一醉,有人啸傲已多时。

校释:
[1]原注:"闰欢雅集之一。城西南魏氏园,富于牡丹。"

西龙口[1]听笛

清韵忽悠扬,嘛呢楼中笛。
人语乱泉声,禅心入空寂。

校释:
[1]西龙口:在五泉山公园西谷岩底,飞瀑倾泻,林密草丰,人称小蓬莱。自20世纪90年代以来,因山后阿干河畔过度打机井灌田,导致瀑布断流。

水洞楼[1]看河,和五泉山人韵[2]

晴川历历草连空,独倚高楼水树中。
但得梅花吹玉笛,我来好唱大江东。

校释:
[1]水洞楼:在兰州市城关区广武门外黄河之滨,楼建明长城上,原名紫霞阁。下有水车,转轮提灌,堤柳掩映,黄河东去,皮筏搏浪。为夏日登临纵目胜地。1959年拓建滨河路拆去。
[1]原注:"闰欢之一。"

又五言二首

一
危楼矗百尺,倒影落黄河。
翻车[1]转几辆?朝来新涨多。
二
河影共山光,东滩十八庄[2]。

人随沙鸟宿，望入水云乡。

校释：

[1]翻车：即兰州水车，明嘉靖晚期，兰州进士段续自湖广行省引进筒车技术，倒挽河水以灌田。

[2]东滩十八庄：即兰州黄河东十八家滩的村庄，有大雁滩、小雁滩、滩尖子、刘家大滩、刘家小滩、苏家滩、宋家滩、李家滩、均家滩、北面滩、南面滩、段家滩、傅家滩、王家滩、红柳滩、船滩、骆驼滩、高滩。1958年以来，筑坝拦汊河成农田，终与黄河南岸连为一片。1990年前后逐渐城市化。

五泉酒后，与德舆西龙口散步

巢睫主人总好奇，酒余要我去寻诗。
山头夕日怜芳草，衔住青青过岭迟。

和问芳老人[1]六六闰欢原韵[2]

重楼金碧出林峦，倚到斜阳十二栏。
北马南船余旧恨，东施西子说新欢。
不妨有酒称名士，何必多钱是好官。
今日听泉还看瀑，为君佳句费吟安。

校释：

[1]问芳老人：清光绪举人王兆辰晚号问芳老人。

[2]原注："老人无（以）侧室，曾有'不计西施东施'之说。"老人无（以）：油印本"无"后衍"以"字。

五泉山观瀑

好风琳琅吹我襟，好山好水不须寻。山人高卧山之岑，波涛汹涌来相侵。对岸奔流渺何深？小楼夜雨犹沉沉。摄衣急起望崖阴，刀枪相撞喧鼓金。睡眠模糊顷刻明，乃是山灵怒发喷水晶。山灵山灵胡不平，拼将天籁作琤琤。昼长梦短忽相惊，胡不惜君珠玉英？垂涎一泻到寰瀛。山灵哑哑笑，世人漫相诮。岂不见匡庐万丈晴霞耀，匹练横挂穴石窍。又不见巨灵擘壁山鬼啸，云气茫茫日西照。界破青山万古流，落天却向人间游。沾溉斯世更何求？不惜涓滴归王侯，安得随风遍九州。芸生大地群歌讴，山精魍魉神仙俦。山人闻语更彷徨，且共山灵称一觞。要分余润作琼浆，滴我一日九转之回肠。

七夕[1]

一

一水盈盈西复东,七襄云锦织难工。
天孙此日情痴甚,哪管人间杼(抽)〔柚〕[2]空。

二

终年作牧执牛耳,此夕言欢听鹊音。
会少离多缘底事?天家征粟又征金。

三

孾人怀抱是离忧,神女仙郎也诉愁。
十万金钱空买恨,云情雨意债千秋。

四

彩楼针黹暗疑猜,破得工夫送巧来。
闻说相思无限苦,情丝斩断即仙才。

五

瓜果庭前众女儿,巧娘祭罢爱游嬉。
闲歌一曲长生殿,好为今宵谱竹枝。

六

碧海青天好事磨,笑他织女胜嫦娥。
年来更布阴阳历,两度团圆一岁过。

七

填海灵禽恨未消,支机河畔怒秋潮。
鳅生若作情天宰,当与黄姑驾铁桥。

校释:
[1]原注:"闺欢之作。"
[2](抽)〔柚〕:油印本误作"抽",据文义改为"柚"。

将赴都,典屋充资,感而有作

凄然典去中人产,自我得之我失之。
休道固穷君子事,半生总未合时宜。

七月闰欢再集,余以北上,提前作主,赴五泉途中即景

天为闰欢会,朝来宿雨收。
浓青烟遍野[1],深碧树经秋。
殿阁留余雾,礁沙乱急流。
相逢山下路,一笑问石头。[2]

校释:
[1]浓青烟遍野:五泉山下多种植烟草之农田。
[2]原注:"戏楼前遇石头主人白宝千。"

闰欢诸公为余饯别于梨花馆,诗以谢之

一

高楼日日敞琼筵,化作旗亭恨转牵。
扑扇车尘撩故我,论文尊酒让群贤。
半生薄宦犹如此,嘉会耆英岂偶然。
最是寻欢欢不尽,花光梨苑美来年。

二

当年曼倩未忘饥,百里弦歌又一时。
大隐敢云前席问,雄文羞读北山移。
栉风沐雨劳人恨,漱石枕流畸士思。
话到中原增怅惘,道旁秋柳苦低垂。

秋 蝉

鬓影裙腰在,凄凄芳树丛。
秋心惊旅梦,天籁赋鸣虫。
翼重因承露,声高为御风。
此时寒欲噤,黄叶汉离宫。

会宁道中

莫息征尘影,长途此九过。
樱桃湾曲折,杨柳路婆娑。

众鸟喧深树,群羊荡浅莎。
劳劳犹未已,轮铁任相磨。

过静宁有感[1]

一

山河无恙柳株新,竹马迎来忆旧尘。
此日道旁听一语,似曾相识是劳人。

二

昔年曾拜将军祠,人物兴衰欲主之。
今作路人犹自愧,未能一邑被声施。

三

山田莫莫庆秋成,烟树苍茫绕郭横。
犹忆下车南野去,花开荞麦万畦平。

四

由来传舍是官衙,难得河阳一县花。
朝暮往还仍客耳,三年期月漫相夸。

校释:

[1]原注:"邑有三将军庙。"三将军祠:亦称三忠祠、乡贤祠,位于静宁县烽台山,始建于明嘉靖二十七年(1548年),清乾隆五年(1740年)重修,奉祀静宁籍抗金名将涪王吴玠、信王吴璘、武穆刘锜。

过六盘山

万峰环簇绕羊肠,绝顶登临吐大荒。
经此名山今八度,一生履险只寻常。

和王兰亭[1]同年过六盘〔山〕[2]原韵

何处胡元消夏宫,秋山郁郁树葱葱。
云连横岭断斜日,草漾微波走疾风。
大地天包飞鸟外,一时人在旋螺中。
陇头流水潺潺急,送尽征车西复东。

校释:

[1]王兰亭:名国香,皋兰县崔家崖(今属兰州市七里河区)人。清光绪二十九年(1903年)举人,

任湖北库大使。民国初年与编《甘肃文献录》。三十年代任《甘肃省通志稿》编校。
[2]六盘〔山〕:油印本"六盘"下脱"山"字,据文义补之。

平凉道上晓行即景

晓日光熊熊,云山杳霭中。
山高不见日,但见飞霞红。
霞散云成朵,灼灼都如火。
百里秋草香,十里秋禾黄。
阳旭凌空际,大野何苍苍?
云霞半明灭,山水高且长。
君子葆本性,何用借余光。

八月十四夜宿太峪[1]怀内作

茅舍孤灯计远行,离家今日十三程。
与君两地共寒寂,尊酒何曾对月明。[2]

校释:
[1]太峪:在陕西邠州城(今彬县)东南三十里。
[2]原注:"是夕同人市酒招饮,未赴。"

十五日夜宿冯市镇[1]又作

良宵有酒强为欢,却触离愁向广寒。
客里自怜还自慰,赖卿儿女话团圆。

校释:
[1]冯市镇:在陕西乾州(今乾县)北。清代商业发达。

长安道篇

行旌漠漠云浩浩,行人慵被长安道。长安自昔多游侠,古道离离艳秋草。
汉京唐都几千年,五陵佳气飞寒烟。帝王卿相竟何在?后人往往论否贤。
英雄成败定论难,新莽何曾胜阿瞒?黄巾乱后黄巢起,一辙千秋倾无安。
逐鹿中原今已矣,群公杖策徒然耳。夏后以来家天下,孰与揖让唐虞美?

奈何僭号窥神器,禅诏相寻尽自利。三秦有险一弹丸,四海随时众儿戏。
世事浮沉眼倦开,抚今追昔撄怀来。只身苦作长安客,欲浇块垒无酒杯。
一车两马趁秋风,华岳潼关东复东。晓露沾衣弹不得,长天万里送征鸿。

华阴庙登楼望岳

十丈重楼几丈梯,置身疑与白云齐。
秦川开拓烟初散,华岳嶙峋天欲低。
千古名山才过眼,三峰何日一攀跻。
莱公故里陈拣窟,望入秋高夕照西。

宿盘豆镇[1]

征途苦无尽,车帷夜生寒。
容膝箱间窄,举头幕外宽。
萤流草际湿,马嚼豆声乾。
辕下驹易促,行人那得安?

校释:
[1]原注:"卧车中。"盘豆镇:在今河南灵宝市西北黄河南岸。西通陕西大道。

小游仙词[1]

一
骖鸾直上九重霄,玉女投壶破寂寥。
第一东皇难忍俊,赢将胜负券亲操。
二
贝阙承明望里开,联翩女伴下瑶台。
祗因悔却求仙事,不住蓬莱就草莱。
三
宵来龙子梦离奇,天上人间尚未知。
闻报玉皇新色喜,双成捧诰侍彤墀。
四
霓裳咏罢秩三迁,不惹炉香未是仙。
堪羡九流都莫碍,玉真朝罢更参禅。

五

绿章上奏借春阴,玉帛还看胜会临。
为恐涂山诛后至,云车风马太骎骎。

六

三台高处未难攀,人代天工也等闲。
笑看淮南旧鸡犬,飞鸣又向白云间。

七

天书飞下字傍行,青鸟衔来恰有情。
谁道彼苍殊梦梦?破空霹雳忽相惊。

八

蓬瀛清浅证前因,沧海横流又几春?
旧日璇宫香案吏,缘何仆仆向风尘。

校释:

[1]原注:"九月都门旅次作。"

都中观音寺宾筵楼毁于火,重构落成,与张天石、慕少堂[1]茗叙口占二绝

一

三年重作旧时游,金碧劫灰尚此楼。
海市蜃云原若是,凭临莽莽俯神州。

二

一角红楼挂晚晴,茗香花气供双清。
山河举目殊今昔,话到重来恨转生。

校释:

[1]慕少堂(1874—1948年):名寿祺,字子介,甘肃镇原县人。清光绪二十九年(1903年)举人。任甘肃文高等学堂教习。民国初年任甘肃临时议会副议长。著有《甘宁青史略》等。

观 猎

白草黄沙布网罗,欢呼得鹿意如何?
良弓走狗殊矜甚,天下英雄入彀多。

无题二绝

一

绾人情语惯迷离,海誓山盟信有之。
拍拍文鸳天上去,前言在耳证阿谁?

二

小婢早已学夫人,自许年华十五春。
天假之缘天宠渥,笑他仆妾附香尘。

汉口搭昌和轮船赴宜昌途中即景[1]

一

江山如画卧中游,也上楼船下益州。
尽日滔滔看逝水,何曾洗却古今愁?

二

喷波初日照山明,不见船行见岸行。
一日开轮三百里,上游雄控望宜荆。

三

岸草青青柳色黄,暮春天气似吾乡。
冬残腊尽江潮润,南北居然各一方。

四

来去帆樯势总斜,天环水转杳无涯。
朝朝几度凭栏望,不见秦云况我家。

校释:

[1]原注:"冬月廿三日至沙市,即古荆州地也。"

宜昌易乘小舟上峡江

一

远山渐远青欲无,逆水舟行波正枯。
双桨中流漫容与,榜人抢险来相呼。

二

吹我江风冷欲愁,江云江雨送轻舟。
行来水驿何曾惯,地转天旋三日呕。

三

乱礁林立涌洪波,客子魂惊唤奈何。
陡喜使船如使马,南人生长是良舵。

四

沿溪傍石尽渔船,渔妇渔翁搁钓竿。
篷上清风窗上月,闲生依惯是江天。

荆州吊古

戈甲敦槃恨未消,蜀亡吴败只崇朝。
临流一洒英雄泪,为吊周郎与小乔。

夜泊夔府

郡城雄向半山蹲,贾舶当关画楫屯。
有客孤舟卧寒雨,席篷一角见夔门。

川江舟中即事

南北岸傍村树烟,风帆大小挂征船。
一波几折江心水,十日九阴峡里天。
王粲羁怀忍薄宦,杜陵秋兴供诗篇。
中原何事催戎马,摇橹声中鼙鼓喧。[1]

校释:
[1]原注:"时云贵独立,北兵入川。"

夜　雨

夜雨湿蒙蒙,江云黯几重。
客愁添若许,入望有狼烽。

万县登陆

一

连村竹木傍山青，蹬道萦纡入画屏。
十二月天如二月，稻畦澄碧冷无冰。

二

竟日行无一点尘，山环水抱最宜人。
天时地利此间尽，尺土都耕作上农。

过梁山

一

俯视群山杳霭中，白云接水雾漫空。
鱼凫辟地真奇绝，独有千秋探险功。

二

天梯石栈入云端，今日来吟蜀道难。
是我看山犹未饱，竹舆飞越竟凭栏。

三

层层瀑布下悬崖，万树阴森绿几排。
山国居然兼泽国，立当高处一澄怀。

闺 怨

客舟何处水云乡，望断天涯夜未央。
鸳枕有痕重湿泪，翠衾无梦懒薰香。
病支燕影医还瘦，愁锁蛾眉画不长。
经惯别离成底事，为君计亦太郎当。

拂耳岩过山

千竿万竿凤翎竹，千株万株马尾松。
千级万级青石磴，一行人在翠微中。

大竹道中

晓雾遮残雪,高山见未真。
藓长碑没字,石密路生鳞。
饭舍松楸叠,茅堂橘柚邻。
泉声奔众壑,乐利溥斯民。

有梦二首

一

夜夜梦还家,朝朝赋行露。
生已不逢辰,何须更感遇。

二

忽焉来异梦,未卜是何祥?
起步庭前月,五更天欲霜。

蓬溪道上晚行

流水石桥傍晚过,山程百里总嫌多。
烟含橘圃绿侵地,日透竹林红入波。
老我风尘犹栗碌,中年岁月易蹉跎。
心为形役何时已,望里衡茅羡若何。

过丞相祠堂

鼎足高谈抵掌中,造成时势是英雄。
灵祠万古锦江上,犹见纶巾羽扇风。

南充过江怀邓德舆同年[1]

江水绿于新蚁酒,夕阳红胜杜鹃花。
西来一放嘉陵棹,怀我好音空自嗟。

校释：

[1]原注："德舆曾宰此邑。"

闺词二首

一

玉作屏几锦作帏，幽窗独坐剪寒衣。
落残黄叶随风舞，疑是春来蝴蝶飞。

二

小雪新晴乍卷帏，腰肢约约不胜衣。
博山鸡舌香亲爇，待刺鸳鸯比翼飞。

驷马桥[1]

驷马高车过此桥，还乡人道是文豪。
也知富贵傥来物，羡尔风云际盛朝。

校释：

[1]原注："在成都城外，为司马相如故迹。"

除夕前一日即事[1]

一

又近人间度岁辰，锦城灯火闹宵分。
独怜一卷消寒夜，绣被焚香卧鄂君。

二

家家饭熟上辛盘，[2]人语嚣嚣爆竹寒。[3]
莫道南天铜鼓震，乡书犹写字平安。

校释：

[1]原注："时至蜀五日。"
[2]原注："成都风俗，除夕前一日，亲友以物馈遗，谓之吃年饭。"
[3]原注："时滇战方亟，禁放火炮。"

咏史四首

一

纷纷虎斗与龙争,天意何曾竟厌兵。
子弟八千随项籍,人豪五百戴田横。
亡秦岂肯雄怀减?归汉犹难义愤平。
成败亦知前定数,男儿千古气如生。

二

何事人间倍惘然,闲将逸事数前贤。
西山有蕨双孤竹,东海无波一仲连。
忍饿岂知万祀颂?解纷先拼藐躬捐。
王纲未坠秋霜凛,惭愧难言愿执鞭。

三

转盼兴亡道长消,大中小隐任人嘲。
扬云儒雅轻投阁,谢朓清高重诣朝。
颂德文章争绣虎,羁荣世禄续金貂。
独怜下士为贫仕,五斗曾闻一折腰。

四

未整王冠笑沐猴,诸公衮衮已千秋。
天边龙露鳞兼爪,灶下羊歌胃与头。
会际风云争快睹,光依日月竟何求?
谁将末路英雄泪,洒向青门吊故侯。

丙辰(1916年)

五古二首　四言二首　五律三首　五绝六首　七古一首
七律十一首　七绝三十九首

正月三日与同舍诸人晚步

远游又逾岁,未敢辄思家。
更旦三朝醉,新春半世嗟。
竹垂连舍叶,梅放隔墙花。
幸有如兰契,相邀看晚霞。

和乡人某君春初见寄原韵三首[1]

一

东风吹出艳阳天,梅柳芬芳满大千。
客里谁堪辞旧岁?春来我已到中年。
兰台蓬转犹听鼓,花县蒲生未做鞭。
宦味阑珊乡味好,陇云何处故林泉?

二

人日乡思怅各天,沉沉院落缀秋千。
浣花胜迹寻遗事,载酒春游让少年。
古调空弹冯(煖)〔谖〕[2]铗,虚怀愿执晏婴鞭。
凭君为写新诗句,涌入离肠万斛泉。

三

醉罢屠苏欲问天,春宵底事值金千。
寻巢燕语新来日,寄讯鱼书旧隔年。
编户禁寒除岁爆,锦江闻掷断流鞭。[3]
如何浪迹关山客,犹咏匪风与下泉。

校释:

[1]原注:"代友作。"
[2](煖)〔谖〕:油印本误作"煖",据文义改为"谖"。
[3]原注:"时北兵至重庆。"

春　晴

轻云冷雨太溟蒙,蜀日原来犬吠中。
窗槛光华争晓旭,帘旌缥缈漾春风。
影移修竹浑成画,色著寒梅分外红。
看到斜晖无限好,珊戈谁得返瞳眬?[1]

校释:

[1]原注:"时滇军北伐。"

成都竹枝词

一

茶坊处处总喧哗,头裹白巾客尽多。
更要相呼楼上去,龙团一饼评如何?

二

短竹笆墙比栉同,成都市上锦为丛。
家家妇女当门户,犹有文君炉畔风。

温江道中雨行[1]

漠漠春阴细雨凉,豆花匀紫菜花黄。
石桥野径深深树,滑汰新泥觉路长。

校释:
[1]原注:"时奉檄赴川西北。"

由灌县赴新繁,次清安桥小坐[1]

才息惊尘对落晖,清安桥畔坐忘机。
双鸥浴水闲来去,影入白云不用飞。

校释:
[1]原注:"晨在灌县新场,闻有匪警,疾行避之。"

李约斋以所著书见赠,赋诗答之

西州闻望见天民,述作斐然富等身。
能与婺源传绝学,从知涑水有功臣。[1]
高文价重关名教,孤诣情深觉后人。
读竟吟编余事耳,多君还写性灵真。[2]

校释:
[1]原注:"君著有《温公我箴释证》。"
[2]原注:"君著有《求在我斋诗草》。"

广汉差次感赋二首

一

不受人间暮夜金,穷途还守固穷心。
此生纵复为贫仕,一勺廉泉饮到今。

二

廉吏可为且自为,十年宦辙尚驱驰。
如能种豆南山下,亦赋陶潜归去辞。

至绵竹又自嘲一首

送穷日日苦无钱,才得钱来又自捐。
莫怪命宫非富贵,未知长爪是神仙。

绵竹至绵阳道中即景

水田一顷鸥双浴,晴日满川麦正肥。
二月春农殷望雨,翻车自转利犹微。

绵阳征收局长谢筱舲君与余同出马积生[1]师门,一见如旧,邀游东门外李杜祠,致足幽胜,赋此谢之

左绵有山春如笑,谢公游屐开吟抱。我拂征尘初握手,欢若生平未曾有。
东出东门涪水绿,笑指芙蓉溪几曲。溪上人传李杜祠,盛唐诗格尽人知。
年来经书惯荒废,往往爱读两公诗。李公飘萧杜沉郁,千秋宗尚及者谁?
登堂膜拜肃仰止,东风淡荡吹灵旗。来游却恨太匆匆,水榭明楼一顾中。
凝向春酣亭上立,[2]棱棱摩刻汉涪翁。[3]黄鹤壮观宝遗迹,[4]打鱼胜事怀古风。[5]
愧被风尘客里愁,多君好客辖轻投。不为陈蕃肯下榻,那能王粲便□〔登?〕[6]楼。
京华十载春婆梦,人海如何鞿俊游。委吏今同鲁国孔,抱关长唱夷门侯。
只缘文字话前尘,师友渊源亦夙因。不辞绿酒连朝醉,欲却黄金守故贫。
遭逢已幸订交久,漫将离合轻云萍。三月锦城花如锦,长路归来还问津。

校释:

[1]马积生(1858—1932年):字吉樟,河南安阳县人。清光绪六年(1880年)进士,翰林院侍讲。
[2]原注:"祠有春酣亭。"

[3]原注:"有石刻涪翁像。"涪翁:汉代涪县(今绵阳市区)人,名医家,著有《针经》《诊脉法》。
[4]原注:"石刻'黄鹤'二字,相传由黄鹤楼拓来。"
[5]〔登?〕:油印本脱一字,据文义疑为"登"字。
[6]原注:"溪上为工部观打鱼处。"

过剑阁

朝排剑关出,青霞荡我襟。奇峰七十二,壁立何森森?
上有巉岩峻,下有涧流深。既称建瓴势,遂生扼险心。
所以乘时者,割据亘古今。伯约[1]才足守,纥幽忽来侵。
岩疆不可恃,亡国泪涔涔。头头都是道,干戈徒相寻。
人谋与地利,运会共屈伸。当关一凭吊,七里坡下吟。
崎岖丛石窟,俯仰松柏林。绝险亦名胜,漠漠春天阴。
昔出潼关道,亦越萧关岑。一壮一则偏,唯兹雄且沉。
兼有两关胜,而无尘俗音。胡为劳战代?兵气犹难禁。
蕞苻有余孽,时时闻鼓金。山邑虽自固,薮泽藏虺淫。
当以四邻守,先为万姓霖。丸泥封勿用,君子服其忱。

校释:
[1]伯约:姜维(202—264年)的字,为冀县(今甘谷县)人,蜀汉名将。

过昭化浮桥[1]

浮梁稳架渡清江,燕子衔波掠影双。
红杏花开春柳绿,桥门风景似吾乡。

校释:
[1]原注:"在东门外,跨嘉陵江上,用船十六只,似吾兰旧浮桥而小。"

过木门镇至张祠[1]

总是蚕丛不易行,木门古道战场经。
山家径僻桃花笑,隘路林深翠羽鸣。
铁马萧萧遗庙壮,水龙潓潓踏车轻。[2]
俊游如此应非俗,长喟崎岖已半生。

校释:
[1]原注:"镇有桓侯庙。"桓侯:蜀汉名将张飞卒后,追谥桓侯。

[2]原注:"山间水田皆以两重踏车灌之。"

雨中赴南江

不掩篮舆面面窗,一天春雨黯南江。
李花无语桃花笑,淡泊天娇两未降。

南江过山泥行

一

群山岳岳草萋萋,细雨蒙蒙滑滑泥。
莫怪鸟呼行不得,攀藤缘石未成溪。

二

一径羊肠俯碧流,棘牵石碍总相仇。
艰难险阻尝都遍,底事而今犹远游。

三

每慕名山作梦游,如今相迫莫相求。
山灵笑我芒鞋破,万壑千岩愿慰否?

由关路口至十里河湾,宿雨初晴,少憩

朝趁新晴涉乱流,才能避险便寻幽。
樱桃花共桃花发,都在严林水石陬。

渡巴江[1]

青山两岸岸头树,碧水一江江上船。
树密不知山下路,船轻还坐水中天。

校释:

[1]原注:"俗名通江河。"

江岸小憩,闻乡塾读书声

万竹阴边桃两株,花光绝艳竹扶疏。

山村立向春风听,声出茅堂读晚书。

山村李花盛开,步至其处

冰花雪采满春山,孤露茅檐屋几椽?
如此佳时如此境,人生难得一生闲。

渔　艇

渔翁刺小艇,逆水凭一篙。
左右回旋舞,江波溅绿高。

寓楼夜坐观江

宵来江上水如天,星烂烂兮安厥缠。
若待三更山吐月,明楼客在广寒边。

过巴山

薄寒天气过三巴,才脱羊裘便自夸。
重叠峰开直曲路,老苍树杂鲜新花。
春风狂欲吹衣去,夜雨微来剪烛赊。
独立森茫望城郭,城闉不见见山家。

巴州咏古

桓　侯

如公真血性,岂是莽男儿?
一莽三分定,千秋更有谁?

严将军

断头头未断,竟有降将军。
终是归炎汉,依然义烈闻。

巴江岸上感兴

一

一波未平一波起，淡荡春风作水纹。
舟子老来识风色，急收帆去叹无垠。

二

渔舟次第挂春帆，却惹桃花笑语喧。
君莫避秦秦自避，如今不必更寻源。

三月三日清明行嘉陵江上

乍晴江色柳烟新，佳节清明祓禊辰。
麦饭一盂青韭荐，故乡风味倍思亲。

江油道中

正暮春天雨半晴，浓荫一路早蝉声。
几番花里传风信，好鸟枝头莫漫惊。[1]

校释：
[1]原注："江油曾被匪陷，迄今未靖。"

一　鸟

山势去回环，涧波来汹涌。
一鸟立礁石，曾不飘摇恐。

谒靖侯[1]祠[2]

萧萧翠柏墓门围，庙舍双忠古所希。
羽扇清高遗像在，灵旗飒爽毅魂归。
同心业自三分创，大用才原百里非。
生猝死忠争汉祀，阳戈竟返巴斜晖。

校释：
[1]靖侯(179—214年)：名庞统，字士元，号凤雏，荆州襄阳(今湖北襄阳)人。为蜀汉刘备的谋

士,进围雒县时,中流矢而亡,追谥靖侯。

[2]原注:"在罗江县西,一名双忠祠,有武侯与靖侯像。祠后庞士元墓在焉,形若小阜,古柏甚茂。"

途中闻警

巢角纷纷太纵横,前途犹说遍荆榛。
苍天已死传奇忏,白帝无灵剩故城。
势迫赤眉乘讨莽,容知黔首欲亡嬴。
五年号令三嬗矣,水火谁能更救民?

雨后金堂道上

远树微茫接绿畴,田家蓑笠雨新收。
云间红日白如月,春末清风冷似秋。

记　行

记从客秋来,离乡行复止。
西北而西南,周回万余里。
若以远游论,亦比穆天子。

蛛　网

何事萦尘网,当前最碍人。
张罗凭觅食,倚户好藏身。
缕缕知心苦,盘盘作计频。
闻君能小隐,高处与谁邻?

双　柳[1]

一

双柳毵毵乘叶长,晚来雨气作新凉。
昔年曾向灵和看,祗恨春风未远扬。

二

风枝袅袅拂窗低,乱惹离愁两未齐。
从不封侯萦梦想,如何异地尚羁栖?

校释:
[1]原注:"时余差竣旋省,入吏学馆。柳当余窗外,每饭后闲步其下。"

苍蝇谣[1]

一

苍蝇畏冰,其性附热。
飞去飞来,见人则却。

二

何事营营,鲍鱼之肆。
室有芝兰,不常厥止。

校释:
[1]原注:"四言二首。"

蕉窗即事[1]

宦海浮沉未挂冠,每因独笑更长叹。
芭蕉窗外天都绿,赢似书僧不似官。

校释:
[1]原注:"吏学馆住室外芭蕉两本,高出檐际。"

拾花泡茗碗中,咏之得二绝

一

拾得残花朵,浮沉茗碗香。
任他荣悴事,顷刻也流芳。

二

青玉案头花,相逢奇所遇。
怜君一援手,莫教委当路。

六月望后与何子高陈少禹两大令同游公园

一

水木清华画阁开,征歌犹似在蓬莱。
与君且共消长夏,胜地何妨日日来。

二

池边亭子树荫中,莲叶田田花放红。
晚雨欲来茶社散,徘徊犹过小桥东。

三

叶底莲花水面香,亭亭净植满横塘。
须知浅白深红色,曾出污泥染未尝。

凉 意

月地清光客舍开,新秋凉意尽徘徊。
乡心为问南飞雁,可带音书一字来。

蓉垣听鼓杂吟

一

虎观宏开讲学诗,聊将制锦作栖迟。
来逢一事殊堪幸,独立声中看举旗。[1]

二

虞公尽室走仓皇,薏苡明珠并压装。
纵躧侯封难自己,知君此日怨沧桑。[2]

三

箸筹半壁借西南,割据雄图梦乍酣。
井底子阳贻笑耳,谯周降表更何言?[3]

四

出奴入主太纷纷,严令中传逐客文。
鼓箧而来橐笔去,归心怅望陇头云。[4]

五

北伐功高甲未除,义旗回指向成都。
请看将拒将迎日,传舍忽来鸠自居。[5]

六

竭来进退太郎当,吾岂匏瓜食未尝?
最是客心惊逆旅,秋风容易送流光。

七

陈陈故纸尽钻研,造诣何妨脉望仙。
金石声高满天地,几人东阁废餐眠。[6]

八

偶向前溪问路遥,津头舟子忽招招。
谁知咫尺锦江水?秋雨频添激暗潮。[7]

校释：

[1]原注："时在吏学馆,为编纂员。值川省独立,响应讨袁。"

[2]原注："陈将军宧独立后,袁氏以川人周骏为将军,由重庆进省,陈率所部携辎重而去"。陈将军宧(1870—1939年),名陈宧,字二庵,湖北安陆人。湖北武备学堂毕业。1915年,任四川将军,次年蔡锷护国军由滇入川,被迫宣布四川"独立"。后陈宧率部离川。

[3]原注："周骏扬言持西南政策与蔡锷合纵,锷笑骏为井底子扬,骏愤川人不附己,以谯周相消。"

[4]原注："周骏入省,倡言排外,以兵解散吏学馆,欲驱分发人员。余与乡人皆作归计。"

[5]原注："袁项城殁,蔡锷奉命督川。川人迎拒两派,锷未至,刘存厚自摄焉。"

[6]原注："在客舍读书,与同人如住书院时也。"

[7]原注："政局渐定,内幕时有争端。"

吊姜维[1]

降旗两竖此心同,有数人才恨不穷。
斗胆一披天厌汉,莫将成败论英雄。

校释：

[1]原注："时在剑阁为委吏。"

和刘晓岚师寄闰欢雅集见怀原韵

一

名山曾作从游人,嘉会当时一侧身。

置闰应知天定数,联欢聊寄物情真。
四时佳日成吟事,百里文星聚德邻。
偏是我来经战伐,今年踪迹又飘蘋。

二

犹作风霜仆仆人,彼苍未许乞闲身。
穷通难免心为役,忧患方知命是真。
贫仕几年甘委吏,故乡今日号芳邻。[1]
秋来莫信江波静,时有凉飙起白蘋。

校释:

[1]原注:"各省多难,唯吾陇称乐土。"

长夜有怀

漫漫何时旦,孤愁不可分。
泪花掩衾落,诗草背灯焚。
官阁听寒雨,江船忆暮云。
近来吟兴懒,无事但思君。

丁巳(1917年)

五律三首　七古一首　七律六首　七绝三首

新　晴

积雨晴才好,山城春欲深。
细云蒸瓦气,散雾接檐阴。
新色棠花院,[1]欢声野雀林。
高楼闲眺徧,抛牍一长吟。

校释:

[1]原注:"剑阁征局院内,有铁脚海棠一大株。"

卸剑阁局篆,尤君阅三以诗五章赠别,步韵答之

一

早岁诗书废半途,枉将胞与托茕孤。

沧桑阅世还争战,宦海随人效步趋。
山国乍来倚两剑,天街成忆到方壶。
抱关击柝今吾分,贫仕谁云待价沽。

二
一著儒冠便固穷,相逢多半是文雄。
西堂才调风尘外,下里讴吟客感中。
秾李门墙沾化雨,[1]清槐厅事迓熏风。[2]
凭君高唱骊歌起,壮我行旌晓日红。

三
容说诗人乞镜湖,豪吟拈断白髭须。
梓乡珍重三峰李,[3]花萼联翩二子苏。[4]
高谊欲投留客辖,[5]奇情还击买春壶。
名场故事偏相借,姓字犹堪笑纸糊。[6]

四
休出小邑似颍臾,忠信由来颠可扶。
欲执群言非指鹿,[7]敢劳双凫望飞凫。[8]
知他萍水离还合,看到春花荣与枯。
此日陇云空怅惘,买山无分作田夫。

五
拾遗守阙自与与,犹识人间石室书。[9]
为我几番探古碣,与君何处驾长车？
应开素抱蕉心卷,多谢青垂柳眼舒。
文采风流非异任,药笼中物好藏储。

校释:
[1]原注:"尤君为女学教习。"
[2]原注:"余在剑,尤君每造访。"
[3]原注:"剑邑李申夫先生有《十三峰集》,尤君最称之。"
[4]原注:"尤君兄弟均能诗。"
[5]原注:"君欲留余其家小住。"
[6]原注:"君每爱谈前清科第。"
[7]原注:"余罢职,以有谤之者。君将为辩诬,余止之。"
[8]原注:"君每期余令剑。"
[9]原注:"君好收藏古籍,余托其征文,应《四川丛书》之求。"

过葭萌关[1]

江流淘不尽,几曲绕葭萌。
山水闲图画,古今莽战争。
云连青鸟道,壁俯赤霞城。
又上临崖阁,年年赋旅行。

校释:

[1]原注:"在昭化县城外,时余旋里过此。"

过白音峡[1]

丛林峡路豁然开,夹道清阴拂翠来。
始信陇南多福地,弥天绿野蔚成材。

校释:

[1]原注:"在秦州。"

甘草店和万藜堂[1]韵

两年又见旧垂杨,故里秋花到海棠。
雨宿泥行三十日,与君客路得匡襄。

校释:

[1]万藜堂:名青选,一字历堂,甘肃靖远县人。清光绪二十七年(1901年)举人。京师大学堂毕业,考取知县,分发四川,因四川战乱频繁辞归。

早发金家崖

傍山行入画,斜月晓风秋。
活水浸田畔,微云过岭头。
葵花黄夹路,烟叶绿平畴。
咫尺家园近,衣单莫漫愁。

阎简斋同年以九日金山登高作见示,即步原韵

年来旧学废磋磨,唯觉沧桑过眼多。

世外有心消日月,寰中属目划山河。
不因感遇登高赋,却为临流濯足歌。
头上黄花犹乐事,(赢)〔嬴〕[1]他满地弄干戈。

校释:
[1](赢)〔嬴〕:油印本作"赢",据文义应为"嬴"。

病后偶占

病中岁月消沉易,乱极乾坤整顿难。
幸有药笼资国手,可能医国也平安。

潜园赏雪歌[1]

园在旧举院[2]内,今为兴文社校圃。刘晓岚师所建,今秋落成。冬雪初降,招余辈赏之,作歌以纪。

雪后来潜园,乍入清凉国。琼楼玉宇不胜寒,月地云阶空诸色。梅花香彻满庭中,菊影霜侵三径侧。庭中径侧有幽人,载酒行歌笑语频。招我登山复临水,满园雪彩相鲜新。我始秋九园中来,荒荒生面凭君开。千山起伏(邱)〔丘〕[3]陵妒,一水潆洄湖海猜。问彼山,飞来自何处?乃是愚公之所移,胸中磊块吐其奇。问彼水,支流自何派?乃是夫子所长叹,川上逝波可以灌。草木扶疏掩映间,亭台迤逦登仙寰。秋去冬来如转瞬,水流冻合山无颜。天公有意醉诗客,一夜长空浮大白。琼浆沥沥遍大千,亭台山水弥无隙。忽疑院落三春深,梨花月夜方沉沉。又疑佛国现净土,遍地白玉非黄金。花园佛国兹小园,北风烈烈吹番番。君不见昔日淮蔡抗雄师,夜半鹅鹳飞汤池。又不见张元掉臂走西夏,片鳞残甲逞英辞。茫茫今古那可说,同来一尽手中卮。矧兹在昔论文地,化为桑田作校圃。平地山已一篑成,十年木亦同人树。吁嗟乎!覆雨翻云吾任天,且坐雪花开琼筵。盈尺之瑞占丰年,待看园中园外春耕田。

校释:
[1]原注:"有序。"
[1]旧举院:即甘肃举院,在兰州市萃英门兰州大学第二附属医学院一带。清光绪元年(1875年)陕甘总督左宗棠建,十一年(1885年)陕甘总督谭锺麟增修。今原址存至公堂、观成堂。明远楼移五泉山,改名为万渊阁。
[2](邱)〔丘〕:油印本作(邱),避孔子名讳,应为"丘"。

戊午(1918年)

五绝一首　七古二首　七律十三首

元旦偶作

一

今朝百感忽惺然,四十年光又一年。
不学渐当多事日,利艰微悟数奇天。
故知牛骥应同皂,那卜蛟龙或跃渊。
风雪无端寒爆竹,依稀昨夜锦〔城〕[1]眠。[2]

二

谁能手笔判元黄?春梦依然故故长。
大地鱼龙繁衍剧,中原狗鹿逐奔忙。
举棋但定终无负,理乱如棼岂得当?
唯有韶华殊可惜,椒盘又献在阿乡。

校释:

[1]〔城〕:油印本"锦"后脱一字,据文义应为"城"字。
[2]原注:"前年除夕在川,适以战事禁放爆竹,今吾兰垣亦然。"

送阎庆皆[1]之任新疆实业厅长

一

几叠阳关唱未终,故人走马揖匆匆。
柳红柳绿天山月,沙白沙黄大漠风。
万里前程三尺剑,一担行李五经筒。
书生何待曾投笔,要术齐民异域功。

二

混沌陆海国岩疆,旄节遥临客路长。
出塞春云飞作雪,有田瀚壁变为桑。
八千里远腾天马,三百群多牧地羊。
闻说汉家征庶富,葡萄美酒最芬芳。

三

繁台梁苑旧游时,个个萍踪有梦思。
一帙龙沙留迹远,[2]三秋燕市论文奇。[3]

梅开今日人还别，蓬转频年我独悲。
犹得西郊随祖帐，兰心契尚使君期。

四

玄黄龙战几经年，万劫曾婴铁是肩。
席帽京尘余梦影，锦衣故里怅离筵。
根盘节错非常日，露宿风餐别有天。
怪我襟怀怆送客，春波春草正无边。

校释：

[1]阎庆皆（1872—1933年）：名毓善，甘肃酒泉县人。清光绪二十年（1894年）举人。宣统间入黑龙江巡抚周绍朴幕，署兰西县知县、巴彦州知州。民国初任参议院议员。1918年起，任新疆实业厅厅长、督署秘书长、建设厅厅长，兴办实业。

[2]原注："庆皆曾宦东三省，著有《龙沙鳞爪》。"

[3]原注："乙卯秋在都相会。"

梨花馆为阎庆皆饯别，是日清明大雨

一

水满沟塍云满城，杏花春雨过清明。
酒村客向山村到，梨苑人来画苑行。
马上魂销金谷地，楼头目极玉关程。
偏能待得青青柳，聊赠江郎赋别情。

二

好雨晴开景更新，东皇特意洒征尘。
停车日短君原客，入幕风和我亦宾。[1]
香雾为生花国佛，浊醪应醉酒泉人。[2]
陇头二月春方半，何似留春与送春。[3]

校释：

[1]原注："庆皆约予赴新，因事未果，为订后期焉。"

[2]原注："庆皆籍酒泉县。"

[3]原注："时甘人欲留庆皆服官本省，以有阻者，未遂。"

挽陇西王安卿先生[1]

渭流渺渺陇坂芜，传是当年征战区。烟消云沉数十载，居人常式王公庐。

王公毕世守颛愚,奇情却与常人殊。汤火蹈赴甘如饴,始则壮士终耆儒。
生逢闾里烽燧急,万家离散千家泣。老幕巢倾燕垒空,轻车尘起鱼书敕。
众中谁似南霁云,慷慨唯公义形色。此时忠孝竟两全,始信苍苍暗有天。
温清余日悦亲戚,辛苦穷年学圣贤。乡贤在昔号将才,兼文□[2]武恂恂然。
男儿读书破万卷,自惭老大犹钻坚。躬行直向源头讨,启厥后昆承厥先。
呜呼!读书有种子,经师人师漫自侈。斯人至性天所予,克全其天圣之徒。
矫矫如公当非迂,彼何人哉膺吕朱,桑梓后生识前趋。[3]

校释:
[1]原注:"先生武庠生。同治间花门之变,城陷,曾为巩民达援书。晚年以敦行力学闻。"
[2]□:油印本"文"后脱一字。
[3]原注:"公好读朱子小学及吕新吾《呻吟语》。"

和许际唐[1]同年清明节小西湖雨中种树原韵

一

芝盖春旗莫尽催,莲池风味美于回。
杏花色色香先醉,杨柳依依手自培。
四野溟蒙沾好雨,几时磊落拔奇材?
枣梨千树侯千户,此日劳农珍重栽。

二

旸人樾荫暗相催,特意留芳天意回。
夏木千章期合抱,春泥盈尺得深培。
正当雨晦风潇日,应有根盘节错材。
我亦骑驴湖上客,新荫疑看白堤栽。

三

好是新诗应雨催,探囊佳句锦文回。
扬芬雅欲华林赋,布种争先元气培。
大造生机存硕果,他时须仗出群材。
流风渤海犹堪把,口率能教万树栽。

四

堤外吟鞭得得催,书生并马带春回。
放花风信连番发,生物天工栽者培。
二月韶光三月节,百年乔木十年材。
种瓜种菜英雄事,也有门前五柳栽。

校释：

[1]许际唐(1874—1946年)：名承尧，别署疑庵，安徽歙县人。清光绪三十年(1904年)进士，授翰林院庶吉士。民国初年张广建督甘时，任督署秘书长、甘凉道尹、甘肃省政务厅厅长。著有《疑庵诗》等。

灵台莅任，上张勋帅[1]一首

乍堪暖席忽驰驱，犹是寒窗一腐儒。
沧海官原浮蚁芥，风尘吏又到鹑觚。[2]
曾因食客和冯铗，却耐迁官冷向厨。
莫道缘边诸郡剧，遥知铃阁有阴符。

校释：

[1]张勋帅(1864—1938年)：即张广建，字勋伯，安徽合肥县人。清光绪间入淮军聂士成部为军佐，后保举知县，官山东布政使、代理山东巡抚。1914年至1920年，任甘肃都督兼民政长。因其掌军事，故尊称为帅。1920年，卸职归里。1938年5月，日军占领合肥城，张广建逃至舒城，次年贫病交加而卒。

[2]原注："灵邑古鹑觚。"

慕少堂同年以太夫人事略见示，将征文为祝嘏资，聊寄芜章，以当寿言

火枣离离冰桃鲜，福觞介寿开琼筵。
慕氏有母邦之媛，德言容工名曰贤。
始相夫子丁钜艰，晚有诒嗣云程骞。
不数柳获同欧丸，簪珥何惜茕茕怜。
更许寒士多欢颜，异书百卷慷慨捐。
为开陇上风气先，布衣疏食心慊然。
寿母令仪寿世间，岗陵上颂纷缥编。
千春百禄相绵延，以质慕子吾同年。

雪中口占

雪重花飞缓，风微草动低。
一团春意思，静处得端倪。

己未(1919年)

五古六首　七律一首　七绝十首

岁首有作[1]

时陕氛甚恶，灵邑当其冲，民间供给军需疲于奔命。岁之元旦，予尚檄催各乡雪中输挽薪粮，军书旁午，诸事停而征敛无艺，悉为民上，能不疚心乎？所期早日瓜代而已。

凭陵岩邑正多艰，抚字催科量后先。官阁梅开红透日，讼庭草宿绿经年。常因羽檄劳飞挽，那得牛刀试诵弦？雨雪载涂征鼓急，莫须徇例上辛盘。

校释：

[1]原注："并序。"

秋八月有粤东制宪之行，偶成断句四章

一

楚汉八年羽檄驰，亡秦民力应难支。
天心底事踌躇甚，莽荡神州费主持。

二

六朝金粉是江南，北地胭脂两未谙。
偏向人家语恩怨，多情燕子自呢喃。

三

坛坫终岁唱平和，覆雨翻云几折波？
揖让偏成征讨局，只因并世枭雄多。

四

缯帛和戎已足羞，如何哗卒辇金酬？
冬行春令天真梦，大盗于今王与侯。

过六盘山口占

驴辘车鸣骡喘残，草红木落山骨丹。
今盘六盘十一度，半天晴日雪飞寒。

夜过峡石山

鸡鸣朝歇函谷关,轻车夜过峡石山。
深林大壑常相撞,足履不到非人间。

重九日江行过小姑山

水阔天平练不如,菊花时节过江初。
朝来忽有赏心事,高卧船窗看小姑。

沪滨见月

烟水空蒙满沪江,无端好月入船窗。
月明能照离人影,只有离人与影双。

乘海轮赴粤舟中偶作

山村树暗三家店,水驿灯明五夜舟。
不觉此行过万里,天涯海角海波头。

夜游长堤[1]

珠江箫鼓画船头,蛋户时时起粤讴。
灯火楼台长不夜,任他女伴大堤游。

校释:
[1]原注:"堤在广州城外珠江北岸。"

粤中杂吟六首

一

春风动帘旌,帘旌动春风。
檐前翻铁马,相和鸣丁冬。
万里远游人,寂坐宵灯红。
高楼何所望?[1]云尽象郡东。

二

五星聚东井，粤当霸一方。
陆生何从来？百宝船头装。
说辞固云善，文德正遐昌。
拜汉有巍台，岂必凭炎荒。[2]

三

蔼蔼六榕寺，花塔矗云衢。
岂伊莲花界，中有君子儒。
爻梦虞翻易，榜留东坡书。
渺兹一尘尔，所趋不同途。

四

璀璨五羊市，忽焉驰道长。
仙人空中语，弹指一沧桑。
陵谷遽迁改，禺山阓阓场。
楼台既壮丽，制作殊唐洋。[3]
遐哉宋广平，千载名独芳。
天时与人事，日进原无疆。

五

珠女颜如花，联榜自浮家。
郎来不用楫，问讯江之涯。
他日众星走，相视应长嗟。

六

鳗鱼走东海，鹏鸟翔南溟。
胡为好高远，抱意常惺惺。
毋贻井蛙笑，毋同精卫冥。
沓霭云中翼，浮游水上萍。
挟将弧矢志，冀垂万世型。[4]

校释：

[1]原注："余在粤，初寓人寿里之厦影楼。"
[2]原注："粤有南粤王佗拜汉台。"
[3]原注："粤自唐时宋广平督州始有瓦屋，今则洋楼连亘，唐洋并称。"
[4]原注："兹来为制定宪法。"

庚申（1920年）

五古二首　五律二首　五绝三首　七律二首　七绝二十八首

黄花岗吊古[1]

一

黄花三月暮,开落满荒(邱)〔丘〕[2]。
风雨残春冷,江山故鬼愁。
冢青云气护,草碧血痕留。
最是年来恨,干戈总未休。

二

灵旗风莽荡,毅魄有余悲。
国势群尝鼎,党争几仆碑。
兴亡谁负责?名姓半存疑。[3]
南服吾来晚,春花献一枝。

校释:
[1]原注:"岗在广州城东北三里许。"
[2](邱)〔丘〕:油印本作"邱",为孔子避名讳。
[3]原注:"黄花岗死难者名姓半无考。"

自粤乘火车赴九龙途中即景

容易光阴半日消,泠然行处御风飚。
塍连树错田家暗,水复岗重客路遥。
远舍依稀添野意,平湖潋滟落春涛。
九〔龙〕[1]一椑通香港,楼阁满山市井嚣。[2]

校释:
[1]〔龙〕:油印本"九"后脱一字,据文义补"龙"字。
[2]原注:"香港甚繁盛。"

制宪未成,将作归计,步同人韵

欲整归鞭向五原,蜩螗羹沸岂长存?
羊城总有庄严地,象魏何曾榜国门。

荔枝湾消夏

花地游春会水仙,[1]又来消夏荔枝湾。
手摇兰桨风生袂,孤艇自撑莲叶间。

校释:
[1]原注:"珠江南岸有花地,每年正月间水仙会甚盛。"

偶作二首

一

系铃为护花,解铃花满地。
解铃与系铃,总是园丁利。

二

一片卖花声,终朝卖不去。
非是惜深红,多被居奇误。

有　感[1]

一

十里长堤看水嬉,春波浩渺柳如丝。
中流一落惊千丈,正在云垂海立时。

二

桃李含芬两斗妍,谁僵谁代总难全。
那堪一闭深园里,剩有春随蛱蝶传。

校释:
[1]原注:"时粤中方有内争。"

夏夜口占

月明飞一燕,楼上横笛音。
大可消烦暑,凉风价比金。

苦 热

竟尔滞炎乡,流金郁景光。
清风来处少,溽暑过时长。
蒲扇挥难释,荷衣著未尝。
倍思兰岭下,绿树午阴凉。

即 事

莫怪人难惯,蛮乡俗总乖。
屋楼居尽窄,厨溷地偏偕。
老妇犹垂辫,娇娃亦躧鞋。
相逢都鴃舌,问讯少能谐。

襟江楼即目

一江灯火闹宵分,车水马龙织若云。
堤外笙歌陡上月,相逢何必不知君。

六月十三日晚步,又至襟江楼

荷花生日看荷花,净植亭亭灿晚霞。
又看襟江楼上月,游人那得不思家。

东园蕉亭独坐[1]

闲坐浓荫夏正长,小亭六角傍西墙。
竹云扫地常拖叶,花气围栏暗送香。
天绿才能消溽暑,风清原为散新凉。
蝉声欲歇鸟声弄,未有人来到夕阳。

校释:
[1]原注:"园为国会同人俱乐部。"

过沙面有感[1]

一带红墙绿树间,西来海客住仙山。
奥区若此原无尽,人代天工付等闲。

校释:

[1]原注:"沙面在粤之长堤西,为西人租界。昔之黄沙片土,今则金碧庄严,居然胜地。"

东山晚步[1]

明霞似水云似山,水流几曲山几湾。
山水云霞浑莫辨,竹树晚苍人自闲。

校释:

[1]原注:"在东堤三里许,为避暑之地。"

秋暮西湖纪游[1]

一

万顷澄波一叶舟,我来时节正三秋。
濒湖多少亭台榭,竟日登临足胜游。

二

湖心亭子接三潭,月槛云廊曲曲含。
恰与阮墩成鼎足,水天一色画中参。

三

云栖毕竟容谁栖?多少游人步石梯。
终是白云常止止,无心来去任高低。[2]

四

平远山光作画屏,高峰南北两青青。
常时只道湖光好,却有林泉到处停。[3]

五

呖呖莺歌何处去?萧萧柳叶作秋声。
三春倘得重相访,斗酒双柑证此盟。[4]

六

迤逦新坡几树遥,舟人指点段家桥。
他时残雪孤山外,好与梅花伴寂寥。[5]

七

沙堤小立听菱歌，傍晚风清起细波。
一样初三眉样月，平湖秋色二分多。[6]

八

三尺锦鳞泼泼余，玉泉微样雨晴初。
游人自有濠梁趣，不必临流便羡鱼。[7]

九

晓向西泠日已迟，两峰爽气落襟期。
苏堤剩有青青柳，不是桃红李白时。[8]

十

秋瑾坟前秋柳垂，鄂王庙里雨丝丝。
名山胜水赏心事，剩水残山吊古思。

十一

冒雨来观花港鱼，湖云树色两低迷。
老荷历落栖凉翠，秋水茫茫横白堤。

十二

佳人几辈留青冢，名世崇祠相望间。
葛岭依然笑贾相，何如处士有孤山。

十三

碍人丛桂尚余香，几处园林绿水旁。
乞得鉴湖容有分，我生何日住钱塘？

十四

幽邃莫如紫云洞，玲珑莫若飞来峰。
却嫌蜡屐匆匆甚，此境人间不易逢。

十五

炼丹井傍初阳台，里外湖光眼底开。
修得神仙犹选胜，琅环福地此中猜。

十六

三天竺是众香国，善女善男证夙因。
且向牟尼随喜拜，可能兜率问前身。

十七

龙井茶试虎跑水，芬清味冽兴偏长。
山僧应有鲍樽借，也学坡仙自在尝。

十八

空洞穹崖危若悬,翼然亭子踞崖巅。
吾人总少烟霞癖,不向深山住十年。[9]

十九

乍从海外飘归帆,又陟韬光望海天。
海上蜃云殊变幻,且来池上看金莲。[10]

二十

年来岁月总蹉跎,漂泊天涯又水涯。
且把湖山一管领,故乡归去梦游赊。

校释:
[1]原注:"时自粤初归。"
[2]原注:"云栖,一名胜也。"
[3]原注:"双峰插云。"
[4]原注:"柳浪闻莺。"
[5]原注:"断桥残雪。"
[6]原注:"平湖秋月。"
[7]原注:"玉泉在清涟寺,有放生池,蓄五色鱼,长至二三尺。"
[8]原注:"苏堤春晓为湖景之最胜者,惜所莅非其时耳。"
[9]原注:"烟霞洞为南高峰最胜区。"
[10]原注:"韬光为北高峰胜境,可以望海。有金莲池。"

辛酉(1921年)

五律一首　五绝一首　七古二首　七律二首　七绝一首

祁山崩行[1]

祁家山在静宁县西十里许,客冬地震山崩。今春,余由都返里,过此有作。

生不识混沌始,安知地辟于丑天开子[2]?天柱倾西北,地轴折东南,疑是洪荒古代之谰言。古代茫茫不可纪,驱车来过陇山址。陇头山色何郁苍?匡庐面目忽非是:南峰巅兮北峰起,高岸为谷(邱)〔丘〕[3]陵徙;千树倒垂根出土,几家零落室无户。忆曾客岁之仲冬,山河大地声隆隆。我时羁旅栖上京,传闻陇坂山都倾,火岩喷烈水泉涌,黄沙漠漠天失晴。兹来遥望西岩雪,雪消冰释岩皴裂。山下屋瓦解鱼鳞,山头白土崩陶穴。穴崩屋解几万千,千家百家惨沦灭。陵壑居然现大荒,原田陆海幻沧桑。我曾作宰来阿阳,睹此不觉心为伤。呜呼!不仁兮彼天苍,万物刍狗还玄黄。人云地震前,往往夜半光烛天。又云地将震,处处井泉溢如浚。天有咎征人则愚,古今浩劫归洪炉。始信洪水横流亦如是,地球破裂当无余。遥遥十二万年后,元会终极何所殊?驱车下山山愈纡,中怀惆怅增长吁。

校释:

[1]原注:"有序。"
[2]地辟于丑天开子:关于开天辟地的传说,即天开于子,地辟于丑。
[3](邱)〔丘〕:油印本作"邱",为孔子避名讳。

会宁雪霁晓行

朗朗玉山行,春风破晓征。
朝霞浮彩白,夜雪积花明。
重叠峰堆米,交融水结晶。
河湾艰涉足,辛苦慨斯民。

登五泉太昊宫[1]俯仰楼[2]题壁二首

一

归来一笑谢穹苍,大好河山是故乡。
漠漠三春飞紫燕,茫茫万劫数红羊。
群起楼台犹有地,无端世界别开场。
东君嗔我殊随俗,日日马龙车水忙。

二

五岭迢迢又五泉,五泉泉水清且涟。
数株杨柳春当画,一径蓬莱境是仙。
佛地庄严花落雨,山灵幽阒草粘天。
古今俯仰凭栏喟,眼底何人不圣贤。[3]

校释:

[1]太昊宫:在兰州市五泉公园中麓。1919年,刘尔炘建四台宫殿,用于祭祀伏羲等古代圣贤。
[2]俯仰楼:在兰州市五泉公园中麓太昊宫东南山崖,可以眺远。
[3]原注:"楼外即太昊宫。"

三月二十九日偶作

又当明日送春去,春到江南花落时。
南去北来成底事?辜负湖上钓鱼丝。

游红泥岩与柴东生[1]、金含章[2]诸君小饮

树林阴翳鸟鸣幽,红泥岩下相遨游。
幅巾白袷学者俦,乐事但能消永日,浮名那复计千秋。

校释:

[1]柴东生(1887—1952年):名春霖,字东生,皋兰县柴家台(今属兰州市西固区)人。毕业于美国威斯康辛大学,获政治经济学硕士学位。任北京高等师范学校(北京师范大学前身)和北京大学教授。后任甘肃省张掖县知事、河南省财政厅厅长等。

[2]金含章(1988—1947年):名翼乾,字含章,一字汉章,皋兰县禄家巷(今属兰州市城关区)人。汉中知府金文同的侄子。北京中国大学经济系毕业。任甘肃省长公署秘书,甘肃法政学校教员、甘肃学院教授、甘肃省第一女子师范校长、甘肃省立一中和甘肃省第一师范教员。工书法。

东龙口[1]口占

林岩足啸傲,瀑布下飞腾。
独立石崖上,天风吹我听。

校释:

[1]东龙口:兰州市五泉山公园东涧。

壬戌(1922年)

五绝一首　七古一首　七律三首　七绝四首

夏夜即景

常时喜见月,久旱爱云深。
独坐中庭静,风来花半阴。

北上至潼关,有警,冒险而过[1]

朝出潼关行路难,连骑结驷费盘桓。
道旁有虎眈眈视,多少征夫胆尽寒。

校释:

[1]原注:"时国会重光,余以曾粤东护法,有总统府顾问之召。"

都中送孙重甫[1]乡台归汴,即步酒楼见赠原韵

文缘有幸拜经师,[2]奈是干戈扰攘时。
薄宦知君悲短发,浮生愧我老长眉。
梁园旧赋才惊绝,燕市新声遇喜奇。
几日言欢又言别,旗亭还唱渭城诗。

校释:

[1]孙重甫(1858—? 年):名尚仁,号晓塘,皋兰县保定堡人。清光绪十八年(1882年)进士,授河南知县。

[2]原注:"重甫负吾皋文望,由汴入都,乡人公宴于全聚德。"

感 旧

缄札飞来启玉珰,千回万转结柔肠。
多情薄幸浑难辨,小玉今犹盼十郎。[1]

校释:

[1]小玉今犹盼十郎:唐代蒋防创作的传奇小说《霍小玉传》,写书生李益(行十,故称十郎)对霍小玉始乱终弃,导致霍小玉愤激而死。明代汤显祖取材于此,创作《紫钗记》,改李益负心为奸人离间,与夫妻和好而落幕。

有 赠

满腔心事贮秾春,颠倒才人是美人。
慧剑锋藏空闪烁,情丝网密总纷纶。
琴中有凤常埋怨,茧里无蚕不缚身。
第一难遣楼上月,照他夜夜话尘因。

题晚妆图

灯影黄昏悄碧纱,懒开鸾镜惜年华。
阳台神女行云梦,京国春风及第花。
润玉圆珠谁得似,肥环瘦燕总难夸。
眉痕约约纤纤画,只恐张郎试笔差。

题嫦娥奔月图[1]

银台金阙夕沉沉,[2]青天无路可追寻。[3]
风吹仙袂飘飘举,[4]一片闲云万里心。[5]
回头下望人寰处,[6]落月摇情满江树。[7]
璇闺窈窕秋夜长,[8]人面不知何处去?[9]
美人如花隔云端,[10]世间如梦又千年。[11]
嫦娥应悔偷灵药,[12]愿作鸳鸯不羡仙。[13]

校释:

[1]原注:"集唐句。"
[2]原注:"白居易。"
[3]原注:"李远。"
[4]原注:"白居易。"
[5]原注:"李远。"
[6]原注:"白居易。"
[7]原注:"张若虚。"
[8]原注:"沈佺期。"
[9]原注:"崔护。"
[10]原注:"李白。"
[11]原注:"元结。"
[12]原注:"李商隐。"
[13]原注:"卢照邻。"

自忏二首

一

年来还踏帝乡尘,结习未除花落身。
桂馆琼楼极乐地,得空色相是何人?

二

负人负我英雄事,怜我怜卿儿女心。
唯有慈云能解厄,香花从此拜观音。

癸亥(1923年)

五古一首　七律二首　七绝八首　七古一首

夏六月重游西湖[1]

一

江南好景再来游,爱向平湖泛夜舟。
一曲邻舫听渐远,月明初出碧波头。

二

荷花映日斗红芳,一桨微风习习凉。
行过白堤闲指点,楼台几处又辉煌。[2]

三

灵鹫飞来岁月更,名山古刹佛云平。
庄严五百阿罗汉,也要黄金铸得成。[3]

四

层峦灌木疑无路,楼阁仙居塔影重。
净地差能消溽暑,遥遥夕照对雷峰。[4]

五

莼菜鲈鱼味正腴,他乡风物故乡殊。
只能好句吟白(传)〔傅〕[5],一半勾留是此湖。[6]

校释:
[1]原注:"时与参院同人旅沪。"
[2]原注:"湖上新起旅馆甚盛,人多以为伤雅。"
[3]原注:"灵隐寺有五百罗汉。"
[4]原注:"宝俶塔下有幽居可避暑,余等憩其下。"
[5](传)〔傅〕:油印本误为"传",据文义改为"傅"。
[6]原注:"用香山句。"

青阳江即景[1]

晴江景色暮秋天,画鹢如飞挂片帆。

绿树阴中红叶树,黄云田外白波田。

校释:

[1]原注:"时北还途中。"

过姑苏城外

阊门门外草青青,平远山光卷画屏。
不到虎(邱)〔丘〕[1]终负负,归时游兴已消停。

校释:

[1](邱)〔丘〕:油印本作"邱",为孔子避名讳。

过泰山下

泰岳四千尺,两峰入青云。
登之小天下,何人可出群。
停车望曲阜,元气何氤氲。

谢潘锡九[1]师惠书二件

一

廿年前事大堪思,文字渊源早受知。
桃李春风花满县,[2]桑榆晚景草临池。
永兴戈法[3]墨华妙,大令薪传笔阵奇。
琐院金莲长忆昔,人师从古是经师。

二

旧治婴怀重仔肩,开藩建节数临边。[4]
最难契合矜奇遇,[5]可惜流言误大贤。[6]
异日风云柯有斧,闲时岁月笔如椽。
蛮笺十幅琳琅满,坐对虚堂喜欲颠。

校释:

[1]潘锡九(1867—1954年):名龄皋,字锡九,号葛城居士,河北安新县人。清光绪二十一年(1895年)进士,授翰林院庶吉士。清末任甘肃省隆德、张掖、皋兰等县知县。嗣简放甘肃巡警道,历署甘肃提学使、布政使。民国时,历任甘肃省安肃道道尹兼嘉峪关监督、甘新勘察禁烟大员、甘肃省省长。1951年,被聘为中央文史研究馆馆员。工书法。

[2]永兴戈法:汉字书法,笔形斜钩向右称戈,形如垂足,因称戈脚。"永兴戈法"典出元代诗人陈基《送侄让还吴》"人称阿买八分好,我爱永兴戈法精"。

[3]原注:"锡师曾为吾兰县令。"

[4]原注:"锡师以翰林为甘县令,荐至省长。"

[5]原注:"锡师长甘时,余方杜门里居,独为拔用。"

[6]原注:"时有齮齕之者,锡师乃辞去。"

咏 史

萧曹为治遵黄老,颣若画一[1]无失道。
狱市为重慎勿扰,官箴如此永相保,
嗟哉劳人何草草。

校释:

[1]颣若画一:颣(jiǎng)明确,一贯。典出《史记·曹相国世家》:"百姓歌之曰:'萧何为法,颣若画一,曹参代之,守而勿失。'"

除夕录近作

古人祭诗在除夕,我今除夕却录诗。
更无聊赖寻闲事,会向春明赋别离。[1]

校释:

[1]原注:"时将出都。"

卷　下

甲子(1924年)

五古一首　五律一首　七古一首　七律三首　七绝三首

元夜出都,车中偶成二绝,寄窦子峨

一

日日华楼醉君酒,迎春送我更无谁。
如何回首蓬山远,共话云屏未有期。

二

春明门外春归日,正是旗亭折柳时。
祗应春婆一梦觉,邯郸过后几番疑。

彰德过袁项城墓吊之

一

漳水鳞鳞冰欲消,几年雄鬼罢魂招。
当涂王命空符谶,并世神奸竟捉刀。
何处石羊疑冢没?尔时铜雀有台高。
土中枯骨曾为俑,蔓草荒烟笑汝曹。

二

茅店孤灯摇夜风,寒宵爱傍火炉红。
一时蛮触南还北,廿载尘劳西复东。
天为是非遣俊义,谁将成败论英雄?
三秦自古兴亡地,太息平陵松柏桐。

瓦亭[1]早行

向晓破寒行,单车过瓦亭。
冰鳞沙嘴白,树发岭头青。
峡路留残月,天河没众星。
弹筝声不断,忍冻一长听。

校释：

[1]瓦亭：在今宁夏固原县东南八十里。为明清陕甘驿道驿站。

郑镜泉[1]以哀亡女诗见寄，赋此慰之

廿四番风尽一春，[2]春归毕竟是前因。
莫凭天女空花散，愁损维摩病里身。[3]

校释：

[1]郑镜泉(1876—1945年)：名元浚，字镜泉，皋兰县郑家庄(今属兰州市七里河区)人。清光绪二十四年(1898年)进士。官直隶新河、抚宁县等知县。曾赴日本考察政治，著有《东游日记》。

[2]原注："来书其女年二十四。"

[3]原注："镜泉多病。"

刘阁青同年迁居有作，即步原韵以贺

春秋驹隙殊容易，犹忆龙门褐同释。
爱读君家铭室文，章色苔痕地新辟。
君今买宅赋来宁，校经庐畔明秋星。
高大门闾在明德，会看经武纡银青。

苏琢章厅长以冯梦华中丞题其先祖之联册见示，为书五言一百字[1]

明德竟不作，世风日陵夷。贤关寔荆棘？斯道溃藩篱。
横目营四海，藐焉寡型仪。霭霭峨眉峰，下有读书帷。
正谊为世仰，经术为人师。凤徽犹可把，兢秀起孙枝。
湘波流益清，陇山不可移。[2]嗟予忝寅恭，政教身所持。
披缄再三叹，愧励慰相知。愿言续绝学，庶以张四维。

校释：

[1]原注："代陆督军。"陆督军(1866—1927年)，名洪涛，字仙槎，号镜波，江苏铜山县人。清光绪年间天津北洋武备学堂毕业。清末任甘肃振武军统领。民国时，任凉州镇总兵、陇东镇守使、甘肃督军、省长。

[2]原注："琢章长甘审判厅，其兄服官于湘。"

腊尽书怀兼志得雪之喜

过眼尘氛犹未终[1]驹光如驰又残冬。
循环漫说天难问,直钓谁言世易容。
虚我半生催腊鼓,发人深省警晨钟。
朝来却喜同云布,春入新年瑞兆从。

校释:

[1]原注:"时有讨曹之役。"

乙丑(1925年)

五古一首　五律二首　七古一首　七律一首

春三月梨花馆和友人韵

暮春春雪锁琼枝,正是梨花正好时。
香国乍倾妃子泪,酒楼每诵涪翁诗。
晚风玉树谁神似?夜月瑶窗有梦知。
一自上林芳满地,空庭寂寞戏群儿。

慕少堂同年以余权政务来诗见贺,步原韵答之

绸缪本大难,风雨又无端。
事敢辞鞅掌,才非策治安。
劳形空积日,射影故翻澜。
寄语蓬莱客,流沙未易抟。

即　事[1]

闻道杞人咄,殷忧竟在兹。
萑苻本无植,剪伐何用施?[2]
遂构萧墙衅,[3]言旋瓜代期。[4]
中原戎马事,从此到西陲。

校释:

[1]即事:1925年3月,甘肃督军兼省长、甘肃陆军第一师师长陆洪涛患瘫痪症,理事困难。第一

旅旅长李长清暗结陇东镇守使张兆钾,意欲迎张代陆,自任陇东镇守使,未果。李又谋先夺陆的师长职位,再夺省督军。因得不到第二旅旅长黄得贵的支持,拟先除黄。陆洪涛发觉部下争权,局面失控,即向民国政府提出辞职。同年8月,临时执政段祺瑞任命冯玉祥兼督办甘肃军务善后事宜,命陆专任省长。9月27日,李长清突袭黄得贵部于兰州华林山,黄率残部败退阿干镇,李长清夺取陆洪涛师长印信,自任师长。陆于9月30日离兰州,流寓天津。10月下旬,冯玉祥国民军第二师师长率部进入兰州。11月13日,刘郁芬诱杀甘肃陆军第一师师长李长清及第一旅旅长包玉祥。1926年3月,刘郁芬被任命为甘肃督办。

[2]原注:"时中枢以冯军来甘,名为剿匪。陆督电称甘肃无匪可剿。"

[3]原注:"政局既变,陆部下李黄争权构兵。"

[4]原注:"陆于八月中秋前,以病辞退,返津。"

书 怀

万感中宵集,万念复已灰。
雄鸡一再鸣,天光下徘徊。
半生富愆尤,往故纷怀来。
逾闲德无小,数典颜难开。
大文空月露,盛业忽风雷。
锦衣人当指,白首孰堪回?
千顷何汪洋,九仞何崔嵬。
即今不自广,岁暮云谁哀?

北 风[1]

北风烈烈吹鸣沙,征鼓声急悲胡笳。
陇干卒子无敢哗,(邻邻)〔辚辚〕[2]夜半走兵车。
将军待看黄菊花,[3]骄将伏首[4]空咨嗟。

校释:

[1]原注:"纪西北军入甘也。"西北军入甘:西北军为冯玉祥任西北边防督办时统辖的军队。原属北洋军阀直系。1926年9月,西北军在五原誓师,改称国民联军。1925年8月24日,段祺瑞任命冯玉祥兼督办甘肃军务善后事宜。9月10日,甘肃省议会发电欢迎冯玉祥督甘。冯派第一军第二师师长刘郁芬代理甘肃督办职。10月下旬,刘化装为士兵,潜入兰州。

[2](邻邻)〔辚辚〕:油印本误作"邻邻",据文义改为"辚辚"。

[3]原注:"总指挥刘郁芬以重阳日抵兰。"刘郁芬(1886—1943年),字兰江,河北清苑县人。清末北洋陆军速成学堂毕业。任冯玉祥部师长。1926年,代理甘肃督办,接任驻甘国民军总司令、甘肃

省主席。抗战时沦为汉奸,任汪伪政权军事委员会总参谋长。

　　[4]骄将伏首:刘郁芬进驻兰州,甘肃陆军第一师师长李长清不服管辖。1925年11月13日,刘在督署设宴,诱捕李长清及其旅长包玉祥、营长花连升,于11月16日处死,埋于督署后花园。刘遂收编李长清师为两个混成旅。

丙寅(1926年)

五古一首　五律一首　七古一首　七律六首　七绝六首

春暮出城见落花

今春花事太凄迷,飞尽繁英尚未知。
如此光阴草草过,却将风雨怨离奇。

无　题

何处可寻君,朝来梦里云。
玉颜犹窈窕,絮语更温文。
奇字临窗问,好音升座闻。
那堪穷往事,幽恨总难分。

偶　作

人生苦海耳,营营终日间。
心境两不适,何以驻丹颜?
豺狼当要道,黑虎出深山。
但从赤松子,辟谷叩玄关。

和刘晓岚师无题原韵

若个天囚打破枷,耸身直上青莲花。
虚空恍惚闻人语,净土原来是汝家。

秋日漫兴

画角霜天故故鸣,关山草木尽疑兵。
催租吏急诗常缺,乞米家多帖未成。
醇酒美人期速死,柴门稚子慰余生。
诘朝且复登高去,黄菊白衣一笑倾。

九日登高口号

今日登临兴倍豪,只鸡斗酒坐寒皋。
醉来笑向浮云问,毕竟云高天更高。

咏古二首

一

十斛明珠买绿珠,豪家一举与人殊。
孰知金谷楼前泪,价比珍珠贵有余。

二

文君昨夜听琴去,红拂今宵策马行。
只为才难怜不得,非关儿女太痴生。

早 起

锦衾烂烂晓光白,喔喔天鸡动人魄。
人间讵有未净尘,冥心长眠那可得。

与王少沂[1]、邓德舆、水楚琴[2]诸君作消寒会

一

同上山楼酒便呼,羔裘不暖粟生肤。
天荒地老人当醉,暑往寒来岁岂殊。
宿火犹温香蒸鼎,微阳已动雪融炉。
长河莫讶坚冰至,宴饮曾占易象需。[3]

二

寒候虫鸣寒欲消，洞天九老会相招。
酒旗应解穷途恨，腊鼓能回春日遥。
终古秦松与汉柏，何时紫魏更黄姚？
雪中鹤向梅花语，难(道)[4]道今年胜若尧。[5]

三

消寒曾记十年前，今日一寒更可怜。
大地鱼龙归雪海，空山鸟鼠入冰天。
未欢髦士千间厦，谁暖苍生万灶烟？
且趁新晴开野酌，河桥风劲快扬鞭。[6]

四

几番薄霰几番晴，冷暖何须著意争。
曝负茅檐聊作乐，春归梅驿岂无情。
回肠欲冻心偏热，蛰气当苏梦亦惊。
可喜小园畦菜美，寥寥一室订诗盟。[7]

五

诗酒流连故态狂，旗亭好句贮奚囊。
拓开笔阵群阴扫，结得杯欢百感忘。
一任浮云翻黑白，重寻大造判玄黄。
与君莫畏风霜烈，也许挥戈返太阳。

校释：

[1]王少沂：兰州丰黎义仓义务赞襄。

[2]水楚琴(1884—1973年)：名梓，字楚琴，甘肃省榆中县人。清末甘肃文高等学堂、京师法政学堂毕业。民国时，任安徽省政府秘书长、甘肃省教育厅厅长、甘宁青考铨处处长。1949年10月后，任政协甘肃省委常委、民革甘肃省副主委等。著有《煦园诗草》等。

[3]原注："初次金山寺。"

[4](道)：油印本"难"后衍一"道"字。

[5]原注："次洞天春。"洞天春：即明肃王所建凝熙园，俗称山字石，门在张掖路。民国初年，甘肃督军张广建题"洞天春"门额。中部用破山石垒假山，玲珑剔透。山坡筑财神庙、百子宫。山顶建斗姆宫，山下筑地道。传说可通金天观，山北有池塘。1958年，在其南部建兰州市城关区医院。1981年，其北部建住宅楼群。

[6]原注："三次在河北。"河北：指兰州市区黄河北岸。

[7]原注："四次在煦园寥天一室。"煦园：在兰州市颜家沟。民国初年，榆中水梓购筑。北部为住宅前院，南面为花园，花园有寥天一室、超然楼、退乐堂、坐春轩、寿山堂即假山等建筑，有梨树、竹林、牡丹之胜。1965年，改为兰州市城关区军民联合医院，1970年，改为兰州无线电二厂和兰州整流

器厂。1998年,拓建金昌南路时被拆。

四十九生日自叹

今岁知非犹未易,来年寡过更当难。
风尘车马成何事?赢得霜花两鬓看。

丁卯(1927年)
五古一首　五律一首　五绝三首　七律二首　七绝二首

春宵偶句

春光三月半,霁色一庭中。
人定夜偏静,花深香欲浓。

花蝶词

花似蝴蝶飞,蝴蝶似花飞。
风吹花自动,绿暗红已稀。
此时惆怅人,香径长依依。
蝶飞还去来,花飞何处归?

送行曲二首

一
折柳赠行人,柳枝不费钱。
美人重离别,别意柳缠绵。
二
白马缕金鞍,征袍带雨寒。
行行且复住,回首一相看。

题画壁梅鹤竹

和靖高风总异人,梅妻鹤子惯相亲。
迩来好客谁偏善,一日未能无此君。

张清濂厅长将北归,以龙藏寺旧拓见赠,因赋谢

浩然归去谢尘劳,张翰莼鲈秋兴高。
万里冥鸿惊梦断,千年片羽剩禅逃。
襟怀落落空人海,文字萧萧只我曹。
折简成诗当折柳,送君前路咏投桃。

有　感

醇酒税高非易醉,美人价重更难酬。
信陵身世总堪羡,感慨而今鬓已秋。

偶　成

乐国今何处?安枝择可栖。
本无农与圃,况值鼓还鼙。
意气时乘马,生涯月攘鸡。
退休犹未得,人事总难齐。

冬夜闻歌

寒夜听歌百感生,廿年尘梦旧神京。
曾闻变调祢衡鼓,那寄高怀子晋笙。
白发数茎传老信,紫云一曲动遥情。
细推哀乐循环理,独坐青灯到二更。

戊辰(1928年)

五古一首　五律六首　七古五首　七律四首　七绝三首

元日书怀

斗转星移春又回，天机世变费人猜。
买峰有愿耽仙隐，争地无心愧霸才。
一日消闲容是福，百年多故总成灰。
分阴虽惜嗟已老，过客韶华不速来。

伤　春

不堪风雨听鸣鸡，绿惨红愁望眼迷。
今日避秦何处是？桃源更在大荒西。[1]

校释：
[1]原注："三年前，国人称陇上为桃源，今则移称新疆矣。"

金天观[1]赏牡丹，和刘果斋师拍影原韵二首

一
绿波影里坐天香，一醉梦腾春昼长。
莫向人间空色相，此身宇宙大文章。
二
风节山高与水长，山村野水自褰裳。
祗容夕照留人影，古处衣冠有古香。

校释：
[1]金天观：在兰州市西津东路。明建文二年(1400年)肃庄王建。1956年，改建为兰州市工人文化宫。其西北隅有牡丹百许株，浓艳甲金城。为国家文物保护单位。

邓德舆同年招饮拙园看牡丹，赋此赠之

昨游金天观，牡丹花正好。今日来拙园，花开更窈窕。
香国晚溶溶，城南春浩浩。小亭通曲径，十二阑干抱。
姚黄魏紫中，玉环尤醉倒。风动舞霓裳，腰肢嫌袅袅。

春阴三月暮,有花春不老。主人劝客饮,觚筹相笑扰。
饮罢更登临,睫巢一何巧?兹游致足乐,涤尽尘襟恼。
眼前色色佳,回首空空妙。花王语空王,空色孰为宝?
兴言问主人,主人当了了。[1]尘界相盘桓,蓬庐觉天小。
花气犹袭人,今日花看饱。

校释:

[1]原注:"德舆夙好佛。"

杂诗五章[1]

一

陇水接洮云,苍茫黯几重?流澌人不返,树秃鸟难逢。
草野知何罪?花门令未从。更休原祸始,大劫在劳农。

二

黄金盈十万,轳辘出凉州。眼突胡儿泪,眉添赵女愁。
何人潜异志?此地赋同仇。独有生民痛,干戈几日休?

三

不信苍天死,黄巾覆汉家。三边飞羽檄,五月落梅花。
夜痛石壕哭,风闻金穴夸。流星霄外白,芒射到虫沙。

四

竟尔经年旱,兴师饥馑余。何当劳赈恤?况复索军储。
束缚商君令,流亡郑监图。征徭犹未已,中泽有鸿胪。

五

逢辰胡不幸,今岁却逢辰。风迅霾常在,云翻雨又新。
天心原莫测,边患竟何因?闻说河西路,征车更起尘。

校释:

[1]原注:"纪河凉之变也。"河凉之变:指河州事变和凉州事变。前指1928年4月,河州马仲英发动的反对国民军的武装斗争;后者指同年6月,国民军突袭凉州镇守使马廷勷而引发的事变。这两次事变,在一年之内,造成甘肃、宁夏、青海三省共7万多人死亡。

拉拉行

有唐府兵寓农田,征召往往盈万千。河北河南数百战,征夫怨女纷涕涟。
尔来招募百千载,沙场健儿尽争先。三军临戎贾余勇,小民供饷输租钱。

但言力役不三日,忍饥犹愿谢苍天。岂知今日变端集,拉车拉马拉夫急。
三载以来无休息,内忧外患转相袭。忆自旃蒙[1]已季秋,北人来西西人愁。
壶浆谊为劳远道,无衣还应赋同仇。仁言入人名荡荡,杀机天发鬼啾啾,
潢池弄兵者谁氏?伏锧乃有怀恩倖。陇干自此戎莽伏,欃枪一扫天狼宿。
兵车辚辚农车忙,结驷连骑相驰逐。蹇驴瘖马皆入选,却将逸足潜山谷。
村舍处处宵埋轮,牧童不敢叱黄犊。车马尽时拉途人,日夕吏出追呼频。
壮者已卖征兵去,老弱入市樱吏嗔。无辜亦应拘为役,此际岂知自由身。
荷戈前驱且入伍,扶伤况复劳比邻。东征北伐犹未已,天方之徒一呼起。
大夏河边战骨堆,墁坪坡在腥风里。车飞乌,马挽粟,徒役万人转相徙。
野营月黑逃生还,夜战方罢鼓声死。死者长已矣,生还幸自喜。
昔闻养兵以卫民,民今从征辍耒耜。呜呼彼苍兮胡不仁!生豺生虎谁造因?
陇头一片干净土,都教碧血染黄尘。生死关头只几希,拉拉小事何嗟为。
劝君且休唤奈何,军令森严他岂知?不见中原逐鹿地,一枰白黑未残棋。

校释:

[1]旃蒙:十干中乙的别称,古代用以纪年。谓之"旃蒙"。这里指西北军入甘的1925年,是年岁次乙丑。

锅魁[1]谣

打锅魁,打锅魁,载裹猴粮满路隈。
驴驮马载金成堆,增灶不已大兵来哉。
睊睊胥谗心肝摧,可怜人命委蒿莱。
花门之劫已卅载,池鱼焦烂城门灾。
嗟嗟□□□,白骨同尘埃。欃枪兮胡为西指?
侧身北望重徘徊。打锅魁,家家宿火夜飞灰。

校释:

[1]锅魁:也称锅盔。兰州人日常所食的一种面饼。直径约50厘米、厚约3厘米,在铁鏊内烙制。其烙制过程称"打锅魁"。

静坐偶成

虚堂小坐欲无言,觅我心灵造化源。
千叶千花千佛界,一云一气一人魂。
清风御处冷然善,皓月当空如是论。

息息相通天地始,春鱼冬蛰自存存。

饥民谣

大雪满荒甸。鸟鸣何所恋?
雄飞觅枝栖不定,雌飞觅食粒不见。
村中老翁呼老伴,遣儿寻柴炊晨膳。
箱中豆麦已无羡,还防官军索米面。

其 二

北风飕飕彻骨寒,草棚欹斜千百间。
哀鸣嗷嗷无处诉,田庄咫尺何日还?
屋虽毁兮田虽荒,还家尚有窖存粮。
官军养贼不肯战,忍饥忍冻空惆怅。

其 三

鬻儿鬻不去,鬻女无人顾。
亦非无人顾,官家严禁制。
死填沟壑饱豺狼,老者已矣少者伤。
吾侪何辜遭此殃,天下何事多战场。

和王耕山[1]来诗原韵[2]

新诗如有神,喜我洽其邻。
大道谁堪语?孤芳或可亲。
幼安唯好学,元亮不忧贫。
陇树燕云外,寥天一侧身。

校释:

[1]王耕山(1877—1959年):名鑫润,字庚山,别字耕山,皋兰县宁卧庄(今属兰州市城关区)人。清光绪二十七年(1901年)举人,北京高等法律学堂毕业,同盟会会员。任教于甘肃学院、甘肃工业学校等。1949年10月后,任甘肃省政协副主席等职。

[2]原注:"时耕山旅北京读书,贫而乐。"

喜 雪

云汉昭回阅四时,冬残腊尽朔风吹。
忧从望外人翻喜,瑞兆春前天可知。
造物有心聊示意,祁寒无怨岂论私。
哀鸿百万嗷中泽,来岁生机系一丝。

雪后郊行

冰轮碾破玻璃平,雪满荒原载酒行。
山下路遥人迹少,村边树重鸟身轻。
萧萧飞霰时侵屋,黯黯炊烟晚罩城。
忍死须臾慰农老,还来绿野看春耕。

己巳(1929年)

五古三首　五律一首　七古二首　七律四首　七绝四首

二月二日踏青有感

为寻芳草踏阳春,雨后郊原净不尘。
无奈草根都食尽,芒鞋踏破转愁人。[1]

校释:

[1]原注:"连年荒旱,草根树皮人皆食之。"

偶 作

一日和尚一日钟,和尚百日钟声洪。
今日下山才了了,袈裟经卷付真空。

立秋后三日,游节园[1]即事

林树何荫翳,初秋晚亦凉。
高台临曲径,玉簪数畦香。

水流何活活,随立双池塘。
从知涉成趣,立久忆公忙。

校释:

[1]节园:在今中共兰州市委院内。其南甘肃省人民政府址为明肃王府。明建文二年(1400年)肃庄王建。清陕甘总督驻节肃王府,改为节园。民国时,为省督军署、省政府后花园,亦称中山东园、东花园(与憩园,西花园相对而称)。有亭台楼阁、花木池沼之胜。

和程晋三[1]同年己巳周甲初度自赠原韵

少年捷南宫,同榜人三百。诗豪程夫子,呦呦欲人逼。
君出宰炎荒,嗟余滞京国。飘零二十年,何处万古宅?
竭来共文苑,晤对常喜色。朝抽石渠书,夕吮西园墨。
往往读君诗,快心手加额。抗怀希古人,长吟每抱膝。
今君花甲周,光阴真过客。老去诗律细,骚坛名赫赫。
忧道不忧贫,咬菜还饭麦。德劭年弥高,流光乃厚积。
况君有才子。继武良眉白[2]。

校释:

[1]程晋三(1869—1951年):名天锡,字晋三,甘肃文县人。清光绪三十年(1904年)进士,授云南禄丰知县。民国时任教兰州师范高等学校。著有《涤月轩集》等。

[2]况君有才子,继武良眉白:汉末马良,字季常。兄弟五人,并有才名。良眉中有白毛,乡谚称:"马氏五常,白眉最良"。《三国志》有传。这里指程晋三之子程步瀛(1908—1949年),字海寰。少承家学,能诗文。毕业于甘肃第一师范学校,在临夏专署工作等工作,参加民盟,反对国民党反动派而被杀,追认为革命烈士。有诗文集《革命烈士程海寰遗作》。

九日登高

登高何所望?望入大荒西。
大荒今何世?亦复闻鼓鼙。
闻之空叹息,有酒万事齐。
但恨酒价高,不得醉如泥。

无 题

容与平湖一叶舟,微波忽起忽安流。
如今总在风涛里,海阔天空何日休?

有　梦

晓梦邃然日已红,万端人事付冰融。
寸心得失幸无患,何必纷纷问塞翁。

义孺[1]词[2]

洮沙妇师氏,夫死豫,家贫无以归柩。氏一旦失所在,徒步往返数千里,竟归夫骨。一时称异焉。

露筋祠畔白莲香,行人过之空断肠。
松鸣岩畔土花发,有妇归来瘗夫骨。
九天九地招旅魂,何若收骨归乡村。
嗟哉三纲坠厥纽,人间尚有洮沙妇。

校释:

[1]义孺:即师淑仪,夫张延祺,均为甘肃临洮县人。驻防河南病卒,师只身扶柩归葬临洮。
[2]原注:"有序。"

无　题

撩人物态匪夷思,总是无题却有诗。
一觉难寻鹦鹉梦,数声欲断鹧鸪词。
朦胧醒眼五光灿,绝妙佳文万种痴。
且任天倾西北去,杞人何必费忧疑。

梦猫谣[1]

寒猫固守促织仓,可怜虫兮声何长。
凄凄切切休远扬,猫乎猫乎伺汝旁,
无端梦呓是何祥?

校释:

[1]原注:"梦得'寒猫固守促织仓'句,醒而异之,为之谣。"

招 隐

曾闻大隐在朝市,随月俸钱中隐思。
道与天消独行传,名膺世忌党人碑。
同声慨叹生为累,异代迁流事可知。
何若林泉甘小隐,烟霞啸傲无还期。

腊八日食粥

汉腊香花荐,家家粥作筵。
春来仍旧贯,月出上新弦。
米豆民风古,蕈桃佛事鲜。
唯怜中泽雁,此日灶频添[1]。

校释:
[1]原注:"时经兵燹,流民载道,赈会放粥就食者,数逾万人。"

五十二初度感怀二首

一

今朝腊鼓却关情,满眼干戈过半生。
去日但当随运会,此身那复睹承平。
欲收晚盖桑榆好,须避丛林枳棘横。
五十三参证佛果,春来应笑道初成。

二

梅萼迎春数点黄,如梭日月为谁忙?
澄清吾负少年志,老大人称前辈行。
何许灵筹添白鹤?堪嗟浩劫历红羊。
艰难身世倏然耳,犹喜儿童献酒尝。

庚午(1930年)

五绝一首　　五律一首　　七古一首　　七绝四首　　七律二首

春日书怀二首

一

狂虎东风入耳骄,凭将冷眼看春潮。
居贫有素抱关愿,求隐无端近市嚣。
国士沉沦常伍哙,道家清净且随萧。
满城此日牡丹发,大醉梦腾只几消。

二

蒙庄读罢豁胸襟,甚欲宵来梦不侵。
人柳晓风三起落,月华春水一浮沉。
幻云有态随天意,古井无波证妄心。
莫为尘嚣闻世事,卖花声过巷深深。

喜　雨[1]

雨声来枕上,乍喜不成眠。
几岁逢奇旱,今宵卜有年。
买花明日市,开耜晚春田。
只憾迟时节,麦收期已愆。

校释：
[1]原注："清明后一日。"

重九登高

劳劳形役百无成,佳日抽闲笑几声。
招隐深山犹有酒,固穷只觉愧渊明。

鹿鸣私宴引[1]

科举旧例,以八月十六日放场。今秋,邓德舆同年监督造币厂,厂为举院故址,德舆以是日约集在兰科甲同人,作鹿鸣私宴,时称盛会焉,为赋此引。

金风动丛桂，十里闻天香。皓月无今古，秋来吐异光。
秋风秋月自年年，往事重寻廿载前。墨卷糊名珍拱璧，三条烛继灿红莲。
龙门万丈文涛阔，投签阶石声鏘然。如何锁院沈沈闭，沧桑几度门户别。
寸晷风檐事已非，青霜忽下紫电掣。而今乱离尚未已，钜典谁能续绵蕝？[2]
岩岩邓子同年生，鼛鼓声中鼓瑟笙。众仙赓作霓裳谱，还向棘闱证旧盟。
丹桂华秋秋欲老，羽觞醉月月方明。回首清槐忙里天，蕊榜名题数后先。
献赋鸿毛顺风遇，几人曾此共华筵？天桥紫绕白衣紫，一时人望如神仙。
吁嗟乎！嘉宾盛宴更何日？太平之世崇儒术。会看偃武再修文，今日之日天开一。

校释：
[1]原注："有序。"
[2]绵蕝：蕝，jué，束茅立于地面，作为表明位次的标志，典出《国语·晋语八》。绵蕝，典出叔孙通为汉高祖制定朝仪之事，见《史记·刘敬叔孙通列传》，后成为制订、整顿朝仪典章的典故。

秋日即事

黄叶时随飞鸟堕，黄花日渐碍人行。
幽庭也有菀枯[1]事，叶落花开算不明。

校释：
[1]菀枯：荣辱。喻荣誉与耻辱。典出《国语·晋语》。

过后五泉

落叶付中流，流向何处去？
山径少人行，古木缘溪护。

偶作二章

一

使贪使诈英雄气，呼马呼牛放逸风。
物我相忘才浩浩，何曾放逸不英雄？

二

奸人口实清君侧，名士才华解客嘲。
只未从仙学辟谷，秋风一系叹吾匏。

辛未(1931年)

五律二首　七古六首　七律二首　七绝七首

东园[1]看花

春风吹不落,枝上初开花。
淡白欺晴雪,新红傲晚霞。
盈盈时女步,默默至人嗟。
已看含苞吐,还能几日夸?

校释:

[1]东园:明清兰州城东郭外,水车倒挽河水灌溉的园圃,其地约在今水车园、农民巷、东郊巷、宁卧庄一带。20世纪五六十年代以来,逐渐城市化。

咏海棠四章

一

晓妆才罢绮窗前,匀透胭脂点点鲜。
丰似玉环轻似燕,不曾相似拟神仙。

二

海棠开后祭花姑,三月春阴乞得无?
纵使金铃劳护惜,何当金屋贮娇姝。

三

为恐春阳着意催,小庭月下尽徘徊。
东风能解石湖恨,曾见香霏画阁开。

四

朝褪粉痕睡小慵,夜烧高烛惜芳容。
祇愁无计留花好,却与留春向九重。

赠金星阶

中夏正长日,与君时往还。
午阴初过雨,晚照半晴山。
世乱官宜冷,身忙意却闲。
尘劳如可谢,相访白云湾。

挽李酝班[1]

屋梁落月乍堪思,魑魅逢人欲笑时。
江上鱼龙偏入梦,庭前鹏鸟总成疑。
后来旧学空余子,老去新交更有谁?
史笔渊源竟销歇,[2]雍凉文物觉难持。

校释:

[1]原注:"名鼎超,凉州人,曾充通志局分纂,客死沪上。"李酝班(1894—1931年),名鼎超,字酝班,甘肃武威人。祖李铭汉(1809—1891年),名铭汉,字云章,清道光二十九年(1849年)副贡生,主讲凉州雍凉书院、甘州甘泉书院,著有《续通鉴纪事本末》等。父李于锴(1863—1923年),名于锴,字叔坚,清光绪八年(1882年)举人,二十年甲午科会试,参与公车上书,联络甘肃会试举人,领衔草拟请废《马关条约》呈文,投递都察院。二十一年(1895年)进士,选翰林院庶吉士,出知山东蓬莱县,授沂州知府。著有《味檗斋遗稿》等。酝班幼承家学,研治文史。及长,编纂《武威县志》。1929年,任甘肃省通志局分纂。次年,任兰州中山大学文学系教员。1931年,作为甘肃省七代表之一,赴南京参加国民代表会议,病卒于上海。著有《陇右方言》等。

[2]原注:"酝班为耆儒李云章孙。"

九日未登高漫兴三绝

一
秋阴漠漠连朝雨,霜影萧萧晚节花。
祇应柴门甤石隐,不须乌帽落龙华。

二
有酒无肴奈夜良,今犹无酒过重阳。
东篱盟主曾谁是?一院秋花也胜场。

三
市隐先生甘淡泊,秋来有菊满庭芳。
徘徊朝夕成幽赏,时把清茶作酒尝。

寒菊吟

今年重九不出门,独对寒花愁断魂。寒花虽寒发异彩,灿烂芬芳秋如海。
秋霜满鬓人已老,秋雨连宵花更好。有如紫燕学双飞,撇撇红襟舞落晖。
又如彩鸾垂玉佩,丰姿绰约下瑶扉。一簇粉团新样娇,环肥低首醉春宵。

此中岂有王者贵？几时竟著鹅黄袍？色色繁英各自夸，清标管领属陶家。
为分东篱数十本，顿令满院生云霞。瓦缶可培葆其素，金瓶可供荣其华。
玉簪可插落帽影，琼英可餐芬齿牙。嗟此荆天棘地时，赏心乐事犹有兹。
忽忆去年登高日，烟云变幻成惊疑。[1]而今变态犹未已，河山举目棼如丝。
忧乎乐乎相怅触，黄花大笑笑人痴。古来达士皆遵命，柴桑那复心乱离。
遣愁勿用手中卮，寄兴不必画中诗。但能三径常洒扫，唯有看花无是非。

校释：

[1]原注："去岁重九登高，适省府政变。"适省府政变：1930年9月，国民军冯玉祥及山西阎锡山反蒋介石失败，冯部王祯辞去甘肃省代行主席职务，专任财政厅厅长，政务由八委员负责。

吴子玉[1]上将军莅兰，赋此欢迎

河陇居然豁战云，言从天上下将军。
曾知孙武同筹策，却拜鲁连为解纷。[2]
豆剖边区期合化，[3]华离海域待殊勋。[4]
苍生此日喁喁望，请作甘霖沐大群。

校释：

[1]吴子玉（1874-1939）：名佩孚，字子玉，山东蓬莱人。1926年和奉军张作霖联合，进攻冯玉祥部国民军，被北伐军打垮，逃至四川。1931年8月25日，新编第八师师长雷中田与甘肃省党部整理委员会委员马文车发动政变，扣押甘肃省主席马鸿宾，次日成立临时省政府。此称"雷马事变"。
[2]原注："时马主席为国民军所困，玉帅调解，以息甘乱。"
[3]原注："甘人欲玉帅为谋汉回联和。"
[4]原注："东北沦陷，国人望玉帅出山。"

挽刘果斋先生五歌[1]

湛湛薤露化冰霜，罡风飙起摧栋梁。
哲人云往心焉伤，斯文将丧天何茫？
呜呼一歌兮歌凄怆，河流浩浩山苍苍。
南山有蕨复有薇，生逢禅让与世违。
愿做太平幸民耳，太平不睹将安归？
呜呼二歌兮歌当哭，足音跫然疑空谷。
座上春风曾几时，卅年杖履许追随。
闱欢集后寻蝴蝶，往事依稀梦见之。
先生遁世托文酒，因文见道道在斯。

呜呼三歌兮歌还泣，清光一逝那可把？
已饥已溺古为徒，忧关天下乐与俱。
嗷鸿满野赖有此，故老兴言涕沾襦。
呜呼四歌兮情未已，挥泪但付东流水。
铁肩担道道无忧，广厦储才才不愁。
侧身今古独惆怅，谁能一辞赞拙修?[2]
微言中寓大同世，南华秋水寻庄周。
呜呼五歌兮中心苦，天清地旷杂风雨。

校释：

[1]原注:"效杜体。"
[2]拙修:即刘尔炘所著《拙修子太平书》，借拙修子与借翁对答的形式，论述理气盛衰、人心邪正、世道消长的关系。提出以理驭气，融合东西学术，可致天下太平的观点。

壬申(1932年)

五古七首　五绝一首　七古一首　七律七首　七绝九首

寄生草歌

寄生草，叶垂垂，春来茁，秋来披。
本无独立性，因风别树枝，虽复别树枝，从今好自为。

夏日即事

风光到处总堪娱，聊作闲庭消夏图。
碌砌金萱撑琥珀，齐檐红豆缀珊瑚。
荐新令节因瓜祭,[1]话旧遥情谢酒炉。[2]
好赋归来寻乐意，浮沉牛马任人呼。

校释：

[1]原注:"兰俗,六月六日祭祖。"
[2]原注:"友人招饮,阻雨未去。"

家藏北苑[1]山水长幅，文衡山[2]《中秋望月图》，皆希世珍也。诗以纪之

市隐先生[3]非好奇，古画家藏幸有之。
孤本人间北苑笔，[4]残图月下衡山诗。[5]
深岩翠积春阴合，[6]远树烟含秋影移。
博得名闻多赏识，携他中箧伴奔驰。[7]

校释：

[1]北苑(？—约962年)：即五代南唐画家董源。因任后苑副使，后苑即北苑，故世称"董北苑"。最擅山水，作峰峦出没，云雾显晦，江南美景，开创平淡天真的江南画派特有风格。此画1966年被毁。

[2]文衡山(1470—1559年)：即文征明，号衡山居士，长州(今江苏苏州)人。擅画山水，构图平稳，笔墨苍润秀美。工行草书，遒逸婉秀，尤精小楷。此画1966年被毁。

[3]原注："予有'市隐'印章。"

[4]原注："北苑真迹在人间者有数。曩游武英殿，见陈列《秋山行旅图》小幅，其长幅殆不可得矣。"

[5]原注："图间少有烧损痕，系律诗三章，细书甚精，可称三绝。"

[6]原注："北苑春山画史最名。"

[7]原注："予往年奔走四方，尝携之行箧。曾为都中画家所赏。"

与金星阶同学绿阴湾[1]小饮

炎朝策马城南隅，访旧来将同学呼。同学金子古之愚，要我看山龙口趋。
我欲浮瓜君欲沽，怀中遽出清酒壶。绿阴湾里谁家炉？山楼竟日相欢娱。
俯视万物狗与刍，长歌一曲笙若竽。山深林密犹坦途，今日不醉归也无。
君不见文千钟孔百觚，[2]古来圣贤皆酒徒，亦为帝王亦师儒，人生听命何所图？
日夕倦鸟飞且盱，人醉我醒来揶揄。两人酩酊何人扶？北窗归卧梦黄虞。

校释：

[1]绿阴湾：在兰州市五泉山公园西龙口企桥东，筑敞亭五楹。从桥上看去，杂花萦绕，石级嶙嶒，如在图画中。刘尔炘题额"绿阴湾"。

[2]文千钟孔百觚：传说周文王饮酒千钟，孔子百觚。典出王充《论衡·语增篇》。

说　诗

吾爱香山诗，老妪能解之。

吾喜长吉句,妙造自瑰奇。
恢诡与平易,那能并得师?
聊以性灵写,但当纪事为。
莫漫前尘步,殷殷家数知。

古　意

含冤莫须有,命揉将毋同。
幸与大不幸,寥寥三字中。
宛转涸辙鲋,变化云从龙。
人生贵遇合?所适会其逢。

种瓜熟,分饷戚友

东陵瓜熟绿盈畴,摘二摘三予取求。
纳履无嫌供必祭,报琼有分遣相投。
携来西子消清福,索向南皮赋俊游。
满地尚余珠颗颗,食当七月又新秋。

秋宵听邻家胡琴

北窗萝月入秋清,几点疏星雁一声。
何处胡琴相掩抑?隔墙法曲几番鸣。

有　感[1]

老去悲秋强自宽,[2]四方骚动一州安。[3]
楼台深锁无人到,[4]关塞萧条行路难。[5]
九月寒砧催木叶,[6]六州蕃落从戎鞍。[7]
急觞为缓忧心捣,[8]双袖龙钟泪不干。[9]

校释:
[1]原注:"集唐句。"
[2]原注:"杜甫。"
[3]原注:"张蠙。"

[4]原注:"许浑。"
[5]原注:"杜甫。"
[6]原注:"沈佺期。"
[7]原注:"薛逢。"
[8]原注:"杜甫。"
[9]原注:"岑参。"

雨中郊行口占

四野杳无人,水树重重雾。
天地正晦瞑,飘萧以风雨。
时复闻鸡鸣,伤心风诗句。
风诗犹可读,君子那可遇。

偶忆二首

一

曾唱菩萨蛮,依稀莲台侧。
粲粲兮昙花,须臾空无色。

二

金莲本仙种,护之以青霞。
相逢不肯采,相失复何嗟?

东郊秋望

点缀山光云隙日,烂班野色草头霜。
人家隐隐围红树,官道萧萧对白杨。

白　发

星星镜影增徘徊,身世浮沉一笑开。
白发深知人已老,不防多数上头来。

梦觉口占

摧破无明才自知,灵犀一点是阿谁?
从来梦想皆缘妄,寤寐衹争觉早迟。

不 寐

三更月落梦魂痴,猛醒人间只自知。
一念不生天定后,万缘俱寂夜深时。

晓 月

天清地旷月明时,破晓醒来起未迟。
万籁无声花影静,浩然朝气欲平眉。

遣怀二首

一

栖息蓬门守陋穷,凭将意气舞三终。
茂陵称病憎秋雨,愚谷享名慨世风。
故事荒唐犹指鹿,何时高渺遂飞鸿?
衹缘多事应多患,自怪常书咄咄空。

二

蜃楼海市费疑猜,小鸟群飞引鸠媒。
三字居然莫须有,一篇拟作归去来。
几曾朗镜高堂照,何必间花特地栽。
休向人陈胞与说,赤心蜡炬已成灰。

杂感二首

一

将军跃马出重围,万里山河一箭飞。
回首年来征战苦,沙场生死已忘机。

二

浪静天和理钓舟,渔人三五忽相尤。
谁知聚网捕鱼处?也有风波打到头。

冬夜月下口占

冰花满地月明中,散步萧然混太空。
如此清寒谁耐得?傲霜残菊伴篱东。

夜 半

夜半不成眠,纸窗月影娟。
空虚生白后,精白照心田。

腊八日感怀

半生厄运是今年,悄悄忧心祇自怜。
磨蝎命宫知定胜,亡羊歧路想当然。
萋斐贝锦何人识?闹热鼓簧到处喧。
此日糊涂且一饭,[1]安心不必怨苍天。

校释:

[1]原注:"兰俗,呼腊粥为糊涂饭。"

断发叹

被发祭伊川,为戎不百年。
古人虑深远,今人忽目前。
文身于越俗,裸体大禹贤。
夷而进于夏,书载春秋篇。
如何华族贵?见异辄思迁。
男儿既种种,女儿争芊芊。
堕髻亡其国,飞蓬丧所天。
君看乱华史,夷俗来其先。

癸酉(1933年)

五古一首　七律三首　七绝十二首

鸿　雁

几年中泽苦哀号,今日云天万里翱。
秋去春来知冷暖,如君才算识时豪。

李星伯[1]种虞美人一畦,花开鲜艳可爱,为诗赠之

一

乍可风光满院馨,殷红淡白太娉娉。
请君莫唱虞兮曲,祗恐香魂不忍听。

二

末路英雄学种瓜,犹闻诸葛菜堪夸。
如何寄慨重瞳子?珍重栽花惜落花。

三

歌声剑影两匆匆,却许留芳晚照红。
今日窗前友高士,美人何必过江东。

四

移来绰约一株新,环佩垂垂是化身。
为问当年辞霸主,可知此日伴诗人。[2]

校释：

[1]李星伯(1887—1934年)：名蔚起,字星伯,一字兴伯,号渭渔,甘肃甘谷人。清光绪时举人。民国时任甘肃通志馆编辑,掌管兰州丰黎义仓,曾襄助刘尔炘赈济震灾。
[2]原注："兴伯赠余数本。"

游仙词

世界沧桑几度更,麻姑相约到蓬瀛。
缑山夜月曾闻笛,琼岛春阴也弄笙。
引凤双飞箫史去,屠龙一瞥剑仙行。
是非莫问人间事,桂籍璇题应有名。

闻赈务会改组有日，且感且喜，率成一律

光阴忽忽又年余，[1]满目疮痍少策扶。
湫隘嚣尘齐相宅，[2]流离载道郑监图。
几曾廷尉平冤狱？[3]只好乃公笑腐儒。[4]
可喜仔肩来日卸，素心付与古之愚。

校释：
[1]原注："赈会自去年春为觊觎赈款者所破坏，诸事停顿至今。"
[2]原注："会址迁移狭甚。"
[3]原注："查账纠纷已延年余。"
[4]原注："此次有军阀为其后幕。"

宵　坐

暝色萧然花影纤，中庭寂坐课南无。
东邻歌管西邻哭，哀乐人间万态殊。

兴文各社以五泉层碧山庄[1]，改建刘果斋先生专祠，参观立木，口占二绝

处处琳宫手造成，当时大匠是先生。
而今辟地崇祠宇，好傍高山赋景行。[2]
桃李阴阴数仞墙，宫开一亩绕回廊。
我来亦复参规矩，趋步前尘奉瓣香。

校释：
[1]层碧山庄：在今五泉公园蝴蝶亭东北。1921年刘尔炘建，有房五楹，名悠然堂。1933年，由兴文八社将其改为刘果斋祠。
[2]原注："五泉自大佛殿迤西各庙，皆经先生所建修，层碧山庄亦在内。"

秋　晴

深深门巷锁秋晴，花树澄鲜意趣横。
蝴蝶自来还自去，相忘物我莫相萦。

学佛偈

学佛学止观,圣佛无二说。
圣言止而定,佛云寂以灭。
定乃生慧观,能观始为哲。
但教清净心,犹如秋月洁。
不照山河影,唯照莲华结。
是月是我心,水镜园灵澈。

唯心偈

湛露明珠方寸中,竖穷横遍等虚空。
唯心才是本来物,万象森罗伺主翁。

传心偈

万古心传只一中,道儒佛说不期同。[1]
唯将返照穷三际,莫扇飞尘混太空。

校释:
[1]原注:"儒言执中,道言守中,佛言中谛。"

冬月十六日过新年,微雪初晴

湛湛初日照空晴,冬至阳回万象更。
雪意权将春意泄,年花偏逐月华清。
闲抛书篚蒙童笑,催换桃符比户惊。
见说老来忘世故,唯新唯旧总浮生。

冬 柳

不借东风富可求,后雕松柏逊轻柔。
枝条尚带落残叶,片片黄金挂上头。

甲戌(1934年)

五古一首　七律六首　七绝四首

度　岁

静掩柴关又一时,闲来物我总相宜。
年新岁旧春归早,今是昨非人悔迟。
形役空劳何敛手,言诠欲忘尽低眉。
望云愿祝东风好,衡泌有家可乐饥。[1]

校释:
[1]衡泌有家可乐饥:谓隐居之地。典出《诗经·陈风·衡门》:"衡门之下,可以栖迟,泌之洋洋,可以乐饥。"朱熹集传:"此隐居自乐而无求者之词。言衡门虽浅陋,然亦可以游息;泌水虽不可饱,然亦可以玩乐而忘饥也。"

庭中海棠碧桃齐开,咏之

海棠未落碧桃红,两两争妍斗靡中。
乘得时来看几日,东皇无语借春风。

病目初愈

天女有花飞着眼,维摩善病总难除。
何当一服清凉散,荡涤尘炎净我虚。

晨　钟

警梦钟声又向晨,香烟梵呗竟成因。
一尊弥勒未来佛,百炼金刚不坏身。
般若剑明除我相,牟尼珠朗见天真。
何时大笑长空裂?剩取心头太古春。

邓德舆同年自拉卜楞以诗来,有肉身佛韵,为和之

曹溪有肉佛,憨山亦亲证。

荒荒海西头,遥遥相与应。
枯坐绝巉岩,人世付破甑。
涅槃岁月深,入非非想定。
嗟哉此奇人,光明星月莹。
邓侯与有缘,攀跻峭石磴。
徘徊问夙因,天地一侧身。
呫余徒向风,仆仆犹红尘。

九月初七为先慈忌日,墓祭归途口占

此日年年总断肠,白云凄绝肃秋霜。
唯余东郭墦间祭,廿载音容那得忘。[1]

校释:

[1]原注:"先慈丙午(1906年)去世,今二十余年矣。"

重阳前日郊行

平野风光逐日新,秋云漠漠水粼粼。
几株红树添如画,一担黄花卖与人。
可羡田园犹乐土,从知世界是微尘。
来朝又值重阳节,但向青山莫厌频。

十月望夜,月下口占

世界居然一片凉,莹于冰雪冰于霜。
自来有骨清寒甚,总立多时也未妨。

和郑镜泉来诗原韵

与君夙业结文缘,道术儒言久共研。
两地无从偕石隐,老年祗剩坐枯禅。
法云东渡五开叶,净土西生万朵莲。
为问维摩犹病否?保身自悟是真传。

新历元月三日,与谈瑞岐[1]、李绳之[2]诸君公宴癸卯同年翁醉亭、江伯修,感赋二律[3]

一

闽海陇山万里经,山云延伫海云停。
梅传春信一新岁,座有天涯两客星。
往日笔花留梦影,常时竹杖味诗馨。
卅年旧事重寻说,佳话人间未易听。

二

聊借椒盘话旧盟,前尘影事喜同声。
依稀白发谈天宝,忆否青袍望月明?
桂苑余香人尽老,竹林雅集世称名。[4]
故知鹿洞薪传远,闽学渊源泽陇民。

校释:

[1]谈瑞岐:名凤鸣,皋兰县横街子(今兰州市城关区静宁中路)人。清光绪二十九年(1903年)举人,授甘肃府经历。1916年,任甘肃省立一中国文、修身教员。其后在寓所设塾课童为生。

[2]李绳之:名继祖,皋兰县城(今兰州市城关区)人。清光绪二十九年副贡。民国初年,在南林路设塾授徒。20世纪30年代尚在世。

[3]原注:"翁、江俱闽人。"翁即翁燕翼,字醉亭,福建人。

[4]原注:"是日宾主七人。"

乙亥(1935年)

五古三首 七古二首 七律一首 七绝九首

窗前榆叶梅今春开花颇盛,走笔赏之

绿草窗前红灼灼,人道今年花胜昨。生意如此良不恶,衰荣有数天无错。巡檐索笑心栖泊,苍昊冥冥春漠漠。频来欲向东君约,愿花常好人常乐。东君祗怕东风作,瓣瓣飘香何所托?君不闻西方宝树重重廓,玛瑙为华缀璎珞,无量亿劫自开落,雨花缤纷原无著。

春院即事

行处从容坐更闲,闲来世虑自堪删。

每因客话知人好,却与儿嬉笑我顽。
风纸摇窗偏破寂,雨花点石任成斑。
春庭尚有宽天地,一读陶诗一解颜。

三月廿六日与金松乔游五泉即事三首以赠

一

梨花落半榆钱肥,渐渐行来入翠微。
借问山深何处好?清虚仙境驻春晖。[1]

二

同寻野寺看山回,每向华筵却酒杯。
花未落残花尚好,雨才少歇雨还来。

三

与君结契卅年余,千佛楼前[2]共读书。
今日龙泉千佛阁,相牵犹是故人裾。

校释:

[1]原注:"是日文昌宫有会,地邻清虚府。"文昌宫在五泉公园中麓偏东,依岩建殿三楹,内供文昌帝君。清代兰州士子修建。其北可循砖阶而下一庭院,东、北、西三边围建二层阁楼,北楼为魁星楼。民国初年,因储藏图书,改为五泉书院。文昌宫北侧为清虚府,清光绪年间,邑人曹春生左宗棠所建祠。左不允许,而题额"灵佐",祀泉神、雹神。民国初年,刘尔炘重修,改额为"清虚府",祀岳飞、杨椒山、左宗棠。20世纪70年代,改建为外宾接待处。

[2]原注:"楼在城内普照寺,储藏经。"普照寺,也称大佛寺。唐贞观中敕建。元明清均重修。大雄殿北有藏经楼,庋藏佛经五千余卷。清光绪年间,王烜、金松乔等在藏经楼受教于佘德楷。1928年,入驻中山市场。1939年2月23日,日本侵略军飞机炸毁藏经阁,住持蓝象诚殉难。同年11月16日至17日,又遭日军轰炸,全寺炸毁,唯余径泰和铁钟。1941年7月初,兰州市市长蔡孟坚拓建为兰园。

禅榻吟二首

一

白云似飞鸟,一一任翔空。
非云亦非鸟,扰扰劳我中。
嗟哉吾不觉,劳扰遂无穷。

二

环境非无明,念念皆我作。
生乃吾之敌,怒更吾之过。

儿女惯情痴，命定吾解脱。
但去痴贪嗔，无明当然破。
且将漆桶穿，且将黑幕揭。
明月照虚空，皎皎常不落。

又七言二首

一

入识田中万种华，时时异样发新芽。
新芽仍是旧根苗，斩草除根莫放他。

二

黄中通理性存存，说法由来仰世尊。
谁道舌莲无法吐？恐将糟粕淬心源。

中秋对月，有怀郑镜泉

胸中无一字，天上有孤轮。孤轮朗照万千里，千万里间有伊人。我欲乘风览苍雯，手把明月向燕云。燕云蓟树何氤氲？若有人兮叹离群。十年不见应老矣，时时讯我诗与文。我诗寥寥寂无闻，著书空复翻典坟。今夜月华流照君，忆否少年联屐裙？心与明月渺无垠，望君搔首天外伸。凉风忽来木樨芬，问吾胡为隔音尘？噫嘻乎！迢迢天末疑无路，所谓伊人不可遇，苍苍蒹葭湛湛露。

纪东关子药局爆炸灾[1]

霹雳一声惊，晴空忽不晴。
万人走相告，火焰起东城。
黄雾袅云际，当衢溅血腥。
广厦六千间，顷刻倒纵横。
瓦砾满目前。栋折与榱崩。
覆尸不可得，号泣多妇婴。
子弹百万发，大小相和鸣。
翻疑元旦夜，彻晓爆竹声。
又如两军遇，激战不须停。
伊谁造此劫，军储移连营。

祸发在不测，无故怨苍冥。
哀哉池之鱼，蒙殃顿伶仃。
徒见将伯呼，拯兹无告氓。

校释：

[1]东关子药局爆炸灾：1935年春，甘肃省主席朱绍良令将兰州四墩坪（今伏龙坪）墩台内所贮弹药移回下东关（今庆阳路东段）子药局原库。同年10月27日16时，子药局爆炸，大火延至次日4时。死亡240人，伤394人，毁房6200多间。

四圣颂(四首)

一

容教坐忘莫坐驰，圣贤道脉只心知。
农山有志何从偿？天下归仁帝者师。[1]

二

三省工夫一贯传，初基慎独卒通天。
中心忠也如心恕，终古斯文两字肩。[2]

三

诗礼家风本守先，性功心学接真传。
中庸一卷微言在，肫肫渊渊浩浩天。[3]

四

息他邪说承三圣，求我放心开一元。
直到洛濂衍绝脉，须从洙泗溯渊源。[4]

校释：

[1]原注："颜。"颜：前521—前490年，即颜渊，名回，字子渊。孔子学生。后被尊为"复圣"。
[2]原注："曾。"曾：前505—前436年，即曾子，名参，字子舆。孔子学生。后被尊为"宗圣"。
[3]原注："思。"思：前483—前402年，即子思，姓孔，名伋。孔子之孙。后被尊为"述圣"。
[4]原注："孟。"孟：约前372—前289年，即孟子，名轲，字子舆。后被尊为"亚圣"。

丙子(1936年)

五古一首　五律六首　五绝十首　七古三首　七律三十首　七绝十九首

春院即景

谷雨三月半,花光恰好时。
绿匀青草带,红满碧桃枝。
蜂闹我先觉,蝶忙人未知。
天机真活泼,触处是新诗。

闰三月廿三日,邓德舆同年邀至拙园看牡丹,重作闰欢会,为长句纪之

三竺游民[1]天竺游,归来偃卧陇山头。
梦见西方玛瑙树,遽然还在瞻部洲。
忽忆廿年前往事,花时胜地长淹留。
城南拙园牡丹好,拥花邓尉傲王侯。
亦曾晤对树巢里,往往举杯相唱酬。
朅来重结闰欢社,一闰恍如三十秋。
旧好余有几人在?霰影萧萧无复愁。
日远夸父为我逐,天倾杞人先我忧。
我辈祗应歌且舞,姚黄魏紫皆朋俦。
凭栏妃子当春笑,强支醉态听酒筹。
不看名花已数载,何来塔影凌云浮?[2]
花王烂漫空王[3]寂,空色色空水中沤。
愿祝空王常住世,供花人好上经楼。

校释:
[1]原注:"余曾在西湖游三天竺,因以自号。"
[2]空王:佛家语,佛之尊称。佛说世界一切皆空,故称空王。
[3]原注:"园中起一塔。"

四月八日五泉山浴佛会竹枝词

一

此日真皆大欢喜,红男绿女满南园。
花花界有庄严地,个个人来拜世尊。

二

盛会开成众妙门,珍奇罗列若星繁。
时新萝卜花缨好,也向沟沿洗一番。

三

姊妹相呼早出城,菜花黄处路平平。
云屯车马沙滩口[1],要上山时且步行。[2]

四

酒馆如林茶社簇,年来新样似京华。
麻萝一五蒜薹肉,畴昔朴风犹在么?[3]

五

一月千潭凉处坐,声声角黍对人哗。
更饶野趣西龙口,掺水甜醅不肯赊。

六

拾级行前气若兰,嬉春时女任人看。
近来好是莲盈尺,不似弓鞋窄窄难。

七

野草如茵傍水源,大家团坐大家蹲。
酒池欲涸肉林倒,醉饱归来公领孙。

八

山光雨后尚氤氲,都说平添喜十分。
游女却妨泥滑滑,小心莫污石榴裙。

九

招摇处处挂星旗,百戏杂陈乱吼狮。
更有闻欢欢会客,长吟添个鼓儿词。

校释:

[1]沙滩口:亦称沙滩口子,在五泉山下广场8路公交车始发点。20世纪五六十年代,五泉山东西龙口溪流在沙滩口子各奔东西,形成沙滩,故名。

[2]原注:"时禁车马上山。"

[3]原注:"曩年山会,游人惯以麻酱拌萝卜一五寸碟,蒜薹肉一碗为食品,今则奢甚,此风杳矣。"

四四闰欢小集五泉曲曲亭喜雨[1]

一雨能消万姓忧,麦苗含穗绿盈畴。
闰余岁卜珠襦贱,欢喜佛参金粟稠。
造物因时原毋意,编氓有福更何求?
水添潋滟山添翠,曲槛长歌倚小楼。

校释:

[1]原注:"亭在嘛呢寺。"

夏日雨中郊行

山兀接天云作合,路叉分水雨流平。
一车来去郊行远,麦陇芃芃绿纵横。

闰欢第三集,杨济舟[1]同年招饮于五泉图书馆[2],夕阳将落,同登榆巢[3]览山光,寄余兴。张质生[4]首赋四律,爰步原韵和之

一

韵事如今也滥觞,追欢权作饩之羊。
琅嬛福地消清昼,裙屐风流叨末光。
一派幽情添竹树,几人晚景到榆桑?
座中燕许豪吟客,先有新诗寄草堂。

二

曾仰尼山数仞墙,半生事业只青箱。
同声相向鱼称蠹,旧梦依稀鹭作行。[5]
自笑饮河犹鼹鼠,谁云栖枳是鸾凰?
与君重启修文运,好使金戈敛锷铓。

三

依然东壁旧词场,[6]同把骚坛帜更张。
风雨一天鸡未已,江湖满地鱼相忘。
隐君茅屋偏因树,[7]学士草书急就章。
况有清琴兼美酒,言欢竟日亦何妨。

四

四围山色趁斜阳,万象森罗费品量。

赋就应生开府[8]感,兴来还效步兵[9]狂。
新亭鸟散惊鼙鼓,故垒云横熟稻粱。
多莫危巢高处立,终南文豹雾中藏。

校释:

[1]杨济舟(1873—1954年):名巨川,字济舟,一字楫舟,甘肃榆中县青城人。清光绪三十年(1904年)进士,授刑部主事。次年赴日本考察法政。归国后任湖南麻阳县知县。民国时,任敦煌县县长、五泉图书馆馆长、甘肃学院教授。1953年任甘肃省文史馆馆长。著有《梦游吟草》等。

[2]五泉图书馆:在今兰州市通渭路北端路西。清嘉庆二十四年(1819),甘肃布政使屠之申、兰州翰林秦维岳等捐银创建兰州府立五泉书院。1919年兰山道尹孔宪廷改为兰山道署。1929年改为五泉图书馆,1949年图书拨归甘肃省图书馆,入驻中共皋兰县委员会,1957年迁往皋兰县石洞寺后,成为中共兰州市委员会宿舍。1999年拓建通渭路时,将其主体建筑迁往雁滩公园易地保护。

[3]原注:"在馆后,为亭架老榆上。"

[4]张质生(1878—1958年):名建,字质生,号梅林,晚号退叟,甘肃临夏县人。清光绪二十三年(1897年)庠生。1912年入宁夏护军使马福祥军幕,官至宁夏护军使署副官长、绥远都统署参谋长等。1925年退居兰州。自1952年起,历任临夏区副专员、临夏回族自治州副州长等。著有《退思堂诗集》等。

[5]原注:"余与济舟曾同宦京曹。"

[6]原注:"图书馆为故五泉书院。"

[7]原注:"申屠蟠因树为屋"。申屠蟠:东汉人。家贫,佣为漆工。为郭泰、蔡邕所重。郡守召为主簿,不就。隐居梁、砀之间。因树为屋,潜心治学。《后汉书》有传。

[8]开府(513—581年):即北周文学家庾信,字子山,南阳新野(今属河南)人。初仕梁,后出使西魏,值西魏灭梁,被留。历仕西魏、北周,官至骠骑大将军、开府仪同三司,世称庾开府。有《庾子山集》传世。

[9]步兵(210—263年):即三国魏文学家阮籍,字嗣宗,陈留尉氏(今属河南)人。曾官至步兵校尉,世称阮步兵。有《阮步兵集》传世。

张质生、杨济舟均叠前韵,因更和四章

一

人间万感付壶觞,歧路难寻已失羊。
大雅迁流川逝水,斯文劫后鲁灵光。
笛声三叠关前柳,绮曲几番陌上桑。
唯有雕虫怜小技,更无韶护奏明堂。

二

婆娑古树荫檐墙,结构凌云笼玉箱。
燕雀营巢皆乐土,鱼龙设戏正当行。
遥天有志知鸿鹄,何日来仪睹凤凰?

老去谁能夸益壮?阑前星斗斗银铓。

三

浩浩平沙几战场,登临凭吊想弧张。
故人寥落如惊梦,往事低回每坐忘。
且与浮云轻富贵,须从大块假文章。
最难盛会逢佳日,但放豪歌未有妨。

四

天运何时复一阳,恒沙数劫本无量。
频闻中泽哀鸿唳,生怕东风似虎狂。
伏枥微嫌恋刍豆,开筵也得饫膏粱。
多君咳唾皆珠玉,诗草收来莫慢藏。

杨济舟、张质生以感事唱和,更叠前韵属和

一

棋局一枰酒一觞,中原浩劫数红羊。
增华南国金成粉,凿空东邻壁有光。
好自夫椒谋携李,从谁决策系苞桑。
遐思纬武经文略,名世勋垂昼锦堂。

二

洙泗坛空杏出墙,璧言谁可著金箱?
声名黯淡文星运,彩色迷离武士行。
奈向林丛驱遁雀,何来竹实饲鸣凰?
南飞北去征鸿讯,岁岁吴钩试铦铓。

三

新声一曲大开场,留取四维好主张。
春梦惊醒眠未熟,雄心发愤食难忘。
红襟海燕矜奇服,金距家鸡率旧章。
欲向青雯搔首问,经天日月有无妨。

四

漫天赤羽蔽当阳,处处虫沙不可量。
造化小儿偏作剧,婆娑老子只惊狂。
燕安已觉余毫末,虎视唯耽逐肉梁。
大任若为忧百世,名山还得有书藏。

济舟来笺，苦为诗魔所扰，欲寻解脱，诗以答之

一

爱读君诗似积薪，后来居上不陈陈。
若嫌玩物少天趣，欲退群魔在守神。

二

文魔本是自心魔，不动心时魔伏多。
乘兴而来挥洒去，吟哦犹等未吟哦。

三

陆王言学本邹峄，大路须从求放心。
但欲求心先养气，勿忘勿助静中寻。

和济舟追念闰欢旧集刘果斋师及白宝千诸人原韵

皎皎白驹食我场，何人贤达似琴张？
蒹葭秋水伊谁在？桃李春风尚未忘。
梦得诗豪今绝调，乐天酒令旧成章。
年时剩有山林约，四皓采芝也未妨。[1]

校释：
［1］原注："旧集十余人，今存者四人耳。"

邓德舆同年来诗责令听经，依韵答之

生怕随流转，聊修净与禅。
贝经虔供养，文字了牵缠。
凝想观莲海，潜心扫蓬田。
感君勤指引，一语彻中边。

和杨济舟同年六十四自寿原韵

何日君家举寿觞？华筵未得与烹羊。
诗赓天保九如颂，椵祝佛尊无量光。
衍备羲经还揲策，添来鹤算到扶桑。

况逢闰岁重开宴,补阙荣登大雅堂。

秦幼溪[1]同年于其颐园作夏六闰欢小集,为赋《夏云奇峰篇》,并质同集诸公

依水名园清且闲,悠然恰对皋兰山。亭台历落位三五,花木萦回象万千。正当长夏浮瓜日,秦台主人开仙关。凭阑有客看山好,山头云气袭襟袍。瞰月长空万里晴,何处风尘起烦恼?山耶云耶浑难辨,连峰叠嶂接苍昊。苍昊无心云无知,忽然变幻殊神奇。紫气关前护壁垒,红光日下飞旌旗。隐隐西北猎苍狗,东海鱼鳞逐波走。造化小儿爱儿戏,恨天恨无遮天手。云开云合只寻常,却张南箕掩北斗。青云有路何纷纷?累累其印若若绶。唯有白云去无踪,深山深处更从容。不缘楚王梦神女,闲伴留侯寻赤松。看云看到日斜时,主人呼客倾酒卮。浮沉富贵本如是,仰视毋乃多费辞。君不见谢公游山折屐齿,八公草木何须疑。又不见泰山肤寸崇朝合,霖雨溟蒙大千匝。颐园徜徉足养晦,敲诗赌韵清歌踏。一缕微阳天地间,从龙际会震雷磕,云今云今来杂沓。

校释:

[1]秦幼溪(1875—?年):名望濂,字幼溪,甘肃会宁县人。乡试副榜。入民国,任甘肃省署咨议、省印花税处处长、省税务局局长。著有《颐园杂咏》。

步张质生七夕即事书怀元韵四首

一

今夕果何夕?犹存乞巧风。
悲愁豪士慨,问夜女儿同。
双影星疑渡,五言城足攻。
无那金鼓震,不羡怨天公。[1]

二

赤羽辉西塞,安边孰策勋?
鲁阳戈返日,洮水阵成云。
鹊敛填桥翼,鸿传露布文。
无暇开汉殿,阿母降灵芬。

三

此日长生殿,渔阳动鼓音。
清歌方舞羽,杀伐忽鸣琴。
沧海麻姑惑,银潢织女心。

人间天上事，聊付一沉吟。

四

闻道妖氛警，岩疆有守官。
连营排雁阵，儒将出骚坛。
舌翕南箕迥，光凝北斗寒。
从知牛女笑，斜汉且观澜。

校释：

[1]原注："时南路赤氛方炽。"

郑镜泉以花甲自寿五言长篇见寄，依韵和之

绿荫生昼凉，坐消长夏日。忽得故人书，开缄占大吉。吉语何联翩？令我喜如失。高密有后裔，天禄无俦匹。今年花甲周，祝嘏有儿侄。玉树森堂前，人生愿可毕。宦游四十年，读书更读律。处处河阳花，声名闻洋溢。援琴不下堂，素抱裕衡荜。时变起风云，勇退流何疾。犹忆同师门，韦编侍三绝。奇文每共赏，时复腾口说。抗怀希古人，庸庸非所屑。早岁登贤书，翘材轶同列。桂林复杏林，联步怀秘诀。典册与高文，针针皆见血。鲲生亲笔砚，倾怀相纳结。送君去幽燕，浩歌击壶缺。仕路叹崎岖，险如临虎穴。学优仕自优，吾道节岂折？风尘仆仆间，此心独淡泊。重任在亲民，抑岂终落寞。忆吾趋后尘，驱车迈京洛。幸邀宾兴典，白驹食场藿。携手在皇都，相视笑相若。时感旅况窘，东道幸有托。担簦戴笠盟，雷陈交不薄。羡君真吏才，霖雨苍生作。我自叹浮沉，郎署甘藏拙。再三保阳游，不惜蹈前辙。看花爱莲池，访古摩古碣。留我惯投辖，怪我不趋热。良会每恨少，况复值金革。但和诗韵尖，却顾酒肠窄。数年更相访，宿诺漫相责。遥飞叶县凫，复返徐孺宅。一日如三月，言别秋风客。此别逾十载，故知双鬓白。身世有同慨，往顺来何逆？征鸿盼远音，为讯长生术。文字日月光，气概金石质。既希漆园贤，更期蒙叟达。身安命斯立，天工人可夺。百岁一弹指，九如颂胅末。寿同无量光，尘间亦洒脱。火枣充厥饥，冰桃慰其渴。老怀契鸢鱼，生机泼泼活。此篇当祝词，向君耳边聒。

和徐益珊[1]同年即事四首原韵

一

四野年年增壁垒，孤墟处处少村庄。
赤眉有众谁阶厉？白眼看人底事忙。
缒险兵来青海徼，漫空烽起华山阳。

流星竟向流沙射,祗恐芸芸患正长。
二
黑白满枰局未残,苦逢金革只偷安。
每闻虞诩能增灶,却笑宜僚善走丸。
鱼窟深渊民命托,燕巢危幕我生观。
决堤归壑逋逃薮,反使西人胆欲寒。
三
塞上烽烟旦夕惊,犹言众志可成城。
李悝胜策唯开陌,向戍侈心妄弭兵。
尚武功难期火戢,斯文分应付流清。
道旁鸟语枝头弄,总说哥哥不得行。
四
拼将肝胆向人披,世事参差悔祸迟。
得失一朝蕉鹿梦,飞鸣三日木鸢嬉。
桂林云霁曾何日?榆谷风清会有时。
不是秋心多怅惘,苍茫天意总难知。

校释:

[1]徐益珊(1881—1941年):名谦,字益珊,甘肃临夏人。清光绪二十九年(1903年)举人。1907年,以库大使分发新疆,历官阜康、阿克苏县知事、新疆省公署政务司司长、喀什噶尔道尹、财政厅厅长等。1935年,任甘肃禁烟督察团副团长。著有《竹隐山房诗草》。

煦园即景六首

坐春轩
新赋高轩过,却坐坐春轩。
游杨竟何在?三月欲忘言。

寥天一室
寥寥寥天室,当窗拥翠屏。
居然众香国,上有数峰青。

平庐
平庐何缭绕,更上平台啸。
宜看秋月佳,还对春山笑。

假山
磊磊现假观,山河只手造。
径幽曲曲通,落叶费人扫。

澄碧亭
琴客来携琴,袅袅弄余音。
夕阳亭上坐,万碧一澄心。

小桥
小桥流曲水,水满菊花畦。
陶令言归后,疑当过虎溪。

和水楚琴煦园闰欢集原韵[1]

一

红尘十丈鹤乘轩,绿水人家好灌园。
水自长流山自在,五泉一脉来源源。

二

花信数来十几番,秋篱问菊却无言。
但能日涉闲成趣,石作山城竹作藩。

三

才过中秋说广寒,嫦娥瑶佩应珊珊。[2]
君家亦是琅环地,又笑麻姑肯降坛。[3]

四

浮云富贵等闲看,林木楼台叩两端。
一座诗书琴酒客,欢吟争自弄柔翰。

校释:
[1]原注:"煦园在颜家沟,楚琴别业也。"
[2]原注:"时八月十八日,为闰欢。"
[3]原注:"楚琴好临颜书麻姑坛。"

和张质生煦园行原韵

身不与刘项划鸿沟,铁马金戈争上流。又不闻仙人吹玉笛,一朝飞过黄鹤楼。独守蓬门甘疏水,抱易篦得贞吉幽。十年不卖长门赋,病来相如茂陵秋。[1]读书万卷古复今,负负徒呼匡世心。一梦南柯醒复醉,上方钟鼓久沉沉。且招侣伴叩齐谐,休陈王道舞两阶。今日煦园有酒食,不必学佛茹长斋。园中主人旧游者,手栽花木竹石偕。迟来怪我太疏慢,呼童速客宣金牌。柳荫曲径花四壁,琴樽落落开襟怀。亭台六七楼一角,水榭山堂色色佳。忆当春花正烂漫,曾此商量欢声谐。[2]园主而今赋遂初,秋光容易叹忽诸。水部从来居水竹,竟日流连意态舒。客来惯向花间见,言欢哪管风云变。虬髯张公[3]气最豪,诗才雅擅袁白燕。兴来鬼没复神出,提笔四顾畴能匹。戎马书生笑半生,昔何劳扰今何逸。吾与相见每恨晚,唱酬直欲追长吉。主客高谈一筵终,良时如此那可失。回首长空铁鸟[4]过,山河莽苍风雨多。黄花正与西风战,惊鸿阵阵度云罗。噫嘻惊鸿兮南去可奈何,莫向北山更张罗,平沙一曲听琴歌。

校释:

[1]原注:"时余方病目。"
[2]原注:"春间游此,始与同人商续闰欢集。"
[3]虬髯张公:指临夏张质生。
[4]铁鸟:煦园东南为拱星墩机场,常有飞机掠空而过。

重九日煦园作闰欢第七集,余以事先去,次日乃赋《昨日重阳日》四首,以质同人

一

昨日重阳日,名园嘉会开。
登高能赋者,相与一徘徊。

二

昨日重阳日,余晖秋渐深。
物我虽无尽,志士惜分阴。

三

昨日重阳日,黄花过去悲。
谓花勿悲可,过去复来兹。

四

昨日重阳日,今日犹如昨。
万古一重阳,昨今了无著。

秦幼溪以"满城风雨近重阳"轳轆体见示,因效颦为之(五首)

一

满城风雨近重阳,佳日秋来引兴长。

陆羽评茶知客速,白衣备酒为谁忙?
水村山郭米家画,菊径柴门陶令庄。
须得明朝天气好,登高有约冒晨霜。

二

授得寒衣九月凉,满城风雨近重阳。
秋声彻夜庐陵赋,雪浪翻天无逸章。
烟井万家云黯淡,楼台几处水苍茫。
预期醉插盈头菊,正好从他晚节香。

三

催租败兴说潘郎,感事频回九转肠。
绝塞烽烟偏际会,满城风雨近重阳。
应涵远渚飞鸿影,待看高台戏马行。
难得故人三日约,佩茰消厄正无妨。

四

明日黄花分外黄,诗家检点小奚囊。
岚横九井峰头翠,烟锁千门树色苍。
故国河山余旧恨,满城风雨近重阳。
尘氛休问等闲事,红叶白苇一战场。

五

宫袍柳汁旧时香,此际随人袯不祥。
画栋珠帘早冪历,落霞孤鹜迟飞翔。
陈词翰苑须先酌,脱帽参军教预防。
且向西窗剪烛话,满城风雨近重阳。

闰欢八集,和徐益珊同年初冬感怀元韵

一

寒飙猎猎透重闱,来访山家趁夕晖。
有客敲棋手相对,主人检韵兴遄飞。
尖叉一任争难易,黑白双方辨是非。
今日城南昔城北,还乡都羡锦为衣。[1]

二

才过重阳又小阳,冬山睡入黑甜乡。
清谈竟日赢潇洒,佳句随春堕渺茫。

愧我未乘塞上马,知君艳说地生羊。
寻欢几辈乐园在,犹胜寒宵独处徨。

三

前路茫茫七圣迷,忽然思将为听辔。
壮游沙穴曾探虎,生入玉关漫学鸡。
犹忆公车瞻阙北,何当明烛话窗西。
老来休破乘风浪,瀚海如今有鲲鲵。

四

莱彩堂前喜气横,如何烽燧故相惊。
嗷鸿中泽萑苻患,唳鹤公山草木兵。
今世无端多赤地,斯人不出奈苍生。
西凉幸有捷书报,弹雨枪林几度撑。

五

孤烟漠漠上村墟,犹有人家剩劫余。
未许处堂安燕雀,只妨纵壑化龙鱼。
祁连客路哀羌笛,陇坂妖氛畏简书。
万里萍踪归尚健,谁能草檄荐相如?

六

雪堂谋酒玉壶春,毕至群仙我后尘。
梁苑俊游成故事,兰亭雅契属同人。
流连觞咏冬烘笑,古楚衣冠夏礼因。
且莫栖栖天下计,旁观更请是知津。

校释:

[1]原注:"益珊自新疆归,卜筑南园。"筑南园:1935年,徐益珊自新疆宦游归来,在兰州南园官驿背后梨园构筑寓所,渐成里巷,人称"徐家巷"。

长 夜

一

蟪蛄飞去开蚊睫,庄周庄周非蝴蝶。
夜长梦醒不得眠,时闻窗外落残叶。

二

心清不与昼夜涉,神定不为阴阳摄。
未得图南真睡诀,何怪临场喜见猎?

丁丑(1937年)

四言一首　诔一首七古　七律三首　七绝一首

春暮游梨花馆

雪采成堆玉作林，和风酿雨弄晴阴。
春园花事浑无尽，且破工夫向里寻。

偈　语

去接去结，无接无结。
外无所接，内无所结。
中无所得，划然解脱。

金星阶老友五泉新居落成，诗以贺之

微之新宅夸乐天，从此青山主五泉。
排闼峰翘九点紫，临门水曲一溪烟。
好栽松菊随高隐，可美蓬莱住谪仙。
妥置琴书安杖履，桑榆晚景自悠然。

诔邓德舆同年[1]

偃息于堂者何人耶？南柯乍醒耶，人以为寐耶。昙影沉沉文星殁耶，胞与者谁？胡又弱一个耶？君乎君乎！倘不以余为不知言耶，无异乎余犹不能忘情也。

校释：
[1]原注："腊月廿七日作古。"

除日感事

一

空际雷车竟日盘，抚时感事绪千端。
灵源那得征朝彻，俗累依然逼岁阑。
老去塞翁期幸福，乱来诸葛策偏安。

如何十载逢除夕,鼛鼓声高爆竹寒。

二

老病余生强笑欢,如何天步又艰难。
门前虎视忧方棘,户后狼跳胆更寒。
南宋结元终覆水,东吴亲蜀互称干。
几人相慰惊魂定,此日奚烦惜夜残。

戊寅（1938年）

七古一首　七律二首　七绝二十二首

杨吉舟[1]以老人参战诗见示,走笔酬之,得五绝句

一

半壁河山夕照红,宁知白首尚心雄。
百年烽燧雁门外,曾有君家老令公。

二

婆娑老子兴匪浅,尚有腹中百万兵。
祗待风云筹笔后,一言已足抵长城。

三

造化小儿胡不仁,空中游戏残吾民。
会须老谋深算出,苍生属望在斯人。

四

从戎投笔笔多秃,怒发冲冠发早斑。
奕局残时争一着,仗他老卒去搜山。

五

武皇用少冯唐老,烈士暮年犹壮心。
忧患余生何尽瘁?胜如结草梦沉沉。

校释:

[1]杨吉舟:即杨揖舟,名巨川。

春庭花月夜歌

三月十五暮春半,月有清阴花烂漫。
正当月圆花好时,春宵无价那能算。

年年满树碧桃红,今年红在月明中。
棠梨争妍复斗靡,韶光如此谢东风。
东风吹来满震旦,震旦而今大离乱。
能有几人闲看花?花间时复闻长叹。
始知世事皆网罗,美景良辰将奈何?
偷得闲身有天幸,步月庭前聊放歌。

和郑镜泉保阳避乱原韵十四首

一

见说人生忧患中,雷车日日荡虚空。
晴天巨霆忽垂地,惊倒群儿不倒翁。

二

花样重重见不鲜,斗鸡走狗尽称贤。
如何歌舞江山好?鼙鼓渔阳警客眠。

三

归来函谷听鸡鸣,居关公山草木兵。
为叹君家贤昆玉,一番离乱竟难明。[1]

四

燕巢依旧且安之,尊隐情怀莫更疑。
问讯可能归故里,春花灼灼赋将离。

五

此际无生胜有生,朝朝今甲诘戎兵。
陇头流水来天外,征得(邻邻)〔辚辚〕[2]车夜行。

六

六军西去总栖皇,罗袜生尘何处藏?
终古蛾眉误国事,几曾一例雨淋伤。

七

衡门泌水乐吾饥,荧惑飞天不可思。
一幅流民图看罢,堇荼此日味皆饴。

八

飒飒西风赤羽横,虎狼前后不分明。
忧天莫怪杞人怯,侨压能无栋折情。

九

春江花月夜来欢,醉梦焉知国步难?
无奈金陵王气黯,六朝自昔策偏安。

十

捉襟露肘效贫儿,跣足蓬头状苦饥。
今见流亡征预兆,人家风气卜天时。

十一

婆娑老树掩荒村,应是怜君席未温。
呵护有神天有眼,从来大信格鱼豚。[3]

十二

杜陵诗史已成家,垂老北征每自嗟。
和罢高吟殊怅惘,《秦风》为赋《小戎》车。[4]

十三

燕云陇树梦魂飞,六十年光觉昨非。
人世沧桑曾几度?何如同看酒家旗。

十四

辟兵犹幸只经旬,始信昊苍相吉人。
儿女团圆归去好,燕山剩作一遗民。

校释:
[1]原注:"镜泉避兵保定城外,乃弟玉堂过陕回里。"
[2](邻邻)〔辚辚〕:油印本误作"邻邻",据文义改为"辚辚"。
[3]原注:"来函:在荒村避难,彻夜弹雨,木叶尽脱,君伏小屋中得免。"
[4]《秦风》为赋《小戎》车:系《国风·秦风·小戎》,出自《诗经》,是先秦一首描叙妻子怀念出征丈夫的诗歌。

和刘韶廷《救国吟》原韵

萧萧征马杂征车,露布来时桃始华。
若不月中三捷报,请看天下属谁家。[1]

校释:
[1]原注:"时津浦方战胜。"

京沪变后,忆旧和韶廷韵

斜阳秋草越王台,几度旌旗去复来。
我亦钱塘江上客,何时重看白莲开?

秋 阴

八月清阴养菊天,一时风物自新鲜。
灌园更喜秋汤[1]足,云卜来年大有年。[2]

校释:

[1]原注:"秋汤式羊切。"秋汤:汤,反切:式羊切,读shāng,即墒。秋墒,秋雨提增的农田土壤湿度。
[2]原注:"兰谚云:'你有千石粮,我有秋汤地。'言雨多而田沾足也。"。

畴昔之夜,梦天南现一"残"字,未知何祥,缀语纪之

几点残星明灭垂,更残漏尽梦来奇。
残山剩水兴亡迹,残月晓风离别词。
过日残花犹故态,傲霜残菊有余枝。
幢幢影落残灯里,惊破残钟觉已迟。

除夕赓"残"字诗

冬残腊尽正消寒,垂涕人间学懒残。
一局残棋天欲醉,三条残烛夜将阑。
残碑断碣英名在,残稿剩编古逸难。
连日番番残雪过,未残春节又椒盘。

己卯(1939年)

五律一首　七律二首　七绝七首

正月二、五两日,敌机炸兰,予东邻落数弹,屋宇多圮,予家幸无恙,事后志之

惊魂甫定奈愁何?老去偏经患难多。
咫地一声轰霹雳,邻居两界划山河。
心香默默邀天幸,梵呗喃喃护地罗。[1]
大劫原来前定数,中怀莫更起微波。

校释:
[1]原注:"予尝诵白衣咒,有天罗地罗语。"

闻警赴乡

时闻风鹤惊,相顾总关心。
士女倾城出,亲朋旷野寻。
缘溪忘路远,依树喜云深。
才得栖身处,逢人问好音。

十月十七日夜,敌机袭兰,事前有传言,演习空战,人多未避

骊山烽火太仓皇,痛定犹思痛倍伤。
弄假成真空咄咄,是谁入室引贪狼?[1]

校释:
[1]原注:"是役或云我机袭敌,敌机随之而来也。"

十九日夜,敌机又袭兰

生死关头顷刻临,兰山夜色乍萧森。
霜天唯有号寒切,雪地何堪入谷阴。
浩劫无如机器劫,丹心欲问上苍心。
成群铁马番番过,此日神州叹陆沉。

警报解除

星斗悬悬彻夜横,忽然石破也天惊。
金钟铁笛声声慢,万众开颜庆更生。

冬月十六、七、八日,敌机连炸兰垣,灾情惨重,记之

一

火鸡百翼漫空来,广厦万间飞劫灰。
造物不仁刍狗尽,满城一一痛声哀。

二

千年古寺化微尘[1],法相庄严亦返真。
一切皆空无挂碍,盈阗阓阓更何论?[2]

三

鲁殿犹存妥圣贤,斯文未坠一丝绵。
礼崩乐坏今何世?数仞宫墙瓦砾前。[3]

四

不知吾命在何时,人人自栗物物危。
且须曲突徙薪早,天降鞠凶当咎谁?

校释:

[1]千年古寺化微尘:普照寺敕建于唐太宗贞观间,历代重修。山门在今武都路,北靠张掖路,自南朝北依次为金刚殿、天王殿、大雄殿、法轮殿、藏经阁,东西两侧有配殿、钟鼓楼。1928年,甘肃督办刘郁芬将辕门市场迁入寺内隙地,改名中山市场。1939年2月23日,11月1日、17日,惨遭日机轰炸,只剩泰和铁钟。1941年,兰州市市长蔡孟坚在废墟上建成文体娱乐场所——兰园。2015年起,改建中央商务区。

[2]原注:"普照寺全毁,市场与焉。"

[3]原注:"省县文庙均被炸,幸大殿犹存。唯屋宇多圮,乐器亦毁。"省县文庙:省文庙始建于宋哲宗元祐六年(1091年),称兰州文庙,历代重修。清乾隆三年(1738年)改为兰州府文庙,因位于省城,故称省文庙。故址即今兰州二中,尚存大成殿,为省级文物保护单位。皋兰县文庙在延寿巷,清初为靖逆侯张勇住宅,清乾隆四年(1739年)改建为皋兰县文庙。民国时为兴文社学校,中华人民共和国成立后入驻延寿巷幼儿园。为市级文物保护单位,2002年,因拓建张掖路,易地保护迁至九州台,后改为国学馆。

桃符叹[1]

欲换桃符无处著,门楣今已付灰尘。
可怜大地成焦土,[2]万户千家不见春。

校释:

[1]原注:"冬月十八日,家门前落一炸弹,门阑均震毁,过年免作春联。"
[2]原注:"时方倡'焦土政策'。"

庚辰(1940年)
七律二首　七绝六首

忆扇

古扇琳琅百十春,泥金小字足奇珍。[1]
如何一夕仓皇去,袖底珊瑚海底沦。[2]

校释:

[1]原注:"会宁刘翰华所书《道德经》,甚可宝贵。"刘翰华(1779—1851年),名翰华,字焕亭,号实斋、春晖居士,甘肃会宁县人。清嘉庆十八年(1813年)拔贡,朝考一等,授七品小京官分工部学习,叙升工部主事、擢御史、工部员外郎,官至刑科掌印给事中。精楷书、行书,圆转遒丽,字势雄强多变。

[2]原注:"上年冬月望夕,因有警,携之袖中,竟遗去。"

值雨

一

一朵乌云载雨来,出门欲去却重回。
天若洗兵祗沛下,须教接刃也分开。

二

雨方来势不可当,且付等闲走莫忙。
笑向明窗随坐卧,还饶一梦见羲皇。

六月二十九日有警,闻系演习空袭

烽火骊山又费猜,周王拥姒笑琼台。
孰知十万惊魂断,颠倒流离只自哀。

新秋即事

适人凉意晨昏雨，观物闲情左右源。
自是新秋添妙趣，等闲些事莫须论。

冬日即事

劫后余生剧可怜，营营终日复终年。
每因乞米常修帖，犹欲买书不惜钱。
寒菜一畦分老圃，敝衣百衲笑毡旃。
冬来少却红炉火，炭价高翔小雪天。

百物昂贵，余以戒酒少此浮费，戏拈一绝

米珠薪桂贾人豪，日食万钱让老饕。
一事年来差自幸，长安酒价不知高。

腊月初四日，值三十年新历元旦，有作

门符犹欲换红桃，来日大难是我曹。
到眼年光春帖满，关心腊节债台高。
休谈故事牛衣泣，却笑群儿羯鼓豪。
世运茫茫今一度，仁风有望首频搔。[1]

校释：
[1]原注："三十年为一世，必世后仁当在此时。"

辛巳(1941年)
五古二首　七古一首　七律四首　七绝一首

蔺子贤[1]表兄六旬晋七之庆，诗以祝之

呼取春牛载酒来，[2]连舫更进莫徘徊。
一生好境安心过，万变奇观笑眼开。

灵药有方人续命,仙经得诀自存胎。[3]
杖乡杖国宾筵敞,都向华堂献寿杯。

校释:
[1]蔺子贤(1874—1957年):名象祖,字子贤,一字紫仙,皋兰县城(今属城关区)人。为王烜表兄。清光绪末年诸生,一生从医。1928年起任同仁局主管。医术精湛,医德高尚。
[2]原注:"弧辰正月初九,适值立春。"
[3]原注:"子贤善医,又习道家修养术。"

自　嘲

问缘何事日营营,意气依然尚纵横。
每恨未能消我见,相逢却好做人情。
十年面壁心犹放,半夜扪衾梦易惊。
徒向詹尹研未济,[1]鬓斑齿豁百无成。

校释:
[1]原注:"六十四卦终未济,余今岁六十四。"

看　花

日日冥心学坐禅,花开总觉惹人怜。
忘机仍有生机在,才得春光满大千。

碧桃花落词[1]

花开三日狂风作,欲花不落那能过。
今年花好胜昔年,簇簇团团锦样鲜。
如何竟遭封姨妒?香径飘零散红雾。
昨日巡檐索笑时,向人朵朵匀胭脂。
今日东君意态殊,百斛倾却珊瑚珠。
又疑飞仙辞绛树,会向王母筵前遇。
荣悴如此争顷刻,好趁春光惜颜色,
落花相对三叹息。

校释:
[1]原注:"院中碧桃盛开,甫三日而风作,花落满阶,为赋此词。"

偶 书

浮生不满百,终日常忧患。
或为饥所驱,或为寒所篡。
或为名所牵,或为利所串。
魂梦亦不安,形影每相盼。
嗟哉斯蛰蛰,岂知同泡幻?

采金银藤花有作

架上鸳鸯藤,金银何缀缀。
高花不可攀,低花尽可折。
高低俯仰间,荣悴殊一瞥。
人生托足难,且自向岩穴。

和郑镜泉来书见怀原韵,并柬乃弟玉堂

末劫茫茫日已西,余生只欠入招提。
犹存朋好书盈尺,[1]那得禅心絮著泥。
老去自渐驹隙易,乍归人喜雁行齐。[2]
维摩善病缘何事?[3]珍重周遗一了黎。

校释:
[1]原注:"余曾粘存知交书札,积成数帙。"
[2]原注:"玉堂年来在兰,新返保阳。"
[3]原注:"来书云,久病初愈。"

偶 作

莫学神仙学圣贤,圣贤学到即神仙。
观心观澈无心地,养气养来浩气天。
宇宙洪荒谁主宰?诗书奥妙有真传。
古今三立何曾朽,休作昙花一现前。

壬午（1942年）

五古二首　七律三首　七绝三首

杨济舟同年七旬悬弧之庆，诗以祝之

　　大雅云可作，仔肩尚有人。一生期不朽，太古与为春。少年拾青紫，同步帝乡尘。君学独崇实，一贯天人循。蔚然诗书好，烂然星文陈。郎官应列宿，一旦宰官身。直节湘江竹，伟绩天山珉。老来倚东壁，终日图书邻。往往联吟社，几辈笑扶轮。相知话旧雨，落落星凌晨。中有寿星见，寿世为传薪。斯道永天壤，儒素葆厥真。古稀既云贵，大耋天麻臻。君不见汉家伏生年九十，传经钜任负千钧。玉壶有酒尽须醉，载阳春日正无垠。

九月初八日，为熙儿[1]续娶，感赋

　　又见盈阈百两来，香霏锦簇到妆台。
　　故人青草新人笑，明日黄花今日开。
　　吉礼从时参古道，[2]清门缔好谢良媒。
　　向平老去犹多愿，苦乐相循白发催。

校释：

[1]为熙儿续娶：熙儿为王烜长子王均熙（1918—1956年），甘肃学院法律系毕业。续娶邓隆之女邓春薇（1920—1953年）。

[2]原注："是日用文明结婚礼，而以前所行，仍古之六礼。"

村居偶作

　　出门见远山，天趣横洋溢。
　　还来庭院间，鸡犬皆自逸。
　　野外人事罕，守真在抱一。
　　胡不久村居？黄尘走终日。

和蔺子贤表兄为余六十五生辰赠诗原韵

　　劳劳日日复年年，何羡灵筹海屋添。
　　岁月无情嗟箭驶，星霜两鬓负薪传。

羲爻纵得从头始，驹隙仍虚过眼前。
腊尽春来祇转盼，长生谁似大罗仙？

木兰叹

木兰贞孝世无伦，不辨雄雌只一身。
婚约竟成儿戏事，后人误尽误前人。[1]

校释：

[1]原注："电影戏有演木兰从军者，其末幕竟云木兰与其副帅订婚，实误古人名节矣。"

数月来，小儿多病，又负债累，口占二十八字

偶忆昔年贫病时，半生牢落有谁知？
而今仍是贫兼病，护得男儿又女儿。

塞上词

月冷寒营鸿雁阵，风高大漠马羊群。
从知塞上荷戈士，常祝三边弭战云。

夜卧不寐

寒衾静卧意平平，底事终宵梦不成。
老病侵寻催晚景，穷愁摆脱了残生。
文章枕上无余子，醉态楹前有觉民。
为问庄周与蝴蝶，形身何以未分明？

续 集

癸未（1943年）

七古一首　七律二首　七绝十一首

正月九日为蔺子贤表兄六十九生辰，诗以祝之

一

可喜人生到古稀，须将醉月羽觞飞。
知君自有延龄术，[1]烨烨紫芝采得归。

二

曾闻采药住仙乡，烟锁楼台日月长。
携得青囊来度世，臣门如市问奇方。[2]

三

南山松柏总青青，又见阳和春意馨。
趁此长年好济物，仁人原是老人星。[3]

四

一点灵犀万古明，春花秋月等闲生。
大椿总有八千岁，那似从心斯道成。

校释：

[1]原注："君好道家言。"
[2]原注："君善医，尝以济人。"
[3]原注："主管同仁局。"

花 事

花事今年胜去年，小庭满树碧桃鲜。
微晴微雨夕佳日，轻暖轻寒春暮天。
有客笑颜寻酒赏，来人着意折枝怜。
径幽权作避秦处，蝶乱蜂忙过眼前。

庭院楸子树五十余年矣，将枯复荣，今春华茂，为诗纪之

总是新枝肯著花，红秋一树竞繁华。

常时培养逢时茂,却喜中兴在我家。

端　午

岁时旧习总相因,佳节依然夏令新。
一线微阳丝续命,三年灵药艾成人。
骚坛有赋留香草,宝篆解邪抵异珍。
须识古风存妙旨,中和元气葆天真。

浇　花

人养花时花养人,朝朝暮暮灌园频。
一瓢不必银河水,今日黄河水似银。[1]

校释:
[1]原注:"时百物腾贵,水价亦涨。"

病痫甚剧,口占二绝

一
明窗高处豁长空,澹澹虚灵我在中。
六十六年归未早,倘来化鹤更谁逢?
二
污浊人间辗转愁,眼前生死到关头。
慈亲曾示西方梦,能引儿郎登岸否?

病中偶成

卧病匡床月再满,时时反侧时辗转。
纱窗明处见白云,飘荡长空任舒卷。
云兮何逸我何苦,我非我兮我何管。

雁　字

一行横去一行斜,嚓咦寒云点墨花。

万里翱翔何处落?滔滔洪水少平沙。

蛛　网

花间檐际织如梭,蜂蝶牵连唤奈何。
总有羽毛飞不远,恨他世上网罗多。

黄　鱼

粲粲金鳞一尺余,来从青海味真腴。
南人那复莼鲈忆,笑拨冰花重价估。

甲申(1944年)

五律二首　七古一首　七律七首　七绝七首

元旦听爆竹

声声爆竹报亨通,万象新随晓旭红。
满市花飞欢贾客,沿门鼓动闹儿童。
病魔扰后当驱鬼,耗子鸣时更送穷。
正好凌晨人早起,心香一瓣向春风。

马勋臣[1]七旬弧辰征诗[2]

紫气来西北,元戎克壮猷。
古稀佳节候,日永大椿秋。
海徼三边靖,天方万里游。
春宵灯月皎,玄鹤又添筹。

校释:

[1]马勋臣(1874—1945年):名麟,字勋臣,甘肃临夏县漠尼沟人。清光绪二十六年(1900年)参加庚子之役,抗击八国联军。民国初年,任宁海军参谋长兼右营统领。1929年,青海建省,任青海省建设厅厅长。1931年,其兄青海省政府主席马麒病故,代理省政府主席。1938年,调为国民政府委员,省主席之职被其侄马步芳所攫取。

[2]原注:"勋臣奉穆教,寿辰正月十五日。"

雨中碧桃

惯怕经风雨,韶华故故催。
何缘风静候,却向雨中开。
绛树浓垂绿,瑶枝净洗埃。
春阴连几日,都为养花来。

兰市议会同人亦园[1]赏牡丹,席间有索诗者,为拈四绝

一

烂漫春光到牡丹,群贤香径共盘桓。
问君何处名花国?园是亦园市是兰。

二

几株魏紫与姚黄,蜂蝶随人日日忙。
忙里偷闲犹买酒,花王故国已沧桑。[2]

三

老眼看花总未真,牡丹相顾笑频频。
知君笑我婆娑甚,策杖来迟过暮春。

四

群芳环伺待春嘘,梦笔江郎兴未余。
玉佩金裙难品第,奇文还属女相如。[3]

校释:

[1]亦园:在兰州安定门外下沟。民国初年,甘肃临时省议会议员循化邓宗购置。花园东隅为住宅,种植果树花卉蔬菜。有引自洛阳的牡丹名种姚黄、魏紫、玉蝴蝶。1958年改为民居。

[2]原注:"亦园牡丹种,多来自豫省。今中原战乱可叹也。"

[3]原注:"会中女士二人。"

和张质生自寿诗之养生四首原韵

一

读罢逍遥物外身,天怀那复觉沉沦。
编年诗格新夸世,[1]问道薪传旧有人。[2]
北苑卧游清是福,[3]南楼寂坐净无尘。
而今领略归田乐,万卷罗前总怡神。

二

戎马书生气壮哉,十年听鼓忆兰台。
旧游如梦今无梦,感遇怜才自负才。
垂老得暇犹奋勉,探玄此日莫徘徊。
最难风雨鸡鸣候,远道还能访戴来?

三

世事弈棋一笑堪,中原多故孰奇男?
唯知紫气惊关喜,有志青云数阮咸。[4]
欲祖犹龙归静寂,任人呼马学愚憨。
藏书最羡君家富,传史子长许继谈。

四

自寿居然自计偕,家珍历历数成排。
文坛赤日张高帜,武库青霜映倒钗。
却笑催诗如索债,哪知祝嘏亦诙谐。
清谈百四村中事,[5]兆卜椿龄未有涯。

校释:

[1]原注:"原作廿首自叙生平。"

[2]原注:"近年阅《道藏》。"

[3]原注:"藏名画甚多。"

[4]原注:"谓令嗣玉如。"令嗣玉如:临夏张质生仲子张玉如(1913—1996年),名思温,字玉如。任甘肃省建设厅主任秘书等职。1950年后任甘肃省工业厅秘书、甘肃省文史研究馆副馆长等。能文工诗,著有《张思温诗选》等。

[5]原注:"君言蜀有百四村,因百四十岁老人而名。"

裴孟威将军[1]以凤尾兰盛开,招饮赏花,席间分韵得"者"字,为赋七古一章

朝阳鸣凤高岗下,化作秋兰何淡冶?翅如车轮叶叶撑,尾如冰柱花花洒。几年才见一敷荣,不生空谷无伤雅。晋公开阁延群宾,看花人来称粲者。疑是飞琼降碧霄,恍见萼绿游春野。诗手难题画手敛,尖叉韵里扬玉斝。唯有主人善体物,真貌还须请君写。凤兮凤兮,当鸣盛世待赏音,莫徒与九畹争芬,谓曲高而和寡。

校释:

[1]裴孟威将军(1885—1969年):名建准,字孟威,号南谷山人,甘肃渭源人。清光绪三十二年(1906年)考入甘肃武备学堂,次年保送保定陆军学堂。民国初年授榆威将军。1919年,任河州镇守使,1926年,任肃州镇守使。20世纪40年代任兰州市参议会议长。工书善画,善画骏马、蝴蝶。

题刘颐叟诗集二首

一

梦得老来气倍豪,敢题凡鸟敢题糕。
等闲老妪解人意,也是云和也楚骚。

二

潇潇风雨警鸡鸣,世事如棋百感生。
群怨兴观旨犹在,聊将余墨写幽情。

谢赠衣料[1]

熙熙野老黄棉袄,落落山人白袷衣。
此日知君怜范叔,居然形影伴光辉。

校释:

[1]原注:"代友作。"

达家梁[1]农田出售,纪之二首

一

百亩薄田十几春,沽之待价为疗贫。
固穷何幸称君子,无业才知是好人。
晴雨任天休更卜,征徭困我却忘因。
秦川怅望蜃楼杳,莫学耕农老有莘。

二

斯民今已不聊生,处处催租鸡犬惊。
破碎山河余僻邑,荒凉村舍策编氓。
老农老圃非吾事,我理我疆任尔行。
古语相传须记取,砚田无税子孙耕。

校释:

[1]达家梁:在甘肃省永登县上川镇,现属兰州新区。

乙酉(1945年)

五古十三首　五律一首　乐府十八首　七古二首　七律八首　七绝五首

题《张乐天荣誉录》[1]

临难毋苟免,大节那可夺。
古圣有微言,斯人不世出。
青海何汤汤,飘风何烈烈。
卓哉苏子卿,归来持汉节。

校释:
[1]原注:"乐天,青海人。在豫抗战,被俘年余,脱归。"

观　物

大千物态特离奇,若个因缘请问谁?
虎斗龙争成底事,鱼潜鸢戾费寻思。
几多树叶无人数,些许花香有蝶知。
一一尘沙一一劫,静观妙造圣当师。

鼓吹铙歌新乐府十八章[1]

按《古今乐录》汉有鼓吹铙歌十八曲,蔡邕《志》曰:"短箫铙歌,军乐也。"今千龄社[2]以庆祝抗日胜利征诗,窃以军乐为宜。盖古者行军奏凯,即用铙歌,正合胜利意。爰仿其意,因事命篇,各标一义,命曰新乐府,亦十八章:曰《胜利夕》、曰《陪都雄》、曰《大西南》、曰《大西北》、曰《台庄捷》、曰《潼关捷》、曰《缅北捷》、曰《受降》、曰《华中复》、曰《华南复》、曰《华北复》、曰《东北复》、曰《台湾复》、曰《还都》、曰《大一统》、曰《庆同盟》、曰《机器劫灭》、曰《颂升平》,皆以荦荦大者著焉。昔谷继宗[3]为胡可泉[4]拟汉乐府题词有云:"缘名拓义,变动不拘其音节,兹之所为,亦犹是也。"敢云和声鸣盛,合之咏歌,唯效河清献颂云尔。

胜利夕第一

爆竹响动狂欢,同庆普天。还我大好河山,卢沟晓月重妍。露布遍寰宇,百万军齐唱凯旋。今夕何夕?千年万年。

陪都雄第二

蜀山郁郁,江水溶溶。虎踞龙蹲胜概,猿啼鹤唳相逢。八年敌忾,国基永奠无穷。

荡荡乎三边险厄,恢恢乎八表旁通,洋洋乎九派朝宗。从此山河底定,万国来同。

大西南第三

渊渊兮铜鼓鸣,滇池曲奏天下平。斑斑兮筇杖舞,八风应节两阶羽。霞蔚兮海舶集,樯橹织兮干戈戢。云罨兮雄关峙,野营苍莽兮城头雉。决决乎大风,四顾兮何雄?屏焉翰焉,自西自东,是为复盾,是为前锋。

大西北第四

河如带,山如砺。丸泥封,苞桑系。陇坂长,秦关度。青海遥,黄流逝。陬塞星罗,营屯棋布。朔方健儿远征,赋有车(邻邻)〔辚辚〕[5]刍粟行岂曰无衣,缮甲兵民不聊生。民虽不聊生,强寇未灭,匹夫责匪轻,陇上休辍耕。

台庄捷第五

台儿庄,新战场。平沙漠漠有鸟高翔,铁骑飚发破竹难当。借问大将谁出奇?决胜有方。牙旗大势齐扬,背水阵,两翼张,锥钻不入,铁壁铜墙。军中有一范,贼胆寒欲降。才知中华男儿大器难量,千秋青史垂光芒。萧萧故垒凭吊斜阳,新战场,古战场。

潼关捷第六

日落西山,民言天言。背城借一新鬼烦冤,凤陵渡头河水怒。七千倭夷殀焉聚,风卷虫沙何其遽。函谷关前马又催,轰轰雷电出城隈。炮翻车覆神机催,左之右之提挈度,高居建瓴守益固。晓旭瞳瞳四扇开。三峰华岳何崔嵬?

缅北捷第七

瘴雨兮蛮烟,万里兮南天,箐深兮林密,杳无人迹兮蹎然。竟有飞将军,排空气若云,高驾长虹走,急穿流电群。天兵尔何来,相视但徘徊。一鼓丑虏散,再接妖氛摧。三战彼三北,荡荡天路开。一朝疆宇复,人美冠军才。奇哉!奇哉!

受降第八

受降城,三未足。处处芦管,征人心曲。戈甲易敦槃,丹书成典录。介者今须拜,一一谨约束。相戒守盟言,慎勿纤芥触。但放下屠刀,都得所欲。洋洋和同气,结此竞争局。提携升平世,高瞻以远瞩。

华中复第九

大江南北郁葱葱,棋布星罗向化同。城郭依旧民物丰,父老道旁感泣中。儿童竹马趁秋风,居然楚人得楚弓。相看额手谢苍穹,不加一矢成奇功。

华南复第十

浩渺江涛接海涛,蜿蜒长蛇何迢遥。视之杯水漾堂坳,吴山立马白云高。重见天日旌旗飘,赋同袍与解征袍。吴歈粤讴相杂嘈,文采依然意气豪。珠还合浦晚乘潮,君若飞来鹊有巢。

华北复第十一

落落燕云十六州,雄控中原之上游。平分齐鲁青未了,三晋云山马前绕。当时文物犹历历,白羽若月定传檄。故都壮丽今犹昔,举目不睹兴废迹,空教黍离麦秀悲行役。

东北复第十二

长白绵亘鸭绿深,十年前事岛夷侵,兴岭黯淡黄渤沈。都间桑戟竟遥临,吾民大旱望甘霖。尧封禹甸竟相寻,居然九有合天心。版图恢廓古犹今,奉檄来者播德音。

台湾复第十三

大瀛海间峡路遥,岛屿相望舟人招。五十年来堕尘嚣,中原文物风雨飘。谁知和会敦邦交,中朝故土归中朝。番夷犹自番舶操,汉官威仪识节旄,鲛人首献珊瑚翘。

还都第十四

祥云霏霏,彩凤南飞,钟山王气重光辉。龙蹲虎踞,千里邦畿。石城无巍巍,禾黍高低。楸梧远近,觉今是而昨非。春燕归,秋雁归,似曾相识依依。六代豪华皆殷鉴,千祀百祀愿无违。唯民所止,千里邦畿。

大一统第十五

道一斯风同,驭外由居中。尔无虞,我无诈,水乳贵交融。泯厥畛,化厥域,车书本贯通。握其枢,振其纽,四夷乃所守。山河两戒吞八九,毋庸人假手。兵权释杯酒,尺地寸天皆国有。

庆同盟第十六

欧风美雨,齐来向亚陆,亲仁善邻交有道,泱泱表海,雄风同瞻华族。轮舰驶,花旗扬,称盟主。国有光,海洋万里,万里海洋,至竟蓬瀛清浅。元戎茌止同行,声威赫赫,钜典皇皇,莫敢不来享。

机器劫[6]灭第十七

智巧创述精益精,奖侈进奢长战争。一弹石破天为惊,物极必反天心更。茫茫大劫日西倾,愿铸剑戟归农耕。牛归马放原薮平,倾视四宇秋澄清,家弦户诵吹竽笙。祝君万祀不知兵,康哉康哉休以明。

颂升平第十八

修文偃武,天教大同运启,既歌且舞,天秩有礼,四海一家,登堂献醴。洋洋乎,韶护奏,凤来仪,大镛吼。灼灼乎,干羽舞,百战率伐鼛鼓。于斯时也,海不扬波,风不鸣条,路不拾遗,夜不闭户。左天禄,右石渠,求遗经,观射圃,尊素王,信好古。

校释:

[1]原注:"有序。"

[2]千龄社:1943年秋,八战区司令长官朱绍良接受总务处长徐绅建议,在驻地五泉山宴请20多位兰州诗人,因其年龄加在一起总共1100岁,故称"千龄诗社",分韵赋诗,宣传抗日救国。诗社延续到1945年底。

[3]谷继宗:字嗣兴,号少岱,济南人。嘉靖五年(1526年)进士,官宜兴知县。工诗。

[4]胡可泉(1480—1560年):名缵宗,字孝思,号可泉,甘肃秦安人。明正德三年(1508年)进士,翰林院检讨。历任潼川知州,安庆知府、苏州知州。后巡抚山东、河南。著有《鸟鼠山人集》等。

［5］(邻邻)〔辚辚〕：油印本误作"邻邻"，据文义改为"辚辚"。
［6］机器劫：晚清兰州翰林刘尔炘提出，因机器发明为人类造福；也因机器所造飞机、大炮、坦克、毒气弹，在第一次世界大战中重创人类，带来劫难，故称"机器劫"。

胜利歌[1]

民纪卅四之孟秋，最后胜利忽临头。天教羿射九日落，蚩蚩竟解杞(杞)[2]人忧。
喜出望外乐何极？寰球尽释东瀛愁。战云已豁鲸涛恬，从此承平六大洲。
问君胡为喜不支？八年苦战大堪思。始战一年两京陷，南北烽烟横铁骑。
二年鏖战大江滨，汉阳云树惨不春。三年四年战转剧，中原处处血成尘。
五六年间敌力耗，强弩末不穿鲁缟。南下每虞湘水深，西来空见秦云绕。
七年教民可即戎，磨砺以须计反攻。征粟征兵民力竭，直拼水尽与山穷。
如何国难犹未已，铁甲长驱扰洛潼。谁知强冠技止此，急转海外飞冥鸿。
太平洋上风波恶，番番铁鸟蔽海空。一丸荡荡请赏识，动地惊天造化工。
征士枕戈已八载，一旦意表成丰功。七七爆竹连宵红，欢腾火炬光熊熊。
环瀛内外响应同，世界毕竟谁英雄？枪林尽倒弹雨歇，怪事书空应咄咄。
强敌俯首输忱日，一片降幡石头出。处处狼烽次第清，东南西北皆统一。
行人又看卢沟月，故都依旧故家物。金瓯无缺方舆完，华风更向台澎溢。
百万貔貅凯歌奏，争演鱼龙曼衍斗。几历星霜叹无衣，此行归去衣锦绣。
无恙河山竟还我，勋名都向凌烟楼。倭奴未灭无用家，此日登堂献媚寿。
老农嬉笑妇子歌，从今赋役更无多。翘首云天几万里，妖氛净尽海澄波。

校释：
［1］原注："七古三十韵。"
［2］杞(杞)：油印本"杞"字后衍一"杞"字，删。

闻郑镜泉学兄作古，悲悼之余，诗以挽之

一

论交五十年间事，不是知音感不深。
相忆读书萧寺里，如兰臭味契苔岑。

二

一行作吏走燕云，载道循声颂使君。
幸我农曹观政后，年年相访乐同群。

三

慨逢国难蛰居时,谈道余暇祗咏诗。
每有沈怀言不尽,但将佛法解忧疑。

四

鸟啼花落春光瘁,噩耗传来已暮秋。
不值降军齐解甲,北鸿霜信竟无邮。

五

老来文字犹磋磨,鱼雁频传感慨多。
孰料鱼沉更雁杳,祗余薤露起哀歌。

王廉泉[1]以画兰见赠,赋谢

古云喜时欲画兰,先生喜色盈毫端。
笔飞墨舞劲气达,叶自纷披花自攒。
先生为谁人何许?为王者香号廉泉。
少年意气娴弓剑,老来矍铄犹据案。
兴高染翰时吟啸,雍容雅度非桓桓。
闲师所南[2]友仲穆[3],能令九畹呈新妍。
叶浓叶淡花含吐,湘浦秋波阿堵传。
尺幅惠我珍拱璧,空谷幽芳四壁悬。
君子之操美人态,此花此画知味鲜。
秀才人情投桃李,笑余祗好写蛮笺。

校释:

[1]王廉泉:名树濂,皋兰县盐场堡(今属兰州市城关区)人。清末花马池(宁夏盐池)参将,能画善书。刊印所绘兰草画册。

[2]所南(1241—1318年):即郑思肖,字忆翁,号所南,连江(今福建省福州市连江县)人。元军南侵时,向朝廷献抵御之策,未采纳。擅绘墨兰,花叶萧疏而不画根土,意寓宋朝失地亡国。著有《心史》等。

[3]仲穆(1289—1369年):名赵雍,字仲穆,湖州(今属浙江)人。赵孟𫖯次子。官至集贤待制、同知湖州路总管府事。擅书善画,所绘兰花滋润淡雅。有《兰竹图》等传世。

秋暮即景

频向庭前步,秋深怯御风。

两行人字雁,一担菊花丛。
摇落余霜叶,轩新到晚菘。
随时吾已老,夕照望犹红。

胜利诗为儿曹示作法

一

八稔戎衣着,捷音尔何来?天心应厌乱,泰运自今开。[1]

二

决胜虽千里,运筹在帷幄。四海仰元戎,群知所见卓。[2]

三

近攻须远交,胜算能自操。折冲樽俎地,端赖有人豪。[3]

四

枕戈以待旦,效命来疆场。同泽与同袍,朝朝赋行役。[4]

五

飞刍更挽粟,家无儋石蓄。不言我腹饥,唯愿敌切腹。[5]

六

况有山河险,易守正难攻。坐令敌师老,常虞堕瓮中。[6]

七

楚歌来四面,三岛势已穷。太平洋面望,巨舰走艨艟。[7]

八

鹬蚌相持势,重轻举足时。第三参战者,立断在当机。[8]

九

双九跳日月,成功亦一奇。止戈为大武,惊喜欲狂时。[9]

十

却好盟书播,降旗竖未妨。一家同中外,何必血玄黄。[10]

十一

灭国人所妒,兴亡箕子悲。循环天定数,伟绩属于兹。[11]

十二

文化五千载,苞桑系国基。即今公理胜,贤于十万师。[12]

校释:

[1]原注:"一解。"
[2]原注:"二解。"
[3]原注:"三解。"

[4]原注:"四解。"
[5]原注:"五解。"
[6]原注:"六解。"
[7]原注:"七解。"
[8]原注:"八解。"
[9]原注:"九解。"
[10]原注:"十解。"
[11]原注:"十一解。"
[12]原注:"十二解。"

纪同盟胜利[1]

此次对日战事胜利,为同盟国所共有,而各国情势自异,爰就中、美、英、苏分赋短章四首。

一 中

数年沦土一时收,盛况难忘卅四秋。
好水好山还锦绣,亦风亦雨费绸缪。
兴邦自古膺多难,此日凯歌愿已酬。

二 美

几费雄狮全力搏,东瀛烽火起无端。
欲消宿恨珍珠港,竟奏殊勋原子弹。
一舰飞来降将至,寰球处处报平安。

三 英

三岛东西相望奇,兵戈何似化威仪。
坐收厚殖星洲地,立缓前茅缅甸师。
深算居然有天幸,同仇不必笑迟疑。

四 苏

乘时智慧本潜藏,欧战余威鹰又扬。
五国城中容少帝,九州界上走降王。
不劳而获堪人羡,博得全师国有光。

校释:

[1]原注:"有序。"

咏软儿梨

梨花馆下果盈田,珍品冬来树树鲜。
有味有香甘若醴,无丝无缕软于绵。
沁心绝胜哀家爽,润面能回婉女妍。[1]
满瓮琼浆春更好,羡他老圃乐欣然。

校释:

[1]原注:"兰俗,冬令以软梨汁为儿女润面,可免冻皴。"

挽白豫三[1]老友

已届古稀卜得年,君归胡竟迈吾前。
晨星落落看无几,世界茫茫问大千。
家造书香收汗简,[2]人钦德望选青钱。[3]
相知日少空挥泪,秉笔端时神欲传。[4]

校释:

[1]白豫三:字应泰,宁夏固原人。为原甘肃省银行总经理。详见《白豫三传略》。
[2]原注:"君喜读书,收藏甚富。"
[3]原注:"夙好德义,近世少有。"
[4]原注:"家祭时,余为之点主。"

原子弹

荡荡劫灰一瞥中,烟消瀛岛戢雄风。
哪知些许弹丸小,却兆焚如玉石同。
功首恐将为祸首,天工毕竟属人工。
止戈为武今番是,愿祝群伦泰运通。

丙戌(1946年)

五古六首　五言排律一首　七古五首　七律九首　七绝二十五首

过年口号

年关犹是过来人,依旧山河第一春。

万爆声声喧令节,五辛簇簇献时新。

人日,闻祁少昙同年讣,悲痛之余,挽词当诔

东风吹泪堕衣襟,怀我好音竟讣音。
旧雨飘零云富贵,遗书冷落梦苍岑。
幽情空自兰馨抱,逸韵凭谁菊影寻?
人日题诗人已杳,首阳薇蕨有芳心。

玉门行[1]

阳关三叠客心惊,迢迢又向玉关行。万里祁连山下路,古往今来几辈征。昔时炎汉规西域,书生投笔边燧危。鄯善诸国尽输忱,始实从此通疏勒。立功异域凤所愿,封侯骨相老犹健。一旦生入玉门来,金印斗大安足论。定远轶事二千载,今人往往把丰采。远征亦复有元戎,辉煌棨戟遥临在。暑往寒来年复年,勋名应得勒燕然。闻报宛马群款塞,平戎策上定筹边。归来再唱旗亭曲,更叩刀环唱凯旋。绿柳依依红柳妍,胭脂夺后谁婵娟?塞上风光真异样,载涂雨雪艳阳天。羌笛犹弄伊凉调,红山黑水人西笑。东君送暖静边尘,柳暗花明子规叫。莫折杨柳枝,但进葡萄酒。来度春风靖刁斗,古今几人分垂不朽。

校释:
[1]原注:"千龄社征诗之一。"

其 二[1]

胡笳吹破天山雾,山泉汨汨山腰注。化作琼浆与玉脂,流落人间争兰炷。一从博物传石漆,元和又泄苔燃质。酒泉亦解突厥围,赖取石脂作战术。赤金东南白杨河,油田泉井如星罗。闾阎早入光明界,博士几经费揣摩。关前杨柳春风动,关后石田春雨涌。逢时都美化源开,利济中原更珍重。吁嗟乎!中原糜沸抗岛夷,天西一隅天产奇,取之不竭供大用。青头山下是天池,昔时折柳多哀怨。今日梅花玉笛吹,坐看穷荒化繁庶,无边春色到西陲。

校释:
[1]原注:"述石油也。"

陇头水[1]

《陇头水》,亦汉乐府也。郑夹漈[2]尝编于鼓角正调中,胡可泉以为横吹变曲。古诗云:"陇头流水,流离四下。"王尧衢[3]注:"陇山上有悬溜,清水四注,所谓陇头水也。"兹拟为四章,聊广其意。

一

临流望崆峒,水流陇之东。春风来淡荡,微波曲折通。泾流河渺渺,汭流何潺潺?征夫闻之蹙,征妇愁其颜。愿同流水疾,来日到家山。

二

野渡柳毵毵,水流陇之南。熏风何披拂?浩然万物涵。渭城添朝雨,桃岸笼烟岚。长桥卧波际,客子不停骖。逝川有如是,何处招舟子?

三

系马绿杨堤,水流陇之西。容易秋风起,风水咽征鞯。严霜八九月,已睹天山雪。雪液才敛尘,冰解成涧濆。独有远游人,悲秋倍伤春。

四

饮马长城侧,水流陇以北。黑河复黄河,出塞复入塞。凛冽朔风寒,冰结马盘桓。何当太平日?清澈庆安澜。之子罢长征,风波并无惊。

校释:

[1]原注:"有序。"

[2]郑夹漈(1104—1162年):名樵,字渔仲,兴化军莆田(今福建莆田)人。不应科举,居夹漈山力学39年,访书10年,著书80多种,多亡佚,今存《通志》《尔雅注》《夹漈遗稿》。

[3]王尧衢:字翼云,清康熙、雍正年间长洲(今江苏苏州市)人。编有《古诗解》《古唐诗合解》等。

天水谒李广墓[1]

一

闲披青史说通肩,却向邙山访墓田。
射石当时看虎卧,拈花此日问牛眠。
知音客杳剑谁挂?堕泪人来碑已残。
国亡无双今古在,侯封何必怅胡天。

二

汉家陵阙点秦川,飞将魂归各一天。
故垅萧条埋战骨,英风来往恋遗阡。

三军绝塞空刁斗,七郡严城寂管弦。
谁赋大招安毅魄?白音峡外有啼鹃。

三

无端搔首望穹天,来拜北平太守贤。
峰几应须寻麦积,冢高不必让祁连。
风云呵护疑荒垒,岁月迁流叹逝川。
醉尉霸陵空自傲,谁来吊古不凄然?

四

常时射猎戏蓝田,裹尸归来塞上天。
故里白云封马鬣,首(邱)〔丘〕[1]黄土护鸢肩。
数奇竟短英雄气,材武终邀太史传。
往事低回无限慨,关山迤逦水涓涓。

五

故宅依稀苍莽天,废墟相望泣寒烟。
白杨古道汉时月,青草荒坟陇上田。
夺马人归闲甲帐,射雕儿死寂韦弦。
杀降一事遂终古,赍恨知君亦悯然。

六

一瓣心香欲叩天,荣名身后胜生前。
何曾埋没随春草,剩有风尘伴夕烟。
樵禁应同处士垄,苔封遥对纪侯阡。
羲台凭吊听村唱,似为将军播凯旋。

校释:
[1]原注:"得天字六首。"
[2](邱)〔丘〕:油印本作(邱),避孔子名讳,应为"丘"。

为徐君韵潮[1]题《风木兴悲图》[2]

何人废读《蓼莪》诗?哑哑未获遂乌私。
何人望云知亲舍?他乡游子伤怀坐。
欲报春晖寸草心,春晖已游徒沉吟。
思亲永增风木感,云山杳霭玉山惨。

上饶徐公笃孝养,听松每慨松风响。[3]
椿高萱茂曾几时?春露秋霜不胜悲。
写图聊寄人子念,匡庐山畔晴霏敛。
江声月色景依稀,数椽茅屋旧庭帏。
吁嗟噫嘻世风移,终孰能慎远孰追。
如今犹有孺子慕,斯人竟可旦暮遇,
以风人间之乳哺。

校释:

[1]徐君韵潮(1883—?):名绅,江西上饶人。抗战时任第八战区军需处处长。兰州千龄诗社发起者之一。著有《听松斋诗集》。
[2]原注:"韵潮江西上饶人。"
[3]原注:"韵潮有《听松斋诗集》。"

诗人节[1]

诗意满天地,诗才无古今。千龄酬令节,[2]异代有知音。
雅乐中和气,《离骚》哀怨心。采兰香作祖,赐扇翰为林。
泽畔行歌后,河梁别恨深。蛩声鸣雀兆,遗俗竟龙吟。
缕续燕公彩,衣披杜甫襟。诸家谁嗣响?七子半抽簪。
求艾三年畜,敷华《九辨》寻。孤忠余沅芷,逸兴结苕岑。
几辈宗唐诩,何人祧宋任?抗怀思往哲,修禊比山阴。
此日书兼画,高堂酒共琴。文明方午运,韵事莫消沉。

校释:

[1]原注:"分韵得'今'字。"
[2]原注:"是日,千龄社雅集五泉。"

独卧口占

独卧空庭静,时闻鸟语来。
蜂兴相喧闹,夏至丽花开。
任尔来复去,高卧忘徘徊。

秋日送徐韵潮还江西，步高涵庐[1]韵

一

树起骚坛一帜新，风流犹得折儒巾。
五泉山水清音在，长忆兰言到若人。[2]

二

一肩大任在斯文，知托吟毫写性真。
为咏渔洋秋柳句，长条堪折送行人。

三

万里云程壮志飞，朋簪到处共轻肥。
此行行李知多少？载得诗篇几舆归。

四

莫道人归落雁后，黄花三径待君开。
兰山尚有新知在，为盼云间雁字来。

五

物我齐观彭与殇，家山犹自梦柴桑。
漫天烽火何曾靖？客路西风吊战场。

六

淮海曾闻第一楼，故乡风物已清秋。
涵庐相送匡庐客，望断南云过赣州。[3]

校释：

[1]高涵庐（1885—1968年）：名一涵，字涵庐，安徽六安县人。日本明治大学毕业。北京大学教授，为《新青年》撰稿人。任监察院监察委员、两湖监察使。1940—1947年任甘宁青监察使，驻节兰州，主盟千龄诗社。中华人民共和国成立后，任江苏省民政厅厅长、民盟江苏省委主任、三届至四届政协全国委员。著有《欧洲政治思想史》《金城集》等。

[2]原注："韵潮创千龄诗社。"

[3]原注："涵庐为高一涵，安徽人。"

题时画

北派南宗数画师，近来异格又矜奇。
粗枝大叶共欣赏，想见淋漓泼墨时。

竹枝词

一

首若飞蓬乱象多,捉襟见肘奈穷何?
年来都说防空惯,盈尺莲船好涉波。

二

姊妹相携未算奇,相携好友是男儿。
飙车一发乘风去,君问归期未有期。[1]

三

疑是人来响屧廊,轻盈得意自扬扬。
高跟进步新花样,也似弓鞋羡窈娘。

四

文明婚礼不寻常,宾客两家聚一堂。
错怪卓君新寡后,求凰犹着素衣裳。

五

南朝金粉竟西来,一点樱唇笑口开。
纵有鹅黄鬌鬌发,奈何碧眼费人猜?

六

摩登毕竟谁摩登?相诮相嬉意态矜。
漫说髡头婆子少,也须善女作高僧。

七

手之舞之足之蹈,大家联臂齐欢笑。
电灯光明华堂照,鸾兮凤兮都颠倒。

校释:
[1]原注:"用唐人句。"

题徐渊如[1]社友唱酬集

一

一串珠玑夜有光,随时编缀尽成章。
多君更具民胞愿,妙术活人海上方。[2]

二

阮有啸兮嵇有琴,性情洽处契苔岑。
一篇橘赋容吾诵,空谷跫然得赏音。

校释：

[1]徐渊如（1878—？）：名文泉，字渊如，江苏沭阳县人。抗战时流寓兰州行医，为千龄诗社成员。1951年，任新疆省人民医院小儿科主任。1957年尚在世。

[2]原注："渊如，善西医。"

徐韵潮招饮五泉山居，酒后同游西龙口，为赋长句谢之

十年不到西龙口，梦想柳阴路曲走。忽地秋风吹我来，联袂同招二三友。
城北徐公城南住，五泉山麓山家路。此日草堂绮筵开，留连诗酒矜奇遇。
相将登临看瀑布，行行且止溪边步。入望楼台水树鲜，山灵见我欣道故。
忆昔承平际盛时，问水寻山日在兹。如何龙战玄黄日，名山胜水境危疑。
而今又可承平期，杖藜观瀑兴遐思。回头笑谢主人雅，清游愿得长追随。
主人会看庐山瀑，天下奇观殊万斛。我昔曾越大江东，未面匡君豁心目。
老去只能作梦游，又逢别话陇山头。他日停云倘忆旧，记取兰泉八月秋。[1]

校释：

[1]原注："韵潮时将回赣。"

读徐渊如为其长兄彝生八十诞辰祝嘏百韵诗书后

八千秋又八千春，常棣花中颂大椿。
絮絮如闻情话挚，怡怡全见性天真。
风流洛社推耆旧，游钓磻溪访隐伦。
奏到埙篪[1]歌乐只，长言咏叹意重申。

校释：

[1]埙篪：两种乐器。埙，土制；篪，竹制。典出《诗经·小雅·何人斯》："伯氏吹埙，仲氏吹篪。"埙、篪声能相和，后来用埙篪比喻兄弟和睦。

祝张致堂[1]先生七旬有八之庆

虽不从赤松子游，神仙富贵许留侯。
平生读书破万卷，自笑穷经应白头。
故我书生乐育才，一官敝屣弃尘埃。
志在惠民泽百世，[2]坐令熙皞登春台。

老来杖国称人师,后凋松柏岁寒时。
今年秋色如春色,菊后梅前酒一卮[3]。
三千珠履宾朋集,紫芝高唱青云入。
有妇能致六珈[4]辞,有子载赓《白华》[5]什。
小阳天里锦堂开,喜得彩衣舞老莱。
一言颂进仁者寿,期颐天与庆方来。

校释:

[1]张致堂(1869—1952年):名明远,字致堂,甘肃临洮西乡(今属康乐县)人。清光绪二十三年(1897年)举人。清末选为盐大使,在四川数任警务及工厂事务。著有《清节堂论学集》等。其子为西北地方史学者张维。

[2]原注:"曾为临洮开渠。"

[3]原注:"诞辰在十月初。"

[4]六珈:古代妇女发簪上插的金玉装饰物。

[5]《白华》:《诗经·小雅·白华》为贵族弃妇的怨诗。

双十节日千龄社兰园[1]雅集赏菊,分韵得"集"字

三径就荒时,掇英清露裹。从来隐逸品,濂溪尚称及。
如何兰皋下,众香有国立。锦团花簇中,少长群贤集。
佳日迟重九,良时值双十。都是看花人,评题若勋级。
灿若黄金丝,洁如白玉粒。秋花应有言,维新休故袭。
久依东篱下,采采幽人习。而今近市廛,和光同尘把。
清节与繁华,何必不相入。杯酒得延龄,千龄足篇什。
诗酒之与花,自古相随急。秉笔谱群芳,色香费编辑。
彭泽与濂溪,呼之共一揖。

校释:

[1]兰园:1941年,兰州市市长蔡孟坚在普照寺废墟建抗建堂,篮球场,阅览室,改名为兰园。参见前注。

悼 亡[1]

一

先我云亡天不移,秋来病骨已难支。
乌啼月落人孤坐,偕老于今我尚疑。

二

主吾中馈自华年,忧乐同时亦共怜。
落叶添薪元相恨,此情未让古人前。

三

历尽辛勤五十秋,有家未雨便绸缪。
米盐种种寻常计,直自红颜到白头。

四

与汝曾同患难多,老来贫病亘消磨。
痛况时忆临危语,我死犹悲君奈何。

五

牢愁万斛为谁倾?回首流光百感生。
吾欲鼓盆难禁泪,至人无梦始无情。

六

生男勿喜女勿悲,儿女罗前泣别离。
病榻半年忘解带,女儿孝更胜男儿。

七

算是阿姑钟爱人,晨昏定省奉吾亲。
夜台应向慈帏问,我住人间尚几春?

八

今夜光明满大千,营斋营奠了前缘。
此生虽了心难了,会许相逢兜率天。

校释:

[1]原注:"为妻颜氏作。"

老 态

日食煨芋学懒残,老来身世但求安。
无心问事常嫌苦,有骨撑天渐凭酸。
饕量非增飧量减,眠时容易起时难。
襄年壮志凌云气,都付秋风落叶寒。

丁亥(1947年)

五古四首　五律二首　五绝十三首　七律七首　七绝十一首

再题王廉泉画兰

入室不闻香,久而与俱化。
始知翰墨馨,直等连城价。
春叶何葳蕤,孤芳几枝亚?
写意不写生,将并仲穆驾。
咄哉吾宗子,肯寄人篱下。
磻溪钓游侣,临池应多暇。
眄彼空谷中,花开与花谢。
芳留尺幅间,春风长相借。
吾欲持素绢,城北访精舍。
大河自前横,幽人约相迓。

和煦园清明前三日千龄社公饯陈果青[1]、张石轩赴湖北,兼怀高涵庐社长元韵[2]

几人乡梦喜重圆,离绪纷纷且醉眠。
文采风流浑似昨,暮云春树奈何天。
鹧鸪声断迟归客,鹦鹉芳留忆昔贤。
骢马尘飞去已早,随君历历望晴川。

校释:
[1]陈果青(1909—? 年):原名震,字果青,安徽滁县人。无锡国学专修学校毕业。抗战时来兰州任八战区政治部上校科长。1942年,任甘宁青监察使署秘书、总务科长。
[2]原注:"涵庐在楚北监使任。"

和高涵庐告别兰州诸友原韵

一

大江东去浪潜沱,春雨添流涨若何?
竟送轻帆过汉上,离怀此日问谁多?

二

楚骚遗响浩无边，老去诗人雪满颠。
塞上春花秋夜月，主盟韵事几经年？

三

江郎赋别黯销魂，春暮陇云故故屯。
翘首南天何处是？群山万壑赴荆门。

四

评诗午夜掩重关，可许乘风王子安。
不为披榛勤采采，谁知空谷有幽兰。[1]

校释：

[1]原注："曾为千龄社征诗，以余《玉门行》为最。"

暮春千龄社煦园观牡丹，分韵得"台"字

一

新咏初成上玉台，天香盈宇袭人来。
为留春色供欣赏，迟向骚坛白社开。

二

一丛十户费人猜，欲祷东皇罢露台。
但使和风常馥郁，万家富贵与春来。

三

名园绿水傍城隈，姹紫嫣红手自栽。
为问春深香国事，花王爱士起金台。

与杨雨丞[1]砚台山[2]访段容思[3]先生墓碑

亭午向南村，言访容思碣。
徘徊东龙口，岩峻红泥越。
荒冢频指点，僻径复曲折。
村人向我言，丰碑砚台列。
相将田野间，历历喜探阅。
上有三千字，幸未多磨灭。
争先写数行，高文抑何杰？
今日不虚来，清风助相悦。

校释:

[1]杨雨丞(1873—1961年):名沛霖,字雨丞甘肃皋兰县城(今属城关区)人。清末诸生。民国初年,任甘肃省省长公署秘书、科长。后主管丰黎义仓,任《皋兰县新志》分纂。1956年,聘为甘肃省文史馆馆员。工书法。

[2]砚台山:在兰州市五泉山东龙口与红泥沟之间的台地上,亦称塔子坪。

[3]段容思(1419—1484年):名坚,字可大,号櫵轩,别号容思,兰县人。明景泰五年(1454年)进士。历任山东福山县知县、莱州知府、河南南阳知府。以儒术饰吏治,创书院,息讼狱,减徭赋,《明史》有传。精研理学,著有《容思集》等。其墓在砚台山,墓、碑毁于1980年初。

兴隆山纪游杂咏

云龙桥[1]

一别余卅年,飞龙化虹卧。兴雨复兴云,长驾东麓跨。

成陵[2]

变夏九十年,而今犹崇祀。那堪望库伦,请君投袂起。

东山松

万松争插天,时复奇秀挺。空翠弥无垠,恍疑非人境。

又

万松如丛草,填谷绿成茵。飞鸟以为席,下有水潾潾。

太白泉

万古诗名在,高风不可寻。一灵寄泉水,冷冷清我心。

宿太白泉,晨望西山

盛夏似清秋,爽气西来把。朝旭上岭头,几人看山立。

东窗听泉

空谷足音跫,泉石两淙淙。仙居亦华贵,玻璃上云窗。

鱼篮观音

妙现渔家相,侧身观自在。谁知松柏林?即是莲花海。

《栖云记》墨拓[3]

宝山莫空回。携得《栖云记》。他日当卧游,幽胜心为醉。

朝元观

旧观朝元在,楼台平地起。小坐看云来,水树潆洄里。

通天柱

苍茫峰绝顶,仙家猿鹤伍。儿女笑语来,言上通天柱。

白云窝

仰止白云窝,著书在何处?《孔易》[4]有真传,悟元[5]儒者侣。

石盘路[6]

石磴几回环,上山复下山。乘时归去好,人影夕阳间。

校释:

[1]原注:"民纪三年曾来游此,仅一小桥,今已改建卧虹矣。"

[2]原注:"抗战时移成吉思汗陵于此山。"

[3]原注:"唐介亭书。"唐介亭(1756—1836年),名琏,字汝器,号介亭,皋兰县城(今属兰州市城关区)人。书画篆刻家,能医,善抚琴,工诗文。早岁跟刘一明学道,中年入湖北盐法道秦维岳幕,游历大江南北,开阔视野,书画技艺大进。书法古朴雅健,山水苍茫古朴,有出尘之致。著有《松石斋记》。

[4]《孔易》:即《孔易阐真》,二卷,嘉庆四年(1799年)刻本,刘一明著。是书阐释《孔易》中的《大象传》《杂卦传》,用以论述修身养性之道与丹道机理。

[5]悟元(1734—1821年):即悟元子,俗名刘一明,山西曲沃人。自幼习儒,多病,26岁患重病,服道士赠药而愈,遂皈依道教。云游金县(今榆中县)兴隆山,拜龛谷老人为师,并结庐栖云山,精研儒释道,为全真龙门派第十一代传人。行医募化,重修兴隆山道观,潜心著述,著有《三易注略》等。

[6]原注:"东山多石磴。"

水楚琴为次子授室[1],闻之补贺

为君欢笑搁情真,佳妇佳儿总凤因。
广厦千间珠履簇,[2]玉人一对镜台新。
朴风播到茶当酒,[3]喜报传来车后尘。[4]
伫看煦园猗竹绿,会当梦卜吐书麟。

校释:

[1]水楚琴为次子授室:1947年8月3日,甘宁青考铨处处长水梓(楚琴)次子水天明与沈嘉征结婚,婚礼在西北大厦举行。水天明(1926—2004年),字渊默,西北大学毕业,任兰州大学外语系教授,曾任甘肃省外国文学学会会长,主编《域外文学探论》。

[2]原注:"是日婚礼在西北大厦。"

[3]原注:"茶点招待。"

[4]原注:"闻信已至次日。"

秋 日

十日雨初晴,北窗忽有日。
秋景淑更清,秋阳移何疾?
寒灯夜渐长,草虫鸣唧唧。

浆水面戏咏

清暑凭浆水,炎消胃自和。
面长咀嚼耐,芹美品评多。[1]
溅齿酸含透,沁心冻不呵。
加餐终日饱,味比秀才何?

校释:
[1]原注:"芹菜作浆水为美。"

湖 上

群鸥尽在旋涡中,卓立鹭鸶迥不同。
柳岸渔人闲指点,看随波浪若乘风。

徐渊如社友之次子溺水,聊以慰之

鲁连蹈东海,伍胥立江涛。
太白捉明月,岳岳皆人豪。
君岂有悲愤,连向清流逃。
堂上有老亲,胡不念二毛?
失足千秋恨,回首听猿号。
兴言慰老辈,人生轻秋毫。
随风任飘荡,不必首频搔。
浮生并浊世,天下皆滔滔。
愿公且达观,好音盼相遭。[1]

校释:
[1]原注:"或言溺水,尚无确信。"

赠画师马藤伯[1]

诗中有画画中诗,千古高人摩诘维。
胜迹辋川君记取,天然妙造自堪师。[2]

校释:
[1]马藤伯(1913—1974年):名建勋,字彪臣,号藤伯,回族。为晚清著名国画家马虎臣的重孙,自幼喜爱画画写字。甘肃工业学校毕业,历任兰州山字石小学、明德回民小学、兰州女师等校图画教

员。抗战时流寓武威,师从范振绪、张大千学画,画艺大进。工花鸟、山水、书法。

[2]原注:"君近学为诗。"

九月十九日,千龄社以闰重阳集会煦园[1]

曾落龙山帽影斜,更将重九作重华。
闰欢犹忆卅年事,[2]有约多看一度花。
高阁临风延胜友,东篱此日属谁家?
园亭不觉秋残冷,把酒餐英醉晚霞。[3]

校释:

[1]原注:"分韵得'斜'字。"
[2]原注:"民初,闰欢雅集重九,有访菊、问菊诸咏。"
[3]原注:"煦园主人以菊花锅饷客。"

又题菊展[1]

傲霜却是未经霜,瀌雨停云闹几场?
天为养花迟令节,今朝菊展展重阳。

校释:

[1]原注:"今秋多雨,花迟开。"

旁 观

人海茫茫中有人,敝衣破帽走风尘。
旁观笑铸九州错,支笔岂回万古春?

读《枹罕张氏三代事略》书后[1]

文孙史笔足千秋,传出忠臣列女俦。
绝塞长征名竹帛,异军突起纪兰州。[2]
世风振到春闺节,[3]家计宜于中馈谋。
今日纲常土苴委,一编披罢动时忧。

校释:

[1]原注:"《事略》张质生所撰。"《枹罕张氏三代事略》:张建著,记述其曾祖父张奉明、祖父张

秀、父张大元事略,及曾祖母、祖母、母事略。1912年铅印。枹罕,秦汉县名,治今临夏县附近。

[2]原注:"同治间战乱,其先人张大元曾破闵殿臣于龙尾山。"

[3]原注:"大元妻封氏死难。"

冬初书事

一畦寒菜小阳春,甘旨御冬未甚贫。
里选嚣声听月旦,[1]画家生趣有诗神。[2]
得钱先偿买书债,谋酒将酬告别人。
却少洪炉雪里炭,徒呵冻笔诩儒珍。[3]

校释:

[1]原注:"时有国大代表之选。"

[2]原注:"画士马藤伯以山水各一帧见赠。"

[3]原注:"文献会炭资不敷,同人号寒。"文献会:即甘肃省地方文献征集会,为收集、整理甘肃地方文献,修志、编史、存史的机构。王烜为该会委员。

悔

浩然长欲悔蹉跎,故我今吾竟若何?
暮雨朝云形气梦,春花秋月色香魔。
百年大计前尘爽,一例浮生老境多。
会守神符驱鬼魅,天渊澈处净无波。

梦中得"红豆半生怀去国,绿芜千里怨征人"二语,醒而足成之

胡然蝶化梦中身,诗债文魔总夙因。
红豆半生怀去国,绿芜千里怨征人。
卷头时有吟余墨,襟上谁能浣旧尘?
终古长眠亦若是,梦腾□□[1]怪司晨。

校释:

[1]□□:油印本"梦腾"后脱二字。

李鉴亭[1]议长专祠落成临洮，行入祠典礼

一身都是胆，万口为招魂。[2]
斯语怀先哲，于今有定论。
灵旗寒月陇，古木夕阳村。
此日洮流咽，云车风马屯。

校释：

[1]李鉴亭(1871—1912年)：名镜清，临洮人。清光绪二十三年(1897年)拔贡，任四川合江等县知县，署云南按察使，后任奉天巡防左路统领。1912年3月7日，由省城兰州各界人士推选为甘肃临时省议会议长，力主扫除积弊，惩治腐败，整治军阀专横。被保守派官僚排挤归里，于7月17日被刺而卒。著有《仕优学斋遗文》。1945年，李镜清子女与地方人士筹集资金，在临洮县东山下为之建祠堂一所。

[2]原注："此联为刘果斋先生挽鉴亭议长语。"

戊子(1948年)

五古二首　七律十一首　七言排律一首　七绝一首

题　画

巉岩如壁大江横，晚向林边策杖行。
帆送轻舟来傍岸，云深三峡有猿声。

祝徐渊如七十寿[1]

一

七十春光满大千，桃觞正醉地行仙。
宴开潞国琼林日，诞降兰亭禊事前。[2]
采药青城常济世，逢萍紫塞几经年？
羡君好结诗坛伴，都献岗陵松竹篇。

二

千秋事业基袁江，仁术还来问鹊仓。
学道容开三益径，居闲犹是百花庄。
西湖落落添吟兴，南斗依依望故乡。

一任著书多岁月,与他寿世寿人量。

三

奕叶遥遥把荚芬,光华人望海东云。
大椿齐茂棣棠采,[3]玉树长联兰桂群。
到处争悬孺子榻,登堂都捧寿星文。
添筹莫谓蓬瀛远,海屋珂乡鹤报君。

四

每因寂坐习长生,若个壶中日月明。
修到至人能远梦,春怀故国总关情。
于今灵杖尊三老,忆昔藏书拥百城。[4]
回首江天犹战伐,万缘且付酒频倾。

校释:

[1]原注:"渊如,江苏海州人。避倭寇乱,来陇上,卜居小西湖畔。喜为诗,善西医术。"
[2]原注:"弧辰三月初二。"
[3]原注:"渊如兄彝生,年八十余。"
[4]原注:"君生平好藏书。"

窗前碧桃

春来红满窗,夏至满窗绿。
绿绿与红红,碧桃一株缛。

上巳日,徐渊如桃觞招饮,酒后踏青,归赋谢

春深色色复形形,策杖城西谒寿星。
自古高人宜雅集,随时生趣满芳庭。
溟蒙杏雨新晴路,晻霭梨云卓午亭。
盛馔多叨珍鼎列,清谈莫问酒杯停。
重三佳日花时节,七十老翁世典型。
相对暮年皤两鬓,每欣嘉会艳千龄。
连番主客频浮白,几处园林更踏青?
笑与儿孙游赏乐,[1]诗陈饱德德唯馨。

校释:

[1]原注:"是日,携源儿祝嘏,渊如令文孙伴食。"浚儿(1931—2009年),即王烜次子王浚源,字

浩天,号方塘。1951年兰州兴文中学肄业,即参加工作。1992年退休后,经多方收集资料,于1997年编印《王烜诗文集》。

程晋三[1]同年八秩之庆,以率吟八首征诗,为赋二律

一

霓裳曾咏众仙同,燕市兰山挹好风。
夏日新歌莲叶碧,[2]秋阳会照大椿红。
达人知命星为寿,君子固穷诗始工。
忆话清槐香枣室,[3]黑头今已白头翁。

二

读君《甲后吟余草》,忽忽音尘已廿年。
锦带同人今健在,青箱故我尚依然。
磻溪钓侣更谁是?剑外诗豪正可传。
八首吟成秋兴什,月圆花好索涛笺。

校释:
[1]程晋三:详见前注。
[2]原注:"君诞在六月。"
[3]原注:"甲辰会试,余与晋三同寓甘肃老馆。院有槐清枣香之室。"

和高涵庐监使解职后喜赋,并简兰州社友原韵

一

且与庄生论物齐,衡门尚有燕来栖。
六街骢马驰衔缓,四野皎驹息影低。
秋士何须悲老境,春婆但任笑荒蹊。
偷闲好弄如椽笔,今古茫茫费品题。

二

何曾三月说皇皇,招隐诗成兴正长。
松柏有心经岁暮,芝兰无意为人香。
异苔到处同芳谱,佳句随时付锦囊。
我亦廿年泉石癖,每因疏懒忘炎凉。

重九日千龄社集煦园[1]

昔岁补重阳,煦园之别业。
今又重九日,复此欢情洽。
一畦灿黄华,送酒人白袷。
风流话千龄,更与诗盟歃。[2]
凭眺超然楼,[3]兰屏雪初压。[4]
既醉莫空归,花须满头插。

校释:
[1]原注:"分韵得'插'字。"
[2]原注:"商定千龄社续集事。"
[3]原注:"楼额'超然'梁济瀍书。"梁济瀍:字静峰,皋兰县人。清乾隆十年(1745年)进士,选翰林院庶吉士,改授刑部主事,迁云南司郎中。以眼疾归里,主讲兰山书院,录朱熹《白鹿洞学规》、刻卧碑文,立于文仁堂,学生多遵循。
[4]原注:"今晨微雪。"

和徐渊如祝和平诗社成立原韵

和声鸣盛赋三都,尚有骚坛宏远模。
从古文章观世态,祗令风雅喜朋呼。
金音大振为天铎,宝气长腾冶一炉。
悟得永言言外意,何妨新旧更相输。

读徐韵潮寄千龄社友及述怀诗,即步见寄原韵

望远登高临九州,[1]茫茫别绪再经秋。
还乡子美嗟离乱,卧病相如作梦游。[2]
感遇每怀诗史愤,逢时同胞杞人忧。
可堪一事酬盟主,风月吟坛尚未休。[3]

校释:
[1]原注:"兰城西北有山,曰九州台,可望远。"九州台:位于兰州市区西北黄河北岸,海拔2067.2米,为兰州城区仅次于皋兰山的高峰。其形势峻拔直上如台,登临可以望远。传说大禹治水,登此台,指点九州形胜,故名九州台。
[2]原注:"接来诗,余方卧病榻。"
[3]原注:"韵潮创千龄社,来诗虑其停歇。"

和唐昭防[1]和平征诗原韵

催动阳和腊鼓频,漫将人海任胥沦。
党争竟以兵戈见,众望犹期玉帛陈。
风鹤四方倏八载,虫沙万劫又三春。
何当捐尽阋墙忿?拯起水深火热民。

校释:

[1]唐昭防(1919-?年):安徽肥西县人。曾任国民党西北行辕总务处书记。1948年与谢润甫、康竹鸣创建兰州和平诗社。次年9月参加酒泉起义。1950年4月西北人民革命大学毕业后,分配到新疆生产建设兵团,在农四师等团场任会计、股长,为新疆诗词学会会员。

己丑(1949年)
五古二首　五律二首　七律二首　七绝二十三首

人日立春,邀徐渊如、杨济舟诸友小饮,渊如即席赋赠,遂步原韵和之

多难余生燕处堂,衔杯犹自笑鹅黄。
遥吟俯唱劝君酒,揭浅厉深褰我裳。
乌鹊匝飞还绕树,鱼龙变剧几登场?
桃源无路北窗卧,相看凭谁梦古皇?

花朝前二日,张玉如招宴千龄社友,徐君玉章[1]醉归有作,出以见示,遂步原韵

一

春信传来绝妙词,长吟吟罢自颐支。
杏花朝雨新晴日,难得与君醉一时。

二

梦腾几醉春如许,桃李争荣年复年。
众醉独醒徒自苦,正须同醉笑扶颠。

三

春草王孙几乱离?离情无奈更工诗。

江南塞北玄黄日,此际问君何所之?

四

寻欢有酒劝频频,都是香山旧社人。
愧我金樽常自满,输君管领十洲春。

校释:

[1]徐玉章:名璋,辽宁人。曾任张学良秘书。抗战时流寓兰州,在甘肃学院附中教英语,后任西北师范学院教授。

和水楚琴社长煦园宴集四绝[1]

一

莫嫌春日故迟迟,好趁和风舞鹤姿。
玉帛干戈争胜负,[2]觥筹交错也因时。

二

如此人生九转丹,东风忽暖又严寒。
偷闲且向花前饮,柳绿桃红取次看。

三

江南春色寄情遥,[3]咫尺云天一室寥。[4]
尚有诗盟旧白社,不随风浪自然超。

四

不厌酒兵厌甲兵,太和世界只平平。
试观树树花问好,都有生机岂结盟?

校释:

[1]原注:"楚琴时长千龄社。"
[2]原注:"时值和谈。"
[3]原注:"原作有怀朱一民、高一涵。"
[4]原注:"煦园有寥天一室,此日宴于此。"

春夜雷雨,正值碧桃开时,朝起有作

一

雷声隐隐梦中过,窗外碧桃开若何?
不免风狂更雨妒,朝来满院落红多。

二

昨宵盲雨挟飘风,尚有枝头未落红。
花事新陈自代谢,莫将荣悴怨天公。

阎荫桐[1]以诗四章见赠,和其第一章,谢之

隐居门巷未嫌深,高士书来抵万金。
重译早知称国手,[2]遭时难得卜天心。
相逢松柏后凋在,可奈桑榆晚景沈。
祇幸暮年添老友,新诗展卷几回吟?

校释:

[1]阎澍恩(?—1955年):字荫桐,山西祁县人。举人,北京同文馆毕业,任甘肃文高等学堂俄文、日文教习。民国时,任中国驻苏联赤塔总领事、新疆省政府顾问、西北军政长官公署参议、兰州大学俄文系教授。1950年,任兰州大学俄文系主任。1952年,任清华大学教授;1953年,任山西大学教授兼外语系主任。

[2]原注:"君善四国文字。"

书阎荫桐悼亡诗后

情生文兮文生情,毫端哀怨太纵横。
更当卒读卒难读,林外啼残百啭莺。

盆花满屋偶成

书室为花室,花香亦书香。
四时情不减,万卷味同芳。
看惯开还落,关怀兴与亡。
春兰秋菊外,充栋有琳琅。

秋晚小西湖上

柳堤秋向晚,孤雁入寒云。
高树参山色,微风起水纹。
鸥盟谁可结?蛙鼓寂无闻。

曾作西湖主,荒祠念旧勋。

重九前日,荫桐有赠,即步原韵答之

昔曾称市隐,三径常存菊。
今犹作幸民,黄华还寓目。
抗怀栗里人,每欲忘穷鏖。
雅望有阎公,足音跫空谷。
作人斯为盛,时雨化棫朴。[1]
万国期同文,悬河泻万斛。
愧我沟瞀儒,往行何所畜?
非谓相标榜,赠言空自读。
五言为长城,文采何郁郁?
相期如切磋,客来应不速。
更写就菊诗,休谤含毫秃。

校释:

[1]原注:"荫桐时为兰大俄文教授。"

杂诗十二首

一

河清罢颂几经秋?又见降旗出石头。
三十八年春已老,[1]偏安未得乱离愁。

二

五羊城堕问神仙,天道难知却好还。
零落黄华飞赤羽,珠江烟月总无边。

三

嫖姚一去不知年,塞外勋名塞内传。
今日兰山竟麈战,虫沙猿鹤万千千。

四

晴天霹雳乍鸣弹,石破天惊七日间。
神话金城无恙在,一朝巷战便相安。[2]

五

灯残漏尽夜云低,宝马香车到海西。

莫向玉关怨杨柳,陇头月色晓烟迷。

六
从来地利让人和,三峡猿啼士枕戈。
谁道将军天上下?输他艾艾缅幽何。

七
笑他黑白淆残棋,天下为公只自欺。
日暮途穷奈何唤,路旁差树党人碑。

八
已是黄杨偏厄闰,剧怜大树易招风。
劝君收拾残编起,莫惹人称问字雄。

九
起陆龙蛇西蜀先,杀机谁发责归天?
试寻四十春秋纪,毕竟何人义战宣。

十
素行患难莫须疑,未了人生儿女痴。
但得三年婚嫁毕,天荒地老大归期。

十一
憧憧来往朋从思,廿载谈禅落见知。
养性存心儒者事,空言面壁是吾师。

十二
沧桑身世易蹉跎,误我平生绮梦多。
安得一朝尘网破,天无云障水无波。

校释:

[1]原注:"借古句。"

[1]原注:"兰州某乩坛问时事,曾传有'基础无恙'语。"

七十二生日自述[1]

行年七十二,自怪寿何长。风云看万变,身世几沧桑?
忆昔未弱冠,失怙父云亡。[2]母氏鞠我劳,束脩典明珰。
十九乃授室,廿岁采芹香。攻读廿六七,桂杏欣联芳。
农曹供清吏,[3]板舆迎养忙。慈意览皇都,跋涉显康强。[4]
如何倏逾岁,病瘨少医良。衰经扶旅榇,间关归故乡。
与兄安窀穸,将束东瀛装。[5]适逢修省乘,分纂翻缥缃。[6]

哀尽三年礼,燕云再北翔。[7]忽忽两度岁,革命起武昌。
挂冠赋归去,自分永潜藏。生计风飘瓦,为贫厕官场。
会计安委吏,[8]衔命宰阿阳。[9]期月而已可,廉吏愧名扬。[10]
膺荐更北上,[11]载驱蚕丛邦。火轮溯江汉,三峡猿声昂。[12]
捧檄川西北,[13]吏馆艰备尝。[14]义旗北指后,征赋剑关旁。[15]
乱邦不可居,兴言陇树望。[16]访旧桃源路,[17]秋士怀转伤。
入门病妻在,守拙期安详。有友怜我贫,微禄混和光。
春风偏嘘我,复见坐琴堂。[18]兢业得瓜代,戎马徒皇皇。[19]
学道则爱人,褒语安敢当?[20]每睹军阀横,法治希典常。
万里轻浮海,南粤与宪章。时事不可度,党见每参商。[21]
浪迹西湖畔,心气一汪洋。惊闻陇坂震,山崩地轴张。[22]
归心疾如箭,家室幸无妨。自是发宏愿,救灾来褰裳。[23]
国会幸恢复,膺聘列鹓行。[24]遂游三海间,国变复雁狭。[25]
旅食那可久,沪滨复余杭。归来典秘省,庀代持政纲。[26]
学锦惭数月,兵衅弄池潢。[27]谢政仍赈务,更监义社仓。
黾勉四五载,乃被人鼓簧。沉冤三字狱,寸衷质昊苍。[28]
杜门不复出,诵读徒琅琅。敢云著作林,随笔记所忘。[29]
何意逢外患,空袭奔踉跄。鸠居未可久,筑室到梁庄。
艰窘历八稔,田舍捐自量。[30]戎马犹未已,举目成痍疮。
厄运逢六九,偕老乖糟糠。祇余儿女辈,绕膝多彷徨。
好古聊复尔,文献任未遑。邑乘空载笔,数典叹茫茫。[31]
前岁届古稀,戚友满华堂。赠我以词翰,酌我以觥觎。
今复届二指,世变惊武汤。兰山何岳岳?金城之保障。
一家邀天幸,何德不自方。[32]冬冬腊鼓间,老病卧匡床。
诵佛愿归寂,视履乃考祥。却笑彩衣舞,依然颂如岗。
来日恐大难,安心礼梵王。素位而行耳,时哉有山梁。

校释:

[1]原注:"五言六十四韵。"
[2]原注:"余年十四,先严见背。"
[3]原注:"南宫捷后,分职户部。"
[4]原注:"母年七旬,欲览皇都之胜,喜而赴京。"
[5]原注:"时将赴日本留学。"
[6]原注:"与修省志。"
[7]原注:"宣统纪元起复赴京。"
[8]原注:"为藩署预决算委员。"

[9]原注:"癸丑夏,奉委代静宁县篆。"

[10]原注:"在任九阅月,回省后,静绅每以廉吏相称。"

[11]原注:"时服官回避本省,入都另请分发。"

[12]原注:"分四川后,由京汉路至汉口转宜昌,搭帆船入蜀。"

[13]原注:"到省,奉令赴川西北提款。"

[14]原注:"在吏学馆三月,如住书院。"

[15]原注:"讨袁之役,蔡锷督川,外籍人宦蜀者得向用,余委剑阁征收局长。"

[16]原注:"川局迭乱,余瓜代,即告归。"

[17]原注:"时称陇上为桃源。"

[18]原注:"同年阎简斋言于当道,得由禁烟局出令灵台。"

[19]原注:"灵邑邻陕,战乱甚炽,日以军需为急。"

[20]原注:"卸任过平凉,某道尹谓余学道爱人,无上控案。"

[21]原注:"广东制宪,以国民、政学两党意见不合,竟致中隳。"

[22]原注:"自粤归后,一游西湖,转至北京,闻陇上大地震。"

[23]原注:"承刘果斋师约,襄理赈务。"

[24]原注:"民八,粤东所补议员,均为总统府顾问。"

[25]原注:"曹锟贿选,黎总统去位,余等随国会中守正同人旅沪,依浙督。"

[26]原注:"南归后,为省署秘书长,旋代理政务厅。"

[27]原注:"李包之变,甘乱以始。"李包之变:1925年9月27日,甘肃省陆军第一师第一旅旅长李长清袭击第二旅旅长黄得贵部于华林山,黄残部退据阿干镇煤山。李长清逼迫中风的甘肃督军陆洪涛师长交出印信。10月末,国民军第二师师长、代行甘肃军务督办刘郁芬进入兰州。11月13日,刘郁芬诱杀李长清,从此甘肃进入国民军时代。

[28]原注:"时有觊赈款者造言,谓予有侵蚀事,省委、京委彻查数次,无证,遂以莫须有了之。"

[29]原注:"自是从事纂述,以消岁月。"

[30]原注:"北乡田产均卖出"。

[31]原注:"近年,承修《皋兰县志》,因故未终。"

[32]原注:"今秋战事,兰垣无恙,一家平安。"

庚寅(1950年)

五古二首　七古一首　七律四首　七绝四首

送阎荫桐归晋省亲[1]

一

三晋云山入梦思,春风淡荡拂征旗。
愿君归慰倚闾望,已是华堂舞彩时。

二

款款十章话别词,老怀感旧惜相知。
天涯自有同心在,渭北江东不必悲。

校释:
[1]原注:"正月上元。"

碧桃花开甚盛,诗以赏之

偷闲半日坐花前,满树碧桃分外鲜。
醉态输他饶烂漫,诗情聊尔致缠绵。
生憎厄运来风雨,恰好良辰破晓烟。
两字赠君秾与艳,赏春胜事让今年。

庭前白牡丹初开,看花有作

风前久立惜花开,一缕香霏玉镜台。
天气半晴阴更好,为留素绚伴徘徊。

夏　夜

帘月影娟娟,帘间人未眠。
小坐更伫立,万里无云天。
昼长苦夜短,安得月常圆?

有怀徐渊如、阎荫桐二老友

怀人在天末,西北两老儒。徐公羁西域,阎公滞北都。
诗豪无异趣,乐道有同娱。一操济人术,一审经世谟。
鸿飞望冥阔,而我自守株。玉关春色暮,金台夕照晡。
知君还乡愿,三晋与三吴。读君雁来什,感激增长吁。
但听五泉水,[1]聊自过西湖。[2]伊人不可见,谁能愈我愚。
新交成旧雨,苦吟剩故吾。晨风与夜月,如闻相喁喁。
老去作壮游,好诗断髭须。翘首万余里,德星辉相符。
一言贡两地,从来道不孤。

校释:
[1]原注:"荫桐曾寓五泉。"
[2]原注:"渊如寓小西湖。"

重九日,某公别业[1]看菊

好是名园依绿水,花之隐逸出芳群。
傲霜惯与秋风战,经岁才知元气分。
陶令高吟篱缀露,阎公雅望阁飞云。
闲闲十亩添佳兴,种菜英雄忆昔勋。

校释:
[1]某公别业:即张鸿汀别业。在兰州市南城巷,宅内有果园,树下种菜,故人称其为"菜园子张青"。

题临洮孙钝叟[1]画兰册

所南画兰根出土,钝叟画兰石结根。
花花叶叶丛以密,居然香气来氤氲。
孤芳每为花写照,劲气犹欲叶留芬。
入室恍如有所闻,乃是生花妙笔挥青云,
美人香草思不群。

校释:
[1]孙钝叟(1862—1933年):名文德,字性庵,号钝叟,临洮县人。能画山水、松、竹,尤工兰草。范振绪、顾颉刚激赏其所绘兰草。

七十三生日，书示儿辈

人子应知父母年，交加喜惧圣言传。
几经沧海桑田劫，未了儿婚女嫁缘。
循例三餐夸健饭，偷闲半榻学枯禅。
春来秋去无多日，祗愿汝曹各勉旃。

续作一首

性命如今获苟全，一家犹自幸团圆。
但能绕膝舞莱彩，何用登堂敞绮筵？
法说无生期证佛，形当毋我欲希贤。
有谁携得中山酒，千日容归陶醉天。

除 日

除夕应须除不祥，病魔半载太猖狂。
从今借得春雷力，击破群邪尽遁藏。

辛卯(1951年)
五古三首　五绝二首　五律三首　七古三首　七绝七首

纪 梦

华胥一梦是何祥？胜代衣冠来主张。
旧本奇书容我受，琅环有馆好收藏。

郭又村自长安来诗，寄和原韵四绝[1]

一

好诗吟罢愧扬揄，知有便便腹笥书。
才尽江郎余老笔，欲赓华黍坐须臾。

二

来鸿千里亦前因,洒落襟怀迥出尘。
我已忘年求友好,同声应到卧云身。

三

不求甚解只观书,晚岁逃禅何所图?
也是孟轲存养法,莫须玩物披编蒲。

四

一卷《离骚》笑楚狂,问谁犹自九回肠?
春芳绿遍瀛洲草,却喜同风观国光。

校释:

[1]原注:"又村与熙儿在陕,同学法训班。"

春暮即事

春暮风犹厉,花迟晚更寒。
韶光容易歇,老境只求安。
养晦何妨病,甘贫不觉难。
凭君问身世,总是惜香残。

画　意

流云缭绕孤松盘,无点尘埃水石间。
清溪深处翠阴密,中有袈裟坐蒲团。

答人问近况

一

君意当云何?近况尚云可。
终日无与言,有时对花坐。

二

说我近来好,力求除烦恼。
无事只看花,看书嫌字小。

春 院

牡丹开候尚春晖,庭院丛芳几翠微。
宾雀[1]自来还自去,无人迎送傍花飞。

校释:
[1]原注:"麻雀,一名宾雀。"

子贤来谈,言寻归路,口占二绝

亦欲寻归路,云深不易开。
君归如有术,指点先机来。

早去有同心,灵山路未通。
何时尘网破?我佛笑虚空。

古 意

生儿不愿温太真,富贵功名何足论?
但愿堂前老莱子,彩衣一舞能娱亲。
吁嗟乎!彩衣舞,绝裾去相提,相视难比伦。

偈语一首

视眠两绝候,脉息全停时。
到得抛假我,生死自由期。

图书馆陈览敦煌经卷、造像、西夏佛画诸珍品,参观有纪

西方乐国何藐然?文物千载今流传。
异宝竟归海舶去,遗绪犹自罗连篇。
欣从琅馆睹真迹,居然石室呈余妍。
写经晋魏隋唐宋,绢画奇书西夏年。
就中文佛称巨制,庄严妙相座红莲。
何处得来藏者谁?吾友冯子仲翔[1]贤。

洋洋大观神为往，望古遥集心目牵。
会须范模寿金石，莫教变化随云烟。
陇上从来富文化，典籍犹能一线延。
儒佛虽云不同道，所同唯有此心田，
欲求圣迹搜陈编。

校释：

[1]冯仲翔（1901—1963年）：名国瑞，字仲翔，甘肃天水人。清华学校国学研究院毕业。历任兰州中山大学教师、青海省政府秘书长、西北师范学院、国立兰州大学教授等。中华人民共和国成立后，历任甘肃省文物管理委员会主任、甘肃省政协委员、甘肃省文史馆馆员等。著名历史学家与诗人，著有《麦积山石窟志》《绛华楼诗集》等。

与冯仲翔访邹兰谷[1]画梅石刻[2]于金山寺，[3]拓本以归，纪为长句赠之，并谢指引

老梅一株屈曲垂，邹公手笔留芳徽。
寒山古庙掩重扉，百余年来识者稀。[4]
天水冯子考古师，芒鞋每好访藓碑。
相将蹑屐危楼上，偶然寻得愿不违。
拂尘剔蔽手摹拓，顿令韫玉生光辉。
邹公风节世所希，批鳞敢犯殿廷威。
奋简一击贼胆破，闲写红梅映赐绯。
云礽珍重寿金石，[5]至今长与山崔巍。
分携画本笑相谢，兹游喜得不空归。
黄流浩浩动逸兴，更向卷首读遗诗。

校释：

[1]邹兰谷：名应龙，字云卿，兰州人。明嘉靖三十五年（1556年）进士，授行人，擢为御史。上书弹劾权奸严嵩父子，使严嵩致仕、严世蕃伏诛。以兵部侍郎兼右佥都御史巡抚云南，逮治骄恣不法的黔国公沐朝弼。

[2]画梅石刻：碑中为一株屈曲横斜老梅树，或怒放，或含苞待放。碑右镌楷书："考《水经》：星宿何年开混沌？波澜万里赴沧溟。插空石壁为长岸，绝塞金城走建瓴。如带功随天地老，茫茫浩气永不停。后学蔡际隆录。"碑左镌"嘉靖三年（1524年）应龙写。后裔邹国斌偕侄文畛、法盛。孙裕祖、学聪、学明重刊。道光癸未桂月中浣吉旦。"蔡际隆，清康熙五十四年（1715年）贡生，蔡以楷书恭录邹应龙黄河诗，清道光三年（1823年）癸未岁，邹应龙后裔重刻。

[3]原注："石刻在道光时"。
[4]原注："石为邹公后裔所立。"

[5]原注:"碑前刊邹公黄河诗,为蔡际隆所录。"金山寺:位于兰州黄河北岸金城关内侧半山间,清康熙四十四年(1705年)在佛寺旧址上所建,多为悬楼,建于悬崖峭壁上。1967年拆除。

悲 秋

身世名为累,死生数莫知。
昔犹嫌薄宦,今却索新诗。
贫仕黄粱梦,衰年白发悲。
春风才几日,秋色又临时。

即 事

几度龙华会,尘尘刹刹间。
翻疑寻旧梦,相结竟何缘?
幡仗仍行列,羽衣尚杂沓。
连朝霓咏罢,共业一齐删。

壬辰(1952年)

五古一首　五律七首　七古一首　七绝十九首　七律五首

春初述怀

底事天留我?人间又一春。
廉颇犹善饭,吕尚但垂纶。
素位行吾是,禅心证夙因。
何时缘影灭?返璞与归真。

摊 书

满架图书贻子孙,子孙谁是能读人?
薪传万古终难绝,留与来贤好种因。

偶拈三解

一

乌有先生乌托邦,西天极乐在何乡?
仲尼只道人间世,除却人间总渺茫。[1]

二

西方乐国路迢迢,一点灵台却未遥。
功德水源莲座在,佛声暮暮又朝朝。[2]

三

何曾一脚两家船?出世世间各有天。
试问周程主静者,冥心独坐孰非禅?[3]

校释:
[1]原注:"一解。"
[2]原注:"二解。"
[3]原注:"三解。"

观心二首[1]

一

心为神舍奠厥居,观心即是观神时。
凝神入定不可移,无往无来无所之。
一念不起常在兹,此是人生上天梯,
缘影憧憧便是痴。

二

心是莲花佛是神,法身原不染纤尘。
且凭假我成真果,但莫将假认为真。

校释:
[1]原注:"七古一,七绝一。"

无　端

大造端倪莫可寻,何须短叹共长吟?
同流合污河无量,覆雨翻云天有心。
思觅桃源春渺渺,梦游华国夜沉沉。

世间成坏经弹指,万古谁曾获赏音?

碧桃花开颇茂,诗以讯之

一

南枝绰约北枝繁,树老枝新天意存。
底事当春便绚烂?但开笑眼不开言。

二

老眼看花眼竟花,古稀又得数年加。
春长难得人同寿,人旧花鲜不若他。

三

年年都作碧桃诗,诗罢问花我是谁?
花落花开人有意,人来人去花何知?

榆叶梅[1]

榆叶梅花相斗妍,东风吹绽北窗前。
巡檐索向红梅笑,输与白榆未有钱。

校释:

[1]原注:"碧桃一名榆叶梅。"

留　春

花时频向花间立,春去犹来春径行。
谁唤东君能小住?堂前语燕总多情。

鱼鸟吟

迅逝惊弓鸟,深潜漏网鱼。
非矜天有幸,敢诩我无虞。
云汉防人慕,冰渊凛自疏。
何当濠濮乐?相望莫张弧。

送 春

花里折花花满身,红稀绿黯不成春。
何如早送春归去,别绪多时愁煞人。

咏 史

一
夷齐扣马谏君时,那有天人革命思?
是是非非问孔孟,天经地义两维持。

二
以忠以礼古风存,草芥寇雠炎大言。
不是秦皇高九陛,自来君位何曾尊?

三
鱼龙游戏何蔓延?魔舞开时攘大千。
鹑首赐秦天已醉,黄巾更教死苍天。

四
井田废后限田开,都视如伤民可哀。
祇惜人亡徒法善,未兴沟洫辟芜莱。

五
从古党争是政争,折冲穷处诉戎兵。
洛蜀当时儒者辈,一朝意气也相倾。

六
居然肃慎主中华,文物典章尚未差。
素位而行君子事,九夷犹是圣人家。

院中牡丹颇茂,偶成一律

香盈一院牡丹开,乍可浮云富贵来。
金谷留芳娇欲滴,玉环倚醉笑方回。
粉红黛绿多欣赏,魏紫姚黄相拟猜。
莫道花浓人淡泊,春风到处是蓬莱。

迁墓叹[1]

何处佳城在？从人辟草莱。
千年机器劫，两地鬼神哀。
暴雨崩防墓，凄风掠夜台。
犹怜儿女辈，日日走尘埃。

校释：
[1]原注："去秋，焦家湾坟茔，因工厂占地，迁至西园。今年，又以铁道改线，再迁，尚未觅得善地。"

晚　晴

闲阶复伫立，天气晚晴中。
小雨添新绿，余霞减宿红。
夕阳犹返照，暮景渐成空。
太息浮生暂，谁能数不穷？

苦　乐

苦多乐少人间世，七十余年醉梦乡。
昂首虚空无我相，一般苦乐莫衡量。

故　我

故我尚依然，道心总未坚。
痴怀儿女累，妄念劫魔缘。
欲解萦情网，何忘得意筌？
笑余无进步，空自说神仙。

久苦夏旱，忽得夜雨，喜而记之

溽暑全消去，新凉乍觉生。
迎秋凭一雨，问夜过三更。

忧早期逢喜，占云莫放晴。
诘朝游绿野，料得有人耕。

剧　场

逢场作戏何频频，一幕张时大地春。
百代光阴顷刻化，九流事业若干人。
莺歌燕舞观听异，虎斗龙争变幻新。
须向个中寻妙造，天魔原自有前身。

买　药

有病不服药，所期乃速死。
人云得中医，天命尚须俟。
且救暂时苦，还来走药市。

无　生

怪余处世何太痴，佛说无生大导师。
日往月来空有象，天清地旷更难知。
长生不老非吾愿，无疾而终是所期。
冲破网罗才一笑，笑他幻影莫相随。

冬至书感

转瞬春阳又面前，最难消去是寒天。
新翻花样万千劫，旧著衣冠三十年。
有梦撄怀增我悔，固穷无术受人怜。
凭君观《易》研来复，世事循环数自先。

冬月十六日，值新历元旦，漫赋一律

月望当元旦，阴阳两历和。

逢人怜我老,阅世感春多。
渐觉食眠减,翻嫌思虑过。
祇赢童稚辈,习舞影婆娑。

腊廿日为余生辰,次日立春,得俚言一则

起元贞下年加多,明日立春春日和。
殊觉生来不若死,未知死后当如何?

癸巳(1953年)

五古三首　五律一首　七古一首　七律三首　七绝二首

春　眠

每怯朝寒睡起迟,春风故动画帘垂。
醒来犹是人间世,那及长眠无梦时。

苦乐三解

欲去莲心苦,去苦先去心。
甘来苦须尽,苦恼休自寻。[1]

乐趣不易得,苦趣觉偏多。
苦中寻乐者,不乐当如何?[2]

衡门饥可乐,陋巷乐在中。
斯人胡不苦?浮云过太空。[3]

校释:
[1]原注:"一解。"
[2]原注:"二解。"
[3]原注:"三解。"

榆叶梅花颇少,诗以调之

未到红愁绿惨时,今春特地显稀奇。
淡妆却与梅相称,高价还须榆自知。
斜月半阶窥冷艳,微风满院动轻枝。
婆娑老树犹生意,应喜新花是本支。[1]

校释:
[1]原注:"年前,以此树压盆景一株,花开颇茂。"

清明墓祭

清明扫墓节,遗俗在阿乡。
宿草晨添土,野餐风送香。
楮焚追远意,蔬荐及时芳。
嘉木当春植,还宜近垅旁。[1]

校释:
[1]原注:"近来,以清明为植树节,余家馒头山新茔又为林区。"

碧桃春雨词

卷帘春色满吾庐,细雨溟蒙画不如。
雨中唯有花事好,碧桃争艳红两株。
一株老干齐檐出,一株绰约盆景殊。
曾闻天上和露种,和风和雨神仙都。
吾家栽花近百载,春来花发若仙居。
仙源妙境今何在?鸡犬桑麻竟有无。
今日赏花更赏雨,好雨有如玑与珠。
朝来共道耕农喜,岂但看花人自娱。
沉沉院落冒雨趋,尘氛不到润如酥,
立向花前乐有余。

诗 家

春闱喜得一场雨,寒禁迟开半树花。

深巷重门人静候，天将清境饷诗家。

徐渊如自迪化来诗数章和其《击壤》原韵

祁连山色映晴暾，积雪光明玉出昆。
两载音书鱼腹梦，千年文物杜鹃魂。
天心任运还持世，国手旋乾更转坤，
《击壤》高歌康节侣，怀人西望白云奔。

和徐渊如《吊香妃墓》原韵

胡服来登天子堂，恩深故主九回肠。
蛾眉不锁春宫怨，鸡舌那闻夜合香。
岂有书传典属国？漫言剑舞公孙娘。
生还无幸俘魂泣，冢草青青趁晚阳。

甲午（1954年）

五古六首　五律一首　七古二首　七律四首　七绝五首

今年七七矣，漫写一律

行年七十又七春，百感相撄总夙因。
一事无成空老死，万缘未净有根尘。
寿星仙者好增岁，造化小儿冷笑人。
战退病魔残腊尽，[1]依稀梦里八旬臻。[2]

校释：
[1]原注："去腊，病卧旬余始愈。"
[2]原注："曾梦至一处，案上尺纸书'年臻八秩'，四字上有余印章。"

朝鲜访华团来兰，为写两律，以当欢迎

一

波澄鸭绿混同江，唇齿相依兄弟邦。
问俗采风友好重，保家卫国敌氛降。

一行代表材都俊,几队文工艺少双。
莫作寻常交际看,和平有望共提倡。

二

和风鼓荡太平春,海外欣来造访人。
华族联欢曾慰问,兰山生色快迎宾。
两年助战怀同志,此日修文有德邻。
万里关河劳跋涉,相期唯在永相亲。

客从平壤来,为朝鲜访华团来兰作

一

客从平壤来,首途向金台。
带得和平鸽,天安门正开。

二

客从平壤来,旗影两行开。
南下江流远,西望陇云催。

三

客从平壤来,抗战有余哀。
争先问志愿,志愿何壮哉。

四

客从平壤来,欢欣鼓舞回。
四百余人侣,诸多艺术才。

五

客从平壤来,国际好音催。
阵营今巩固,建设基同培。

春夜即事

闲庭春夜月,月上碧桃枝。
佳士清谈处,幽人小立时。
有花忘坐久,无我任眠迟。
恐负芳菲意,长吟拈断髭。

即 景

牡丹苞未吐，秋树少芳丛。
花事如相问，碧桃分外红。

题故友张鸿汀《敦煌石室访古图》[1]三首

一

文字因缘二十年，知新温故让君先。
壮游大有西来意，佛地庄严粉本传。

二

萍踪未到玉关头，鹫岭当前作卧游。
祇恨故人常寂寞，黄沙漠漠水悠悠。

三

福缘匪易有前因，石窟依然万古春。
文物衣冠今尚在，画中仿佛骑驴人。[1]

校释：

[1]张鸿汀《敦煌石室访古图》：即《莫高窟访古图》手卷，长一丈。1940年，张鸿汀敦煌访古归来，请范振绪绘制。引首张大千题写"莫高窟访古图"大字及七绝两首。拖尾有于右任、高一涵等20多人题诗。1966年，张令瑄捐赠甘肃省图书馆。

[1]原注："图内山径，有骑驴人。"

春晚旧作

弱柳经风作态斜，晓莺啼处是侬家。
深庭镇日无人到，落尽碧桃一树花。

题李祥麟[1]之太夫人画像[2]

天姥峰高望夜云，寂然入定坐灵氛。
西方乐国福缘满，南海慈航佛法闻。
画里松筠游子梦，门前桃李茂才文。
清修淑德吾神往，唯有心香一瓣焚。

校释：

[1]李祥麟（1894—1956年）：陕西西安人。为国民政府监察院院长于右任随从秘书。工书法，能气功。1953年，聘为甘肃省文史研究馆馆员。

[2]原注："静坐图。"

咏 史

一

吾闻西伯善养老，太公伯夷俱归来。
太公手扶黄钺武，伯夷乃饿首阳隈。
古来圣贤不同道，谁非谁是谁全才？
西山何崔嵬，东海何潆洄？

二

鲁连蹈海不帝秦，排难解纷正义伸。
秦终作帝将谁瞋？鹑首赐秦天已醉。
视天梦梦奈斯人，封建结局灭有因，天原非醉梦非真。

答 问

万象森罗春满地，一心真宰日当天。
有人若问心与物，心理全时物自全。

乙未（1955年）

五绝一首　五律一首　七古一首　七绝六首　七律一首

水仙独科，丛开紫花，殊罕见，咏之

水仙石窟中，异种紫花丛。
来自武都地，可能赛粤东。[1]

校释：

[1]原注："粤中有花地，每春初开水仙会，余曾一游，见其种类甚多、有蟹爪、银台、金盏，唯未知有此否？"

寒 流

几度寒流频酿雪,半天晚照惯吹风。
有人问我春归否?此是兰山二月中。

偶 句

世情谙炼〔练〕[1]原非易,人事消磨总觉多。
病里每兴思旧念,闲中却意放怀歌。

校释:

[1](炼)〔练〕:《竹民诗稿》稿本,"炼"应为"练"。

花 事[1]

一

窗外碧桃满树红,供人欣赏意偏浓。
只怜花下牡丹绿,不在春华烂漫中。[2]

二

有石有花又有琴,色声香界本无心。
院中别有小天地,莫向人间问赏音。

校释:

[1]原注:"和媛女韵二首。"媛女(1935—1963年):王烜三女王媛媛,字燕林。西北师范大学中文系毕业,任中学教员,能诗。
[2]原注:"牡丹一株近两年来未著花矣。"

剪 花

年年此日对花坐,今日花光胜昔年。
剪取繁英增爱惜,新枝留比老枝鲜。

供 花

忽然绿暗衬红稀,何似随人早折归。
可幸胆瓶青玉案,供来免被狂风飞。

应邓主席[1]招，与文史馆同人慈爱园[2]看牡丹

万花齐放向春风，管领群芳现大同。
绿叶扶持花更好，粉团魏紫朝阳中。
昔闻邓尉梅千树，今见爱园牡丹丛。
牡丹开在众香国，众香天香都相得。
园中主人趁花时，开轩相笑欣延客。
客来花下尽欢颜，与人同乐乐无极。
入室芝兰意自芳，藤架婆娑香径碧。
嘉会须知不寻常，卅人咸集文史席。
宾主从知结契深，个中犹羡弈秋弈。
相期秋高观稼来，今朝花事成典则。

校释：

[1]邓主席（1894—1968年）：即邓宝珊，名瑜，甘肃天水人。早年加入同盟会，参加新疆伊犁起义。曾任国民联军驻陕副总司令、国民党第八方面军总司令、陕西绥靖公署驻甘肃行署主任、新一军军长、第二十一军团军团长、晋陕绥边区总司令兼华北"剿总"副司令。1949年初，同傅作义率部起义。中华人民共和国成立后，任西北军政委员会委员、甘肃省人民政府主席、省长，全国政协常委，中国国民党革命委员会中央副主席。

[2]慈爱园：在兰州市广武门后街，1922年甘肃督军张广建副官韩仰鲁购清先农坛，建为仰园。1932年邓宝珊购为别墅，为邓夫人崔锦琴及子女居所。1941年崔及子女殉难后葬园内。于右任题门额为"慈爱园"。中华人民共和国成立后，为甘肃省主席（省长）邓宝珊办公处兼住地。1982年，其子女将此园捐献国家。

病嗽日久，又逢冬至，偶成一律

休怪病魔太纵横，人之大患一身成。
食眠渐少偏多嗽，步履维艰那得行？
非学懒残涕不拭，只因摩诘习犹萦。
朝来却说逢冬至，天复元阳又觉生。

咏水仙

明窗小洞天，烟火有神仙。
两代冬春际，一生水石边。

盈盈来洛浦，落落出尘壒。[1]
忙着养花者，朝暾夕照前。[2]

校释：

[1]原注："近年兰市售水仙者多。"
[2]原注："水仙得阳光则花茂，须趁日晒之。"

丙申(1956年)

五古一首　五律一首　七律一首　七绝十一首

咏榆叶梅

努力春华谁最先？倚云红杏斗新妍。[1]
桃花艳色梅花态，榆荚曾无卖笑钱。

校释：

[1]原注："榆叶梅一名碧桃，昔人诗云：'天上碧桃和露种，日边红杏倚云栽。'"

折　花

春昼渐长帘影迟，有人花底去来时。
问君何事频翘首？不折高枝折亚枝。

和韩定山[1]参加武汉参观团原韵四首

一

从谁指点问通津？此日亚欧结契真。
予取予求新智巧，方知国宝善其邻。[2]

二

汉水方城楚故墟，人来莫复认当初。
连云画栋工居肆，斜日江边观打鱼。

三

尽有元龙百尺楼，文章大块一齐收。
壮游争取山川胜，应许史公是状头。

四

会开南北问何强？济济多材莫斗量。

送往迎来今日事,珍闻异术带还乡。

校释:

[1]韩定山(1893—1965年):名瑞麟,字定山,号甦生。甘肃文县人。清末兰州存古学堂毕业。民国时任文县教育局局长、兰州师范教员、兰州大学国文系讲师、甘肃省参议会参议员。1953年,聘为甘肃文史馆馆员。著有《长春楼诗草》等。

[2]原注:"参观苏联工艺及武汉工厂。"

慈爱园宴集敦煌参观团,即席赋赠[1]

一

敦煌名胜袖中来,绿水园林盛会开。
难得群贤欢一日,文光相映射三台。

二

名山大川周览遍,到得瓜州尤出奇。
万壑千岩寻石窟,中原文物一拳支。

校释:

[1]原注:"二首。"

祝张质生八十寿

百花齐放日,中有大椿高。
朝杖磻溪去,边筹积石劳。[1]
乐群知月旦,爱士雅风骚。
相看如君健,元龙意气豪。

校释:

[1]原注:"质生时为临夏副专员。"

与文史馆同人重阳小饮

万花唯有菊花芳,正放开时敢傲霜。
好助文园诗客兴,持螯把酒过重阳。

嘲　蟹

海阔天空岛屿平,无肠公子惯横行。
而今郭索[1]宾筵上,四面歌声尽酒兵。

校释:

[1]郭索:螃蟹爬行貌。亦指蟹爬行时发出的声音。典出宋人张端义"庐山偃蹇坐吾前,螃蟹郭索来酒边。"

五泉公园赏菊

秋末黄花更觉芬,众芳都带五泉云。
几多异种争新色,肯与群英作殿军。

又五言一首[1]

佛地嘛呢寺,居然众香国。
百余异种花,齐放空中色。
唯菊自隐逸,濂溪称其德。
今日弦歌场,[2]与人亦同乐。

校释:

[1]原注:"是日赏菊在嘛呢寺。"
[2]原注:"是日,兰大同学在此集会唱歌。"

孙中山先生九十诞辰纪念

九十年光驹隙驰,千秋事业日星垂。
兴中早奠三民策,护法高张百粤旗。
革命成功须异代,改良分派在当时。
亦曾先圣微言契,大道为公是所师。

丁酉（1957年）

五古四首　五律三首　七古二首　七律七首　七绝十八首

春节为民委会征诗有作二首

工农联盟

生产兴时国运昌，工农两大联盟强。
突飞猛进工人厂，并驾齐驱农业场。
唯物多多求幸福，有田处处趁春光。
五年计划于今现，能使群黎乐无疆。

百花齐放

岁首先开爆竹花，和声响彻万人家。
千红百紫争风气，十色五光起物华。
秋菊春兰天有意，南阡北陌地无涯。
从知祖国众香国，固蒂深根分外嘉。

徐渊如自迪化来诗，即以答之

几年不下陈蕃榻，万里谁闻子晋笙。
老去犹余情脉脉，诗来顿觉意嘤嘤。
江湖浪静鱼相忘，关塞云寒雁一鸣。
却笑同君耄耋祝，华章再与说平生。[1]

校释：

[1]原注："十年前曾互赠寿诗。"

春节文史馆联欢会上，赋《百家争鸣》一首

秦皇焚书后，百家尽销沉。
孰知不百年，经传首重寻。
汉武既先导，淮王更同心。
董帷明奥旨，孔壁发宏音。
从兹千百载，异苔却同岑。
道术尚清净，墨学物理深。
管商政法论，申韩更引伸。

《考工》有补记，《吕览》载田农。
岳岳诸子辈，都不委灰尘。
况今逢盛世，科学出陈新。
声光与化电，个个数家珍。
勿论今与古，勿论西与东。
陈编汉宋述，新知马列融。
但能通其义，所守自有真。
有如虫鸣秋，有如鸟鸣春。
不必名一家，须任百家鸣。
自然鸣得意，谁复鸣不平？
请看世大同，天下总为公。
万物各有托，人孰不发蒙？
堪笑秦祖龙，何必锢民聪。

今岁丁酉，余年幸登八秩，又值廿岁游泮之辰，同人欲为祝嘏，因以《重游泮水》纪之。倘得惠有佳什，当胜祝辞也[1]

磻溪垂钓之年，泮水采芹之日。六十年老秀才，经穷皓首；三五个同学者，袂把青衿。当时捷报传音，喜形于色；此日前尘回首，感触难禁。况红鸡啼罢，逢政变之频仍；[2]倘化鹤重来，识人情之非是。几度沧桑，人生如梦；一朝花槿，我寿已多。曾几时廿岁韶华，今吾犹在；忆往日三春景象，旧事重提。疑年下问，比绛县老[3]而过期；盛世已逢，幸黄河清之可俟。鸠杖相迎，国老欣称新社会；鸿泥有印，故人笑指旧衣冠。祗因耄耋退龄，好学有惭卫武[4]；总值春秋佳日，言诗谁似放翁？毕世砚田，曾无恶岁；群贤禊事，又值良辰。将引玉以抛砖，贡兹小草；幸连篇而累牍，惠我好音。伫待华章，先陈芜什。

一

开秩今年白发翁，会当游泮岁相逢。
酬觞永锡歌难老，鼓箧而来笑返童。
芹藻异时成典实，沧桑更阅叩虚穹。
春光到处花齐放，幸际承平逮蓻躬。

二

花好月圆总费猜，名场剩迹足徘徊。
可怜胜境难重睹，却喜良时竟再来，

疑有鹍音林外集，忆听鼍鼓序中催。
正当日进文明盛，恰对南山举寿杯。

校释：
[1]原注："并序。"
[2]原注："丁酉后，戊戌、庚子连年政变。"
[3]绛县老：指高寿之人。典出《左传·襄公三十年》。
[4]卫武：约前852—前758年，即卫武公姬和卫国第十一位君主，在位55年，享年95岁，故将其作为长寿的典型。

和张质生《重游泮水》元韵八首

一

春半风光似昔年，[1]杏花红落马蹄边。
状颁今日游何处？[2]池水一泓寄五泉。[3]

二

胜游踪迹莫嫌陈，一傍宫墙也凤因。
花甲周来更廿岁，鸡鸣风雨几经春？

三

青云梯上火云烘，大笔当时燕国公。
垂老萍踪池畔聚，才知都在泮宫中。

四

旧迹已沈半月明，闰欢后集结诗盟。
而今相对皤然叟，笑祝无疆称一觥。

五

门第诗书尚几家？青袍一袭昔曾夸。
汤汤池水流何去？仍有学童笑语哗。[4]

六

邓尉峰高忆故人，同登两榜作遗民。
来寻大夏河边路，还有晨星照水滨。[5]

七

迩来自觉太顽痴，寻读《葩经》思乐诗。
前后王杨犹健在，[6]且赓同调属新词。

八

新花新柳艳阳天，好景依稀似曩年。

孰意居诸眉寿介，与君相幸醉琼筵。

校释：

[1]原注："质生与余同案入泮，时在光绪丁酉二月二十九日。"

[2]原注："余入泮考古场，忝列第一。"

[3]原注："文庙泮池，因改建学校已湮，五泉新浚一池，风景甚佳。"文庙泮池：兰州府文庙泮池南对城墙，1939年，庙内设立志果中学，泮池逐渐湮没，改为学校大门。1953年，改为兰州二中。五泉新浚一池：1955年，在五泉山公园浚源寺东侧凿莲花坞，蓄积东龙口泉流成池塘。

[4]原注："文庙今为小学校。"文庙今为小学校：此为皋兰县文庙，位于兰州市延寿巷。民国初年，庙内设立兴文社小学，1952年改为中华路小学二部，后并入本部，即今张掖路小学。

[5]原注："质生乡人邓德舆，与余乡会同年，故已十余年矣。"

[6]原注："皋兰同案，今存者，尚有王庚山、杨雨丞两人。"

和徐渊如为其夫人陈月如八十寿诗原韵四绝

一

大书孝妇作春秋，偕老如宾共白头。
悲喜诗歌寻往事，扬芬彤管至今留。[1]

二

奇事格天只一诚，北堂萱草竟回春。
而今正得延龄报，鹤算频添海屋晨。

三

十年别绪唱阳关，[2]杨柳春风一任攀。
他日倡随旧游地，[3]好从万里话天山。

四

春晚良辰几岁华？小西湖畔问君家。
呼儿多谢调羹手，鱼酒绮筵乐靡涯。[4]

校释：

[1]原注："夫人少时，曾刮臂肉，为姑疗疾，一时多为诗歌传其事。"

[2]原注："渊如携眷赴新疆已十年余矣。"

[3]原注："来信有俟火车通后，回兰之说。"

[4]原注："戊子上巳，渊如桃觞招饮，余携潜源儿同往。鱼羹、鸭炙均为陈夫人手调，味美异常。"

碧桃开已七日，尚得荣茂，喜而志之

一

天风吹下绛仙来，一夜榆梅满树开。
可喜鸣条静不作，许能十日笑相陪。

二

索笑巡檐得几朝？且将老树比琼瑶。
常言但愿花常好，莫任春风放意骄。[1]

校释：
[1]原注："往年花开，每为狂风吹落。今年未值大风，可喜幸。"

咏子午莲[1]

宇宙冲和气，奇花一现身。
向阳晴午丽，[2]出水绿绮新。
朝暮三元会，[3]风光十二辰。[4]
凌波仙子步，开阖问前因。

校释：
[1]原注："朝开夕合，午间放展，三日而敛，不败落。"
[2]原注："午前开，向日而转。"
[3]原注："邵康节元会运世之说，此花似之，朝渐开，暮渐合，开阖三日夜，即不复开，与上中下三元亦同，真异种也。"邵康节（1011—1077年），名邵雍，字尧夫，谥康节，其先范阳（河北涿州），幼随父徙共城（今河南辉县）。隐居苏门山，屡授官不赴。后居洛阳，与司马光、吕公著等从游甚密。根据《易传》关于八卦形成的解释，掺杂道教思想，虚构一宇宙构造图式和学说体系，成为他的"象数之学"（也叫"先天学"）。著有《皇极经世》等。
[4]原注："邵云：'一元会十二万余年'，而此花一开合十二时，是小元会。"

洗兵词

一

一朝天雨洗兵来，几队降旗下将台。
醇酒美人愿已偿，如何偶语祸成胎？

二

曾经下马投戈回，重整鼓旗妄赘猜。
何似青门瓜地客，闲看黄蝶自飞来。

忆闰欢集[1]

四十余年天步迟,故人几辈费寻思。
每当山水楼台地,偏趁风花雪月时。
紫色蛙声徒昔梦,红颜白发至今疑。
圆蟾相对深凉夜,闰到中秋遇亦奇。[2]

校释:

[1]原注:"民四乙卯岁,刘果斋先生作闰欢雅集诗社也,余曾与焉。"
[2]原注:"今年闰八月。"

拾花有句

本来清供品,如何委路旁?
怜幽聊一顾,俯拾亦何妨。
些须荣悴事,毕竟为谁芳?

和东雪[1]《闰八月望日玩月》原韵

今秋胜事足千秋,赢得广寒再度游。
应许庾公添酒兴,还邀苏子唱歌头。[2]
人留桂馥重开宴,天使蟾辉更满楼。
但愿常圆此夜月,光明好与照神州。

校释:

[1]东雪(1872—1960年):名范振绪,字禹勤,号东雪,甘肃靖远人。清光绪二十九年(1903年)进士,日本法政大学毕业。任河南济源县知县、孟县县知事、甘肃省临时参议会副议长。中华人民共和国成立后,任西北军政委员会监察委员、甘肃省政协副主席。画学南宗,诗宗陆游,书源二王。著有《东雪草堂笔记》等。
[2]原注:"东坡《水调歌头》词,八月十五夕所作。"

重阳日,文史馆同人欢聚,并庆祝苏联十月革命纪念

今朝欢庆会,同醉古重阳。
杯满延龄酒,糕题得句香。
况逢佳日胜,共说德邻芳。

试登高处望,群情乐未央。

范禹卿画赠《重游泮水图》,并题七古一章,依韵赋谢

落落平生自忖余,前朝盛典纪崇儒。
丁年冠剑伴书卷,春日载阳红吾庐。
杏雨飘香花及第,子衿青青德不孤。
白驹过隙周花甲,祗赢五老犹观图。[1]
忆昔榜名传都市,由来铁网多珊瑚。
无何燕山逢范叔,未央壮丽瞻奥区。
我时委吏学会计,君自筹策工虞谟。
闲中适意诗书画,为期三绝乘三余。
迩来兰山话风雨,犹是高阳旧酒徒。
淋漓泼墨诗中画,青袍故我步云衢。
居然一池春水绉,满池藻芹绿不除。

校释:
[1]原注:"画中,游泮者五人。"

浮 生

一

小我事功归泡影,大人勋业现蜃楼。
古今一例浮生过,无可奈何数到头。

二

花甲一周谁尚在?桑田几变世无常。
可能逢得麻姑问,弹指光阴似爪长。

十月廿夕,人造卫星过兰州

人造卫星过太空,苏联科学庆成功。
兰州今夜人皆望,西北飞来南复东。
飞机轧轧卅年中,飞星又见夺天工。
智者创物巧者述,奇技异术真无穷。
古时曾有单臂国,早作飞车乘西风。

史传汤时来华国，十年仿造客星通。
惜哉此术不传后，今日邻邦开鸿蒙。
从兹进步广寒宫，岂但茫茫世界昭大同。

好 眠

亦欲去求仙，卧诀问陈抟。
一眠三十载，呼吸返自然。
生死无复问，死生亦任天。

敝 裘

狐裘三十年，崇俭称齐相。
而吾亦复尔，[1]非俭露穷相。
勖哉固其穷，可以居廉让。

校释：

[1]原注："吾狐裘于民之甲子由北京带来，今三十余年矣。"

杨干如[1]以问范老病诗索和，即步其韵，并柬范老禹卿

乾健卜同人，消炎在徙薪。
吟风憎老态，卧月问前身。
药饵何妨少，膏粱必得均。
相关心未已，有道洽其邻。

校释：

[1]杨干如(1890—1959年)：名承德，字干如，甘肃省武山县人。北京中华大学毕业，任甘肃省立第一中学学监、教员，甘肃省教育厅督学，甘肃学院总务长兼教员。1957年，聘为甘肃省文史馆馆员。著有《明春草堂诗集》等。

戊戌(1958年)

五古三首　四言二首　五律六首　七古二首　七律五首　七绝七首

韩定山以《和友纪年诗》见示并索余作，因效颦为之

岁序迁流春复春，问年八十一番新。[1]
忝为琅馆百夫长，[2]忽作蘆庐三代人。[3]
细雨和风逢盛世，花朝月夕乞闲身。
沧桑几度凭弹指，争吸霞杯傲大椿。

校释：

[1]原注："余今年八十一。"
[2]原注："文史馆馆员九十余人，余忝为副馆长。"
[3]原注："清朝、民国、今代。"

戊戌政变六十周年纪念，写寄康同璧[1]女士[2]

曾见《大同书》，千秋乃一遇。炎炎咋大言，呐呐嗟奇悟。
亦读射策文，涉笔生遐慕。文琴渺渺思，旦梦沉沉寤。[3]
学术述公羊，文章诩繁露。改制称素王，改良识时务。
胡为忧国深？政变竟失措。志士皆亡命，国亦倾其祚。
忽忽六十年，流光如旦暮。而今世运昌，一道同风趣。
天下已为公，革新未忘故。多士挹流芬，推轮溯大辂。

校释：

[1]康同璧(1881—1969年)：名同璧，字文佩，广东南海人。康有为次女。留学美国哈佛大学，毕业归国，历任万国妇女会副会长、中国妇女大会会长。参与和平解放北平事宜。中华人民共和国建立后，任中央文史馆馆员、全国政协委员。擅诗词书画。晚年整理康有为遗著。著有《南海康先生年谱续编》等。
[2]原注："同璧，南海康有为之女，自北京来函，文史馆征诗。"
[3]原注："昔读康先生乡试卷《如有王者必世而后仁》，文内有"渺渺文琴，沉沉旦梦"语，今犹记之。"

碧桃盛开欣赏二十八字

且趁春光笑几回，一丛浓艳锦成堆。
劳人犹有看花兴，不断檐前放步来。

浆水面

本地风光好,芹菠美味尝。
客来夸薄细,[1]家造发清香。
饭后常添水,春残便作浆。
尤珍北山面,[2]一吸尺余长。

校释:
[1]俗语云:"薄(赶)〔擀〕[1]细切,多待一桌。"(赶)〔擀〕:《竹民诗稿》稿本作"赶",据文义改为"擀"。
[2]原注:"北山麦粉,长面最好。"

患痰嗽

未服牵机药,如何五内抽。
气须归肺部,念莫动心头。
生怕风尘起,还防痰饮留。
九天珠玉落,偏作采薪忧。

家藏赵孟頫画驴小图,七百余年物也。题以二十八字珍之

轻蹄跃进欲凌风,昂首长鸣向太空。
利索名缰都摆脱,神驰七百余年中。

引洮颂

引洮上山,苦战三年。
功成足食,万顷良田。
群策群力,人定胜天。

端午即事

今日端阳失午晴,风云忽向太空横。
何当云散风飞过?万里光辉处处明。

卧 病

卧病经旬久,难言自在身。
眼嫌窗眼破,头与枕头亲。
已说伤元气,尤须守尸神。
医方犹易得,国手问何人?

范禹卿以预写《引洮工成》近作见示,为步原韵和之

黄河来从天上多,建瓴流驶汇洮河。
言兴水利望洋叹,逝者如斯嗟奈何?
沧海几见桑田变,阳春欲回黍谷过。
信哉人定天能胜,功成反掌一刹那。
良田万顷指顾间,三年苦力战羲娥。
蹊径介然成阡陌,荒山此日见田螺。
千仓万箱家有蓄,一茎九穗登嘉禾。
举袂如云挥汗雨,伟绩诚非所好阿。
谁为此谋利万世,社会新建执其柯。
有若祁连融雪泽,行看击壤兴农歌。
一劳永逸非难事,绣针原来铁杵磨。

偶阅蔺子贤表兄旧赠诗,感而有作

赠诗云:"君本惠泉一老僧,袈裟脱却换儒巾。倘能养得菩提树,万古长悬不夜灯。"诗为梦中所得,亦甚奇。因忆余母曾言:"生余时,梦至一兰若,见一僧,醒而生余。"与此相应。惠泉寺在红泥沟口,毁于兵燹。余曾祖毓西公,素善围棋,尝与寺僧对弈。家藏有横皮影图一帧,上绘一寺题曰"惠泉寺",楼中二人对弈,即毓西公与僧也。门外垂柳荫翳下,系一白马。毓西公爱此马,日乘之至寺,故亦绘入。子贤诗云云,岂余为随缘应化之再来人耶? 因附记之。

我本清凉自在身,如何失足落红尘?
悠悠八十年来梦,欲向菩提问夙因。

和杨干如《立秋前大雨》原韵

扶得杖间鸠,行行阡陌头。
雨来消溽暑,风过送新秋。
一夜听檐响,明朝许屐游。
莫惊桐叶落,预卜稻粱收。

自　嘲

身世名为累,心斋德不孤。
鸢鱼凭自托,牛马任人呼。
学道终难获,参禅总觉迂。
何当形影脱?一得可称愚。

《纪年诗集》题辞

大雅依然作,好音空谷风。
婆娑多老子,影在红旗中。
既来白发翁,亦有妙龄童。
忘年为益友,结契金兰同。

日　影

虚空无我相,一点大光明。
万古常留影,千山不计程。
逢时任显晦,随地作阴晴。
行健天同德,原来无臭声。

题《学步集》[1]

开编喜见读书人。
丽句清词德比邻。
李杜文章光焰在,

自然风雅有传薪。

校释：

[1]原注："通渭路志霄诗。"路志霄(1923—？年)，字云峰，甘肃通渭县人。西北师范学院毕业。西北师范学院历史系副教授，古籍整理研究所副所长。著有《学步集》等。

食无肉

七十饱须肉，况乃八十强。
奈过屠门嚼，不得一脔尝。
古云肉食鄙，何若菜根香？
箪瓢中有乐，诗书滋味长。

食肉谣

东方未明，[1]站队成行。天寒风烈，小儿小女，两泪盈眶。刀俎一响，嬉笑奔狂。回家奉爹娘，割肉半斤强。幸分我羹，染指一尝。

校释：

[1]原注："古音芒。"

出无车谣

出无车兮立街头，一声汽笛去何遒？
望尘莫及空含愁，弹铗归来胡不休？
八十老翁何所求，行不得也鸟啾啾。

眠 起

雷音浩浩成终古，电影匆匆剩此身。
自顾浑如汉苑柳，三眠三起也为人。

炼 钢

又是炼钢又炼人，炼成百炼金刚身。
一身犹得撑天地，况有中华六亿民。

和挈园菊展原韵四律，并依原作，用"力止浩劫，高呼和平"口号，为双钩格[1]

一

力役从来不惮劳，为培嘉卉锄藜蒿。
晨霜寄傲节同劲，日夕餐英乐自陶。
黄种放华成异彩，白衣有酒醉醇醪。
东篱花与西风战，彭泽归耕笑卧高。

二

止行行止进为谟，跃进人来势不孤。
秋色满园称老圃，风光三径认前途。
谁如菊淡应同乐？我亦逢场得自娱。
莫道重阳佳日过，为寻吟赏有朋呼。

三

浩浩黄流壮大河，闲从堤上听民歌。
风高北雁燕云远，林古寒鸦陇树多。
插菊盈头防帽落，题糕有字待崖摩。
园中园外红旗影，好与园翁颂太和。

四

劫运已消海宇清，黄花此日正敷荣。
乐园有幸人忘老，香国多缘群集英。
爽气迎宾华色色，好音求友鸟声声。
莫嫌诗酒殊闲逸，游赏也须天下平。

校释：
[1]原注："刘挈园，北京文史馆员。"

己亥（1959年）

七律一首　附录自挽联　五绝二首　七绝二首

病中作

卧病光阴耐苦辛，闲将窗日数晨昏。
有身为累非真我，无业从知是好人。
静悟一元新世界，征除万劫旧缘因。

迩来尚自徒铺啜，多谢亲朋养体论。

附录：自挽联

在几许暮年来，悟到大元会中应有的新世界；
从达观远景上，得知太虚空里也不无自由魂。

病起，碧桃正开，口占二十字

病起三月天，拄杖立花前。
故爱春华发，时荣返自然。

又

扶杖一巡檐，红芳扑画帘。
起来春尚在，正好是重三。

春　暮

美景良辰三月多，总逢春暮更婆娑。
落花水面天孙锦，新柳风头织女梭。

自　觉

水当折处还呈彩，花近残时总放香。
自怪老来疏懒甚，不曾劳动替人忙。

存庐诗话

自序

读古人书，偶有所得；与今人语，时有会心。每值言诗，辄为载笔；或来篇什，必贮锦囊。悦亲戚之情话，忆朋辈之交游，拾文献之所遗，备风骚之当选，此《存庐诗话》之所由作也。其事则附庸大雅，而所见不免一隅。取纪事以言情，句不必镂云琢月；集零章与断简，名勿须震古烁今。落落数十年，寥寥几千字，仅成小品，尚属初编，供文士之笑评，资乡人之谈助。北调南腔，都随他之遇合；东鳞西爪，亦见我之生平。知有遗珠，更期引玉。詹詹小言，聊为短引云尔。

乙酉花朝皋兰王炬竹民书于存庐之北轩

徐文泉[1]序

《舜典》曰："诗言志。"孔子云："不学诗无以言。"泉生平最爱读古今人诗，尤爱读古今人说诗之话。丁亥季冬，兰州王著明先生七秩诞辰，泉以文字交，升堂献诗祝嘏，先生以所著《存庐诗话》见示。携归，旦夕快读，具见西北纵横数千里，上下数十年，文采风流，山川政俗之大概。而持论之执中，居心之仁厚，襟怀之潇洒，识见之高超，实缘先生得天独厚，积学尤深。少年稳步青云，中年宦游足迹遍天下，晚年专营救济灾难事业，印心贤哲，证性禅宗之所致也。先生云："此为初步，向后见闻所及，当陆续增之。"行见海屋之筹渐添，锦囊之储日富，将与宋阮阅《诗话总龟》九十五卷、清吴景旭《历代诗话》八十卷并驾齐驱矣。

戊子仲春教弟徐文泉谨序

校释：

[1]徐文泉（1878—？年）：字渊如，详见前注。

存庐诗话[1]

唐人诗："江雨霏霏江草齐，六朝如梦鸟空啼。无情最是台城柳，依旧烟笼千里堤。"读此令人有无限感慨，谓英雄割据者，不可无此达观，亦不可无此悟想。真当头棒喝也。诗人胸襟，可消无数南北战伐。

校释：
[1]书名下署"竹民初稿"。

　　荆公诗："细数落花因坐久，缓寻芳草得归迟。"昔人谓其律亦谨严。因思荆公为相得君甚专，而卒以操切败，以作事不细不缓也。而此诗乃取细取缓，大抵归后静居使然。向使出仕于十年养气以后，其相业必有可观，故大器贵晚成也。

　　故友练希如赠余《萧亭诗选》钞本，有王渔洋序。按：《渔洋诗话》云："内兄张萧亭实居邹平，少保忠定公孙也。家有湄园，擅(邱)〔丘〕[1]壑之趣。余刻其诗四卷。"而此赠本为六卷，唯与渔洋序中五百馀篇之数相符，又是写本，当为初定稿，诚墨宝也。余常读其《君子行》云："小人不可交，交亦勿轻绝。交之祸机伏，绝之祸焰烈。譬彼赘疣身，为患非不切。一朝剖刮去，性命多夭折。不见幽谷兰，荆棘生其旁。岂不欲锄之，锄之兰根伤。鸱鸮亦云恶，凤凰任翱翔。鱼鳖非不贱，蛟龙与之忘。所以古达人，广道以自全。世路何纷纷，浮云过青天。"《偶成》云："寄迹荒山遇已穷，那堪冷雨又凄风。愁来病似因秋起，老去家真在梦中。水上湘烟幽篆绿，岩前楚佩野兰红。堪怜九尺东方朔，不及侏儒用世工。"其诗语多淡远，而时有幽怨，盖隐君子言也。

校释：
[1](邱)〔丘〕：写本作"邱"，避孔子讳，改为"丘"。

　　吾兰段容思先生，以理学名世，诗其馀事，而人多传诵者《读书五泉小圃》二绝云："清时名士许归田，林下优游乐暮年。主长莺花春富贵，英雄回首即神仙。""风清云净雨初晴，南亩东阡策杖行。幽鸟似知行乐意，绿杨烟外两三声"。说者谓有风雩浴沂气象。其《访周小泉不遇留以诗》，有"历尽巉岩君不见，一天风雪野梅开"之句，情景逼真。又有《野老道旁行》，恳挚悱恻，可当官箴读也。

　　题画诗佳者甚多，而具诗书画三长者则少。余家藏有文衡山待诏《中秋对月图》小幅，题诗三首。其《十四夜》云："月近中秋夜有晖，幽人恋月卧迟迟。及时光景宁须满，明日阴晴不可期。清影一帘金琐碎，凉声何处玉参差？酒阑无限怀人意，都在庭前桂树枝。"《十五夜》云："银汉无声夜正中，十分秋色小楼东。空瞻朗月思元亮，谁有高怀似庾公？把酒金波浮桂树，卷帘清露滴梧桐。碧云何处人如玉？惆怅东栏一笛风。"《十六夜》云："入眼冰轮积渐催，白头顾影重徘徊。极知物理盈当缺，自惜年光去不来。蟋蟀早将寒气至，芙蓉都受露华开。殷勤未负花前醉，依旧辉光在酒杯。"小字细书其上，真三绝也。

偶在市中购得石屏廖荣纶诗册，其题画诗多至六十馀首，其人当亦善画者。四言云："千寻之壁，百尺之树。筑室其间，以饱风雨。虹桥卧波，小济人渡。开窗闲吟，不知日暮。"六言云："石壁人家松径，野桥流水草亭。先生何处行乐？山堂梦回酒醒。"七言云："孤亭宛在水中沚，秀叠文澜三十里。面面虚涵诗意清，捉月谁敌太白李？倚栏一照光明镜，浪花云影拾不起。"遥情逸韵诸多类此，非俗笔也。

王予望[1]，清初陇上闻人也，才名籍甚。尝宦游南北，博学善书，为诗文有奇气。予得其轶诗数首。《游灵岩寺》云："尝拟谢灵运，惜为气力殊。降心随小路，骇浪虑轻桴。过眼峰堪画，插天阁欲扶。潊然闻土谷，罗拜礼金瞿。"《莲峰山怀黄眠声》云："人间此日影偏迟，读罢玄经闲自知。风入松涛千顷雪，拟君相对鼓琴时。"《供美人偈》云："善哉梵网本圆溜，自作应须今自遭。若使有情犹带痴，阿谁为白落人后？"《逃禅引》云："放下即须就放下，千斤担子复谁压？出门骚首仰青天，脚底十方那有边？放放流水行云识去向，下下桃李春风许自嫁。放下放下热铁丸，清凉界早有商量。"在其笔意不落寻常蹊径，洵不羁才也。

校释：
[1]王予望（1605—1686年）：原名家柱，字胜用，一字荷泽，亦名了望，号绣佛头陀，甘肃陇西人。清顺治五年（1648年）贡生，官福建泉州同安令。善书。著有《风雅堂诗文集》等。

黄乐山[1]，名毓麟，光绪间皋兰之名进士也。夙有豪气，文诗如其人。其《游禹王庙题岣嵝碑》云："读罢岣嵝兴倍豪，聊将明德入诗骚。功垂鸟篆千秋永，气压龙门万丈高。八载补完天地缺，一生受尽古今劳。倘非昔日平成力，人尽江鱼世尽涛。"时人传诵之。以腹联为佳。

校释：
[1]黄乐山：名毓麟，字乐山，皋兰县人。清光绪十六年（1890年）进士，授刑部主事。工诗，民国初，与白宝千、周应沣并称诗坛"金城三才子"。

伯兄子文，尝为甘州府燕训卿太守幕宾。太守湘人，以京曹出守来陇上。善诗赋，子文从之学诗，颇藏其篇什。有《春寒》二律："消寒肯放酒杯空，不定阴晴二月中。雪点荒原权当雨，山围古戍易闻风。几曾社日来春燕，欲把乡心问塞鸿。愿祝东皇频送暖，小园花事待飞红。"其二："连番薄霰洒边尘，料峭轻寒客里身。裘退偶添新炽炭，帘开仍怯晚来春。幽禽叫煦初调舌，锦鲤吹冰欲上鳞。屈指清明迟几日，东风剪出柳枝匀。"工雅而切于本地风光，所以为佳。其咏古《项羽》四首云："怒涛奔咽楚江愁，劝驾翻来江上舟。百战雄心惭末路，五年霸业付轻沤。美人甘为重瞳死，故友叨封万户侯。慷慨一歌成绝调，大风猛士各千秋。""书剑韬钤皆画饼，无成秖为坐轻浮。入关便馁风云气,衣锦偏争富贵游。吝赏仓皇趣铸印,封王儿戏等分阄。留侯进履韩侯怯,叱咤都归绕指柔。""秦关百二掌中收,却指彭城作苑裘。铸错已成离虎穴,渝盟未许责鸿沟。空馀范老挥杯急,枉挟而翁置鼎求。怒马临江归不得,犹呼战胜饮吴钩。""羊奴作帝果何求?北面君臣分已留。灞上欣传军缟素,衡阳痛问水沉浮。中原拱手输秦鹿,百部甘心弃楚猴。一误便知成瓦解,天心毕竟属人谋。"子文有和韵二首云:"中原有鹿势难求,忍使旁观笑沐猴。百二关河曾我惜,八千子弟问谁收?军中未定三秦檄,江上偏来一钓舟。盖世拔山力已尽,奈何声里怨同仇。""江山遗恨志难酬,百战雄心尚在否?负我范贤曾未用,笑他竖子不堪谋。欲成鼎足三分势,惊起楚歌四面愁。事至穷其争慷慨,千金与若购人头。"皆驱遣史事,以为议论,咏古正则也。子文又有咏《探春》句云:"冷暖风光寒食节,有无消息向阳花。"殊饶神韵。

赵启霖,湘人。以词林官四川学政,入为御史。光绪甲辰会试同考官,余捷南宫,出其门下。后以劾权贵罢归。曾见其《和赵伯岩沪居旅感韵》,亟录之:"喜闻吾子得南归,蒿目江山景物非。梦里似过燕市饮,樽前同作楚囚悲。故知百足虫难仆,何止三年鸟不飞。松菊一廛犹可隐,相期珍重芰荷衣。"其二云:"宵转飞鸿斗柄斜,案头抛置到《南华》。既无井底郑思肖,分作(邱)〔丘〕[1]中留子嗟。七圣当时迷要道,九流他日首谁家?新来节候惊初夏,犹有空山未放花。"读此,见先生忠义之忱,而当时清廷失政,良可慨也。先生与伯岩俱以言事获谴,故有伤时偕隐之意。湘兰沅芷,此其嗣音。

校释:
[1](邱)〔丘〕:写本作"邱",避孔子讳,改为"丘"。

吾兰讲陆王学者,有卢敏斋[1],喜吟咏,所著《柳谷杂吟》,有诗四十馀首,乃学人之诗也。其五言《偶占》云:"此性元无息,劳劳我多心。浑然一片意,万载无古今。"一"延平观未发,白沙养端倪。识得真谛则,千圣一庐栖。"二"氤氲复氤氲,古德传心诀。非性作元羹,空铛煮白雪。"三"制外由养内,显微本一机。珠怀川自媚,玉韫山含辉。"四"无妄之谓诚,无妄亦无诚。妄诚两不著,性地月同明。"五《溪上纳凉兼望雨》云:"暑气新秋盛,秋将没处寻。风摇千树热,山压一溪沉。石罅松根出,岩腰草带侵。纳凉聊席地,雨意满遥岑。"七言《偶成》云:"悔心素昔枉劳神,坐抱禅关未了因。活泼天机随处彻,浑沦圣体逐时真。东山月出山山月,古树春回树树春。始信五行真动静,自然流露自然新。"《秋日漫成》云:"屈指浮生卅载晖,宦途学业两无依。饮真且酹黄花酒,安素聊穿白袷衣。念有去来生死路,识多分别转轮机。良知示我天然则,活泼流行自忘几。"《春夜》云:"挑灯独坐小窗虚,一炷炉香几卷书。此夜茅斋春正永,卧听疏雨到二更。"《初戏题〈知足图推车汉〉》云:"此生久不梦匡王,食力欣逢泰运康。明月扶轮风作御,一车推道古羲皇。"语语皆有道者言。而其《题虎头崖》云:"峻绝虎头崖,临

河千万尺。岩腰洞口开,中可容人百。"则又诗人小品之奇逸者。《初秋得雨》有句云:"烟翠迷离村后寺,峰岚映带水边楼。"尤工雅可诵。

校释:

[1]卢敏斋(1820—1891年):名政,字敏斋,别号柳谷,甘肃皋兰县西柳沟人。清咸丰二年(1852年)举人。任通渭县训导、凉州府教授、兰州五泉书院山长。精研宋明理学,傍涉方志、天文、堪舆、医学。编有《乾象集古今说》,为甘宁青地区最早介绍西洋天文学的著作。著有《学话》等。

牛作麟,号愚山,通渭处士也,树梅[1]之父。以讲学称,不闻其能诗。顷阅其《牛氏家言》有《思南山》诗云:"盛夏苗方秀,风清日正暄。同人携美酒,幽径出良田。缓步登峰上,开颜息树边。晴云生碧岫,野鸟入青天。地僻乾坤近,山空化育全。古风征有在,俗累起无缘。谈送夕阳影,归瞻曲巷烟。何时重乐此?遥忆倍凄然。"淡远处有陶令风味。又《忆山景》云:"几树长松插远天,半衔星月半衔烟。风来响应清溪水,何处湘灵鼓夜弦?"《清明上坟》二绝云:"壶浆灌地纸飞灰,绿草萋萋土一堆。莫怪荒郊陈野祭,舍兹何处觅根荄?""纸灰飞处日当午,此日如流成往古。缛草持觞滴泪人,几年不作一抔土?"语皆从性真中流出,故不求工而自工。

校释:

[1]树梅(1799—1882年):名树梅,字雪樵,号省斋,甘肃通渭县人。清道光二十一年(1841年)进士,历官四川雅安、隆昌、彰明知县,宁远知府、四川按察使。清理积案、兴学、救灾,人称"牛青天"。主讲成都锦江书院等。著有《省斋全集》等。

张松龄[1],平番举人[2]。余从友人处见其诗册,有《读史书武侯传后》云:"四十馀年报主知,出师聊作帝王师。曹刘两主天难问,瑜亮同生命亦奇。汉祚几成蛇画足,臣心岂为豹留皮?斜阳故垒江边石,阅尽兴亡总不移。"使事亦复犹人,而以议论胜。

校释:

[1]张松龄(1860—1929年):名长春,字松龄,号曼卿,别号碧山居士,甘肃平番县(今永登县、天祝县、兰州市红古区)红城人。贡生,设帐授徒40多年,学生多有成就。著有《玉燕堂文集》等。

[2]举人:写本作"举人"误,据《永登县志》,张松龄为贡生,屡试未曾中举。

孙庆伯,静宁举人。尝宦蜀,归后居水洛城,著书,习静坐。余因事赴乡,过洛城曾与一谈,未知其能诗也。近见其遗稿,《荆山赏花》七古云:"镌山为花山亦好,累花为山山更奇。芝岫莲峰竞斗巧,是花是山山不知。洛城三月四月间,紫荆花开紫荆山。红云一朵来天外,俗草凡英一笔删。千树万树总同花,绛宫仙子晒丹砂。一山幻成花一朵,武陵仙桃娇无那。洛城好似碧玉盆,天作盆景属天孙。不然诏赐香案吏,乘风飞去瀛洲地。如何四万八千岁,此山尚在人间世。上则殿阁极崔嵬,赤霞明灭锦绣堆。下瞰城市如蜂房,游蜂无数散天香。世人特地访香国,不断尘缘游未得。此山此景本非

常，应把洛城号仙乡。生平探奇到玉垒，得一奇观叹观止。奇观观止本天成，鄙处乡曲未有名。无名山宜无名子，日日登临费屐齿。对花酌酒恣徜徉，非颠而颠非狂狂。醉后一觉南柯梦，蓉城旧主今花王。"其笔意转变灵妙，足见心胸活泼，非钝根人所能望其项背。亦由习静使然，自不落寻常蹊径。

故友王建侯树中，以进士宦皖，称循吏。余宰静宁时，建侯适去官旋里，过余于静署，相与谈诗至夜分，出途中所作示余，《山行》云："寒色满林霜缀华，山容瘦损树槎桠。客愁诗思兼浓淡，落叶随风上车。"《灞桥口占》云："千古骊歌唱灞桥，长烟漠漠水迢迢。几曾折断桥边柳？都赴邯郸梦未消。"《咸阳大渡》云："渭水东流不复西，长波森森夕阳低。古今多少人争渡，渡过何人路不迷。"《重过六盘山戏题》："策马重来过六盘，依然红树夕阳殷。山灵见我应腾笑，空自哦诗去复还。"《骊山温泉》云："山势苍巍紫气屯，一泓清碧洗云根。仙灵宅窟留春驻，元女丹砂炼汞温。烽火龙漦倾国族，霓裳妖冶沐君恩。尘寰污点凭谁涤？吊古苍茫烟树昏。"《癸丑七月感怀》云："狂笑出门首自搔，无端异梦逐三刀。愁来未觉诗能遣，困际方知富足豪。猘犬猖狂涴市听，兵戈声浪激江涛。悠悠空碧凭谁诉？倚剑长歌引浊醪。"建侯在颍川政声甚著，去官时《颍川留别》云："别绪千条理乱丝，攀辕相向竟何词？昊穹漠漠民其瘝，前路茫茫孰与持？几日同舟惊骇浪，他年在莒引长思。春残花落雏鹏语，忍听离歌进酒卮。蜩喧鼎沸实堪哀，大厦能支杖硕材。薄宦滥竽聊具位，群公借箸尚倾怀。漫将泾渭分流派，合比苔岑泯忌猜。郑重欲言还自默，碧天仰视意徘徊。"时辛亥国变后党争方亟，故诗中云尔。其所作已印行者，有《细阳小草》。

同年祁少昙荫杰善为诗，与余同官京曹时相唱和。归里后，索居岁久，每捡行箧中所遗篇什，如睹其人。《旅行》云："落日照边城，城边人独行。惊雕舒饱翼，霜雁落寒声。远树依山没，荒原带草耕。百年征战事，拊髀不胜情。"《凉意》云："清秋一钩月，帘外捣寒衣。人定鸟初睡，夜凉星更稀。低回思久客，辛苦掩荆扉。为讨霜鸿信，江湖底不归？"《过洛阳吊贾谊》云："庙堂水火势苍黄，骐骥如何隶犬羊？不愧读书真气节，可怜经世大文章。有才未免轻馀子，一哭还能感帝王。莫向长沙寻故宅，水风竹雨满潇湘。"《小庭》云："银烛青樽遥夜天，小庭人静语绵绵。飘蓬身世空今日，乞巧心肠说去年。江上凄凉庚子赋，囊中羞涩少陵钱。闲来一事犹堪信，自插瓶花忏老禅。"《题张沧海〈篁溪归钓图〉》云："新诗满天地，一棹老沧州。爱客能青眼，辞家早白头。死生馀半偈，啼笑有千秋。歌罢湘春晚，潇江日夜流。丧乱从吾道，艰难为有身。芒鞋忧国泪，箬笠避秦人。草白龙沙暮，天青瘴海春。桃源无战垒，鸡犬见遗民。满目愁荆棘，荒林集断鸦。征人应有梦，帝子已无家。燕月随鞭影，吴霜洗剑华。漫询江令宅，落木是天涯。一峰晴日冷，万里尺书来。置酒黄垆近，论文白社开。伴狂神女赋，不老谪仙

才。沧海平生志，从君问钓台。鹊矢三江静，羊裘五月寒。天心疏网易，人世直钩难。遁迹陶元亮，高风管幼安。似闻儿女话，烟水近长干。驿路黄花节，柴门青犊车。夕阳忧老别，丛竹爱贫居。日月荆榛外，乾坤战伐馀。秋风归棹稳，不是为鲈鱼。"寄托遥深，不胜身世之感。少年时尤喜为香奁体，尝有《韬罗词》之刻，词甚绮丽，而情则哀苦。

张天石振骐，武威举人，久客燕都。余官农部时，常相过从，每与唱和。天石好为艳体，著有《绮史新咏》，盖国变后，讽寓时事作也。余尝为之序。又有《苦吟生风怀》云："锦帐芙蓉绣辟邪，桂堂东畔月钩斜。扶头卯醉窥青镜，系臂春寒透绛纱。悄密行踪防夜露，迟回软语晕朝霞。蓬山未必无尘劫，莫更银潢浪泛槎。""星辰昨夜会匆匆，问讯青鸾暮地通。袖底唾花痕印碧，壶中情泪血凝红。缄投锦札调金雀，约证瑶钗缀玉虫。忆否簸钱[1]堂下日？娇痴未惯匿芳丛。""紫玉丰神碧玉年，花时齐放海棠颠。化身蝴蝶欣同梦，生小鸳鸯愿并肩。钩弋[2]掌中纹独秘，丽华[3]膝上记能全。换来金谷珠千斛，学步香尘骨亦仙。""珠箔沉沉下玉钩，春灯飘雨隔红楼。镜中妆影元元洗，囊底香痕扣扣留。骰颗深嵌愁刻骨，道书慵读对梳头。郁金堂外花如绣，锁住卢家妇莫愁。"其工丽类如此。余出都时，承赠二律："河梁冠盖去悠悠，憔悴京华客独留。击筑豪吟燕市月，朋簪归卧陇山秋。歌声砺地铿金石，剑气埋尘贯斗牛。莫折离亭西畔柳，春风好待再来游。""乾坤沧海日横流，作客身同不系舟。汽笛夜惊千里梦，飙车晓发万峰秋。醉心醇酒怀公瑾，傲骨风尘识马周。珍重春华须努力，名山待筑仲宣楼。"后余两度入都，犹话旧雨。然处境益困顿，竟客死，可叹也。

校释：

[1]簸钱：掷钱为赌博游戏。唐王建《宫词》之九三："暂向玉华阶上坐，簸钱赢得两三筹。"

[2]钩弋：即钩弋夫人，赵氏，河间人，汉武帝妃。传说出生时两手握拳，汉武帝过河间，将其拳展开，见握有一玉钩，号拳夫人，封婕妤。居钩弋宫，称钩弋夫人，生汉昭帝。后受责，忧虑而死。汉昭帝即位，追尊为皇太后。

[3]丽华：即阴丽华，南阳新野人，东汉光武帝后。当初，光武闻其美，爱甚，曾说："仕宦当做执金吾，娶妻当得阴丽华。"光武帝即位，果然纳为妃，生汉明帝。后废郭后，立丽华为后。

天水张育生先生，秦中循吏也。辛亥后归里，曾掌国税。余宰静宁时，先生将受代，余亦有去思，寓书于先生，先生报以二诗。曰："真意还须耐苦烦，天台一语治探源。先劳难恃恃无倦，千古官箴不二门。""衰残此去复何言，同好诸公幸耐烦。耐烦毕竟多无事，减政今应到处尊。"是时政繁财匮，故有减政之议，而戒居官以耐烦，尤甘苦之言。先生又有《观感吟》，取二曲《观感录》中诸人分咏之，欲人取以为法。

张炜，灵台举人。余宰灵时，其裔孙以遗诗一册送阅。有《拟伯夷叔齐采薇歌》云："登彼首阳，言采其薇。人随世改，事与心违。悠哉悠哉，可以乐饥。唐虞世远，吾将焉归？"一"登彼首阳，言采其蕨。鹿豕与游，豺狼同窟。谁秉白旄？谁仗黄钺？周兴也勃，殷亡也忽。"二"采薇采薇，首阳之东。朝露未晞，凄其以风。形如槁木，首若飞蓬。茫茫宇宙，谁识苍空？"三"采薇采薇，首阳之西。蝉翼为重，泰山为低。我啜其英，而撷其稊。露冷风寒，烟雾凄迷。"四"采薇采薇，首阳之南，峭壁千尺，下有深潭。酌言饮之，其味醰醰。一勺已足，孰辨廉贪？"五"采薇采薇，首阳之北。节凛冰霜，心如金石。莫莫高山，上有松柏。兄弟结庐，以永朝夕。"六"采薇采薇，首阳之上。天地为庐，峰峦为障。日月照之，别饶清旷。莫问征诛，焉知揖让？"七"采薇采薇，首阳之下。世方逐鹿，我独扣马。巢父既没，少知音者。匪兕匪虎，率彼旷野。"八面面推阐，能得夷齐之心。其主柳湖讲席时，地多方士，为作《戴胜行》云："戴胜尔何来？云是王母使。崦嵫迢遥几万里，为何不见青鸟止？相传上有蟠桃树，开花结实何累累。三千年一结子，结得子熟味甘美，仙人食之长不死。果其食之长不死，秦皇汉武今谁是？文成五利今已矣，更从何处求方士？五岳真形方寸起，八骏西行犹未已。蓬莱三山不可企，唯见海楼与蜃市。黄金丹砂知何似？只今但馀瑶池水。"时徐总统晚晴簃方征诗，余即以其集送之。

　　陈阜荪，湖南举人。族居北都，与张天石为诗友。天石尝以其《燕台杂诗》见示，多关于辛壬间事，遂录存之。"三年归梦五湖舟，望断层城十二楼。一种黄金难养士，燕郊无主隗宫秋。""芍药栏边花信迟，卖花天气雨如丝。祇今别有西河痛，不是丰台选艳时。""鹦鹉空伤千载情，凄凉香冢不知名。年来花落江亭晚，欲奏神弦无处迎。""故宅沧州春复秋，诗魂空作虎（邱）〔丘〕[1]游。堂堂帝室犹如此，家国兴亡我欲愁。""弯弯黄月逗藜床，辽海悲风万里长。莫叹焦桐音赏绝，朝衣谁哭蔡中郎？""颐园水木最清新，南苑风光几度春？夕照西山眉一抹，玉儿和月梦横陈。""供奉伶官数宠光，祇今难问旧君王。何如花外流莺啭，一曲崔徽定教坊。""清歌小扇制齐纨，不与西林集例看。惆怅津桥杨柳晚，青袍御史早休官。""铅筑哀声亢玉箫，城南挟弹故相邀。无端轰得将军死，未敢鸣驺豫让桥。""西郊农事试场分，蜂蝶多忙趁草薰。一向水光风色里，酒旗斜曳映红裙。""摇落秋风团扇郎，漓云词句断人肠。春衫杏子难寻泪，夜雨梨花易损香。""莽荡神京帝觉罗，当年遗老祇悲歌。弹棋直到中心局，海水扬尘陆起波。""杜宇横塘那可闻，文园消渴始怜君。空知孽海花如海，流落人间傅彩云。""燕京花事最堪怜，歌舞城南月影娟。旧院塔西西畔路，更无人整内家钿。""五色旗翻天蔚蓝，春来长共柳毵毵。共和此日翻新样，犹说承恩二等男。""原野嗷嗷鸿雁声，清宫禾黍可怜生。如何专使南来日，一夜传烽遍九城。"

校释：

[1]（邱）〔丘〕：写本作"邱"，避孔子讳，改为"丘"。

吴柳堂先生诗才卓越,迥出尘表。其试帖诗如老骥伏枥,五十首聚米为山,四十首鸿篇钜制,为从来所未有,论者谓似老杜,五律不能以试帖观也,即古近体诗,亦往往逼近唐人。其《春日同张幼樵王可庄陈伯潜宴集共赋长句分得"江"字韵》云:"饧箫吹暖铿红腔,画帘蛱蝶飞一双。新篘夜熟浮银缸,春灯絮语玻璃窗。忘形尔我襄阳庞,矛盾互刺钟争撞。月华溶溶涵碧幢,我来足音空谷跫。莲漏滴玉声玲玠,谈禅说鬼闹纷哤。瓠梁悬索都卢橦,金鸣银涌戈戟摐。词辨百出气不降,吾宗陇西据名邦。猿臂健儿超甘逄,骚情雅音撷兰茳。可怜一木难为杠,寒滩激石当急泷。金玦入佩衣之尨,放归故庐老渔矼。大官禄廪高封椿,俸料坐养愚与戆。何当相期泛大江?楚糟姚酒登吴舽。绿采莼菜红豆豎,剪风丝雨斜烟篊。同游联咏序石淙,张陈健笔鼎可扛。呼吸噫气山腔舩,万花不落围灯釭。张目箕踞双瞳腔,出门大啸巷吠尨。"此韵险且窄,而瑰丽似长吉,诚非易易。

张敦五[1]先生国常,主兰山书院讲席多历年所,桃李盈门,陇上之文坛泰斗也。而雅不以诗闻,唯见其《拟题郑侠〈流民图〉》[2],作录以见概:"垒块满胸酒满壶,呼朋同看《流民图》。绘图者谁签题面?郑侠其名字介夫。介夫直声高北宋,官爵生平非所重。忧世常存己溺心,媚时耻献河清颂。侧席求贤为亮功,熙丰天子正虚衷。为何鱼水君臣乐?偏得临川拗相公。相公自庆明良遇,经术允宜经时务。一卷《周官》旧读书,斯人竟把苍生误。不恤人言不畏天,青苗市易免行钱。政成掊克凶荒作,犹说商汤旱七年。此时哀雁愁离散,此际官逋尚追唤。身披械锁无完衣,妻孥尽鬻信难谖。先生适监安上门,风沙雾曀日俱昏。忍将面目摹灾众,捧出心肝奉至尊。居恒雅擅写生手,万状千形笔下有。发来马递上银台,再拜稽首署臣某。黼座披图反覆观,长吁数四圣心酸。只知胥吏追逋易,未解群黎复业难。春风诏下开封路,天语缠绵人鼓舞。新法今除十八条,群情幸免流离苦。果然感格到天心,远近均沾三日霖。执政联翩齐入贺,九重唯有责词深。蛇皮宰相力求退,传法沙门依然在。御所环泣巧陈辞,昨日恩纶今日废。小臣位不列朝班,忠愤何知谤与讪?写就贤奸真事迹,批鳞再犯圣人颜。书上怒撄福建子,狂夫狂言狂乃尔。瘴雨炎风扑面迎,投荒一去万馀里。先生之风高且长,先生之心日争光。我今评阅丹青笔,满幅烟云发古香。"

校释:

[1]张敦五(1836—1907年):名国常,字敦五,一字冬坞,皋兰县靛园寺人。清光绪三年(1877年)进士,授刑部主事。任兰山书院山长20多年,造就人才甚多。著有《听月山房诗文集》等。

[2]郑侠《流民图》:郑侠(1041—1119年),字介夫,福州福清人。进士,调光州司法参军,为王安石所重,但反对新法,借旱灾之机,绘《流民图》献给宋神宗,把灾民疾苦,归咎新法,神宗遂废方田、保甲、青苗诸法。吕惠卿执政时,贬逐英州。哲宗初年为泉州教授,后再贬英州。徽宗时得归,居家而卒。著有《西塘集》。

敦五先生之弟国香，以举人为中卫学官，善诗古文，著《雪窗偶笔》。同治丙寅丁卯间，兰垣兵荒荐臻，市井间人相食，墟里萧条，白骨错杂。其笔记中有《白骨冢》诗云："黄土累累成(邱)〔丘〕[1]垄，狐狸为窟獾穿孔。石碣对立屹然高，大书三字白骨冢。白骨枕藉满蓬蒿，昔日村庄今荒郊。饿殍相食皮肉尽，乌鸢不啄野狗嗥。骷髅欲动昼攫人，雨淋日炙风飕飕。何处一长官，下令重如山：骨一斤钱一仟，箧畚锄钯纷来前，皑皑白骨冢之边。尔时征夫旅客嫠妇孤儿填在一冢内，至今招魂无巫，藏身无椁，遂教风号月哭，啾啾新鬼问苍天。纵有寒食清明佳节相次连，凄凉麦饭浇黄泉。岂无一二儿女寻到此间者？对此纷纷恐茫然，而况遗骸皆自爨之馀，拾来一把绝可怜。我过垅头私自语，凭吊斜阳泪如雨。历劫灰飞凿昆明，一(邱)〔丘〕[2]貉聚成今古。吁嗟乎！血满长崖咽不流，九边白骨无人收。"此作有关地方轶事，而古音古节，亦复可传。

校释：

[1](邱)〔丘〕：写本作"邱"，避孔子讳，改为"丘"。

[2](邱)〔丘〕：写本作"邱"，避孔子讳，改为"丘"。

朱时轩[1]先生以书名，喜画菊。其题画有云："书画消磨四十年，三秦到处姓名传。而今再写辋川菊，犹是秋风八月天。"盖先生曾主蓝田玉山书院讲席，此作当在其时。

校释：

[1]朱时轩(1791—1872年)：名克敏，字时轩，号游华道人、凤林山樵、颐道人，皋兰县颜家沟人。清道光八年(1828年)优贡，主讲陕西蓝田玉山书院、甘肃靖远乌兰书院，官大通县训导。致力书法，各体兼备，尤功隶书，兼画墨菊。

家藏诗一册，无作者姓名，而多佳什。《赎裘》云："羊裘已敝不遮寒，况复赎来冬又残。直作春衣仍典酒，陶然忘却一身单。"其意兴殊不浅也。

民初乙卯丙辰间，刘果斋先生创闻欢雅集，即诗社也。余于乙卯秋北上，丙辰春入蜀，需次年馀，以战乱频仍，困顿不易居，遂作归计。先生寄以《见怀诗》云："难得人中蕴借人，书生面目宰官身。剥心蕉叶诗才隽，上脸桃花笑语真。燕市秋高云出岫，锦江春暖月为邻。飞鸿报我归来日，白露苍葭共采苹。"先生诗收入《果斋集》中者无多，其零章断简，余所藏者亦祇数首。辛亥后，以卖字为生。其《待价表题辞》三章云："万变烟云静里看，江湖阔处地天宽。手中斑管箫湘竹，聊当严陵一钓竿。""奚童磨墨涧前溪，休怨先生价太低。但愿淋漓挥洒去，千门万户有云霓。""过客休嫌价太昂，将来声价要腾翔。不如及早来收拾，到手云烟四壁香。"先生久膺赈务，饥溺为怀，往往形于翰墨。有云："入耳声声乞食难，且凭柔翰扫辛酸。笔尖都是哀鸿泪，此纸成灰墨不干。"晚年习画，曾赠予一帧，题句云："小亭人散荡渔舟，摇向平桥以外游。傍晚得鱼归一醉，铃声无语塔当头。"写景而意味无穷，真画中有诗也。洎后多病，竟以失荣而殁。其《绝命诗》嘱余书之曰："我来六十八年春，痛痒相关与世人。今日抛开躯壳去，

还将热血洒红尘。"盖失荣而流血多,故云。其诗流传者尚有《北游诗草》及《画兰诗册》,皆未印行。

王紫垣先生兆辰,在闽欢集中号问芳老人。乙卯秋,余北上,先生赠别云:"三载光阴一梦中,来朝匹马趁秋风。酒因惜别杯须尽,诗到离乡句倍工。伏枥骍骝徒恋栈,出尘鹰隼早盘空。他年若惬匡时愿,记取兰山晚照红。"先生在当时称名宿,而十上公车不第,寔命不犹也。

白宝千鉴真,亦闽欢集中诗豪也。诗以雅炼胜,所作皆入《闽欢丛录》。又曾见其《归鸿琐记》有诗数十首,盖壬辰会试后,由都返里途中之作:《柏乡县》云:"科名何必卜金钱,且喜风光满眼前。曲涧水能周绿野,远山色欲混青天。草塘阁阁蛙声乱,沙碛迢迢马足穿。话到此邦真健羡,绩麻馀力又耕田。"《邯郸祠》云:"轰轰烈烈总非真,何似风流自在身。此日邯郸问仙迹,梦中人笑梦中人。""大千世界幻空花,一梦居然富贵家。炊熟黄粱无趣味,醒时翻较睡时差。"《魏家营吊魏武帝》云:"中原战伐几时休?百万雄兵据上游。巨眼独窥昭烈帝,虚心甘让武乡侯。漳流浩浩荒台圮,邺郡萧萧故垒秋。惆望夕阳明灭处,空教疑冢遍平畴。"《汤阴县谒岳鄂王祠》云:"卅九年来不朽身,中流砥柱此纯臣。雄怀未挽徽钦厄,馀恨偏归忠孝人。气压金兵荡巢穴,心伤火德委风尘。更从桑梓窥真迹,诗有唐音字有神。"《峡石驿自慰》云:"地亦陷东南,天亦倾西北。毕生皆坦途,达人不可得。剥复相循环,万古无终极。静夜偶扪心,毋劳空叹息。"《永寿县自慨》云:"武士宝刀文士笔,灼灼光芒耀天日。一朝锋锷不敛藏,徒有其形无其质。""我本陇上一顽夫,又是高阳一酒徒。醉倒当垆不自觉,兴酣那计偕屠沽。""襁褓半生愁废学,客岁公然赋金阙。有志还期万里游,无才敢与群雄角。""归装收拾问西来,满鬓风霜亦快哉。他日征车就熟地,画图一幅重展开。"《青江驿》云:"得来平旦气,物我两忘形。古木无荣悴,达人参醉醒。半窗灯晕碧,十载剑磨青。聊以抒幽兴,放歌君且听。"

枹罕邓德舆,余乡、会两榜同年也,又尝先后宦蜀。归里后,卜筑兰城南郭外为拙园,时相过从,唱和颇多。曾刊《拙园诗草》,其未印行者尚多。余所存有《闽欢雅集》及《五泉避暑》《拉卜楞寺》诸作。德舆夙好佛,余亦从之谈禅。尝以诗敦余听经云:"不知摩诘老,何故却逃禅?疑是天花著,当非魔病缠。闻经开法眼,种福净心田。中道真空理,未容执二边。"余依韵和之,德舆复进一解云:"闻教明心地,方超有漏禅。若留二执惑,难免五阴缠。纵辟三关窍,未空八识田。根随烦恼在,恐落有无边。"其生平精研佛理,非人所易。及又曾送余北上云:"临歧不酒已心醺,慷爽问谁更似君?海内于今多事日,相期从此会风云。"余于此入蜀,乃落拓而归,有负故人期许,感念何言。

秦安孙吟帆，[1]能诗，善书，宦游蜀中多年。曾见其《宿剑州二绝》云："郎当驿前天似墨，雨淋铃处已成尘。上皇此地曾垂泪，千载伤心尚有人。""当时奉母携妻地，今日重经十九年。又向荒亭寻旧梦，霜花木叶小寒天。"《又宿剑门驿》云："积雪排空天为黑，天公掷剑蜀山北。森然万仞欲攒天，划断奔云成水墨。蜀中山水多奇创，剑门实为天下壮。珠玉辇载入中原，轮蹄几度关兴衰。我生九踏剑门雪，兹游虽苦良不恶。橐笔军门草露布，平生夙愿或能惬。吁嗟乎！人生转眼已成尘，电光一掣驹隙同。安得荣名比金石？题诗聊寄戍楼东。"《大散关》云："栈云飞断蜀门开，如掌秦川眼底来。渭水东流趋潼灞，吴山西峙孕岐邠。中原健将思璘玠，[2]百战忠魂付草莱。大散关头回首望，黄尘匝地亦堪哀。"其二："危岭高登思悄然，马蹄踏破翠痕圆。十州门户千秋锁，三辅楼台九点烟。竖子英雄齐下泪，苍松怪石都成仙。劫灰冷到吴王庙，更有何人著祖鞭？"《留侯庙壁》云："霸业消沉付逝波，翛然归卧旧陵阿。英雄末路赤松子，富贵人间春梦婆。宿将从来结局少，神仙终怕受恩多。灵旗尚带风云色，凄绝当年猛士歌。"其二："翛然萝薜带苍苔，楼阁参差树木开。三代而还谁吏隐？中原多故惜公才。江山举手归刘季，岁月惊心付草莱。岂有英雄能辟榖？君臣遭遇亦堪哀。"其诗积健为雄，是善学杜者。

校释：

［1］孙吟帆（1840—1901年）：名海，字吟帆，一字举卿，号配山，甘肃秦安人。清咸丰十一年（1861年）辛酉科拔贡，朝考以知县用，历官四川阆中、成都、富顺、遂宁等知县。著有《吟帆诗草》等。

［2］璘玠：即南宋名将吴玠、吴璘兄弟，顺德军陇干（甘肃静宁）人，迁居水洛（在今甘肃庄浪）。吴玠（1093—1139年），字晋卿。善骑射，宋高宗建炎四年（1130年）任秦凤副总管兼知凤翔府。富平之战宋军败后，与弟吴璘扼守和尚原（在今陕西宝鸡西南），击败进攻汉中的金军。宋绍兴四年（1134年）改守仙人关，屡破金军。官至四川宣抚使。吴璘（1102—1167年），字唐卿，宋高宗时与吴玠守和尚原、仙人关屡破金军。吴玠死，他代为领兵。宋绍兴十一年（1141年），收复秦州（今甘肃天水）等地，以秦桧主和，被迫放弃。三十一年（1161年）金帝完颜亮发动战争。他力疾督战，收复州郡多处。两年后又因议和放弃。官至太傅，封兴安郡王。

余在剑阁县年馀，邑有二贤祠在山半，颇饶风景，公馀辄与同辈临眺。壁间有马麟伯《怀古》诗四绝："大剑小剑如刀攒，七十二峰成剑关。一缺微阳万株树，鸾音高响暮横山。""老柏婆娑怆晚春，劫灰飞过雨如尘。不堪红树思亡国，留得青山送远人。""走狗功名付槛车，颓坟孤玉长蓬麻。年来酹酒姜维庙，犹有当归数树花。""老却三郎鬓发斑，翠华秋雨驻重关。早知海上无仙子，直到峨眉见玉环。"

剑邑绅耆尤阅三籍新，好文学，与余订交，常相茗谈，访古迹，喜说胜朝逸事。余归里时，尤赠诗七律五首云："一曲骊歌唱别途，自怜从此德尤孤。行踪小谪尘间住，步履曾经天上趋。宦迹空留琴伴鹤，芝兰交契玉为壶。匆匆把臂犹依恋，祖道呼僮酒

再沾。""多少贤才厄困穷，簿书钱谷老英雄。一官靰系干戈际，万里星驰道路中。王粲感生楼上月，石尤愁送渡头风。何时再共巴山话？夜雨西窗烛剪红。""干戈扰攘遍江湖，瘴雨蛮烟上客须。彩凤何心栖枳棘？驽骀无状老樵苏。交情固结丝千缕，薄饯频斟酒一壶。从此关河劳怅望，蜀云秦栈两模糊。""山城小住只须臾，欲倩轮将大雅扶。周道骓骓驱四牡，前途隐隐飑双凫。劝君酒尽一杯醉，嗟我杨生两肘枯。此去应知云路近，可能回忆到狂夫？""先生解组赋归与，几首新诗几卷书。孺子有谁频下榻？龙标无计挽征车。我心寄月时瞻恋，客意随云任卷舒。郑重前程期远大，人才原为国家储。"阅三常欲留余为剑阁修县志，又望余令剑，故诗中有"大雅扶轮""前途双凫"之语。余归后，鱼雁杳然，念之每怅惘。

阅三常出其兄雪新公诗相示：《媚香楼》七古云："石头城内笙箫起，残脂剩粉秦淮水。跨溪一带红板桥，朱楼隐约垂杨里。楼中有女字香君，翠绕珠围六幅裙。文君才思昭君貌，眼底落落空人群。翩翩公子颜如玉，镇日看花看不足。寻春直入武陵源，四垂罗帐烧红烛。湘帘不卷日初长，紫燕双栖玳瑁梁。秾歌艳舞朝还暮，不数吴王响屧廊。讵料风波生顷刻，妾自南兮郎自北。凄凄切切断肠声，锦被馀温留不得。燕子楼上灯如豆，菱花镜里人消瘦。霜衾雪帐不成眠，铜壶夜数莲花漏。权门相逼掷缠头，揉碎桃花满面愁。绘成一幅桃花扇，真个桃花见也羞。九重天子新开宴，承恩选入薰风殿。从此萧郎是路人，桃花易见侬难见。铜环不响禁门开，君王夜半入宫来。西陵空有宫人泣，凤阁鸾台安在哉？香君栖隐憬然悟，离合兴亡草头露。太息秦淮古渡前，风雨萧萧乌啼树。君不见秦皇兀蜀建阿房，三十六宫花草香。楚人一炬成焦土，禾黍秋风空夕阳。"其风格不减梅村。又《留春》云："一盂桃粥手亲携，祖饯东皇请暂稽。税驾莫嫌芳草老，攀辕须念子规啼。榆钱尽可沽鹅酒，杏雨宜防没马蹄。寄语僧楼钟罢杵，恐惊报晓一声鸡。"题滥而意新，故可贵。又《品雪》有句云："江山有幸皆生色，陵谷不平亦自填。"意亦新。其昆弟皆能诗，想见怡怡埙篪之乐。

剑虽小邑，而人文颇盛。邑人徐迪《山居杂兴》云："巉岩乱壑涌飞泉，流水潺潺意自闲。渴辙不知能济否？徒留声响在人间。""满岭梅胎踏雪时，隔墙唯有月明知。凌寒先报春消息，不共群花一样迟。""满园桃李醉芳春，红雨逡巡覆绿云。乘兴游人行不返，归来又载月三分。""嫣红姹紫逐风飞，半被游人踏作泥。流水有怜红粉意，一时送到画桥西。"迪有女曰慧真，亦能诗：《省亲途中有感》云："万壑树苍苍，鸦声噪夕阳。马羸山更远，人倦路偏长。涧水鸣清籁，岩花送暗香。停鞭回首望，千里暮云黄。"家学渊源出于女子，固可采也。

闺秀刘瑞芝[1]，静宁人。余得其遗诗一册，赋物颇工。《春阴》云："重雾迷花径，轻风乱竹枝。但看村落里,处处早炊迟。"《春雨》云:"檐溜两三滴,归鸦四五声。遥闻深树里,杳杳有啼莺。"《秋日感怀》七绝云:"桂树飘香月影凉,床头蟋蟀已潜藏。中宵唤起还家梦,远寺钟声到枕旁。草木飞黄倍忆家,征鸿嘹唳在天涯。一樽酒罢青山暮,勉向西园看晚葩。"《咏蕨》七律云:"金茎初露带春烟,野岫盈盈紫色鲜。承露未伸仙女掌,擎天先出小儿拳。调羹雅称归金碗,为粉何妨荐绮筵。见说夷齐曾采食,高名青史至今传。"

校释:

[1]刘瑞芝(1724—1802年):名字瑞芝,天香,甘肃静宁人。举人江自岷之女,夫为贡生刘元。著有《蝉鸣小草》。

甲子乙丑间,余忝领省署秘书处时,谢次洲刚国方权政务,公馀辄与游宴,间以吟咏。其地则旧薇垣之若已有园[1]也,颇饶亭台花木之胜。同辈或戏称风流王谢,以相笑乐。次洲常出示旧作,尚记其数首:《赠卞篆吾》云:"如此乾坤眼倦开,知君应悔上书来。丈夫受谤皆奇福,世界难容是霸才。匣里倚天长剑在,酒酣斫地短歌哀。偃师博得君王怒,蔓延鱼龙总祸胎。"《赠何南生》云:"金台日暮起悲歌,同是天涯奈尔何?风雅道衰循吏少,治安策好妙年多。一般秋月明巫峡,九日寒灯梦汴河。稍喜韦皋移镇去,未应人海叹蹉跎。"《可惜》云:"也知弄月也吟风,学步邯郸总未工。娱老信陵真俊物,焚书秦政是英雄。侠能犯禁儒多伪,仙又难成佛太空。可惜驹光抛撇了,壮夫遮莫事雕虫。"《题王仲瞿诗集》云:"恨无十万足横行,两卷悲歌衹自鸣。狂傲误君成白首,文章揆汝是青盲。可儿泪洒桓宣武,飞将心辜李北平。识字英雄同一哭,蹉跎到死尚书生。"《早发泰安西关》云:"鸡声呼月下西城,林角寒阳放早晴。帘影春风双鬓短,马头残雪万山明。劳劳人事悲车辙,漭漭关河叹甲兵。不尽少陵诸将感,一鞭催梦过长清。"次洲以为此皆少时作,殊未自慊,然读之,有不可一世之慨。

校释:

[1]薇垣之若已有园:唐开元元年(713年),改中书省为紫薇省,中书令为紫薇令。后因简称中枢机要官署为薇垣。元代称行中书省为薇垣。明改行中书省为承宣布政司,掌一省政令。亦沿称为薇省或薇垣。清初布政司也有此称。这里指位于兰州府城隍庙东侧的甘肃布政使司,其北有花园,清初李渔所建,名"艺香圃"。乾隆时丹顶鹤栖园内,改名"鸣鹤园"。道光时,布政使程德润重修,改名为"若已有园"。光绪时陕甘总督杨昌浚改为"憩园"。民国改为西花园。中华人民共和国建立后,为甘肃省图书馆、甘肃省群众艺术馆驻地。

余权政厅篆时,寮采中能诗者,鄂人尤县尉声璜,苏人朱秘书云松称善。尤曾官红水,[1]《题红水县署》云:"昔闻廷尉门罗雀,今到门前雀也无。地僻转能存古俗,官清何止励廉隅。一城斗大人家远,六月宵寒木叶枯。却爱松山青不改,涛声树韵总相于。"写其地荒寒景况如绘,云松多病不禄。其遗诗《秋兴》云:"旅怀乡思雨凄凄,兀坐

摊书烛影低。旧梦迷离庄叟蝶,壮心寥落祖生鸡。秋风莫漫思鲈脍,故国愁闻动鼓鼙。骨肉分携消息滞,一行征雁过楼西。"

校释:

[1]红水:即甘肃省红水县。明代万历间,在兰州北部筑红水堡。清乾隆四年(1739年)在皋兰县北部置皋兰县红水分县,县丞驻宽沟堡,管辖宽沟、红水、永泰、镇虏四堡。1913年,改为红水县。1933年,改为景泰县。

郑镜泉大令,余少年同学也。宦河北四十馀年,国变后竟成流寓,旅居保阳。好学不倦,常以诗章相寄,数千里外遥相唱和,亦足乐也。其和余《欢迎吴子玉将军入兰》韵云:"威棱叱咤起风云,尝拥貔貅百万军。失意途穷殊落落,伤心世变竟纷纷。招贤难入飞熊梦,善战空垂汗马勋。此日旌麾来陇上,儿童竹马喜成群。"《月夜见怀》云:"故人不相见,十载已侵寻。为惜关山隔,偏怜云树深。著书征素养,学佛悟禅心。欲望君颜色,梁间落月沉。"又七言《秋日见怀》云:"秋色凄清秋日骄,思君蓦地动诗潮。几多旧侣无音问,如此高人溷市嚣。宇内烽烟方滚滚,陇头风雨自萧萧。望君有如关山月,蔽目浮云恨未消。"其晚年习静坐有云:"萧然斗室净无尘,坐对黄花各色新。道自玄中寻奥理,心从静里见天真。屏除俗虑魂归舍,运用灵枢妙入神。欲炼金丹能就否?还须一榻证前因。"《读儒门语要》云:"群儒学说浩如烟,谁识孔门一脉传?刊去陈言标要语,应从此卷证渊源。"读此,足见其学殖之勤,诗其馀事耳。余有诗笺粘存数册,所粘镜泉诗为多。

集句古今人多为之,陇上唯吴松崖最胜。其律古一体,集汉魏六朝佳句为五律,实为创格,前所未有也。集唐亦独出新裁,如《潇湘八景》诸作,神韵天然,妙合无迹。先伯父镜塘公谓:"读先生诗两年,如对名花,如饮醇醪,令人不觉自醉自香。"《松花庵集》传本今尚多,其佳什美不胜收,有目共睹。

王石峤[1]澍霖,亦喜为集句。其集杜《闲居》云:"漂荡云天阔,提携日月长。世人共鲁莽,今我独凄凉。羁旅推贤圣,兴衰看帝王。防身一长剑,每夜吐光芒。"又《杨厚庵[2]节帅幕中书怀》云:"薄俗防人面,幽居近物情。隔巢黄鸟并,泛渚白鸥轻。弟子贫原宪,诸公厌祢衡。本无轩冕意,心境喜双清。"其所为《小西湖竹枝词》十馀首,人犹传诵,可考见其时之本地风光,因摘录之:"半亩莲池百亩塘,一经兵燹更荒凉。年年摇落无人管,可爱三湘魏午庄[3]。""绿杨阴下绉微波,红菡萏中映绮罗。盛会近来多士女,惜无人唱采莲歌。""六月会开日正长,炎蒸天气觉难当。多情最是堤边柳,招得游人暂歇凉。""喜雨轩中卖酒家,惠风亭上正烹茶。我来纵有相如渴,不见文君不肯赊。""美人携手上高台,风荡罗裙两扇开。小小金莲走无力,短墙斜倚望人来。""竹布衫儿赛葛纱,满头斜插石榴花。逢人似作风流态,手把红巾半面遮。""北山春雨隔河来,急电惊雷动地开。男女纷纷无处避,一齐拥上魏公台。""杨柳亭台似画图,人人都唤小西湖。一年四季常游宴,反把龙君作酒徒。""黄河曲曲绕池来,北有螺亭南有台。我到西湖看不足,教人怀抱及时开。""力把荒池作小湖,芦花两岸路平铺。亭台历落二三座,杨柳依稀数百株。""白马青鞍美少年,头拖草帽手扬鞭。偶然来到禅房里,斜倚寒床便吸烟。"小西湖旧名莲花池,光绪间魏光焘督甘时修。来青阁于池中岸上,亭台数四,以为游观之所。此词历叙当时情景,不啻风土志也。

校释:

[1]王石峤:名澍霖,字石峤,皋兰县长川子人。清咸丰二年(1852年)副贡,历官陕西榆林、神木、韩城知县。工诗善书。著有《宜春草堂诗集》等。

[2]杨厚庵(1822—1890年):原名载福、改名岳斌,字厚庵,湖南善化人。行伍出身,镇压太平军,累官署湖北提督,福建水路提督。清同治四年(1865年)任陕甘总督。

[3]魏午庄(1837—1916年):名光焘,字午庄,湖南邵阳人。光绪间任甘肃按察使、新疆布政使。甲午战争后,率部重创进犯牛庄的日军。后任陕甘总督、云贵总督、两江总督等。

曩在剑阁见王居中《由剑至阆竹枝词》四首云:"松林塘畔女郎过,背负薪柴一束多。行到溪流深阻处,手提双履踏春波。""轻罗细葛语风流,坐品龙团饮碧瓯。直到夕阳西下候,缓摇团扇上街头。""夕照沉西渡锦流,屏山顶上作闲游。回头指点城中景,隐隐高撑十二楼。""女郎十五立船头,缓拨轻桡自在流。一阵江风登彼岸,又乘明月挽回舟。"写其地风景土俗逼肖。

剑邑收支所长张舒翮,亦能诗。送余北归云:"久持牛耳主文坛,海内词宗仰子安。末世科名成咳唾,一声宦梦醒邯郸。莫辞驿路秦中险,怕听伊凉马上弹。最羡公才非百里,漫将末吏等闲看。""曾记蜚声动礼闱,廿年往事已全非。庸才每叹侏儒饱,盛世宁容曼倩饥?艺苑公原称作手,骚坛我已树降旗。那堪雪柳风烟里,征马萧萧去不归。"受人推誉,而迄未谋面,回忆惘然。

吾兰诗人陈退轩[1]增,道光间与秦晓峰[2]齐名。秦尝为评选其诗付梓,今传本已寡,余曾于戚里借得一册,撷其馀芳。《敝衣》云:"著自何年月?悬鹑竟敝残。虱营三窟便,针缀一丝难。赊酒未能典,临风不御寒。最怜原宪节,露肘亦安安。"《摆把川即事》云:"几经盘曲径,问俗到边村。风劲石飞力,天寒火失温。布田缘雪晚,牧马入云蕃。戒夜无烦柝,家家犬护门。"《宽沟》[3]云:"接壤连边塞,荒村住几家?依山开野市,傍涧放官衙。树杪紫尘雾,街头走石沙。可怜春信晚,草木未生花。"《春日过旧居》云:"未消积雪乱飞蓬,三径栖迟宅已空。无物尚留兵燹后,有家都付战场中。唯馀亭草含春雨,不见园花媚晚风。归燕乍来何处宿?呢喃徒话夕阳红。"《浮桥》[4]云:"枕席行师

路不违,浮桥铁锁压渔矶。苍龙横似凌波卧,彩蜺高凝破浪飞。共庆安澜平若砥,远招重译至如归。三边纳赆氐羌附,绝域殊方戴圣威。"又佳句如《雨中即景》云:"竹坞水迷桥畔路,柳村烟隐屋边山。绿杨风静鸟声寂,红蓼花深渔网闲。"《溪居》云:"鸟篆俱从沙际出,苔钱齐向雨中生。"《拨闷》云:"细检旧诗推病句,别开新圃种奇花。"意皆新警而真挚。

校释:

[1]陈退轩:名增,皋兰县人。清乾隆间诸生,设帐凉州,精史学,善为诗。著有《世德堂诗文集略》。

[2]秦晓峰(1759—1839年):名维岳,字觐东,号晓峰,皋兰县后五泉(今属七里河区)人。清乾隆五十五年(1790年)进士,选翰林院庶吉士,充国史馆纂修,改都察院江南道御史,迁兵科给事中。两任湖北盐法道,整理盐务、钱法,裁汰陋规,杜绝私盐,禁止盗铸制钱,献养廉银,修葺江汉、勺庭二书院。致仕归里,并率先捐银创建五泉书院。先后主讲兰山、五泉二书院山长。纂修《皋兰县续志》,著有《听雨山房诗草》等。

[3]宽沟:位于兰州城北三百里,清乾隆四年(1739年)建宽沟堡,为皋兰县红水分县县丞驻地。今属景泰县。

[4]浮桥:即兰州黄河镇远浮桥,明洪武十八年(1385年),守御指挥杨廉建。清光绪末废,创建为铁桥。

同年慕少(棠)〔堂〕[1],绩学能文,尤喜为诗,久客燕都。余权政厅时,少棠来诗曰:"时局正艰难,劳心事百端。才由天所赋,民赖汝为安。家学三株树,诗情万叠澜。扶摇云直上,众目盼鹏抟。"而吾甘政变继作,余数月即去,有负故人期许之殷。少棠著作甚富,集杜尤胜。

校释:

[1]慕少(棠)〔堂〕:写本误为"棠",迳改为"堂"。慕少堂(1875—1947年),名寿祺,字子介,因父字霁堂,故自号少堂,甘肃镇原县人。清光绪二十九年(1903年)举人,次年为甘肃文高等学堂教习。三十三年(1907年)赴北京、天津、汉口考察学务,参加同盟会。辛亥革命时,主张甘肃共和。民国初年任甘肃临时参议会副议长。1929年,任甘肃通志局副总纂。著有《甘宁青史略》《求是斋诗钞》等。

画士能诗者甚多,吾兰唯王晓霞[1]以诗称。余家藏数幅,有题句者四:"人间亦自有神仙,小阁琳琅集万编。夜半读书声乍歇,桐阴满地月中天。""万峰深处绝尘埃,并少幽人载酒来。频向奚童牢嘱咐,柴门只为白云开。""倦拥书城一几凭,睡魔日午上眉棱。枕头是我消愁具,莫问黄粱熟未曾?""难问先生何处住?山深林密寂无人。书声偶遇风吹出,又被云遮听不真。"题画皆写虚构之景,而有隐逸之思,故可贵。又于市肆见其二帧,有题云:"访尽深山一片绿,万壑千岩皆松树。镇日招寻不逢人,何处书声风送出?"命意与前相类。又云:"驱犊开田月未高,新晴土脉润如膏。东皇何事多情思?先染嫣红到杏梢。"写景亦活。

校释：

[1]王晓霞：名岱，字晓霞，号星海道人，皋兰县小北街（今属城关区）人。清嘉庆道光间在世。工青绿山水，能诗，常在画上题自作诗。绘有《兰州十景》册页，诗画相得益彰。

阎简斋太史，余甲辰同年也。是岁冬，由都结伴归里，途间相与唱和，多未存稿。民五兰垣相见，示余一笺云："平生志事半消磨，不奈尊前感慨多。老病渐知遭白眼，雄心直欲咽黄河。太平休唱滇池曲，积愤时吟易水歌。落日中原西欲下，男儿谁挽鲁阳戈？"忧世之怀若揭，以今观之，末二语直是诗谶。

古人作诗写景欲罄，言情欲蕴，直抒胸臆，不定求句之工，而有不求工而自工者，所谓文章本天成，妙手偶得之也。而后人乃斤斤于章句之末，议其短长，失古人初意矣。如《渔洋诗话》言：柳子厚"渔翁夜傍西岩宿"一首，何如作绝句以"欸乃一声山水绿"结之，便成高作，下二句真蛇足耳。不知下二句"回看天际下中流，岩上无心云相逐"，正写其不尽之意，无穷之景，去之则其真不全，渔洋但以诗言诗，而遗其所以为诗者之诗，故有此病。

刘韶廷司直曩与余同官都下，国变后曾远游新疆，复宦青海，晚年归里，自号颐叟，以诗酒自娱。尝为余校《中学通绎》数册，题其后曰："坠地斯文何处寻？千钧在发赖书淫。于今绝学原吾道，异日名山著苦心。赵氏连城完白璧，秦门一字轻黄金。悠悠终古总难没，八代衰文起灸针。"其诗自写性灵，不多雕饰，尤喜为乐府。《后园凿井歌》云："莫凿井，凿井水易见。水见犹还可，辘转使心战。君马勒黄金，妾心如白练。马去马归来，莫作东方电。"《长安铙歌曲》云："蕶作鞭，马是虎。滴血饮，杀文武。昨夜处处闻枪声，今朝家家皆闭户。长安少年摧满城，主将也把曹公祖。报六更，开都府。树大旗，挝军鼓。迎相公，撒沙土。"

《随园诗话》录宋人绝句数十首，于其诗题及作者姓名俱不记之，可谓得鱼忘筌。然令人读之虽觉其妙，而莫知其旨，亦脱略太甚之过也。

枹罕张质生建，文笔敏捷，非人所及。余主赈务会时，为不满者蜚语所中，急欲卸肩而不得。经年，赈会始改组，感而有作，成七律一首云："光阴忽忽又年馀，满目疮痍少策扶。湫隘嚣尘齐相宅，[1]流离载道郑监图。[2]几曾廷尉平冤狱？[3]只好乃公笑腐儒。[4]可喜仔肩来日卸，素心付与古之愚。"稿甫脱，而质生至。余持之索和，质生立观之，顷即援笔和云："浮世交情半耳馀，几曾患难便相扶。瘠肥那忍同秦越，左右何妨拥史图。残局风云多变态，灾黎水火望通儒。满怀悲悯从谁说？终日不言回也愚。"

立谈而能步韵,诚异才也。丙子闰欢续集,质生实其中健者。曾赠余云:"我昔曾作锦江游,未上峨眉最上头。辛亥浣花遭国变,锦城虽乐不愿留。从军银夏度大碛,燕赵豪俊互唱酬。五十知命甘退隐,皮里懒复作阳秋。与君先后归来赋,颜公席上情好投。[5]境自尘嚣心自泰,一醉消尽古今愁。多君居贫肯辞富,饥溺但为人民忧。救灾恤患疲精力,鸿鹄见欺燕雀俦。仰天大笑出尘网,从此不唱量沙筹。一朝闰欢续雅集,胸中灏气毫端浮。诗篇风云花月露,富贵梦幻泡影沤。妙香深处参禅理,阅经共上听泉楼。"

校释:

[1]原注:"会址临街,狭隘甚。"
[2]原注:"会中壁上皆挂灾民照片。"
[3]原注:"查帐尚未决。"
[4]原注:"有典兵者为背影。"
[5]原注:"余与君相识在颜鹭廷席间。"

同年刘启瑞,江南人。为余书扇头四首云:"紫色荒梧接水邮,芜城终古枕寒流。天分南北蟠吴楚,地控江淮矗斗牛。笳鼓鸡台春试马,疏篱萤苑夜登楼。笙歌剑戟皆黄土,烟雨萧条白雁秋。""万井人烟云树苍,千盘石磴野花黄。冈峦西抱滁峰走,驿路东连海甸长。日暮雷坡周埤圳,风寒古井汉文章。离宫多少兴亡事,换得平山旧草堂。""关河摇落客心惊,霜急天高百丈城。两汉风裁刘季节,三唐著述杜君卿。江流不改千峰色,海甸能藏万马声。为底玉钩斜畔路,愁看直北是东京。""邗水荒凉猿鹤哀,琼花零落地蒿莱。千年禹穴鞭山死,万里岷流挟汉来。吴魏边陲皆郡县,齐梁风月有楼台。凭君莫话扬州梦,览古重停浊酒杯。"诗未具题,似是《芜城怀古》,有百感苍茫之概。

有清一代科场,终于光绪甲辰会试,陇上获隽者八人,而能诗者五六,阴平程晋三尤称最,著有《涤月轩集》。晚岁,又以六十后之作刊为《甲后吟草》。有《周甲自寿诗》曾倩余为和之。其吟草中佳什累累。五言《杂兴》云:"白发拥书坐,浑忘夜漏迟。一灯青对影,风味似儿时。"又:"兴到即为诗,诗成还自写。但期娱我心,岂患知音寡?"《怪鸟行》云:"怪鸟尔何来?集我丛树林。丛林虽可止,安庇吾众禽?尔山有丹兮,尔巢有阁有竹为实兮。有梧可托,何不飞去他处乐?胡为乎溷迹荆与榛,来此啾啾类聚之林薄。我今语汝速去旃,鹰嗔鸾笑皆汝嫌。上有冥冥之云汉,下有泠泠之清渊。盍随饮啄意所便?任尔翱翔东西南北天。"七言《夹竹桃》云:"绿意红情醉欲醺,韵兼浓淡恰平分。羞将媚眼偷春色,独自无言对此君。数椽老屋夕阳明,秋至依然笑靥迎。寂寞重门人去久,晚妆时带二分清。不绚春光态自妍,清阴多处诧嫣然。两三枝带潇湘景,如此丰姿绝可怜。托品清疏韵不同,肯将薄命诉春风?愁红怨紫干何事?独抱芳心在个中。"《雪感》云:"漫天风雪拥炉看,照影丝丝旅鬓残。黄竹歌哀虫尽化,纥干云冻雀飞难。千家破灶炊烟冷,万里平沙战骨寒。白屋未能离士气,闭门只合老袁安。"《论诗》云:"祧宋宗唐见尽融,是丹非素耻从同。敢云子面如吾面,妙极人工即化工。大海弥漫因积气,神龙变化总行空。灵机自向心源讨,爱绝芙蓉出水中。造意须知在笔先,薰香摘艳仅皮妍。佛家负法驱龙象,兵略穷神彻地天。印物无痕花在镜,弯弓待满箭离弦。古人歌咏唯言志,好把虞廷派共传。"其所说于诗道,可谓三折肱。然境遇迍邅,岂真诗必穷而后工欤?

同年杨济舟在闱欢续集中与张质生唱和,往往四五叠韵,争妍斗异,一时莫及。尝示余《即事》云:"当户苍凉落照峰,盈庭浅碧草茸茸。西风入树秋声杂,东道环山暮气重。嗟楚有材行不得,避秦无地去何从?良宵正好酣清梦,又听严城报晓钟。封锁无灵直到今,西来兵气更萧森。奔冲一任人先后,揭厉谁知寇浅深?羽扇虚摇形露肘,新亭高会泪沾襟。飞刍挽粟谈何易,空负区区借箸心。"《自慰》云:"归来陶令引壶觞,治产何须卜式羊。世代为农金不换,图书娱老玉韬光。寓居马市门当竹,[1]家在青城园有桑。七叶三公由伯起,至今馀庆衍鳣堂。"尝自言胸怀不适,为诗魔所扰。余谓当养气求放心。济舟来诗云:"禹闻善言即下拜,师聆圣训谨书绅。不才妄拟希贤哲,便觉胸怀物我春。求医求得万金方,下手工夫勿助忘。还向静中寻妙谛,时时约法凛三章。"
校释:
[1]原注:"自注骡马市,即仇鸾奏设之马市。"

诗以道性情,兴之所至,即成吟咏。凡读书人,类能为之,不必手八叉、拈断髭须者,[1]始可言诗。
校释:
[1]手八叉、拈断髭须者:手八叉,指温庭筠(812—866年),字飞卿,太原人。官国子监助教。工诗,作赋八叉手而成,时称温八叉。有《温飞卿笺注》。拈断髭须,指唐诗人卢延让(902年前后在世),字子善,范阳人。所作《苦吟》有句"吟安一个字,捻断数根须"。

李兴北蔚起,果斋刘先生高足弟子也。素不见其为诗,而赠余二绝云:"文章尔雅古为徒,德量渊涵侪与同。直道清风人间歇,岁寒犹有后雕松。""叔度襟怀和与春,十年墨翰证前因。相期自在风尘外,青眼高歌更几人?"兴北能文善书,惜其不禄也。

同学金星阶喜言诗,而不常为之,唯和余赠诗有云:"好鸟能知止,飞飞亦倦还。回头登道岸,落脚到名山。静坐心常爽,高歌兴自闲。及时樽酒乐,重向绿阴湾。"五泉绿荫湾,为西龙口胜地之一,往时尝宴游与此,故诗中云尔。

陈克勤膺禄善书，曾为余写诗二册，而留其底稿。然不自吟哦，唯在《古浪放赈》有句云："山城早落日，刺面动寒风。狐貉犹觉冷，可怜无裤翁。"亦情至文生，自有天籁也。

曩在都门，与吴秉丞庶常同寓，时有唱和。秉丞喜谈诗，而所作不存稿。壬子余出都时，曾有《留别秉丞与王耕山祁少昙诸人诗》四律，偶检旧箧，尚存之。录志鸿爪："金门垂柳袅鞭丝，有客旗亭唱别词。宦海萍踪空遇合，故乡桑梓尚维持。十年落拓登楼赋，万里萧条去国思。尽说长安居不易，骊歌听罢酒盈卮。""故宫离黍有谁哀？献颂长杨愧栎材。空许鹄鸿齐翼志，竟成驽马恋恩怀。农曹当月三秋梦，[1]帝里浮云一晌猜。前路茫茫寒易水，我生如此重徘徊。""西去东来客里春，班荆还幸辅吾仁。英雄抱负前程远，才子文章异样新。剑拂青萍豪欲寄，词拈红豆恨重申。诘朝一别魂销甚，云散风流总凤因。""迢迢陇树入边墙，目断征尘独自伤。但祝群材支大厦，漫劳明镜照虚堂。梅花好寄音同赏，兰臭知投鼻未盲。更有挂冠彭泽令，田园归去叹芜将。"时王建侯由颍川来都，余此诗即步建侯《颍川留别》韵也。嗣是，都中诸友以次相继去，唯王耕山居之最久。余又赴都二三次，耕山常在。其后旅况艰苦，述以诗云："处约亦精神，书城左右邻。多承惠夷助，渐与怀葛亲。月闰颇嫌费，天寒总为贫。相逢都道苦，甫觉是轻身。"足见其穷且益坚，而读书乐道，兴复不浅也。

校释：
[1]原注："部员值宿，谓之'当月'。余在户部时，屡值之。"

袁随园尝比山谷诗如果中之百合，蔬中之刀豆，毕竟味少。随园特知东南之百合耳，若令其一尝兰山之百合，则亦知甘美绝胜，不作是言矣。然其评山谷诗则当。

蔺子贤表兄尝谓曾于梦中赠余诗云："君本惠泉一老僧，袈裟脱却换儒巾。若能养得菩提树，万古常悬不夜灯。"余因忆慈亲在时曾云："生余之夕，梦至一处，牡丹盛开，遇一老僧。"当是凤因也，子贤梦中之句，亦云奇矣。

近人新诗之作，谓不傍前人藩篱，然不过俦诸鼓词里谚，行而不远。若谓取其写实，则古人诗言情写景皆不外乎写实，但写实而有韵味，乃为上乘。其间用俗语者亦多，如《越谣歌》《敕勒歌》，皆纯写实，而有天籁。又如《四民月令·农语》云："三月昏，参星夕。杏花盛，桑叶白。"又云："河射角，堪夜作。犁星没，水生骨。"又里语云："蜻蛉鸣，衣裘成。促织鸣，懒妇惊。"都何尝非用俗语。白香山诗，老妪能解。杜工部《石壕吏》诸作，皆质直，言事真挚，更能动人。宋人有云："昨夜厨中乏短供，娇儿啼说饭箩空。阿娘摇手向儿道，爷有新诗上相公。"亦用俗语为之，而风味不减。且诗源于乐章,必论音韵而后可谓之诗,若但振笔直书,置一切音律于不顾,恐于诗道远矣。

兰州冰桥[1]为一胜境,人多咏之。王光晟[2]七古尤佳。其诗云:"朔风凛冽当空号,两山暗淡寒云高。大地阴森气闭塞,银潢胶结停波涛。一夜河凝骇神异,碎玉零琼谁委积?错落(元)〔玄〕[3]冰大墼填,经过漫水如平地。边陲远接轮蹄多,浑忘足底凌苍波。最是天公惜物力,泽坚应候通人过。往来杂沓乐安逸,百日销熔岁可必。[4]峡形逼仄山蟠纡,天下神桥此第一。春色绮丽春风翔,岸冰初解浮寒光。廿四钜舸铁缆长,请看竟日成浮梁。"光晟,字柏崖,为吴松崖弟子。松崖尝称其《江上》诗云:"幽人江上独徘徊,云水苍茫晚棹开。满瓮香醪满船菊,乱装秋色过江来。"其俊逸,固不可及。

校释:

[1]兰州冰桥:每年12月下旬至1月中旬,兰州黄河段封冻,可以行人过车马,称为冰桥,次年2月中旬解冻。1969年后,因上游建成盐锅峡、刘家峡水库,拦截冰凌,增高水温,冰桥消失。

[2]王光晟:乾隆、嘉庆间在世,名光晟,字立夫,号柏崖,皋兰县长川子人。贡生,官直隶柏乡县典史、江苏盐城、江宁典史,署理江宁县丞,为袁枚弟子,诗词唱和,多有佳作,袁枚激赏:"不意簉官中及有此人!"善书画,尤工八分书。因中暑为庸医所误,卒于江宁,年六十,袁枚为之立传。著有《晚翠轩诗集》等。

[3](元)〔玄〕冰:王光晟诗避清圣祖玄烨之讳,以"玄"为"元"。玄冰,冰厚,色似玄,故名玄冰。

[4]原注:"桥结百日始开,岁必丰稔。"

乡先达秦晓峰维岳有《听雨山房集》,其传本已罕,唯《皋兰续志》有诗二十馀首,多关于风土之作。《水磨沟》云:"浩亹[1]湍激一沟横,两面青山左右迎。行到平岗湾折处,绿杨影里望柴衡。"《红泥岩》云:"兰郡多泉水,兹泉味莫加。调羹宜作醢,消暑可烹茶。谷口鸟无数,岩前人几家?我将买闲地,夹路种桃花。"《瓦埠山》[2]云:"瓦埠山西峙,巍然势独崇。孤峰障落日,万壑动秋风。草浅牛羊牧,崖平车马通。几家村树密,流水听潀潀。"

校释:

[1]浩亹:浩亹河即今大通河。明人亦称阿干河为浩亹河,明代兰州八景有"浩亹春涨"景观,即指阿干河春汛泛滥时握桥的景观。

[2]瓦埠山:位于兰州城西南十里。

同时巫景咸[1]及其子揆均能诗,书香奕叶而世,至不能举其名,可慨也。景咸《凝熙园怀古》云:"金鼓纷纷振地天,四郊兵合玉成烟。河桥一走无消息,园地空留阅岁年。峰凸直同山鬼削,石痕虚费海神鞭。可怜帝子今何在?只恐重来也惘然。"揆之《浮桥》云:"悬崖跨壑浮洪河,铁锁镠然压舰多。雨霁云中飞蟏蛸,风高海上驾鼋鼍。行人题柱竞留字,燕子穿舱间弄歌。天下浮梁原第一,桃花谁虑涨春波?"

校释：

[1]巫景咸：皋兰县人。清乾隆五十七年（1792年）举人，官陕西礼泉县教谕，博览群籍，讲求治国之道。其子巫揆，嘉庆二十二年（1817年）进土，官陕西凤翔府教授，能诗。

《木兰辞》，不知何人所作，悱恻缠绵，情至义尽。以一女子而忠孝两全，千古无二，及其成功，则曰："策勋十二转，木兰不愿尚书郎。"及其归里，则曰："同行十二年，不知木兰是女郎。"其不以利禄为荣，不为情感所动，持身高洁，千古无二，诚巾帼中模范也。

旧藩署后若已有园，一名憩园，颇擅亭台花木之胜。有四照亭、夕佳楼、天香亭、蔬香馆、花神祠、假山、石桥诸名筑。余自甲子由燕返里，忝长省署秘厅时，藩垣已为省署，公馀辄与同人联诗酒欢，优游园内，相将者十一人，乃为《憩园十一子歌》云："谢公逸兴春云骞，东山别墅开琼筵。搜奇说鬼谈老禅，[1]竹垞词宗意境妍。""天香亭畔花欲怜，[2]延陵豪气薄云天。惊人雄辩口河悬，[3]少游雅度何飘然？""高歌一曲凌苍烟，[4]落落奉春方少年。五侯上客来联翩，[5]杨亿图书东壁填。""兴来挥洒笔如椽，[6]校经学士青藜躔。雕龙文字辉后先，柳桥药径相流连。""蔬香深馆清昼眠，[7]吾家叶令飞凫仙。新诗首唱三珠篇，[8]后来居上谁称贤？""七步才捷花移砖，[9]。王子作歌瑶窗前。玻璃照彻酒杯边，醉来狂墨纷蛮笺。[10]"诗中各人，俱肖其情，实写之时。每开筵，余与次洲往往上座，诸友笑谓"王谢"云。

校释：

[1]原注："谢次洲，时为军署秘长，善谈。"
[2]原注："朱云松。"
[3]原注："吴斗垣。"
[4]原注："秦衡孙。"
[5]原注："娄谷孙。"
[6]原注："杨雨丞。"
[7]原注："刘阁青、刘韶廷。"
[8]原注："王松岩。"
[9]原注："曹允皆。"
[10]原注："王著明。"

新诗以写实、易解为原旨。间有用韵者，有全无韵者，既不讲音韵，何谓之诗？若祇取易于了解，则古人诗之文从字顺者实多。白香山诗，老妪能解，固不必戾乎诗裁，而为俚语也。即杜诗冠绝古今，而卷中如《石壕吏》诸篇之朴实，说家常话者不一而足，然并不失节度。今人但欲改废绳墨，而不知失诗之原理，此岂运会使然？凡事皆溃厥藩篱,不第诗而已。

雪莲,药名,产于天山积雪中,故名。四月间开花,牝牡同根,有微香,采其花瓣,能治寒疾,而药肆中少售者,医家亦不见用,以不明其性也。偶读《出塞诗选》,有金明府德荣《咏雪莲》一首云:"火中生莲花,道家逞奇幻。雪中莲花生,骚人罕曾见。生意毓穷阴,天山四月半。瑟瑟风暗吹,棱棱冰欲泮。忽现数枝花,亭亭崖谷畔。其叶异田田,其花都粲粲。长养深雪中,雪与花难辨。白类玉簪抽,青合紫芝伴。牝牡同一根,微香开瓣瓣。采之充药囊,寒疾瘳无算。瑶草与琪花,祇供仙灵玩。何期荒徼外,见此幽绝艳。人不到天涯,谁能辨真赝?"其诗为此药写真,可为本草补遗。张介侯《天山歌》云:"岩壑深藏万古雪,雪里莲花大如船。"亦谓此也。

郑孝胥,清逸民也。当宣统帝在东北复国时,孝胥与陈宝琛俱赴召,以中兴名臣自负。其《寿宝琛诗》云:"天回溯漠作神京,国老东来举世惊。八十五龄真好汉,重阳半月见耆英。中兴方略资长策,北地豪雄待主盟。细楷清诗时一出,知公不减旧时情。"又《重阳感事》云:"壮年犹记戍南荒,脱白空桐惜鬓霜。自窜岂甘作遗老,独醒谁与遣重阳?菊花未见秋深色,雁信常迟海已桑。定有遗黎思故主,登高试为叩苍苍。"其忠荩之忱,犹可想见。

世传孔子诗歌,有《获麟》《龟山》《猗兰》三首。尝读《孔丛子》,夫子至晋及河,闻鸣犊与窦犫见杀,回舆而旋之卫,遂为操曰:"周道衰微,礼乐陵迟。文武将坠,吾将焉归?周游天下,靡邦可依。凤鸟不识,珍宝枭鸱。眷然顾之,惨然心悲。巾车命驾,将适唐都。黄河洋洋,攸攸之鱼。临津不济,还辕息鄹。伤予道穷,哀彼无辜。翱翔于卫,复我旧庐。从吾所好,其乐只且。"哀公使以币如卫迎夫子,卒不能用。夫子作《(邱)〔丘〕陵之歌》曰:"登彼邱(邱)〔丘〕[2]陵,峛崺其坂。仁道在迩,求之若远。遂迷不复,自婴屯蹇。喟然回虑,题彼泰山。郁确其高,梁父回连。枳棘充路,陟之无缘。将伐无柯,患兹蔓延。唯以永叹,涕霣潺湲。"此辞皆四言,原于三百篇。又有歌曰:"大道隐兮礼为基,贤人窜兮将待时,天下如一欲何之?"与《获麟歌》皆七言,实开大风之先。

校释:
[1](邱)〔丘〕:写本作"邱",避孔子讳,改为"丘"。
[2](邱)〔丘〕:写本作"邱",避孔子讳,改为"丘"。

中国诗源于乐,故以音律为重,而藻采以致其美。自《乐经》既亡,所可以和人性情者,《诗》也。今人乃欲易以白话,无论写情写景,与白文无异,实失诗源于乐之本意矣。韩退之云:"李杜文章在,光焰万丈长。不知群儿愚,那用故谤伤。"今之倡新诗而诽古诗者,可以省矣。

偶至山陕会馆[1]内一公所,于故纸堆中得《东园诗草》一册,吾兰许学诗先生遗著也。先生嘉道间诸生也,以嗜古能诗称。龚一清尝序其《四书诗赋之刻》,谓其全草约千馀篇,而此册为写本,古近体只百馀篇,知其散佚多矣。其《赴陕闱下第后客寓圆觉寺》云:"秋残犹自在天涯,古寺萧萧暂作家。独立空阶寂无事,夕阳影里数归鸦。"《灞桥》云:"柳絮落纷纷,犹疑是雪白。如何过石桥,不见骑驴客。"昔人谓七绝难,五绝尤难,观先生此二诗,无愧作者。又《碣石高》云:"华林山下碣石高,白日惨淡风飕飕。风促水声咽战鼓,日烘草色紫征袍。水声草色共凄楚,肃肃寒林掩沙渚。光芒百丈露丹文,云是屠公报君处。辛丑之岁逆回来,黑风直欲破城开。将军大旗从北发,奔腾迅速如轰雷。兵甲到时光皦皦,贼辈惊恐如鼠鸟。重席金城半隅民,歌声先上凌烟表。无何天意竟穷公,山下桥断马蹶空。折肱犹自倚剑坐,危身骂贼气如虹。我有白骨凭贼刺,我有碧血凭贼食,更有丹心兼铁肝,凭贼剖沥献天地。骨血心肝今岂无?炼就忠魂升帝衢。里人为之立片石,泰岳亭亭嵩岳孤。丈夫封侯不酬主,只许低头过此土。汗颜难对碣石高,碣石之高高千古。"此为固原镇屠公(即图钦保)作也。时撒回犯兰,公以镇军解围,追回至华林山下,桥断落崖,为回所得而死。此诗纪实表忠,尤可贵。

校释:
[1]山陕会馆:在山字石关帝庙,康熙四十七年(1708年)由晋商、陕商置。1980年前后改建为居民社区。

李昉《禁林春直》云:"一院有花春昼永,八方无事诏书稀。"真太平宰相语也。

屈大均《鲁连台》诗:"一笑无秦帝,飘然向澥东。谁能排大难?不屑计奇功。古戍三秋雁,高台万木风。从来天下士,只在布衣中。"余尝爱而录之,后读沈归愚《明诗别裁》所选今种六首中有此诗,乃复查屈之《翁山诗外》,而此诗固在集中,不知归愚何以误为今种作?想大均与种,皆番禺人,一时佳作流传,不知谁氏误收也?

吾皋前辈金书舲先生,光绪间名宿也。善诗古文辞,尤工骈俪。所著《听云山馆集》,余尝为序之。其诗峭拔郁勃,可步武昌黎。昔与其哲嗣松峤游,曾录其《登凝熙观感赋》云:"尘寰峭削突峰峦,玲珑如琢巧如攒。王宰五日画不得,春风邀我步姗姗。万户千门驱眼底,屋瓦鳞织太仓米。咄嗟城市有山林,人道旧是肃藩邸。肃藩分土近西羌,台榭参差抱回廊。二百年来寻遗址,岿然独存鲁灵光。犹忆全盛时,天家挥霍等沙泥。不惜黄金买颦笑,复为新宠浚陂池。陂池波暖碧浸淫,徘徊无地可登临。穿凿竟欲陋神工,劚石片片南山阴。良匠惨淡经营里,天然(邱)〔丘〕[1]壑岣嵝起。蓬壶奇谲状无名,等闲不涉阮孚屐。又闻当年岁苦旱,饿殍枕借纷然见。王曰唏嘘此灾黎,安得雨粟俄顷遍?初分宝玉尚盈藏,豆区何烦市惠忙。土木之兴仍代赈,耗尽百万恤痍疮。自此两说人脍炙,我缘此语重叹息。倘得诸藩共子民,福禄何至惨抔蚁?谁知王气锺辽东,薄海倏忽转鸿蒙。善才几时罢歌舞?栋宇齐化梵王宫。梵王宫殿笼云烟,一刹那中别有天。扑栏顿讶鹫飞来,身已宛转上层巅。嵌空幻出蛟龙戏,当年徒竭为山智。惆怅仙果证三山,乾坤独许片石寄。君不见秦阿房汉长杨,焦土苍苍剩夕阳。又不见肃王故府已黍离,沧桑阅尽一拳支。"先生集中七古颇多,皆劲气盘旋,即此可见一斑,亦可考凝熙观之沿革也。

校释:

[1](邱)〔丘〕:写本作"邱",避孔子讳,改为"丘"。

江右徐韵潮,旅居五泉山下,近年结千龄社,与山左范瘖公、淮上高涵庐诸人相唱和,一时结纳甚众,余亦与焉。今秋徐将归里,有《金城留别》之作赠余云:"高卧兰州称市隐,词坛健将共推公。他年重访子云宅,认取交藤花一丛。"徐与余为新知,乃加青眼,足见其重文字交也。交藤,谓余门内何首乌也。

徐渊如,海州人,千龄社友也。曾作《买书行——赠白豫三》云:"陇上来作闲人久,日傍隍庙冷摊走。课孙买得语辀轩,青眼忽来香山叟。童颜鹤发顾且长,口味同嗜情同芳。廿册拣嘱余评价,投好不惜金备偿。挽余归由居士径,云多善本须检定。升堂一望眼为花,四壁琳琅珠照乘。自云买书性所喜,日用诸般无逾此。节衣缩食减应酬,博得子集与经史。百城坐拥乐陶陶,日唯不足夜焚膏。名师敬对古贤圣,良友历代多英豪。救国教导不容缓,省县增设图书馆。皋兰征调万卷余,固原捐助四车满。我闻此语敬且欢,独善兼善人所难。乘风破浪老何及?助强民智心亦安。嗟余久作书中蠹,五年前与秦火遇。锦轴牙签化劫灰,万里西来犯霜露。今朝幸能入宝山,得饱眼福缘非悭。况蒙乐天引为友,志同道合荆初班。"语语纪实,豫三得此,可以传矣。

顷与友人处见《漓云诗存》,乃同年祁少昙遗作也。有《初凉寄竹民农部》一首,为寄余之作,而余似未曾见者,亟录之:"小苑经秋日日晴,手鄦茗碗汲深情。孤怀常潓醉差乐,病发潜涠衰自惊。才子穷愁真有例,古人成败总无声。江风一夕传刁斗,万里湖山满别情。"想以"情"字重押,故作未定稿,未寄来也。然其情正可感云。

张筱坞[1]太史素不以诗名,而其所作工力悉敌,非寻常所能几及。曾见其《北游偶吟秋思》云:"蟋蟀吟豆篱,寒声逗晶箔。不知旅馆人,秋意正萧索。"又"夜深不成寐,炉烬香欲歇。倚树听秋声,卷帘看明月。"《夜行》云:"满天星斗月光寒,如此宵行不畏难。我与秋风订归约,秋风先我到长安。"《过汉昭烈张桓侯故里》云:"涿鹿城南万树秋,汉家遗迹至今留。君臣祠宇犹千载,吴魏雄图共一(邱)〔丘〕。[2]大度略同光武帝,神威直亚寿亭侯。中原将帅皆如此,何用杞人独抱忧。"《大汲早发》云:"唤起征人梦,匆匆又早行。烟栖深树湿,露淬野花明,凉意鸥边觉,新诗马上成。偶然经古驿,秋色满山城。"词意矜练,而妙造自然,故可贵也。

校释:

[1]张筱坞:名林焱,皋兰县靛园寺(今属城关区)人,张国常次子。清光绪二十年(1894年)进士,翰林院检讨。三十二年(1906年)任甘肃优级师范学堂教务长。宣统元年(1909年)任甘肃省谘议局议长。1912年任甘肃省临时议会议长。1913年任甘肃省立第一中学国文教员。著有《舣艇山房诗稿》等。

[2](邱)〔丘〕:写本作"邱",避孔子讳,改为"丘"。

诗之妙造,一曰意境,一曰神韵。陶、韦[1]淡而能远,意境胜也。太白之天马行空,神味出人意表,即渔阳之驱策史事,如六辔在手,纵送自如,亦以神韵胜耳。反是虽雕云镂月,十色五光,不能几于上乘。

校释:

[1]陶、韦:即陶渊明(约365—427年),名潜,浔阳柴桑人。官江州祭酒、彭泽令等。辞官归隐,为田园诗派鼻祖。著有《陶渊明集》。韦应物(737—792年后),长安人。少年时以三卫郎事唐玄宗。后为滁州、江州、苏州刺史。擅长田园诗,清新自然,饶有生意。著有《韦苏州集》。

光绪戊戌政变,张荫桓[1]侍郎以保康有为为慈禧所恨,谪戍新疆。张字樵野,广东人,夙工诗。《途次赠友》云:"无限艰危一纸书,二千里外话京居。覆巢几见能完卵,解网何曾竟漏鱼?百尺楼随黄叶散,两家春与绿杨虚。灞桥不为寻诗去,每忆高情泪引裾。"观其词,乃到陕时所作,忧国怀人,深情无限,风骚之遗也。

校释:

[1]张荫桓(1837—1900年):字皓峦,号樵野,别号红棉居士,广东南海人。清同治中捐为知县,入幕山东巡抚阎敬铭,调安徽徽宁太广道,任总理各国事务衙门行走。出任美国、西班牙、秘鲁公使,任户部左侍郎。支持戊戌变法。变法失败后,充军新疆,庚子事变后被杀。著有《铁画楼诗钞》。

竹民文存

补充材料

箴风

起于蘋末,旋若羊角抟扶摇而上者九万里,非风也耶?风之积也不厚,其于物也,必不能挟之以走。然而蘋末甚微,而终至扶摇之巨者,势有必至,理有固然也。今夫治天下者,岂无枢机乎?兴亡治乱,果孰为之而孰致之乎?盖枢机之发,治乱兴亡之主也,而枢机者,风是也。昔商以质风,周以文风,春秋以盟会风,战国以纵横风,秦以功利风,西汉之风尚经术,东汉之风尚节义,晋之风尚清谈,唐之风尚咏歌,宋启道学之风,明倡士林之风。其风之美,天下赖之;其风之恶,天下亦受其敝。其始,或一时政教之所崇尚,而化行俗美于无穷。或倡于士君子一二人,而蔚成风气,以不可遏。美兴恶长,殆无二致,唯视乎有转移风化之责者之所为耳。呜呼!世衰道微,风俗日坏,士大夫寡廉鲜耻,恬不为怪,则举世之熙熙攘攘,以群趋于利之一途者,又何怪焉?城中好高髻,四方高一尺,上行下效,草上之风必偃。

吾为滋惧,于是不能不有以箴之。昔吕新吾[1]先生有言:"变民风易,变士风难;变士风易,变仕风难,仕风变,而天下治。"旨哉孰言乎?是故贿赂公行,奔竞成风,必兴廉让以激扬之。逸豫无度,侈奢成风,必崇俭素以愧励之。倾轧相寻,其风浇薄,则培之以仁厚;随波逐流,其风颓靡,则振之以方直。风声之树也甚微,而天下之起而响应者必有日彰之势。故大块噫气,其名为风,是生万物焉。圣贤治天下,何莫不然。其申命行事,亦唯握其枢机,而人之旋转籁荡于不自己者,即其妙用也。世风之不古也久矣,谈治者亦穷于术矣,窃以为拨乱而反之正,则风俗人心其大本也,为之者亦如春风风人而已。

校释:

[1] 吕新吾(1536—1618年):名坤,字叔简,号新吾,宁陵(今河南宁陵)人。明万历二年(1574年)进士,历官山西巡抚、刑部侍郎。著有《呻吟语》等。

请勿废孔子庙祀议[1]

孔教行于中国二千余年,如日月经天,江河行地,夷考历代创造,盛时未有不崇以谥号,尊之旷典,以为重道兴学之基。盖国家之强弱,以道德厚薄为转移;治化之盛衰,视学术隆汙为升降。

方今民国初立,共和甫成,国基尚劳奠定,政本或虑飘摇,是非昌明国教,示天下

以大公至正，鄙人知民国尊孔，将以其道治国平天下也不可。夫孔子者，固大教育家、大政治家，而非斤斤宗教家也。故中国数千年来，无宗教之争，而政与教合，往往孔教兴而国与治，孔教晦而国必亡。民国之于孔教，若之何而不发扬之耶？或者谓孔子学说，推重君主，宜于专制时代，非共和国所宜，不知孔子删书，断自唐虞，以尧舜揖让为盛德事。其赞《周易》，则言："群龙无首，吉。"又曰："汤武革命，顺乎天而应乎人。"其修《春秋》，则慨慕太平世。其于《礼运》，则曰："大道之行，天下为公，谓之大同。大道既隐，天下为家，谓之小康。"然则孔子重专制耶？重共和耶？不辨而明矣。孔子称时中之圣，时至春秋，自叹生晚，鉴于五霸与其尊王，亦不得中行而与狂狷之意也。不然，孟子传孔道，而昌言民为贵，不几相背而驰乎？此孔子学说以仁民为宗旨，而不拘于时世法制之证。民国正宜阐明而推尊之，俾天下勿惑于歧途异说，藉维系夫人心，而奠安夫国脉者也。

侧闻近来有议废孔子祀者，甚至谓文庙宜毁，是诚不思之甚，而矫枉过其正矣。孔子非宗教家，不以宗教家式祀之固也，因而竟废祀焉，不可也。民国甫立，一切祀典及礼制、服制均未预定，今岁丁祭，[2]暂付阙如者，势也，讵能长此不举乎？况孔子学说载在《四子》《六经》者，皆道德之楷模，而政治之鹄的，民国不能不求道德之高尚，不能不务政治之优美，则即不能外孔子之道。若行其道，而废其祀，是示人以无足重轻也。且将来祀典颁定，其人之不如孔子者，尚享明禋，而于孔子必欲废之，倒行而逆施，全国将至惶惑，学界更有危疑。至云孔子不以庙祀而尊，则世又何必以庙祀为贵乎？自来鼓钟、辟雍[3]，报先圣休明之德；馨香、俎豆，致后人慨慕之思。庙祀之典，纵于孔子无何损益，而国家大局，人心趋向，皆于是乎系之，诚不可不若是耳。尝闻太西称我孔子或曰政治家，或曰教育家，或曰哲学家，颂之有同声，毁之无异说。如俄、日国亦皆庙祀孔子，为我国国教之祖，而外人尊之，我国自废之，是何理也？西儒花之安[4]有言："五百年后，孔教遍行于地球。"然则孔教方兴未艾，为中外所共认，民国及此开创伊始，正宜提倡奉行，以为五洲万国同奉孔教之先导，特定孔子祀典，以为异数，出乎各宗教家之上，明孔子有教无类，非各宗教所可概论，将来圣学昌明，名儒辈出，致国家于郅治之隆，皆于此基之。

今年四月间《经纬报》载黎副总统[5]通饬尊孔一节，诚所谓发聋振聩，为往圣继绝学，为后世开太平者也。今议者不察，倡论废祀，不亦妄自菲薄乎？此诚中国兴亡，关系人类存灭关键也。应恳大总统博采舆论，力息莠言，以定宗旨而维国是，国民幸甚。

校释：

[1]原注："壬子（1912）在京作。"

[2]丁祭：封建时代于每年二月、八月第一个丁日（上丁）祭祀孔子，称丁祭。

[3]鼓钟、辟雍：典出《诗经·大雅·灵台》："于论鼓钟，于乐辟雍。"辟雍，本为西周天子所设大学，东汉以后，历代皆有辟雍，除北宋末年为太学预备学校外，均仅为祭祀之所。

[4]花之安(1839—1899年):德国科堡人。汉学家、传教士、植物学家。清同治四年(1865年)代表礼贤会到香港,后在广东内地传教,光绪六年(1880年),独立传教。与礼贤会脱离关系,光绪十一年(1885年)加入同善会。著有《儒教汇纂》等。

[5]黎副总统(1864—1928年):即黎元洪,字宋卿,湖北黄陂人。清末任新军协统,武昌起义后,任湖北都督、中华民国副总统,后两任总统、副总统。

闰欢赋[1]

人之生于天地间也,欢乐苦短,忧愁实多。忧者,境为之耶?时为之耶?境为时之所乘耶?吾尝端忧多暇,闻闰欢之说,而心怦焉。夫闰者,时也;欢者,情也。情为时所迫,则往往令人寡欢。唯闰则在天地为余位,在四时为余气,在日月为余运,人于其间,斯为余生。平生之喜怒哀乐,万感莽苍,枨触于中,乌能自己,而于其间有余生焉?非大造假我以寻欢,而何所谓今我不乐日月其迈也。盖尝游乎欢之境,风浴咏归,手舞足蹈,山鸟相呼,春花欲笑,情之谐也。群山突兀。洪河浅深,登高一望,风来披襟,情之旺也。拔剑四顾,斫(他)〔地〕[2]而歌,铁笛入破,当如之何?情之豪也。皓月当空,万里无云,锦鳞潜跃,水波成纹,情之朗也。丛榛乱石,秋兰自芳,何以足音空谷跫跫,情之幽也。酒池肉林,杯盘狼藉,忽为文章,嬉笑怒骂,情之放也。情发于中而寄于外,于是耳目之所接,心思之所娱,形骸之相忘,遇合之不期,与万物而俱化,齐人事之参差,皆欢之所藉以相见者也。然则欢也者,不离乎其为情,则即不离乎其为谐,为旺,为豪,为朗,为幽与放也。亦即不离乎其类于若谐,若旺,若豪,若朗,若幽与放者也。然而必以闰者,亦偷其余生而已矣。不然,吾生也有涯,而知也无涯,以有涯随无涯,殆已。忧从中来,不可断绝,安有所云欢乎?且世之言欢者多矣,般乐无度,清淡傲物,泊兮无营,诞妄相属,是将及于无情而欢,则情之激荡于不自己也。吾将释夫吾忧,而不能已于情,奚能已于闰欢耶?在《易·需》之《象》曰:"君子以饮食宴乐。"居其诸以欢,应闰之意欤?抽辞摅情,所志若斯,敢质同人,是非何如?

校释:

[1]原注:"乙卯岁(1915年),刘晓岚师作闰欢雅集,取每月闰日集会,如重三、重九之类,春秋佳日,诗酒为乐,其意殆深有所寓也,爰为赋之。"

[2](他)〔地〕:写本作"他",据文意应为"地"。

祭蔺衡如[1]舅父三周年文[2]

维中华民国肆年,岁在旃蒙单阏[3],其月为玄,其日□□,愚外甥王烜谨以馨香望祭于舅父之灵曰:陇云万里,燕市秋风。载瞻西极,悲来于中。嗟兹佳日,伯舅诞辰。莫称三祝,乃等十伦。悠悠想象,杳杳音尘。迢迢远道,黯黯伤神。唯舅之逝,于今三年。庄周蝶化,栩栩而仙。大耋乃归,死生昼夜。而人衔哀,老成凋谢。忆予往岁,亲聆训教。素位而行,君子之道。既壮宦游,时遭困厄。舅乃予资,涸鲋得泽。舅笃行谊,里闬称仁。风希万石,道古指囷。舅好问学,九流百家。约以儒旨,综贯靡他。晚乐园林,怡情养性。扫地焚香,至人心镜。在辛亥秋,运厄阳九。还乡拜舅,皤然病叟。一榻青灯,呻吟辗转。天降鞠凶,真灵乍返。人谁不死?立德堪师。名称没世,孰曰不宜。人间何世?万变沧桑。幸不闻知,少此感怆。郁郁佳城,有木已拱。岁转星回,哲嗣常奉。嗟予行役,莫奠椒浆。望断陇树,感深渭阳。摅念抽辞,中怀怅惘。舅灵在天,鉴忱来享。尚飨!

校释:

[1]蔺衡如(?—1913年):行九,人称蔺九爷,甘肃皋兰县城(今属兰州市城关区)人。为王烜舅父。任提塘官,驻北京,传递甘肃省与各部院来往公文。其子蔺自贤。

[2]原注:"由都中拟寄。"

[3]岁在旃蒙单阏:太岁星在天干中之乙称旃蒙,太岁星在卯称单阏,旃蒙单阏即乙卯岁,这里指民国四年,即1915年。

北京上刘晓岚师函[1]

夫子大人钧鉴:

兰山拜别,瞬已月余。回忆琅馆校书,时承教益,而林泉啸傲,文酒优游,追随杖履,何罄欢欣?慨咏北门,遂尔东道,非云富贵逼人,毋亦有不安贫贱之嫌欤?然只身幞被数千里,亦可见其有不得已也。敬维春风座上,霁月怀中,颐养天和,至以为祝。

烜于阴历八月二十八日抵都后,照章报到,投文填写履历。九月十四日内务总长传询,现候觐见分发,闻不能告近,只得听之,若掣远省,又当奈何?临行,我师以待举议员相(勋)〔勖〕[2],烜以望浅,又时运不齐,恐难得当。未知现已票举何人?想建侯[3]必当选矣。君宪一事,取决国民会议,我省人民代表以为何如?我师久出尘表,于此固无所容心,而烜身世沧桑,言之不觉百感交集,纵不能登西山,蹈东海,而又不免于茫茫宦海中求生活,良可悲夫!拟复旋里,而社会中事亦无可办者,年来景象概可见矣。我师倘不弃而教之,曷胜感幸之至。

肃此,敬请

钧安! 伏唯霁鉴。不尽。

校释:

[1]原注:"时在都中。"

［2］（勛）〔勋〕：写本作"勛"，据文意改为"勋"。
［3］建侯：即晚清进士王树中。详见前注。

甘肃田赋征收刍议

尝考各国租税之收入，恒占其岁入总额之过半，而地租乃其中一大部分也。如日本近年岁入达五万万有奇，租税达四万万，占百分之七十强。中国岁入仅二万九千余万，而租税亦占二万三千万有奇，以较日本虽犹不及，然在本国岁入中已占最多数矣，其中田赋实居四分之一。盖中国自古重农，民之相依为命者在此。千斯仓而万斯箱，[1]国家亦以其脂膏为维正之供，此积重田赋之所由来也。

今以甘肃论，清宣统三年预算，岁入共银三百八十万五千余两，协饷而外，首唯统捐，田赋次之。然近年额征不过二十八万余两，而实征不过二十二三万两，绝不足额。考《熙朝纪政》，甘肃田赋旧额征三十六万九千八百十七两有奇，道光二十九年尚实征银三十三万三千八百二十九两有奇。而以今视昔，短征几至十余万两，其故何也？盖有数因焉。一则，咸同兵燹以后，元气未复，凡昔日戎马仓皇之地，人民流离，田舍荒芜，土旷人稀，垦复未易，即升科无从也。二则，私垦之地，以多报少，从未丈量清厘。公家博宽大之名，不欲深究，徒令吏胥饱其贪囊，互相容隐，无有发其覆者。故近世财政学家有倡田赋划为地方税之说，非徒谓田赋为直接税宜于地方税之性质，亦以与地方关系密切，则调查精而实行易，可以得多额确实收入也。三则，州县官藉此以为利薮，明吞暗蚀，以遂中饱之私，上下相蒙，盈余、陋规、优缺，[2]或年有三五万两，次亦复盈千累万，皆田赋之弊窦，不可不急求改良者也。

方今共和肇建，百度维新，吾甘财政困难已达极点。田赋一项，当轴者已加意整顿，将化私为公，以期岁入之增加，然其道维何？则非改折征银不可。甘肃征收惯例，每地丁银一两，各县征制足钱二千数百至三千不等，除照市价易银额解外，即为盈余。而银价高低，官吏易上下其手，侵蒙滋至，若照市面钱价，按向征钱数折银，如征钱二千四五百者，应合银二两之类，永为定例，则盈余皆成定数。择有官银号[3]及纸币通行之处，以渐推行，庶不至苦民以所难。征粮则每粮一石，连正耗杂项准若干，率算三年之价，而酌其中，亦征收银。今西路各县，虽号征粮，实则多征折价，以充私囊。改而征银，于民无不便者。其西宁之喇嘛粮，及各县所征草束，亦一律折征，每年进款可长收数十万，兴利除弊，其有望予。至未复额之赋，责令各县逐年清厘，以渐升科，亦可不扰民而复额也。虽然为政在人，得人则无不举之政，吾于是益有望于操政柄者。

校释：

[1]千斯仓而万斯箱：形容丰收之年储粮很多。典出《诗经·小雅·甫田》："乃求千斯仓，乃求万斯箱。黍稷稻粱，农夫之庆。"

[2]优缺：美官，肥缺。指地位高或收入多的官职。缺，官职的空额。

[3]官银号：清代官办的金融机构，为兑换银钱、调节钱价或倾熔银锭的机构。

四川吏学馆上言编纂事宜笺

窃以菲材，蒙委到馆，分任编纂事宜。入馆以来，谨步先进诸员后尘，遵照原定内外两篇各条，取历史所传循良事迹，分门择录，已登数拾则矣。犹笼储药，杂然并陈，聊备取材，以待整理。唯将来欲成完书，则此日不能不先定一善例。兹就愚所及，略陈一二。

自圣门有从政之选，秦汉以郡县为治，数千年来，人才辈出，而讲求吏治者日益求精，微言格论，浩不胜收。今按类标举，似可提纲挈领。然前言往行并列而错出，不免混淆。今拟分言行为两编，举前古循良实迹，如传记所载事实可考者，自春秋迄逊清，类为一编。其先儒论述及关于吏治之条教规约可采者，别类为一编。两编中均照内外篇之细目胪而列之，庶几纲举而目张矣。

内外两篇，均属列举细目，而古人嘉言懿行，往往贤良政绩一人而事实可分数端，先哲遗规连篇，则文章均关政要，强为析之，似近于削足适屦，且一传所载，须裂数则，每则数语，味同嚼蜡，反无以见前贤作事之精神，若屏弃之，尤觉恝然于怀。今拟事绩可分者分之，不可分者，则视尤重大之一类入焉。至论说成篇，则尤难割裂，应将论文之关涉繁杂者列为泛论，以安体例。

众手修书，难成善本，此历来之通患。故官书往往不及私家著述之精审。今欲少此弊，非以总纂指导而纠正之不可。今编纂诸人俱为分纂，虽有条例可循，但重复及其他应行去留之处，难于自定标准。拟请将各员所抄之本，先审定去取，再由各员分任门类，将各类会齐，按年代次序编定，庶有著手之处。否则散而无纪，未易奏功。愚见如此，尚求采择。

说吏治

民元以来，吏治窳敝，法则变本而加厉，人则假公以济私，中央之条教既未备具，而各省并其已布之，宪纲又不尽实行，遂至人浮于事，奔竞成风，真才不出，而政事不举，民生将何赖焉？夫为政在人，古有明训。今积乡邑而为县，积县而为省，积省而为

国。县令者，固为治之始基也。必县令得人而后民可安，而国可治。然欲其得人，则必先有以培养之，激励之，以树其志气，而毋困抑之，以隳其操行，束缚之，以制其施为，而后可责效于其身也。今也何如？上之用人也不一途，于是幸进之门开，而亲昵布满于要路，其贤否不必问也。如县令为政府所分发，可按资而用。各省行政、各公署之科长，固有荐任资格者，以法律论，则应以到省之县令充之。各省之征收官吏亦荐任阶级也，以法律论，亦得以到省之县令任之。然试观各省，果如法定否乎？所谓科长、征收官吏，有县令资格者，不得其位也。即下而科员及其他委员，县知事之能置身者亦仅矣。其有得之者，考其渊源，必上峰之戚友也，其于县缺亦然，否则必无幸矣。

清季，捐纳例开，各省人满为患，然有数可稽也。今则堤防尽决，无量数之人才群焉，伏处于有权力者之腕下，而政府分发人员尽为所摈，几成喧宾夺主之势。夫此为政府所分发者，既挟其名，欲求其实，则不惜随波逐流，以争胜于宦途者有之，羁旅穷愁，负累难甘，以期得一当者有之。一旦得志，则思保位求全，以自容而获利，又孰肯尽心民事，以撄众忌而招谤乎？此养成萎靡之习也。欲求吏治清明得乎？

然则如何而可？曰清其源，严其格，养其气，庶然后吏治可兴也。何谓清其源也？中国用人取诸考试，其来旧矣。今宜一绝他途，必由考试合格者始得登用，而考试年岁宜较远古者三年大比，言其常也。今人已不胜用，若仍照常升取，则使青年学子早一日入宦海，迟一日登彼岸，徒令沾染恶习，而消磨其壮心，且仕途日益拥挤，仕风必日益败坏。昔朱子谓："欲天下之治，须停三十年科举。"诚正本清源之论也。谓宜将文官考试年限展为五年一举，分专门、普通两科，注重根本实学，视需要多寡以定取额，则人才无散置之忧，而仕路亦清矣。

何谓严其格也？唐之用停年格[1]，世或讥其屈抑贤豪，然其弊亦取之太多故也。若取之适中，则需次观政，不至过久，贤者亦可老其才，愚者更可长其识，初无所谓屈抑。否则漫无限制，善于因缘者，捷足先登，安分守命者，沉沦不起，是利于宵小者必多，贤豪尤安得不屈抑乎？昔寇准[2]为相，用人吏以籍进。准曰："若用籍一吏职耳，安用我辈？"后世服其名言。然准常谓："丁谓[3]不能使久居人下。"其后竟为谓所倾。谓固准所不次拔擢者也，然则能售其躁进之术者，必多小人，用人者得不偿失，亦何取乎？清代吏部操铨政，常有内选之缺，即外省补署各缺，亦有轮次可循，故不至上下其手。洎后开酌补例，而侥幸者纷至沓来，仕风逾不可问，究孰得孰失耶？

今宜酌复清代内选及轮补各制，即欲救其失，亦当并许酌补而限之于要缺，及本班轮内，不得任意侵越，则收益多矣。盖人员既为中央分发，则其学识必已可信，及在省候补到班，则必历有年月，亦不能于本省情形无所经验，何至遂不可用，而必令出诸大吏一人之意？爱憎之间，固所难言矣。此不可不严格以制者也。

何谓养其气也？用人者，用其方新之气而已，气颓则无所振作，为政必敷衍苟且，姑求了事足矣，安望政治之日进哉？夫人之方筮仕，必具有为之量，将以抒其所抱负，及入仕途，千磨百折，则其气销矣。操用人之权者，必有以鼓舞奋励之，使其气不至沮丧，则他日临民，其所自为必有以异乎人者矣。今政府为延揽计，既取新旧人物，源源而来，不虑宦海之容量几何致之，政界将有不容之势。于是或设学馆以消纳之，或施考课以羁縻之，学馆考课，固所必受，然此辈既杖策而来，则不能久置不试。此事似宜并仿京内部曹学习之例，将分发各省者，令就行政司法各机关分布学习，酌予津贴，而实地之练习，视讲堂之讲义更为有益，且与各长官可常接近，即可察其人之德行才能若何？以储为药笼物，而其人亦常有作新之气，不至委腐于无形。每省额设若干员，开缺至十人以上，则请中央照额分发，非缺则不必分发也，如此自无人满之患矣。

是三者皆端用人之道，以清吏治之本也。夫法治、人治之说，各有所长。然徒法不能以自行，必其人奉法唯谨而后，良法美意有所施效。否则立法虽精，而有权力者弁髦置之，有法与无法等。故以中国之大，非有强有力之政府以临其上，则凡百政务将痿痹而不仁，用人尤其最要者也。今制，行政各公署人员，听其长官自署，是亦古来自辟掾属之遗意，然亦须略施限制，俾按格用之，以杀其登进私人之势，则泛滥渐少，吏治始可渐清。明吕坤言："变民风易，变士风难，变士风易，变仕风难，仕风变而天下治。"良非虚语矣。今仕风败坏莫可言喻，而欲天下治能乎？吾不能不望于有移风易俗之责者。

校释：

[1]停年格：以资历长短为任用标准的选官制度。为北魏崔亮所创，盛行于唐代。

[2]寇准（961—1023年），字平仲，华州下邽（今陕西渭南）人。宋太平兴国五年（980年）进士。景德元年（1004年）辽军进攻时，他任宰相，反对王钦若等南迁之议，力主抵抗，促使宋真宗往澶州（今河南濮阳）督战，与辽订立澶渊之盟。不久被王钦若排挤罢相。晚年再起为相。天禧四年（1020年）又被丁谓排挤去位。封莱国公。后被贬到雷州，病逝于当地。著有《寇忠愍诗集》。

[3]丁谓（962—1033年），字谓之，苏州长洲（今江苏吴县）人。宋淳化三年（992年）进士。宋真宗时为右谏议大夫，权三司使。旋与王钦若迎合帝意，大造道观，屡上祥异。天禧三年（1019年）为参知政事，次年排挤寇准去位，升为宰相、封晋国公，勾结宦官雷允恭，独揽朝政。宋仁宗即位后，被贬为崖州（海南三亚）司户参军。

分权议

中央集权与地方分权，二者相辅而行，无或轻重之畸，然后治理得其平。盖权不集则患瞀乱，而权不分则患痿痹。权者，所用以絜矩天下，剂不平以至于平之道也。若或轻重其间，鲜不倾覆者。自顷变革以后，识者多鉴于数年中央集权之害，倡议分权，争持于省长民选诸大端。窃谓用人行政大权宜归中央，然后统系严而民听一，各省不至自为风气，互相水火，始足大一统之谟，而中央亦必以实权直接与之省长，并间接

与之县令,然后国可得而治,民可得而理矣。否则日言集权分权,而终归于无权,国既以敝,民何以安?

盖今日之中国,无论中央地方,皆有权而皆无权者也。吏治偷敝,得人则兴,用舍之间,亦有常典,然而各省大吏,用人决于爱憎,法令置若弁髦,中央有权,而地方僭之矣。财政独立,久已实行,出入常经,操之有素。然而各省财务行政,军人得而干预,议会得而要求,中央有权,而地方蔑之矣。整军经武,国家大计,增置裁并,魁柄不移,而强有力者,或扩张其势力,或妄肆其要挟,中央有权而鞭长莫及矣。凡若是者,岂非权限轻重失宜之过哉?前车既覆,来轸方遒。

为今之计,莫要于明其权限,酌剂轻重,而各赋予之以有定之范围,使得运之,以尽其用。多者,衰之,寡者,益之,有相节制,无相侵越,俾操此权者,足以有所为,庶几可言分权矣。今夫吾民所嗷嗷属望,而奉之以治权者,上则中央政府,中则省大吏,下则地方县令耳。而省大吏或时时侵越中央之权,中央又不假县令以权,是唯介乎中之省大吏有权,而上自政府,下自县令,皆无权也。于此而曰分权,将分中央之权以益省大吏,毋宁分省大吏之权以益县令,庶几上下相维,而治理有日进之一日乎!

今就蜀省现势证之。崔苻遍野,疮痍满目,平日坐拥专城,临事束手无策,或挂冠而径去,或俯首于强梁,岂一行作吏,遂尽不肖哉?亦手无寸柄,徒叹奈何。兵权、财权皆操之他人之手,虽有长才,束缚而莫能展者多矣。欲拯斯弊,必由中央少损省大吏之权,赋之县令而后可也。县令为亲民之官,大吏自宜慎简乃僚,而中央须有法定之任用及保障之法,使用人者自由于法律之中,不能自由于法律之外,始可不为爱憎取与所夺,而受任者得心存乎治理。次则各县警备队宜加扩充,而责实效,须仿陆军之编制,器械精良,饷需充足,不使有缺乏之虞,然后足以摄匪氛而保民命。今蜀省军队多至七师,而盗匪纵横自若也。虚糜而无实济,宜裁三师,酌拨各县若干,其饷即由各县征收款照章拨支。

将来司法完全独立,县令不理诉讼,政务清简,即将各征收并归县令办理,以一事权,而节靡费,似亦计之得者。至中央之于省大吏,但去其繁文缛节无用之束缚,斯可矣。其实权固当有间接之于县令者也,不然县令既无实力,而徒责其能事,竭蹶趋跄,今日应付军人,明日筹借款项,日不暇给,为一邑生灵所托命,而先自皇皇无以自立,未有能济者也。况事前既无特权,事后自不能行其赏罚,是率天下而上下相蒙也。至县令之能否胜任,则又在得人与否耳。故吾谓言分权治者,不宜倡分中央之权,再增省大吏,而中央宜以实权间接与之县令者此也。夫中国之大,幅员之广,犹是一县之所积也。分之为县令之权,累之为省大吏之权,合之为中央政府之权,统系定而事权专,有分权而后可言集权。否则徒供窃权者之专横自恣而已,更何分权集权之足云乎?愿与有心治道者一商榷之。

甘肃清理财政议

民国以来，甘肃财政以受协之省，变而为自济之省。自前财政田司长[1]任内，即有收支适合之规划，虽时势迁易，莫可执一而论。然年来新税之增，旧款之理，如国税、丁银、议钱、收银、统捐，税章赢于他省。烟酒之征，有加糜已，仓粮之折征，变价盈余之议钱征银，上年议起，数县骚动，迭酿变端。地方税之驼捐、血税等项，民间受累匪浅，取之之术亦云多矣。而比年亏空，闻已至一百八十余万，未知财政当局果以何策施之，而困顿至于此极耶？

夫财政以预算为基础，以决算为归宿，以收支适合为原则。今中国向来量入为出，不第甘肃宜然，而历年亏空，其不能收支适合，已失财政之原则，唯此亏空之数，究亏于预算之内耶？抑亏诸预算以外耶？即令亏诸预算以内，其各项支款是否适当？诚一疑问。略举一二端言之。如官员差缺薪俸，定章原不得兼差，即兼差亦不得兼薪。今甘肃各机关，兼差而兼薪者比比皆是，虚耗巨款，上下相蒙，大为财政蠹害。使此等款项原列预算以内，则将来审计院查核决算必遭驳斥。即或一时可以欺蒙，而省议会为地方财政长久计，似亦宜调查实数，建议于参议院，准请政府照章核减办理。顷见报载财政部裁并骈枝机关，取消兼差人员，以节糜费，诚救时要务。吾甘财政困难达于极点，而此等虚縻之款，熟视无睹，毋亦不可以已乎？又如兴办工程，若动用国税已列预算，则应经部核准，固无可言。若用地方之款，则应交预算案于省议会议决，始可举办。甘肃年来所兴工程，是否均经过法定手续，其所用款项有无明确报告，吾省议会不可不过问也。况地方款之收入支出，预算决算均照章，有省议会议决，始可施行。今收款名目日有增加，如警察厅、筹款局之所为，究竟曾经议会通过与否，外间不得而知，而民间负担日增，是何义务之多乎？且筹款局，既纯系地方收入，则应如何组织，亦应由省议会议决，以符本省单行法之规定。乃今纯由官府主持，薪水优厚，浪费浩繁，闲员布满内外，不啻第二财厅，以地方筹款机关，乃徒为宦场位置闲散之地，揆以理财本旨，不大相谬乎？未知此项预决算，上年何以通过于议会也？为今之计，关于财政厅国税者，由省议会调查清楚，拟具辅助办法，建议于参议院请政府照章核办。其关乎地方税者，即由省议会调案清算，拟具筹款局章，为根本之解决。节省其浮费，改良其税法，以省民力而纾商艰，庶款无虚耗，而公家亦受其利也。若复以一二私人关系之故，顾后瞻前，置大局于不问，诿义务于后来，则甘肃财政即无整理之望，即地方日陷于不可为之境矣。愿吾负地方责任诸公，好为之也。

校释：

[1]司长：即田枫溆。

致田枫溆[1]书

枫溆仁兄先生伟鉴：

暌违道范，四载于兹，每与朋侪谈及先生爱乡之切，理财之精，未尝不惜功施未竟，而地方之不幸也。今春在蜀剑阁差次，得友人书，知荣膺参院之选，不禁额手为得人贺。何图国步多艰，浮云苍狗，变幻无常，龙战玄黄，迄今未已，前所庆幸，几成虚愿。此事所关巨大，固非一人一地之荣枯而已也。

夏间征差竣后，适值成都戴刘战争，道途梗塞，政象飘摇。同乡逃难者过剑，遂相与结伴，请假旋里。欲俟河清，未知何日耳？秋间抵兰，始知大驾尚留里门，恨在甘南道上未一过从，歉甚！怅甚！幸今番参院又得先生列席，将见发抒谠论，扶颠济危，国家国民，咸有攸赖，曷胜以前所庆幸者，为今之庆幸乎？昔人有言，宏此远谟，唯日望之。

弟此次由川遄返，心为避地，命则听天。初无何等思想，唯目击吾省现状之臬兀，回忆曩时殊难恝尔，就财政一端论，闻现在亏空无着之类至壹百捌拾余万。吾省虽贫瘠，然揆以先生往年收支适合之规画，似不至此。即云设施之方不同，而年来新增之项，亦非无有，乃统捐加成，则藉公肥己。如省城黄烟，本于额定比较十二万外，加成三万六千金，而财厅报部，竟朦加成为长收，充作提奖，致使所加之数不归公而归私，此其大者也。百货各局私发小票及大头小尾，海关联单隐匿不报各弊，均比前尤甚，而无所忌惮也。又如变枭仓谷，上下其手，不徒为各县知事生财，而厅中亦借此以牟利，致使本省积贮根本归于乌有。顷闻上峰又有省垣折收本色之议，民间所纳，视完银又多两倍。吾民何辜，受此朘削，然敢怒而不敢言也。至官员差缺薪俸，定章原不得兼差，兼差者亦不得兼薪。今吾省官厅以及局所，凡属要人，有兼差至三五处者。又如土木之兴，用一报十，冗员之设，坐食素餐，此等虚糜难更。仆数至地方，款项则筹款局、警察厅，取之锱铢，用之泥沙，从未交省议会核议，莫可究诘也。向使先生得久于其任，吾知今日财政必有常轨，地方当受其福，何至如此之无纪极乎？前见报载财部已裁并骈枝机关，遣散冗闲人员，励精责实，以为救时至计，而先生适于此时入都，参议国家大事，谅于故乡荣瘁之端，亦不能忘怀也。鄙意此次议员临时召集，为期不久，将来云路腾翔，似可先恢复旧日地步，为国家效忠，亦为故乡造福，驾轻就熟，展布必易，未知尊意以为何如？若尚不谬，则大材槃槃，久已见重于斯世，在尊旨之一转移耳。至现时利弊，似亦当先为调查以为建议及振顿之地也。叨在知末，敢陈感触，狂愚之谂，固所不辞。原冀大驾进省，一罄离悰。昨见王化轩先生云：议会召集甚亟，先生已于重九后赴京矣。相见何日，渺渺予怀。先贡数语，略布忱悃。

为此专肃，敬讯

勋安！即唯爱照不尽。

校释：

[1]田枫溆（1878—1917年），名骏丰，字枫溆，号二澍，甘肃甘谷人。清光绪二十七年（1901年）优贡，入两广总督岑春煊幕，官广西百色厅同知等。1912年4月，甘肃派任民国临时参议院议员。秋归兰州，成立共和党甘肃支部，创办兰州日报。1913年，官甘肃省财政司长等。1917年，甘肃复派为民国临时参议院议员。著有《听雨楼集》。

与省议员李翼侯[1]论用人书

翼侯仁兄先生阁下：

奉示之件，本拟具稿，请酌思之，颇难得体。兹先论其大概，请垂察而采择焉。夫官绅并用，非今法也。然今法以明令限制者，唯县知事不得用本籍人，其他上自省长、道尹、厅长，下及县佐、管狱员，均本籍人与他籍人互用，初无限制也。今中国政治尚未统一，中央命令，各省未实行者甚多。故在强有力者，则中央虽予以限制，而实等诸具文，其在柔顺、拥戴政府之处，则虽中央未明予限制者，而实则不啻一体限制，而拒绝任用也。

以甘肃比邻之省言，如陕西，如四川，县知事不得用本籍人，非不奉中央命令，而其任用之者则常过于外籍人半数焉。今春戴省长[2]于四川且以明文咨部，留用本籍人员，中央亦未尝不通融办理。如云川陕干戈迭兴，变乱靡已，故得响用本籍人员。然则用人权在变乱，而不在乎法令，岂非奖乱乎？窃谓今各省用人宜本籍外籍互用，已成方起之潮流，原因甚多，非可以一二人之私意遏抑之者也。故虽政府明令频颁，而国人熟视若无睹，亦势之不可以已也。

唯吾甘肃，地居边鄙，民气驯良，奉中央命令唯谨。宜限制之县知事则若凤毛麟角，时又有一二出人意外，其未限制之道尹、厅长，民国二三四五年中，尚有其人者，今则消尽焉，下僚末吏不足数矣。如谓人才难得，则现在省内外者似当不乏其选，而多置诸闲散，诚使当道能秉公访采，拔一人取其尤，登之荐剡，而与之共事，则不第吾省光荣，亦当道知人之明，为国之忠所宜也。谓宜由省长暂制《甘肃官绅备用录》，将到省外籍人员若干，在籍本省人员若干，限以资格，分类编入，以备取材，自道尹、厅长以及县知事、管狱员等，举凡荐委各缺，均以本籍外籍互用，量材器使，但不至于偏枯，即为得政治之公平矣。至于中央限制之法，宜与他省一视同仁，唯在当道之肯善于因应耳。吾兄有此热诚，令人可佩，非建为议案，以期采择，则有干涉政府用人之嫌。故竭其愚，推论事理之当然者，献诸左右，备审择焉。其议案如何措辞，仍希大笔挥之。弟久不欲在宦场插足,故于此类无所调查,言之不能精切也。天气愈寒,伏唯珍重。

肃此敬覆,顺请
箸安!

校释:

[1]李翼侯:名凤威,甘肃武威人。廪生。1922年,任国会甘肃参议员。

[2]戴省长(1880—1917年),即戴戡,字循若,贵州贵定人。晚清附生,日本宏文学院毕业,民国初年官贵州省民政长等。1915年12月,为蔡锷护国军第一军右翼司令,率军攻入四川,次年任四川督军兼省长。

代阎庆皆致都中同人函[1]

都门回首,怅夕照于金台;故里停踪,伫阳春于玉塞。每依日月之光;常结云天之想。辰维先生鼎祺,介福履祉,绥和为颂以慰。猥以菲,忝同枢密。京国六年,曾趋青琐;极边万里,骤赋皇华。方谓论心朝夕,得磋切于他山;何期挥手风尘,怨别离于易水。昔也,交游藉藉;今也,行李匆匆。犹忆墨牒劳形,素丝退食。联吟结社,选胜登明。或陈清浊之评,或斗尖叉之韵[2],或谈玄而说鬼。一舍灯红;或析理而抽辞,四筵酒绿,亦极人间之雅事。岂知塞上之风光,尔乃一麾外出,五内中惭。虽富民亦所素望,敢自称侯而搜粟[3],则诚未能何当作尉,徒教三叠阳关,送我旗亭之佳句。况复频开祖帐,对君明烛之华筵,既饱德而难名,祗临歧而向往。唯是分袂而来,戒心甚亟。度函谷而关中,幸弭虎狼秦之厄;瞩前途于陇上,尚无蛮触国之争[4]。此日近寒食雨,正走马于伊凉;他时计端午天,当停车于疏勒。少尽晨昏之愿,敢辞沙漠之劳。遥临西域,语寄东风;怅望北平,神依南斗。肺腑永铭嘉惠,襟怀时切好音。书不尽言,情愈长而纸愈短;规如能锡,契则阔而望则奢。

肃此先陈片羽,聊写谢忱。虔请
勋安! 伏唯道鉴。

校释:

[1]原注:"时庆皆简放新疆实业厅长,便道过兰。"

[2]尖叉之韵:指作诗的险韵。

[3]称侯而搜粟:指搜粟都尉,汉武帝置,属大司农。桑弘羊曾任搜粟都尉。

[4]蛮触国之争:在蜗牛两角里的两个小国,因细小的缘故而引起的争端。典出《庄子·则阳》:"有国于蜗之左角者,曰触氏,有国于蜗之右角者,曰蛮氏。时相与争地而战,伏尸数万。"

上刘晓岚先生函[1]

夫子大人钧鉴：

窃烜归里数月，日聆教诲，身心受益良多。人事遭逢，又作下车冯妇，重违尊旨，中实悾然。常念国变以来，吾人日在惊涛骇浪中，此身渺然一粟，卷入旋涡，不能不随遇而安。故壬子归来，抱关击柝之意也，乙卯入都，犹是此旨。然不家居而远适异地，为时势所迫也。去岁言旋经几次之乱离，无容心于进退，用行舍藏，听命由天而已。今番奉命宰灵，实出意外，虽复朋辈揄扬，极峰谬采，而插柳成荫，岂非天意？孟子不以霸王动心，而曰广土众民，君子欲之，以烜庸愚，岂敢云抗怀圣哲？唯既与世事，则从政临民，似较其他略有实际，故虽选举在即，不敢得陇而望蜀，陕难[2]未已，不敢畏难而苟安，外人常谓甘人干得何事？倘复瞻前顾后，不更贻人笑柄乎？此烜贸贸然来兹之意也。幸到任而后，地方尚得安谧，现正接算交代，亦有头绪。至警、学诸政，因陋就简，废弛已久，速效难期，唯有尽心焉耳。我师抱道独处，默观世变，功在桑梓，万众倾心。文社之事，非异人任克，竟全功争此来日。烜虽在远想望，临风不尽依依。

专肃函禀，敬请

钧安！

校释：

[1]原注："时在灵台。"

[2]陕难：1918年12月以来，陕西靖国军反对陕西督军陈树藩的战争。

上陇东陆镇守使书

敬禀者，前上芜函，计尘甲帐，遥瞻神采，曷胜驰依。敬维龙韬蕴略，虎旅宣威，保障陇干，控卫边郡，幸在骈饶，唯有馨祝。

烜到灵两月，仰托福庇，地方尚得粗安，陕寇虽时出没，而甘境无虞。是皆军统声威所震慑，而驻防各营勤劳之所致也。敢不代此一方民颂祷大德乎？唯有鳃鳃过虑，欲以一言上达者，有怀匝月，不敢仓促。复思地方安全所系，终守缄默，于义未安，故不敢终不言也。

灵邑现在驻军为白、汪、魏三营。汪营驻距城十五里之独店，白、魏两营均驻城外。兹旧历六月初，陕西麟游，汧阳等处收割罂粟，汪营派队驻陕境麟游之崔木（地名），白、魏两营分队同驻麟游之天堂寺。传闻系陕省请求，欲借甘军威名禁匪徒，使不得逞，而彼得乘间收烟而已。然天堂寺在灵城南四十里，崔木在城东南百余里，均居冲要，驻军于彼，而灵地藩卫已固，甚为得势。若均驻城附近，匪徒往来边境，习以为常。前闻窜入县西南乡者，一小股七八人，拉民驴马，随复窜去。嗣知事与警佐下乡查烟，西南境上又有匪徒八九十人一股窜过陕境高崖，幸未入吾界，虽得不扰，何可常恃？昔人云："固堂奥者，守门户，固门户者，守藩篱。"若以各营分队常驻天堂寺、崔木、高崖等处，首尾呼应，亦可以固吾圉矣。否则灵城距陕地近或数十里，远或百数十里，匪徒之来，我军常不相及，彼出则归，彼归则出，是匪徒能使我疲于奔命也。故不如派兵常驻之为愈。然此次白、魏两营在麟游境上，因强收民烟，被一张姓者在魏营鸣冤，魏营哨官出巡，在田间捕获白营收烟军人数名，以此两相龃龉，几至开炮。魏营连夜潜拔回灵，始得无事。两营既有嫌怨，似不宜同往境外。但兵力单者，尤不可驻境外也。侧闻白营已增加马队，兵力较厚，如果常驻陕境，或可无妨。魏营虽系孤军，然有汪营留驻独店者，相距不过十数里，声气易通，似亦无碍。如此则天堂寺驻有大军，崔木、高崖等处不过分防巡哨，守于境外，彼何有敢觊觎者乎？唯是军机秘要，所关甚重。将士之星罗棋布，自应静候钧裁。烜一介书生，谈兵纸上，蠡测管窥，何敢自信？不过愚者千虑，欲以荛菲，聊当刍荛，可否下采，有渎聪听。再军饷一节，现在存县未解之款，尚有贰千金之谱，若果拨用，即祈令知，即便解上。

为此，肃具函禀。敬请
勋安！伏唯霁鉴。

粤东重修甘肃义园募捐启

敬启者，粤东之有甘肃义园，始胜清道光间，洎至光绪，历经修葺，由来久矣。夫以游斯土者，不幸羁旅多年，人琴俱渺，飘零万里，舆榇难归，天胡不吊？曾无黄土埋人，魂兮何依？剩有青磷照月，此吾乡先达仁人所痛念，而创为义举者也。

园在会东门外迤北不半里，比山陕义园侧。地拓三弓，材支十厦，聊成下宇，用妥幽灵。缅经始之维艰，宜永保于无替。乃自近年来，沧桑多故，吾乡人士宦游于斯者，既相率而去，商贾而来者，亦裹足不前，而园荒废不治，守之者据为己有，利之者觊为私图，既辜前贤之盛心，亦绝他日之公益。兹幸同人察厥隐情，寻复故址，规模犹在，瓦砾成堆。

爰集公议，力图保存，将(庇)〔庀〕材以鸠工，期重兴其翚革。唯以善举宜成，巨资难集，同人等间关岭表，虽复多艰，而于此笃念乡音，亦知好善。至于名邦达士，政界钜公，胞与为怀，慈悲在抱，分赐廉泉之润，宏敷德水之施，俾功举于众擎，则恩加于朽骨，诚馨香所祝，亦金石当铭者也。倘邀一诺，俾永千秋，将见增崖衡宇，临路启扉，颓垣废屋，藉大力以重新，丹荔黄蕉，礼羁魂而有所，使死者而有知，当矢衔环之报，即同侪之葳事，亦拜集腋之嘉矣。谨启。

校释：

[1]（庇）〔庀〕：写本误为"庇"，据文意改为"庀"。

沪上与国会同人议法律问题[1]

民国号称法治，凡百设施，必一以法律为依归，而不得丝毫出入，然后赏罚信而政令行，庶跻于共和之治，此自来民主国莫可易之原则也。盖法律者有绝对遵守之性，而无通融之余地者也。设以一时不得已而通融之，则非法矣。非法之例开，而天下从此多事。今者，大憝攘窃，法统虚悬，南北纷纷，干戈扰扰，吾民方有倒悬之危，国势又岌岌不可终日。于此而言法律问题，欲得正当解决，群不以为迂且远乎？虽然吾以为不欲民国之巩固，则已不欲其久安而长治，则已若犹欲巩固，而且冀其久安而长治也，则舍解决法律问题，其道末由舍以法律正当解决时局，而其道亦末由。故今日法律之问题，则犹是以年来之法统解决之耳。

夫自护法军兴，西南掷无数之牺牲，争得法统，北方不得已，乃乘时势需要，而召集旧会，然其内幕中，不欲民党分子在国会占多数，其意以为民党多，则于军阀必有不利，而议员在粤递补者，皆有同民党声气之嫌必屏之，使不得列席，庶足以杀民党之势。于是而解职分子利用之，遂有召集民六之说，使一般解职者得腼颜而重入院。于是而广州议会一笔抹杀法统之争，经年不决。然卒未得一当者，则以在地方势力范围中，而莫可如何也。今则所谓事实国会者，又随事实之总统而散亡矣。而南下议员，方且以撤台之故，诩诩然曰："吾〔随〕[2]事实国会南来也。"护法议员亦嚣嚣然曰："吾随事实国会撤北方之台。"他非所问也。呜呼！何其重视一时之现象，而轻抛国家万年之计也。其亦弗思之甚矣。以情理论，则破坏法律之罪，首唯国会议员当之。其次，则军阀等等也。何以言之，当袁世凯败死时，议员之附逆者若干人，已登报除名矣，及后集会，则名竟未除，而附逆者依然列席，此法律不行于国会，而议员以自身之故，首先破坏之也。及六年解散粤中护法，其议员之未南下者，以前之附逆者居多，是其狃于法之不行，而畏难苟安，顾惜一身，不计国家利害，其无代表人民资格已可概见。粤会解其职，而递补之，则其资格丧失，即其人格可知。此辈寡廉鲜耻，见利则趋，见害则避，蝇营狗苟，唯利是图，初不知议员当作何事也。乃去年开会，持正义者欲澄清其分子，而寡不胜众，竟令国会终以事实名，是又议员之破坏其法律也。

夫国会而可以事实名之，则中华民国尚何所不可事实哉？以事实国会多解职分子之故，而国会遂复尊严，炭敬二百元也，节敬五百元也，顾问咨议无定额也，制宪而忽有出席费也。贿赂公行，昭昭耳目，谓非人之利用，此辈寡廉鲜耻之所为乎？此虽不尽解职者，然一马败群，非去不可，况此二三百人之丑类乎？至今日事势已穷，自好者乃始南下，不已晚乎？然而今之南下者已月余，而留京者犹百余人，岂能无，虽不南下

仍为议员之心理乎？故曰法统问题不能决，则国事无根本解决方法也。夫正当解决之方法，则置事实于后，以国会仍继广州宪法会议，一切依法解决，而国事亦迎刃而解焉。若目前之补苴苟且，则治丝而愈棼之日，见其扰攘而已。人人皆事实议员，人人皆事实总统，则人人皆事实之总理阁员，纪纲扫地，无复可维持矣，法治云乎哉？

校释：

[1]原注："民国十二年（在沪）。"

[2]〔随〕：据文意"吾"后脱"随"字。

《吴氏家谱》跋

吴柳堂先生家谱一册，得诸南府街吴氏故宅者也。宅故质诸他族。今年春，吾兴文社[1]闻质主将货之，乃备价赎归，以存先哲之遗。宅失修久，栋欹壁败，不堪居处，遂鸠工重葺，于藏器中得兹册。观其世系，阙未备载，社长刘果斋先生嘱予续之。予为即其栗主之存而可考者，次第著于后；其有名氏而于统系疑不能入者，则为附录，以俾其后世子孙或有考者焉。时民国十年辛酉夏六月也。

校释：

[1]兴文社：为奖励学生，振兴文教的民间社团。清乾隆四十一年（1776年），由兰州知府康基渊等官员捐银1500两、皋兰县举人张绎武、邵荣清以修文社100两及房产银共5800两为本金，交商生息，每年得利息银690两，作为皋兰县乡试会试士子的路费。

上黎总统[1]书

窃烜自法统重光，备员公府，京华旅食，数月于兹。虽宣德通情，原无专于职守，而顾名思义，亦应献夫刍荛。方今海内鼎沸，人民苦战争久矣。良以兵多而财匮，财匮而民不聊生，上下交困，遂成不可收拾之局。我大总统就任伊始，即以裁兵废督，发号施令，固谓救民水火当务之急，莫过于此也。然而成效甚少者，以不利军阀，有与虎谋皮之势，各省遂多以欠饷为藉口，而实行者寥寥也。今夫西南各省尚未统一，可勿论矣。而中央命令所及之各省，自应奉令承教，亟求裁兵之实行。中央亦宜考察各省情形，施以行政方针，一省可以即安，则一省之服从中央可无他虞。否则民穷日甚，祸变易启，卷入旋涡，演成混战，亡无日矣。故今日既求有事各省将来之统一，而于无事各省，现在之政治尤应有规划施为之必要。

烜籍隶甘肃，于故乡情形，时有所得，兹即其闻见最有关系者，敬为我大总统一陈其概。甘肃地居西鄙，土瘠民穷，在胜清时为受协饷省份，民元以来，协饷断绝，于是创办皮毛、驼捐等新税，课收土药等别捐，加征之令，日出不穷，不足则益以地方公债，又不足则益以派借军饷。沿至近年，民困财竭，加无可加，借无可借，于是滥发纸币，私铸铜圆，以求余利，饮鸩止渴，必受其毙，卒至纸币停兑，市面之金融恐慌，恶币充斥，民间之生计破产。推原其故，岂非养兵过多，为之厉阶乎？窃查甘肃近来岁出入总数，每年所入不过三百余万元，而所出则五百余万元，内军费已占三百余万元，以入抵出，即军费一项，尚属不敷，而政费年约二百余万，全数无着，然政费不能毫不发给，于是军饷不敷，则不得不截留中央解款，以济急需。是则地方与中央交受其敝，而徒供挟兵者之自豪而已。夫财政既窘无办法，而军政所需尤不能长此困顿，致令秩序不能维持，则铤而走险，别开筹款之生面者，亦势所不容已也。

　　侧闻甘肃本年将有特别大宗收入之款，为国家悬为厉禁者，必且冒险而实行之，未知政府亦有所闻否？此甘肃安危大势所在，政府不可不注意，而有所权衡设施于其间也。夫所谓大宗收入者，即将昭弛烟禁，而课以罚款也。甘肃素名产生鸦片之区，近今数年，以查禁甚严，有肃清之说，然其实各县偷种往往而有。去年宁夏道尹陈必淮[2]即因禁烟不严，被有记过处分。今年人民以烟禁已不复严，多已布种，官厅缘以为利，藉以征为禁之名，按亩收捐，闻其有每亩收银六两者。又有按县分大小定额者，陇南如伏羌一县，即派银十三四万，陇东固原、灵台、平凉诸县，各派银五六万，兰山道属之靖远派至十七八万，甘凉等处有派五六十万之说，其他各县殆无可免者。虽曰罚应从重，而民力何以堪？此今中国大势，尾大不掉，无可讳言。闻各省种片烟者，不独甘省报纸所载，河南已有种者数县，甘肃僻远，将来以此为筹款计，势所固然。中央苟能严令强制，使其厉行禁种，则应早为之计。威信所在，疆吏承风，小民受赐多矣。若犹有鞭长莫及之虑，则禁如不禁，有名而无实。民间贪小利，官厅投机而攫之，及此项巨款将来归公，能有几何？恐大半为操有权力者攫为己有矣。人民受害，而于地方无益也。故为权其利害计，与其空文禁止，不如查明情形，使此项民膏民脂，归诸有用正当之途，尤为愈也。窃谓政府于此，似应为精密之调查，既禁之无及，则乘此为甘肃前途谋厥善后，令此巨款悉数公开，划分用途，实行其裁兵政策，转害为利，使财政永立不拔之基，则甘民只一次任此重负，而为将来政治计，犹得失参半也。

　　查甘肃兵额共八十余营，不过二万余人，以一省之大，似不为过多。然以地方瘠苦，物力艰难，遂有不克负荷之势。以年饷三百余万计，若裁兵三分之一，则省饷可百万。闻陆督军洪涛有本年四月裁兵二成之议，但恐各镇不与赞同，借口欠饷，推延展限，终无实裁之日。今宜乘此有款之际，规划一切，如每镇应裁若干，所需之费，以前项收款充给，以后即照裁定兵额给饷，不得再有逾额。如此则以后每年省饷百万，其岁出不敷之数，约尚有百万，则减节政费，整顿税收，救济已坏之金融，兴办有利之实业，举种种军政应兴应革之事。本年有款，即可措置，务使将来财政收支有适合之度，而后政本巩固，民生以安，一省之治安保矣。若令此项巨款各人利用，或直接入于私囊，或间接充诸战费，则不第甘肃财政无恢复之望，即战乱之机，久则必发，民必愈穷，兵必愈多，安危所在，可不虑哉？今甘肃有八镇守使[3]，其拥兵较多者，率骄横无度，干涉政治，莫敢谁何？而借口不外欠饷。今若借此，首将裁兵实行，使财权政权能归省政府统一，则甘事善后有可为矣。

虽然此事关系烟禁，中央政府既不能不闻不问，尤不能容此不正当之收入，则须密电甘肃军民长官，查明声复核办。一面由地方机关严为监督，有所措施，庶几内外合谋，而后可借以成功也。前因甘肃督军省长派烜充中央财政会议代表，于甘肃财政军政之关系略有所知，故敢就其愚见谨密陈辞，唯祈钧座顾念边陲重要，俯赐采择，甘民幸甚。

校释：

[1] 黎总统：即黎元洪，详见前注。

[2] 陈必淮：字三洲，湖南岳阳人。清光绪三十二年（1906年），任灵武知州，改灵文书院为学堂。民国初年，任宁夏道尹，主修《朔方道志》，创办朔方高等小学。

[3] 甘肃有八镇守使：指1920—1925年，陆洪涛督甘时的八位镇守使：即陇东镇守使张兆钾、陇南镇守使孔繁锦、宁夏镇守使马鸿宾、甘边宁海镇守使马麒、河州镇守使裴建准、凉州镇守使马廷勷、甘州镇守使马璘、肃州镇守使吴桐仁。

都中上甘督陆仙帅书

仙帅钧鉴：

窃烜夙荷骈幪，时深景慕。仰铃阁之纤筹，安边有略；为梓乡而顶祝，编户无惊。敬维勋华炳焕，福履崇隆，遥企德晖，定符私颂。

烜此次北上，原以法统重光，国基攸系。曾与护法之役，敢惮跋涉之劳。欲观厥成，藉竟微志。临行之日，猥蒙赐钱，本应趋陪，何敢言谢？唯以国会已经开幕，同伴议员亟欲莅会，故未能缓行，致违盛馔，歉仄实深。途间匪氛不靖，屡有戒心。幸托福庇，得以无虞。然交通梗阻，实与吾甘财政有莫大之妨害焉。到京后先备员于公府，而法律问题尚有争执，至今未解决也。

敝省地居边瘠，近来民穷财尽，困苦难堪。所幸我公宦甘三十年，悉知闾阎情状，人民自当戴德无涯。铜圆一事，已为民厉，前聆清诲，亟当收拾，足见轸念民瘼之至意。唯念此事官家兴铸，未能防弊未然，致使恶币流行，私铸纷起，无从辨别，虽欲补救，实难为力。闻现金价格，每两易铜元尚在七八仟文，小民生计维艰，想我公必有以善其后者。甘肃财政困穷，年约不敷二百余万，积累堪虞。然以烜所知，若能裁节浮费，则年可省出款四十万元，而入款长列预算者，若尽数列作正款，则亦每年可增四五十万元，是不敷之数，不过一百余万。

顷闻裁兵之议已定，来年四月实行，裁汰二成，年可节饷七八十万，则是不敷者，亦无多矣。近来南孙北吴[1]，俱有工兵计划。甘肃地广人稀，倘能兴办屯田，令冗兵尽数归农，兼办林牧工程诸事，则虽多减兵额，师古人实边之意，作为后备，无事耕作，有事调遣，未始非计之得者。

迂腐之见，未识可贡采纳否？叨在不弃，用敢缕缕。再，日前哲侯[2]言，接钧署及省长电，派烜与中央财政会议，窃维暗陋，恐难胜任，唯既承重寄，将来若果开会，自当勉效驰驱，现尚未闻部中有何设施耳。附此并陈。

校释：

[1]南孙北吴：指孙中山与吴佩孚。

[2]哲侯（1870—1939年）：即郑浚，字哲侯，甘肃平凉人。清光绪二十七年（1901年）举人，授四川直隶州同。同盟会员。1913年，任国民党甘肃支部所办《大河日报》总编辑。1923年，选为国会参议员。后任甘肃烟酒总办、甘肃省银行行长、甘凉道尹、甘肃省民政厅厅长。编纂《平凉县志》。

公祭前督办甘肃军务兼省长仙槎陆公文[1]

呜呼！岳岳我公，于西有遭。惊传噩耗，群呼苍昊。公之始来，教民讲武。忠信甲胄，礼义干橹。循循诱人，恂恂自守。十年即戎，敌靡而走。国变韬戈，遂回马首。振旅兰山，月明刁斗。忽闻连营，哗卒夜吼。公知有变，提刀出营。卓立不动，孰敢纵横？剧变以弭，人庆更生。公不自居，谓天幸成。积功宿望，坐镇陇干。外摧强寇，内靖燧烟。逾六七年，民食其福。秦人避秦，来归如水。九年地震，数邑颠连。慨捐巨资，赈抚最先。糇粮载道，活人万千。即督师干，兼总政柄。编户乂安，务保吾境。公尝有言，于世无竞。不为利权，而轻民命。公喜读史，大义炯然。公素礼贤，海纳百川。方公未去，阛阓盈闻。既公决去，潢弄萌奸。商旅行叹，父老攀辕。道旁观者，挥涕潸潸。公今长逝，落照金台。有如故乡，魂其归来。燕云杳霭，陇水潆纡。公之灵爽，庶其鉴诸。

校释：

[1]原注："时丁卯十月。"

公祭陆公仙槎合祀陶公祠文

中华民国二十年岁在辛未夏正三月之望，甘肃政学绅商某等，谨以酒醴庶馐之仪，致祭于前甘肃督军兼省长陆公之神位前曰：

昔公抚陇，民物熙皞。雈苻斯靖，锋镝用销。公之既去，战祸兹及。全甘糜烂，益公去思。思公如在，兵机其弭。思公如在，保境无虞。思公如在，家给人足。思公如在，风庞俗美。公去不返，陇人怅惘。公魂归来，春风盎盎。宫雍庙肃，以雅以琴。云车风

马,神其降临。兰山岳岳,河水悠悠。中有闷宫,西湖之陬。陶公在上,公所素钦。与同禋祀,是唯德音。保我黎庶,歆我蒸尝。神其鉴兹,来格来享,尚飨。

存庐文录

(今存卷一、二、八、九)

卷一　序

《甘肃特产考略》自序[1]

昔杜佑作《通典》，首列《食货》，郑樵作《通志》，终于昆虫草木，一则重在财用，一则推本实学，皆卓然著述之林，而有裨实用者也。后之学者，或犹以载籍所传，详于考古，简于诏世，訾訾焉议之。良以欧风东渐而后，中国文物求其制作典章者多，而关于考索名象者少，亦世变使然，古人固不任咎也。虽然学者苟欲专精其业，潜心而稽考之，则古人所遗，亦未始不足为援古证今之资也。

烜自光绪丁未以母艰里居，值吾甘重修省通志，得与于分纂列，开局伊始，四方采访，征集未齐，不能率尔操觚，遂得日翻旧籍，略窥渊海。即九通[2]、本草、方志各书所载，其于一名一物，细大不捐者，亦何尝不孕藏蕃庶哉？维时分门编纂，忝任水利、关梁、蒙、番、土、回及历代戎事各类。拟编次告竣，从事物产，籍知陇上精英之所在。洎宣统纪元起，复北上，水利、关梁仅克完稿，而蒙、土、番、回及历代戎事以采访未备，尚有间缺，其物产一类，更不及问矣。入都后供职农曹，一介末吏，画诺参衙，紫尘步遍，傍树读书，黄叶声闲。自公退食，往往无所事事，乃忆簏中携有志局所录物产类若干条，取为底本，间有阙漏，旅中无书可证，唯以见闻所及，又掇拾增益之，将欲以温故知新，为启导实业之一助。

唯吾陇天产，素号伙多，就所已录，计植物类凡四百余种，动物类二百余种，矿物类亦四十余种，工作物类三十余种，而未及知者尚多，概为编述。既虞挂漏，而连篇累牍，又恐无关宏旨，乃择其于实业尤宜发明者，标而举之。次为特产一编，其他普通产物，拟另列为表，以求简易，聊备翻考，似亦可以见吾陇土产之一斑，非必千里石田也，特利有未兴耳。

嗟夫！世变日新，物质文明日进，而国用日贫，民生日蹙，西北边隅，荒瘠尤甚，非亟趋重实业，将无可食毛之土矣。所以自忘谫陋，取古代之陈言，证近今之事实，欲以管窥蠡测者，为溯源穷流之计，庶物耻有以振之乎？若夫珍禽奇兽，志怪于山经，化学理科，启新于海舶，则大雅宏达，专家精深之所有事，固非孤陋者所能企及也。戋戋小言，聊备吾西土言实业者采择云尔。

宣统三年夏四月叙于宣南旅次。

校释：

[1]原注："又名《陇产录异》。"

[2]九通：古代九部政书的总称。唐杜佑《通典》、宋郑樵《通志》、宋马端临《文献通考》，旧称"三通"。清乾隆时加入官修的《续通典》《清通典》《续通志》《清通志》《续文献通考》《清文献通考》，合称九通。

金书舲先生《听云山馆集》序

乡先达金书舲太守既殁之六载，哲嗣松峤君校定其遗文《听云山馆集》，将刊以问世，以最录之文属烜曰："先大夫一生勤学，乐为文章，所著诗、古文辞，无虑千百首。中更颠乱，散佚多矣。今搜集所存，仅得半耳。愿有以序而传之。"烜自唯不文，而梓乡文献所关，嗒嗒不敢辞。

忆少时与松峤读书吾兰普照寺，耳书舲先生名，以为玉皇案吏，鸿材硕学，晚学后生何敢望其项背？而私心冀读其文章，意先生之所为，必有以异乎人人之所为者，念切隐怀久矣。今得见遗书，谓非偿夙愿乎？爰受而读之。为骈散文若干卷，朴以茂，典以核，渊然绩学，有道君子之言也。外诗一卷，雅健雄深，老杜论吴道子画所云"冕旒俱秀发，旗帜尽飞扬"者也。公牍尤多，汰存一卷，则先生莅政临民，可借以表见一斑者，皆可贵焉。

尝慨清代二百余年，以经义帖括取士，士虽功名自奋，而唯时所尚，不习其他，以孤陋寡闻终者，何可胜数？先生则自为秀才时，即肆力经史百家，不拘拘于时，故其所为文，浸淫汉魏不懈而及于古，非豪杰之士孰能之？

光绪乙巳春，烜以迎养先慈赴都，道出陕时，先生需次长安，烜执后学礼谒先生于旅舍。其容颜然而伟，即温而言厉，接人殷勤如弗及。先生故农部郎官，烜亦适官农部，为后进；又与松峤同砚之契，故先生善视之，尤逾他人。行李匆遽中戒烜曰："作京官当勤苦，有能耐，好为之，吾视汝当晚成也。"烜唯唯拜别。及宦京师，未尝不念先生言也。于今十年，乃得读遗文。披卷之余，如亲晤对，能无所感哉？顾能已于言耶。

今年春，烜为吾省敦清史馆征书之役，搜残编，翻往籍。往往一代作者，乃有其人，无其书，著述于生前，残缺于身后，故乡文献之销沈极矣。好学深思之士，勤一世以为之，竟随水火刀兵，飘风零雨，以日以年，湮没弗彰焉，不诚大可惜哉？先生政事文章，固自有其垂不朽者在，而兹集之行于世，庶几永厥流传，使后之征文考献者，不至无征乎！

时乙卯夏六月也。

《关氏家谱》序

家乘有二义焉：取诸史而有传记，取诸谱牒而有表，传记以见先世之言行，表以明百代之统系，言行彰而子孙有所法守，统系著而奕叶永相亲爱，此理之固然者。夫中国华族号为黄帝苗裔，沿流溯源，其始固一人一家也。一而万亿，是由亲而疏，由疏而至于不可纪极也。故推而广之，则四海之内皆兄弟也。民胞物与，非儒者大言，而吾人分量当如是耳。然人必亲其亲，长其长，而后能推及于物，固未有其本乱而末治者。近世故家旧族、缙绅大夫之流，大抵家必有谱，而且珍重遵守，冀永其传。其或不幸，罹水火刀兵，荡没无存，则戚然深以为憾。是盖不忘所本之仁心然也。推是心而施之，则近若叔伯兄弟，必敦睦于家庭，远而同族子姓，亦不至相视于陌路，竞争嫌怨之起，吾知免矣。盖诚念夫此，渐析为路人者，皆吾一体之所系也。可不感乎？故为之子孙，必以先人之嘉言懿行为法，而考厥统系，尤足使疏者亲，亲者益相爱也。可见家乘之所关钜矣。易曰："正家而天下定"，其旨深哉！

灵台劝学员长关子高先生，以其家谱毁于清同治间回变，将以所能知者，修复而存之。夷考古代，若龙逢[1]之忠，子明[2]之学，壮缪[3]之神武，皆为万世人所钦仰，不第关氏一家之引为模楷也。而徒以水火刀兵，荡没无能考，即关氏亦不敢少有诬援于其间。嗟夫！使后人数典而不能念其祖，岂非兵戈之为哉？良可悲矣！今子高断代为之，固不获已也。然于尊亲之道，慎终追远之诚，承先启后之深意，吾知其必有合者，爰举应有之义，书而为之序。

校释：

[1] 龙逢：夏代末年大臣。夏桀暴虐荒淫，他多次直谏，被夏桀囚禁杀死。

[2] 子明：即北魏时关朗，字子明，传为关羽玄孙。精通经史，魏屡征不仕，隐居，以《春秋》《周易》授徒，著有《易传》等。

[3] 壮缪：三国蜀汉关羽死后，后主刘禅于景耀三年（260年）追谥为壮缪侯。

《绮史新咏》序

五凉其诗人之林乎！在昔梁之阴铿[1]、唐之李益[2]，为古今所宗述，宋元以降，代有传人，至胜清而又隽才辈出，如王雨亭[3]、张昆岩[4]、李湘洲[5]、刘龙泉[6]、张桐圃[7]、郭仲仪[8]辈，皆卓然可传，一时称作者。胡笳羌笛，俯唱遥吟，亦吾陇上人性情敦厚之所发挥欤？

老友武威张君天石，善为诗，尤工香奁体，余尝读其《神乘杂咏》数十首，知其为有心世道者。辛亥后，蛰居都门，每有感触，辄出之讽咏，以风《诗》之比兴，为《小雅》

之怨诽，连篇累牍，有长言咏叹之概。

客冬，余自粤归，执手言欢，出近作《绮史新咏》一卷见质，貌言情而实纪事，皆寓言也。屈平之离骚欤？子美之诗史欤？然其诗，虽括时事悲世风，而无一己抑郁羁愁之思，亦可见其胸襟矣。诗人取温柔敦厚，天石得其旨哉！乡邦文彦，继起有人，不可为吾陇上文采风流增一光焰乎？披读既竟，书此还之。

时辛酉春正月，倚装叙于宣南旅舍。

校释：

[1]阴铿：字子坚，甘肃武威人。南朝梁时任湘东王法曹行参军。入陈，任晋陵太守，员外散骑常侍。著有《阴常侍诗集》。

[2]李益（748—约829年）：字君虞，甘肃武威人。唐大历四年（769年）进士，官至礼部尚书。著有《李益集》。

[3]王雨亭：名化南，字荫棠，武威人。清乾隆四年（1739年）进士，改庶吉士。任直隶广昌县、静海县知县，山东平度州知州，为政廉平。晚主讲武威书院，成就甚多。著有《梅花诗》百首。

[4]张昆岩：名珆美，字昆岩，甘肃武威人。清雍正元年（1723年）应孝廉方正科荐举，授广东惠来县知县。升廉州府知府、雷琼道。著有《濯砚堂诗钞》，编纂《五凉考治六德集全志》。

[5]李湘洲（？—1755年）：名蕴芳，字湘洲，甘肃武威人。清乾隆十七年（1752年）进士，官江西石城县知县。因其师内阁中书胡中藻文字狱，受株连被杀。著有《醉雪庵遗草》等。

[6]刘龙泉：名统，字汉良，甘肃武威人。清乾隆六年（1741年）拔贡，官直隶任丘知县，有吏才。著有《光复堂集》。

[7]张桐圃（1750—？年）：名翙，字凤扬，号桐圃，甘肃武威人。清乾隆三十四年（1769年）进士，官江西吉安府知府、湖北荆州府知府、湖南长沙府知府等。著有《念初堂集》。

[8]郭仲仪（1760—1840年）：名楷，字仲仪，号雪庄，甘肃武威人。清乾隆六十年（1795年）进士，官河南原武县知县。主讲灵州奎文书院、凉州天梯书院。著有《芙蓉山馆诗钞》等。

《甘肃赈务汇刊》第一编序

传有之天灾流行国家，代有常也。然《春秋》纪灾异，圣人不以其常而忽之，故能知其常，而弭之于先，所以贵有圣人在高位，竟参赞化育之功，不知其常而致之于变，是庸人之误苍生也。瞢于常，任于变，因饥馑而加师旅，是不仁者之祸天下也。

慨自年来，国内战乱，戾气所召，水旱疾疫并至，斯民遂不聊生矣，岂独吾陇然哉？然予陇人也，稔陇事，又主赈务，睹四方流离惨苦，灾黎之颠连而无告，未尝不叹博济之穷于术，始知圣人不以博济为贵也。四五年间，人祸天灾，相乘迭至，城邑凋残，几无完土，室家荡析，靡有孑遗。哀此泽鸿，尽驱之萑苻之野，天实为之，谁实尸之？

当十七年春，狄河难作，延及河西，被兵祸者十余县中，区及陇东南，又皆以旱闻。予与水君楚琴[1]谋诸乡人士，皆谓宜早为图，遂有筹赈会之设。维时不量薄德，发救灾之愿，亦不过为一时计。次年春，奉令改组，今又年余矣，何陇人之不幸，逢此鞠凶久耶？以言赈款，则京外筹募数逾百万元，而施之灾区，则饥黎所获，人得一元者实寥寥，讵不可骇哉？盖灾区五十余县，灾民数百万人，往往春夏之交，青黄不接，道殣相望者数百里间，触目皆是，故虽辇金百万，实杯水车薪耳。

夫古者，耕三余一，耕九余三，以三十年之通制国用，虽有水旱偏灾，不足动邦本也。吾中华以农立国，尤以安民为政本。夫唯民安而后国用足，国用足而后可以抗天灾而弭人祸，故有备者无患，非不揣其本，而齐其末之所知也。是以圣人平天下，其大道在致中和，天地位而万物育，何灾变之足患乎？尧水汤旱而天下不乱，民生裕而天变可消也。《周礼》荒政十二皆仁政尔，故尽人事以补天憾足矣。若今日所谓人祸，虽圣人亦有所不能弭者，失其道也。语云："和气致祥，乖气致异。"窃愿国人泯私利之争，酿和平之福，弭天灾，而不造人祸，人祸息，而天灾无所蕴以生，则浩劫可挽，此嗷嗷者，其有乐生之日乎？倘仁政不施，惶惶然日从事荒政，抑亦末矣。

予以轻材，[2]猥负重任，无补民艰，时唯内疚。兹将一年来所得各县灾情及施赈之处，荟萃成编，俾关怀救济者有所考镜。然陇上风气朴塞，交通阻滞，其灾况之能宣露于人耳目者，亦仅焉耳。幸仁人君子悯而援之，边氓庶有豸乎？

民国十九年夏五月皋兰王烜序。

校释：

[1] 水君楚琴：即水梓，详见前注。
[2] 轻材：小才。典出《庄子·外物》："已而后世轻才讽说之徒皆惊而相告也。"

《甘肃赈务汇刊》第二编序

民国十八九年，为吾甘灾最重之期，而十九年以后，政变频仍，徭役无度，各处匪患蜂起，民间所受人祸，视天灾实倍蓰，加以省垣银行停兑，金融困滞，外县地方不靖，交通梗阻，盖施赈之棘手，未有甚于此时者。昔人谓救荒无善策，唯在尽其心耳。此第就天灾言之，未尝计及人祸也。夫人祸之来，飘忽靡常，翻变而莫可端倪，如暴风疾雨之不可亿度，非若水旱偏灾，有象可征，为之者，犹可备于万一。今以有象之天灾，而加以无端之人祸，民之不憔悴以尽者，其能几何？虽云救济，亦穷于术矣。

本年赈款之来，大抵上年政府所发赈灾公债之售款，及京赈委会续拨者为多，而本省捐款已鲜，其外省惠助，则新疆金主席[1]及同乡诸公倡募之五万元，亦钜数也。吾侪为灾黎请命者，依南斗而望京华，通西域而瞻葱岭，不禁拜仁人之赐焉。然回顾灾区，犹有沧海一粟之感。尤可叹者，往往款已分配，而各地有因匪氛，不能实施者，又有地方不愿领赈，但求减免摊派，为莫大之惠而绝不可得者。遂有旋领赈，而旋输为

公款者。嗟乎！自古荒政有如是之现象乎？

尝读汉史，汲黯[2]以河内水旱，矫诏发粟，汉武不以为罪，而反嘉其贤，诚以救灾如救焚，不可须臾缓，即不能以常例绳也。古人视民如伤，为政者固当如是。今乃救济者自救济之，搭克者自搭克之，何相去之悬殊耶？华洋义赈会[3]有言："救天灾，不救人祸。"其词虽激，然非无谓也。故处今日而言救灾，必祈免刀兵之劫，征发之烦，科敛之无艺，庶然后施济有效，凶荒可弭，斯民有出水火登衽席之日矣。瞻念前途，跂予望之。

校释：

[1]金主席(1879—1941年)：名树仁，字德庵，甘肃永靖县人。清宣统(1909年)拔贡。民国初年任新疆阿克苏等县知事，1926年，任新疆省长公署政务厅长等职。1928年，新疆省主席兼理边防事宜杨增新被刺后，任新疆省主席兼边防督办。1933年，盛世才政变，返回关内。因擅自与苏联订立通商条约被逮下狱。在西北政要的营救下，1936年被特赦放归。

[2]汲黯(?—前112年)：字长孺，濮阳(今河南濮阳)人。汉武帝时，任东海太守，继为主爵都尉。好黄老之术，常直言切谏，并反对汉武帝反击匈奴的战争。

[3]华洋义赈会：全称是中国华洋义赈救灾总会(China Internation-al Famine Relief Commission缩写为CIFRC)。1906年，由中外慈善人士设立的临时性公益机构，赈灾结束后即自动解散。1920年北方大旱，华洋义赈会再次设立，在北京设总事务所。其救灾理念是"提倡防灾事业"，措施主要是以工代赈，兴办水利工程，兴修道路，改善排灌并便利交通。1949年9月1日解散。

《甘肃赈务汇刊》第三编序

民国二十年之《赈务汇刊》编既竟，主者具稿请序于余，披阅编内不仅限于二十年度，其二十一年至二十二年八月出入各款皆附焉，盖亦有故矣。余自十八年膺赈务重任，迄二十二年秋，时阅五载，不量绵薄，如蚊负山，中间不胜繁剧，再三呈词于省府，乃以时方多事，不蒙允代，及为觊觎存款者蜚语所构，复以查账未终，不能遽去，含垢忍辱者年余，始得卸责，不为含沙射影者所害，亦云幸矣。虽然凡事持之太力，纵公而无私亦为怨府，可为殷鉴也，于人乎何尤？

此编原属二十年赈务，而二十一、二年赈会发生纠纷，再未筹有大宗赈款，即赈务无形停顿，所办者皆以前未完之事，故均附见焉，盖以后亦无复再编之可作也。五年以来，赈款收支总数，亦见于编内，则此编不啻一总结束矣。计十八、十九、二十之三年，共收赈款一百七十九万五千二百七十九元八角有奇，共支出一百七十八万八千八百二十四元七角有奇。其二十一年元月至二十二年八月，所收为四万五千零二十六元三角余，所支为五万一千三百四十二元余。统计五年来之所入，共一百八十四万零三百六元有奇，其支出为一百八十四万零一百六十七元有奇，连麦豆粮石之数，悉造报于南京赈务委员会，单据书簿随案赍核，而省委、京委查账三次，既无侵蚀之据，则实际可告无罪。其悠悠众口，茫茫世故，听之而已。

当此案发生初，省防司令部首派兵士逮捕赈会管款人员，而清乡局复派队至存有赈款各商号止付赈会取款。夫赈会为慈善机关，无论有无他故，绝非属于军需，何以军队横加干涉？此吾人百思不解者也。其或有为虎作伥者欤？唯此被军人止付之款，嗣为建设厅提去二万余元，竟以商家倒闭，损失一万数千元，又无人过问。世事如此，可胜叹哉！然后知世乱，则公理亡，无可置喙也。亦足见此次之纠纷，为公为私矣。此乃赈务停顿之因，即二十一、二年款目不得不并诸二十年册内之故也。

略记其实如此，以为之序。

重印《太上感应篇》序

杨君雨丞，以所印《太上感应篇》问序于余，余以其善举也，不敢辞，爰受而读之，前为《感应篇》，后附《经验良方》，共一帙。《感应篇》善教也，《经验方》善行也，善教人人可以挽劫而救世，善行持世可以却灾而活人，杨君诚善士哉。

然验方济人，其效浅而易见，若太上神道设教，其理深而难知。《易》曰："积善之家，必有余庆，积不善之家，必有余殃。"圣人固昭昭示人，以感应之无或爽矣。乃世之论者谓，颜回夭亡，冉耕恶疾，原宪厄穷，而盗跖富且寿，获终其天年，善恶之应，谬以千里，古今来可胜数乎？至近世，趋重唯物，则又诮神道为迷信，人心又惑焉。忧世者愁然而不得其解，但付之天数。然歧理与数为二，则道有间矣。唯佛法有因果之说，通三世以为衡，其言曰："要知前生事，今生受者是，要知来生事，今生作者是。"于是祸福，唯人之义以决，夫种瓜得瓜，种豆得豆，此理至恒，感应之道，明且确矣，无可以致疑矣。昔孔子垂教，不轻言鬼神，为当世虑也，恐人即于非僻，故曰"敬鬼神而远之"。文佛悯人愚，欲其明自作自受之公理，故不惜举过去、现在、未来，而以轮回指出之。儒与佛主旨固不同，而理数与因果其究竟同。至太上备举人事，鉴以天神，其教介儒佛间，达者取焉。盖天与人一气而已，此感彼应，气之机而已。人能知此气之周流，宇宙弥纶而无际，则何疑于相应之理乎？

杨君在吾皋邑，夙称有心世道者，今兹举益征，恫瘝之在抱，不能自已也。嗟嗟！人心已溺，大劫方兴，持此编以为正本清源之一助，不亦可乎。

《颐园杂咏》序

予癸卯同年中，能诗者多矣，而相与唱酬，尝联吟社寻韵事者，唯枹罕邓君德舆、枝阳秦君幼溪两人为最。习德舆之诗，风发泉涌，畅其所欲言。幼溪之诗，清丽为邻，如风日水滨也。

值时势扰攘，风鹤频惊，同辈星散，予与幼溪亦复契阔。今秋，偶相过从，幼溪出旧著《颐园杂咏》甲乙集，属为之序。披读竟，知其寄兴遥深，非苟焉已也。夫温柔敦厚，诗教也。古之人蓄道德能文章者，往往怡情山水，托迹园林，欲抒其怀抱，则游于物焉以适之，而必于诗是寄。故一花一木可以畅其和，一台一榭可以兴其趣，一虫一鸟可以快其天，一书一琴可以养其性，兄弟友朋之情交，家国民物之感触，盖无不于含毫邈然之际，发其所素焉。使人读之，徒见夫风云月露，若是词曼而意微也，而抑知其温厚者存乎中耶，是孔门兴观群怨之教也。

今颐园之集，殆犹是尔，无愧风人之旨矣。丁兹时艰，风雅之道，或几乎息，而以此树骚坛之帜，使人知讴吟讽喻，言之有节。文者，感人深而陶淑其性情也。广于斯道，所关实非鲜尠，此吾辈之责也，质之幼溪，其不我非欤？时己卯孟冬，盖距癸卯三十余年矣。

邠阳谢静庵先生懿行序

邠阳谢厚斋先生，为兰州市商务会会长有年，德望重于一时，兰人识与不识，闻厚斋名无不称为长者。尝为余言其叔父静庵翁生平行谊，嘱为之文，以扬潜德。余固辞不获，及受其所持状而读之，知静庵翁之笃行亦如厚斋也。

按状，翁为邠之北渠西村人，讳建定，静庵其字也。高祖延春，曾祖万权，祖永学，父自俭，世业农，清白传家，历世如一。翁幼失怙，孤且贫，茅屋数椽，仅蔽风雨，薄田数亩，借以疗饥而已。与母氏王太君相依为命，终鲜兄弟，形单影只。甫十龄，即与邻里佣工，作庑下舂，时或为人芸田，获工资以奉母，一日不力作，则饔飧不给，伶仃孤苦备矣。翁外祖家颇饶，而王太君性甘淡泊，从无求欤助事，可见其固穷之节，抚子之不易也。如是者数载，翁年十六七，为佣于贺崦村之富室。村近距北渠咫尺，翁意盖欲晨昏定省，得常奉母以甘旨也。数数往来其家，富室知其孝，亦谅之。居数岁，而王太君以天年终。翁悲痛不自胜，营备棺衾竭力焉，乡党宗族咸称其孝。既而富室稔其忠直，委以农务，翁勤于耕作，而尤精树艺。视东君事如己事，待同辈如其家人，故东君恃之如腹心，而同辈相从，如身之使臂，臂之使指也。翁性戆直，见人有过，辄面规之，谆谆不已，人多悦服者。好为人排难解纷，而于己有所涉，则从不与人争，故一生未尝至讼庭。往往归里时，闾巷妇孺望见颜色，则皆走匿，其严气正性有流露于不觉者。德配赵孺人，性勤慎，人谓翁得贤助，故无内顾忧。子二：长天贵，次天祥。女二：长适马，早卒；次适王。翁以少时贫，未获读圣贤书，每引为憾。故其二子甫及学年，皆遣令出就外傅云。窃谓古圣贤教人，皆以躬行实践为要，故事亲竭力，交友有信者，虽未学

必谓之学。

兹状所云皆躬行君子之事，则虽不读《书》诵《诗》，而其行无愧于学矣。请以《诗》《书》之言征之。翁秦人也。秦之地于周为邠岐，《豳风·七月》之章曰："昼尔于茅，宵尔索绹。亟其乘屋，其始播百谷。"言农人之终岁勤动也。翁之勤于稼穑，有诗教焉。《小雅·(小旻)〔蓼莪〕》[1]之什曰："蓼蓼者莪，匪莪伊蒿。哀哀父母，生我劬劳。"言孝子思养其亲也。翁之欢承菽水，抑有诗教焉。《尚书》曰："若农服田力穑，乃亦有秋。"又曰："奉先思孝，曰彰信兆民。"翁能守其农本，而孝于亲，信于人者，则又符书教焉，彼终日诵读者何以过之。且世之风流文采，俨然人上，而其言行之际，往往有惭于耕夫牧竖者，抑岂少哉？若翁者，其过人远矣。昔李二曲作《观感录》，所取诸名儒，如夏云峰者，农夫也，而表正乡间。其他王心斋，则盐丁也；朱光信，樵夫也；李明祥，吏胥也；韩乐吾，窑匠也；陈剩夫，卖油佣也；周小泉，戍卒也；朱子节，网巾匠也，皆位在卑贱，而学道以名于世。使翁而遇其可师之人，得闻道焉，则亦何让于古人乎？是乃翁之自以为憾者乎？然翁能教其子成材，亦可少弥所憾矣。厚斋之言曰："翁之二子，均读书七八载，学成而后经商，今皆能自树立。"尝以翁年老，谓不可胼手胝足，为人服劳，天贵即由外旋里，迎养其父，归享含饴弄孙之乐，以愉桑榆晚景。天祥亦归省，肥甘轻暖，奉其亲者无不至。尝备安车侍翁之省垣及三原，极游览之娱。翁年逾古稀，于民国二十年某月日卒于家。天贵兄弟念父毕生劳瘁，哀毁逾恒，丧葬一如礼，戚里称孝焉。天贵尤有父风，乐赒人之急，平人之争，皆翁义方之教所得也，然则翁亦可以无憾矣。厚斋，笃实君子也，言当无溢美，爰撮举之以为序。

校释：

[1](小旻)〔蓼莪〕：写本误作"小旻"，据所引诗句改为〔蓼莪〕。

杨济舟重修家谱序

昔郑樵以生民之本在于姓氏，乃于《通志》作《氏族略》。其序称："自隋唐而上，官有簿状，家有谱系。官之选举，必由于簿状，家之婚姻，必由于谱系。"又云："凡百官族姓之有家状者，官为考定翔实，藏于秘阁，副于左户。"而深慨五季以来，谱系之不传也。然则谱学之重于古，为何如乎？自后言族谱者，大率宗欧、苏，岂官籍既失，而始以一代文宗之私述为法欤？唯空同李梦阳[2]氏，以欧、苏谱独详其所自出为不可。虽然世之修其家谱者，率详其所自出，盖势有必至也。

观济舟同年兹谱，亦取欧、苏，而详所自出，又以其旧谱所引欧、苏谱例为训体，而特著家训于谱后，诚得昔贤之深意者。夫天不能有常而无变，世不能有治而无乱。则兵戈之阻绝，水旱之散离，山河之迁改，使故家世族失其典守，而图牒化为尘烬者，岂复少哉？故子孙而述其宗功祖德，非不欲详且尽也，而时有未能，则详所自出也较易,故曰势也。如兹谱《例言》所列八事,亦可告无憾矣。且训体为谱,既衍往绪,又诏来叶,圣人所谓不出家而成教于国者,即在于是。盖中国圣人,以国之本在家,家之本在身,家为身与国之枢,故最重家族。诚使人人亲其亲,长其长,由近以及疏,慎终而追远,读一传而謦欬闻,披一图而敬恭止,数典不忘其祖,家齐而后国治;化民成俗,翔洽太和,天下有不治者乎? 以是知古人重谱牒之学之有以也。济舟取其义,以贻子若孙,余更为引而申之,既重杨氏,亦风世焉。

校释:

[1]欧、苏:宋仁宗时,欧阳修(1007—1072年)、苏洵(1009—1066年)各自编纂《欧阳氏谱图》和《苏氏族谱》,提出修家谱的宗旨、原则、体例与方法,开创中国私家修谱的先例,并成为后代家谱的基本定式。

[2]李梦阳(1473—1530年):名梦阳,字献吉,号空同,河南扶沟人,出生于庆阳府安化县(今甘肃庆城县)。明弘治六年(1493年)癸丑科进士,任户部郎中,因反对宦官刘瑾下狱。刘瑾败,迁江西提学副使。为明代复古运动"前七子"的主要人物。著有《空同集》。

刘绍庭重修家谱序

家有乘,教孝也,所以慎终追远,亦所以垂裕后昆。凡人见圣贤之盛德大业,则尊而仰之,闻祖若宗之嘉言懿行,则慕而效之,不待秋霜春露,每动其忾忾之忱,而孝思悠然生矣。宋儒言:"子孙之精神,即祖宗之精神,一贯于无穷者也。"祖宗将垂模于来叶,必敦品而励行,子孙将告无愧于先民,必修身而向导,关于世道岂浅尠哉? 唯吾华族,历世绵远,曰若稽古,往往不详所自,岂数典者遽忘祖耶? 族姓之或羼杂、文化之或消沉时有,无可如何也,故自来存世系者,每断远代而叙所亲,亦势使然也。尝读苏洵《族谱引》曰:"情见乎亲,亲见于服。服始于衰,而至于缌麻,而至于无服。无服则亲尽,亲尽则情尽,情尽则喜不庆,忧不吊。喜不庆,忧不吊,则涂人也。吾之以相视如涂人者,其初兄弟也。其初一人之身也,悲夫! 一人之身,分而至于涂人,此吾谱之所以作也。"如苏氏言,谱不亦重乎?

刘君绍庭,吾兰世族也,以所修家谱问序于余。观其不忘本,不遗远,而详本支之意,亦云尽为子孙之心矣。夫刘氏远溯御龙,其系最古,而有不必侈陈者,烦则无当也。昔狄武襄[1]不欲上援梁公,论者韪之。今兹谱详近略远,足征信矣。刘氏之世守是谱者,其毋忘教孝之义,斯无负修谱之苦心已。

校释:

[1]狄武襄(1008—1057年):即狄青,字汉臣,汾州西河(今山西汾阳)人。行伍出身,在对西夏的战争中屡立战功,为范仲淹等所擢拔,累升为大将。官至枢密院使同平章事。谥号武襄。梁公(607—700年),即唐大臣狄仁杰,卒后追赠梁国公。狄青未曾将狄仁杰援引为先人,论者认为做得对。

《皋兰明儒遗文集》自序

文字以纪事,亦以传人,人可传,即其人之零章断简,千百载后犹如吉光片羽,愈为重珍。倘其人非可传者,则虽著述等身,或盈曹之仓,而溢邺之架,易世而后,其不随飞烟飘瓦,以湮没者几希。

有明迄今五百余载,吾兰人之卓然为世称者:黄兰坡[1]之文学,段柏轩[2]之理学,彭襄毅[3]之勋名,邹兰谷[4]之风节,其荦荦大者也。诸先生自有千秋,垂诸不朽,不以文字传也。然人之钦仰诸先生者,则每读其遗文轶诗,落落数篇,不禁想望其高风逸韵,低回而不能已也。是其文字以人贵,而不可不传。诸先生平昔著述皆有成集,而代远年湮,今所存者直落落数篇耳。诚吉光片羽也,可不宝诸。

烜里居多暇,每涉群籍,睹诸先生篇章,幸其犹在人间,辄录而存之,并益以陈祥[5]、赵英[6]、聊让[7]、滕佐[8]诸人之作,都为文四十篇,共一卷;又赋三首,诗九十八首,词三十余首,箴一,赞二,亦一卷。诗赋亦文也,篇什无多,不别为集。编既竟,虑其久而复佚也,商之杨君雨丞为任校雠,题曰《皋兰明儒遗文集》,将待印行,以公诸世,俾后之读是书者,犹如与诸先生晤对一堂,亲聆其教诲,振奋起舞,乐为诸先生之徒,所谓顽廉懦立者,其在兹乎,岂徒文字云乎哉?或谓自明而上溯汉唐,下逮有清,其间不乏达人,独无文可传乎?何独斤斤于明儒,斯言是已。唯汉唐以来,塞上风云,往往在金戈铁马中,即边关文物,亦羌笛胡笳而已。求其于文学,坛坫立言,以期不朽,如魏宗钦[9]者,尚邈焉寡俦,至清代名人著述,则原集犹在,固不待搜珠,而始显于世,非前无古人后无来者也。况明儒上导唐宋以来未开之学脉,而下启有清之文化于不替,此所以独著者焉,倘亦为读书论世者之所许欤?

校释:

[1]黄兰坡(1403—1465年):名谏,字廷臣,号卓庵,别号兰坡,兰县人。明正统七年(1442年)探花,授翰林院编修,迁侍讲学士兼尚宝卿。著有《兰坡集》等。

[2]段柏轩:即段坚。详见前注。

[3]彭襄毅(1459—1530年):名泽,字济物,别号敬修子,晚号幸庵,甘肃兰州人。明弘治三年(1490年)进士。历官工部主事,刑部郎中,徽州知府,浙江副使,河南按察使,右金都御史,巡抚辽东,右都御史、太子少保、总督川陕诸军,兵部尚书、太子太保。谥襄毅。著有《读易纷纷稿》等。

[4]邹兰谷:即邹应龙。详见前注。

[5]陈祥:字吉夫,甘肃兰州人。明成化十一年(1475年)进士,授刑部主事,迁员外郎,出官山西按察司佥事,擢四川按察使。著有《考庵集》。

[6]赵英:字储秀,甘肃兰州人。明成化八年(1472年)进士。历官河南宜阳知县、湖广道监察御史、巡按山东、直隶保定知府、山西参政。著有《较庵集》等。

[7]聊让:字公逊,号退庵,兰县人。初为肃王府仪卫司余丁。明景帝即位,大开言路。聊让赴京上书言事,景帝察明采纳。明景泰五年(1454年)进士,官江西南昌知县。

[8]滕佐：字良辅，甘肃兰州人。明景泰五年（1454年）甲戌科进士。官监察御史、山西按察副使、四川按察使、河间府知府。以廉正刚直、有惠政闻名。

[9]宗钦（？—450年）：字景若，金城人。官北凉中书郎、太子洗马。上《东宫侍臣箴》，劝谏太子修德向学。入魏，赐爵卧树男，加鹰扬将军，拜著作郎。死于崔浩之祸。著有《沮渠蒙逊记》等。

《学海指南》序

自清季曾文正公以理学名臣，垂勋当世，人咸仰其德业之隆，称完人焉。而观其一生所为日记，洪纤巨细，无不笔之于书，其所研求论议，往往于读书、作文、写字三者反复探索，乐之不疲，岂其功业乃不外此乎？夫文以载道，书则游艺之一也。文正日从事于此，即其涵泳于道者深矣，涵泳于道者深，所以抒其蕴蓄，为经济、为文章、为余事之翰墨，靡不见其学道之所得也。文正之所以为完人，即谓之为得力于读书、作文、写字三者，无不可也。

自欧化东渐，中国学者驰骛新奇，侏儷之文，斜上之字，油然醉心，几视祖国之文化为不足一顾，甚者欲举名教而屏弃之，革文体，创简字，犹小焉者也。夫文运升降，国运关焉。当兹玄黄混战之世，理欲是非淆焉莫别，斯文将丧，其在兹时，而犹欲国粹之是存乎？外力侵而国学微，固其宜矣。虽然今世文字日趋简易，其持说为普及教育是也。然为民智普通计，非所论研究学术者也。昔陈寿有言："皋陶之谟略而雅，周公之诰烦而悉。何则？皋陶与舜禹共谈，周公与群下矢誓故也。"今天下纷纷欲以彼易此者，将施之通俗教育耶？抑举一切而排除之耶？夫言之不文，行而不远，窃惧夫载道者亡，而道亦与之沦胥也，然亦不足惧也。六朝尚骈俪，流弊浮靡，不可收拾，至唐而昌黎崛兴，遂起八代之衰，文学兴丧，会有时耳。况天不变，道亦不变。人不欲求学则已，如必求学者，则不致力于先圣载籍，犹欲济川而委舟楫也，得乎？即近时论者，每谓中国文字为美术，既曰美术矣，则人且宝贵之不暇，而何废弃之虑乎？

同学郑君辑有《学海指南》一编，持以见示，所取皆读书、作文、写字古法也。郑君今之学者，而所作乃斤斤道古，吾益信中学无废坠之惧也。书此质之，得毋笑我顽乎？

水太夫人七旬晋一寿序

古史列女有传，然皆庸行也。孟母之教，班姬之学，少君之苦操，德耀之清芬，要不离乎尽其妇道、母道而已。自后世矫尚奇行，于是标彤管、扬绨素者，大都归诸节孝义烈之流，以为持斯世风教故然也。而古圣人无成有终中馈，贞吉女正位乎内之常义，反若有隐焉者，毋亦有所偏重与？然人情于所不能慭置者，往往欲托之文章以贻

不朽，而人子之于其亲也尤甚。自元明后古文家有寿序之作，而女宗尤多，归熙甫[1]、曾涤生[2]辈尝以为非而皆屡为之，其亦有不能已者乎？盖以文字道其人生平行谊，即以寿其人于世，推人子孝养之诚，君子所乐与也。然文体由是嬗变，即世风由是转移，神乘、家传所记载，以补史氏所不及而备考也，窃尝持此论久矣。

近数年来，里居多暇，与水君楚琴共地方事。楚琴尝为言其太夫人事略，皆庸行之可称者，尽乎妇道，尽乎母道。听其言，若难能而可贵，际其实，则家人居处饮食衣服，事亲教子以及所以自处者，无非日用之常经，吾于是知庸行之未易易也。

盖太夫人姓李氏，世居宁定[3]李家沟。同治间回乱，迁于定西。归太翁阜之[4]先生时，姑殁，事翁甚孝，妯娌间无违言。太翁营毛织业，工徒数十人，太夫人躬爨不辞劳，数十年如一日。生楚琴及子荫、季梅[5]三人，爱之笃而教之严。楚琴昆弟就外傅，尝为师浣衣馈食，谓尊师即所以爱子。洎楚琴远适异邦，季梅亦负笈京师，则谓男儿志在四方，固所愿也，然倚闾之望无间朝夕。

国变后，每教以谨言慎行。楚琴代狄道县篆，欲迎养，拒之曰："此岂作官享福时耶？望汝以桑梓为重，勿堕先世清德，吾心慰矣。"性慈祥，待人至厚，闻人家疾苦，若身受然。勤俭尤为人所不及，春秋既高，而操作如恒，他人代之，辄不许，布衣蔬食以为常，谓素所喜也。然则如太夫人者，虽古之淑媛，若钟、郝贤母，若柳、欧亦何以过兹？是岂不可以垂令仪，而为世范乎？

今年民国纪元第一戊辰，为太夫人七旬晋一之庆，楚琴念母氏劬勤，将为祝嘏，以娱亲心，属余为之序，余即以素所闻于楚琴者，述其庸行，以为难能而可贵，虽寿世可也，虽然尤有进焉。今太夫人之教其子曰："谨言行。"曰："非作官享福。"吾知楚琴兄若弟，其必以此义自相策励，以娱亲心，则莱衣之舞，兕觥之称，太夫人必欣然色喜，顾而乐之矣。

校释：

[1]归熙甫(1507—1571年)：即归有光，字熙甫，昆山(今江苏昆山)人。明嘉靖四十四年(1565年)进士。官南京太仆寺丞。为明代唐宋派代表作家之一。著有《震川先生集》。

[2]曾涤生(1811—1872年)：即曾国藩，字伯涵，号涤生，湖南湘乡(今双峰县)人。清道光十八年(1838年)进士。率湘军击败太平天国，兴办洋务，授大学士，官两江、直隶总督等。谥文正。

[3]宁定：1919年置宁定县，1953年改为自治区，1955年改为广通回族自治县，1956年改为广通县，1957年改广河县，属甘肃临夏回族自治州。

[4]阜之：即水应才，字阜之，河州三甲集水家村(今属临夏回族自治州广河县)人。同治时流落皋兰县，在新关(今兰州市秦安路)开毡帽坊。水梓为其长子。

[5]子荫、季梅：子荫，名榕，水应才次子。季梅(1892—1958年)，名梢，水应才三子。北京工业专门学校毕业。创办甘肃省立工艺学校、同生火柴股份有限公司、新民股份有限公司。中华人民共和国成立后任兰州市八社财产管理委员会主任委员等。著有《理论实验肥皂学》等。

《时轩〈诗〉义录》自序

朱时轩[1]先生，吾兰一通经硕儒也。人但慕其书法之精，画品之逸，而不知其穷经有素，学术渊深有足重者。

余家旧藏先生所读《诗经》一部，其有所心得，发挥义蕴处，皆写之简端，琳琅满纸，朱墨烂然。据其所自记：起于道光十二年，主蓝田玉山书院讲席时，迄于十四年，在兰垣节署入幕之际也。余每展诵，见其旁通诸经，证以史传，或阐旧闻，或抒己意，识议有出故说之上者。窃谓先生以书画名，即其著述在《皋兰志》不过一《赋律入门法》耳，而此经学乃反湮没不彰，甚可惜也。每欲得佣书者写为传本，又念原本随意笔记，若以为成书，尚须编纂有序，以便读者，爰按遗著，加以篇目，次以章节，手写一通，聊作编稿。

夫诗义之所涵大矣，若但诂片词，解只字，而遗其教世之大经大法，则失圣人删存之微意矣。圣人诵《诗》，虽取多识草木鸟兽之名，而必先致重于兴观群怨，亦有其大者远者焉。先生述《诗》义，盖略于诂释，而详于意志者也。编录既竟，名之曰《时轩〈诗〉义录》，以质吾乡之重先生而与夫孜孜传经学者，敢云发潜德之幽光乎？亦存吾兰文献之一云尔。

校释：

[1]朱时轩：详见前注。

《存庐异梦录》序

梦为有足轻重耶？为无足轻重耶？若无轻重之足云，则图象之求，飞熊之兆，何为而有得人之应？居盲之征，盐脑之释，何为而有吉凶之分？若谓果有轻重者，则蝴蝶栩栩，蕉鹿茫茫，黄粱蒸蒸，南柯隐隐，不过恍惚幻情耳。非梦，非非梦，又何轻重之有？

尝于永夜不寐，与梦境相邻，时索求其故，以为梦之关于灵觉者，或为事之预兆，或为魂之神游，而其系于妄念者，非生事之纷乘，即世故之萦绕，觉与妄之分，即轻与重之殊。爰就数十年来，得梦之异者，记忆所及，笔而录之，以验此心灵所寄。

夫至人无梦，灵明不昧也。黄帝游华胥，孔子见姬旦，精诚感通也。如烜者混迹浊世，性灵之汨没久矣，讵能无梦而有感通乎？然人非木石，则此一点灵犀之时隐时显者，固本诸天然而尽人皆然也。余之所云异梦，倘亦此一点灵犀之有时而显，抑人有言曰："处世若大梦。"则人之一生皆在梦中，梦中作梦，梦中说梦，知不足当智者之一噱也，余亦视天梦梦已耳。

乙酉冬十月，识于存庐。

《皋兰彭氏家谱》序

  吾兰彭襄毅[1]公，为有明以来五百年间勋业赫然，以名世者也。唯其所编《段容思先生年谱》，自称长沙门人，说者谓其原籍湘江，年湮代远，莫可考也。

  今夏戚里有来言，彭氏子孙乞为家谱叙者，余欲得观其统系、传略，借知襄毅公奕叶相传之真。及取阅，乃《彭氏祖谱叙》一纸：首言金城彭氏为尚书公泽之苗裔，祖茔在兰西郊瓦埠山麓；中叙其高曾者三四世；末则详于讳立功者之生平要略。殆亦能遥继武烈之遗绪者欤？

  窃以为世之作家谱、族谱者多矣，上以慎终追远，俾民德之归厚；下以教孝弟，敦睦姻，期世风之返淳。今《彭氏祖谱》意亦不能外是也。倘能详考世系，与夫祖功宗德，载之典册，使世世子若孙宝而藏之，以为法则，毋负襄毅公孝友廉直之素行，庶乎益进矣。而其谱亦足为吾兰称世家者所贵云。

  时民国三十三年夏正之六月也。

校释：
[1]彭襄毅：即明代兵部尚书彭泽，详见前注。

《重修怀德堂王氏家谱》自序

  曾子有言："慎终追远，民德归厚矣。"窃以家乘者，慎终追远之一也。余家自始祖国器公于清康熙间由秦来陇，由临洮而兰州，迄今二百数十年矣。旧有家谱一帙，仅具规模，不著何人所作，似尚未为完本。余通籍后，曾别为整缮之，欲藏以有待。年来家居之暇，爰搜集有关先人之遗迹，储而备之，时复笔而录之。自以老病侵寻，此事不容久置，乃不揣谫陋，分类纂修，裁古近体而为之，复间以己意，力求其详，尤患其阙，年湮代远不可考者多矣。都成一册，仅可视为稿本，将来更当敦邀善书能文之士，订一定本，俾子孙世世珍而守之，绳绳勿替，非但余之幸也。

  夫圣人以孝治天下，能使天下之人莫不有木本水源之思，慎厥终而追及于远，则民德之厚可知，使民能事死如事生，事亡如事存，其孝也可知。入孝必能出弟，移孝可以作忠，故一家谱牒之存，即一家之孝思所系，其有关不綦重欤？此家乘与国史并重而不可或坠者也。

  民国纪元后第一癸未秋九月，七世孙烜谨序。

《祁漓云荫杰诗稿》序

曩与漓云同官京曹,时相过从,每以诗相唱和。当时同好诸人,最稔者罗君子衡[1]、陈君阜荪、张君天石、程君晋三、梁君梅庄,皆旦夕言欢者。漓云每有作,同人莫不击节,而君犹谓意境未出人表。盖君诗深思微志,造端隐而寄托遥,读之常若有幽忧者。尝出《韬罗词》,或知所指,而未悉其蕴。然莫不谓君深于情者也。天下唯情之笃者,为能感天地,动鬼神,守信誓而不渝,临大节而不夺。君尝眷恋于情思,而亦奋励于节义,唯情即义,唯义然后无亏于情。浮沉郎署,鲍系都门,中更丧乱,而抱志以终,孤竹欤?柴桑欤?古今来大节彪炳寰宇者,非斯人之徒欤?窃尝怪彭泽令安贫守道,为诗淡远,如不食人间烟火者,而《闲情》一赋,绮丽靡曼,虽云不失其则,而亦非忘情者。然则天下唯笃于情者笃于义,公例然也。君诗淡远如陶、韦,瑰丽如长吉,才情义气并茂。观其诗,可以知其人矣。漓云既殁之二年,其同年弟皋兰王烜读其遗稿,为之序。

校释:

[1]罗子衡(1867—1931年):名经权,字子衡,甘肃金县(今榆中县)人。清光绪二十一年(1895年)进士,授翰林院庶吉士,任山东沂水知县。赴日本考察政法。入民国,任甘肃大林区专员、甘肃省实业厅长、西宁道尹、甘肃农业学校校长。著有《蝴蝶吟草》。

《求是斋诗法指南》序

孟轲氏有言:离娄之明,不以六律,不能正五音;公输子之巧,不以规矩,不能成方圆。[1]若是乎,法之不容已也。六律者,五音之法;规矩者,方圆之法,茫茫宇宙,经纬万端,苟舍乎法,则鲜有可以驭之而无失者。诗道其小焉者也,虽然自三百篇,而汉魏,而六朝,而三唐,而宋,而元,而明清,体制日殊,而绳墨自在,格调虽异,而音律难移,是则法之谓也。

同年友慕先生少堂,勤学毕世,所著书无虑十数种,殁后卷帙盈笥,知者虑其久而或湮也,幸女公子文云[2]珍其父遗书,欲次第刊以行世,首捡《诗法指南》两卷,商诸徐渊如先生,渊如既为弁言,又俾余序之。余以旧好,义不得辞,受而读之,首述前古作者之创制,而次则分类阐绎于矩步规行中,若抉其微而拮其新,莫不唯法是归,诚学诗者之津梁哉。其上卷原名《求是斋诗话诗法指南》,下卷则仅以《诗法指南》名之。盖始则以诗话言诗法,而后则归重于诗法也。渊如先生序,谓其义无不明,法无不备,即名之为《诗法指南》也,可其言允矣。唯是书之作,其苦心孤诣,盖虑后来之黄钟毁弃,瓦缶雷鸣,使诗法将荡焉无存,故语重而心长也。今世犹重音乐,抑知诗即古乐章之流乎？刘勰曰："诗为乐心，声为乐体。"人知诗之为乐心，其为诗也，将不以轻心掉之，而一依于法焉，斯无负少堂为诗述法之意也乎？

民纪第一戊子春仲，同年弟皋兰王烜序。

校释：

[1]引文见《孟子·离娄章句上》："孟子曰：离娄之明、公输子之巧，不以规矩，不能成方圆；师旷之聪，不以六律，不能正五音。"

[2]文云(1900—1969年)：即慕文云，慕少堂之女。1928年，肄业于北平私立务本大学，后任教于甘肃女子师范、求知女校等，历任训育主任、校长等。1953年，任民盟甘肃委员会委员，政协甘肃省委员会第一、二、三届委员。将慕少堂所藏图书及少堂遗著手稿捐献国家。

重印《小儿语摘钞说意》后序

"蒙以养正，圣功也。"大《易》之言，当非欺世，今人训蒙，务取浅近，谓易领会是已。然往往重儿童环境，而轻其培养根基之道。驯至任情忘本，蔑视礼教，先入为主，习与性成，及其既长，不可救药。求所谓作人之方，茫然莫辨，且以为桎梏吾自由也。由是而社会国家皆受其敝。呜呼！岂非小学失教之所致哉？

往在清季，先师刘果斋先生尝有《小儿语摘钞说意》之作，取先儒吕氏[1]正宗，诚小学生进修之阶，亦持教者渐摩之具，嘉惠后生，端其趋向，意甚挚也。昔岁吾皋兰正气会之设，每欲为县属小学择一可为修身课程者，俾学子童而习之，以为正本清源之计，因款绌辄止。兹与同人商，即以果斋先生此本为施教之方，又得乐善书局[2]、皋兰兴文社、兰州益社[3]、五泉奎文社[4]各出巨资重印，共成善举。所冀嘉禾播种良苗怀新，将来后起有人，上焉者正其谊不谋其利，明其道不计其功，其次亦入孝出弟，谨信亲仁。小子有造，则成人有德，当亦乐育人材者之所希也，幸勿以其非急务而忽之。

民国三十七年四月皋兰王烜序于正气会。

校释：

[1]先儒吕氏：即明代吕得胜、吕坤父子，河南宁陵人。两人编选《小儿语》，收录童谣，以阐扬儒家思想。

[2]乐善书局：即陇右乐善书局，清宣统三年(1911年)，刘尔炘用捐款银一万两创建，侧重刊印地方文献，刊印过《重修皋兰县志》《拙修子太平书》等。

[3]兰州益社：1925年，王烜创办的地方公益社团，在山字石北街25号，有房产5院70.5间。

[4]五泉奎文社：光绪间，由进士金文同倡设的地方公益社团，在五泉山文昌宫，有房产2院12间。

《崔氏家谱》序

兰西廿里许,有巨镇曰崔家崖,始盖荒陬广漠区也,而襟山带河,蔚然胜地。崖以崔名,乃自宋神宗元丰初,崔氏始来自晋之洪洞者,曰槐发公实卜居于斯,于今八百余年矣。其云礽不可谓不远,世泽不可谓不长。中经元明清三代,而一姓绵延,视历朝之存废兴亡忽焉如坠者,不可同日语也。崖之下川平如掌,元太祖至元三年,崔氏报垦为耕地。河流中大小草滩十余,有曰马滩者,崔氏所献明肃王牧马处,故以名焉。

崔诚望族哉!唯代远年湮,谱牒久佚,世系莫可详纪。今其裔前振武军[1]营长积福君重作家谱,将以振遗绪而诏来叶,甚盛事也。远者莫可悉,唯有清嘉庆间《崔氏叙世碑》可考见概略。斯碑即崔氏数典毋忘之资也,可不宝诸。披碑所记,其族有移至河北红柳台[2]及洮沙[3]与凉州之黄羊川[4]者,以谱缺,莫能详稽同宗,每引以内憾。

夫家乘之所贵,上以慎终追远,述祖功宗德于无替,下以垂谟示范,励子孝孙贤于方来,非徒以考统系,而统系固其大端也。吾中国以家族制为奠国之基,严血统而亦定民族,所系岂浅鲜哉?予以积福君之请为叙,叙其可考者如此,并以可考之世系列于简端,即此断代为史之例,俾崔氏子若孙世世守之,继继绳绳,木本水源,支分派别永矣弗谖。永世不朽,不亦善乎?

校释:

[1]振武军:清宣统三年(1911年)辛亥革命爆发,陕西响应,陕甘总督长庚改编陆洪涛的第一标为振武军,为攻陕甘军主力之一。

[2]河北红柳台:在兰州黄河段北岸。

[3]洮沙:清乾隆三年(1738年)改狄道州北沙泥驿为狄道分州。1921年,升为沙县,辖辛店以北地区,1914年,因与福建沙县重名,改为洮沙县,1919年,移治太石铺。1950年5月撤销,辖地划归临洮县。

[4]黄羊川:位于甘肃古浪县城东南25千米,面积175.2平方千米。因黄羊栖息地而得名。

《刘果斋先生年谱》序

民纪十有七年,果斋先生以年老退休,综其平生所经营各社事,畀之地方人士及其门人等,分司而继武焉。诸人既受事,有谓先生一生服务社会,宜乘其暇,请将夙所经历告诸吾辈同人,吾辈当辑一年谱,俾后之人知其苦心孤诣,亦可见其学术道德之真与规模之宏远也。众议允洽,唯以未推定执笔者,遂迁延数载而先生殁。

迄三十七年春,民勤王君重锡访余,谓欲作果斋年谱,倩余搜集资材,余以夙愿所在,亟应其请,自此凡先生事迹所关,文翰所遗,有可入谱者丛录之。唯王君数月未再至,而零章断简恐或遗忘也,遂仿王渔洋年谱例列为表式,随时写入,姑作编稿。至秋九月王君来询，余以谱表相质，王君云："即此亦可成谱。"促余终之。窃念廿年前旧事，亦有不可不成此谱者，遂别缮清本，而以原草本奉王君，备其有更编之处。昔《朱文公年谱》，有白田本与建本二种行世，且年谱直书其事者多，而用表式者少，兹谱以表式为之，聊备一格耳。谱既成，兴文各社将合资印布，使世之景仰先生者，得先睹为快，而悉其生平梗概焉。爰为书其始末如此。

民纪三十有八年季春门人王烜序。

《枳香山房诗草》序

吾兰自秦晓峰先生创设五泉书院，主其讲席者，晓峰而后，前则卢敏斋，后则刘果斋，皆以硕学，有声誉于儒林，教泽及来兹。中间马鲁坪[1]先生亦尝主讲，以文学推重一时，今学者犹能道之。先生自咸丰乙卯举于陕闱，归里后不谋仕进，唯以乐育人才为己任，故桃李盈门，有绛帐遗风。居常好吟咏，性情所适，游踪所历，或据事而感怀，或望古而遥集，必形诸诗。然悃逼无华，故知者鲜。

今夏学友陈君克卿为余言，先生有《枳香山房诗草》二册，欲余为之序。时五泉奎文社方有《兰山清诸家诗钞之集》，余僭主其事，爰受命不辞，取诗读之，五七古为胜，昌黎所云："气盛，则言之长短与声之高下皆宜者也。"近体工雅。五七绝言近旨远，俱有逸致。为择其尤雅者数十篇，列诸《诗钞》，大抵写实者居多，亦近世所尚也。钞既竟，书此为序，质之克卿，其以为有当否耶？

时农历第一庚寅（1950年）夏六月皋兰王烜序于存庐之北轩。

校释：

[1] 马鲁坪（1809—1875年）：名世焘，字鲁坪，回族，甘肃皋兰县下沟（今属兰州市城关区）人。清咸丰五年（1855年）举人。学问渊博，能文工诗，品行高尚，主讲皋兰书院，勤于训迪，考中进士、举人的学生很多。著有《枳香山房诗草》等。

卷二　记

佘务斋先生德教碑记[1]

业师佘先生之没六年于兹，遗书犹在，墓草宿青。诸旧游于门者，相与谋所以永其传于不朽者，而特走书告浚于保阳，属为之文，将勒石焉。浚窃以一行作吏，日劳形于簿书中，不握笔久矣，将使发潜德之幽光，何能仿佛万一？虽然固尝执笔学为文于先生,若以不文辞,其谓先生何?

谨按先生讳德楷,字务斋,家世业儒。故皖之淮泗人,自太公始来居兰州,为豪族,先生生长纨绮中,而居处俭素,独与众异,尤勤学,师事邑先正金南轩[2]先生。同治庚午,入陕闱领乡荐。后居京师数年,值家中落,归不复出,又遭回禄,产益荡然,先生益自刻励,好读《易》,闭户著书,韦编不啻三绝。然屡空无以自给,遂设帐授读,一时从游者众。其教人重躬行,不斤斤责记诵,容蔼蔼然,乐易可近,每为诸生讲贯,有余义则立案前,指画口述,牵引史事近世事,畅其旨而后已。时犹尚举业,先生则令学者多读史古文辞,欲救时弊,后果变法,人以为得风气先。唯不喜长短言,禁学者不得读,谓其多绮靡语,少年性情未定,有害无益也。

暇辄手一卷点窜之,则所著《易翼贯解》,已数易稿矣。尝自谓求简显,俾便后学。又曰:"《易》道精微,万物莫能外也。今外患日炽,以《易》观之,古圣人若知百世后有此变者。《易》:'穷则变,变则通,通则久。'殆其义耳。"又曰:"凡人不可思议之事,无不可于《易》参之,他日欲应世变,非明于《易》不可。"时吾党学子数辈,听之唯唯,莫赞一辞。及今思之,处身涉世之道,居常应变之方,体物不遗,理无终穷者,孰不于《易》见之。如是者数年,所著《易》既写定,适学使江右蔡公金台[3]莅甘,蔡故名翰林,先生以所著进,大为所奖许,谓足沾溉后学,为序之,趣令行世。先生乃出束脩余赀,付诸剞劂。自是来学者益集,大府闻名,聘主武备学堂讲席,桃李益盈门矣。时光绪乙丙间,吾甘学校发轫期也。先生在校,又尝取三百二十篇笺序诸说,集为《诗经古训》,未刊而卒,盖其一生在学中也。

夫古之大儒,如胡瑗、许衡诸人,皆以掖进后学,风声所播,海内倾动。后世承风,酿为善气,国与同休,所系岂浅鲜哉?《记》曰:"师道立,则善人多。"不其然乎?若生者,固吾侪所模范,亦后世所当矜式者也。浚自通籍久宦于外,于先生行谊未能尽悉,兹述其躬所亲炙,及夫荦荦大端共见者,与同人志不忘诏来者云尔。

校释:

[1]代郑镜泉作。

[2]金南轩:名玉音,字德昭,门生尊为南泉先生,甘肃皋兰县禄家巷(今属兰州市城关区)人。清道光十二年(1832年)举人,任平番县训导、中卫县教谕。精心课徒,循循善诱,成就甚多。著有《挹兰山房时艺录存》。其子金文同成光绪六年进士,详见前注。

[3]蔡金台:字燕生,江西德化人。清光绪十二年(1886年)进士,官翰林院编修。光绪十七年(1890年)任甘肃学政。后任都察院湖广道监察御史。

甘肃赈灾华洋救济会会宁县疏河修路记

中华民国九年冬十二月十六日酉时,甘肃大地震,兰山、泾原、渭川、宁夏各道

属,山崩地裂,庐舍涂地者,广袤千里,死人民二十余万,伤者无数。英国米尔纳地震纪录所测:泾原道属为发动地,实世界大地震之一云。于是甘人士亟起呼号振救。受灾奇重者,厥为海原,而崩山塞河,为地方钜患,则莫大于会宁清江驿之响河。考河源发县之小山脚,过清江驿,会石峡堡河,入静宁抱龙川。震后,河上流北三山倾入水道,并覆没下五里桥及河岸大道,交通为之断绝者累月。而河塞流涨,势将崩溃,劫后孑遗,虑将罹为鱼之痛,呼吁无门,闻者心悸。

是时北五省方苦旱,中外人士群起赈济之。有华洋义赈会,有国际统一救灾会,皆募款焉。适甘地震灾闻京畿,于是仁人义士更思有所以振之。而皋兰柴君春霖[1],在京与统一救灾会谋所以救甘灾,统一会遂派干事美人赫约翰等来甘调查,时已十年三月。柴君亦到甘,与中外人士共组华洋救济会于兰垣。及赫约翰由固原至静宁,见其以灾民疏河者,深以为得工赈意,举以告兰会,会中亦以为当务之急。然以工程之钜,办事之艰,款项之绌也,遂由会竭力集款,而设工赈处于清江驿,置华洋总办,以前兰州福音教士安君献今、前静宁县知事周君廷元[2]任其职,驻灾区董厥事焉。编工程团,招民夫得千余人,举锸成云,挥汗如雨,于高岸深谷中,以铲山之颓,浚水之淤,首从响河始矣。

此河底距地平线深约三十丈,而崩山在地平高二十丈,其压河道者长二三里,宽亦里许。于此而以手足之劳程,其工讵不难哉? 幸而在事之人,策励于上,劳力之夫,勤奋于下,自夏徂冬,功以告竣。计浚河深三四十丈,上宽十余丈,下狭亦三四丈,作叉形,免倾塌也;河口成八字形,旁植树木,虑冲溃也;河左侧开大道里许,并修复上游桥梁,便交通也。于是居民安枕,行旅称便,而巨患以弭。

是役也,土工之众、筐笞畚锸绳索之费其巨大,诚陇上千百年来所未有,而中外人士提倡义举,输助巨资之热忱,及工程人员之黾勉从事,均不可以不纪。即在本会费工钜,縻款多,亦以此河为最。茫茫浩劫,天实为之,而吾侪乃以人力弥纶于其间,虽云补救,亦几希矣,然于一方,则不无福利,此世界所以贵人为也,此人之所以宰制此世界者也。能不勉钦? 爰于毕役之日,用志颠末,昭示来兹。其在事诸人名氏,例得书后,列诸碑阴。

校释:

[1]柴春霖(1887—1952年):字东生,甘肃皋兰县柴家台(今属兰州市西固区)人。清华学校毕业,留学美国威斯康星大学,获政治经济学硕士学位。任北京高等师范学校、北京政法大学教授。1920年,甘肃大地震,在北京募款救灾。任张掖县知事、河南省财政厅长,立法委员等职。卒于台湾省。

[2]周廷元(1886-1956):字定宣,湖北咸宁县人。甘肃法政学堂毕业。同盟会员。任静宁县知事、宁夏省政府参议等。1953年,任甘肃省文史馆副馆长。

甘肃震灾华洋救济会静宁县疏河记

　　静宁县西三里有长源河，俗名苦水河。按旧州志所载，源发固原须弥山，流入静宁界，由北峡绕城而南七里与甜水河汇焉。民国九年冬十二月十六日酉刻，甘肃大地震，泾原道属尤烈，静宁城垣颓坏，村市为墟，人民覆没万余。县西祁家山崩，压入长源河上流水道者凡七处：其西北曰七里铺，稍东曰孙家沟，与之毗连者曰张家嘴，又东曰土公寨，其迤南曰米家垠子，曰韩家垠子，又南曰一锹土山，累累阻水，使不得行。来年春，冰消流涨，积成渠泽，将溢，为居民患。

　　本会为救灾防患计，于是首议及工赈。先是静宁周县长廷元，以河塞为忧，立工程团疏浚之。适北京国际统一救灾会方办北五省旱赈，以甘人柴君春霖因震灾请款，遂派其干事美人赫约翰君来甘调查，见静宁灾民疏河，以为得工赈意，函告本会，会议可决，遂从事焉。时周君调任皋兰，亦来省，与前兰州福音教士英人安君献今共董其役，鸠工大举。平颓山之高，浚污河之深，以与吾人舒泛滥患。

　　计一锹土工最钜，水道长九里许，土公寨七里铺次之，其余四处工较小。自夏徂秋，次第告蒇事。都计土工若干，开河道长以丈计若干，宽若干，去崩土高厚若干，于是兹方劫后孑遗之氓，安其心而乐其业于田畴陇亩间矣。既毕役，爰志厥始末如斯。

　　民国十年秋九月甘肃震灾华洋救济会立石。

甘肃震灾华洋救济会通渭县疏河记

　　民国纪元之九年十二月十六日薄暮，甘肃遭地震之变，陇南各县以通渭受灾为最巨，庐舍涂地者十有余万间，人民死伤万三千有奇，山崩者八，而四岘山、侯家山势尤烈。四岘山崩，横塞王家河之下峡口，颓峰屹然，聚水如堰，回波倒浸，长宽均六七里，两岸庄田淹没日多，上游已罹水患，其下游则危，益不堪设想。侯家山在县西，有川平如砥，东西十余里，沿川民村，星罗棋布。川有自西北来之河水二，汇流东下，至东峡口水入峡处，名石关儿。震后，石关峡之北山崩，壅河成巨浸，洋溢地平，淹没田苗百余亩，下半川民村亦有没入水中者。上游之害已较四岘山为尤甚，时十年春三月也。于是县人奔走呼号，求所以免此水患者，日聚乡民百数十人，从事疏浚，然望洋兴叹，莫知胡底。

　　适本会首举工赈，以纾各县水患为急，遂派华洋专员至县为疏导之。先是甘肃震灾筹赈处悉通渭患水状，已派员携款至其处，鸠工大举，以本会专任各处河工，爰接办焉。察四岘山河势，自入水口至出水口，长可三百五十余弓，其间土高约十余丈，于此开渠决水，渠身长一百二十英丈，面宽四英丈，中宽二英丈，其工亦非细矣。而侯家山硗窄土高，工程尤大，渠身自上水口至下水口，直四百弓有奇，中有土梁高逾二十丈，峭壁石崖，旁无余地。施工既艰，而地震不止，崩土屡屡下于崖至渠，已开而复塞者数数，以故侯家山之工，所费尤钜。其他尤家堡、崔家岔诸处，则为力较易。自夏徂秋，工始告竣。本会以工代赈救灾恤患之所为，庶可以告无罪于灾黎矣。爰于毕役之日，勒石以纪颠末。俾后之邦人君子，得考览焉。

颐和园游记

壬子仲夏，与同人为颐和园之游，出西直门而北半里许，碧水双湾，石桥跨其上，两岸绿杨映带，车马饮于溪边，遥望西山，爽气扑人眉宇，溪水曲向西，舆人谓："昔时慈禧太后于此试轮舟，往颐和园焉。"十二里至海淀，为近郊巨镇，道平如砥，中为近年所修马路，旁则石条砌之，尚旧基也。阛阓盈闠，无异都市，而清流几曲，莲叶田田，出水芙蕖数朵，含苞欲吐，遂来浮萍洲上小立，垂柳阴中，日溷尘氛，至此觉烦襟为之一涤。

出海淀，望见万寿山，其下西式房屋无数，乃西苑也，为驻军处。视之近若里许，然又六里始至。

园门外，石桥前有坊，东西朝房各数楹，正门久闭，唯东便门朱扉洞辟，缴执照入。盖此地为外部所管，非有照不能入也。门内翠柏荫翳，犹忆甲辰引见时遇雨，既入，皇上犹未升御座，曾在此柏下雨立鹄候，景历历如在目也。入重门，上为仁寿殿，即引见处，当时阶前跪陈履历，今则人皆偃然。游行阶上，且有售食品者，曾几何时，一变至此，一代兴亡，沧桑梦幻，可慨已！

由仁寿殿西，累石曲折，至玉澜门前，有桥亭。亭东为文昌阁，一望空阔，即昆明湖。盖园倚万寿而临昆明，山为屏，湖作镜，极天然之佳胜也。山多树，苍翠郁葱中时露雕栏画栋，有丹垣围之，中皆园之殿阁也。湖上亦缭以石墙，自玉澜门前起，至听鹂馆迤西止。由玉澜门入，北为玉澜堂，景皇[1]晏居处也。西曰藕香榭，东曰霞芬室。堂后石山叠叠，杂花方开。东过曲廊，至宜芸馆，为隆裕后寝室。有小楼曰"夕佳"。折而西为乐寿堂，慈禧太后所居。视帝后居尤宏敞，壁上嵌纯皇帝[2]书。后殿曰"云和庆韵"。太后及帝后院中，皆有古铜龙凤鹤鹿等物，室中唯花屏、玻璃灯、木器，余不可睹。帝室尚有木箱二三，闻人云："中藏御服。"

乐寿堂西有小阁，出阁前月光门至邀月门，折入长廊，旁皆松柏，前临湖，有亭三数，中曰"对鸥舫"，西曰"寄澜亭"。转入排云殿，盛时万寿受贺处也。左右回廊，皆石磴百级，曲折而上。其西有石坊曰"浮岚暖翠"，题联皆纯皇所制。再上至铜亭，为八卦形，栋宇、户牖皆铸精铜为之，亦乾隆时作，坚致绝伦，唯窗棂多缺，人谓庚子之变[3]，

义大利[4]兵驻此，为所损。由此东，曰"五方阁"，上下石洞中，回环数折，登众香界。前有广庭，额曰"云外天香"，供佛三尊，皆丈六金身也。仰而望之，飞阁流丹者，佛香阁也。东下石洞，至一楼，有转轮，上署"敷华"。又东有巨碑，题"万寿山昆明湖"六字，大如盆。碑阴有纯皇御制序，岁在乾隆十有六年。此碑与铜亭东西对峙，殆金石不朽意也。

下至排云门前，乘船直渡至龙王庙停船处，曰"岚翠间"。东转过月波楼，至鉴远堂前，曰"澹金轩"。窗外一碧，云影天光，远望湖中小桥亭数四点缀，不啻入画。在此少憩，复西渡石桥，铜犀卧沙滩上，乾隆御制物也。背有篆铭，摩挲少时。返至一亭，观御制诗匾。复出庙，乘舟西北行，傍荷花而过，至石舫。舫西为石楼，皆异制。此山景之极西者。由此东还，至听鹂馆，剧台在焉。馆之上，倚山为楼，中曰"画中游"，东曰"爱山"，西曰"借秋"。下复至排云门外长廊。园中佳处，大都游览。由此出，即归途矣。予闻颐和园之盛，不过近二十年事，创建虽已百数十载，然当中叶盛时，郊外游观，以圆明园为暇豫之地。其中"镂月开云"台者，纯皇帝所夸为三天子聚于一堂[5]也。迨咸丰间，英兵入犯，付之一炬，于是别馆离宫，鞠为茂草，而几暇驻跸，遂渐移此。慈禧晚年尤乐居之，不免踵事增华，日加修葺，曾用海军费一千万，今之未央壮丽，自当异昔时也。时人皆言，园中费用日计不下万金，亦耗甚矣。然考之部籍，经常岁费不过十万余两，则以内帑支出者，殆不可纪计。

余尤闻圆明园胜景四十，每区以四字名之，一区中斋馆错列，以此方之，犹当多逊。物盛者必亟衰，圆明之毁，忽忽已数十年，颐和园又异代矣，今已尘积草莽，有令人兴感不置者。若复数年，人事变迁，未知兴废更当何如？呜呼！故宫禾黍，铜驼荆棘，抚今追昔，唯有慨当以慷，触目兴悲耳。爰志概略，永矢弗谖。同游者为同乡吴秉丞、田芗谷[6]及农曹同官三人。

校释：

[1]景皇：即光绪帝，其谥号为同天崇运大中至正经文纬武仁孝睿智端俭宽勤景皇帝。

[2]纯皇帝：即乾隆帝，其谥号为"大清高宗法天隆运至诚先觉体元立极敷文奋武钦明孝慈神圣纯皇帝"。

[3]庚子之变：即八国联军侵华战争。清光绪二十六年（1900）岁次庚子，以英、美、法、俄、德、日、意、奥八个国家的军队对清朝的一场武装侵略战争，清朝被迫与列强签订《辛丑条约》。

[4]义大利：即意大利。

[5]三天子聚于一堂："镂月开云"台为圆明园四十景之一，种植牡丹，康熙、雍正、乾隆三位皇帝都曾在此赏牡丹。

[6]吴秉丞、田芗谷：吴秉丞，即吴钧，详见前注。田芗谷（1877—1911年），名树楧，字芗谷，皋兰县中街子（今属兰州市城关区）人。清光绪二十九年（1903年）进士，授民部主事。三十四年（1908年）留学日本法政大学，为陕甘留日学生创办《关陇》杂志社名誉赞成员，捐款办刊，宣传维新思想。

兰州保节堂改建记

兰州省城曹家巷，有所谓保节堂者，建于清光绪间，为饶公应祺[1]所创，饶公时官兰州道，故堂之事皆隶道署，其旨则恤釐也。国变以来，省公署主之。历年既久，基金亏蚀，屋宇亦倾败不可居。

甲子春铜山陆将军洪涛，兼摄省符，按牍悉其状，悯焉，筹款万元助之，以旧居之不易修复也，货而谋其易者，规划既定，慨然曰："是不宜官办也，官事久，则弛。"乃寓书吾师刘果斋先生谋久远计，先生以年老不愿承，属全陇希社[2]公举烜，烜不敏，然又不敢告劳，爰为觅地，得一宅于山字石，有屋二十七楹，适如旧堂数，而价仅一千三百二十金，乃购而重葺之。辟堂后隙地，东西增舍宇六，南北增行廊二，洞其中堂，以通出入，界其中庭，以别内外，起其门闾，以壮观瞻。复室颓檐，危阶破壁，凡宜整饬者，无不整饬之。共用白镪一千二百数十两，而规模略备焉。

夫兹堂之建，月廪孀妇若其子女不过三四十人，其于慈善也，亦微焉耳。然使末流薄俗，犹知节义之可钦，于世风不为无关也。用书颠末，以告来兹，冀勿坏。

校释：

[1]饶公应祺（1837—1903年）：字子维，号春山，湖北恩施人。清同治元年（1862年）壬戌科举人。光绪十一年（1885年）任兰州道，酬银4114两，创设保节堂，收养无所依靠寡妇。次年署任甘肃按察使。后任新疆巡抚。

[2]全陇希社：1916年，在刘尔炘主导下，由皋兰县兴文社出资，在甘肃贡院左文襄公祠左近建祝楠别墅、潜园，移进皋兰县兴文学校，以为皋兰县培养人才。1918年，甘谷王赞勋和任榕、会宁秦望濂、榆中罗经权与刘尔炘沟通后，以公款万两偿还建筑费，使园墅成为全省共有文教社团，取名为全陇希社，并设全陇希社立国文教习所，为全省培养一批小学教员。

陶公[1]祠碑记[2]

铜城陆公仙槎，既督甘四载，政通人和，烽燧不作，国人目陇上为桃源。军政之暇，尝修废祀，阐幽光，流连风物，与都人士乐，犹太平胜事也。

岁乙丑，倡建勤肃陶公祠，盖民国纪元之十四年矣。既决议，俾烜与史君彰[3]董其役。烜以不谙工程辞，公曰第总其成耳，梓匠之事，会计之司，各有专责矣。时余忝在公幕府，以长官命，不得固辞。于是卜地于小西湖南岸，公力疾临视，以为可，乃辟榛莽，平坎坷，得地十四亩许。于其中起殿宇厅廊八十余楹，经始于春暮，落成于秋中，凡六阅月而工竣。

祠之成，盖非偶然也。当清光绪二十八年，勤肃公殁吾甘，京曹吴君钧与同乡诸公上书于朝，请建专祠陇上，得旨"可"。适遭国变，无复言及者。陆公故受知于勤肃，谓勤肃宦甘廿载,由邑宰荐至封圻,以清操风天下。其为治也,严举劾,以振吏治,兴水利,清田赋,以厚民生,政绩更仆难数,有德于甘民甚溥。循河回变,不数月勘定,抚绥安集,令汉回释怨言好,以消乱萌。其有功于甘民亦甚宏。律以古者,有功德于民,则祀之义祠,未可阙也。兹议之倡,和者翕然,亦见公义在人也。一时醵金相助,及陆公拨捐者共银贰万壹百余两。

工未竣,陆公以疾去,其款尚不敷四千元有奇,以公存留俸费四千余元取给,始克无亏。唯祠内戏楼,祠外景止轩,轩后假山,山上一叶亭,非建祠原议所及,以其隙地也。咸谓风景所在,补缀亦盛事,公乃令皋兰县于烟款内拨六千元,俾陶祠工程处规画建修。洎公行,而此款仅拨二千,非公存俸四千余元,则此工亏款,几无所措矣。

嗟夫!勤肃一廉正大员耳,在盛世非绝无仅有者。即其仁民爱物,亦为善政之常,而必报以崇祠,不亦过欤?不知平天下者,制治于未乱,保邦于未危,而善用兵者,无赫赫之功,使天下皆大法小廉,乱机不作,虽无出水火,登衽席之事,可也。一祠之建,庸何惜乎?然非陆公尚义,孰能于异代而后为胜朝疆吏举报功之典乎?以是知非偶然也。爰为之铭曰:

一泓水碧,数峰山青。中有閟宫,明德唯馨。盘基永固,佳气云蒸。凡尔庶民,仰止景行。

校释:

[1]原注:"有铭。"

[2]陶公(1835—1902年):即陶模,,字方之,一字子方,嘉兴府秀水县(今浙江嘉兴秀洲区)人。清同治七年(1868年)进士,授翰林院庶吉士。历官甘肃文县、皋兰知县、秦州知州、甘肃按察使、直隶按察使、陕西布政使、陕西巡抚、新疆巡抚。光绪二十二年(1896年)署理陕甘总督,令兰山、求古两省立书院增设算学,选聪颖子弟一百人,组成洋枪队,令训练用新操,并敕令甘肃各县发展农业。官至两广总督兼任广东巡抚。卒于广州,追赠太子少保,谥号勤肃。著有《陶勤肃公奏议》。

[3]史彰:字嘉言,号梦云生,民国时甘肃皋兰城县(今城关区)人。1920年,为兰州市政筹备处委员之一,1924年任商务会会长。1928年任丰黎义仓义务赞襄。

刘果斋先生德教碑记

先师文毅刘果斋先生,清逸民也,以学行重于时。光绪间官翰林院编修,不事干谒,见清季事不可为,浩然归里,唯一志于学。先生名尔忻,字晓岚,号果斋,取果能此道意。爱五泉山水,又号五泉山人。文毅,其私谥也。初先生自都归,郡守周公景曾以先生前长五泉书院,课士有方,复敦延主讲,时光绪二十四年也。课诸生业,务崇实学。书院膏火固绌,贫士每困顿,乃拔其尤者重奖,以鼓舞之。一时负笈者响风,恒教以读有用书,谓勿以雕虫技自域。又令人读《李文贞公集》[1]。盖先生之学,从安溪入朱

子,故亦以教人也。

值清廷变法,废科举,各省立学堂教士,甘督崧蕃[2]素重先生,聘为高等学堂总教。先生曰:"学贵致用,而致用在通经。"乃撰《治经条例》,俾学者守之。自癸卯迄己酉,历讲《诗》《书》《易》《春秋》诸经,于是有《嗳经日记》与《劝学迩言》之作。门墙多敦行励学士,盖先生启迪之功也。皋兰兴文社将以宾兴资兴学,借重先生,先生慨然任其事,为综核资产,立两等小学堂,课程甚备,造士之多,与年俱进。

又思有以裨后进,欲广储书籍,为讲贯资,刊行陇上名贤著作,以阐文化,遂设乐善书局。唯造端宏大,非可猝致,于是有《陇右轶余集》《皋兰乡贤事略》《甘肃人物志》诸辑述,不过微见端倪耳。

晚著《拙修子》,融汇古今,裁成中外。自谓搜天地万物之根,抉为学出治之本源,开统一世界学术之先河。又谓搜出科学为人类造劫之病源,发物质之蔽,揭学人之蒙。呜呼!先生何忧世之深且远也耶?盖其夙研程朱学,见道既真,鉴于外患内忧日迫,欲穷其所以。然知中学本于理,西学基于气。必能正本清源,创以理驭气之方,然后世界和平可望。此先生卓然独悟之学说,谓之教万世可也,岂徒吾辈数十百人已哉?然吾党于先生所谓以理驭气之方,更无能进一解,赞一辞者。披读遗编,曷胜感怆?先生器识过人,凡有所为,不计艰阻,必底于成而后已。素严毅,不苟笑言,而老来胸襟洒落,虽接后生小子几席间,光风霁月,聆其言者,怿如也。昔吕东莱以学问变化气质,先生有焉。故虽从事理学,而不欲以理学名。生平不以尊朱尊陆自标,不以讲学自任,不以招揽生徒为事,其为教在远且大矣。

先生之殁,及门诸子,既相与为之私谥,奉祀于五泉皋兰乡贤祠。更推烜为文,纪先生教泽。窃读先生遗言死后不欲人作志表传赞,况烜谫陋,何敢蠡测万一。唯念纪教泽与传志殊,爰就所知,撮其大凡,勒诸贞石,以志思慕。铭曰:

斯文欲坠天茫茫,陇有哲人扶其纲。绝学范世垂光芒,五泉山高流水长。三子祠畔春草芳,华族道统肇羲皇。千秋一脉遥相望,闻风起兴来景行。

校释:

[1]《李文贞公集》:为理学家李光地(1642—1718年)文集。李光地,字晋卿,号厚庵,别号榕村,福建泉州府安溪(今福建安溪)人。清康熙九年(1670年)进士,历任翰林院编修、翰林学士、兵部右侍郎、直隶巡抚,协助平定"三藩之乱""统一台湾",康熙四十四年(1705年),拜文渊阁大学士兼吏部尚书。谥号文贞。

[2]甘督崧蕃(1837—1905年):字锡侯,瓜尔佳氏,满族镶蓝旗人。清咸丰五年(1855年)举人,任吏部郎中。历官四川盐茶道、布政使。光绪二十六年(1900年)任陕甘总督,创办甘肃文高等学堂、甘肃武备学堂、编练常备军、续备军和巡警,创办兰州邮政分局、农务局等。三十一年(1905年),调任闽浙总督,未及抵任所而卒,追赠太子少保。

卷八　传略

刘果斋先生事略

先生姓刘氏，名尔炘，字晓岚，果斋其号也，又号五泉山人。清光绪己丑进士，官翰林院编修。居京师数年，不谒权贵，见清季事无可为，遂归不复出。主五泉书院讲席，导后进以实学，每令读《李安溪集》，盖先生之学，从安溪入朱子，以窥见圣学渊源，更能独抒己见，而不泥古说。尝自言年三十时，于疾病忧患中读《大学》，忽悟书中所说，皆是我身心之事，将书自书人自人旧习打破，书与我合而为一，自此心源日辟，返之于身心，政之于人事，验之于天地万物，而不以读文章者读经书矣。

值清廷变法，甘督崧蕃素重先生，聘为高等学堂[1]总教。先生谓，学贵通经致用，乃撰《治经条例》，作《劝学迩言》。及门多敦品励行之士，而先生又勖以士不可以不弘毅，当任重道远也。光绪末，以大祀崇祀孔子，护甘督毛庆蕃[2]以重新文庙事，聘先生董其役，先生经营擘画，详稽典制，一时礼乐咸备，识者韪之。更以余资立修学社垂久远。毛公尝谓："时流骛西学，仅得其形貌，而于固有之国粹反多遗弃。"乃就商于先生，倡办存古学堂[3]，会毛去甘不果。辛亥革命起，总督长庚[4]离省，以兰垣防务属先生，募城防兵数百，曰志果军，地方赖以安。共和告成，随遣散之，不欲复问世。袁项城专国时，任以甘教厅长，先生力拒之。然睹四方多难，眷念乡邦，每悒然以忧。其识虑往往出人意表，事前所言，事后多应如响。张勋伯巡按来甘，重其名，遇事多所咨询。先生虑人将失学，倡办省教育会，又言于当道，拨款立甘肃图书馆。庚申，陇上大地震，陆仙槎督军至兰，请先生办义赈，募款逾三十万，陇东南灾区赖以有济。宣统大婚之典，海内多有供献，先生与安晓峰[5]侍御皆与焉，时人服其高义。陆督尤重先生，称为逸民，有大事每就见之。然先生以退隐之身，不与闻政，而于地方事则孜孜焉，谋有所以树立，谓："既生斯地，不可无益于斯人。"于是募款以工代赈，兴修五泉太昊宫，附祀历代乡贤，以启迪后进；创实业待行社、丰黎义仓，以裕民生；设乐善书局，以备印陇上前贤著作；又设全陇希社、五泉图书馆，复兴皋兰兴文社及同仁局，凡关于文化与慈善者，皆究心焉，一时名闻海内，皆先生躬行实践，有以致之。至于功在地方，弭患于无形者尤多。盖其至诚感人，虽狡猾不轨之徒，当机片言无不潜移默化，吾乡之频免于糜烂者此也。

每叹世道日非，欲立言救世，乃著《拙修子》，以理气盛衰，为人心邪正，世运消长之枢。谓世界人类争尚奇巧，恃强凌弱，当遭浩劫，苟能正本清源，创以理驭气之方，使理常胜气，则东西学术水乳交融，世界太平自此而开云。其平昔著述甚多，有《果斋一隙记》《〈易〉〈诗〉〈书〉〈春秋〉嗳经日记》《春秋大旨提纲表》《果斋前集》《续集》及《日记》皆刊行。殁后乡人私谥曰文毅，入祀皋兰乡贤祠，并铸铜像设专祠于五泉山麓，以志弗谖焉。

校释：

[1]高等学堂：清光绪二十八年（1902年）陕甘总督崧蕃创办甘肃大学堂，三十年（1904年）改为甘肃文高等学堂。先后聘刘古愚、刘尔炘为总教习，招收生员、举人，教授经史、数理化。宣统三年（1911年）停办。故址在今兰州一中院内。

[2]毛庆蕃（1846—1924）：字实君，江西丰城县人。清光绪十五年（1889年）进士。历官天津道、署直隶按察使等官。宣统元年（1909年）任甘肃布政使，兼护陕甘总督，创立育才馆，甘肃舆图局等。著有《古文学余》等。

[3]存古学堂：清宣统三年（1911年）毛庆蕃改甘肃速成学堂为存古学堂，聘刘尔炘为监督。次年停办。故址在兰州市城关区贡元巷53—59号三洲开发公司家属院内。

[4]长庚（1843—1916年）：伊尔根觉罗氏，字少白，满洲正黄旗人。历任驻藏大臣、伊犁将军，维护祖国领土。清宣统元年（1909年）任陕甘总督，镇压革命党人。

[5]安晓峰（1854—1925年）：名维峻，字小陆，甘肃秦安县人。光绪六年（1880）进士，由翰林院庶吉士授编修，任都察院福建道监察御史。甲午战败，上书请诛李鸿章，指责慈禧太后，被革职。清末任京师大学堂总教习，总纂《甘肃新通志》。著有《谏垣存稿》等。

张天石传略

张振骐，字天石，武威人，清光绪癸巳科举于乡，公车北上，旅居燕京。喜为诗，自号苦吟生，又号臧史氏。博闻强记，与一时名俊游，美丰仪，灯红酒绿，顾影少年也。屡试春闱不第，庚子之变，犹滞都门。后旋里，丁未复入都，遂不复归。

唯以诗酒自娱，尝著《裨乘杂咏》《绮史新咏》及《风怀》《杨花》诸诗，大抵感时讽世之作，时人传诵焉。旅都下久，垂老而困顿甚，竟客死，闻者哀之。其诗典丽工雅。《庚子都门秋感》云：“滚滚江流向夕哀，乾坤龙战接黄埃。鲸波势极涵天阔，雁阵云寒背水开。日下翠华空北向，关前紫气乍东来。寻常一样宸游地，辇路春深半草莱。”"英雄空握鲁阳戈，壮志终难止日过。几曲筑歌寒易水，一盂麦饭冷滹沱。青磷远道离魂惨，碧血中原战骨多。四塞雄关秦地固，由来天堑属山河。"盖言两宫西狩事，诗共十首，皆寓时事。其他所作亦都近体，于温、李唯肖。殁后多佚，所印行者《裨乘》一种，尚有传本。

阎简斋传略

阎士璘，字简斋，陇西人，清光绪甲辰进士，留学日本，归国后授翰林院编修。居京师未久，值辛亥国变，回里，适其母患腹胀疾，士璘为之按摩，每自宵达旦，必腹平胀消而后已。暇辄与昆弟谈笑或畅饮,叙天伦乐。其孝友性成然也。

初任陇西县议会议长,突有兵变,急集民团,严出入,昼夜巡城,皆躬亲之。岁甲寅,白朗[1]犯甘,陇西城陷,士璘时在省,闻变遂谒当道,陈御侮善后事宜,领运军火,星夜旋里,策防守,桑梓获保。

嗣被选为省议会议长,遇事力持大体,所言皆关民生国计,以兴利除弊为归,而不争意见,不计近功,尤能推荐士类,为地方惜人才。居恒以陆文宣、范文正为法。尝为省垣第一中学校长及图书馆长。其教人力求实学,谓读书贵求实用,文辞次之也。继为教育厅厅长,造士一本素志,力讲实学,故得士多通才。

调安肃道尹,方白俄过境,蒙边亦多事,接篆后,开诚布公,交涉以严正持之,于俄人则遏其猖獗,于额济纳则入其境以抚之,边患卒弭。又豁免出关人口税,边氓戴德焉。转任泾原道,额定属县地亩款,而严防浮收,期于实惠。及民十五年,谢政还乡家居,唯读书养性,晚年颇患贫病,而德望益隆云。

校释:

[1]白朗:详见前注。

祁少昙传略

祁荫杰,字少昙,陇西县人,别号漓云。未弱冠即能诗。清光绪庚辛并科举人,甲辰成进士,官礼部主事。需次都门,居城南大悲院,与一时名士游,文酒优豫,持风节。然性幽僻,好清谈,往往夜话达旦。其为诗,深思绵邈,迥出恒蹊,朋辈咸逊之。

中间一归里,旋复入都。值辛亥国变,项城袁氏有异志,君愤慨不欲生、栖吴柳堂先生祠,数日不归。有时伏案奋笔疾书,时或歌或哭,乡人知之,乃劝归。是冬事益亟,一日大风雪,寒甚,侵晨,披黑氅径去诣项城请见,门者不纳,君于怀中出封事,谓门者:"能否达项城所?"门者诺,乃授之。盖万言书,力争不可移清祚也。其眷怀故主,抗言无复忌,有外祖柳堂先生风,非勇于义者孰能之?然知事无可为,有终隐之志。

旋里奉亲,闭户读书而已。郁郁久,竟膺痼疾。二十五年冬,□军扑陇西,家人舁以赴省,居数月,事平乃返。乱后家园残毁,生平篇什强半散佚,遂亦不复为之。而老去胸襟日扩,怡然自得,初志虽不渝,然非悒悒以终者。卒年六十有六,终其身为逸民云。

外史氏曰:"清末政敝,亡也忽焉。少昙祠部尝与人言,咄咄怪效忠守节者之寡。或谓民族隐恨深入人心,而清廷亲贵内阁益排汉,失士大夫心也。君噭然不之辨,自是不复问世事,其无愧效忠守节者矣。呜呼!不降志,不辱身,与严霜皎月争洁哉!"

白豫三传略

白应泰，字豫三，固原人。少好读书，精篆刻。初居陇东镇守使陆洪涛幕，任出纳，廉隅自励，陆倚重之，凡财务必以畀焉。民纪之九年，陆获甘督篆，应泰随之省垣，为甘肃省银行总经理，嗣长富陇银行，兼督署军需官，甘肃机器局局长，五六年间军糈出入，皆手为擘画经营，俾无绌。

陆以病去官，还天津，逾年而殁。应泰稽存款籍尚数十万，当陆去时，以兵变后仓皇未即交，遂自携巨款，只身襆被赴津，而人无知者。及抵陆居，请见于夫人，屡被却。不得已，乃谓门者曰：“请告夫人，余来为交款，别无所事。”夫人闻之曰：“尚有此事耶？”乃见之。应泰乃述历年存款余数，并以汇据交之。夫人惊喜且诧曰：“甘肃乃有此等人耶？”欲分给巨资，辞不受，又馈以旅费，亦却之，谓身受帅恩，应报德，虽旅费不当受也，固辞而出。次日陆夫人遣人招之，已离津旋甘矣。夫人乃以千金汇甘，谓旅费不当自备，勿再却。

应泰得款终不欲自有，思所以善处者。陆在甘时，尝于兰之小西湖募建陶勤肃公祠。去后，归兰州益社管理，而少经费，应泰遂以汇款千元交益社充基金，人皆服其好义而勇为，廉介而有守也。古之所谓喻义之君子，殆其人欤？

生平好藏书，暇辄徜徉于书肆，或故纸摊间，日购一册，归而藏之如至宝然，积久充栋盈箧，琳琅满目，每手一编，以为天下之至乐无逾此者。有同嗜者，往往出善本赠之。闻固原有图书馆之设，赠以所藏数万卷。

性尤好施与，人有急需，周以财物不少吝。晚习养生术，自谓少时多病，习此颇验。更静坐念佛，然自谓服膺，终在儒道也。为丰黎义仓主管，数年，即辞去。每欲归里，迄未果。殁后家无长物，唯遗书满簏而已。

张介侯传[1]

张澍，字介侯，甘肃武威县人。乾隆甲寅乡举后留京肄业，嘉庆己未成进士，选翰林院庶吉士，散馆，授贵州玉屏知县。

黔故多苗，尝聚族犯铜仁。玉屏与铜密迩，澍规画防御，卒获无虞。旋代理遵义，辖地辽阔，民桀骜诡谲，里甲多巨猾，辄联外来暴客，剽掠财货以为常。澍抵任，吏民初以其年少易之，继闻其在玉屏声绩，乃观望不敢动。澍召集里甲，讯其素觇法者，斥之，选立愿谨，谕令杜绝饮博，守堡寨，其容留匪类及有警而不协力擒者，罪之，并遣侦四出，捕获渠贼吴赖头等，余党遂散。

澍以亲老欲迎养，不果，谢病旋里，主兰山书院讲席。十五年起病赴选，援告近例,得铨四川屏山知县。以前任陈某贪黩殃民事,上大府入奏,陈革职。澍解任,质审案定,陈论城旦。澍调署大足县,旋署铜梁、南溪。丁艰归。起复,改授江西永新县。因前任欠随漕道款褫职。旋开复,补泸溪县。时乡民童养之媳为长子娶者,长没,则易为仲妻。又俗尚鬼,媚佛,行多不经,皆为禁革之,以正风俗。并设育婴堂,收养贫女。久之,民安其化。及去任,群为诗歌送别。道光乙丑,丁母忧。服阕,改陕西武功县,有惠政。后卒于陕。

澍性直方,博学强记,于书无所不读,精考据,为海内名家。骈体文尤推正宗,而负志不拘拘为文人。尝思作吏,得有所树立,以自附于古循良,故所在政绩烂然,为时名吏。所至辄征文考献,尝修屏山、大足、泸溪各县志乘。并著有《续黔书》《宿问录》《诸葛武侯集》《养素堂文集》《二酉堂丛书》《姓氏寻源录》《说文引经考证》《三古人苑》《万物权舆》《五凉旧闻》《秦音》《南征记》《蜀典》《扣舷吟草》《姓韵》《三史姓录》《姓氏辨误》《古今姓氏书目考证》等书,刊行于世。武威潘主事挹奎[2]谓:"其《姓氏寻源》《辩误》二种,经学、史学、谱学一以贯之,前此未尝有也。"长安薛尚书允升谓:"其宏材显学,睇渊颉云,一时讲汉学者,无不推崇云。"

校释:

[1]原注:"《甘肃通志》有传,甚略,乃为补之。"

[2]潘挹奎(1783—1829年):字太冲,号石生,又号凫波,甘肃武威县人。清嘉庆二十四年(1819年)进士,官吏部考功司主事。著有《武威耆旧传》等。

吴柳堂先生事略[1]

吴可读,字柳堂,甘肃皋兰县人。性颖悟,读书过目成诵,为诗文下笔千言立就。道光乙未举于乡,官伏羌县训导,县有朱圉书院,聘主讲习席,所造就多通才。庚戌成进士,授刑部主事,晋员外郎。咸丰九年,分校顺天乡试。十年八月丁母忧,时英兵入京毁圆明园,文宗出狩热河,可读于兵火中冒死扶柩旋里。主讲兰山书院,旋以朝命帮办甘肃团练。同治元年,撒拉番不靖,从总督沈兆霖[2]击之。可读与进士杨兴霖,率西团由克欠山攻外五工营垒,五月至杂巴城,会东南各团,连战皆捷,乱者乞降。服阕,入都补原官,迁吏部郎中,转河南道监察御史。值甘回稔乱。乌鲁木齐提督成禄拥兵高台七八年,畏回不敢出关;且因捐军粮,屠民堡,杀二百余人。可读劾其罪,十可斩,五不可缓。疏再上,言过激切,落职归。湘阴左爵相宗棠,时督陕甘,深重之,复聘掌教兰山。德宗登极,起废员,用吏部主事,而左相犹欲其主兰山讲席,聘书再至,辞不赴。

光绪五年三月,大葬穆宗于惠陵。可读以德宗之立,以弟承兄,鉴宋太宗、明景帝故事,虑将来大统授受之间多变故,思以尸谏,而坚为穆宗立后之信。乃自(清)〔请〕[3]于吏部堂官宝鋆,派赴惠陵襄礼,还次蓟州马伸桥三义庙,于闰三月五日,闭门具疏,夜以白缯自经,既见庙榱朽败,恐人惊救,因先仰药,更缳首而死。遗疏由吏部堂官代奏。

疏云:"奏为以一死泣请懿旨,预定大统之归,以毕今生忠爱事。窃罪臣闻:治国不讳乱,安国不忘危,危乱而可讳可忘,则进苦口于尧舜,为无疾之呻吟,陈隐患于圣明,为不祥之举动。罪臣前因言事忿激,自甘或斩或囚,经王大臣会议,奏请传臣质讯,乃蒙我先皇帝曲赐矜全,既免臣于以斩而死,复免臣于以囚而死,又复免臣于以传讯而触忌触怒而死。犯三死而未死,不求生而再生,则今日罪臣未尽之余年,皆我先皇帝数年前所赐也。

乃天崩地(折)〔坼〕[4],忽遭十三年十二月初五日之变。即日,钦奉两宫皇太后懿旨:'大行皇帝龙驭上宾,未有储二,不得已,以醇亲王之子承继文宗显皇帝为子,入承大统为嗣皇帝,俟嗣皇帝生有皇子,即承继大行皇帝为嗣,特谕。'罪臣涕泣跪诵,反复思维,以为两宫皇太后一误再误,为文宗显皇帝立子,不为我大行皇帝立嗣,既不为我大行皇帝立嗣,则今日嗣皇帝所承大统,奉我两宫皇太后之命,受之于文宗显皇帝,非受之于我大行皇帝也,而将来大统之承,亦未奉有明文,必归之承继之子。即谓懿旨内既有'承继为嗣'一语,则大统之仍归继子,〔自〕[5]不待言。罪臣窃以为未〔然〕[6],自古拥立推戴之际,为臣子所难言。我朝二百余年,祖宗家法子以传子,骨肉之间,万世应无间然。况醇亲王公忠体国,中外翕然,称为贤王,观王当时一奏,令人忠义奋发之气勃然而生,言为心声,岂容伪为?罪臣读之,至于歌哭不能(己己)〔自已〕[7]。倘王闻臣有此奏,未必不怒臣之妄而怜臣之愚,必以臣言为开离间之端,而我皇上仁孝性成,承我两宫皇太后授以宝位,将来千秋万岁时,均能以我两宫皇太后今日之心为心,而在廷之忠佞不齐,即众论之异同不一。

以宋初宰相赵普之贤,犹有首背杜太后之事;以前明大学士王直之为国家旧人,犹以黄玹请立景帝太子一疏出于蛮夷,而不出于我辈为愧。贤者如此,遑问不肖?旧人如此,奚责新进?明位已定者如此,况在未定,不得已于一误再误中,〔而〕[8]求一归于不误之策,唯有仰祈我两宫皇太后再行明白降一谕旨,将来大统,仍归承继大行皇帝嗣子,嗣皇帝(维)〔虽〕[9]百斯男,中外及左右臣工,均不得以异言进。正名定分,预绝纷纭。如此,则犹是本朝祖宗来子以传子之家法,而我大行皇帝未有子而有子,即我两宫皇太后未有孙而有孙,异日绳绳缉缉相引于万代者,皆我两宫皇太后所自出,而不可移易者也。罪臣所谓一误再误而终归于不误者此也,彼时罪臣即以此意拟成一折,呈由都察院转递,继思罪臣业经降调,不得越职言事,且此何等事,何等言,出之大臣重臣亲臣,则为深谋远虑,出之小臣疏臣远臣,则为轻议妄言。又思在廷诸臣,忠

直最著者，未必即以此事为可缓，言亦无益而置之，故罪臣且留以有待。泊罪臣以查办废员内蒙恩圈出引见，奉旨以主事特用，迄来又已五六年矣。此五六年中，环顾在廷诸臣，仍未有念及于此者。今逢我大行皇帝永远奉安山陵，恐遂渐久渐忘，则罪臣昔日所留以有待者，今则迫不及待矣。仰鼎湖之仙驾，瞻恋九重；望弓剑于桥山，魂依尺帛。谨以我先皇帝所赐余年，为我先皇帝上乞懿旨数行于我两宫皇太后之前。唯是临命之身，神志瞀乱，折中词意，未克详明，引用率多遗忘，不及前此未上一折，一二缮写，又不能庄正。罪臣本无古人学问，岂能似古人从容？昔有赴死而行不复成步者，人曰：'子惧乎？'曰：'惧。'曰：'既惧，何不归？'曰：'惧，吾私也；死，吾公也。'罪臣今日亦犹是。鸟之将死，其鸣也哀；人之将死，其言〔也〕[10]善。罪臣岂敢比曾参之贤，即死，其言亦未必善。唯望我两宫皇太后、我皇上怜其哀鸣，勿以为无疾之呻吟，不祥之举动，则罪臣虽死无憾。宋臣有言：'凡事言于未然，诚为太过，及其已然，则又无所及，言之何益？可使朝廷（爱）〔受〕[11]未然之言，不可使臣等有无及之悔。'今罪臣诚愿异日臣言之不验，使天下后世笑臣愚，不愿异日臣言或验，使天下后世谓臣明。等杜（特）〔牧〕[12]之《罪言》，虽逾职分；效史鲻之尸谏，祗尽愚忠。罪臣尤愿我两宫皇太后、我皇上体圣祖、世宗之心，调剂宽猛，养忠厚和平之福，任用老成，毋争外国之所独争，为中华留不尽；毋创祖宗之所未创，为子孙留有余。罪臣言毕于斯，愿毕于斯，命毕于斯。再罪臣曾任御史，故敢昧死具折，又以今职不能专达，恳由臣部堂官代为上进。罪臣前以臣衙门所派，随同行礼，司员内未经派及罪臣，是以罪臣再四面求臣部堂官大学士宝鋆，始添派而来。罪臣之死，为宝鋆所不及料想，宝鋆并无不应派而误派之咎。时当盛世，岂容有疑于古来殉葬不情之事？特以我先皇帝龙驭永归天上，普天同泣，故不禁哀痛迫切，谨以大统所系，贪陈娄娄，自称罪臣以闻。"

疏上，蒙优旨："可读以死建言，孤忠可悯，深加悼恤，赠道员衔，荫一子州判。"下其疏廷议，藏之毓庆宫，并宣付史馆。可读遗嘱葬蓟州，谓出蓟州一步，即非死所。处分其身后事甚悉。蓟州牧刘枝彦市槥殓之，并为传其行谊。一时士大夫钦可读文章气节，私谥曰忠悯。以诏旨内有孤忠可悯语也。都城及蓟州士民皆请建专祠以祀。今都中有可读故宅，即为吴柳堂先生祠，春秋祀享之。所著有《携雪堂集》行世。

校释：

[1]原注："在征书局纂。"

[2]沈兆霖(1801—1862年)：字尺生，号雨亭，浙江钱塘(今浙江杭州)人。清道光十六年(1836年)进士，选翰林院庶吉士，授编修。后任侍讲、侍讲学士、詹事、内阁学士兼礼部侍郎等。同治元年(1862年)，任署陕甘总督，用兵西宁。八月，自甘肃碾伯县(今青海海东市)东返途中，在平番县(今甘肃永登县)被山洪冲没。赠太子太保，谥文忠。著有《沈文忠公集》。

[3]〔清〕〔请〕：稿本误为"清"，据《携雪堂集》改为"请"。

[4]〔折〕〔坼〕：稿本误为"折"，据《携雪堂集》改为"坼"。

[5]〔自〕：稿本脱"自"，据《携雪堂集》补之。

[6]〔然〕:稿本脱"然",据《携雪堂集》补之。
[7](己己)〔自已〕:稿本误为"己己",据《携雪堂集》改为"自已"。
[8]〔而〕:稿本脱"而",据《携雪堂集》补之。
[9](维)〔虽〕:稿本误为"维",据《携雪堂集》改为"虽"。
[10]〔也〕:稿本脱"也",据《携雪堂集》补之。
[11](爱)〔受〕:稿本误为"爱",据《携雪堂集》改为"受"。
[12](特)〔牧〕:稿本误为"特",据《携雪堂集》改为"牧"。

卷九　公牍

上北京华北救灾协会电[1]

　　窃某前曾将甘肃震灾于途次略陈一二,兹于到兰,向各方调查,情形实较北五省旱灾为尤重:山崩地裂,城市为墟,人民死亡二十余万,牲畜压毙亦数十万,生者庐舍荡然,衣食无借,农失其田,商失其业,道路所经,惨不忍睹,始知从前各报所载均属实情,并非虚语。计全甘七十余县,被震受灾者五十余县,其重者亦三十余县。东路会宁、静宁、隆德、固原、海原为最重,宁县、镇原次之,定西、平凉、崇信、环县又次之;南路通渭、秦安、伏羌、天水、清水为重,陇西、武山、两当、礼县次之;北路靖远为重,宁夏、中卫次之,省垣附郭,则皋兰亦被灾,次重者;唯西路各县较轻,不须赈济。
　　省设有筹赈处,由京外甘肃同乡电商陈省长[2],公举绅士刘君尔炘办理。刘君系前清翰林,民国以来隐居不出,于地方公益之事,办理十余年,信用昭著,望重全甘。此次闻其经多方筹措,而地方凋敝,又值国内大灾叠见,募款殊难,数月之间其所收不过五六万元,灾区既广,不敷分布。去岁办理急赈,今春复散牛种,均属杯水车薪。现在又就最重灾区,择妥绅前去放赈,所到之处,无告之民,盈阶满道,无法应付,万分为难。其施放未到之处,尚不知凡几。
　　今就鄙意所及,为目前所不可不注意而急筹接济者略陈数端:
　　一各县人民震压死者犹多未葬,疠气熏蒸,瘟疫已经流行,宜酌给葬资,并发药物以备防疫。二现届夏令,暴雨时行,颓垣败壁,不堪居处,将来秋霖淫潦,必更为患,宜查明灾户,量为补助建筑之需。三甘地高寒,入冬则雪窖冰天,人民既失其衣食住,则冻馁以死,势所必至,尤宜预为之备。四居民露处,贼盗必将横行,后患不堪设想,非令有所资借,难保治安。五春种施给无多,秋种耕牛尤为急需,以现状观察,非先有数十万大宗巨款以救燃眉不可,若欲恢复原状,则非持以数年之久,数百万之款,不易为功。至各县崩山塞河，交通断绝，将成水患，已有华洋救济会另行募款，以工代赈，现亦在进行之际。凡此概状，皆某到兰后，屡经实事调查研究所得，应先上陈，余容续布。

校释：

[1]原注："代柴春霖拟。"

[2]陈省长（1883—1952年）：即陈𫘤，字季侃，浙江诸暨人。光绪二十八年（1902年）举人，任京师大学堂教习。1917年11月，任甘肃兰山道尹。1920年12月，护理甘肃省省长。次年10月免职。

致徐季龙[1]代电[2]

季龙先生伟鉴：

顷读吴山先生转发台端主用委员制解决国是之卅电，崇论宏议，裁度时宜，无任赞佩。民国十三年来，五易总统，至曹锟而明目张胆逐黄陂而代之，恃金钱大力贿买议员，以成大选，此吾全国人民之公耻也。今乘讨伐贿选之成功，举总统而废除之，与民更始，建委员制，拔本塞源，为将来遏乱萌，国之休也，民之福也，凡我同胞，孰不额手称庆？虽然，本会以为有可虑者二端，不能不作为先决问题焉。

一、委员选举问题

夫既行委员制，则委员选举方法，应即先行解决。而民国以来，凡属选举，皆有内幕，无论省议会、国会、总统选举会，殆无一不出于贿选，曹锟特尤著者耳。将来之委员选举，能愈于以前之选举者，能几何乎？若曰限以职业团体，不许政党作用，则人民之有职业团体者，恐同胞四万万人中不及四分之一也。而且农工商业者多数无优美学识，其嗜利更为习性，是不第少数操纵多数，又令无知之暴民专制也。况年来选举，人民多已厌弃，善良者放弃其权，猾桀者据为己有，流弊迭出，势难挽回。中国国情非西洋比，选举实无善法，贸然行之，则全国皆将贿买委员，甚者酿成各省自相争杀矣。此选举制之能否改善，应先解决者一也。

二、人心是非问题

夫徒法不能以自行，国之所以与立者，纲纪是也，人之所以生存者，廉耻是也，古曰四维不张，国乃灭亡。民国以来，纲纪沦亡，廉耻扫地，前年选曹，以全国人民代表竟至多数受贿，恬不知人间有羞耻事。今虽曹氏犹待判罪，而各受贿议员，或高爵厚禄，或坐拥巨资，盘踞京师及散布各省者，俱无恙也。溯自袁项城篡国被讨，而附逆议员无恙。广东护法，取消不赴粤议员，洎黄陂再起，不能振纲饬纪，乃仍召集民六国会，以相敷衍，而解职之议员又无恙，败类厕满议席，京报反诽护法议员为无理取闹，天下之无公理至于此极。驯至贿选祸成，干戈满地，而于若辈犹未敢一加惩处，若投鼠忌器者，然群趋于势力之一途，痼疾中于人心风俗，非第法制改订所能奏效而起废

也。即令委员制尽善尽美，而国家无纲纪，人心无是非，何以使之必善必美乎？此人心是非如何激励，应先有所解决者又一也。

今者，吾国人于此二端，若能有改良之希望，而操必达之权，则虽循内阁制，有总统可也。即进而行委员制，亦无不可也。倘选举无善制，人心无是非，窃恐职业团体适供少数之利用，各省委员益启奸慝之竞争而已。故委员制政府者，政治进化之盛轨，即自治之实施也。凡从事自治者，固所乐观，而选举制度及国人造成之人心风俗，则不可不有所长虑，而却顾以求根本解决之方也。

既关国是，敢献刍荛，尚祈察之。

校释：

[1]徐季龙（1871—1940年）：即徐谦，字季龙，晚号黄山樵客，安徽歙县人。清光绪三十年（1904年）进士，任翰林院编修、法部参事、京师地方审判厅厅长、京师高等审判厅检查长。辛亥革命后，发起组织国民共进会，后与同盟会联合成立国民党。历任司法部次长、孙中山大元帅府秘书长、国民政府委员、国民党中央执委兼司法部长等。著有《民法总论》等。

[2]原注："为兰州自治协进会拟。"兰州自治协进会：本文拟于民国十四年（1925年）元月10日。时王烜任兰州自治协进会干事长。

公呈甘肃省政府请饬兰州市政府缓免土地建筑等税文

窃甘肃向系边瘠省份，人物凋耗，财力枯涸，中外人所共知。近复连年灾祲，物价奇昂，又为从来所未有。而新加遗产税、军粮、员工粮及各种杂捐，已属竭泽而渔，敲骨见髓，残喘苟延之甘民，业已血尽汗干，无力担负。今又新设市政府，专事搜括聚敛，于营业等税，每月所收已达十万元，其他迫拆民房、政尚烦苛，种种害民者尤多，而土地价税、改良建筑物税、土地增值税，于敌机肆扰之余，同时并举，只顾征取，何恤民瘼？炸毁余生，何忍如此荼毒耶？

谨将市政府不应遽行成立各税，亟应缓行者，胪陈于后，伏乞鉴而悯之：

一、查定章：市政府以市民超过二十万，地方庶富，市面繁荣者始行设立。今兰市人民只九万余，轰炸死亡及逃往数十百里者外，存在不过八万有余，人口凋耗如此，法律规定如彼。且市区所辖地方不过五六里，地狭人少，原无设市府资格。此其不应遽行成立者一也。

二、查兰市政府经费：每年定为六百万元，以五六里之地，八九万人民，将令其负担如此巨额之费，其何能堪？今一时抽收三项新税，民力万难支持，应俟年丰岁稔，人口恢复原状，再行拟办，以纾民力。此不应遽行成立者二也。

三、查四川天府，陕西冲区，人民之殷繁，财力之富厚，为中国有数之地，以兰州较之,不啻天壤。今川陕于土地等税尚未实施,而独于凋敝狭小之兰州加此新税,国府一视同仁,断不出此,不过倡行者不顾民生痛苦,以邀干济之名,害多利少,民不堪命,贻患何极。此应缓行者三也。

四、查国府公布之《土地法》第七章第三百一十一条:"市地改良物,得照其估定价值,按年征税,其最高税率,以不超过千分之五为限。"今兰市政府竟以千分之五抽税,必取其最高额,何其剥民之太甚?况此条有详义说明:"凡土地改良物,均在免予征税之列,以示奖励。"土地使用所有改良物征税一项,为迁就事实之权宜办法,因恐地价税开始办理期中,从前关于土地及其改良物之一切征收税费,均予撤销,所得之新收入,或有不足抵补向来收入数额之虞,特为权宜办法,但于相当时应取消之,方合地价税原则云云。是改良物税本不应收。在兰市初立田赋附加等税尚未撤销,亦无抵补以前各税撤销额之可言,与其将来整理,不如此时不设。此改良物税不应施行者四也。

五、查《土地法》第九章第三百二十八条:"因地方发生灾难,就关系区内之土地免税或减税"等因。今兰市房屋原有五万余间,经炸毁后,破壁颓垣,所在皆是,此系何等灾难?而又连年歉收,粮价过高,防空复紧,往往空室经月,残喘余生,昼则撷野菜为食,夜则就土块以眠,哀我人斯,竟至于此!以民生论,以法律论,兰市灾区土地等税应在减免之列。此土地等税应缓施行者五也。

六、增值税现时虽由售产者负担,但公家抽税,往往较售产者所得为多,则以后售之无益,保业受死,他人亦无产可得。是欲平均地权,而适得其反。兰市中户居多,因此必受穷蹙,是收税太重所致也。此增值税亦应缓行者六也。

以上诸端,皆系实在情形,而又关系民生切肤之痛,所谓危难安缄默。查兰市府所定征收前项各税,前于十月念间公布,乃不俟中央政府核准,即于十一月发出各收税通知,补征下半年之税。公民等迫不得已,用敢不揣冒昧,泣涕上陈,伏恳钧府鉴核,俯怜兰民痛苦,准予令饬兰州市政府,将土地等税分别缓免施行,以重法典,而安民生。不胜迫切待命之至。

呈行政院请缓收兰州市土地等税文

呈为请缓收兰市土地等税,以纾民困事。窃以兰州市政府自八月成立以来,首以征敛为事,如营牌业照、建筑执照、车捐、杂捐、电灯等费,次第倍加,为数不少。近复布告征收土地价税、改良建筑物税、土地增值税种种,以从来未有之税,一时三种并举,负担过巨,不克负荷,群众惊惶无措,而严令在前,重罚随后,民等迫不得已,唯有呈请钧院令饬甘肃省政府转饬兰州市政府,将该税缓行,俾民间少纾疾苦,以遂民生

而安国本。

查该税不可遽行，大要约有四端，谨撮陈之：

一、市政之设，原为地方财力丰裕，人口殷繁，凡百施为有余力而无不足乃始设市，以纲维而发展之。今兰州僻在边陲、素号贫瘠，人力财力，俱远不逮乎他省。本年七月有市政筹备处之设，旬日间即仓促改称市政府。首先为财务之经营，欲以巨额经费，均取给予市区数里之地，遂不三月，即开征土地等税，但知集款，罔顾民艰。侧闻重庆首都，四川大省，于土地之税尚在筹备期间，仰见国府体恤民隐，于此等有关民生重大利害，必再三审量，不肯轻举，以遗同胞百世无穷之患。即如陕甘近邻，而长安冲繁富盛十倍兰州，其市府尚付缺如，更何有土地等税收耶？今以僻远狭小之兰市，而此等新税，竟先重庆及川陕而厉行之，兰民何辜，独受此剥肤之痛？衡诸公理，实未为平，自应俟他省举办，兰民得邀一视同仁之典为幸。此其不可遽行者一也。

二、查市政府之组织成立，即应筹设市参议会，凡预算、决算及增加新税，均应由市参议会通过，然后施行。今市府甫经数月，即先以新税加诸市民，既无参议会通过，未知民意何从宣达，何由承认？若仅云平均地权，则三民主（意）〔义〕[1]先有民权，该税既非法定通过，则不应以地权之故，先废民权，又不应川陕腹地繁盛百十倍于兰州者，其地权皆未平均，而独平诸区区之兰州。况今赋税过多，地力已竭，民不聊生极矣！尚欲重重叠叠加以新税，想政府以仁爱为教，亦不如是，不过筹款者不复他计而已，应俟市参议会成立，得斯民同情而后可。此不可遽行者二也。

三、近年内灾外患，生计之艰，百倍曩昔，物价奇昂，兰市尤甚。居于斯者，朝不谋夕，十实有九。其恃房地租为生之中户，大抵较其他谋生者艰难数十倍。盖百物加价甚易，朝夕不同，房地租加取，既视他物为难，而且不易变更，故赖此者，生计尤窘也。况值敌机累次轰炸以后，败屋颓垣比比皆是，地面并非繁荣，为人上者何忍于此课以重税？又各处展街（撤）〔拆〕[1]房，居民已受极大损失。以情理论，政府应加维持补救，方为正道。今不闻仁施，而唯征敛之日多，何民困无告一至于斯耶？应俟环境少转，恢复原状，困弊少苏，再议加税，民力有余，自知义务之当尽。此时何必迫之于无地可容之境，徒生纷扰。此其不可遽行者三也。

四、查此项三税，在国民政府公布之《市组织法》内。关于市财政者，虽有土地税及土地增价税，以事体重大，并未实施，且并无改良建筑物税之规定，尤不应创立此税。即土地登记，在兰州虽已举办，而甘肃各县均未施行，何能令兰州数里内之民独任重负？当于各县土地登记完竣，然后一律实行。若谓《市组织法》无改良物税，而有房捐，但各省只行此一种，如从前广东市有房捐之征收，而无土地与土地增价之税。以广东富甲全国，尚不能三种并举，兰市较之，其富与贫，何啻倍蓰？必使任此重负，未免竭泽而渔。近日建筑物税之估价，利用一般牙侩，任意高抬，即破旧之房，每间亦在千元以上，是名为税率甚轻，而估价过高，则收税反重，较房捐加多，是愚弄而巧取

之,既非组织本法所有,则市民更难承认。此其不可遽行者四也。

总上数端,均系实在情形。某等为同胞百世利害计,不容缄默,拟恳钧院俯察兰民疾苦,准予令饬甘肃省政府转令兰州市政府,将土地等税缓行,兰市数万户人民戴德无量矣。谨呈。

校释:

[1]（意）〔义〕:稿本误为"意",据文意改为"义"。

[2]（撤）〔拆〕:稿本误为"撤",据文意改为"拆"。

呈请甘肃省政府提倡经学以存固有文化文

窃以国家之治术,恒以学术为权舆,故学术正,则国运隆,学术驳,则国政敝。吾中国圣学:志道,据德,依仁,游艺,本末兼该,原无偏废。自欧化东渐,一般学者向风而倾,其弊遂至:偏重知识,而略弃本原,驯致异说朋兴,世风日下,政府知其弊,乃起而率之以正。年来,以礼义廉耻为涣号,是其征也。然实施无闻,获效遂鲜。其故在学校废经不读已久,人无道德之素养,一旦责之以礼义廉耻,皆面从心违耳。《周易》言:"蒙以养正,圣功也。"夫以圣功而系之蒙养,圣人岂不知童蒙之不可遽跻圣域,然必为是期之者,知其非于童蒙而即涵濡之以仁义道德,则不能深入而有得,即不能身体而力行,童蒙无此夙习,则成德达材,实非所望。

今之学校,置圣经贤传于不闻不问之列,莘莘学子中求一能读孔孟书者,盖千百人无一二焉。就吾甘言,中小学校亦复林立矣,而限于功令,无复读经者。夫小学儿童,即不能了解经义,然中学则皆十四五龄以上之学生,岂尚不能了解乎？若中学不能读经,是必待升大学专科,而后可一睹圣经面目,则中国数万万人,能有读中国圣人书之希望者究有几人？斯文未丧,不绝如缕,不甚可危乎？上年,蒋委员长曾令各省各机关人员皆须诵习四书,一时风动,有圣学复兴之机。然公务员以从政余暇,虽开卷有益,恐亦无多,正宜推广委座盛意,施诸学校,其效果必较宏远。

在甘肃学校中,曾设有经传讲席者,向有甘肃学院之文史系,乃近年亦复停办,遂至陇上人文,日益寂寂。侧闻甘院现因主席维持,改为国立,意者文史一系可能恢复,则经学新运或将重启矣。

某等蓬门伏处,本不应言政事,唯以兹事关系甚大,不妨贡其所怀,聊当献曝。拟恳主席毅力主持,将甘院文史系重行开办,并明定讲经读经规条,俾主其事者奉行勿违,则圣学欲堕复振,一线微阳,实千百世光明大路所在。抑又有进者,文史一系,虽为国学阶梯,然升学之辈,常患其少,以其下无此类专科,人才不能衔接,唯以高中升学,而学科素异,致力苦难,不免望而生畏,成就殊鲜。今欲求固有文化从此发扬,莫如将甘院高中班一并改为国学预科,俾毕业后,即升文史系。再以高中考补其不足,

则事半而功倍,相得而益彰。然后再谋基本学童之培植,如国文专修馆之类,以固基础,将来陇上国学必有可观,棫朴菁莪,人才蔚起,当有志主席尊经兴学之大德于不忘者。以政府之力为此,亦轻而易举,非难事也。昔左文襄为甘肃分设乡闱,乡邦人士迄今口碑载道,甘院正其地也。今倘能圣学重光,开来继往,陇学斯兴,他日功业,安知不能追踪前哲?且以近事言,前阅《国民日报》载,有美国学校增设研究孟子讲席一则,以吾国圣贤微言大义,竟见重于外邦,采取而讲习之,乃吾本国学校反漠然置若罔闻。起视他人,则海国之飘风发发;回瞻华族,而泗坛之遗绪茫茫,不诚大可哀乎?诚能实力提倡,以甘院为固有文化之先导,则风声所树,继起者必蒸蒸日上,使斯道如日月经天,江河行地。读圣贤书者既多,则人有士君子之行,转移风化,修齐治平,胥在于此。默察世变,觉国人溺于舶来之纵欲学说,将使人类日益下流,非救之以吾中国兴仁讲让之圣学,则善类消亡,民生日苦,前途讵有幸乎?故不揣冒昧,妄作陈辞,所冀刍荛之献,或邀葑菲之采,非第一方之福也。为此具呈,伏乞鉴纳指示,无任悚惶待命之至。

甘肅文獻

例言[1]

兹编为征考甘肃文献而辑，分为历代、大清二录。乡邦后学景仰前徽，即书见人，即人求书。敢云发潜德之幽光，亦冀保遗文于勿坠，示来兹以有征也。

兹编体例仿诸《明史》分部经史子集，部中书目各以类从，求其若网在纲，庶易于翻阅。

《甘肃新通志》[2]成书方逾数年，其艺文著书目录，于陇人著述搜采略尽。兹编就志取材，历代之书概为录入，而大清一代，尚非年湮代远，存书较多实见，为无关典要及有疑义者，间亦去之。其为通志未经甄采，而此次征求得之者，在录中居十之二，取之欲宏，择之以审。

编中胪列书目，各具著书人事略于后。凡《甘肃新通志》有传者，皆约录之；其有书无传者，则书"事略阙"，或于他人记载考见事实，则补具传略、或年代后先、官职详略；有失考者，皆更正焉。故录中事迹与通志不无详简异同之处。

甘肃前贤以事功著称者，不乏其人。兹录所列，以有著作之人为限，其无著述者，不能备载。

校释：

[1]《甘肃文献录》：李九如、王国香、王烜编辑。李九如，字敬丞，甘肃皋兰人，清光绪二十年（1894年）举人。王国香，字兰亭，皋兰人。光绪二十九年（1903年）举人。1915年甘肃征书局在刘尔炘主持下，由王烜与李九如、王国香合作。王烜尚作有《补编》。

[2]《甘肃新通志》：刻本，一百卷八十一册。陕甘总督升允、长庚监修，安维峻总纂。清光绪三十四年（1908年），升允奉旨设局督办重修省志，由王烜、刘绳武、王乾运、雷光甸、袁承泽、刘春堂、孙云锦、赵维恭、魏日诚、陈龙鼎、张炳森、马元春、宋万选、朱元鸿、罗世俊分纂，完成初稿，由前总纂丁禧翰在陈良均协助下统稿，最后由安维峻总纂，于宣统元年（1909年）刻印。是志起自上古，讫于宣统元年，分天文、舆地、祠祀、学校、兵防、职官、人物、艺文、志余等十目。卷首刊印用西洋测绘技术绘制的各府州厅县地图及河流图。

历代甘肃文献录

经部

易类

周易注
北魏　敦煌　刘昞著

刘昞(356？—440年)，字延明。父宝，以儒学称。昞年十四，就博士郭瑀学。瑀妻以女。后隐居酒泉，不应州郡命，弟子受业者五百余人。李暠征为儒林祭酒、从事中郎，迁抚夷护军，虽有政务，手不释卷。世祖平凉州，夙闻其名，拜乐平王从事中郎。尚书李冲奏，昞河右硕儒，除其一子为郢州云阳令。太保崔光奏，复其孙等三家。河西人以为荣。

王朗易传注
北凉　敦煌　阚骃著

阚骃，字元阴。博通经传，聪明过人，三史群言，经目辄成诵，时人谓之宿读。沮渠蒙逊重之，常令侍左右，访以政治损益。拜秘书考课郎中，典校经籍，刊定诸子三千余卷。蒙逊子牧犍拜为大行、迁尚书。及姑臧平，乐定王还镇凉州，引为从事中郎。后迁京师，家贫不免饥寒。

易新传疏十卷
陈　武威　阴宏道著

阴宏道，南朝陈临涣令。

周易大衍论三卷
唐玄宗皇帝著

周易卜筮断
宋　西夏　灵武　干道冲著

干道冲,字圣宗。其先从伪夏主迁兴州,世掌夏国史。道冲通五经,为番汉教授。后官至夏国中书宰相。

读易日得
明　两当　郑文禄著

郑文禄,号北园。嘉靖末,由岁贡判易州,升知永和县,调广昌。当道特疏保荐,以质朴清恕,体国爱民目之。文禄性至孝,事媚母六十年无倦容。学最富,尤邃于《易》《春秋》。

易钥
明　狄道　潘光祖著

潘光祖,字义绳。天启五年(1625年)进士,历官吏、户二部,出为山西参议道。性清介,执法不挠。巡按某托令曲庇所知,光祖不从,巡按衔之。曾流贼入境,光祖亲冒石矢督军拒战、贼败走,后以招降。巡按劾其纵贼,逮问,光祖自以无罪,耻对狱吏,仰药死。晋民悲之,立祠以祀。

先天图解百余卷
明　宁州　赵凤著

赵凤,邃于理学,精天文。

易经述古
明　宁州　赵诚著

赵诚,奉继母至孝。母殁,朝夕哭奠,斋戒三年如一日。

易经别解
明　镇番　王元著

　　王元,崇祯八年功贡。精易学,兼通韬略。考授山东武成县丞。升(沐)〔沭〕[1]阳县知县,督理河工,精敏干练。后以边材政调武职,授守备,以战功历升江南副总兵,引疾归。

　　校释:

　　[1](沐)〔沭〕:写本误作"沐",据文意改为"沭"。

书类

尚书记难
汉　酒泉　张奂著

　　张奂,字然明,敦煌酒泉人。父惇,为汉阳太守。奂少游三辅,学《欧阳尚书》。举贤良,对策第一,拜议郎。迁安定属国都尉。南匈奴合羌入寇,奂击降之,郡界以宁。羌豪帅感奂恩德,上马二十匹,先零酋长又遗金镮八枚,奂并受之,而召主簿于诸羌前,以酒酹地曰:"使马如羊,不以入厩;使金如粟,不以入怀。"悉以金马还之。羌性贪而贵吏清,奂正身洁己,威大行。迁使匈奴中郎将,时休屠各及乌桓同反,兵众大恐。奂坐帐中,与弟子讲诵自若。乃潜诱乌桓,使斩屠各渠帅,袭破其众,诸胡悉降。明年,梁冀诛,奂以故吏免官禁锢。皇甫规上章荐举,复拜武威太守。举尤异,迁度辽将军。数载间,幽、并清静。征拜大司农。鲜卑闻奂去,招纳南匈奴等寇掠缘边九(部)〔郡〕[1]。复拜奂护匈奴中郎将,诸羌闻奂至,悉降,凡二十万口。又复击破先零诸羌。论功当封,奂不事宦官,赏遂不行,唯赐钱二十万,除家一人为郎。并辞不受,而愿徙属弘农华阴。旧制边人不得内移,唯奂因功特听。窦武、陈蕃谋诛宦官,事泄,中常侍曹节等矫制使奂围武。〔武〕自杀,蕃〔因〕见害[2]。后知为节所卖,加封不受。明年,青蛇见于帝座,大风雨雹,拔木。奂上书言:"窦武、陈蕃,志宁社稷,方直不回,以逸受诛。灾异之来,盖为此也。"天子深纳其言,左右皆恶之,下诏切责,遂陷以党罪,禁锢归田里。闭门不出。卒年七十八。武威多为立祠。所著铭、颂、书、教、诫述、志、对策、表章二十四篇。

　　校释:

　　[1](部)〔郡〕:"缘边九"后"部"误,据《后汉书·张奂传》改为"郡"。

　　[2]〔武〕自杀,蕃〔因〕见害:据《后汉书·张奂传》,脱"武""因"二字。

书经集解四卷
明　兰州　黄谏著

黄谏,字廷臣。正统七年一甲三名进士。授翰林院编修,历侍读学士,兼尚宝卿。使安南往还,议定迎诏坐次等仪,及却赆等书凡十余首,皆根据经史,风节懔然。尝过渑池县,以名儒月川曹正夫殁葬霍州,深以为憾,出金属县令归葬渑池。升本院学士。后谪广州府判,从学者甚众,广人立亭祀之。

书经义
明　兰州　姚诚著

姚诚,字通夫。成化元年举人,官闻喜知县。适大饥,省徭、蠲赋。盐商过县,秤盘每引劝输升粟备赈,后遂为例引。县东南泉水灌民田若干顷。在任数年,兴利革弊。改新郑令,奉公守法,不避权贵。素喜饮,以居官绝口不尝。及归田,淡泊如未遇时,不事干谒,唯以诗书教子孙。

书经主义
明　河州　朱家仕著

朱家仕,字翼明。崇祯戊辰进士。官大同巡道。甲申三月初,李自成犯大同,家仕与中丞卫景瑗、总兵姜瓖歃血盟,协力守城。瓖怀异志,迎降。家仕击碎贼牌,斩贼使,四人遂衣朝服,怀敕印,望阙再拜,投井死。大清定鼎,顺治初,直指朱虚题请褒录。

诗类

诗经集解四卷
明　兰州　黄谏著

事略见本部书类。

礼类

六官

北周　狄道　辛彦之著

辛彦之，少孤，好学，博涉经史。周文帝引为礼曹，修定议注。拜中书侍郎，封五原郡公。宣帝时，拜少宗伯。及高祖受禅，授太常少卿，与牛宏撰《新礼》。高祖尝命与硕儒沈重论议，重曰："辛君所谓金城汤池，无可攻之势。"帝大悦，拜随州刺史。在州唯贡祭物，帝善之，曰："人安可无学彦之所贡，稽古之力也。"迁潞州。卒于官，谥曰宣。

仪礼集注

明　秦安　胡缵宗著

读礼记钞

明　秦安　胡缵宗著

胡缵宗，字可〔亭〕〔泉〕[1]。正德三年进士，翰林院检讨。出知苏州府，厘革积弊，兴讲学书院，表义烈。历（浙）〔浙〕[2]江参政，升副都御史。巡抚山东，鲁王愎谏恣恶，奏请诏夺其职，裁护卫。总理河道，经画有方。改抚河南，疏请赈饥。归筑别墅，日闭阁著书。

校释：
[1]（浙）〔浙〕：写本误为"浙"，据文意改为"浙"。
[2]（亭）〔泉〕：写本"亭"误，应为"泉"，胡缵宗字可泉。

周礼注

明　狄道　雍焯著

雍焯，字闇中。嘉靖丁酉举人。幼颖敏，有大志。初任武乡教谕，勤考校，奖德行，赒贫乏，一时科目奋起。督学胡某嘉其诗，聘河南考试官，所得多名士。擢交城令，复除河津令，兴利宽征，捐俸倡学，建大禹庙，葺子夏（词）〔祠〕[1]。邑俗婚礼重财，亟力正之。民歌曰："高如山，明如镜。清如水，平如枰。"旋拜贵州道监察御史，条陈马政，世宗可其奏，令刊行之。祥符尹为藩王诬系狱，力白其冤，得复其官。又劾严氏贵客。后巡按山东，崇循吏假知府某之祀，论梅提学某之奸，疏衍圣公某之恶，竟忤权贵，遂引疾归。在家二十余年，建小楼，藏古今书籍、刊《周礼》《尔雅》《孝经》诸书，又捐金修城池，设义冢，置学田，缮祠宇。宦辙乡评皆称为名御史。

校释：

[1]（词）〔祠〕:写本误为"词"，据文意改为"祠"。

读礼辑要
明　狄道　王历元著

王历元，字燮之，号主一。郡学生。幼随父任朝邑，即雅志理学，虽肄举子业，每取濂洛关闽书以自法，一言一动以古人为准。学术深奥，所著作悉为洮士典型，郡中名士多出其门。太守某表其门曰："理学真儒。"司李某表曰："德高千古。"

春秋类

春秋墨说
晋　敦煌　郭瑀著

郭瑀，字元瑜。少有操行。东游张掖，师事郭荷，尽传其业。精通经义，善谈辨，多才艺，善属文。荷卒，服斩衰三年。后隐于临松薤谷，凿石窟而居，服柏实以轻身，弟子千余人。

春秋左氏传序一卷
陈　武威　阴宏道著

事略见本部易类。

春秋三传注三十卷
隋　狄道　辛德源著

辛德源，字孝基。沉静好学，美姿容。齐仆射杨遵彦、尚书辛术并虚襟礼敬，同举荐之。中书刘迪又上表荐除员外散骑常侍。及齐亡，周尉迟迥起，以为中郎。亡去隐林庐山，著《幽居赋》以自寄。后秘书监牛宏，以德源才学显著，奏与著作郎王邵同修国史。蜀王秀奏以为椽，转谘议参军。

春秋集传
明　秦安　胡缵宗著

事略见本部礼类。

春秋阐微
明　两当　郑文禄著

事略见本部易类。

春秋翼传
明　镇番　孟一鲤著

孟一鲤，字禹门。万历己酉应试长安，社友党完我卒于邸，躬率弟一豸罄资助之，俾还榇故土。崇祯四年当贡成均，让之同学生王国彦。事继母尤至孝，士林钦之。

春秋井鉴
明　河州　何永达著

何永达，字拙庵。直隶清丰县丞。幼颖敏，博极群书。尝负笈从三原马理受业。及筮仕，甫五月即辞归。侍御郑存仁、甄敬、楚黄、耿定向诸先生咸造庐，讲论竟日不辍。卒年九十五。

四书类

论语解义三十卷
宋　西夏　灵武　干道冲著

事略见本部易类。

学庸补说
明　阶州　崔观著

崔观，正德中举人。为巴县教谕，师道端严，士多成就。分俸济贫，不营家计。

中庸秘旨
明　陇西　杜和春著

杜和春,字还朴。万历五年进士。知鲁山、涞水、乐亭三县,所至有声,擢刑部主事。孤梗失权贵,竟谪山西藩幕,转卫辉同知。宗室有辱县令者,和春缉而置之法。再为刑部主事,多所平反,持议独立,不合诸僚,竟致仕归。杜门谢客,与京兆冯从吾相友善,书牍往来,质疑辨义。

评注孟子四卷
明　山丹　王建侯著

王建侯,万历戊午举人,己未进士。南京户部主事,后擢蓟北参政道。秉性正直,不阿权贵。时貂珰用事,类多牵掣,而建侯执宪夷险一节,未始有所屈。

学庸统述
明　灵台　杨可立著

杨可立,字止止。镇安教谕。少工文,淹贯群书,究心周程张朱之学,体认求放心工夫,乐教人为善。建塾训乡里子弟,远近从之。以贡生授蓝田训导,升任镇安,优恤寒士。致仕归,设义田,周困乏。晚尤好古笃行,著述甚多,学者称淡斋先生。值岁荒,有百余人采食苜蓿,可立悯之,各给米数斗去。会群盗攻掠,居民谓其众曰:"杨某名贤,众毋扰。"其为人敬服如此。

四书秘
明　狄道　潘光祖著

四书九丹
明　狄道　潘光祖著

事略见本部易类。

学庸节解
明　狄道　张九畴著

张九畴,字天锡。器宇宏伟。登第后还家,以讦误除籍。杜门不出,左经右史,从学者甚众。

孝经类

孝经错纬
晋　敦煌　郭瑀著

事略见本部春秋类。

孝经注一卷
唐玄宗皇帝著

孝经注
明　狄道　雍焯著

事略见本部礼类。

经总类

五经异义
北周　狄道　辛彦之著

事略见本部礼类。

五经传注
元　武威　余阙著

余阙,字廷心,唐兀氏,家世武威。父官庐州,少失怙,遂家焉。长力学,授徒养母。元统初进士及第,历官至淮南行省分守安庆。号令严明,与下同甘苦。议屯田,并捐俸

请钞赈饥,旱涝祷辄应。既而靖苗蛮,集商旅,走普胜,扼友谅,退祝寇,屹然为江淮保障。后以群盗并攻,身被重伤,援兵不至,遂自刎。妻子俱赴井死。贼义之,求尸塘中,具衣冠葬之西门外。事闻,赠平章政事,幽国公,谥忠宣。阙尝修辽、金、宋三史,著《五经传注》,诗文、篆隶古雅不群。诏立庙,树忠节坊,岁时致祭。

九经要略
明　狄道　刘正著

刘正,洪武中由明经官大同卫知事,历大理寺左评事。正累世同居,以一人最长者为家长,岁择子弟分任家事,门内肃然,乡里化之。正与其弟忠相为师友,忠亦官大理寺右评事,时号"二刘"。

五经集解
明　狄道　何贤著

何贤,字彦哲。永乐中进士。任中书舍人,历任詹事府少詹事,太常寺少卿。资禀颖异,学问博洽,精传译,工词翰,居馆阁二十年不迁,德行卓冠时流。卒赠礼部右侍郎,谥文敏。

五经考
明　狄道　张九畴著

事略见本部四书类

小学类

古今对韵一卷
明　兰州　杜宣著

杜宣,字宏化。天顺三年举于乡,任山西汾州学正。问学赅博,善诗文。造士有方,其所识拔,后多至贵显。

唐雅
明　秦安　胡缵宗著

雍音
明　秦安　胡缵宗著

事略见本部春秋类。

尔雅注
明　狄道　雍焯著

事略见本部礼类。

史部

正史类

帝王世纪年历
汉　安定朝那　皇甫谧著

皇甫谧,字士安。太尉嵩曾孙。出后叔父,年二十,叔母责其不学,对之流涕,谧乃感激。居贫,躬自稼穑,带经而农,遂博综典籍百家之言。沉静寡欲,始有高尚之志,以著述为务。自号元晏先生,遂不仕,耽玩典籍,忘寝食,时人谓之"书淫"。举辟皆不行,或劝应命,谧为《释劝论》以通志。武帝屡诏敦迫,谧辞切言至,遂听命。自表就帝借书,帝送书一车与之。

南史八十卷
唐　成纪　李延寿著

北史一百卷
唐　成纪　李延寿著

李延寿,唐崇文馆学士。

补辑帝王纪年纂要一卷
　　明　兰州　黄谏著

事略见经部书类。

杂史类

元晏春秋
　　汉　安定朝那　皇甫谧著

事略见本部正史类。

凉国春秋五十卷
　　晋　敦煌　索绥著

事略阙。

蒙逊集十卷
　　北凉　金城　宗钦著

宗钦，字景若。少好学，有儒者风，博综群言，声著河右。仕沮渠蒙逊，为中书郎、世子洗马。上《东宫侍臣箴》。太武平凉州，入魏，赐爵卧树男，拜著作郎。与高允书赠诗，允答书并诗，甚相褒美。

坟典
　　北周　狄道　辛彦之著

事略见经部礼类。

开元天宝遗事四卷
　　五代　长道县　王仁裕著

王仁裕，字德辇。其先太原人，后徙家秦陇，故里在县西碑楼川。尝梦西江浣肠，遂以西江名集，即县之西汉水。碑记云：归葬于秦长道县，附于先茔，成凤志也。碑楼

川因仁裕碑记而名。

史钞类

郭氏史书
汉　略阳　郭整著

郭整,博洽多闻,抱道自重。汉安帝、顺帝时公府八辟,公车五征,皆不就。

拾遗集十卷
晋　陇西安阳　王嘉著

事略阙。

帝范四卷
唐太宗皇帝撰

天训四卷
唐高宗皇帝撰

后汉书注一百卷
唐　章怀太子贤著

读史目录
明　兰州　彭泽著

彭泽,字济物。明(宏)〔弘〕治三年进士,官刑部主事。出守徽州府,父丧归。正德初,起知真定府,阉宦数挠政治,泽折抑之。历按察使、总制湖广四川。泽体干修伟,腰带十二围,寡言笑,大音声,与人语如叱咤,有文武才略。与咸甯侯仇钺帅兵讨霸州贼刘六、刘七等,与贼数十战皆捷,杀贼万计。四月,贼平,进右都御史。寻总督川陕诸军,讨蜀贼兰延瑞、鄢本忠,平之,进左都御史、太子太保。会吐鲁番据哈密,执忠顺王,劫印,遣大臣经略。泽至甘州,吐鲁番方寇赤斤苦峪,遣使索金币,泽以币二千,银酒枪一遗之,令还城印。未得报,辄奏事平,乞骸骨,召还院。初兵部尚书缺,廷推泽,而王琼得之,且阴阻泽,言官多劾琼,由是有隙。泽又使酒陵琼,嘗钱宁,宁大怒,及泽乞归,琼劾泽妄赠金币,遗书议和为辱国,遂斥泽为民。嘉靖初,起兵部尚书,条陈兵事悉中窾,帝嘉纳之。又请罢镇守诸中官,在部多所执持,言者交劾,累疏乞休。加太保,乘传归。锦衣百户王邦奇言哈密失国,由泽赂求和所致,泽复夺官为民,家居卒。尚书唐龙请复官加恤,不从。隆庆初,复官,谥襄毅。

校释:

[1](宏)〔弘〕:写本避清高宗弘历讳,写成"宏"。

史断
明　临洮　王中著

井天评
明　临洮　王中著

王中,字仲可,别号井天迂叟。世耕读,不干仕进,唯以诗文自娱。肃藩辟为教授,不就,赐金帛亦却之。隐居玉井峰下,洮人或传以为仙。

评史蛙见
明　镇原　张道著

张道,字克宏。举人。善属文,交游皆名彦。任登州府通判,升大同府同知,迁周府长史,所至有声。后解组家居,日唯闭户读书。

故事类

敦煌实录十卷
北魏　敦煌　刘昞著

事略见经部易类。

政训二十卷
　　隋　狄道　辛德源著

内训二十卷
　　隋　狄道　辛德源著

事略见经部春秋类。

东宫要录十卷
　　唐　章怀太子贤著

修身要录十卷
　　唐　章怀太子贤著

列藩正论三十卷
　　唐　章怀太子贤著

兴亡金镜录一百卷
　　金　秦州　傅慎微著

　　傅慎微，字几先，秦州沙溪人，后迁居长安。宋末，登进士。博学，喜谈兵。累官河东路经制使。与金师战，被执，遂至元帅府。元帅宗翰爱其才学，弗杀，羁置，归化州希尹收置门下。宗弼复取河南地，报为陕西经略使，寻权同州节度使事。明年，陕西大旱，以慎微为京兆、鄜延、环庆三路经济使，许以便宜。慎微募民入粟，得二千余万石，立养济院，全活甚众。改同知京兆尹，权陕西诸路转运使。复修渠溉田，民赖其利。转中京副留守，改忻州刺史，累迁太常卿，除宣武军节度使，移靖难军。忤用事者，遇救得免。大定初，复为太常卿，迁礼部尚书，兼修国史。卒于官。

恒斋实录
　　明　临洮　曹英著

　　曹英，字文华。天顺四年进士。任监察御史，巡按四川。岁大荒，有赵铎者啸聚为盗，英擒首恶，置大辟，余悉解散归业。以言事忤旨，左迁（召）〔邵〕[1]阳县知县，引疾归。

校释：

[1](召)〔邵〕：写本"召"误，据文意改为"邵"。

仕进录
明　宁州　吕颙著

吕颙，字幼通。正德己卯举乡试第一，嘉靖二年进士，授户部主事，升刑部员外郎。审理冤滞，多所平反，升郎中。出知河南卫辉府，政尚严明。调山东东昌，值大水河决，淹没馆陶、武城二邑，乃分檄乡村安插灾民，请赈全活，计口给粮。历升云南右布政使。

奇集录
明　兰州　杨继尹著

杨继尹，中城兵马司指挥，居官清介，执法不苟。

八先生录
明　河州　朱家仕著

约日镜
明　河州　朱家仕著

商订录
明　河州　朱家仕著

祗承录
明　河州　朱家仕著

事略见经部书类。

蒐遗编
明　狄道　刘师宠著

刘师宠，字见素。明崇祯中岁贡。教授岷州，建魁星阁，修泮池，士大夫多景仰之。

传记类

高士传三卷

汉　安定朝那　皇甫谧著

逸士传

汉　安定朝那　皇甫谧著

列女传

汉　安定朝那　皇甫谧著

事略见史部正史类。

皇德传二十五卷

汉　敦煌　侯瑾著

　　侯瑾,字子瑜。少孤贫,(体)〔依〕[1]宗人居。性笃学,恒佣作为资,暮还辄燃柴读书。居恒以礼自牧,独处一室,如对严师。州郡累召公车以有道征,并辞不就。作《矫世论》以讥当时。隐居山中,殚思著述,作《应宾难》以自寄。又按《汉纪》撰中兴以后行事,为《皇德传》三十篇,行于世。西河人重其才品,不敢名,称为侯君云。

校释:

[1](体)〔依〕:写本误为"体",据文意改为"依"。

陇西人物志

晋　敦煌　索纬著

事略阙。

人物志注

北魏　敦煌　刘昞著

事略见经部易类。

卓异纪一卷
唐　陇西　李翱著

李翱,字习之。校书郎。元和初,为国子博士,史馆修撰。尝条兴复太平大略,再迁考功员外郎、礼部郎中。性峭鲠,议论无所屈。面斥宰相李逢吉过失,逢吉诡不校,翱移病,有司白免官,逢吉更表为庐州刺史。时州旱,民无食,权豪贱市田屋牟厚利,而婺户仍输赋。翱下令始以田占租,无得隐,收豪室税万二千缗,贫弱以安。入为谏议大夫。出为湖南观察使,卒。翱始从韩愈为文章,辞致浑厚,见推当时。谥曰文。

河西人物志
唐　张掖　赵武孟著

赵武孟,右台侍御史。少好游猎,以所获馈母,母泣曰:"汝不好书而放荡,吾安望哉?"不为食。武孟感奋,遂力学,淹该书记。自长安丞,迁侍御史。

三友主人传
明　临洮　曹英著

事略见本部故事类。

孝子传
明　狄道　雍焯著

事略见经部礼类

旧孤传
明　狄道　潘光祖著

血孤传
明　狄道　潘光祖著

事略见经部易类。

和唐传
明　临洮　赵济著

赵济,字世望,临洮卫土司。弱冠入庠,袭荫为本卫指挥使。岁旱,尝输粟助边。又捐制文庙祭器。武宗时,守备洮州,改岷州,收复镇角等堡,民为立生祠。后以疾乞归,优游山水,咏歌自适。

仪注类

丧服要记
北魏　敦煌　索敞著

索敞,字巨振。为刘昞助教,专心经籍,尽传昞业。凉州平,入魏,以儒学为中书博士。京师贵游之子皆敬惮畏严,多所成益。敞以《丧服》散于众篇,学者难通,因撰为《丧服要记》。后出补扶风太守,在位清贫。卒,赠凉州刺史,谥曰献。

礼要
北周　狄道　辛彦之著

新礼
北周　狄道　辛彦之著

祀典
北周　狄道　辛彦之著

五礼
北周　狄道　辛彦之著

祝文
北周　狄道　辛彦之著

事略见经部礼类。

皇朝制集五十卷
唐　成纪　李麟著

李麟,唐宗室,宰相。

家乡礼要
明　清水　雍康年著

族约会则
明　清水　雍康年著

事略阙。

地理类

方言
北魏　敦煌　刘昞著

事略见经部易类。

十三州志十四卷
北魏　敦煌　阚骃著

事略见经部易类。

括地志序略五卷
唐　魏王泰著

坤元录十卷
唐　魏王泰著

魏王泰,太宗第四子。

金城志
明　肃庄王令藩臣编辑

兰县志
明　兰州　黄谏著

事略见经部书类。

兰州志
明　兰州　文志贞著

文志贞，字正夫。天顺元年进士，授行人，以朝例任巡茶。还京，奏改御史差，一时便之。历户部郎中。明敏练达，绰有能誉，荐贤举能，知无不为。创修兰州志乘。

郡志稿二册
明　河州　吴祯著

吴祯，字从善。成化甲午举于乡。幼以豪杰自许，八岁能诗，及长以荫宜补千户侯，竟弃不就，唯笃志儒业，博通五经，学行并优。官四川梓潼教谕，选聘河南考官，所拔多名俊。升直隶山海卫教授，因母老解组归家。居教授几三十年，登科第者多出其门。

防边策
明　兰州　赵英著

修河类稿
明　兰州　赵英著

赵英，字储秀。成化八年进士。授河南宜阳知县，升监察御史，出巡山东，改知保定府。丁父忧，服阕，士民诣京奏留。寻升山西参政，仍管府事。博通五经，从学甚众。居官才略优赡，遗爱在人。

筹边策
明　狄道　刘源著

刘源,字大本。成化间举人。历知永平府,张虎等作乱,源斩缚渠魁,胁从尽释之。所至廉介公勤,造士爱民,敦风化,尚行实,人不敢干以私。调开封府,军民奏留,加三品服俸。卒于官。源博通五经,工诗文,善临池。

西行稿
明　宁夏　张嘉谟著

张嘉谟,字舜卿。(宏)〔弘〕[1]治十五年进士,授兵部主事,厘剔宿弊。盗起山东,侍郎陆完督军,嘉谟献议谓:"当出奇以遏其锋,审势以夺其气。若徒尾其后,是驱贼以自戕也。"贼犯潍县,陆以偏师属之,贼易之不为意,乘其怠,即夕掩击,大破贼,斩首二千级。贼平,升车驾司员外郎。诏起兵部尚书彭泽征蜀寇,疏请与行,乃告泽曰:"蜀地险阻,用兵为难。公若分兵属谟,由汉中取道,以入夔峡,公以兵取重庆,交蹙之,则成擒矣。"泽深然其策,后卒成功。升山东兵备佥事,以禁矿忤藩邸罢。平生好书,学隶篆行草,各得其妙。诗文敏捷,自成一家。

校释:
[1](宏)〔弘〕:写本作"宏",避清高宗弘历讳。

两边图
明　宁州　吕经著

使边录
明　宁州　吕经著

吕经,字道甫。正德三年进士。少孤贫,负薪养母,读书不辍。尝荷薪市米,见遗金坐而待之,果有泣至者,即检还。归母怪其久,告之,母大悦。通籍后,官礼科给事中。廷议以经谙练边情,命专核山西诸路机宜,体勘详明。晋都给事中,疏陈弭灾异及植国本诸事,权奸恶之,调山西蒲州同知。镇守太监黄玉求索弗遂,诬奏系狱。嘉靖改元,起复吏科,升山东参政。矿贼王堂作乱,亲督战,生擒之。升云南布政使,土司文安邦反,剿平之。升都察院右副都御史,巡抚辽东,厘剔弊习。太监王纯等诬奏,戍茂州。恩诏释归。卒隆嘉初,诏复其官。

安庆府志
明　秦安　胡缵宗著

巩昌府志
明　秦安　胡缵宗著

秦州志
明　秦安　胡缵宗著

义台志
明　秦安　胡缵宗著

秦安县志
明　秦安　胡缵宗著

事略见经部春秋类。

哈密记行录
明　山丹　武振著

武振,字维扬。多材艺,善弓马,长于戎略。当明中叶屡涉行阵,授甘肃总兵。尤善翰墨。行役伊吾,著有记行录,山川道里,概可考见。

正宁旧志
明　正宁　巩国家著

巩国家,字宁宇。副贡生。幼擅文誉,读书目数行下。中副车四次。工诗赋,所著诗集,流播关中。

兰州志
明　兰州　王道成著

王道成,万历二十九年进士。授华阳令,平徭赋,开水利,政声大著。以忧归。道成博学有才,重修《兰州志》。服阕,擢吏部郎,在选司一年,不通私谒。自谓唯"不爱

钱"三字,足以自矢。

兰州志
明　兰州　李泰著

事略阙。

洮阳古今志
明　狄道　雍谐著

雍谐,字士杰。临洮侍御公焯之祖也。夙习引年术,自号竹园散人,萧然世外,品节甚高。祥符令段顾言尝属平山张路作《竹园幽居图》。

临洮府旧志
明　狄道　王中著

事略见本部史钞类。

通渭旧志
明　通渭　白我心著

白我心,字醒龙。万历癸丑拔贡,授四川龙安府经历。未几,告归。兀坐书斋,以诗文自怡。年八十,著作不倦。

守城议
明　河州　朱家仕著

事略见经部书类。

谱牒类

氏姓志
汉　安定临泾　王符著

王符,字节信。少好学,有志操,与马融、张衡、崔瑗等友善,当途者更相引荐,而符独耿介不同于俗。隐居著书,以议当时得失。后度辽将军皇甫规解官归安定,乡人有为雁门太守者去职还家,谒规,规卧不起。有顷,白王符在门,规惊,遽起,衣不及带,屣履出迎,援符手而还,与同坐极欢。时人为之语曰:"徒见二千石,不如一缝掖。"言书生道义之为贵也。

雍氏世谱
明　狄道　雍焯著

事略见经部礼类。

子部

儒家类

潜夫论十卷
汉　安定临泾　王符著

事略见史部谱牒类。

矫世论
汉　敦煌　侯瑾著

事略见史部传记类。

周生烈子十三卷
魏　敦煌　周生烈著

周生烈,字文逸。魏博士侍中。本姓唐,外养周氏,因为姓。

苻子三十卷
苻秦　略阳　苻朗著

苻朗,字元达。坚从兄子也。性宏达,神气爽迈,幼怀远操,不屑时荣,坚目之曰:

"吾家千里驹也。"及拜镇东将军、青州刺史,身为方伯,有若素士,耽玩经籍,手不释卷,在任甚有声绩。坚败,入晋,加员外散骑侍郎。既至扬州,风流迈于一时。谢安设筵宴之,朝士盈坐,皆自以为不及。著《苻子》数十篇,行于世。

扬子法言注二十三卷
隋　狄道　辛德源著

事略见经部春秋类。

仕学轨范四十卷
宋　成纪　张镃著

张镃,字功甫。俊曾孙。幼刻苦问学,澹忘荣利,终日矻矻攻诗,与尤袤、陆游辈过从唱酬,诗名相伯仲。寓居杭州南湖,得曹氏荒圃,筑堂治池馆,树梅三百余本,集文人韵友,晨夕吟咏其间。史弥远之图韩侂胄,镃时为右司郎中,预参密计。韩既诛史,心忌镃,讽言官劾之,贬外。寻得旨放还,后又谪象州,卒。

柏轩语录
明　兰州　段坚著

段坚,字可久。景泰五年进士。早岁受学薛瑄[1],即有志圣贤。乡举后,入国子监。景泰元年,上书请悉征还四方监军,罢天下佛教,疏奏不行。及成进士,授福山知县,刊布小学书,令邑人讲诵,民俗胥化。成化初,赐敕旌异,超擢莱州知府,期年,化大行,以忧去。服阕,改知南阳府,召州县教官,具告以古人为学之指,使转相劝诱,创志学书院,聚秀民讲四子、五经及濂洛诸儒遗书;建节义祠,祀古今贞烈;讼狱徭赋,务底于平。有处子未婚,婿亡,自经殉节者,率僚友师生素服往吊,择地合葬,奏表其间。郡人爱戴如父母。致政归,民攀辕不忍舍。及闻其卒,立祠祀之。

校释:

[1]早岁受学薛瑄:据《明史·段坚传》:段"坚之学,私淑河东薛瑄",是未得薛瑄亲教,但认同其学术而尊之为师。

愿学编二卷
明　秦安　胡缵宗著

近取编二卷
明　秦安　胡缵宗著

事略见经部春秋类。

讲学语录
明　狄道　张万纪著

张万纪,字舜卿。嘉靖二十六年进士,授行人,选吏科给事中。劾佥事尹耕,帝可其奏,谪耕。严嵩衔之。寻升礼科右给事中,上建醮西苑,万纪执弗进香[1],被廷杖。严嵩欲杀杨继盛,万纪抗疏救,遂出为庐州知府。抵郡,雪某指挥冤,察胥史抵换库银。适以星变,考察夺职,归。抚按科道凡九荐,以亲老竟不复起。

校释:

[1]执弗进香:张维《甘肃人物志·张万纪传》作:"世宗建醮,西域诸司相率进香,万纪独弗往,廷杖四十。"

续性理十五卷
明　安定　张国纲著

张国纲,字与五。万历二十一年举人。知顺义县,以卓异擢南阳推官,摄南阳县。妖寇徐鸿儒乱,山左势逼中州,国纲扼关阻之,寇不敢窥。唐端王好长生术,残孕妇,国纲发其事于两台,王请罪,乃已。后以终养归。

范士讲铎
明　河州　朱家仕著

事略见经部书类。

兵家类

李将军射法三篇
汉　成纪　李广著

　　李广,秦将李信后也。世世受射。孝文十四年,以良家子从军击胡,用善骑射,杀首虏多。为郎,骑常侍。数从射猎,格杀猛兽。景帝即位,为骑郎将。吴楚反时,为骁骑都尉,从亚夫战昌邑下,显名。为上谷太守,数与匈奴战,战无不胜。徙为上郡太守,屡以计诱杀匈奴。又徙陇西、北地、雁门、云中太守。屡出击胡,行无部曲行阵,就善水草(顿)〔屯〕[1],舍止,人人自便,不击刁斗自卫,亦未尝遇害。武帝即位,召入,为未央卫尉。已为右北平太守,匈奴闻之,惊曰:"汉之飞将军!"避之数岁,不敢入右北平。广廉,得赏赐辄分麾下,饮食与士卒共之。为二千石四十余年,家无余财。元狩四年,从大将军青出塞,广军失道,大将军责广之幕府对簿,广曰:"年六十余,终不能复对刀笔之吏。"遂自刭。百姓无老壮皆为垂涕。

校释:

[1](顿)〔屯〕:写本误为"顿",据《史记·李将军列传》改为"屯"。

射法五卷
汉　郁郅　王围著

　　王围,强弩将军,以武勇显闻。

十二阵图
北魏　西平乐都　源贺著

　　源贺,秃发傉檀子也。伟容貌。傉檀国灭,贺奔魏,太武帝器其机(辨)〔辩〕[1],赐爵西平侯。诏曰:"卿与朕同源,今可为源氏。"帝攻凉州,贺陈攻取之策,凉州平,进爵西平公。出为冀州刺史,改封陇西王。既受除,请减大辟,帝深纳之。征拜太尉。及献祖将传位京兆王子推,贺固执不可,卒立孝文。贺依古今兵法,采至要,为十二阵图,献祖览而嘉焉。孝文太和三年薨,赠侍中、太尉,谥曰宣,陪葬金陵。

校释:

[1](辨)〔辩〕:写本误为"辨",据《北史·源贺传》改为"辩"。

黄石公三略
北魏　敦煌　刘昞著

事略见经部易类。

八阵图
明　阶州　龙正著

龙正，幼英敏过人。精《易》学，遇金牌道人授六壬术，占验多应。正德壬申，蜀寇猖獗，都御史某召之赞画，每战辄捷。番夷入寇，总督聘居帷幄，出奇数胜。欲授以官，不受，奏赐金帛冠带。后总督杨、张、邓诸公征聘，皆不就。

杂家类

韩子注
北魏　敦煌　刘昞著

事略见经部易类。

诸子说括
明　宁州　吕颛著

事略见史部故事类。

读六子钞
明　秦安　胡缵宗著

事略见经部春秋类。

医家类

内经
上古　北地岐伯著

岐伯，黄帝臣。生而神明，精医术，通脉理。黄帝以师事之。有《素问》《难经》行于世。

医方集要
明　兰州　沈绎著

平治活法
明　兰州　沈绎[1]著

事略阙。

校释：

[1]沈绎：字成章，吴县人。洪武中谪戍兰州卫，遂落籍兰州。精医道，敦志节，善琴书，著有《医方集要》《平治活法》《绘素记》《芝轩余兴》。

医要明
金县　周询著

周询，廪生。辞荣弃禄，隐居养亲，日以诗文自娱，足以表正乡间。

历数类

五行三统正验论
晋　敦煌　索靖著

索靖，字幼安。武帝时，与乡人范衷、张甝、索紒、索求俱诣太学，驰名海内，号称"敦煌五龙"。四人并早亡，唯靖该博经史，兼通内纬。州辟别驾，郡举贤良方正，对策高第。拜驸马都尉，出为西域戊己校尉。张勃表靖才艺绝人，宜在台阁，武帝纳之，擢为尚书郎，与尚书令卫瓘俱以善草书知名。拜酒泉太守。惠帝时赐爵关内侯。靖有先识，知天下将乱，指洛阳宫门铜驼叹曰："会见汝在荆棘中耳！"太安末卒，赠司空，谥曰庄。

三纪甲子元历
后秦　天水　姜岌著

姜岌，尝著《浑天论》，以步日于黄道，驳前儒之失。

类书类

琼林二十卷
陈 武威 阴颢著

阴颢,铿子。南朝陈虎门博士。

瑶山玉彩五百卷
唐高宗 太子(宏)〔弘〕[1]选辑

太子(宏)〔弘〕[2],追尊孝敬皇帝。

校释:

[1][2](宏)〔弘〕:写本避清高宗弘历讳,将唐高宗太子弘改为"宏"。

文舆三十卷
唐 成纪 李道古选辑

李道古,唐宗室,官左金吾卫将军。

群书考证
明 宁州 吕经著

事略见史部地理类。

诸书释义
明 宁州 吕颛著

吕颛,字幼诚。嘉靖十七年(1538年)进士。谙练明达。历升南京刑部郎中、襄阳知府。能理繁剖剧,随机应变,致仕归。

道家类

关尹子一卷
周　关尹喜著

关尹喜,周大夫。善内学,服精华。为函谷关令尹,老子西游,喜占风望紫气,逆知当有神人来过,扫道四十里以迎,老子遂授以长生之事及教戒五千文。喜退而书之,遂与俱之流沙之西,服巨胜实,莫知所终。

甲乙经八卷
汉　安定朝那　皇甫谧著

事略见史部正史类。

养气法
陇西　封衡著

卫生经
陇西　封衡著

封衡,字君达。幼学道术,服黄连五十年。入山采药百余年,复还乡里,如二十许人。尝乘青牛,故号青牛道士。闻有病死者,辄探腰间竹管中,与服之,立应。魏武帝召问养性大略,衡曰:"减思虑,节饮食。"

太乙成局
明　阶州　龙正著

奇门集要
明　阶州　龙正著

六壬书
明　阶州　龙正著

事略见本部兵家类。

释家类

净业合编

明　河州　朱家仕著

事略见经部书类。

集部

别集类

李陵集二卷

汉　成纪　李陵著

李陵,字少卿。武帝时为侍中建章监。善骑射,爱人,谦让下士。帝以为李氏世将,使将八百骑,深入匈奴,视地形,还。拜骑都尉,将勇敢五千人,教射酒泉、张掖。天汉二年,贰师将军出酒泉,击右贤王。欲使陵将辎重,陵受(召)〔诏〕[1]命,将步卒五千人出居延北,行三十日,至浚稽山,单于以兵八万围陵军,陵搏战,千弩俱发,杀伤匈奴积数万人。匈奴知陵军无后救,遮道急攻。汉军一日五十万矢皆尽,韩延年战死。陵曰:"无面目报陛下!"遂降。边塞以闻,帝怒甚,问太史令司马迁,迁盛言:"陵事亲孝,与士信,常奋不顾身,以徇国家之急。有国士风。其不死者,诚欲得当以报汉也。"上听谗,尽诛陵母弟妻子,并下迁腐刑。久之,上悔陵无救,乃迁使劳赐陵余军得脱者。陵在塞外二十余年卒。

校释:

[1](召)〔诏〕:写本误为"召",据文意改为"诏"。

司农卿皇甫集五卷

汉　安定　皇甫规著

皇甫规,字威明,安定朝那人。永和六年,西羌侵安定郡,规为功曹,将兵八百,与羌交战有功。梁太后临朝,规举贤良方正。对策,梁冀忿其刺己,下第。免归,州郡承冀(志)〔旨〕[1],几陷于死。遂以《诗》《(书)〔易〕》[2]教授门徒。后梁冀诛,旬月之间,礼命五至,皆不就。太山贼侵乱郡县,征拜泰山太守。到官,广设方略,寇虏悉平。延熹四

年秋,叛羌寇关中,规请自(劾)〔效〕[3]。三公举规为中郎将,讨破之。诸羌慕规威信,相劝降者十余万。东羌乞降,凉州复通。论功当封,而中常侍徐璜、左悺欲从求货,规终不答。遂排陷坐系廷尉,论输左校。太学生张凤等三百余人诣阙讼之。会赦,归家。征拜度辽将军,上书荐中郎将张奂以自代。及党事大起,规自以西州豪杰,耻不得(与)〔豫〕[4],乃先自上言:"臣前荐故大司农张奂,是附党也。(人)〔又〕[5]臣昔论输左校时,太学生张凤等上书讼臣,是为党人所附也。臣宜坐之。"朝廷知而不问。在事数载,北边威服。迁(宏)〔弘〕[6]农太守,封寿城亭侯,不受。转护羌校尉。所著书二十七篇。

校释:

[1](志)〔旨〕:写本误为"志",据《后汉书·皇甫规传》改为"旨"。

[2]《(书)〔易〕》:写本误为《书》,据《后汉书·皇甫规传》改为《易》。

[3](劾)〔效〕:写本误为"劾",据《后汉书·皇甫规传》改为"效"。

[4](与)〔豫〕:写本误为"与",据《后汉书·皇甫规传》改为"豫"。

[5](人)〔又〕:写本误为"人",据《后汉书·皇甫规传》改为"又"。

[6](宏)〔弘〕:写本避清高宗弘历讳,将"弘"改为"宏"。

太尉集

汉　武威　段颎著

段颎,字纪明,武威姑臧人。少习弓马,轻财,好学。举孝廉,为阳陵令,有能名。延(寿)〔熹〕[1]二年,迁护羌校尉。会烧当八种羌寇陇西、金城,颎击大破之。寻讨上郡沈氏诸羌。凉州刺史郭闳诬以罪,(召)〔诏〕[2]颎下狱。羌寇转盛,凉州几亡。乃复以颎为护羌校尉。击之,斩获无算。永康九年,诸羌复寇武威,颎追击于鸾鸟,杀其渠帅,斩首三千余级,羌遂定。颎每在边,与将士同苦,故皆乐死。初颎与皇甫威明、张然明,并知名显达,时号"凉州三明"云。

校释:

[1](寿)〔熹〕:写本误为"寿",据《后汉书·皇甫规传》改为"熹"。

[2](召)〔诏〕:写本误为"召",据文意改为"诏"。

太常卿集二卷

汉　酒泉　张奂著

事略见经部书类。

穷鸟赋一篇
　　汉　西县　赵壹著

刺时嫉邪赋一篇
　　汉　西县　赵壹著

颂箴诔书论及杂文十六篇
　　汉　西县　赵壹著

　　赵壹,字元叔。体貌魁梧,望之甚伟。而恃才倨傲,为乡党所摈,乃作《解摈》。光和元年,举郡上计到京师。时司徒袁逢受计,计吏数百人皆拜伏庭中,壹独长揖而已。逢望而异之,令左右往让之,曰:"下郡计吏而揖三公,何也?"对曰:"昔郦食其长揖汉王,今揖三公,何遽怪哉?"逢乃下堂执其手,延置上坐,因问西方事,大悦,顾谓坐中曰:"此人汉阳赵元叔也。朝廷莫有过之者。"往造河南尹羊陟,尚卧未起,壹经入上堂,临之。因举声哭,门下皆惊。陟知其非常人,乃起,延与语,大奇之。陟明日大从车骑造壹。时诸计吏多盛饰车马帷幕,而壹独柴车草屏,露宿其旁,延陟前坐于车下,遂与言谈至曛夕,极欢而去。曰:"良璞不剖,必有泣血以相明者矣。"陟乃与袁逢共称赞之,名动京师。及西还,道经(宏)〔弘〕[1]农,过侯太守皇甫规,门者不即通,壹遂遁去。州郡争致礼命,十辟公府,并不就,终于家。

校释:
[1](宏)〔弘〕:写本避清高宗弘历讳,将"弘"改为"宏"。

七序
　　汉　安定乌氏　梁竦著

　　梁竦,字叔敬。少习《孟氏易》。尝坐事南徙,济沅湘,感悼子胥、屈原,乃作《悼骚赋》,系石而沉之。后迁本郡,闭门自养,以经籍为娱,著书数篇,名曰《七序》,班固称之。性好施,而不事产业。尝叹曰:"大丈夫生当封侯,死当庙食。如其不然,闲居可以养志,《诗》《书》足以自娱,州郡之职,徒劳人耳。"后辟命交至,并无所就。章帝纳其二女,皆为贵人。小贵人生和帝,永元九年追尊恭怀皇后,追封谥竦褒亲愍侯。

傅子内外中篇四部六录
　　晋　北地　傅(元)〔玄〕[1]著

文集百余卷
晋　北地　傅(元)[玄][2]著

傅(元)[玄][3],字休奕。魏傅干子,少孤贫。博学善属文,解钟律。举秀才,除郎中,迁入著作,撰集《魏书历》。官(宏)[弘][4]农太守、典农校尉,所居称职。太始四年有水旱灾,上便宜五事,诏称善,迁司隶校尉。玄每有奏劾,或值日,暮捧白简,整簪带坐而待旦,贵游摄伏,台阁生风。后追封清泉侯。

校释:
[1][2][3](元)[玄]:写本避清圣祖玄烨讳,将"玄"改为"元"。
[4](宏)[弘]:写本避清高宗弘历讳,将"弘"改为"宏"。

牵三歌
晋　陇西　安阳王嘉著

事略阙。

文集三卷
陈　武威　阴铿著

阴铿,字子坚。南朝陈天嘉中,为始兴王录事参军,博涉史传,尤善五言诗,为当时所重。文帝燕群臣赋诗,徐陵言之,帝即日召铿与宴,使赋新成安乐宫诗,援笔立就,帝甚赏之。累迁晋陵太守、散骑常侍。

晋公堂颂
西凉　李暠著

述志赋
西凉　李暠著

槐树赋
西凉　李暠著

大酒客赋
西凉　李暠著

圣帝明王忠臣孝子烈士贞女序颂
西凉　李暠著

　　李暠,字元盛,小字长生,陇西成纪人。汉前将军广之十六世孙。少好学,性沉敏宽和,美器度。通涉经史,尤善文义。及长习武艺,诵孙武兵法。凉州牧段业署为效谷令。嗣敦煌护军冯翊、郭谦、河州治中敦煌索仙等,以暠温毅有惠政,擢为宁朔将军,敦煌太守。寻进号冠军,称藩于业。业以暠为安西将军、敦煌太守,进持节都督凉兴已西诸军事,镇西将军、领护西夷校尉。晋隆安四年,晋昌太守唐瑶移檄六部,推暠为大都督、大将军、凉公、领秦凉二州牧、护羌校尉。建置官僚,广田积谷,为东伐计。立泮宫,增高门学生五百人。起嘉纳堂于后园,以匡赞所志。义熙元年,暠改元为建初,遣舍人黄怡、梁兴间行奉表诣阙。后薨,谥武昭。

前汉功臣序赞
北魏　金城　李仲尚著

季父司空冲诔
北魏　金城　李仲尚著

　　事略阙。

肃宗上谥策文
北魏　金城　李瑾著

　　李瑾,字道瑜。美容貌,有才学。魏清河王怿为司徒,辟瑾参军,转著作佐郎,稍迁通直散骑侍郎,与给事黄门侍郎王遵业、尚书郎卢观兴领仪注,临淮王彧谓瑾等曰:"卿等三俊共掌帝仪,可谓甥舅国士。"卢即瑾外兄。庄帝初,于河阴遇害,赠冠军将军、齐州刺史。

靖恭堂铭
北魏　敦煌　刘昞著

略纪
北魏　敦煌　刘昞著

　　事略见经部易类。

宗钦集二卷
北凉　金城　宗钦著

事略见史部杂史类。

安邱公集
苻秦　略阳　权翼著

权翼,其先殷武丁之子,封于权,周衰入楚为权氏,秦徙大姓于陇西,权氏遂世居略阳。翼仕苻秦为给事黄门侍郎,与北海王猛、太原薛赞并有佐命勋,封安邱公,官至左仆射。苻坚将伐晋,翼进谏曰:"晋祚虽微,未闻丧德。谢安、桓冲皆江表伟人,君臣辑睦,未可图也。"坚不听,终败。

诗赋铭颂杂文五十篇
后秦　天水　赵逸著

赵逸,字思群。仕姚兴,历中书侍郎。后入魏,事世祖,拜宁朔将军、赤城镇将,绥和荒服,十有余年,百姓安之。性好坟典,白首弥勤,年逾七十,手不释卷。

文集十三卷
隋　安定鹑觚　牛(宏)〔弘〕[1]著

牛(宏)〔弘〕[2],字里仁。祖炽郡中正,父允魏侍中尚书。(宏)〔弘〕[3]性宽,好学。仕周,为记室,专掌文翰。隋开皇初,授散骑常侍、秘书监。上表请开献书路,上纳之,一二年间经籍略备。封奇章郡公。奉敕撰《五礼》行于世。又定雅乐,作乐府歌词,撰圜丘五帝凯乐。后议明堂,(宏)〔弘〕[4]条上故事,上善之。杨素轻侮朝臣,唯见(宏)〔弘〕[5]改容。素将征突厥,诣(宏)〔弘〕[6]言别,(宏)〔弘〕[7]送止中门,素曰:"大将远征,叙别何相送之近?"(宏)〔弘〕[8]揖而退素曰:"奇章公其愚不可及也。"寻升吏部尚书。献皇后崩,仪注阙,(宏)〔弘〕[9]引旧礼须臾而定。其选举先德行而后文艺,用多称职。大业二年,进位上大将军。六年,从幸江都。卒,赠文安侯,谥曰献。

校释:

[1][2][3][4][5][6][7][8][9](宏)〔弘〕:写本避清高宗弘历讳,将"弘"改为"宏"。

文笔诗赋十卷
隋　成纪　李大师著

李大师,渤海主簿。

文集三十卷
唐　太宗皇帝撰

文集八十六卷
唐　高宗皇帝撰

文集二十卷
唐　魏　王泰著

事略见史部地理类。

李太白集三十卷
唐　陇西　李白著

李白,字太白。十岁通诗书,长隐岷山。州举有道,不应。益州刺史苏颋一见异之,谓:"少益以学,可比相如。"性任侠,喜纵横,好击剑。及客任城,与孔巢父、韩准、裴政、张叔明、陶沔居徂徕山,号"竹溪六逸"。天宝初,至长安,贺知章见其文,叹为:"谪仙人。"言于(元)〔玄〕[1]宗,召见金銮殿,上降辇步迎。论当世务,草答番书,辨如悬河,(元)〔玄〕[2]宗嘉之,以宝床方丈赐食御前,亲为调羹,诏供奉翰林。他日泛白莲池,白不在宴,帝欢既洽,召作序。时白被酒翰苑,命高力士扶以登舟。亦尝侍帝,醉,使高力士脱靴。力士摘其诗,以激贵妃谮之。白与贺知章、李适之、王琎[3]、崔宗之、苏晋、张旭、焦遂为"酒中八仙"。既而,上疏请还旧山,帝许之。晚坐诖误,流夜郎。放还,渡牛渚,至姑熟,悦其山水,有终焉之志,盘桓放歌,竟卒。今成纪故宅,井犹存,人称"太白井"。陇西仁寿山有墓。

校释:

[1][2](元)〔玄〕:写本避清圣祖玄烨讳,将"玄"改为"元"。

[3]王琎:写本有脱字,据《新唐书·李白传》补为"汝阳王李琎"。

昌谷集四卷
唐　陇西　李贺著

外集一卷
唐　陇西　李贺著

李贺,字长吉。七岁能辞章,韩愈、(黄)〔皇〕[1]甫湜过其家,使贺赋诗,援笔立就,名《高轩过》。能疾书。每旦出,骑马,从小奚奴,背古锦囊,遇所得,书投囊中。及暮归,足成之。母使婢探囊中,见所书多,即怒曰:"是儿须呕出心肝乃已耳。"以父名晋肃,不肯举进士,韩愈为作《讳辨》,然卒亦不就举。辞尚奇诡,当时无能效者。乐府数十篇,云韶诸工皆合之管弦,为协律。

校释:
[1](黄)〔皇〕:写本误为"黄",据《新唐书·文艺下》改为"皇"。

李文公集十六卷
唐　陇西　李翱著

事略见史部传记类。

贞孝先生集
唐　略阳　权皋著

权皋,字士繇。进士,临清尉。安禄山表为蓟尉,署幕府。皋度禄山叛,欲行,虑祸及母。天宝十四载,献俘京师,还过福昌尉仲谟。谟妻,皋妹也。密约以疾召之,皋阳喑,直视而瞑。谟尽哀,含敛。皋逸去,人无知者。皋母谓实死,恸哭,禄山不之虞,归其母。皋潜奉母南奔。禄山反,天下闻其名,争取以为属。明皇在蜀闻之,拜监察御史。浙西节度使颜真卿表为行军司马,召拜起居舍人,固辞。卒,赠秘书少监。元和中,谥曰贞〔孝〕[1]。子德舆。

校释:
[1]贞〔孝〕:写本"贞"后脱"孝"字,据《新唐书·权皋传》补之。

李尚书诗集
唐　武威　李益著

李益,字君虞。宰相揆族子。长于诗,每一篇成,乐工争赂取之。宪宗召为秘书少

监,集贤殿学士。太和初,以礼部尚书致仕。

制诰集五十卷
唐　略阳　权德舆著

童蒙集十卷
唐　略阳　权德舆著

诗文集五十卷
唐　略阳　权德舆著

权德舆,字载之。少以文章称。德宗闻其才,召为左补阙。寻迁起居舍人,兼知制诰,凡撰词命九年,以类集为五十卷。知礼部贡举,拜侍郎。后自太常卿拜礼部尚书、同中书门下平章事。德舆善辩论,开陈古今本末,以觉悟人主。为辅相,宽和不为察察〔人〕〔名〕[1]。历太常卿,徙刑部尚书。后迁检校吏部尚书,出为山南西道节度使。乞还。卒,赠左仆射,谥曰文。德舆积思经术,无不贯综。自始学至老,未尝一日去书。动止无外饰,而蕴借风流自然可慕。

校释:
[1]〔人〕〔名〕:写本误为"人",据《新唐书·权德舆传》改为"名"。

西江集一百卷
五代　长道县　王仁裕著

秦亭篇
五代　长道县　王仁裕著

锦江集
五代　长道县　王仁裕著

入洛记
五代　长道县　王仁裕著

归山集
五代　长道县　王仁裕著

南行记
　　五代　长道县　王仁裕著

紫泥记
　　五代　长道县　王仁裕著

华夷百题
　　五代　长道县　王仁裕著

事略见史部杂史类。

南湖集十卷
　　宋　成纪　张镃著

诗九卷
　　宋　成纪　张镃著

词一卷
　　宋　成纪　张镃著

事略见子部儒家类。

草堂诗歌杂著
　　宋　文州　张觉民著

张觉民,元祐间进士。与马涓等上书,忤权贵,坐党锢。退居成都,与张正己游,号草堂先生。

诗文篆隶
　　元　武威　余阙著

事略见经部经总类。

木斋诗集三卷
元　宁州　王都中著

王都中,积翁子。生三岁,世祖念其父功,授平江路总管。遇事立决,人不敢欺。后迁饶州路总管,值岁饥,曲为赈救,全活甚众。州岁贡金,而金户贫富不常,都中考得其实,更定之,免州县十倍之征。寻以忧去,郡民为立生祠。服阕,除两浙盐运使,遍历三十四场,验其物力高下,以损益之。役阮平而课亦足,盐法遂修。拜河南行省参知政事。卒,赠昭文馆大学士,谥清献。

续古乐章
明　狄道　何贤著

东麓文集
明　狄道　何贤著

事略见经部经总类。

从古正文六卷
明　兰州　黄谏著

黄学士诗册一卷
明　兰州　黄谏著

使(兰)〔南〕[1]稿
明　兰州　黄谏著

校释:
[1](兰)〔南〕:写本误为"兰",据《(乾隆)甘肃通志》改为"南"。

兰坡集
明　兰州　黄谏著

事略见经部书类。

止焚集
明　兰州　文炫著

文炫,文志贞孙,以博古笃行称。

遗兴集
明　临洮　曹英著

默翁集
明　临洮　曹英著

事略见史部故事类。

休田集
明　兰州　姚诚著

事略见经部书类。

斐然稿
明　兰州　赵英著

事略见史部地理类。

斗庵集
明　合水　韩鼎著

韩鼎,字廷器。成化辛丑进士,选礼科给事中。孝宗嗣位,首陈公铨选,经财用,严兵卫,崇天道四事。寻差宁夏,给散军赏,尽革侵渔之弊。迁右给事中。西夷贡狮,所过骚然,疏罢遣之。又以皇嗣未广为虑,上书极言,上优诏答之。进右给事中。疏纠神乐观董素云窃祭服之罪,且乞用文学之士,以充太常。后迁江西按察使司副使,平反冤狱。奉命统制陕西,讨平吐蕃之乱。升兵部右侍郎。正德间,以疾归。

考庵集
明　兰州　陈祥著

陈祥,字吉夫。性孤介,勤学。成化辛卯乡试第一,十一年成进士,授刑部主事,转员外郎,山西按察使佥事,四川按察使。历官三十余年,检事持法,久而不渝,所至奸贪屏迹。生平端谨,不妄交人。致仕杜门谢客,唯以著书自娱。

亦乐稿六卷
明　河州　吴祯著

事略见史部地理类。

财政论
明　狄道　刘源著

翠屏文集
明　狄道　刘源著

事略见史部地理类。

河滨集
明　兰州　段炅著

段炅,南阳知府坚子。官翰林院检讨。

中林集
明　通渭　王瓉著

王瓉,字宗器。成化辛丑进士,授工部主事。转员外郎。(宏)〔弘〕[1]治末,同中使李瑾勘水灾,上疏极言瑾恶,宜置之法,不报。瑾执奏诬瓉下狱,寻赦出。推郎中,奉敕督修兴王府,立法均役,人悦服。简怀庆知府,复除开封。刚明仁恕,民歌思之。

校释:

[1](宏)〔弘〕:写本避清高宗弘历讳,将"弘"改为"宏"。

周声集
  明 通渭 王德华著

参订乐府
  明 通渭 王德华著

  王德华,字汝实。贡生。工楷书,才华豪迈。与康(兑)〔对〕[1]山分韵赋诗,(兑)〔对〕[2]山亦逊其捷。

校释:

[1][2](兑)〔对〕:写本误为"兑",据《明史·康海传》康海号对山,改为"对"。

点轩集
  明 徽州 任旒著

  任旒,字廷仪。成化中举于乡。历任兰阳、确山、垣曲知县,所至有政绩。归田后,独处斗室,读书其中。卒,贫无以葬,戚里助之,乃克殡。执拂者,无间远近。

宣政录
  明 岷州 张锦著

松壑小稿
  明 岷州 张锦著

  张锦,字尚䌷。成化五年进士。任刑部司官,鞠谳明允,审录山东,平反甚众。会它司失官金,锦按得实。畿辅灾,以锦往赈,全活极多。方山庆成二王有大狱,奉命往治。还迁大理右丞。再奉命治岷、襄二府狱情,罪皆协。寻转左丞,擢副都御史,巡抚宣府,直枉袪弊,兵民畏服。劾罢中官、武将不职者。卒,赐葬祭,长沙李东阳志其墓。

(辛)〔幸〕[1]庵行稿十二卷
  明 兰州 彭泽著

读书纷纷稿
  明 兰州 彭泽著

怀古集
明　兰州　彭泽著

(辛)〔幸〕[2]庵诗文稿
明　兰州　彭泽著

事略见史部史钞类。
校释：
[1][2](辛)〔幸〕：写本误为"辛"，据彭泽《幸庵老人墓志自述》改为"幸"。

西岩稿
明　临洮　高良弼著

奏议
明　临洮　高良弼著

高良弼，字梦说。弘治十二年进士。官御史，巡京仓，盘查辽东边储。首劾刘瑾、苗逵不法数事。调掌贵州道，题设三边宣大总制，及京营兵十万，恃以有备。巡抚苏松，振纲纪，慎举措，风采懍懍。卒于官。

村居诗集
明　靖虏卫　王龙山著

王龙山，字景瞻。弘治甲子举人。学博思敏，尤长于辞赋。官浙江平湖县知县，抵任三日，案验吏书舞文者，置之法，一邑称快。后解组归。

诗文杂著
明　临洮　梁翰著

梁翰，字文苑。进士。任翰林院检讨，升授崇府左长史。性纯粹端静，言笑不苟。诗文醇实典雅，退食闭门端坐，读书鼓琴，翛然自得。收录名士最多，辅诸宗藩，多所匡益。

乐斋诗集一卷
明　靖(远)〔虏〕[1]卫　刘永著

适意稿一卷
明　靖(远)〔虏〕[2]卫　刘永著

刘永,靖(远)〔虏〕[3]卫百户,诸生。

校释：

[1][2][3](远)〔虏〕:写本误为"远",据《明史·地理志》改为"虏"。

卧雪集
明　狄道　袁玠著

袁玠,字玉卿。英敏好学,为诗多警句,时流鲜及。

兰野集
明　兰州　陆爻著

陆爻,字兰野。拔贡。生性刚方,博综今古。授直隶和州训导,启迪有方,文行兼茂。

志孝图解
明　安化　李萃著

李萃,明廪生。父病,祈祷求以身代。闯贼破城,力战被执,大骂,贼义释之。创建义学,造就邑中子弟,乡人感其德。

云谷集
明　宁夏　张嘉谟著

事略见史部地理类。

崆峒集
明　庆阳　李梦阳著

李梦阳,字献吉。母梦日坠怀而生,故名梦阳。(宏)〔弘〕[1]治壬子举乡试第一,癸丑成进士,授户部主事,进郎中。应诏上书言"二病""三害""六渐",中指陈阉宦,并寿宁侯张鹤龄怙宠骄纵,罔利贼民。鹤龄奏辨,诬梦阳讪母后为张氏,下锦衣卫狱。寻宥出,夺俸。武宗立,太监刘瑾等八人乱政,户部尚书韩文流涕忧愤,令梦阳属草奏之。疏入,诏廷议其事。瑾知韩疏出梦阳手,摭他事下梦阳狱,将杀之。康海力救得免。瑾败,起江西提学副使,振古学,变宿习,士翕然向风。布政司郑岳与梦阳因诘问相忤,下广信狱,按之坐前作宸濠《书院记》,削籍。梦阳才思雄骛,以复古自命,与何景明、康海、王九思等号十才子。

校释：

[1](宏)〔弘〕:写本避清高宗弘历讳,将"弘"改为"宏"。

未一子近集
明　狄道　王历元著

事略见经部礼类。

寿域群鸣集
明　临洮　田乐著

田乐,字德民。田济顺裔。髫年颖异,有高尚之志。尝隐居南山,以山水文籍自娱,年八十六卒。

谏垣存稿
明　宁州　吕经著

治蒲说明
明　宁州　吕经著

节孝堂集
明　宁州　吕经著

懿迹图
明　宁州　吕经著

事略见史部地理类。

上都稿
明　宁州　吕𫖮著

定原集
明　宁州　吕𫖮著

事略见史部故事类。

宛平遗集
明　秦安　李元芳著

李元芳,字子实。正德庚午举人。任顺天宛平知县,奏革都城大弊七事,剀切指陈。又极言斋醮青词之惑,祈特旨罢免。疏上,自分必死,布袜青衣以候严旨。及命下,竟得俞允。宛民欢忭,家肖一像祀之。出为登州府同知,转潞安抚按,交章保荐,沈藩亦请殊擢,为忌者所中,遂引疾归。

北堂文钞四卷
明　秦安　侯一元著

侯一元,字应乾。进士,工部主事。监闸济宁。故事监闸官稽察过舟,皆取船货,通馈贶,以为常。一元悉罢之。独鳞次官民之船,启闭以时,虽贵势无得逾越。中官素横恣,至是皆敛戢。济人德之,为勒碑,树之河岸。改礼、兵二部,进吏部验封司郎中,奏革贵戚世爵,曰:"非军功不侯,高皇制也。"卒于官,尚书霍韬铭其墓。

鸟鼠山人集八卷
明　秦安　胡缵宗著

拟汉乐府八卷
明　秦安　胡缵宗著

拟西涯乐府二卷
明　秦安　胡缵宗著

辛巳集四卷
明　秦安　胡缵宗著

丙辰集四卷
明　秦安　胡缵宗著

河洛集二卷
明　秦安　胡缵宗著

归田集二卷
明　秦安　胡缵宗著

事略见经部春秋类。

寝寝集
明　镇原　张道著

桃坡通言
明　镇原　张道著

桃坡遗稿
明　镇原　张道著

事略见史部史钞类。

物外清音
明　灵台　杨可立著

屏阴魇文
明　灵台　杨可立著

事略见经部四书类。

孝弟廉让诗集
明　甘州　苏鏊著

苏鏊,字介石,甘州左卫人。岁贡。授四川保县令。以理学造士,有《孝弟廉让诗》,谕从学者。

闵子集
明　西宁　张问仁著

河右集
明　西宁　张问仁著

张问仁,字以元。嘉靖丙辰进士。出宰阳城,以廉平擢工部主事。受简书擢江淮,期满有羡万五千金,不入私囊。晋员外郎。复察廉擢山东东兖佥事,再晋直隶昌平兵备参议,整饬戎政,具有条律,以封部为陵寝重地,创建砖城。时奉肃宗灵梓安置,从官如云,问仁躬自酬应,不以累民。有忌之者以飞语疑吏部,执政竟论去,略无愠色。百姓卧辙以留,归装图书外无长物。亲殁,丧祭以礼,为乡人式。善诗文。

百一稿
明　灵州　赵諴著

事略见经部易类。

芹谷集
明　宁州　吕颙著

事略见子部书类。

宁宇诗集
明　正宁　巩国家著

事略见史部地理类。

如樗子集
明　兰州　陆坤著

云思漫集
明　兰州　陆坤著

陆坤,字子厚。年十九,登嘉靖十四年进士,授刑部主事,历员外郎、郎中。持身清谨,执法公平。隆平侯纵妾杀人,所司多徇情引避,坤按之如法。包侍御为中官诬陷,上欲议死,坤执遣戍,竟从之。恤刑四川,活冤狱百余人。升霸州兵备道,河湮伤禾稼,坤令有田者并力浚之,遂忤权珰,诬奏逮系,谪云南浪穹典史。寻为青州知府,赈活饥民以万计。升蓟州兵备副使,以劳瘁卒于任,年三十九。囊无余金,巡抚都御史吴代治棺舆,厚赙归葬。

宜庵集
明　兰州　耿巽著

耿巽,字释之。善医,能诗文,敬礼德义文学之士。收藏其祖遗文传集,晚而益谨。

瓦瓿集
明　兰州　陈质[1]著

事略阙。
校释:
[1]陈质:字太素,江西广信人。洪武中谪戍兰州卫,遂落籍兰州。精医术,娴吟咏,自少到老,好学不倦,著有《瓦瓿集》。其子陈旭,字东轩,幼聪颖,能诗。有父风。

布鼓集
明　兰州　(戚)〔臧〕景明[1]著

事略阙。

校释：

[1](戚)〔臧〕景明：写本误为"戚"，据《重修皋兰县志》改为"臧"。臧景明，浙江山阴人。谪戍兰州卫，遂落籍兰州。善诗文。著有《布鼓集》。

绘素集
明　兰州　沈绎著

芝轩余兴
明　兰州　沈绎[1]著

事略阙。

校释：

[1]沈绎：字成章，吴县人。洪武中谪戍兰州卫。精医学，善抚琴书法，敦志节。

拙斋文集
明　狄道　张九畴著

事略见经部四书类。

管窥诗
明　张掖　马渥野著

困学诗一卷
明　张掖　马渥野著

马渥野，万历间从父官长子县。笃志理学，时焚香静坐，体验周程语录，晨夕不懈，几二十年。

固斋诗文集
明　临洮　魏宝著

魏宝,字固斋。嘉靖间明经。学问博洽,谙晓声律。所著诗清新古峭,为洮士所宗。给事张万纪出其门。

超然山人集
明　狄道　张万纪著

事略见子部儒家类。

五竹遗稿
明　通渭　张文泰著

张文泰,嘉靖间进士。少颖悟,善诗文。学行端方,言切世务。

南川稿
明　狄道　赵济著

事略见史部传记类。

准庵集
明　兰州　王伯良著

东山樵唱
明　兰州　王伯良著

王伯良,字志善。潜心义理之学,言动不苟,取与必以义。不妄交人,不干谒贵显。

内台奏稿
明　狄道　雍焯著

中州使余集

明　狄道　雍焯著

麓原文集

明　狄道　雍焯著

事略见经部礼类。

浚谷集

明　平凉　赵时春著

赵时春,字景仁。性严毅介特。与士大夫处,意有所不可或议论不合,必引绳按矩诘责之,不少贷,人服其刚正。年十四举于乡。嘉靖五年,会试第一,授庶吉士,改户部主事。寻调兵部。九年,疏请禁谀佞,正士风。又疏请崇治本,信号令,广延访,励廉耻,惜人才,固疆域,正治教七事。诏下狱,黜为民。已起编修兼司经局校书。帝有疾,疏请东宫御殿,受正旦朝贺,复黜为民。会京师被寇,世宗用荐,召为兵部职方主事。仇鸾恃宠倡马市,损国扰边,时春抗议,不合。又以能兵为鸾所忌,几得罪。稍迁山东佥事,转副使。三十二年,擢巡抚山西佥都御史,提督雁门诸关,武备甚修。其为政斥贪墨,省征徭,抑请托,绝馈遗,宗藩贵宦相戒,不敢犯法。其年九月,寇入神池、利民诸堡,率兵往御。擐甲策马,至大虫岭,遇伏兵,败绩。被论,解官。时春少喜谈兵,读书强记,凡天文、地理、户口多寡之数,能历历诵之。所为文章豪肆,与唐顺之、王慎中齐名。顺之尝曰:"宋有欧、苏,明有王、赵。"其推重如此。

且留草

明　通渭　白我心著

事略见史部地理类。

东皋诗集

明　安定　张世爵著

张世爵,生而颖异,日诵千言,邃于诗。以亲老绝意仕进。诗师李献吉,楷书遒劲,尤工草书,善画菊,自号东皋子。

奏草一卷
　　明　永昌　王学心著

　　王学心,号金斗。天启初举人。勤于造士,振拔单寒。为山左长清令,治行卓异。迁河南禹州牧,土贼揭竿,亲督壮丁平之。拜监察御史,守正不阿。卒于官,赠按察副使。

温玉亭诗文集
　　明　狄道　杨行恕著

　　杨行恕,字本忠。天启壬戌进士,选翰林院庶吉士。丰标俊逸,意量恢宏。喜交游,与人一见,辄欢若平生,无不以肝胆相许者。读书过目成诵,工诗赋。年三十一卒于官。

林泉偶录
　　明　河州　何永达著

　　事略见经部春秋类。

欲焚草四卷
　　明　秦州　胡忻著

　　胡忻,字慕之。万历己丑进士。知山西临汾县,庭无滞讼,狱无缧囚,申明乡约,官民相习若父子。晋工科给事,三殿大工,阉商扶同冒估几百万,忻上疏发其奸,请身任其事,以二十万起工,遂减十之五。有论陵寝、论河工诸议。转礼垣,疏请郊祀,请日讲参。税监祈撤回梁永,又论虚矿开采之弊,请豁免赔累,秦人并受其福。由太常卿引疾归。

率一诗稿
　　明　狄道　张勷著

玉井文集
　　明　狄道　张勖著

张勖,字士勉,别号率一。处士。少有学行,郡诸生多出其门。尝隐居玉井峰,以高士王中为师。年九十,无疾而终。

敬斋诗集一卷
　　明　靖虏卫　房鉴著

房鉴,少孤。尚志节,通经史,死石城之难。

雪香亭集
　　明　狄道　石贞乾著

石贞乾,字定宇。布衣。少孤,母刘氏抚育成立。母卒,哀毁逾礼,庐墓三年。郡守及司李共议旌之,坚辞不受。

破尘草
　　明　河州　朱家仕著

朔风咏
　　明　河州　朱家仕著

北岳游诗集
　　明　河州　朱家仕著

积善款语
　　明　河州　朱家仕著

事略见经部书类。

三笑草
　　明　镇番　王扶朱著

忧违草
明　镇番　王扶朱著

王扶朱，字翊宸。总兵国靖子，世袭指挥，辞不就。崇祯丙子举于乡。十七年流贼陷长安，扶朱慷慨倡义，请兵当道，事虽未成，时论壮之。鼎革后，隐退，征召络绎，称疾不起。生平自处高洁，落落寡合。于城南别墅筑台为室，不履城市者十有八年。

介圜集
明　狄道　潘光祖著

事略见经部易类。

河西赋
明　甘州　刘宽著

刘宽，甘州中卫人。进士。刻意经史，星、历、医、卜之学，尤所精邃。尝建议置高台，以扼虏冲，当道卒从之。从学者甚众，私谥心古先生。

总集类

明代名人奏疏二十卷
明　安定　张国纲著

事略见子部儒家类。

大清甘肃文献录

经部

易类

读易心得四卷
秦安　路坦然著

路坦然,字居易。明末乡试副榜,弃不就。顺治中由恩贡授襄阳县丞。迁真定府同知,教礼让,化恶俗。兼摄保定州事,活无辜罹罪者三十余家。升知延平府,府治有杨龟山、李延平、廖德明、朱晦庵四先生祠,年久颓废,坦然为修葺,求四子后令主祀。有《拟请尊先贤有子从祀大成殿疏》。后引疾归。

易学讲解
秦安　徐世节著

徐世节,字心白。顺治丁酉(1657年)举人。后选江西石城知县,修城垣,革积弊,俭以自奉,而勤于恤民,石城人爱戴之。引疾归,唯载书数箧而已。

易象图说十卷
通渭　李南晖著

读易观象惺惺录二十二卷
通渭　李南晖著

李南晖,字仲晦。由拔贡中式雍正十三年(1735年)举人。乾隆间知四川威远县,在官十余年,百废俱兴,民心爱戴。后引疾归,未几值田五之变殉难。总督福康安上其状,加赠太仆寺卿,入昭忠祠,并祀乡贤,国史馆立传。

易经理数互参二十卷
武威　张宗孟著

张宗孟,幼颖悟,读书过目成诵,人目为神童。年十二为生员,以明经贡成均。屏迹城市,肆力于经籍,尤精勾股法。

易经汇解
灵州　许体元著

许体元,字御万。乾隆十一年(1746)优贡。任安定县司训,值岁歉,奉檄出赈,远迩无遗。寻乞休,沉潜理学,不复出。

周易会参十卷
皋兰　杨维仁著

杨维仁,字伯廉。乾隆间为县医学训科,弱冠时南游,得吴江徐大椿医书六种以归。复得钱塘张志聪所注《素问》《灵枢》等书,潜心体究,故尤精于医。

周易集解一部
西宁　祁维藩著

周易卦爻错综变
西宁　祁维藩著

祁维藩,字拱辰。乾隆间以西宁土司世袭指挥使。性沉静,好读程朱性理书。在官勤政爱民,联和部族。晚年闭门谢客,著书自娱。

卦爻解
礼县　王元卿著

王元卿,字特衡。道光初岁贡。读性理,能反身内证,有心得。博览先儒语录,教门人以养性为宗,立诚为要,践履伦常为实际。学者以方秦州白贡扬。

大易贯解
秦州　王尚概著

王尚概,字季平。道光丁酉(1837)副贡。研经汲古,搜集汉唐说经诸书,所得甚博。为文古劲,持论觥觥,能自杼所见。己亥录遗才对策,驳删诗之说谓:"东周废采诗官,风雅散轶,圣人搜罗之唯恐后,但为次其年世,正其残讹,无所谓删也。"学使者骇其言,抑之,遂绝意进取。生平于经传多所著述,尤通律吕、躔度、地舆、算术等学。

羲经精义一卷
皋兰　王怀玉著

王怀玉,字玉汝。道光时庠生。潜心道学,与邑人陈育仁友善,以性理书相切劘。

易爻近征
武威　宋柏著

宋柏,字古青。幼读书嗜程朱学,自谓生平服膺于元则许文正,于明则薛文清、胡文敬,于国朝则陆清献、杨文正。其行己一,以先儒为法。圣贤经传,无不究极,而于《周易》致力尤深,著有《易爻近征》《周易窥象集略》《读爻随笔集解》《彖象各传浅解》共十余卷,唯《易爻近征》刊行,余均藏稿。

易经数
静宁　王汝蕃著

王汝蕃,字价人,庠生。以孝友著,工诗文,善琴,尤精岐黄术。

周易管窥
陇西　张卫阶著

张卫阶,字拱枢。庠生。能文博学,陇上学者多出其门。

易翼贯解七卷

皋兰　(余)〔佘〕[1]德楷著

(余)〔佘〕[2]德楷,字务斋。同治庚午举人。读书刻励,设帐授读,勤于讲贯。后为甘肃武备学堂教员,造就多成材。

校释:

[1][2](余)〔佘〕:写本误为"余",据《重修皋兰县志》改为"佘"。

周易卦歌

宁远　王鸿绪著

王鸿绪,字缵臣。光绪戊子(1888年)举人。性颖异,六七岁能属文,读书目数行下。主讲渭川、襄武两书院,学者咸宗仰之。

孔易注略

皋兰　流寓　刘一明著

刘一明,山西曲沃人。家累万金,弃之。隶道士籍,结庐金县栖云山,常寓兰州白道楼。得参同悟真之旨,讲《易》太极图及先天后天河洛诸合一图,多名理,尤精医术。

书类

尚书浅解四卷

秦州　雷攀桂著

雷攀桂,字林一。贡生。以孝弟著称乡里。

诗类

诗经讲义

正宁　石攻玉著

石攻玉,字伯可。乾隆己未(1739年)进士。少时家贫,绠水负薪,必挟册吟哦。后官兰州教授,大府荐其才,未出卒。

毛诗达诂
武威　张澍著

张澍,号介侯。嘉庆己未(1799年)进士,选翰林院庶吉士。改官贵州玉屏知县,历四川屏山、江西永新、泸豀各县事,后至陕西武功,均有惠政。澍于书无所不读,学问渊博,精考据,为海内名家。骈体文尤推正宗。著书甚富。

诗经古训
皋兰　佘德楷著

事略见本部易类。

礼类

周礼汇解
武威　刘作垣著

刘作垣,字星五。乾隆丙子(1756年)举人。主讲酒泉书院。辛巳(1761年)成进士,官安徽舒城知县。当通衢,有司日急供张,多不暇谋民事。作垣性果决,善折狱,有讼先谕以理,然后讯,靡不悦服。有兄弟争产讼者,各以财赂官,受其财不之理,赂踵至,仍不理,兄弟又多其金赂之,作垣乃坐堂皇出其赂,呼其人至,各呵责之,将与杖兄,弟则叩头哀乞,愿息讼,乃令均分其金,各悔罪挥泪去。于是循声大著。后迁汝州知州,以谳邻县狱诖误,归。酒泉人复延主讲席,人文蔚起,逾闲于昔。旋主讲天梯书院,严主课程范,学者不令逾闲。其所著说经之书,皆采宋儒说,而参以本朝诸家,于方灵皋尤为服膺。其言平实坚确,不尚新奇,皆可传者。

三礼权衡
武威　张澍著

事略见本部诗类。

周礼集字
镇番　张奋翼著

张奋翼,道光乙巳(1845年)进士,官四川知县。

三礼会通
秦州　任其昌著

任其昌,字士言。同治乙丑(1865年)进士。户部主事。性严正,人不敢干以私。幼时家贫,勤于学。同治军兴,筹措地方事,多所裨益。通籍后,以母老告归,主天水、陇南两书院讲席,前后二十余年。陕甘总督杨昌浚、学使胡景桂以事亲至孝,教士有方,会奏赏员外郎衔。卒后数年,总督升允奏准入国史文苑传。

春秋类

春秋类叙
灵州　许体元著

事略见本部易类。

春秋定一
武威　张澍著

事略见本部诗类。

春秋贯解
秦州　王尚概著

事略见本部易类。

左传类

左传阐义
武威　刘作垣著

事略见本部礼类。

读左劝惩录四卷
肃州　郭维城著

郭维城,字士宗。由举人官兰州教授。性敏而勤学,行尤端谨。归里后,主金泉书院讲席数年,多士赖其训迪。

左传考证
宁远　王鸿绪著

事略见本部易类。

四书类

四书洞庭集十卷
秦安　蔡启允著

蔡启允,字绍元。幼知礼让,长为诸生,肆力经术。遭甲申之变,自经不死。又以亲在,遂杜门不出,与关中李中孚论学,往复讲辨千万言。殁,著麻衣,抱亲颈不能开。遗命暴尸于野三日,然后葬。尝手定冠　婚丧祭诸礼,县人遵行焉。

四书释
秦安　徐世节著

事略见本部易类。

四书读解
肃州　王琮著

王琮,字黄山。康熙甲子(1744年)举人。隐居授徒,尚理学,远近学者宗之。

四书注解
正宁　石玫玉著

事略见本部诗类。

论论语六卷
武威　潘挹奎著

潘挹奎,字石生。嘉庆庚辰(1808年)进士,官吏部考功司主事。邑志久失修,挹奎恐文献无征,著《武威耆旧传》。文笔雅健,一时盛行。又著《通鉴论》十六篇,洞达古今治乱之源。后数篇言中外吏治民生,抉摘利病甚覈。同邑张澍谓其能祛诸锢习,有补于治道。挹奎性豪侠仗义,能救人急难。官京时,每科赴礼闱者,武邑尝百余人,榜后留京者辄十余辈,挹奎皆延于寓舍供给之,而躬自甘贫窭。后丁艰归。山海关监督尚某素知挹奎才,邀往为黩剔弊端几尽。数月病作,旋都卒,吊者甚众,无不痛哭咨嗟,以为今世希有人也。

四书指南
文县　张培兰著

张培兰,字九畹。道光辛巳(1821年)举人,任固原学正。

学庸便童录
伏羌　王化兴著

王化兴,字德安。道光间庠生。励学敦行,以孝弟闻于乡。

四书摘义
礼县　王元卿著

四书疑问
礼县　王元卿著

事略见本部易类。

批解四书旁训
狄道　王吉士著

王吉士,字霭堂。岁贡生。官通渭县训导,集诸生明伦堂,谆谆诲以修己治人之道,数年士风丕振。

四书性理启蒙
金县　张师斌著

张师斌,字图南。十岁能文,游泮后,务实学,淡名利,精《易》术,通医。

孝经类

孝经集解
狄道　沈溥著

沈溥,字时泉。读书不求闻达,隐居教授,足不入城市者二十余年。甘肃学政许振祎旌其闾曰:"儒林矩矱。"

经总类

九经解
狄道　张晋著

十三经辨疑
狄道　张晋著

张晋,字康侯。顺治壬辰(1652年)进士。由刑部观政出宰丹徒,询疾苦,劝农桑,兴学校,裁火耗,罢诸不急之务,三年惠洽民孚。辛酉充乡试同考官,得丹徒张玉书即所乡试童子第一人。会卒任所,亏帑千余两,士民悼惜,乃设甄投施,妇女亦脱簪珥助之。人以是知其廉,而有去思也。

说经
武威　张澍著

事略见本部诗类。

十三经管见
秦州　王尚概著

事略见本部易类。

六经臆说
通渭　党呈祥著

党呈祥,字潜庵。光绪乙亥(1875年)举人。笃于兄弟,郡守闻其贤,礼重之。

小学类

说文引经考证
武威　张澍著

秦音
武威　张澍著

事略见本部诗类。

说文谐声表
武威　李铭汉著

尔雅声类
武威　李铭汉著

李铭汉,字云章。道光己酉(1849年)副贡。性介廉取与而急公好义。值土回不靖,建议坚壁清野,卒平之。丙寅(1866年)正月,提督永顺杨成先议团乡兵与召客兵孰便? 铭汉请用客兵,筹捐以给。郡守龙锡庆数诣谘商时政,请豁免水冲地粮及议除更

名粮,以龙量移他郡,不果行。戊辰(1868年)八月,寇氛息,大吏上其事,得中书衔。其为学出入经史以及天文、算术、舆地、兵农,皆能发明其所以然。尤精声韵训诂,冥悟深造,持论不苟。甘肃学政胡景桂疏荐,加国子监学政衔。

童雅一卷
伏羌　王权著

诂剩一卷
伏羌　王权著

王权,字心知。天资隽逸,事父母有至性。为学力务闇修。道光甲辰(1844年)举于乡,选文县教谕。值蕃部倡乱,率生徒遍谕三十余寨,蕃族感泣降。同治二年(1863年),父汝揆殉难平凉,权徒跣冒险入城,割臂滴血,寻骨弗获,誓剪贼以报。遂游幕,献方略,蒙保知县,官陕西延长、兴平、富平等县,能兴利除弊。著书、考订宏通,于经史尤邃密。所作诗、古文、辞卓然成家。为人乐易简俭,而衣冠严肃,道貌俨然,关陇名流奉为师表。

韵字同异辨
肃州　胡文炳著

胡文炳,字虎臣。道光己酉(1849年)举人。精于考据。历官湖南汇同知县,以清直著。

韵学图考四卷
西宁　邓敏著

邓敏,字捷三。好学,淡于仕进。

续亭韵一卷
皋兰　张继志著

张继志,字续亭。廪生。安贫守约。通韵学,尝约三十六字母为十八母。学主躬行,读《说命》:"知之匪艰,行之维艰。"慨然曰:"恒之尤艰。"

正音指南
狄道　毛之貂著

事略阙。

便蒙字书
宁远　陈献文著

陈献文,字季足。岁贡。笃学不倦,一时士类宗之。

训蒙篇
通渭　党呈祥著

事略见本部经总类。

正蒙辑要
皋兰　李笃宗著

李笃宗,字子厚。光绪八年(1882年)举人,漳县训导。为学重躬行。

史部

正史类

历代帝王总纪
皋兰　王鉴潭著

王鉴潭,字镜塘。由贡生就教职。咸丰七年(1857年)任静宁州学正,旋署平凉府教授,兼权固原学正,主平凉柳湖书院讲席数年,文学行谊,为一时学者所禽服。

续通鉴纪事本末百十卷
武威　李铭汉著

事略见经部经总类。

杂史类

剿乱纪略
镇番　朱运开著

朱运开,字文天。廪生。顺治五年(1648年)丁国(柱)〔栋〕[1]等啸聚秦陇,众号数万。镇番参将为同党帖清泰所逐,运开与邑廪生何孔述密谋,挺身入军营,卑辞媚之,潜约被胁之,张龙门为内应,歼之,卒以成功。

校释:

[1](柱)〔栋〕:写本误为"柱",据《(乾隆)甘肃通志》改为"栋"。

办苗纪略
中卫　俞益谟著

俞益谟,康熙癸丑(1673年)武进士。从提督陈福,平朱龙、陈江之乱。从奋威将军王进宝,征平川蜀。以战功累官进左都督,仕至湖广提督,征抚红苗。初征川时,曾署顺庆通判,权郡守。性喜文学,集宾友考古为诗文。归里后,浚修渠堤,设义学,置学田,人至今称之。

西征纪略
会宁　王万祥著

王万祥,字瑞宇。少英武,慷慨有奇节。从奋威将军王进宝,恢复平凉、临、巩诸郡,以功至兴化总兵,移台湾,晋福建提督。

稗珠一卷
狄道　吴镇著

韵史一卷
狄道　吴镇著

吴镇,字信辰。乾隆庚午(1750年)举人,官陕西韩城教谕。经布政使毕沅荐,升山东陵县知县。时寿张王伦作乱,良民多被胁,凡所俘获,大府悉令断其足筋。镇倡议请讯释其无罪者约三百人。嗣因捕获邻境大盗,授湖南兴国州知州,剖决如流,伸邻封冤狱。授沅州知府,以讹误解组归,唯携书画数卷,沅石数方。生平博学工诗,富有著作。后主兰山书院讲席,多所成就。

粤寇纪略六卷
秦州　舒钧著

舒钧,字播若。道光乙酉(1825年)举人。官陕西平利知县,劝课农桑,增置义塾。历任榆林、三原等县,纯以德化民。寻内升通政司知事。

历代史览纪略
静宁　王汝蕃著

事略见经部易类。

大成通志
陇西　杨庆著

杨庆,字宪伯。五六岁见字即辨形审音,少长刻志励。学由穷理而慎独。后纵游齐鲁燕晋间,得阅故家图书,归而闭门著述。

史钞类

史论
镇番　李为纲著

李为纲,乾隆十四年(1749年)岁贡,官富平训导。

史汉笺论四卷
秦安　杨于果著

杨于果,字硕亭。乾隆乙未(1775年)进士。历官湖北长阳、枣阳、谷城等县,治囚务服其情,不以刑威治。枝阳、宜都教匪案得被诬者三百余人,尽释之。总督吴熊光、大学士松筠先后治兵,于果条列歼贼及教养便宜数千言,叙功迁荆州府通判。

通鉴论十六篇
　　武威　潘挹奎著

事略见经部四书类。

说史
　　武威　张澍著

南征记
　　武威　张澍著

事略见经部诗类。

殉难纪略
　　河州　张和著

张和,字礼堂。道光乙巳(1845年)进士,官直隶涿州知州。地当冲繁,而措之裕如。治梓宫道及御道,赋役有法,民不劳扰。

读史碎金八十卷
　　肃州　胡文炳著

事略见经部小学类。

鉴略择要便蒙一卷
　　皋兰　李钟灵著

李钟灵,字仁甫。庠生。嗜宋儒性理书,有所得辄手钞之。医卜星相奇门俱妙,青鸟术尤精。

从征纪闻
平番　王锦章著

王锦章,字云樵。长于吟咏。由廪生以劳绩保典史,不就。

史评
秦州　任其昌著

史臆纂要
秦州　任其昌著

事略见经部礼类。

七言训蒙
漳县　高廷佐著

纲鉴挈要
漳县　高廷佐著

高廷佐,字官五。贡生。讲学以经史为经,百家九流为纬。肆力于小学训诂,教人先识字,六书、四声、七音考究必详极之。天文、地舆、人物统系制作源流,口画手指,一时学者翕然。

边防汇钞
皋兰　朱克敬著

边防续钞
皋兰　朱克敬著

朱克敬,湖南龙山县典史,有廉惠声。去官贫无以归,士民为置产,遂籍焉。

故事类

鉴观录
秦安　蔡启允著

事略见经部四书类。

治醴要略
西宁　李愈棠著

李愈棠,字荫南。顺治初拔贡。工诗词。历官广东盐课提举司,时禁网疏阔,奸徒射利窝占,愈棠慨然以黜剔为己任。康熙元年乞休归里,乐善好施。

寰宇寻碑录
阶州　邢澍著

邢澍,字雨民。乾隆庚戌(1790年)进士。历任浙江永康、长兴等县。善治大狱,而行政利人,循声卓著,后迁江西南安知府。归里后,静处寡营,著书自娱。尤精天文、地舆学。

宿问录
武威　张澍著

蜀典
武威　张澍著

五凉旧闻
武威　张澍著

事略见经部诗类。

关中闻见录二卷
秦州　舒钧著

北征日记二卷
秦州　舒钧著

事略见本部杂史类。

前车遗鉴集
河州　王文绣著

王文绣，贡生，官清涧训导。砥德砺行，为士林所重。

不朽录
徽县　张思敬著

照胆录
徽县　张思敬著

开益录
徽县　张思敬著

张思敬，贡生。雅有鉴识，读书至安危得失、忠臣烈士，必商略品第。郡守下车，每就其庐，访问地方利弊。

传记类

武威耆旧传四卷
武威　潘挹奎著

事略见经部四书类。

三古人苑
　　武威　张澍著

诸葛武侯集
　　武威　张澍著

事略见经部诗类。

孝子录四卷
　　平番　王锦章著

事略见本部史钞类

襄武人物志
　　陇西　吴之珽[1]著

事略阙。

校释:
[1]吴之珽:字乾玉,号赤谷子,陇西人。康熙时以拔贡官安宜知县,迁江西婺源、江苏宝应、浙江秀水等地知县,为官有政绩。工诗能文,有史才。著有《襄武人物志》等。修订《静宁州志》。

土司考一卷
　　皋兰　张国常著

甘肃忠义录稿
　　皋兰　张国常著

　　张国常,字敦五。光绪丁丑(1877年)进士,刑部主事。以父年老,求终养,不复仕。同治六年(1867年),回军扑省城,国常家城外,以身卫父入城获免。八年(1882年),丁母艰。时兵荒交迫,乃质所私有,如礼以殡。父殁,蔬食三年。主兰山书院讲席二十余年,成就甚众。光绪十六年(1890年),甘肃学政胡景桂疏荐,加员外郎衔。二十一年(1895年)四月,河湟回变,省城戒严,总督杨昌浚委办城防,上书言抚不可恃,宜全力剿河州,驻重兵以固根本,尤宜迁河回及循化撒拉于关外。次年,海城回戕官,大府欲

移师讨之，国常极言不可舍重就轻，卒如所策行。事平当道欲上其功，力辞之。为学精于考据，其所著述皆引证宏富，能发前人所未发，一时学者翕然称服。

兴平士女志
伏羌　王权著

事略见经部小学类。

仪注类

童子礼一卷
皋兰　王钟灵著

王钟灵，字世芳。庠生，道光元年（1821年）孝廉方正。性谨，不喜浮屠，而见义勇为。捐置义田、义仓、义塾，以赡宗族。

文庙考略二卷
秦安　孙振声著

孙振声，字翰蛰。道光甲午（1834年）优贡。肆力诗古文，教人以敦品励行，力抑浮靡之习。

大成典礼
镇番　慕暲著

慕暲，字霁堂。咸丰辛酉（1861）副贡。历官宁灵厅教授。时值战乱，暲从提督雷正绾军，访殉难诸节义数陈当道得旌。

刑法类

刑案汇览续编三十二卷
镇番　蓝佩青著

大清律例辑览判断看语四卷
镇番　蓝佩青著

归州审判要案录两卷
镇番　蓝佩青著

自理词讼十卷
镇番　蓝佩青著

归随堂规条告四卷
镇番　蓝佩青著

蓝佩青，湖北兴山县知县。

地理类

〔重〕[1]订兰州志四卷
皋兰　陈如稷著

陈如稷，康熙间岁贡。

校释：

[1]〔重〕：写本脱"重"字，据原志补之。

伏羌志十二卷
伏羌　巩建丰著

巩建丰，字文在。康熙癸巳（1713年）进士，累官翰林院侍讲。直起居馆，挟一匣肩舆中，其所纪录，秘不示人。充云南提学道，后迁侍读学士。致仕归，授徒数百人，学者奉为关西师表。

镇番县志十卷
镇番　卢生华著

卢生华,字文锦。康熙五十一年(1712年)举人。

武阶备志
阶州　吴鹏翱著

吴鹏翱,字云逵。乾隆间举人。端品励学,通籍后,绝志进取,究心考据之学,唯著述多未梓行。

皋兰县志二十卷
皋兰　黄建中著

黄建中,字西圃。乾隆二十五年(1760年)举人。雅负文名,闭户著书,以兰州改县,创修县志。

镇原县志
镇原　刘之霭著

刘之霭,字梧岗。嘉庆庚辰(1820年)进士。翰林院庶吉士,改官贵州普安同知,有惠政。

续黔书
武威　张澍著

事略见经部诗类。

皋兰续志十二卷
皋兰　秦恩嘉[1]著

秦恩嘉,嘉庆间官刑部员外郎,出知代州。父维岳修《皋兰县志》未成卒,恩嘉竟其业。生平尤精绘事。

校释:

[1]秦恩嘉著:据《皋兰县续志》序跋,道光十三年(1833年),皋兰县知县黄璟邀秦维岳续修县

志,至维岳卒时,基本成志。其子恩嘉邀维岳弟子陆芝田、张廷选订补而成,于二十七年(1847年)刊行。

续秦州志
伏羌　王权著

舆地辨同录二十卷
伏羌　王权著

事略见经部小学类。

青城纪略
皋兰　李绍晟著

李绍晟,字少谿。道光二十三年(1843年)举人,咸丰元年(1851年)孝廉方正。工医,善琴,精象纬学。仿浑天仪式制球,图星辰其上,承以木架,而运转之,雅与躔度相合。后选平凉教谕。

筹边纪要六卷
张掖　孔文镛著

孔文镛,举人。咸丰间任广西象州事,有惠政。

续修秦安县志
秦安　孙海著

陇干轶志二卷
秦安　孙海著

孙海,字吟帆。咸丰辛酉(1861年)拔贡。历官四川成都、遂宁等县。所在称治。遂宁教士某诅教民,讼不已,海召教士导之以诚,竟帖服而讼息。后以母老告归。海才学瑰奇,尤擅书名。

皋兰续志稿十二卷
皋兰　卢政著

卢政,字敏斋。咸丰壬子(1852年)举人。官凉州府教授,致仕归,主五泉书院讲席。为学宗陈白沙、王阳明、李二曲,旁涉天文、青乌、岐黄家言。

秦州志
秦州　任其昌著

蒲城县志
秦州　任其昌著

事略见经部礼类。

古今地理考
武威　赵元普著

赵元普,字施仲。同治庚午(1870年)举人。官秦安训导。性孤介,弃官归,主讲天梯书院。有书癖,临终尽以藏书遗朋友。

兰州府志稿
狄道　田锡龄著

田锡龄,增生。孝于亲,好学敦行,潜心理学,嘉庆二年(1797年)举孝廉方正。

肃志备采录
肃州　郭维城著

事略见经部左传类。

镇原志补辑
镇原　张辉祖著

张辉祖,字绍棠。候选训导,有学行。

井田沟洫考
秦安　杨焘著

杨焘,陕西延川县训导。

正宁志
正宁　巩尔盘著

巩尔盘,字石公。副贡。有文誉,六经、子、史靡不究极,尤工诗古文。

筹海编
秦州　雷攀桂著

事略见经部书类。

庆防纪略
安化　惠登甲著

惠登甲,字莲塘。光绪丙子(1876)进士。历官广东南雄直隶州知州。南雄有大盗聚众数千谋不执,登甲捐廉募勇,擒获巨憝十余名,又悬赏巨金购获盗首,民以安堵,后改官陕西知府。

皋兰新志三十卷[1]
皋兰　张国常著

事略见本部传记类。
校释:
[1]皋兰新志三十卷:即《重修皋兰县志》三十卷首一卷。光绪十五年(1889年),陕甘总督杨昌浚嘱张国常修县志,于十八年(1892年)完稿,于1917年由刘尔炘交陇右乐善书局石印面世。

陇西志稿
陇西　杨凌霄著

杨凌霄,字壤三,恩贡生,绩学能文,尤长于诗。同治间战乱,巩郡陷,凌霄时客外,橐笔从戎者十年,陇上被兵事知之甚悉。乱平旋里,以郡志被毁,惧文献无征,博访周谘,成书七种,甘肃学使叶昌炽观其稿,奖以额曰:"襄武文献。"

谱牒类

姓氏寻源录
武威　张澍著

三史姓录
武威　张澍著

姓氏辨误
武威　张澍著

古今姓氏书目考证
武威　张澍著

姓韵
武威　张澍著

事略见经部诗类。

古今同姓名录
皋兰　王三祝著

王三祝,字道馨。博学强记,尤长于医。居家崇礼,丧事不用浮屠,族人化之。

帝系诸类辑
宁远　王鸿绪著

事略见经部易类。

子部

儒家类

太极论一卷
兰州　萧光汉著

辟二曲观感录
兰州　萧光汉著

学规一卷
兰州　萧光汉著

学程
兰州　萧光汉著

富平答问
兰州　萧光汉著

萧光汉,字功一。岁贡生。学务实践,以明段坚为宗。当论冯从吾《关学编》谓:"先圣无二传,后贤无二学,关学之名,足启门户之争也。"闻者服之。好观《易》象,有所得辄欣然忘倦。为塾师,教规严整,虽盛暑不释衣冠,弟子数十人,概以品节为重云。

青铜自考
中卫　俞益谟著

道统归宗辨
中卫　俞益谟著

事略见史部杂史类。

反经录
宁夏　谢王宠著

谢王宠,字宾于。康熙丙戌(1706年)进士,翰林院庶吉士。幼孤贫好学,冬月借草读书。通籍后旋里。雍正元年(1723年),特旨召见,问所读何书,宠以性理对,即命讲《太极图说》,上大喜,补山西雁平道。访求利病,善政累累。戊申(1728年)春,补光禄寺少卿,寻升翰林院侍读学士,署国子监祭酒。时太学藏书散失,宠疏请发书,并捐俸讲经,给诸生读。进顺天府府尹,都察院古副都御史,一岁五迁,辛亥(1731年)七月调宗人府府丞,以疾告归。

静规
陇西　杨庆著

事略见史部杂史类。

养正先务
狄道　沈溥著

劝学明伦说
狄道　沈溥著

事略见经部孝经类。

慎思录二卷
通渭　李南晖著

事略见经部易类。

训子格言一卷
皋兰　田毓采著

田毓采,字贡五。嘉庆十八年(1813年)举人。幼丧父,育于其叔贡生维粟。后从弟等欲析爨,即以应得产悉数献叔,而己则课读养母。母得喘疾,奉侍不离左右,故未尝一赴会试。后官永昌教谕。

格物臆说
秦安　成兆南著

成兆南,字召棠。少读濂洛诸书,以圣学自励。道光中举于乡,历任静宁、安西教职。晚年移疾归,日与诸生讲学。于格致之义,深是姚江。尝倡议规县之东山筑长堡,以为县城屏蔽。

训蒙简要一卷
皋兰　朱克敏著

朱克敏,字时轩。道光八年(1828年)优贡,官大通训导。性通脱,口不谈人短,亦不论时政。能诗善画,尤善行草、八分书。

志德谱二卷
镇番　蓝毓青著

求志居二卷
镇番　蓝毓青著

蓝毓青,字云峰。道光甲午(1834年)举人。官安定、固原诸县教谕,训诸生先植品而后文艺。同治四年(1865年),截取知县,四月,事变攻固原,毓青同官绅防守四十余日,围解。至六年四月初六夜,回梯城入,遂殉难。事闻,优恤如例。

闻善录
通渭　牛树梅著

牛树梅,字雪樵。道光辛丑(1841年)进士。官四川彰明、梓州、宁远等州县,以德化民。任彰明时,江油匪徒聚众中坝场,距彰明太平场仅隔一桥。匪徒扬言:"牛青天我父母。"凡彰明一草一木不敢践。总督琦善莅川,采舆论,檄权宁远府,力剔铜务积弊。彰明、资州均建生祠。后以丁忧去官。服阕,湖北巡抚胡林翼及豫抚严某先后以循良第一人奏调,皆以疾辞。嗣川督骆秉章保奏简四川按察使。抵任后,平反冤狱数起,为忌者所中,罢官居成都,主讲锦江书院六年,教人以敦品勤学。归里,侨居秦安,陕甘总督左宗棠聘主兰山书院讲席,不就。卒后,蜀人呈请川督游智开,奏准宣付史馆立传。

防心集五卷
皋兰　陈育仁著

　　陈育仁,字健堂。道光间由吏员,官陕西汧阳典史,廉静寡欲。汧阳张拱瑞讲性理学,育仁从之游,有所得,精进不已。在官饮食罕御酒肉,曰:"吾母在家蔬食,吾安忍独享乎?"旋引疾归。

敏求录二卷
皋兰　王三祝著

　　事略见史部谱牒类。

纠心集
皋兰　王怀玉著

　　事略见经部易类。

立身说
静宁　王汝蕃著

　　事略见经部易类。

四子立品格言
漳县　高廷佐著

　　事略见史部史钞类。

醒心录二卷
秦安　杨焘著

　　事略见史部地理类。

恒心录四卷
张掖　童志道著

良知图一卷
张掖　童志道著

童志道,靖远卫教谕。

东生语录
皋兰　韩应春著

韩应春,字东生。岁贡。笃于内行,博览群籍,尤究心宋学,明历算,精青乌术。

养气养心编
陇西　原浃著

原浃,字仲思。由廪生,举咸丰制科孝廉方正。博学能文。师事通渭牛(栁)〔梅〕[1],以笃行闻。家素封,浃节俭如寒士。遇疫荒,施棺木,散寒衣。设里塾,恤孤矜寡。后主讲襄武书院,成就甚多。著述多所散佚。

校释:
[1](栁)〔梅〕:写本误为"栁",据文意改为"梅"。

劝善要言注解
镇原　慕暲著

事略见史部仪注类。

学话四卷
皋兰　卢政著

辨惑琐言一卷
皋兰　卢政著

半读轩私警录
皋兰　卢政著

理气图说
皋兰　卢政著

事略见史部地理类。

性善冷品
狄道　王大用著

王大用,字特擢。庠生。事继母以孝闻。

浚灵琐言
宁远　陈献文著

幼模
宁远　陈献文著

事略见经部小学类。

性理剩义十卷
平番　李遵儒著

李遵儒,字伯寅。廪生。天资绝慧,好学,淡于名利。

修身辑要录
陇西　尚廷桢著

尚廷桢,字周卿。事母孝,笃志正学。同治五年(1866年)战乱,陇西城陷遇难。

兵家类

孙子兵书注
狄道　陆芝田著

陆芝田,字秀三。嘉庆辛酉(1801年)举人,官陕西蒲城教谕。长于天文。

训兵纪要
皋兰　薛大烈著

武备图志
皋兰　薛大烈著

薛大烈,字丕承。由甘肃提标千总,从征台湾、廓尔喀。嘉庆初,从征川陕教匪,大小数百战,积功擢至四川川北镇总兵,晋直隶提督,调陕西、江南、广东。以事左迁陕西汉中镇总兵,调河北镇。大烈好读古兵书,精于训练,故所至有功。卒赐葬祭,谥襄恪。

团勇纪略二卷
镇番　蓝佩青著

事略见史部刑法类。

医家类

医经一卷
狄道　张晋著

剂门篇
狄道　张晋著

事略见经部经总类。

医经
镇番　李绍菱著

李绍菱,乾隆十五年(1750年)岁贡。博学,通术数,尤精医。

医学阶梯十二卷
皋兰　杨维仁著

伤寒体注十卷
皋兰　杨维仁著

事略见经部易类。

易医集一卷
皋兰　张振濯著

痘疹管见一卷
皋兰　张振濯著

张振濯,字仲缨。嘉庆十八年(1813年)举人,官陕西盩厔县教谕。有学行,精岐黄术。

救时捷方
秦安　成兆南著

事略见本部儒家类。

医治验略
静宁　王汝蕃著

事略见经部易类。

经验续方
宁远　陈至义著
医宗问答
宁远　陈至义著

事略阙。

方书所见评二卷
秦州　万邦绥著

万邦绥，字抚卿。廪生。事父母至孝，因母病，精治医术。同治己巳（1869年）州疫，邦绥日医数十人，多所全活。晚年喜读《易》，明象数，堪舆之学。年七十卒，乡人私谥曰孝静。

眼科治验十二卷
皋兰　流寓　刘一明著

痧胀全书十二卷
皋兰　流寓　刘一明著

事略见经部易类。

外感辨证录
皋兰　秦霖熙著

惊风治验一卷
皋兰　秦霖熙著

秦霖熙，字春帆。光绪丁丑（1877年）进士，户部主事。

天文算术类

算法简易二卷
武威　张宗孟著

事略见经部易类。

闰月定四时注
通渭　牛树楠著

浑天仪图说
通渭　牛树楠著

牛树楠,字石亭。庠生,为学务期躬行。

乾象古今集说
皋兰　卢政著

事略见史部地理类。

算学提纲
文县　陈善著

陈善,性至孝,工诗明《易》学。光绪初,由廪生举孝廉方正,历任秦安、古浪等县训导。

天算图说
静宁　孙云锦著

孙云锦,字天章。光绪戊戌(1898年)进士,官四川知县。明历算。光绪三十三年(1907年),与修《甘肃省通志》。

艺术类

琴书琐言
皋兰　秦恩嘉著

事略见史部地理类。

书画琐言二卷
皋兰　唐琏著

石竹斋印谱[1]
皋兰　唐琏著

信手拈来
皋兰　唐琏著

唐琏,字汝器。嘉庆间举耆宾。工琴、善篆刻,书画尤精妙。

校释:

[1]石竹斋印谱:写本误,应为"松石斋印谱"。

也园书谱
陇西　李朝栋著

李朝栋,字西村。道光乙酉(1825年)拔贡。性聪颖,善书画。

琴学简言
皋兰　颜鸿都著

颜鸿都,字汉卿。庠生。邃于琴,所谱《周子爱莲说》《一弦琴》诸操名于世。

琴学正宗
皋兰　陈兆奎[1]著

事略阙。

校释:

[1]陈兆奎:字云亭,甘肃皋兰县木塔巷(今属兰州市城关区)人。能医善琴。事母孝,自谱《思母三叹》等操。清道光六年(1826年),随军出征张噶尔,以劳绩保府经历、县丞,归部选用。

琴谱小编
宁夏　王绥著

王绥,字履斋。由武进士,历官南赣寿春镇总兵、江南提督,抚循军民,所在著绩。南赣俗多溺女,绥立法,自营兵始严格赏罚,其风渐移。公余手不释卷,在官三十余年。卒之日,江南士民闻之流涕。

焦桐补考十六卷
张掖　王廷选著

事略阙。

元音琴谱
西宁　邓敏著

事略见经部小学类。

术数类

阴阳二宅说二卷
秦州　万邦绥著

事略见本部医家类。

杂家类

中峰杂俎
狄道　刘聚德著

事略阙。

琴南杂俎
正宁　巩我燕著

巩我燕，拔贡。性敏好学，下帷云寂寺廿余年，望重一时。

东园杂记
狄道　亢英才著

亢英才，字鸿儒。岁贡。少好学，晚喜为诗，与王绶、张矗诸人联洮阳诗社。

愁中琐记
狄道　刘培黎著

刘培黎,字含青。岁贡。博学能文。为塾师,训迪多所成就。

蠡言
狄道　田锡龄著

事略见史部地理类。

蠹书
陇西　吴之琰著

事略见史部传记类。

炳烛杂志
伏羌　王权著

事略见经部小学类。

小说类

天山雪传奇一卷
张掖　马羲瑞著

马羲瑞,字肇易。博涉载籍,以能诗名。

村居行乐集一卷
张掖　杨春蔚著

杨春蔚,字尔茂。嗜书史,教人循循善诱。

野说闲话
皋兰　王三祝著

事略见本部儒家类。

类书类

二酉堂丛书
武威　张澍著

万物权舆
武威　张澍著

事略见经部诗类。

经史提要
秦安　成兆南著

事略见经部儒家类。

獭祭篇
文县　张培兰著

事略见经部四书类。

典昉十卷
伏羌　王权著

辨同录十卷
伏羌　王权著

事略见经部小学类。

道家类

金丹口诀四卷

皋兰　流寓　刘一明著

指南针八卷

皋兰　流寓　刘一明著

事略见经部易类。

集部

别集类

迪岩诗草四卷

秦安　路道庸著

路道庸,明末诸生。鼎革后,素服野处,北望涕泣,既乃服道士服终身,自号天中子。书法逼真钟繇。

溪岩遗集

秦安　蔡启允著

蒙解集

秦安　蔡启允著

事略见经部四书类。

宣云奏议

宁夏　朱廷翰著

朱廷翰,明崇祯己卯(1639年)举于乡。善骑射,具文武才。选授莱芜知县,调历城。寻弃官,隐于西山太青观。青、齐间盗蜂起,父老强起廷翰,相与歃盟,分部设十二营战胜攻取,保障一方,王师不费一镞,奄有山东。督臣上其事,擢云南道御史,按宣大,兼摄学政,整饬纲纪,多所建白。

最乐编
镇番　孟良允著

念贫吟
镇番　孟良允著

孟良允,明末举人。历任州县,擢兵、户二部主事、升昌平道。庄烈帝殉国,贼迁帝后梓宫于昌平,良允与赵一桂、郭作梅等启田贵妃墓以葬,见帝有棺无椁,遂移妃椁用之,磨砖作碣,服齐衰尽礼。顺治元年(1644年),征召叙用,辞不就。当道力疏荐之,仍补昌平道,升河南按察使,转浙江布政司。丁母艰,屡疏请休。

兰石集二十卷
兰州　郝璧著

罗疏斋诗集
兰州　郝璧著

郝璧,顺治初,由太常博士擢给事中。有漕运、盐法、河道诸议,迁安徽按察副使。

劳劳篇
狄道　张晋著

黍谷吟
狄道　张晋著

岁寒诗集
狄道　张晋著

秋舫一啸
狄道　张晋著

雍草

狄道　张晋著

律陶一卷

狄道　张晋著

琵琶十七变一齣

狄道　张晋著

事略见经部经总类。

燕游近草一卷

皋兰　谢天锦著

谢天锦，字汉襄。与三原孙枝蔚、狄道张晋相友善。为诗雅炼，雄俊不凡。

风雅堂文集

陇西　王予望著

王予望，原名家柱，字胜用，一字荷泽。顺治五年（1648年），由岷庠入贡，官闽之泉州同安令。博通载籍，尤喜读国策、六朝书。为文翻新出奇。善书法，楷师钟太傅，并仿王廙，行草摹颜鲁公《争坐位》，纵横变化了无辙迹。初为诸生时，因事诖误罹缧绁，几蹈不测。狱中作《冤辨》数上，一时巡按御史魏、许诸钜公皆奇其才，观察桂某尤为倾写，至以邹阳拟之，始终援救得免。生平周游南北，所至与其闻人游。居官当海上用兵，不久去位。

茗华诗集

西宁　李愈棠著

事略见史部故事类。

梦梦轩诗草

狄道　晏御赐著

晏御赐,字心觊,博学多才。

得树斋诗集
狄道　张谦著

葭露斋诗集
狄道　张谦著

张谦,字牧公。拔贡。年十四有诗成帙,为陕西孙枝蔚所赏。

孤山再梦集
伏羌　王羌特著

怕猿闻诗集
伏羌　王羌特著

王羌特,字冠卿。顺治四年(1647年)拔贡。历官云南顺宁府。倅地处荒徼,兵燹后残民孑遗半皆蒲蛮,羌特振文风,招流亡,民心爱戴。

抚吴封事
静宁　慕天颜著

楚黔封事
静宁　慕天颜著

督漕封事
静宁　慕天颜著

辑瑞陈言
静宁　慕天颜著

慕天颜,字拱极。顺治乙未(1655年)进士。任浙江钱塘知县,历升至江南、江苏等处布政使。康熙十三年(1674年)入觐,条奏八事,所言治河、闽防,尤为国家大计。十五年巡抚江宁。次年加兵部左侍郎、都察院右副都御史,奉旨设法捐造鸟船四十只。

天颜又陈古今水战之功,措办火攻各具,上大悦,寻加太子少保、兵部尚书。因地震,条奏八事,首题荒坍赔累无追各项,亟请恩豁,以召天和。奉旨勘报,天颜遂勘实版荒坍江、公占诸虚租,遂得永豁。二十年(1681年)以叇京口驻防事,镌级去官。二十三年起复湖北巡抚。未几,简任总督淮阳等处地方,提督漕运海防军务。因条列漕政事,例载入会典。嗣因河工与河臣靳辅争论落职。天颜平生以文章经济为己任,遇事敢言为,学亦得要领。

奏疏存稿

宁(远)〔夏〕[1]　赵良栋著

赵良栋,字擎宇。顺治二年(1645年)随英亲王定陕西,委署宁夏水利都司。从总督孟乔芳剿叛军,以功升高台游击,调征云南,以功授广罗总兵。嗣补大同总兵,移天津。滇藩反,平凉提督王辅臣亦叛,宁夏提督陈福被害,沿边扰乱。上简良栋安抚,星驰至镇,宣布德意,诛首逆,宽胁从,远近悉安。在镇三年,练兵,储饷,乃疏请以劲卒五千进取川、滇。康熙十八年(1679年)冬,由八堵山进蜜树关,复徽州略阳。十九年正月,渡白水江,追贼至青川,大败之,直抵成都,纳降。捷闻,授勇略将军,晋兵部尚书,总督云贵军务。克复象岭、大渡河,取建昌,进取云南。时楚粤兵围城久,弗克。良栋至,攻下之,滇省平。入京,以将军管銮舆卫事。明年以疾归。三十年(1691年),征厄鲁特噶尔丹,良栋以在籍老臣,预议军事,追叙前功,授一等精奇尼哈番世职。三十三年,禁旅出塞,以私财佐军。既还,召入朝。明年优叙授爵一等子,归里。三十六年卒时,上方西征,命皇子吊奠,赐谥襄忠,赐御制碑文,入祀贤良祠。乾隆三十二年,上念良栋旧绩,晋一等伯爵,世袭罔替。

校释:

[1](远)〔夏〕:写本误为"远",据《清史稿·赵良栋传》改为"夏"。

南征草

镇番　孙克恭著

西归吟

镇番　孙克恭著

孙克恭,字敬涵。康熙八年(1669年)举人。从张勇征吴三桂有功,历官广西平乐同知,所至有功绩。

蛮吟集
兰州　岳锺琪著

姜园集
兰州　岳锺琪著

复荣集
兰州　岳锺琪著

岳锺琪,字东美。由同知改游击,迁副将。康熙五十八年(1719年),随皇子征西藏为先锋,计擒叛酋蓝占巴,夺险隘入,诸番惊为神兵皆惧服。乘机急进,破贼巢。擢四川提督,叠剿逆番悉平,予骑都尉世职。雍正元年(1723年),授参赞大臣,讨青海番,破贼万余。明年,以兵五千深入,俘获无算,授三等公,世袭罔替。征庄浪诸番,事平,命兼甘肃提督。三年,兼巡抚,授川陕总督,平土司争界迄事。入觐,署河东盐院,加兵部尚书,兼管陕西巡抚事。兴利除弊,剿平叛乱。拜宁远大将军,征准噶尔,斩馘甚众。将军石倬云误兵机,大学士鄂尔泰、副将军张广泗交劾锺琪玩忽,遂落职论死。乾隆二年,放归。十三年,诏起四川提督,征金川,克碉卡四十余,贼降。事闻,加太子少保,兵部尚书,复公爵,赐号威信。卒,谥襄勤,入祀乡贤祠。

停云堂诗文集
皋兰　王绶著

王绶,字佩可。康熙三十二年(1693年)举人,历官山西平遥知县。勤政爱民,上为之立生祠。迁辽州知州。卒后,贫不能归,遂葬焉。

诗文合录四卷
张掖　王用中著

王用中,字子极。康熙乙未(1715年)进士,官知县。性沉毅,淹贯百家,敏于为文。

松轩日记一卷
兰州　萧光汉著

事略见子部儒家类。

琴岩诗集
　　正宁　仇佺中著

仇佺中,字偓仙。康熙庚子(1720年)举人。博洽能文。

攀骊集
　　伏羌　张辅辰著

张辅辰,字汉亭。康熙庚戌(1670年)进士,官江西信丰知县,招流亡,劝农兴学,有循声。

介庵诗集
　　正宁　雷和著

雷和,贡生,麟游县教谕。善属文,尤喜为诗。

石公诗文集
　　正宁　巩尔盘著

事略见史部地理类。

华岳唱和诗集
　　正宁　姚用其著

姚用其,字锺华。有才名,尤究心内典。

南中集
　　正宁　巩帝疆著

云寂山房诗集
　　正宁　巩帝疆著

巩帝疆,字慎封。拔贡。读书过目成诵,时号神童。所为诗古文辞尤工。

槐影堂文集
正宁　巩我艨著

巩我艨,字子丹。性豪放,喜歌诗,尤精堪舆。

野骚集
狄道　潘敏健著

潘敏健,字象乾。康熙时贡生。肆力风雅,诗尤为当时士夫所赏。

洮川会集
张掖　陈史著

陈史,字金鉴。康熙丙子(1696年)举人。励学工文,任渭川令。女秀全、秀勤,俱能诗。

澄庵集
宁夏　刘芳猷著

归田诗草
宁夏　刘芳猷著

刘芳猷,字巨卿。仕为陕西潞安丞,工诗古文。

一啸轩
宁夏　王绥著

事略见子部艺术类。

耐翁编年诗集
宁夏　赵秉铎著

赵秉铎,恩荫生,累官至广西浔州副将。有威惠,性静雅,公余吟咏自娱。

诗古文集
　　宁夏　杨毓芳著

杨毓芳,字子实。廪生。性至孝,务实,修志希濂洛,以孝行博学称。

海天长啸集
　　宁夏　袁全丰著

事略阙。

袜线诗稿
　　宁夏　岳咨著

岳咨,弱冠读书有神童之目。后弃文就武,中康熙丙子(1696年)武解元,成进士,选侍卫。肆力于学,以能诗名。仕至梧州都司。

雪园集四卷
　　张掖　杨维桢著

杨维桢,字周臣。由明经登乡荐。闭户潜修,自号雪园。

对仙堂杂草
　　成县　吕纶著

吕纶,字子授。雍正甲辰(1724年)岁贡。性孝友,持身廉峻,而待人忠厚,乡里称长者。

濯砚堂诗钞
　　武威　张玿美著

张玿美,字昆岩。雍正初孝廉方正。官广东惠成知县。境有巨匪大黄、二黄,踞百酋山,通胥役,为民害。玿美莅任,擒之,并胥役置诸法。大吏疏陈其事,骤迁廉州知府,进雷琼道。以亲老辞归,行李萧然,唯载书数千卷。

洮滨集
狄道　潘克继著

潘克继,贡生,府谷训导。

洮叟诗集
狄道　孙宜缵著

孙宜缵,字述之。岁贡,司训秦安,迁固原学正。

客燕吟
狄道　赵援著

公余小草
狄道　赵援著

雪堂草
狄道　赵援著

赵援,字子正。增生,官上海县巡检。

东皋文集
狄道　王缓[1]著

事略阙。

校释:
[1]王缓:字佩弦,狄道人。庠生。文思捷赡,一日可成数十艺,训徒,门下多名人。

点春集
狄道　张乐贤著

西峰集
狄道　张乐贤著

张乐贤,字宾野。庠生。好读《老子》,尤深于《周易》。

集古堂偶录
狄道　杨古英著

杨古英,字时俊。恩贡生。好读书,年八十余卒。箧书手钞数千卷。

世耕堂诗草
狄道　张逢壬著

张逢壬,字位北。增生,官陕西商州学正。

柏堂诗草
狄道　张蠢著

张蠢,字翰斋。岁贡,高陵训导。

亦乐亭诗集
狄道　王维新著

王维新,字衍周。陕西淳化训导。颖敏工诗,深于陶、杜。

思源集
狄道　史谦著

南城诗草
狄道　史谦著

史谦,拔贡。历任鄠县、咸阳、宁朔教谕。博学能诗。

静莽文集二十卷
秦安　胡釴著

胡釴,字鼎臣。少负异才。雍正十二年(1734年)拔贡。刻苦励学,专治诗古文辞及六朝骈体。晚官高台教谕。卒年六十三。嘉庆初元(1796年),诏求天下遗彦,著作可入中秘者,县人搜集遗文,上之国史馆,并请准立传,入祀乡贤。

憩云集
通渭　李南晖著

事略见经部易类。

种墨楼集
成县　汪莲洲著

汪莲洲,字淑人。太学生。平居以礼自持,而与人和厚,乡里化之。有王彦方遗风。

薰陶集
海城　田宗礼著

田宗礼,雍正(乙)〔己〕[1]酉(1729年)拔贡。博学能文,不乐仕进。

校释:

[1](乙)〔己〕:稿本误为"乙",雍正无"乙酉"年号,而有"己酉"年号,据以改之。

愚溪诗集
张掖　滕九如[1]著

事略阙。

校释:

[1]滕九如:张掖岁贡生。

绎贤堂文集
正宁　石玫玉著

事略见经部诗类。

光复堂集
武威　刘统著

刘统,字汉良。乾隆辛酉(1741年)拔贡。官直隶任邱知县。有吏才,民称其惠。为诗隽上,七言尤多杰作。

松花庵游草
　　狄道　吴镇著

松花庵诗草
　　狄道　吴镇著

松花庵逸草
　　狄道　吴镇著

兰山诗草
　　狄道　吴镇著

松花庵律古
　　狄道　吴镇著

松花庵集唐
　　狄道　吴镇著

沅州杂咏集句
　　狄道　吴镇著

潇湘八景
　　狄道　吴镇著

四书讨
　　狄道　吴镇著

松崖文稿
　　狄道　吴镇著

诗余
狄道　吴镇著

事略见史部杂史类。

幼则诗草
皋兰　江为式著

江为式,字幼则。乾隆十五年(1750年)举人。官邠州学正。酷嗜吟咏。

晚翠轩诗集
皋兰　王光晟著

王光晟,字柏崖。贡生。官江宁典史。善八分书,喜吟咏。钱塘袁枚见其诗,曰:"不意衙官中,乃有此人。"

南村诗文集
岷州　余珩著

余珩,字南珍。乾隆癸酉(1753年)拔贡。历官浙江镇海、福建长(安)〔乐〕[1]知县。

校释:
[1](安)〔乐〕:稿本误为"安",据文意改为"乐"。

西囿诗文集
皋兰　黄建中著

事略见史部地理类。

三余斋诗文集
皋兰　江得符著

江得符,字(有)〔右〕[1]章。乾隆二十五年(1760年)举人。华阴县训导,能诗。卒于任,贫不能反葬,诸生醵资送之归。

校释:
[1](有)〔右〕:写本误为"有",据《重修皋兰县志·江得符传》改为"右"。

莲溪诗集
秦州　张丽著

张丽,字欲朴,由拔贡选成县教谕。性真朴,喜读书。事继母以孝称。

牟氏诗文稿
皋兰　牟实大　牟实有著

牟实大、牟实有,俱岁贡生。父我赠,精于《易》。实大兄弟,能以文章世其家。

静虚斋文集
皋兰　张文衡著

张文衡,字东皋。乾隆五十四年(1789年)举人,官迪化训导。

柏亭文集
秦安　杨于果著

审严文集十卷
秦安　杨于果著

审严诗集一卷
秦安　杨于果著

事略见史部史钞类。

承诒诗钞
通渭　南炙曾著

南炙曾,字念诒。乾隆戊子(1768年)举人。历官(江)〔广〕[1]西南宁知府。
校释:
[1](江)〔广〕:写本误为"江",据《通渭县志·南炙曾传》改为"广"。

念初堂集
武威　张翙著

张翙，字凤飚。乾隆己丑(1769年)进士。户部郎中，后官长沙知府。为诗力追盛唐，五言尤工，沉挚处子美为近。

犁雨书屋古文集
徽县　张绶著

今文集
徽县　张绶著

张绶，字佩青。年十四，补博士弟子员。乾隆庚子(1780年)举于乡。辛丑(1781年)成进士，官翰林院检讨，充《四库全书》分校。嘉庆丁巳(1797年)擢右春坊、右赞善。以赋姜谟铁笛诗称旨，命在上书房行走。绶既入直，征经考史，寒暑无间辍。充日讲，起居注。官国史馆纂修，文渊阁校理。累迁侍读学士，咸安宫总裁。绶邀两朝恩遇，前后恭和御制诗，并应制之作，咸蒙嘉奖。旋视学广西，下车即革除陋规，整肃士习。以患瘴疠卒于任。绶为人淡默自安，居词垣二十载，成邸知其贤，雅重之。

回帆草
武威　李蕴芳著

省非草
武威　李蕴芳著

李蕴芳，字湘洲。为秀才，以博洽称。乾隆壬戌(1742年)中允胡中藻视学雍凉，特赏蕴芳，癸亥以优行贡于朝，且偕以往。蕴芳既贡太学，老充旗学教习，弥自奋，于书无所不读，著述甚富。壬申(1752年)春中式举人。其秋成进士。官江西石城知县，有吏才。民称其断簿书之暇，犹著述不辍。胡中藻官宫詹，或揭其著《坚摩集》诽谤朝廷，遂罹重辟，并及蕴芳，狱成论死。蕴芳著书凡数百卷，中藻狱起时，寄其书于同年某，某以狱急，焚之。所存者仅遗书二卷。

出塞录
张掖　冯世和著

冯世和,字泰宇。乾隆甲戌(1754年)进士,官四川永川知县。

悟一斋诗录六卷
岷州　秦建中著

秦建中,字极五。庠生。嗜学好古。尝念岷处边徼,文物逊中原,思有以振之,辟雪圃,会文谈艺,风雅以兴。

坚垢集
镇番　潘中吉著

栈道杂诗
镇番　潘中吉著

潘中吉,字霭如。乾隆甲子(1744年)举人。由巩昌教授行取知县,任山东即墨县。庚子春,上南巡,承办行宫于常所,供张外未尝增华耗民财。复捐俸协济众兴集驿马半棚。县有冤狱已解,堪咨部,中吉访得实,将平反,或以被吏议沮之。中吉曰:"惜一品官与杀一无辜孰重?"卒请更正。

秋虫吟草
武威　薛一鸿著

薛一鸿,字渐逵。乾隆丁酉(1777年)拔贡。长于诗,音多凄苦,而思清语隽,一时传诵。

听雨山房诗草三卷
皋兰　秦维岳著

赋钞一卷
皋兰　秦维岳著

秦维岳,字晓峰。乾隆五十五年(1790年)进士,翰林院编修,国史馆纂修。改江南道御史,迁兵科给事中。疏陈漕粮积弊。简湖北盐法道,历署布政、按察使,吏治刑名肃然一清。任盐道最久,禁盗铸,杜私枭,蕆政以理。值滑县军兴,率盐商输金二百万佐饷。以母老引疾归。家居置义田,赡宗族。倡建五泉书院,为之主讲,后移讲兰山,训士以倡明正学为宗。为文华实并茂。在翰林时,所献赋颂,选入《皇清文颖》。

守雅堂文集
阶州　邢澍著
南旋诗草
阶州　邢澍著

事略见史部故事类。

稽古堂文集
镇原　张璐著

张璐,字宝臣。乾隆壬子(1792年)举人。

解虚斋文集
静宁　李仿梧著

李仿梧,字华阳。由举人官河南宝丰知县。遇事剖决如流,政声丕著。

翠园遗稿
文县　吕宗简著

吕宗简,乾隆中拔贡,任固原学正。性严正,古朴好学,勤于课士。

敏斋诗草
狄道　李苞著

牵丝诗草
狄道　李苞著

巴塘诗钞
狄道　李苞著

李苞,字元方。乾隆癸卯(1783年)举人。历官广西阳翔知县,四川剑州、蓬州、知州,山东滨乐分司盐运,同能于职,大吏器之。性好诗,公余吟咏不辍。

坦庵诗草
狄道　李华春著

训蒙草狄
狄道　李华春著

李华春,字实之。乾隆丁酉(1777年)举人。官陕西清涧训导,富平教谕。

训蒙草
狄道　李遇春著

李遇春,字鹤亭。乾隆己亥(1779年)举人。翰林院典簿。主讲洮阳书院,一时名士皆出其门。

挹霞楼集
抚彝　申大振著

申大振,道光甲午举人。

养素堂文集
武威　张澍著

扣弦吟草
　　武威　张澍著

事略见经部诗类。

醒世八箴八卷
　　清水　郭相忠著

柳营蝉噪一卷
　　清水　郭相忠著

　　郭相忠,字荩臣。嘉庆丁丑(1817年)武进士。以守备从征张格尔,克复新疆各城,补榆林守备、升固原游击、调贵德营。随剿叛乱。历功保升凉州总兵。任肃州,请开南山金厂,以工代赈。擢甘州提督。咸丰十年(1860年)奉命统带甘肃、四川、贵州兵马,督剿滇逆。旋改四川提督。卒于军。相忠虽以骑射起家,然喜读书,通史能文。临戎之暇,不废吟咏。

日损益斋文集
　　安定　马疏著

　　马疏,字经帷。嘉庆庚辰(1820年)进士,选庶吉士,改官府谷知县,汉蒙悦服。历任洛南、富平、咸宁,所至有惠政,各县入祀名宦。

家园杂吟诗草
　　皋兰　田毓采著

事略见子部儒家类。

世德堂诗文集
　　皋兰　陈增　陈坦著

　　陈增,字退轩,增生;坦亦诸生。俱精史学,擅文名。

灵云书屋集
皋兰　秦恩嘉著

藏诗坞集
皋兰　秦恩嘉著

事略见史部地理类。

南野闲吟遗稿
金县　黄国珍著

黄国珍,字珠浦。嘉庆间贡生。能文,负气节,主增秀书院讲席,训士汲汲如不足。

安康吟草
狄道　李颖登著

李颖登,字达甫。嘉庆丁卯(1807年)举人。陕西安康教谕。

萝月山房诗稿
狄道　史联及著

史联及,号萝月。工诗。

爱菊堂诗稿
狄道　毛启凤著

毛启凤,字鸣周。

玉崖集句
狄道　张玉崖[1]著

事略阙。

校释：

[1]张玉崖：名克念，字善作，号玉崖，狄道人。博学工诗，家多藏书，一邑之冠。见《狄道州续志》。

竹斋集句

狄道　张竹斋[1]著

事略阙。

校释：

[1]张竹斋：佚其名，字竹斋，狄道人。其子若星，字雪崖，亦以诗名。见《狄道州续志》。

梨花吟馆诗草

狄道　陆芝田著

事略见子部兵家类。

翠屏馆诗集

狄道　陈光华著

陈光华，字皖堂。廪生。中年弃举业，著书终身。

朱圉文集

伏羌　潘钦岳著

潘钦岳，字友海。以能文善书，知名陇右。

渭村吟草

秦州　潘尊贤著

潘尊贤，字容堂。由举人历官江西萍乡、安义等县。为治务革污俗，培士风，以保荐晋五品阶。

省斋赋草

秦州　杨守愚著

杨守愚，字省斋。由举人官教授。笃于内行。晚年主讲天水书院，文教寝盛。

三梅斋诗稿
静宁　刘日萃著

刘日萃,字正古。嘉庆庚申(1800年)副贡。工书能诗。

默斋存稿
平罗　俞德渊著

默斋公牍
平罗　俞德渊著

俞德渊,字陶泉。嘉庆二十二年(1817年)进士,由翰林改官江苏荆溪知县。莅政有声,总督林则徐器之,称为"体用兼赅,表里如一"。调长洲县,迁徐州府同知。疏浚三江水利,办理海运,卓有惠绩。海运告竣,巡抚陶澍疏荐擢常州府,调江宁。时两淮盐法大坏,陶调江南总督,议兴革。德渊具议数千言,陶深然之,令署江南盐巡道,遂授两淮盐运使。减杂项,缓科则,平引价,禁偷漏,严私销,革陋规,鹾务日有起色。十五年冬,陶入觐,荐渊可大用。寻以疾卒,江宁、荆溪、长洲士民闻之流涕,请祀各名宦祠。

西园草
平罗　赵飞熊著

赵飞熊,字渭占。诸生。性豪逸,不求仕进。为诗初学晚唐,暮年所得益进。

吹万吟
灵州　孟养龙著

事略阙。

一得斋存稿
张掖　刘必逵[1]著

事略阙。

校释：

[1]刘必逵：举人。

守拙斋文集
秦安　巨潭著

巨潭，字镜芳。庠生。少贫贱，废学。年十九始读《毛诗》，有所得，削楮注之，见者诧为异才。不求进取，唯以讲学自任。

秦中草
礼县　王元卿著

事略见经部易类。

古榆堂偷闲吟稿
通渭　令敷南著

令敷南，字敬五。道光乙酉（1825年）拔贡。性质直，亲殁庐墓三年，哀毁成疾卒。

罪罪言一卷
肃州　胡文炳著

事略见经部小学类。

瀑亭遗稿
秦安　孙振声著

事略见史部仪注类。

绮石斋集四卷
镇番　蓝毓青著

事略见子部儒家类。

携雪堂集
皋兰　吴可读著

吴可读,字柳堂。幼颖悟,读书过目成诵。道光乙未(1835年)举于乡,官伏羌县训导。庚戌(1850年)成进士,授刑部主事,晋员外郎。嗣丁母艰,归里,主讲兰山书院,并帮办甘肃团练。同治元年(1862年),撒拉番不靖,从总督沈兆霖击降之。服阕,入都,补原官,迁吏部郎中,转河南道监察御史。值甘肃战乱,乌鲁木齐提督成禄拥兵高台,不肯出关;又因捐军粮,屠民堡,杀二百余人,可读劾其罪。疏再上,言过激,落职。光绪初元,诏起用授吏部主事。五年三月,穆宗永安惠陵。可读以德宗之立,以弟承兄,鉴宋太宗明景帝故事,虑将来大统授受之间多变故,思以尸谏,而坚为穆宗立后之信,乃自请于吏部堂官,派赴惠陵襄礼。还次蓟州马伸桥三义庙,于闰三月五日闭门具疏,夜以白缯自经,恐人惊救,因仰药而死。遗疏由吏部代奏。蒙优旨:"可读以死建言,孤忠可悯。"深加悼恤,下其疏廷议,藏之毓庆宫,并宣付史馆。可读遗命葬蓟州,都城及蓟州士民,皆请建专祠以祀。

砚华斋文集
安定　杨升著

杨升,道光戊戌(1838年)进士。历官江西广饶九南兵备道,有善政。同治初,办本道城防,邑北马堡为乱军据点,升攻拔之。

省斋全集十二卷
通渭　牛树梅著

湄叶文存
通渭　牛树梅著

事略见子部儒家类。

杂诗一卷
皋兰　李绍晟著

事略见史部地理类。

公余集句
镇番　张奋翼著

事略见经部礼类。

雪鸿集
河州　张和著

绍香堂诗钞
河州　张和著

事略见史部史钞类。

松雪轩文集
通渭　景运亨著

绿云轩诗稿
通渭　景运亨著

悟灵斋集
通渭　景运亨著

景运亨,字会嘉。道光壬辰(1832年)举人,狄道学正。

必有斋文集
陇西　张敏行著

张敏行,字勉斋。道光乙巳(1845年)进士,官四川隆昌知县。

笠云山房文集三卷
伏羌　王权著

笠云山房诗集二卷
伏羌　王权著

事略见经部小学类。

双榆草堂诗集二卷
西宁　李协中著

说说草一卷
西宁　李协中著

李协中,字和庵。道光乙酉(1825年)拔贡。朝考一等,历官直隶大兴、束鹿知县,广东从化知县。学问渊博,工辞章。

旭东集十二卷
皋兰　李文焯[1]著

事略阙。
校释:
[1]李文焯:皋兰县人。道光十七年(1837年)丁酉科拔贡,咸丰二年(1852年)举孝廉方正,官四川金堂知县。见《重修皋兰县志》。

文香楼诗文集
皋兰　王三祝著

事略见史部谱牒类。

鸿雪斋文稿四卷
皋兰　杨绍玠著

吟竹轩诗草四卷
皋兰　杨绍玠著

杨绍玠,字介夫。增生。居家孝友,善古文,喜吟咏。

听春雨楼诗文集
皋兰　陈泰著

陈泰,字翰山。副贡,候选府经历。能诗、工书,善《易》。晚年服膺宋儒。

竹石山房诗文集
皋兰　张良弼[1]著

事略阙。

校释：

[1]张良弼：皋兰县人。增生，嘉庆十二年(1807年)丁卯科乡试解元。历官清水县训导、华州学正、平凉县教谕、凉州府教授。能琴，工诗。见《重修皋兰县志》。

五楼诗课偶存
漳县　杨凤龄[1]著

事略阙。

校释：

[1]杨凤龄：字五楼，漳县人。庠生。幼聪慧，过目成诵，年十二能吟咏。见《漳县志》。

逸园诗文集
漳县　成大猷著

成大猷，字仲经。廪生。长诗歌古体。弦诵不辍，后学推为龙川老宿。

思源斋诗草
陇西　汪藩著

汪藩，字介人。诸生。性嗜学，积书甚富，务实行。筹设邑中宾兴费，立社课。

爱日山房诗文集
平凉　赵青藜著

赵青藜，字星乙。道光乙酉(1825年)拔贡。同治元年(1862年)战乱，平凉知府田增寿延青藜总防局，缮城垣，备守具。青藜持论剿抚兼施，安内御外，俄大吏以招抚叛众，撤平郡民团，城陷，全家遇难。

闻见集
静宁　王汝蕃著

事略见经部易类。

聚星堂诗集二卷
西宁　陈启新著

杂诗二卷
西宁　陈启新著

陈启新,字猷亭。布衣。好学,以能诗称。

退思轩诗文集
镇番　蓝佩青著

事略见史部刑法类。

雪樵诗稿八卷
平番　王锦章著

事略见史部史钞类。

形仁堂杂草
皋兰　卢政著

事略见史部地理类。

芝香草二卷
西和　刘殿佐著

刘殿佐,字顾三。岁贡。工诗。

西园诗稿
礼县　郭人灵著

郭人灵,字秀升。贡生。有品学,长于诗歌。

搜珠集
陇西　武尚仁著

武尚仁,字静山。咸丰壬子(1852年)进士。选庶吉士。改官四川知县,历任岳池、广安等州县。以循良称,擢知府。

卓堂文稿
皋兰　鲁尊孔著

鲁尊孔,字卓堂。咸丰八年(1858年)举人。官阶州学正。明象纬学,善诗古文词。

介石文诗集
秦安　杨焘著

事略见史部地理类。

雨溪山房诗文集
镇原　慕暲著

事略见史部仪注类。

欲未能斋诗文集四卷
秦安　孙海著

事略见史部地理类。

鸿雪草堂诗集四卷
西宁　张思宪著

张思宪,字慎斋。咸丰辛酉(1861年)拔贡。官四川永宁知县。会兵勇闹饷,居民惶恐,思宪单骑入营解散,地方以安,民感其德,为立生祠。

宜春草堂诗集
皋兰　王澍霖著

王澍霖,字石樵。少有文名,既而橐笔从军,历保知县,任陕西韩城县事,政暇与文人学士讲艺。性耽吟咏,尤好读杜诗,故所著诗,集杜为多。

九容堂文集
皋兰　段维翰著

石芝山房诗草
皋兰　段维翰著

段维翰,字熙垣。恩贡。有至性,母殁庐墓三年。历官高台县教喻,以病乞归。

谷口归来客诗文集
武威　刘开第著

刘开第,字梦惺。同治壬戌(1862年)进士,官陕西临潼、泾阳、醴泉等县知县,有惠政。先后两任醴泉。值岁饥,捐八千金施赈。会省使至勘灾索贿,开第拒不与,使者以冒赈潜诸大府,左迁教职。去之日,父老攀辕流涕。

寄生草
狄道　张理治著

张理治,字燮臣。廪生。同治壬戌(1862年)战乱,携家避入南山,读书不辍。

敦素堂诗文集
秦州　任其昌著

事略见经部礼类。

友兰草堂诗文稿
清水　阎朴著

阎朴,字文圃。同治辛未(1871年)进士。官四川南江、梓(童)〔潼〕[1]等县知县,听断如流。朴性倜傥,立身制行,正直不污。

校释:
[1](童)〔潼〕:写本误为"童",据文意改为"潼"。

偶一吟草一卷
秦州　吴西川著

鸿雪小草一卷
秦州　吴西川著

吴西川,字蜀江。同治辛未(1871年)进士。官翰林院编修。淹雅工文,笃于兄弟朋友。

率真草
通渭　邢炳著

邢炳,字耀庚。贡生。以孝闻,同治乙丑(1865年)母病,闻贼至,负母逃。遇贼问:"舁者何人?"曰:"九十老母。"贼释之去。

慕陶山房诗文集
安定　王作枢著

王作枢,字宸垣。同治庚午(1870年)举人。官秦安训导。甲戌(1874年)成进士,选庶吉士,散馆授编修。嗣回籍,主讲省城求古书院,文风丕振。丙戌(1886年)分校礼闱,得士称多。

养正轩诗草
狄道　刘培藜著

事略见子部杂家类。

湟中兰山枝阳杂诗一卷
狄道　魏椿著

魏椿,字寿卿。岁贡。官平番训导。以老乞休,主讲洮阳、超然两书院,一时英俊多出其门。

友鹤轩文集
狄道　张锡龄著

张锡龄,字梦九。廪生。同治战乱,城陷,举家遇难,锡龄缒城出,投军,以功保知县。

洗心堂诗文集
秦州　万邦绥著

事略见子部医家类。

霞轩不辍集
海城　张鹏举著

张鹏举,字霞轩。同治甲戌(1874年)进士。历官湖北南漳、应城县知县。兴学校,戢强暴,所至有声。

耕读乐事集
海城　康且亨著

康且亨,字嘉会。岁贡。有气节,胆略过人。里有争讼者,得亨一言辄解。同治间战乱,练团守堡,卒无恙。后乱平,清丈地亩,率多厚敛。且亨白当路额减半年,省巨万,邑人德之。

存诚堂集
秦安　胡仲熊著

胡仲熊,字西垣。岁贡。成县训导。博极群书,尤长于诗。同治中军兴,办城防,犹设帐城中,勉诸生曰:"但勤读,世宙自在耳。"故金戈铁马中,弦诵不辍。

我愚堂文集
通渭　张凤琯著

张凤琯,字仲箫。光绪乙亥(1875年)举人,任循化训导。

来青阁日记
秦州　刘永亨著

刘永亨,字子嘉。光绪丁丑(1877年)进士,选庶吉士,庚辰(1880年)散馆,授编修。甲午(1894年)充陕西乡试副考官。嗣以纂修会典,授侍讲学士,升侍读学士。庚子（1900年）义和拳之变，端郡王以其子已立为大阿哥，为大统所归，思为之建强国基，惑拳众妖术，引以排外，并令驻京各军攻列强使馆，一时持异议者多及祸。暨国是日亟，诏臣工廷议，诸大臣多依违容默，永亨独陈拳民宜先令出城，武卫军宜先令御天津，端郡王厉色斥之，问其职名，几不免。嗣车驾蒙尘，扈从行在。回銮，擢内阁学士，署户部右侍郎，调署礼部右侍郎。丙午（1906年）正月，授工部右侍郎，转仓场侍郎，卒于任。

听云山馆集
皋兰　金文同著

书舲公牍
皋兰　金文同著

金文同，字书舲。光绪庚辰（1880年）进士。户部主事，历升员外郎、郎中。同治初，乱军攻省城，川北镇总兵鹤龄率师赴援，粮尽不前，文同谒军门陈大义，并倡捐粟米饷之，三军感，奋击之。邑有书院年久渐废，文同倡议，请诸大府拨叛产为膏火，赖以整顿。及为部郎，主盐政，四川总理盐务某侵公款八十余万，欲以贿免，文同不为动，卒议赔。义和拳之乱，扈从西巡，授兴安府知府。兴安素号难治，属邑民教相仇，匪徒乘机煽乱，文同处以镇静，阴使人解之，时以为有济变才。榷三河口盐厘，值河南阌乡县民争引岸，牵涉陕西两省，大吏龃龉，文同援案详陈利害，引卒归陕，商民称便。调署汉中，卒任所。

六戊诗草六卷
静宁　王源瀚著

王源瀚，字奋涛，号海门。光绪丙子（1876年）乡举后，部选正宁训导。以养亲辞，亦不赴会试，亲殁。丙戌（1886年）成进士。官江西南康令，振兴学校，听讼不用重刑。讼棍刘某以诬陷善良为事，源瀚获而重惩之，民以悦服。南康东关地极饶，牧者践民田为害，设法力止之。会匪黄某觊法，匿本城厘局，源瀚令武生王楙南执至公署，星夜解南安，余党无敢动者。己丑（1889年），调廉晋省，绅民遮道款留。庚寅（1890年）春，请假回籍，历主阿阳，五原各书院讲席。年七十一卒。

双鱼草堂诗集二卷
西宁　来维礼著

来维礼，字敬舆。光绪癸未（1883年）进士。户部主事，改官山西知县。随提督董

福祥剿河湟乱军,历保道员。

南村诗草
皋兰　许尔炽著

南村诗余
皋兰　许尔炽著

许尔炽,字昌卿。恩贡生。性介而和。设帐里塾,朔望必衣冠,讲圣谕及先正格言、《孝经》诸书,口授指划,气概激昂,听者为之感泣。晚年不求闻达,与门人论古琴诗自娱。同治间,河湟不靖,督办团练,乡里攸赖焉。

柳坪山人文集
宁远　王鸿绪著

事略见经部易类。

总集类

杂骚补注
武威　曾国傒著

曾国傒,字御遴。拔贡。工辞赋,尤善书。

古唐诗选
狄道　吴镇著

事略见本部别集类。

八代文钞
秦州　任其昌著

事略见经部礼类。

文史类

声调谱
狄道　吴镇著

八病说
狄道　吴镇著

松崖诗话
狄道　吴镇著

事略见本部别集类。

诗论十则
宁夏　刘宏毅著

刘宏毅,字重远。拔贡。性敏,长于诗古文。

达雅堂诗话一卷
皋兰　王三祝著

事略见子部儒家类。

赋律入门法
皋兰　朱克敏著

事略见子部儒家类。

历代甘肃文献补录稿[1]

序

往在民初之癸丑[2]春,吾甘有征书局之设,先师刘果斋先生实董其事,俾烜执笔纂辑《文献录》,就当时征求所获,仿四库书目例,分为历代及大清二编,三月而竣事,以材少而期促也,不无简陋之虞。

迄今三十年,前尘邈矣,如梦如烟,剩稿犹存。里居多暇,每浏览群籍,往往有获前录所阙遗者,或原书采访未及,或所著内容可阐,爰为补辑以广遗文,并以近出乡人著作既有成书亦取而附益之,以备他日征文考献者取材焉。唯兹编于胜清不别列,统为历代一编,与前录相异,期与时合也。

民纪第一乙酉(1945年)冬十月,皋兰王烜著明甫识于存庐之退一步轩。

校释:

[1]原注:"此稿并非清缮本,初属稿时,偶以正书为之,遂通体正书,故用纸未一律,实系初稿,尚尝有更是也。"

[2]据王烜编《五泉山人刘果斋年谱》,于民国四年(1915年)乙卯,设甘肃征书局,编写《甘肃历代文献录》《大清文献录》。

经部

易类

关子易传注十一篇

　　唐　赵蕤著

赵蕤,天水人。王谟云:"蕤所著易传大概,易上下系之义疏耳。"见《汉魏丛书》。

读易纷纷稿

　　明　彭泽著

彭泽,字济物,兰州人。事略见《甘肃文献录》读史目录条下。唯《纷纷稿》久佚,《甘肃通志》仅有存目。按泽曾受学于段坚，而于所作坚年谱，称其以《易经》中乡荐，则泽之《易》学渊源有自也。

梦雪草堂读易录
清　郭楷著

郭楷，字仲仪，号雪庄，武威人。乾隆间进士。官河南原武知县，以不合于上官，投劾归。教授乡里终身。尝著《读易录》《读诗录》，所承用多宋元以来先儒旧说，不为非常可喜之论，而显然有当于人心。《诗录》未毕工，唯《易录》杨果勇侯芳为刊行之。

易爻近征
清　宋柏著

宋柏，字古青，武威人。道光间处士也。幼读书，性嗜程朱学，尤好许文正、薛文清、陆清献、汤文正诸人书。其学深于《周易》，尝著有《周易窥象集略》《读爻随笔集解》《象象各传浅解》《玩图浅说》等书，不以示人，曰未定稿也。唯《易爻近征》二卷刊行，其书以《四子书》，征《易》之三百八十四爻，文浅而易见，理近而易知。其自序有云："即《四书》谈《易》，即《易》谈《四书》，庶几旁通焉，可由《四书》而通《周易》，由浅而深，由近而远，为初学入门之一助。"

易翼贯解
清　佘德楷著

佘德楷，字务斋，皋兰人，同治庚午（1870年）举人。刻励为学，好读《易》。尝设帐兰垣普照寺藏经楼下，从游者甚众。教人重躬行，不斤斤责记诵。每令读史及古文辞，谓较有实际。所著《易解》七卷，末卷为图说，稿数易，务取简明，俾便后学。自谓："不分汉宋，而象爻与象传分卷，宗朱子，不宗康成也。"尝又言："凡人不可思议之事，不可于《易》见之。欲观世变，非明于《易》不可。"又言："《易》之为书，寓于象数，中外无间，古圣象之崇德广业，西人象之开务成物，殆包古今而莫外，合中外而一致者也。"闻者服其达识。殁后，及门树碑，志其教泽。更廿余年，入祀皋兰乡贤祠。

春秋类

春秋大旨提纲表
清　刘尔炘撰

刘尔炘,字晓岚,号果斋,皋兰人。光绪己丑(1889年)进士。官翰林院编修,居京师数年,不谒权贵,自唯与时不合,遂归不复出。深研程朱之学。主五泉书院讲席,多士蒙其裁成。光绪末、甘肃始设高等学堂,当道重其品学,聘为总教。先生乃以所讲课义著为成书,其《春秋大旨提纲表》即其一种。自记云:"丙午(1906年)秋,为诸生讲授此经,每统观全局,专注意于中外得失之故,而于经传源流义例輙语焉不详,亦时势之变,触于外而感于中,有不知不觉而然者。尝参考顾氏大事表,见其分类排比极尽精详,而有分无总,是何异张其目,而不振其纲耶?窃仿其体,取全经表为六项,纵横观之,各有意义。当华夏陵夷之际,其亦可以借鉴矣。"又有《〈春秋〉嗳经日记》,即其讲贯发挥义蕴者,而以提纲表附之。

经总类

嗳经日记
清　刘尔炘撰

刘尔炘,皋兰人。事略见经部春秋类。其《嗳经日记》《春秋》外,尚有《易》《书》《诗》诸种,皆为高等学堂生徒讲贯所作,同时又作《治经条例》。

四书类

论语义说
魏　周生烈撰

周生烈,字文逸,敦煌人。初唐姓,外养于周,因氏焉,自称六蔽鄙夫。仕魏为博士,官至侍中。其《论语义说》,隋唐志皆不著录,唯何晏《集解》采之,凡十有四节,其说冉子退朝,为鲁君之朝,与郑玄解季氏私朝不合。说乡原为所至之乡,輙原其人情,而为己意以待之,更戾于孟子。然其他解,悉为《朱子集注》所采。惜全书久佚,今唯马国翰《玉函山房》所辑,传于世。

学庸统述
明　杨可立撰

杨可立,字止止,灵台人。少工文,既而睹周程张朱及阳明之学,遂殚心性理,以天下第一流人自期许。万历时,关中有十八子,推可立为第一。以明经岁荐授蓝田学训,与冯少墟、张心虞诸人讲明理学,学者称澹斋先生。所著书均遭焚失,唯有《屏阴魔文》载《灵台志》。其《学庸统述》及《物外清音》,均存目耳。

学庸便童录
清　王化兴著

王化兴,字德安,伏羌人,道光间庠生。励学敦行,以孝弟闻于乡。其《学庸便童录》,为课徒所集讲义。皋兰秦维岳序之谓:"乡塾总角之童读书,每难于解释,既明于训诂者,以多不能理脉贯通。是编融会天人性命之理,以为根抵;而细参先儒各发之蕴,以为折衷。深体详说,俾学者一目了然,无所窒塞,引伸触类,理解旁通,于以博览群书,一理为之主宰,自无扞格之虞矣。"其书《学庸》各一册,不更分卷。

四书讲义
清　安维峻撰

安维峻,字晓峰,秦安人。自少以存诚主敬为学。光绪乙亥(1875年),陕甘初分乡闱,是科维峻为解首,监试者为得人庆。庚辰(1880年)成进士。嗣以词林入谏垣。尝疏劾康有为以新学乱经。甲午(1894年)中东之役,屡上书言和战事宜,卒以言过激切,触慈禧后怒,将置重典,醇亲王论救,获免,遂谪戍军台七年始归。主讲陇西南安书院。丁未(1907年),礼部奏充礼学馆顾问,学部奏充学会与议官。旋以甘肃修省通志,应聘为总纂。甘督升允为之奏请开复。庚戌夏,通志成,赴京引见,以内阁侍读起用。适京师大学堂延为总教习,维峻自以素志提倡正学,遂就聘。《四书讲义》四卷,其时所著也。

果斋一隙记
清　刘尔炘撰

刘尔炘事略,见本部春秋类。《一隙记》为其读四书,有所得之笔记。

史部

汉皇德传
汉　侯瑾撰

侯瑾,字子瑜,敦煌人,汉末博士。事略见《历代甘肃文献录》本条,唯于书所记未详。按张澍《二酉堂丛书》所载《宋书》且渠茂虔献《皇德传二十五卷》,《隋志》正史类《皇德纪》三十卷,隋唐志有《侯瑾集》二卷,《太平御览》引《筝赋》二十九句,当是别文。《皇德传》起光武,至冲帝,今不传。《二酉堂丛书》所录,祇五则耳。

广博物志
明　董斯张撰

董斯张,陇西人。所撰《广博物志》五十卷刊行于世。又撰有《吴兴备志》三十二卷,俱见《四库全书目录》。

历代帝王总纪
清　王鉴潭撰

王鉴潭,字镜塘,皋兰人。以廪贡官静宁、固原两州学正,平凉府学教授。勤学,好读史。所著《历代帝王总纪》,记其姓氏、名谥、年号及传世修短、制作兴废之大端,称简要云。

皋兰县志[1]
清　张国常撰

张国常,字敦五,皋兰人。同治癸酉(1873年)举人,光绪丁丑(1877年)成进士。授刑部主事,不赴官。主兰山书院讲席垂二十年,以绩学名陇上,潜心著述。以《皋兰县志》自秦晓峰续修后,中经卢敏斋再辑,迄未成书,遂与胡学使景桂重订编例,纂为新志。分图、表、志、传四纲,增方言、金石两目;始图、表,终杂录;都为三十卷。胡学使序称其正误、补缺、理纷、删僭,凡章实斋《文史通义》所讥诸弊,皆免焉。唯当时测绘乏人,所拟之总分各图尚付阙如,仅于图卷,载其案语。书印行后,论者以义例谨严,文词渊雅,推为名著。

校释:

[1]皋兰县志:即《重修皋兰县志》。

土司考一卷
清　张国常撰

张国常事略见前。

谱牒类

段柏轩先生年谱
明　彭泽撰

彭泽,字济物,兰州人。事略见前。

子部

儒家

周生烈子
魏　周生烈撰

周生烈,敦煌人。事略见本录经部。生烈生于汉末,天下溃乱,哀苦之间,著《要论》一卷,自序谓:"以尧舜作干植,仲尼作师诫。"崔鸿《十六国春秋》:且渠茂虔使如宋,表献方物,并献书有《周生子》十三卷。《隋志》载有《要论》一卷,《唐志》则五卷,后佚。清历城马国翰《玉函山房辑本》合二十二节,称其书:"抗志高,希言大,非夸也。"武威张澍亦有辑本,祇九条。武进李宝泩《诸子文粹》所纂,则十六条,其文与张本或异,张本所有,而李本所无者四条,合之为二十条,视《玉函山房原辑》相差无多矣。

傅子
晋　傅(元)〔玄〕[1]撰

傅(元)〔玄〕[2],字休奕,北地人,又号鹑觚子,魏傅幹子。少孤贫,博学善属文,解钟律。举秀才,除郎中,选入著作撰,集《魏书》。历官(宏)〔弘〕[3]农太守、典农校尉。(太)〔泰〕始[4]四年(268年),有水旱灾,上便宜五事,诏称善,迁司隶校尉。(元)〔玄〕[5]每有奏劾,或值日暮,捧白简整簪带,坐而待旦,贵游慑服,台阁生风。殁后,追封清泉侯。其所著书《隋经籍志》《唐书·艺文志》皆载有《傅子》一百二十卷,《宋艺文志》仅载有五卷,盖传本久佚也。《甘肃通志》有《傅子》内外中篇四部六录。武进李宝洤所纂《诸子文粹续编》中取《意林》《太平御览》《群书治要》《四库聚珍本》,得二十二篇,又二十四条,集成一编,为《傅子》书之今存者。

校释:

[1][2][5](元)〔玄〕:避清圣祖玄烨讳,改为"元"。

[3](宏)〔弘〕:避清高宗乾隆弘历讳,改为"宏"。

[4](太)〔泰〕:稿本误为"太",据文意改为"泰"。

协律子

唐　李翱撰

李翱,陇西人,字习之。中进士第,始调校书郎,更为协律郎,累迁史馆修撰。常谓:"史官记事不得实,请指事载功,则贤不肖易见。"又条陈以文德兴太平者六事。官至山南东道节度使。翱始从昌黎韩愈为文章,与张籍齐名。归有光所评百二十子,载有《协律子》之《国马篇》。

空同子

明　李梦阳撰

李梦阳,字献吉,庆阳卫人。事略见《历代甘肃文献录》集部《崆峒集》条下。其《空同子》别为一书,有《化理》上、下二篇,《物理篇》《治道篇》《论学》上、下篇,《事势篇》《异道篇》,入《百子全书》内。

史汉笺论

清　杨于果著

杨于果,字硕亭、秦安人。乾隆乙未(1775年)进士。历知湖北汉川、枝阳、枣阳、南漳、谷城各县事。鞠囚务得其情。嘉庆间,迁荆州府通判,为治一本经术,官楚垂三十年,以文学吏治为当道所重。著有《十七史笺论》未卒业,改《史汉笺论》。

介石文诗集

清　杨焘著

杨焘,字元鲁,秦安人。清嘉道间,宦游秦楚。荆州府判于果之子。为学明于《易》,

其《四象说》云："玩《易》四象，而知一念之生灭，一事之得失，莫不有数之可稽，有几之宜辨，盖不可以不谨也。七情未乖，万缘退听，念无隐伏，事皆光明，太阳之象也。一私之起，其端甚微，是为少阴，则以本念犹足以自固，而私念之不足以相夺。正念尚强，而邪念之无以相胜也。故本念主，而私念客，正念内，而邪念外。……夫所谓少阴者，名为阴而实居阳，以其为阳中之阴，大体不离阳也。所谓少阳者，名为阳而实居阴，则阴为主，而阳为客，阴居内而阳退处于外者也。当人欲横行之会，不□几希之无有，此则少阳之象也。少阴成为少阳，少阳即入于太阴，存□□于垂尽，别人禽于几希。……太阴变阴而生少阳，已在轮回一周之外。"

审岩文集
清　杨于果著

杨于果，字硕亭，号审岩，秦安人。乾隆四十年（1775年）进士。官湖北长阳等知县。

蠹书
清　吴之琡撰

吴之琡，字乾玉，陇西人，又号赤谷子。尝宰安宜，有惠政。簿书之暇，以著述为事，所作凡数种，《蠹书》二卷，尤为世所希。其自叙云："盖赤谷子观物有年，而知世儒支离无本之非道也，于是学求缉熙至于光明。闲尝终夜不寐，洞洞属属，以自验夫人生而静之初，顺而达诸万物相见之际，当其自得，卷之放之，如将携之，于是汩汩然来如有物焉。如将茹之盈胸填臆，几不可得而后乃一快然其吐之也。爰著《蠹书》，义取自得。其纯乎道与我，不敢知其杂乎，道与我亦不敢知，然赤谷子心血注于《蠹书》矣。"或曰："《蠹书》学《老子》。"或曰："嗣《周子》。"

续通鉴纪事本末
清　李铭汉撰

李铭汉，字云章，武威人，道光己酉（1849年）副贡。敦行笃交。尝主甘、凉二州书院讲席。为学出入经史，尤精音韵。教人以行已有耻，勤学好古为宗旨。胡学使景桂疏荐陇上耆儒三人，次即铭汉。其论学主顾亭林经学即圣学之说，其论治主综核名实，论天人性命主戴东原氏。尝杂记经史疑义，为《宿问录》，未及编次。晚年以陈邦瞻《宋元纪事本末》未精审，乃取毕沅《续资治通鉴》条比件系，分并增减，得九十余卷，垂成而卒，子于锴续辑之，共得百十卷。

敏求录
清　王三祝撰

王三祝，字道馨，皋兰人，道光时庠生。博学强记，年二十六著《敏求录》三卷，窥天人之际，究圣贤之奥，安贫乐道晏如也。尝慨然远游以自广，历秦陇溯襄汉，至大江上下，山之东西，河之南北以归。闭户著书，不乐仕进。其《敏求录》有云："一元之纯，浑圆之实，太极之融，真之宰而灵之通。大哉！消息乎？妙其有生万物数，容乎无量，奥母充其元孕，大块根窈焉无极真源。是故天地之大，生人物纯穆之原，生天地。"又云："宇宙事物莫非一理之所流通，一气之所运行也。理者无形之气。气者有形之理，理为气之理，气为理之气，名虽二，而实则一也。"其学有深悟，而文奥衍如是。其自序曰："古圣心法，固不俟他求也。切而本诸吾身，内而反之吾心而已矣。"又称："自邹孟以来，则亦庶几乎？尔有宋尚已，或失之，拘有明可已，或失之诬，故笔之以自证，且愿与天下后世之同道者共证之。"观于斯言，可知其造诣矣。居家崇礼，丧事不用浮屠法，族人化之。尤精岐黄术。诊人病，必详询其致疾之由，用药简，每有奇效。

牛氏家言
清　牛作麟撰

牛作麟，字振风，号愚山，通渭人，庠生。以股疾，弃举子业，沉浸于先儒义理之书。尝教其二子树梅、树桃，有《三奉》《三尊》《防患》《养神》《怀古》《访问》《记录》等说。树梅取其平昔所作，辑为《家言》二卷，刊行之。赵畇序有曰："其事为日用饮食之事，其言为家人父子之言，其文为布帛菽粟之文，而其义则足以补圣经贤传之所未发。"曾文正公亦称其真挚、坚忍，为近世讲学家所不及。

拙修子
清　刘尔炘撰

刘尔炘，皋兰人。事略见经部春秋类。晚年著《拙修子》。其弁言有云："是书搜出科学根据，于气为人类造劫之病源，发世界之蒙，揭学人之蔽。后之创统一世界之学说，以造学治世界者，循此以求之，大有事在。"又云："学术之根于理者，结果必归于复性；学术之根于气者，其流必入于人欲。持此以鉴别学术，则学术自正。"其著书大意在以理驭气，使人之趋向一衷。于性而不役于欲，为万世开太平，故又名其书曰《太平书》。

果斋日记
清　刘尔炘撰

刘尔炘,字晓岚,号果斋。事略见前。其《日记》始于光绪二十三年(1897年)旅居北京时,初印上、下二册,计六卷,又续印□卷[1]。

校释:

[1]又续印□卷:稿本失载续印卷数,据《果斋日记》,光绪二十三年(1897年)印六卷,1926年又续印两卷,共八卷。

陇右轶余集
清　刘尔炘编

刘尔炘,事略见前。先生尝欲求陇上先哲撰述湮没弗彰者,授梓传世,乃先以皋兰先儒萧光汉所著《松轩日记》,卢政所著《学话》,摘抄其尤精粹语,汇为一册印行,名曰《陇右轶余集》。

纵横家

长短经九卷
唐　赵蕤著

赵蕤,天水人。事略见经部易类。《四库全书目录》云:"《长短经》原本十卷,今佚。其一源出于纵横家,主于因时制变,综覈事功,不免于杂霸之学,而文旨尚为近正,其文格亦在申鉴《人物志》之间。"永瑢进《四库全书表》有云:"术杂纵横,十卷,稽赵蕤之撰。"其特予称述,可知为珍笈也。

集部

阴常侍诗集
梁　阴铿撰

阴铿,字子坚,武威人。父子春,能诗,为梁侍中,以廉洁称。铿五岁能诵诗赋,日千言。博涉史传,尤善五言诗。为梁湘东王法曹行参军,陈文帝时召为员外散骑常侍。

有文集三卷。其诗尤为世所重，杜工部云："李白有佳句，往往似阴铿。"其推服如此。张澍收入《二酉堂丛书》者，可为近世珍本。

李尚书诗集
唐　李益撰

李益，字君虞，武威人，宰相揆之族子。少工诗，与李贺齐名。每一篇成，乐工争以赂求取之，被声歌。至《征人》《早行》等篇，天下皆施之图绘。其从军诸诗什，尤名于时。宪宗时，为秘书少监，集贤殿学士，累迁右散骑常侍。太和初，以礼部尚书致仕。其诗集世不多觏，唯《二酉堂丛书》有刊本。

醉雪庵遗草
清　李蕴芳撰

李蕴芳，字相州，武威人。作秀才时以《黄河赋》受知于胡学使中藻，称其赋为经生家之所希，著述家之所宝。通籍后旅次都门，文誉甚盛。后中藻以乾隆间文字狱被罪，连及蕴芳亦获谴。其生平著作，为友人取付一炬，所存者灰烬之余。嘉庆中，同里潘挹奎序而梓行之，于所著《武威耆旧传》详其事迹。越百余年，李叔坚太史命其弟子段永恩重付印，有古近体诗八十四首，《病桃花赋》一首共一卷。

梦雪草堂诗稿
清　郭楷撰

郭楷，事略见经部。少时好读诗，长从临洮吴信辰学诗古文。尝自序其诗稿云："年初四十，追念往昔忽如梦中，因取丙午后诗忆记之所及者，得二十之三，并灵武所作都为一册。夫秋虫春鸟岂能选声而鸣，樵吟牧唱亦止触兴成趣，为工为拙而爱我憎我也。"其里人李于锴序其遗集云："先生诗吐言天拔，萧然尘埒之外，不事雕琢，动中自然。如玉鉴冰壶，一往清迥；又如古琴名酒，渊粹醇洁，挹之靡穷，而味之无极。读其诗，想见其人，非世士准量行墨，剽剥章句者，所可拟也。"今印本，为稿八卷，续稿一卷。

蝉鸣小草
清　闺秀刘瑞芝撰

刘瑞芝，字天香，静宁州人。江汇伯之长女，适刘氏。幼颖慧，其父教以小学、《孝经》《四书》及《内则》《内训》《列女传》诸书。女红之暇，即博览群籍。尝慕古之才女，往往以诗名世，遂潜心探索，日事吟咏，集为《蝉鸣〔小〕[四]草》。渭阳李南晖序谓："有数百首。"今其传本衹八十余首,为光绪间江树蕙所重镌者,盖原板经兵燹被焚矣。

校释:

[1]〔小〕:稿本"鸣"后脱"小",据文意补之。

养素堂诗集
清　张澍撰

张澍,字介侯,武威人。事略见《大清甘肃文献录》《毛诗达诂》条下。其诗集二十六卷,嘉兴钱仪吉序之称:"其有望古遥集湛深幽异之思,与夫奥峭跌荡之风致,吴愉越讴怆𡾋窈眇之音节,盖有近于骚人之哀怨者"云。

悟雪堂诗文集
清　孙揆章撰

孙揆章,字云舫,武威人,嘉庆间诸生。善为诗,倜傥俊迈如其人,尤喜为古文。李叔坚称其:"林壑清旷,风露绰约,出入王于一、侯壮晦之间。"晚号孤云老人。叔坚为之传。

三香散人诗文集
清　张炜撰

张炜,字星南,灵台举人。历主阮陵、柳湖书院讲席。好读史,旁及风角星甲河洛之术。所著有《文品》《河赋》、古近体诗及长短句,一时传诵焉。

东园《四书》诗赋　东园诗草
清　许学诗撰

许学诗,字兴可,皋兰人,嘉庆间诸生。幼即能诗,尝为《四书应制赋》及《四书课儿诗抄》,皆以《四书》命题,刊为一卷。又有《东园诗草》一册,约古近体百余首,为写本。

雪窗载笔
清　张国香撰

张国香,字兰亭,皋兰人。同治甲子(1864年)乡荐后,为中卫教谕。善诗古文。其《雪窗载笔》以记地方故事,兼及诗歌。有《同治丙寅兵变记》与《白骨冢古歌》,皆可备掌故也。

嗣徽集
清 安维峻撰

安维峻,秦安人。事略见经部四书类。《嗣徽集》为悼亡百首。

宜春堂集杜诗
清 王澍霖撰

王澍霖,字时斋,号石桥,皋兰人。善书,能诗。咸丰戊午(1858年),入陕闱中副车,历佐甘督杨岳斌、穆图善幕襄理军务,蒙荐以县令分陕权榆林、神木,授韩城令,教养兼施,多惠政。归里后,杜门课子,集杜诗成帙。殁后廿余年,韩人念德无已,卜邑北之赳赳寨建祠,合祀公与前县令张竹斋,颜曰"竹石祠"。

谏垣存稿
清 安维峻撰

安维峻,秦安人。事略见经部四书类。其《谏稿》为任福建道监察御史时所作,在职十有四月,凡上六十余疏。清逊位后,隐居其乡之柏崖,辑所作《谏稿》及诗文为集,并自缀《年谱》。

秋香阁诗草
清 张如镛著

张如镛,字序东。陇西县岁贡,候选训导,光绪丙子(1876年)举于乡。性耽吟咏,学少陵。五言《咸阳晚泊》云:"匆匆残照里,隔水是咸阳。共说渔家傲,都缘过客忙。波摇人影动,风静橹影长。回首素时路,遥天雁几行?"七言《韩侯岭题壁》云:"曾怀一饭酬漂母,敢恃三齐负沛公。"论古能见其大。其古近体三百首,而刊存者不及三之一,则删去者多矣。

六戊诗草
清 王源瀚撰

王源瀚,字海门,静宁州人。光绪丙戌(1886年)进士,官江西南康知县,历游汴、蜀。晚年旋里,自编其诗,始戊申(1848年)至戊戌(1898年)以后为六卷。自序谓:"少时好作诗,入门自《随园诗话》。《六戊诗草》一,余二十入学以来之年谱,盖所编为编年体也。"其子曜南,于乙未亦成进士,尝称其家三世科第。曜南亦喜吟咏,著有《学古轩诗草》。

细阳小草
清　王树中撰

王树中,字建侯,皋兰人。光绪己丑(1889年)科举人,甲午(1894年)成进士。官安徽太和知县,勤政爱民,皖人呼之曰"王青天"。国变后归里,为军府参谋,尝奉檄往甘凉、宁夏、陇东各处戡平聚众事。慷慨好义,能为人所不能为。感时多艰,以厚食薪资为可耻。其襟期志趣,足以振颓风而励末俗。生平好读书,辨析疑义。尤喜弄笔翰,娴吟咏。其《细阳小草》,为官太和时所作。又有《日记》及《梦梅轩诗草》。

味蘖斋遗稿
清　李于锴撰

李于锴,字叔坚,武威人。光绪乙未(1895年)进士,入翰林,戊戌(1898年)散馆,出知山东蓬莱、泰安两县。在蓬莱时,义和拳肇乱,大府有令求善拳者,于锴以蓬莱无拳民对,一方卒得安。擢沂州府,州故多盗,于锴练防卒歼灭之,而以为盗贼之多饥寒所迫也,乃于州南得旧弃煤矿,力主开采,卒成功,富甲他郡。国变后归里,杜门不出,言动一准宋儒,生平不为无益之文,故所著《味蘖斋》文仅十余篇,笔记三十余则耳。殁后,皋兰刘尔炘为之传。

稗乘杂咏
清　张振骐撰

张振骐,字天石,武威人。光绪癸巳(1893)举于乡,公车北上,旅次都门前后三十载。其《稗乘杂咏》,多言庚子(1900年)之变。好为温李体,诗以香奁寓时事。又有《绮史新咏》,未印行,而天石殁,稿竟佚。

东游日记
清　郑元浚撰

郑元浚,字镜泉,皋兰人。光绪戊戌(1898年)进士,服官直隶,历知新河、抚宁、清丰、东明、新城各县事,著有循声。当乙巳(1905年)岁,直督咨送人员赴东洋历考查政治,镜泉与焉。数月而归,以其考察所得,辑为日记,斐然成册。呈诸各大吏,为藩司毛方伯庆蕃所称赏。盖其于政治、教育、经济及工商业调查既精详,而议论有识,不为苟同,故可贵。后,竟流寓保阳,唯潜心研求道术。晚年作《惩忿窒欲去矜守约四缄》,为修省之资。暇辄吟咏以遣兴,有诗稿。

知足斋诗钞　知足斋和陶诗
　　清　宋兴周撰

　　宋兴周,字怀西,华亭人。光绪辛丑(1901年)举人,历游燕齐间,后筮仕新疆。性沉静,所如多不合。好吟咏,有《知足斋诗钞》八卷,又《和陶诗》四卷。自以景仰渊明,继东坡而为之。积石邓德舆与之交最契,曾再序其集,称为:"沉挚淹雅,有神似老杜者。"

果斋前集　果斋续集
　　清　刘尔炘撰

　　刘尔炘,字晓岚,号果斋。事略见经部春秋类。其前集、续集皆诗文集也。按其自序,以辛亥(1911年)以前者为前集,壬子(1912年)以后者为后集云。

听云山房诗草
　　清　刘绳武撰

　　刘绳武,字韶廷,皋兰人。宣统初,以优贡朝考为七品小京官,需次都门。国变后旋里,复宦游新疆、青海而归。晚年自号颐叟,以诗酒自娱。殁时遗命以清制殓。

琴学简言
　　清　颜鸿都撰

　　颜鸿都,字汉卿,皋兰人,庠生。书宗山谷,画摹右丞。尤善琴,有自谱《一弦琴》《爱莲说》诸操,颇称于时。
　　著《琴学简言》,其自序云:"昔黄帝听凤鸣于梧桐,而制五弦琴,又命伶伦取蟹溪之竹为管,定律以符天地之和,畅神人之豫。历尧、舜、禹、汤、文、武而至周公,又加二弦为七弦琴,大乐因之以成。迩时文德广敷,户诵家弦,千古称郅治焉。迨秦火焚后,大乐失传,而琴学亦不复明于天下。后之专门习业者,不求音律,不究徽义,徒以指法为工。有以一弦起宫,而六七弦为少宫少商者矣;有以七徽属闰,而十三徽有音有律者矣。指法繁乱,精意无存,付之枣梨,以讹传讹。常人畏其难而不为,士夫厌其繁而荒业,此琴学之所以愈难,而琴乐之所以愈失也。
　　余性嗜琴,先大兄教弹数操而未知音律,因搜阅琴学诸谱,而如有臆见。唯《管子》序五音先征羽,与《白虎通》丝音首征之说同,而不解其意。至蔡氏父子推律吕法,以三分损益,隔八相生,五音之外,有变声二,合为七声,而成一均,而变宫变征,不能起调,是音则宫商角徵羽,律则黄太姑林南,而变宫变征之律,则应钟蕤宾也。音分正清少律并少少少,有正倍半并半半半,终不识其详。至读我朝《律吕正义》,以黄钟为万物之本，条分缕析，可谓集乐谱之大成。而龙庵潘氏独标三弦为宫，以一弦十徽应之为正宫，九徽应之为正商，八徽为正角，七徽为正徵，六徽半为正羽，定音成调有正清，特合而音之，少少少律之，半半半不用也。且宫商徵羽之正音，隔一弦应俱在十徽，唯角音三弦之应，则高出一徽，是为首出，庶物有君象焉。十三徽无音无律不待辨，而知其属闰也。三弦为宫，而知一弦为倍徵，二弦为倍羽，是周公所加，合大乐以为圜钟函钟者，则《管子》下徵之音为始，《白虎通》丝音首徵之说明矣。于是恍然古圣人制器作乐，皆协天地阴阳自然之理，并非强为之添减也。苟知音律大乐，可以旋宫，孤琴自能谱操，犹之诵诗文者知其深意，亦可自作诗文也。

余审音协律，摘指法之简易，取正清之元音，自谱《爱莲》并《一弦琴新操》，合古谱一二，汇成一帙，名曰《琴学简言》。此乃管窥豹见，为初学入门之捷径，俾其一望而知可，再无畏难之心也。若夫欲知大乐何以与天地同和，孤琴何以为诸乐之首，黄钟何以为万物之本，求其精义，则有《管子》十二篇、《律吕新书》《律吕正义》《大乐元音》诸谱俱在，是有望于后之好学者。"观此序所云，非于此道深造不能言之精详如是，惜传本已少，故知音希耳。

国朝画后续集
清　王光晟著

王光晟，字柏崖，皋兰人。事略见《大清甘肃文献录》集部《晚翠轩诗集》条。尝取当代画家品题，手纂成编，此其续集也。

松石斋集
清　唐琏著

唐琏，字汝器，号介亭，皋兰人。善书画，尤精小楷，篆刻。王光晟《国朝画后续集》称其"点染云山，苍茫古秀，陕人皆称之为小子畏"云。尝从素朴老人刘一明学道，所著有《证道录》《信手拈来》《书画琐言》《书品》《画品》。其仲孙俭汇为一编，名曰《松石斋集》。

外感辨证录　惊风治验录　简易录
清　秦霖熙著

秦霖熙，字春帆，皋兰人。光绪丁丑（1877年）进士，初官京曹，后改知广西恭城县事。善医，著《外感辨证录》，将伤寒，伤风各证，分为十门，并脉诀，伤寒六经歌，风寒内外各证加以注释。初刊于北京，其后同里刘树椿重印之。有《辨证录》二卷、《惊风治验录》一卷、《简易录》一卷，共一册。其序称："其语浅理真，易知易解。不知医者读之，可以防庸工之误治；已知医者，读之可以化己见之执拗"云。刘亦知医者。

甘肃历代地震纪

甘肃地震在历史上可考的：自周幽王二年（前780年）起，至民国十六年（1927年）止，二千七百余年间，凡四百一十一次。甚者山崩川竭，城市为墟，人民死亡无算，实自然灾害之不可以人力救免者。古代视为上天降罚，人君当以修德省身答天变。后世穷理格物者之言：以为地中水火激荡使然，理或可信。汉张衡曾创候风地动仪，人称其妙。近世西洋各国天文台设有测地震仪器，虽能预知其所震方向，然不能预防其害之来。将来科学日益发达，若能预防其害，实人民莫大之幸福。兹就史志所载，胪列于下，备考索之一助云。

周

幽王二年（前780年）三川震

《史记·周本纪》：幽王二年〔西周〕[1]三川皆震。注徐广曰："泾、渭、洛也。"按《诗·小雅·十月之交》篇山冢崒崩，高岸为谷，深谷为陵。正在幽王之世。泾、渭二水皆发源甘肃。渭水源出渭源县西南谷，至鸟鼠山，流入陇西、伏羌、天水，入陕西境。泾水有二源：一出化平西南老龙潭，东流经崆峒山；一出固原南六盘山。泾渭二川皆在震中，是甘肃地震历史可考者自周代始。

校释：
[1]〔西周〕：据《史记·周本纪》，"幽王二年"后脱"西周"二字。

汉

惠帝二年（前193年）地震

《汉书·惠帝本纪》：二年，陇西地震。《五行志》：惠帝二年正月，地震陇西，压四百余家。

高后二年（前186年）地震

《汉书·高后本纪》：二年春正月，地震，羌道、武都道山崩。《五行志》：高后二年正月，武都山崩，杀七百六十人，地震至八月方止。

元帝初元二年（前47年）地震

《汉书·元帝本纪》。初元二年春二月，陇西地震。诏曰：二月戊午，地震于陇西郡，毁落太上皇庙殿壁木饰，坏败豲道县城郭官寺及民室屋，压杀人众。山崩地裂，水泉涌出。天唯降灾，震惊朕师。治有大亏，咎至于斯云云。按古者地震为灾，往往视为天降鞠凶，人主必须省躬修德，故有罪己恤民求言之诏。彼时无科学发明，不解其故，唯以唯心观点作应变的救济而已。

后汉

和帝永元五年（93年）二月戊午，陇西地震

《后汉书·五行志》：五年"二月戊午，陇西地震"。

永元九年（97年）地震

《后汉书·和帝本纪》：九年"三月庚辰，陇西地震"。

元兴元年（105年）五月癸酉，雍地裂

《后汉书·和帝本纪》：又《五行志》："元兴元年五月癸酉，右扶风雍地裂。是后，西羌大寇凉州。"按此以西羌寇凉州为雍地裂之应，亦唯心家附会之说。

顺帝永和三年（138年）地震

《后汉书·顺帝本纪》：三年春二月乙亥，京师及金城、陇西地震，二郡山岸崩，地陷。夏四月"戊戌，遣光禄大夫案行金城、陇西，赐压死者年七岁以上钱，人二千；一家皆被害，为收敛之。除今年田租，尤甚者，勿收口赋"。

汉安二年（143年）地震

《后汉书·顺帝本纪》：汉安二年，凉州地百八十震。

建康元年(144年)地震

《后汉书·顺帝本纪》:建康元年春正月辛丑,诏曰:"陇西、汉阳、张掖、北地、武威、武都,自去年九月已来,地百八十震,山谷拆裂,坏败城寺,杀害民庶。夷狄叛逆,赋役重数,内外怨旷,唯咎叹息。其遣光禄大夫案行,宣畅恩泽,惠此下民,勿为烦扰。'"

以上两汉地震凡一百八十九次。其顺帝时陇西之震,即为张衡预测所知。

晋

惠帝元康五年(295年)地震

《晋书·惠帝本纪》:五年六月,金城地震。

穆帝升平五年(361年)地震

《晋书·五行志》:五年八月,凉州地震。

哀帝隆和元年(362年)地震

《晋书》:隆和元年夏四月丁丑,凉州地震。

海西公太和元年(366年)地震

《晋书·五行志》:太和元年二月,凉州地震水涌。

孝武帝宁康二年(374年)地震

《晋书·孝武帝本纪》:二年秋七月,凉州地震。《五行志》:二年七月甲午,凉州地震又山崩。

安帝义熙二年(406年)地震

《晋书》:二年,苑川地震裂生毛。按:《文献通考》苑川在兰州五泉县。

以上晋代地震六次。

北魏

高(宗)〔祖〕[1]太和元年(477年)地震

《灵征志》:元年〔五月〕[2]"闰月,秦州地震,殷殷有声"。

校释:
[1](宗)〔祖〕:稿本误为"高宗",据《魏书·高祖孝文帝本纪》改为"高祖"。
[2]元年〔五月〕:稿本"元年"后脱"五月",据《魏书·灵征志》补之。

太和五年(481年)二月戊戌,秦州地震

太和六年(482年)地震

《灵征志》:六年五月癸未,秦州地震有声。八月甲午,秦州地震,有声如雷。乙未又震。

太和七年(483年)地震

《灵征志》:七年三月甲子,秦州地震有声。

太和十年(486年)地震

《灵征志》:十年"(二)〔闰〕[1]月丙午,秦州地震有声"。
校释:
[1](二)〔闰〕:稿本误为"二",据《魏书·灵征志》改为"闰"。

世宗景明元年(500年)地震

《灵征志》:景明元年六月庚午,秦州地震。

景明四年(503年)地震

《灵征志》:四年正月辛酉,凉州地震。六月丁亥,秦州地震。""十二月辛巳,秦州地震。

正始三年(506年)地震

《灵征志》:三年七月己丑,凉州地震,殷殷有声,城门崩。八月庚申,秦州地震。

永平元年(508年)地震

《灵征志》:永平元年春正月庚寅,秦州地震。

延昌元年(512年)地震

《灵征志》:元年"十月壬申,秦州地震有声"。

肃宗熙平二年(517年)地震

《灵征志》:二年十二月乙巳,秦州地震有声。

正光二年(521年)地震

《灵征志》:二年六月,秦州有声,东北引。

以上北魏地震十七次。

北周

武帝建德二年(573年)地震

《隋书·五行志》:后周"建德(三)〔二〕[1]年,凉州地频震,城郭多坏,地裂出泉"。
校释:
[1](三)〔二〕:稿本误为"三",据《隋书·五行志》改为"二"。

以上北周地震一次。

隋

文帝仁寿二年(602年)地震

《隋书·文帝本纪》：仁寿二年九月乙未，"陇西地震"。

以上隋代地震一次。

唐

太宗贞观二十年(646年)地震

《旧唐书·太宗本纪》：贞观二十年九月"辛亥，灵州地震有声"。

玄宗开元十二年(724年)地震

《新唐书·玄宗本纪》：十二年二月壬寅，秦州地震。

肃宗至德元载(756年)地震

《旧唐书·肃宗本纪》：至德元载十一月辛亥，河西地震有声，圮裂庐舍，张掖、酒泉尤甚。

宣宗大中三年(849年)地震

《新唐书·宣宗本纪》：三年十月辛巳，振武及天德，灵武，盐夏二州地震。

僖宗乾符三年(876年)地震

《甘肃新通志》：乾符三年六月"〔乙丑〕[1]，雄州地震，地裂水涌，至七月止，城垣庐舍尽坏"。又四年(877年)六月庚寅，雄州地震。

校释：

[1]〔乙丑〕：稿本"六月"后脱"乙丑"二字，据《新唐书·僖宗本纪》补之。

以上唐代地震六次。

宋

太宗至道二年(996年)地震

《宋史·五行志》："至道二年十月，灵州、夏州、环、庆等州地震，城郭庐舍多坏。"

真宗咸平四年(1001年)地震

《宋史·真宗本纪》：咸平四年"九月，庆州地震"。

景德四年(1007年)地震

《宋史·真宗本纪》：四年八月"丙辰，泾原路言瓦亭砦地震。"

仁宗天圣五年(1027年)地震

《宋史·仁宗本纪》：天圣五年三月戊申，"秦州地震。"

哲宗元祐七年(1092年)地震

《宋史·哲宗本纪》：七年九月"己酉，永兴军、兰州、镇戎军地震。冬十月庚戌朔，环州地震"。

徽宗政和七年(1117年)地震

《宋史·徽宗本纪》：政和七年"秋七月壬辰，熙河、环庆、泾原〔等〕[1]地震"。《五行志》：熙河、环庆、泾原路地震，经旬，城砦、关堡、城壁、楼橹、官私庐舍并皆摧塌，居民覆压，死伤甚众。

校释：

[1]稿本"泾原"后脱"等"字，据《宋史·徽宗本纪》补之。

宣和六年(1124年)地震

《续通鉴》：宣和六年，兰州地震，诸山草木悉没，山下麦苗皆在山上。

宣和七年(1125年)地震

《宋史·五行志》：七年七月己亥，熙河路地震，有裂数十丈者，兰州尤甚。陷数百家，仓库俱没。按《宋史·郑骧传》：秦陇地震〔地震，秦陇〕[1]，金城六城坏。骧〔为〕[2]自请护筑益机滩新堡，以控西夏。《方舆纪要》：西古城在兰州西四十里，又西四十里为积滩堡，俱宋置。《皋兰县志》：新城，一名萁萁滩堡。

校释：

[1]秦陇地震〔地震，秦陇〕：稿本倒字，据《宋史·郑骧传》改为"地震，秦陇"。
[2]骧〔为〕：稿本"骧"后脱"为"字，据《宋史·郑骧传》补之。

以上宋代地震九次。

金

海陵正隆五年(1160年)地震

《金史·五行志》：五年二月辛未，〔河东〕[1]陕西地震，镇戎、德顺等军大风，坏庐舍，民多压死。

校释：

[1]〔河东〕：稿本"陕西"前脱"河东"二字，据《金史·五行志》补之。

宣宗兴定三年(1219年)地震

《金史·宣宗本纪》：兴定三年六月，平凉等处地震。《五行志》：四月癸未，陕右黑风昼起，有声如雷，顷之地大震，平凉、镇戎、德顺尤甚，庐舍倾，压死者以万计，杂畜倍之。

以上金代地震二次。

元

成宗大德八年(1304年)地震

《元史·吕戫传》:"大德中,〔河东〕[1]关陇地震,月余不止。"

校释:

[1]〔河东〕:稿本"关陇"前脱"河东"二字,据《元史·吕戫传》补之。

武宗至大元年(1308年)地震

《元史·五行志》:"至大元年六月丁酉,巩昌(府)[1]陇西、宁远县地震。"

校释:

[1]巩昌(府):稿本"巩昌"后衍"府"字,据《元史·五行志》删之。

至大四年(1311年)地震

《元史·五行志》:四年三月己亥,宁夏路地震。七月癸未,甘州地震,大风,有声如雷。闰七月甲子,宁夏地震。

仁宗延祐二年(1315年)地突陷

《元史·仁宗本纪》:二年五月"乙丑,秦州成纪县山移。是夜,疾风电雹,北山南移至夕河川,次日再移,平地突出土阜,高者二三丈,陷没民居。敕遣官覈验赈恤"。

泰定帝三年(1326年)地震

《元史·五行志》:泰定"三年十一〔二〕[1]月丁亥,宁夏路地震(有声)[2]如雷,〔发自西北〕,[3]连震者三"。

校释:

[1]一〔二〕:稿本将"二"误为"一",据《元史·五行志》改之。

[2]地震(有声):稿本"地震"或衍"有声"二字,据《元史·五行志》删之。

[3]如雷,〔发自西北〕:稿本"如雷"后脱"发自西北"四字,据《元史·五行志》补之。

致和元年（1328年）地震

《元史·泰定帝本纪》：致和元年"七月辛酉朔，宁夏地震"。

文宗至顺三年（1332年）地震

《元史·五行志》：至顺三〔四〕[1]年"八月己酉，陇西地震"。
校释：
[1]三〔四〕年：稿本将"四年"误为"三年"，据《元史·五行志》改之。

顺帝元统元年（1333年）地裂地震

《元史·五行志》：元统元年"十一月丙申，巩昌成纪县地裂〔山崩〕[1]。""辛亥，秦州地裂〔山崩〕[2]"。
校释：
[1]地裂〔山崩〕：稿本"地裂"后脱"山崩"，据《元史·五行志》补之。
[2]地裂〔山崩〕：稿本"地裂"后脱"山崩"，据《元史·五行志》补之。

至元六年（1340年）地裂

《元史·五行志》："六年六月己亥，秦州成纪县〔山崩〕[1]地裂。"
校释：
[1]成纪县〔山崩〕：稿本"成纪县"后脱"山崩"二字，据《元史·五行志》补之。

至正十二年（1352年）地震

《元史·顺帝本纪》：十二年三月，陇西地震。
《五行志》："闰三月丁丑，陕西地震，庄浪、定西、静宁、会州尤甚，移山湮谷，陷没庐舍，有不见其迹者。会州公廨墙圮，得弩五百余张，长丈余，短者九尺，人莫能开挽。"

至正十三年（1353年）地震

《元史·顺帝本纪》：十三年三月，"会州、定西、静宁、庄浪等州地震"。

以上元代地震十五次。

明

太祖洪武四年(1371年)地震

《甘肃新通志》:四年春"正月己丑,巩昌、临洮、庆阳地震"。又十一年(1378年)夏"四月乙巳,宁夏地震,坏城垣"。十三年(1380年)十二月甲戌,"河州地震"。

成祖永乐元年(1403年)地震

《名山藏》:永乐元年十一月,宁夏地震。

英宗正统五年(1440年)地震

《名山藏》:正统五年十月,兰县、庄浪同以月朔地震,十日乃止,坏城堡、官民庐舍,压死男女二百余人。敕三司修葺赈恤之。《甘肃新通志》:十月十一月,屡震。

宪宗成化十年(1474年)地震

《甘肃新通志》:十年春三月,皋兰山麓地陷,坑没人畜甚多。冬十月丁酉,灵州大沙井驿地震,声如雷。又十三年(1477年)闰二月,临洮、巩昌等处地震。夏四月戊戌,宁夏城垣崩坏八十三处。甘州、凉州、巩昌同日地震。十八年(1482年),环县地震。二十一年(1485年)闰四月癸未,巩昌、固原、兰州、洮、岷等处俱地震。

孝宗弘治六年(1493年)地震

《甘肃新通志》:自六年三月,宁夏地震连三年,共二十处,有声如雷,倾边墙、屋宇伤人。又十年(1497年),宁夏、灵州、镇番等处地震。十四年(1501年),平、庆等处地震。十八年(1505年),庆阳地震。

世宗嘉靖元年(1522年)地震

《陕西通志》:嘉靖元年,宁夏地震,有声如雷。《甘肃新通志》:三年(1524年)秋九月,会宁、河州地震。十三年(1534年)闰三月,洮、岷地震。十九年(1540年)四月庚午,洮州卫地震。二十一年(1542年)九月甲戌、固原、宁夏、洮州同日地震。十一月,泰州属县地震,山崖崩坠。二十四年(1545年),秦安县地震有声。二十五年(1546年)四月初十日,肃州地震,有声如雷。八月戊子,秦安县地震,癸巳,又震。二十九年(1550年)十月夜,肃州地震。

又《大政纪》:三十四年(1555年)十二月,庆阳诸州县城陷没,人民压死,连震数月。

又《甘肃新通志》:三十五年(1556年),肃州地震,次年又震。又四十年(1561年)二月戊戌,靖虏卫、山丹卫地震。六月,固原、庄浪、宁夏地震,城垣屋宇皆摧,地涌黑黄沙水,压死军民无算,逾月乃止。四十一年(1562年)正月丙申,宁夏地震,倾边墙。四十五年(1566年)八月,清水县地震。

穆宗隆庆二年(1568年)地震

《甘肃新通志》:二年三月甲寅,庆阳、宁夏地震,宁远城崩。四月癸未,宁夏地又震。五年(1571年)十二月初七日,岷州卫地震,其声如雷,自东南起,经十余日渐止,城垣、民舍、半就倾倒,压死者无数。

神宗万历三年(1575年)地震

《甘肃新通志》:岷州卫自十月乙丑至壬午,地连百余震。又九年(1581年)六月,文县地震,山岩、城垣多坏。十六年(1588年)八月十九日,靖虏卫雷鸣地震。十八年(1590年)六月,靖虏、临洮地震。十九年十月戊戌,山丹卫地震。二十六年(1598年)正月丁亥朔,宁夏地震。三十二年(1604年)九月庚辰,巩昌诸处地一日十余震。三十六年(1608年)八月,宁夏、中卫诸处地震。三十七年(1609年)六月十一日夜,肃州狂风起,地大震,坏城垣、室宇,压死人畜甚众。连七八年,每年地震一二次,至四十五年(1617年)方止。四十三年(1615年)六月,宁远地震,从西北往东南,有声,洪广营月城倾倒。四十六年(1618年),清水县地震四十余日。次年(1619年)五月,狄道地震。

熹宗天启元年(1621年)地震

《陕西通志》:天启元年正月初一日夜半,宁夏地震如雷。初九日又震。五月,宁夏地裂数处,阔三四尺,长五六尺,中有气。《甘肃新通志》:是年十二月戊辰,宁夏石空寺地震。二年(1622年)九月甲寅,平凉、隆德、静宁、崇信、镇原、真宁等处,镇戎、平虏诸所地震,坏城垣七千九百余丈,屋宇万一千八百余区,压死男妇二千余口。四年

（1624年）五月十九日夜，庄浪县地大震，凡十四昼夜，山摧地裂。七年（1627年），宁夏各卫营屯堡，自正月己巳至二月己亥，地凡百余震，大如雷，小如鼓，城垣房屋悉圮。

庄烈帝元年（1628年）地震

《甘肃新通志》：是年，兰州、真宁等处地震。又四年（1631年）六月乙丑，临、巩等处地震，坏庐舍，损人畜。五年（1632年）十月十三日夜，成县地震。十一月，西和地震。十二月，成县地震。七年（1634年）七月十三日，成县地震，有声，自东南来，连数日不止。冬，全省大震，坏屋伤人无数。九年（1636年）三月宁远县地震。十一月壬子，灵台县地震。十四年（1641年）四月二十日，阶州地震；秦州、礼县地震裂水出。十六年（1643年）八月，灵台县地震。十七年（1644年），秦州地震，有两山合，民居入其中。

以上明代地震八十八次。

清

顺治六年（1649年）地震

《甘肃新通志》：是年，两当县地震裂，涌出黑水，山崩，坏民舍，压死人畜无数，半月始平。又九年（1652年），阶州地震月余，城垣尽颓，民屋多坏。十年（1653年）八月，礼县地震。十一年（1654年）六月，临、巩、平、庆等处地震，有声如雷，坏房舍，压死人民甚众。十二年（1655年），安定县地震数月，倾倒房屋，压死人口。

康熙元年（1662年）地震

《甘肃通志》：元年正月二十五日，伏羌县地震。七月十二日，静宁州大水，雷雨连昼夜，（地）[1]地震。又三年（1664年）六月，秦州[2]地震。十一年（1672年）五月，徽县，西和地震。十五年（1676年），阶州地震五月余，墙垣倾颓，压死人畜甚众。十六年（1677年），阶州地震，〔墙宇倾颓，压死人畜〕[3]，数月乃止。十七年（1678年），阶州地震。十八年（1679年），阶州地震，〔雨雹〕[4]树鸣。二十年（1681年），阶州地震。二十六年（1687年）六月，宁夏地震。三十四年（1695年），平凉府地震。四十三年（1704年）三月，平凉府地震。八月，真宁地震。九月，安化、环县地震。四十七年（1708年）七月，西安堡地震，泉源壅塞。四十八年（1709年）九月（二十）〔十二〕[5]日，凉州、西宁、静宁、固原、宁夏等处地震，伤人。中卫尤甚，河南各堡，平地水溢，〔鱼游，推出大石，有合抱者，井水激射,高出数尺〕[6]压死男妇二千余口。自是震动无常,人率露(宿)〔栖〕[7],年余始定。冬,庄浪所、阿坝岭等处地震〔伤人〕[8];靖远卫屡地震有声,摧塌边墙一千六百六十丈七尺、墩台二十座、民房二千余间,压死男妇三十二人。次年正月朔,复震。"四十九年(1710年),环县地震。五十三年(1714年),静宁(县)〔州〕[9]地大震。五十七年(1718年)五月二十一日,临洮、巩昌、秦州、平凉、庆阳、宁夏等处地大震,伤人畜,秦安尤甚。

校释:

[1](地):稿本衍"地"字,据《甘肃新通志》删。

[2]〔属〕:稿本脱"属"字,据《甘肃新通志》补之。

[3]〔墙宇倾颓,压死人畜〕:稿本脱"墙宇倾颓,压死人畜"八字。

[4]〔雨雹〕:稿本脱"雨雹"二字,据《甘肃新通志》补之。

[5](二十)〔十二〕:稿本误为"二十",据《甘肃新通志》改为"十二"。

[6]〔鱼游,推出大石,有合抱者,井水激射,高出数尺〕:稿本脱"鱼游,推出大石,有合抱者,井水激射,高出数尺",据《甘肃新通志》补之。

[7](宿)〔栖〕:稿本误为"宿",据《甘肃新通志》改为"栖"。

[8]〔伤人〕:稿本脱"伤人"二字,据《甘肃新通志》补之。

[9](县)〔州〕:稿本误为"县",据《甘肃新通志》改为"州"。

雍正三年(1725年)地震

《甘肃新通志》:三年十一月朔,环县地震,坏庐舍。又五年(1727年),合水地震。八年(1730年),合水、正宁地震。

乾隆三年(1738年)地震

《甘肃通志》:三年四月,文县地震。十一月靖远、庆阳、宁夏地震,平罗北新渠,宝丰、中卫、香山等处尤甚。〔一时〕[1]地如奋跃,土皆坟起,拆裂数尺或盈丈,水涌溢,其气皆热。村堡、城垣、堤坝、屋舍、窑庄尽倒,压死官民男妇五万余人。又四年(1739年)十一月二十四日,凉州地震。六年(1741年)十一月,正宁县地震。十三年(1748年)十月朔,环县地震。三十年(1765年)七月,会宁县,地震,〔城垣多裂〕[2]。十八日辰时,伏羌县地大震,倒塌房屋二万八千七百间,压伤〔人口〕[3]七百七十(人)[4]。五十年(1785年)三月初十日,永昌县地震。

校释:

[1]〔一时〕:稿本脱"一时",据《甘肃新通志》补之。

[2]〔城垣多裂〕:稿本脱"城垣多裂"四字,据《甘肃新通志》补之。

[3]〔人口〕:稿本脱"人口"二字,据《甘肃新通志》补之。

[4](人):稿本衍"人"字,据《甘肃新通志》删。

嘉庆二十五年(1820年)地震

《甘肃新通志》:是年正月初九日,镇番县地震,有声如雷,自西北来。

道光三十年(1850年)地震

《甘肃新通志》:是年,宁远地震,房屋倾倒。

咸丰二年(1852年)地震

《甘肃新通志》:是年四月初八日,中卫地大震,轰轰如雷者三次,地裂房倒,涌出黑沙泥,压伤男妇数百口,自是震动无常,月余始息。又十一年(1861年),宁远地震,东乡尤甚。

同治元年(1862年)地震

《甘肃新通志》:元年闰八月,皋兰县地震,有声自艮方来。又十一年(1872年)三月,皋兰县地震。十二年(1873年)正月二十六日黎明,肃州地震。

光绪元年(1875年)地震

《甘肃新通志》:是年九月,皋兰县地震。又四年(1878年)九月,皋兰县地震。五年(1879年)五月初十日,阶州、文县地震。〔阶州大水〕[1],十二日寅刻,陇右诸州县同时地震,山谷响应,土雾(巨)〔亘〕[2]天,场内碌碡相抵触,瓮中水倾出,室庐振落,压死人畜。阶州城中突起土阜,周二里许,各处山飞石走,地裂水出,杀九千八百八十一人。文县山崩水壅,城垣倾圮,杀一万八百三十余人。次年(1880年)六月二十五日,地复大震,杀四十二人。嗣后,阶州、文县震动无常,至十一年(1885年)八月十七日,震后乃止。六年(1880年),古浪地震。七年(1881年)(三)〔五〕[3]月,皋兰县连日地震。六月,礼县岳平大潭二里地大震,毙人民四百八十口,倾倒房屋四千百奇,牲畜无数。二十(三)〔五〕[4]日,西和、西宁等处地震。七月,通渭、秦安地震。十一月初二日子时,西宁、丹噶尔地震;巳时又震,其声自北而南。初三日寅时,四乡皆震。八年(1882年),二月初八日丑刻,西和县地震,有声。十一月,皋兰县地震。十年(1884年)十一月,皋兰县地震。〔八月〕[5]二十九日夜,秦安西和等县地大震,有声如雷。十三年(1887年)闰四月十二日亥时,西和地震,有声如雷。六月,皋兰县北乡红水等处地震,坏城垣庐舍。十二月甲戌,河州地震。十四年(1888年)四月,皋兰县地震。九月,秦州、西宁等处地震。靖远、芦塘营、永安堡、锁罕堡尤甚,倾倒城垣房屋,压死人畜无算。十五年(1889年)八月,灵州地大震,倾倒房屋甚多。九月地又震。十六年(1890年)正月二十八日卯时,西宁县地震有声。十九年(1893年)四月十七日,西宁县小南川员尔干地震,倾倒房屋三百余间,压毙人口甚多。二十一年(1895年)十二月初四日夜,山丹县地震有声,自西南而东北。二十三年(1897年)正月二十四日,省城地震。二十八年(1902年)十二月除夕,永昌地震。

校释:

[1]〔阶州大水〕:稿本脱"阶州大水"四字,据《甘肃新通志》补之。

[2](巨)〔亘〕:稿本误为"巨",据《甘肃新通志》改为"亘"。

[3](三)〔五〕:稿本误为"三",据《甘肃新通志》改为"五"。

[4](三)〔五〕:稿本误为"三",据《甘肃新通志》改为"五"。

[5]〔八月〕:稿本脱"八月"四字,据《甘肃新通志》补之。

以上清代地震七十五次。

民国

民国九年(1920年)十二月十六日酉刻,甘肃全省大地震

山崩地裂,人民压毙二十余万,牲畜数十万。被灾重者三十余县。东路会宁、静宁、隆德、固原、海原为最重,城垣均塌。静宁祁家山倒入长源河者七处,水溢道路不通,会宁自清江驿响河至静宁抱龙川下五里桥,都为崩山压没,交通断绝。宁县镇原次重。定西、平凉、崇信又次之。南路天水、秦安、伏羌、通渭、清水五县最重。通渭房倒塌十余万间,人民死伤一万三千有余,山崩了八处,四岘山、侯家山更甚,修复半年始峻。陇西、武山、两当、礼县次之。北路靖远为重,城垣倒塌。宁夏中卫次之。西路较轻。兰州及皋兰次重,震约十分钟,墙屋亦有塌坏伤人畜的,过了七日又震。凡地震先期有预兆,多见山头夜间喷火,井泉水溢。此次地震,英国米尔纳地震纪录,为世界大震之一,以甘肃泾原区为发动地。

民国十六年(1927年)农历四月二十三日卯刻,河西地震

古浪县最重,城垣倒塌,人民死伤五百余人,县衙及民屋倾倒甚多,县长杨有恒夫妇压毙。武威次重,县长王钰及其母压死。其他县又次重,被灾者共三十万人。兰

州震约五分钟,皋兰山崩落数处。

以上历代地震共四百一十一次。远代较少而近代多,当以年湮代远,史册不免失载。其间有连震多日,或至累月而未有明确次数的,只作一次入录,识备考。

年谱等

皋兰乡贤事略

余修太昊宫后,复于五泉山立皋兰乡贤祠,奉祀吾皋兰前代人物之尤著者。因请王君烜、李君九如、王君国香分纂事实,用白话体标而出之,书于祠壁,以期游人一目了然。

乙丑夏五月,刘尔炘识

晋

麹 允

为晋愍帝的宰相。那时正是五胡乱华的时节。有刘曜,领兵马几万,来逼长安,允就带兵迎击,将刘曜的大将殷凯拿住。刘曜又去攻北地,允又率兵去救,曜听得他来,又转去攻上郡,允遂驻兵灵武。因兵少,不敢前进,刘曜乘这空间,又去攻北地,允又带兵救北地。到了北地城外数十里,群贼情急,绕城放火,使烟尘蔽天,诈向允说郡城业已破了。允信以为实,众兵个个怕死,于是溃散。不料北地望救兵甚切,过了几日,支持不住,才被刘曜占去。

允的为人,仁厚有余,总想拿爵禄固结人心,不料那些带兵的将官,越姑息越不能用了,羌胡因此也就越跋扈了。后来刘曜攻打长安,长安百姓大半饿死,城中万分危机,愍帝出降时,不免怨允误事。允仍是一片忠心,从帝而去。帝到平阳,受了刘聪百般的羞辱,允伏在地下号哭,几乎不能起来,刘聪大怒,把他下在狱里,允心中愤郁,觉得忠君爱国的事,是作不到了,于是乎自杀而死。刘聪虽是胡人见他尽了忠,也很佩服他,赠他为军骑将军,谥为节愍侯。

唐

辛云京

祖上以来,为唐朝的将官。云京胆大力大,积了多少军功,官至太常卿,又率兵暗袭滏阳,追破史思明的贼兵,朝廷升他代州都督、镇北兵马使。后来太原军乱,代宗用他为太原尹。他的法度甚严,有过就罚,有功就赏,毫无偏私,所以军中都怕他,都服他。

唐时的回鹘,是为唐朝立过勤王功劳的,恃功骄傲,每次入朝,到处钞略民间财物,习以为常,谁也不怕。云京作了太原尹,把他们照外夷管束,不准乱来,他们也就不敢放肆,不几年太原大治。

云京官到了检校左仆射而卒。代宗听得他死,流下泪来,随后郭子仪、元载在代宗前说起云京来,代宗还是流泪不止,思念他的功劳哩。

辛京杲

是云京的从弟,随着李广弼在嘉山地方与贼打仗。唐肃宗听得他很勇敢,就教他为英武军使,到代宗时,封了肃国公。他因年老,辞官不作。后来朱泚反了,占据京城,他因老病不能从帝,竟然哭死了,他的至性,真算是少有的。

辛 谠

是云京的孙子,性廉劲,济人之急,一诺千金,年至五十岁,尚不肯出仕,却长有慨然济时的意思。

庞勋造反,攻打泗州,谠即时到泗口从贼栅中穿进去,见守泗州的杜慆,慆素日听得他的大名,就握他的手说道:"我的僚佐李延枢,当说你的为人,不料今天这个危机的时候,竟然能来,真可佩服,我这城池可以不用忧虑了。"谠就慷慨答应,共济艰难。当即仍回家中,诀别妻子,复来泗州,与慆共生死。这时贼的气焰很盛,把城围的飞鸟也不能过,谠竟设奇计,冒白刃独往独来,真是人所不能的。不多日贼将李圆将淮口都烧了。谠见事已紧急,非向别处求援不可,乃乘夜出城过淮,奔驰三十里,到洪泽,见了守将郭厚本告急。厚本许他出兵,大将袁公异说贼众我寡不可前往,谠拔剑睁目说道:"泗州陷在旦夕,你们逗留不进,辜负国恩,就是活在人世上,也是可羞。且失了泗州,淮南也不能守,你能独存么?"说时就提剑向前,要杀公异,厚本急掣其肘,公异避免了,谠仍望着泗州恸哭。帐下的人,都感动流涕谢众。

刻日到淮上,有人说贼已破城,谠知是谣言,仍催大家上船渡淮。慆望见救兵已到,出兵里应外合,将贼击退。谠进了城,人心大定。这时浙西杜审权,也派兵来援,慆要派人犒劳,军吏都不敢去,谠又单身独往。过了几天,贼又围城,救兵也多打了败仗,一日比一日危险。

谠又连合壮士徐珍等十人向淮南求救,乘黑夜里持斧斫开贼栅,出见节度使令狐绹,又往浙西请兵五千,与贼打了一仗,杀贼六百人,才得入城,前后十个月,才解了围。慆表奏他的功,朝廷授他监察御史,他还说我的功非杜慆不能成的。

谠年少时,在野外耕田,有二牛斗,人都惊怕。谠向前,两手把牛角捉住,牛就不能动了,停一会,牛一引触,竟然把角折下来,看的人都骇钦他有神力。

明

石执中

　　字唯一。身材长,美须髯。永乐三年(1405年)的举人,由刑部主事升到郎中。他在部断过的狱,都是平允。后升到山东右布政使。平生性行廉介,不肯阿谀人,尤勤于政事,谨慎小心。宣宗器重他的为人,尝把他姓名记在御屏上,并且赐诰褒美,说他是个贤臣。

聊 让

　　字公逊。肃王府仪卫司余丁。好学问,并且明习当时的世务。景帝嗣位以后,因为从前奸臣王振在朝,蒙蔽皇上,危害甚大,就大开言路,教当时的吏民都上书言事。

　　景泰元年(1450年)六月,让就赴京上了一本。大略说人君要延访有智术有才能的士人,布满朝廷。宦寺不可教他干预政事,小人不可教他居在高位。能多把贤士大夫接洽,少同那宦官宫妾亲近,自然就能革除奢靡的气习,戒去游佚的快乐,心一正而天下就治了。又说人君能容直言敢谏的臣子,那么国家的利弊,百姓的休戚,臣下都可以尽情上达了。

　　他这本奏书上去,景帝很是嘉奖。后四年,中了进士,官江西南昌知县。他是有志操的,不会攀附那些权要。上司不喜欢他,被参劾了,他也不在意,就罢官而归。

段　坚

　　初号柏轩,后改容思,人都叫容思先生。当秀才时,就有志学圣贤。

　　景泰五年(1454年)成进士,铨了山东福山县知县。福山是个偏僻小县,风俗鄙陋,先生刻了朱子《小学》,教百姓们读书,不上两年工夫,连那乡庄上,都有了读书的声音,风俗居然大变了。

　　最后作河南南阳知府。南阳的风气,向来念书的人,祗知道作几句文章,圆个功名,说起圣贤的学问,都不讲究。先生知道这个原因,由于学官不好,遂传集各属学官,告以古人为学的法程。又创设志学书院,聚齐府县学的秀才,亲自讲解四书五经,及程朱各先生的理学书。又怕不表扬地方的人,做个榜样,人便不能感奋,遂创建节义祠,祭祀地方的烈女。一日有个已经许人尚未出嫁的女子,听着丈夫死了,自缢而死。先生领了僚友,亲去祭奠,又请了旌表,地方风化因之大变。这种办法,真不愧学道爱人了。南阳的百姓,爱先生如父母,像家家屋里有一位先生,管教他们,不敢为非作恶。先生在任八年,临去的时节,百姓送的,过了自家的地界,仍然络绎不绝。后听先生殁了,在南阳府成立了祠堂,春秋祭祀。现在皋兰城内,尚有"理学名臣"的牌坊[1],说起先生,人都肃然起敬。

校释：

[1]"理学名臣"的牌坊：位于兰州城东段家台，即今东方红广场西口，嘉靖间南阳进士朱徵为其老师段坚所建。1940年前后，为疏散居民，由当局移至东稍门外。1952年拓路被拆。

文志贞

字正夫，天顺元年（1457年）进士，在部里当行人官，朝廷派出各省巡查人员，流弊甚多，志贞请将出茶销茶地方，一概改用御史巡查，一时百姓称便，升户部广东司郎中。

志贞性明敏，作官后又能处处留心，练习通达，因此在郎中任内，有能办事的声名。我们皋兰，自古无人修过志书，志贞每以为憾，创修了一部志书，名《兰县志》，总算是有功于的地方了。

赵 英

字储秀。十四五岁时，每日能读几千字的书，背诵不差。二十岁，中成化八年（1472年）进士，补河南宜阳县知县，升湖广道监察御史，巡按山东地方，旋又放了保定府知府。

因丁父忧，回家守制。保定的绅民，待他三年服满，到京恳请仍放保定知府，朝廷也就准了。将他升为山西参政，却留在保定知府任内办事。有一年京城附近一带，遭了年荒，太仆寺衙门，还按照旧例教百姓供给草束养马，他就上了一本，全行免了。一时的百姓真是感激不尽。

英少时即通晓五经，又有才情谋略。做官以来，民间都歌颂他的好处，声名是有一无二。生平著作有叫《斐然稿》的，有叫《防边策》的，有叫《修河类稿》的，有叫《较菴集》的，可惜都失遗，如今找不出来了。

陈 祥

字吉夫。生性不凡，有节操，爱读书，中成化七年（1471年）的解元，十年的进士，补刑部主事，升员外郎。朝廷因他勤慎，放山西按察司检事，升四川按察使，前后作官三十余年。遵法守度，不敢胡来，自始至终，一致不变。所到地方贪官污吏，无不怕他。后因年老，辞官回家，还是闭门读书，不肯出来应酬。有时吟诗作文，自乐其乐，所著书名《考菴集》。

彭 锭

字世资。幼年丧父，养母至孝，待亡兄遗孤，尽心尽力。其初好拜佛念经，后来见了胡致堂的《崇正辨》，知道走差了路，立刻改了，遇丧祭事，一概遵照古礼，不用僧道。尝在外作客,有朋友殁在客店中,他就背负骸骨,归里葬埋。

长子名泽,就是彭(辛)〔幸〕[1]庵先生。当(辛)〔幸〕[2]庵先生作徽州知府的时节,因要嫁女,置漆器数十件,使人送到家中,他见了大怒,以为泽在官枉取民财,就步行到徽州,当面教训。泽闻父亲到了,大惊出迎,教当差的人背上行装,锭发怒说道:"我背着走了几千里,你连这几步也不能背吗?"进了衙门,就将泽痛打,教训了一番,仍然背起行装,走回家来。泽又愧又悔又悲痛,越发愤刻苦为人,所以后来遂成了我们皋兰有明一代的名臣。

校释:

[1][2](辛)〔幸〕:铅印本误为"辛",据《幸庵老人墓志自述》改为"幸"。

彭　泽

是段容思先生的外孙,自幼从容思先生读书,学问甚好。中(宏)〔弘〕[1]治三年(1490年)进士,官作到辽东巡抚,右副都御史。

武宗时有刘惠、赵鐩一伙人,在河南地方作乱,朝廷命泽征讨。泽到河南,大小几十战,四个月功夫把河南平定,因此升为右都御史,加太子少保。又有鄢本恕、蓝廷瑞、廖惠、曹甫、廖麻子、喻思俸一伙人,在四川地方作乱,比那河南更利害。朝廷以泽办河南军务很好,就教他征四川。泽到四川,先把鄢本恕、蓝廷瑞、廖惠、曹甫打平了,还有廖麻子、喻思俸,气焰汹汹,闹个不休,泽进兵活捉廖麻子于剑州,活捉喻思俸于巴通,全省乱事,一律了结,前后也不过四个月。武宗大喜,升为左都御史,加太子太保。

泽体格高大,声音洪亮,威风凛凛,令人可畏。带兵的时节,纪律严整,兵将临阵,各个奋勇,所以能成大功。

校释:

[1](宏)〔弘〕:铅印本避清高宗弘历讳,将"弘"改为"宏"。

田　荆

字西泉。祖父名中,从北直隶蠡县迁到兰州,遂为兰州人。荆中正德六年(1511年)进士,点了翰林,升兵科给事中。京城地方遇着饥荒,他上折子发太仓粟米五千石,赈济穷民。放四川按察司佥事,百姓有犯法赎罪的,就用赎罪钱,造了木桶几万个,旁观的人,不知他的用意,不免笑他。到了后来,地方遭了水灾,凡把着木桶的人,都免漂流,因此救了几万人的性命。

他生性不爱谄媚人,终被大官有势力的造言揭参,罢官而归。他的诗最好,有一种温恭刚正的气味。后来的人,都说是学不到。

刘 漳

字永济。正德十二年(1517年)进士,补户部主事,改兵部主事,升车驾司员外郎。(正统初年)〔正德十六年〕[1],武宗晏驾无子,大臣迎立兴献王之子,是为世宗。世宗登极,想尊崇他的父母,一般势利之徒,迎合上意,起初议称兴献王为兴献帝,王妃蒋氏为兴献皇后,后来又要称为兴献皇考、兴献圣母,越议越不合礼。漳率他同衙门名叫陶滋的共二十有五人,哭谏于左顺门外,世宗发怒,加以廷杖之刑。漳幸免于死,迁郎中,放河南开封府知府。

到任后,把不正当的庙宇,立刻拆毁。有可疑的案件,细心审问,唯恐冤人。朝廷考查治行,定为第一。升四川按察司,调山东左布政使,所到之处,贪官污吏,闻风逃避。提升副都御史,旋命巡抚辽东。这时辽东正遇荒年,他放粮施赈,全活的不下几万人。其先辽东兵丁,因闹饷把巡抚逼着跑了。漳到任后,那些兵丁,因为心虚,仍然造反,漳不慌不忙,办了四十多人,就平定了。朝廷大加褒奖。后因年老辞官,辽东人替他修起祠堂,不忘他的功德。

校释:

[1](正统初年)〔正德十六年〕:铅印本误为"正统初年",据《明史·世宗本纪》改为"正德十六年"。

殷承叙

字民化。少年时节,就有不凡的气概。中正德九年(1514年)进士,补河南南阳府推官,能办事,能断官司,严正明了,不失体统。升刑部主事,正在明世宗登极尊崇他本生父母为皇考圣母的时节,日日会聚百官,商议典礼。嘉靖三年(1524年)七月,世宗亲自到左顺门,召见百官,商议这事,百官明明知道这事是不合礼的,因约了各衙门的同志,跪在左顺门外,痛哭谏诤,声震殿陛。世宗大怒,将他们下在监里,分别惩办,承叙与翰林院编修名叫陶滋的共有八人,受廷杖而死。

隆庆初年(1567年),赠承叙光禄寺少卿,并荫一子。

陈 锡

字本诚。当嘉靖八年(1529年),兰州遭了年荒,饿死的人,无人掩埋。锡捐钱提倡劝有钱的帮助,在城外空旷的地方,将无主尸骸,尽数掩埋。忙了几个月,掩埋过的尸骸,有一万多。

那时彭(辛)〔幸〕[1]庵先生正在家里,见锡有这般义气,请于地方官,为他挂匾旌表。到了十八年,又遭饥荒,锡又倡率众人,照前次的办法,又办了一回。此次的功德,较之八年,似乎更大。

校释:

[1](辛)〔幸〕:铅印本误为"辛",据《幸庵老人墓志自述》改为"幸"。

段 续

　　字绍先。嘉靖二年(1523)进士,官云南道御史。那时世宗尊崇他本生父母的典礼,已有新进士张璁同南京刑部主事桂萼、侍郎席书诸人,迎合上意,说如何称皇考,如何称圣母。续于复议的时节,约他同衙门的陈相上疏,揭明张璁、桂萼等的不是。人皆服其有忠肝义胆。疏既上,世宗大怒,收监问罪,幸而从轻发落,仅贬到郾城地方做县丞。后来升了杞县知县,均平田赋,革除积弊,声名很好,又升了湖广参议。

　　恰值朝廷有修显陵的工程,派他督工。显陵是世宗皇帝为他生母蒋氏修的,甚为郑重。续办理得法,不但工坚料实,还省了十余万两,升密云兵备副使,辞官回家。

　　续在家为民间创造水车,把河水倒转上来浇灌田地,至今沿河一带庄稼人,还仿照他的样儿,造车灌田,以食其利,真所谓百世之泽了。

颜 锐

　　字进之。生来有一种坚强心性,遇事能容忍,读的书很多,又能写字。以岁贡生,作河南新郑县知县,干事雷厉风行,百姓告状,随到随断,毫不积压。

　　到任之后,有个沈生,幼小时节,他的父亲,因与某家相好,将其女儿定为儿媳,不料沈生长大,父亲去世,家道一天不及一天,某家后悔,把女儿另许别人,这时沈生业已入学,成秀才了。将这事告在县里,县里受了贿,搁置不理。锐适以新官到任,沈生遂又来告状。某家仍拿银到衙门运动,锐不论皂白,将他的银子收了,盼咐某家赶快把女儿嫁了。到嫁的那一天,鼓乐喧哗,妆奁塞道,路旁看的走的,正在拥挤不开的时节,忽有一群衙役,从人伙里出来,把花轿等等,一概拥进县衙门去。锐立刻升堂,替沈生换了新衣新帽,同花轿等等,仍从衙门放出,锐亲自同他的夫人,送到一所预备好的宅子内,看着行了礼,成为夫妻。然后回府,将某家传来,当面说道:"你家不情愿沈生的意思,不过是嫌他穷,今拿你家送我的那笔款,替他买了房子,买了器具,下余若干,留作以后念书的费用,他就永远不穷了。"某家叩头谢罪而罢。

　　后来沈生中了进士,在甘肃做官到了兰州,到锐的坟上哭祭了一场。立碑报德,也是一时的佳话。

陆 坤

　　字子厚,十九岁中嘉靖十四年(1535年)进士,补授刑部主事,升员外郎,升郎中。清洁谨慎,干事公平。

　　当时有个隆平侯,纵容他的爱妾,闹出杀人的事。问案官不免徇情,坤独能照着他犯的法定出罪来，人心大快。

朝廷派他到四川办理恤刑案件，细心审问，救出情节冤枉的，有一百多人，升了霸州兵霸。

其时河道淤塞，河水淹了临河各村庄田地。坤查出有田地的富豪，教他们修河，不累无业贫民。因这件事，惹了宦官高忠，调唆少监宋宗，将坤参了，收监问罪。贬云南浪穹县典史，升岳州府推官，升山东青州府知府。

到了青州，正值年荒，坤开仓放赈，救活百姓一万多人，升蓟州兵备副使，竟以劳心过度，卒于任内。卒后贫无一钱，不能殡殓，全靠吴巡抚帮助，才将灵柩搬回安葬。

坤生平著作有叫《如樗子集》的，有叫《云思漫稿》的，如今全找不出来了。

葛廷章

字朝宪。嘉靖十七年（1538年）进士，为行人宫，升户部给事中，放南直隶凤阳府知府。

凤阳地方，旧有宦官驻此办事，常以属员礼节，看待知府。廷章到任，以为不合仪注，反抗起来，宦官借别的事，将廷章参了一本。朝廷查明缘由，不给廷章加罪，将他们两家定为平等礼节。

不久年岁大荒，贼盗四起，文武各官都想发兵剿办。廷章以为百姓都是好的，只为饥寒交迫，不免聚众妄为，遂出了一道告示，切实开导。那些造反的人立刻解散了。又发仓粮，检极穷的散了赈济。有能归还的，借给口粮。一时全活甚众，民间有卖了的子女，替他赎还。廷章在凤阳的政绩，称为天下第一。凤阳库里，向于正额而外，有长收的银两，廷章一概归公。

升了江西按察副使，著副使衙门，旧日积压公文很多，廷章到任，应断的断了，应驳的驳了，详详细细，一毫不苟。有情节可疑的，虽前任已经断定，他立刻翻案，必为百姓申冤。所以百姓，爱戴他的仁慈，佩服他的精敏。后来他有了病，还是日日办事，忽一日衣冠整齐，端坐而卒。就此临死不乱看来，不是有根底的人，谁能够哩。

邹应龙

嘉靖三十五年（1556年）进士，升御史。时严嵩专权，儿子严世蕃，仗着权势，无恶不作，孙子严鹄、严鸿，家人严年、幕客罗文龙，同恶相济，随便害人。先前多少人参他父子，有遭杀身之祸的，有贬到远方的，因此人人惧怕，谁敢再说严嵩父子的不是哩。应龙从未作御史的时节，就把严嵩父子的事，查得清清楚楚。作了御史，连性命不顾，就上折子，说严世蕃如何卖官得钱，严年那伙人如何骚扰百姓，严嵩如何溺爱庇护，说的件件是实，句句中肯。世宗大悟，立刻把严世蕃下狱，问了死罪。严嵩免了官，遣回原籍。这件事大快人心，邹御史的名，也就传闻天下，妇人孺子，没有不知道的。

胡执礼

字汝立。嘉靖三年(1524年)进士,补四川保宁推官,每问案件,能够当堂看出两造的隐情,且能使那奸谋诡计,不知不觉,各自发觉出来,以此为上官夸奖。

升刑部主事,改吏部主事,升文选司郎中。文选司旧弊很多,执礼用心访查,该超拔的超拔了,该起用的起用了。

后来升了应天巡抚,先把沿江各防卡整顿了一番,多储粮饷,以备不虞。府县官有不称职的,都撤换了。百姓有积欠粮草的,都蠲免了。此外又注意于债帅、营伍两事。何以谓之债帅?唐朝节度使,往往借债,运动得缺,到任后苛削百姓,弄钱还债。当时带兵人员,颇有学那个样儿的。执礼所以认真约束,不许害民。至于营伍,关系一省的治乱,必须操练齐整,有事才靠得住。所以整顿营伍,丝毫不苟。

这时正是张居正当宰相。御史余懋学、江文辉两人,参过居正,居正常想报复,应天百姓,适有因丝捐聚众闹事一案。居正党人给执礼信,要将余江两人姓名,夹在丝捐案内,执礼终未答应。单查出案子内为头的一个人正法。后来生员吴仕期,又闹乱子,文案官捏造证据,又将余江两御史,罗织案内。执礼绝不会衔,说我不能拿无罪的好人,去顺承人。后来居正父死,不回家守制,执礼特表奏王锡爵孝行,以愧居正。像这等事,真可谓义气过人了。

调户部郎中,兼管仓场事务。因与居正不合辞归。后起用为户部左侍郎。卒赠户部尚书。

段 补

字希仲。前密云兵备副使续之子。九岁能作诗文。中隆庆五年(1571年)进士,作曲周县知县,凡百姓的事,都能实心去办,不辞劳怨,人都称为循吏。

调河间县知县,内用为南京户部主事,监督南京仓粮,凡一出一入,明明白白,毫不含糊。〔奸弊〕[1]一概革除。

丁母忧回家,三年之内,不喝酒,不吃荤,哀痛哭泣,瘦骨如柴,未几而卒。像这样能爱民,能尽孝的人,真不愧为容思先生的族孙了。

校释:

[1]〔奸弊〕:脱"奸弊"二字,据《重修皋兰县志》补之。

王道成

字能宏。父名化。万历四年(1576年)举人,作山西蒲县知县。生前续修兰州志书,未曾修完。道成生而有才,读的书又多,万历二十九年(1601年)进士,分发四川,补华阳县知县。为百姓减差徭、均田赋、开通水利。不多几年,声名大起,升吏部郎中。

在郎中任内,除了本管上司之外,不奔走权要之门,又常以"不爱钱"三字自勉,所以巡抚张应宸保奏他,说他是忠贞洁简,劲骨清标。

丁忧回家后,搜辑他父亲的志书稿子,作《兰州志》十二卷行世。

韩　谦

天启二年(1622)进士。未中进士以前,他父亲死在扬州,他奔走数千里,将灵柩搬回安葬。他母亲天性严正,他和颜悦色的孝奉,能得欢心。孝奉两位叔父,不异自家的父亲。

初任做官,在南直隶宿松县,县中旧有陋规是鱼税、是芦苇税,谦到任一概蠲免。调溧阳县知县,又蠲免漕军折干陋规。漕军是征收漕粮的壮丁,他一经干,便把那交本色粮的人,多方勒掯,盘剥取利,谦剔除此弊,百姓便之。又慎重命案,凡因情节可原翻案救活的数十人之多。

调户科主事,派往宁远地方,管理军饷。旧日管军饷的习惯,一出一入,都有克扣,又不肯按时支发。谦接事立将积弊革除。

旋任四川重庆府知府,凡民间完纳钱粮杂税,必亲自查访,倘有不遵定章格外需索等弊,必剔除净尽。所到之处,无人不感激德政,颂念不衰。

曹守忠

生性慷慨,做善事不惜钱财。遇着灾荒,亲自舍饭。出粟平粜,逃难出外的,送钱帮助,贫穷有病的,舍药医治。生平遇了两次凶年,都是这样办法。

他的祖父名珍,因文庙倒塌,曾捐款修理。到了他的时节,文庙又有工程。他仰体先人的意思,仍然助款。故一时称为义民。地方官大为表扬。

张　略

为人朴实俭素。自幼好讲究学问,喜谈报国爱民事。以天启七年(1627年)举人,作直隶献县知县,廉俸以外,不妄取一钱。应办的事,无不尽心竭力。廉惠之名传遍朝野。

后来辞官回里,关门读书。崇祯十六年(1643年),李自成之变,流寇陷兰州,威逼投降,略不肯,抗节而死。

段字辛

字西宇。是容思先生之后。为诸生,讲究气节。居家时,对家中人讲古人嘉言善行,家中人无不感动。崇祯十六年(1643年),流寇破兰州,一般人都是随波逐流,希图保全性命。字辛想我是理学名臣的后人,岂能玷辱先人。整了衣冠,不慌不忙,到容思先生祠堂里,悬梁自尽。子妇王氏是平日听过道理的,跟着亦自尽了。

清

岳镇邦

　　字定寰。是岳大将军的祖父。先是为汤阴人，是宋朝岳武穆十九世的孙子。万历年间，镇邦的祖父做官到甘肃，遂为兰州人。顺治初年，镇邦移居河西，相传在永泰堡居住。那个地方，本来番汉相连，流寇甚多。镇邦就谋保卫地方招募士卒，大破叛贼米喇印。三多尔吉部入寇，又被他打败了，并拿获番部的头目。官府见他有功，就荐他作武官。他因母老，辞不就。康熙二年，始为南川守护，升都司。

　　靖逆侯张勇荐他材武，授甘肃抚标中军游击。吴三桂反，逆党一万来人，来犯临巩，镇邦带着护送粮运的兵五百人，以少击众，把贼将李虎牙打败，杀敌一千多人。升临洮协副将，后来升到大同镇总兵左都督。

　　镇邦虽是武夫，他在乡里上，很谦让，能和睦宗族，爱周济穷人。其弟镇鳌，官至游击，早死遗孤幼小，镇邦抚养成人，待之如自己的儿子。他的儿子，名升龙，官作到四川提督，卒谥敏肃。他的孙子，名钟琪，官至川陕总督、宁远大将军，封威信公，卒谥襄勤，就是人叫岳大将军的。升龙在四川时，奏请入四川籍了，故岳大将军，也不算是皋兰人。

岳升龙

　　字见之。镇邦长子。自幼好读书，喜武艺。由诸生从军，补永泰营千总。吴三桂造反，游击许进忠，暗里相通。升龙探知，密告靖逆将军张勇，乘他醉卧时，绑而斩之。

　　康熙十四年（1675年），西宁总兵王进宝征兰州叛贼，贼斫断黄河浮桥，官军用皮筏渡河。升龙奋勇先渡，把贼打退，赶到城下，左腿中伤，仍然不退，遂把兰州完全收回。

　　自此累立大功，官至四川提督，就奏请在家养亲，并入四川籍。殁后谥为敏肃。升龙居永泰堡的时节，永泰堡内素无水，取水甚远，往返为难，升龙想法子，引水入堡。从此人人称便，至今利赖。

萧光汉

　　字功一。岁贡生。为人严正，不妄发一言，不错行一步。在里中教授时，虽夏天极热，不释衣冠。他看了冯从吾先生的《关学编》，说："先圣无二传，后贤无二学，学而分之曰关，不怕启门户争端么？"李二曲先生集中有《观感录》《富平答问》《学规》《学程》各种，比较圣贤道理，未免有些不纯，光汉就为文辨之。

　　光汉的学问，宗同里段坚，段坚之学，专尊程朱，兰州讲学的，首推段坚，光汉就算是第二段坚了。所著的书《名松轩笔记》。

李　炳

拔贡生。作江苏金匮县知县，日骑一驴，巡行田野，见禾苗好的，把田主传来，大为嘉奖，或赐以酒食，见荒芜不治的，就大加申诉。忽一日发出小麦数百石，交与百姓们教磨面，并要将麸子一并交来。不多日子，又把所收的麸子发出，教百姓们都造醋。百姓们哪里知道他的用意。

原来金匮县里，多是旱田，炳一心要兴水利，把全县山川就查看遍了，唯有湖水浇灌田地最好，无奈被大山阻隔，炳想把山打个洞引水出来。百姓们都以为难，炳不管长论短，只发出号令，教他们分别阡陌，修理沟渠，用磨成的面，养了多少石匠，日日凿山，凿不动处，用火烧之，用造成的醋浇之，浇了又凿，凿了又烧。吩咐百姓，听着水声快来报告。一日闻水声淙淙，即令抬出大炮，安置洞口，对着轰击，猛然间洞开水涌，各处沟浍皆盈，向来薄田，一旦变为肥壤，金匮水利于是大兴。百姓们给他修一座祠堂，名叫李龙王庙。

梁济瀍

字静峰。少时闻段容思先生之风，立志为学，要做个正人，从此所言所行，都本着道理，不敢苟且。

他天资甚高，点了翰林，散馆授刑部主事，升云南司郎中。刑部所办的事，都是各省人命案件，关系很重，稍不小心，就要冤枉人。济瀍在部二十年，处处不苟，翻过的冤枉案不少。

后因年老，辞官回家，当兰山书院山长。教人专在品学上注意，录朱子白鹿洞的学规，刻成卧碑，安置在文仁堂中，教士子们都照着做学问。一时的士子，受了这个教育，品学都不错。

秦维岳

字晓峰。乾隆五十五年（1790年）进士，授翰林院编修，迁御史，升兵科给事中，充辛酉科顺天乡试同考官，外放湖北盐法道，属布政司。在翰林时，所献赋颂，选入《皇清文颖》，当御史时，奏漕粮积弊。大有关于实政，任盐法道最久，弊绝风清，盐务极有起色。滑县军兴，筹款二百多万，以为兵饷，军事赖以平定。

后来因亲老辞官回家孝养。父母死了，在坟上守着不去。家居二十年，置义田，恤宗族，倡建五泉书院，续修《皋兰县志》，都是些要紧事，人人佩服。

段傲仁

号愚山。道光元年（1821年）举人，在平凉作教官十余年。学校的人，服其品行，无不敬重。后因年老，辞官不做。正在预备回家的时节，忽然有了军务，路上不能走，只得暂且居住。

同治二年(1863),穆三把平凉城围了六个月,用地雷打开。做仁本是个交卸人员,就是逃走,也何尝不可。他见阖城的人,都无生路,自己平日讲究的是什么？一旦有事,只知道保全身家性命,何以为士子的表率？遂对其妻吴氏说事已到此,我们应该早些找个死路,就穿了朝服,到文庙成殿上,向北叩头毕,同在任的教谕王汝揆,对缢于钟簴下。吴氏亦就自尽了。

陆 升

就是禄江。改名当兵时,营册误其姓为陆,后遂未改。是个有智谋的人,在营伍中多年,经验很好,其初从征乱有功,升平罗营千总,渐升守备。

同治(九)〔元〕[1]年(1862年)十月,河州东乡变乱。总督派提督某道员某前去安抚,贼假意听从,约到狄道城定议。提督某信以为真,带了贼头目数人,马队数百,到狄道城下,叫守备开门。是时,陆署临洮营部司,专守城,决意不肯放进,提督某对升说:"君若不信,教他们杀几个贼作凭证。"话犹未了,忽然有群贼蜂拥而来,那头目等就教手下的人马快去打仗。不多时斩了十几个首级,其余一概逃走,于是人人欢喜,信以为实。升仍不开城,说是诈术。却碍着提督某的面子,无法拒绝,于是在城里埋伏了兵,才把城门开了。贼果放出杀声,一拥而进,幸有埋伏起来,迎头痛击,杀的杀了,跑的跑了,拿住几个,问明口供,才知全是假降。

同治二年,贼又把城围了,城内的奸细,暗里放进了三十多人,都是大头目,打算里应外合。升不露声色,乘他们未起事,一概搜拿诛灭。事前升会与旧任县官房廷华,连名禀请总督派兵,久无音信。到了紧急时,有与署理知县屠旭初刺血书求救,连去十二次,不见救兵到来,被围了一百五十多天,粮都完了。八月二十七日五更时候,贼偷开南门,升在西城闻信,带兵去堵,贼越来越多,升右臂忽中枪弹,不能支持,乃回衙坐在火药笼上,教人点起火来,轰的一声,肢体飞入空中去了。

校释:

[1](九)〔元〕:铅印本误为"九",据《重修皋兰县志》改为"元"。

曹 煜

字晓霞。幼丧父,事母十分孝敬,弟俱幼,一名熙,一名炯,聘请名师,在家教训。后来熙由廪贡生,历官陕西府厅州县,有"曹青天"之名。炯成了翰林,做过淮阳道。

煜一生作的好事不少,修皋兰书院,创龙泉里塾,补修三公桥,展宽上沟一带的道路,是其大者,皆于地方有益。

更有一件事,人人传为美谈。煜当铺里的小学徒出外收账,收了五十两银子,半路里遗失了,当铺里不依,那小学徒就要寻死。煜闻之说道:"吾昨日上街,拾银五十

两,正要找寻失主,既然如此,银子原是我家的,就为我家出一笔使帐罢了。"于是那小学徒才得安然无事。

邵绳祖

　　字绩侯。天性诚笃,九岁丧父,哭泣不止,就像成人的样子。道光二十六年(1846年)第三名举人。他祖父中举,亦是第三名,人都以为奇。

　　咸丰年间,在肃州作学官。同治三年(1864年),新疆作乱,肃州是走新疆的口子,自然要戒严,上官委他办理保甲。他不惮勤劳,细心盘查,探着奸细,暗里禀知道台恒龄即时拿办。

　　四年(1865年)二月二十四日,贼攻破嘉峪关,杀守关巡检,直扑肃州城下。城内的同伙接应,肃州城就失守了。当时绳祖把守西门,听着道台恒龄并总兵德祥都战死。乃叹曰:"事不可为矣!"急归衙叫他的妻巫氏一同尽节。那巫氏听了这话,就同妾杨氏女桂荫并幼子,在一座房子内放火自行烧死,绳祖服了朝衣朝帽,到文庙自缢于大成殿上。

吴可读

　　由进士选了吏部郎中,升了河南道监察御史。提督成禄,在甘肃高台县纵兵殃民,擅派军饷,他就参了一本,说的话太激烈了,朝廷疑他受人指示,把他革职。光绪元年(1875年),起用废员,授吏部主事。

　　五年(1879年)安葬同治皇帝,他求了个送灵差事。到蓟州后,大典已举。他一人住在马伸桥的三义庙中,终日关门不出。忽一日门尚未关,有人送来棺材一副,说是庙里的客人交做的。住持忙将他的门推开,见他衣冠整齐,仰卧地上,怀里抱着一个木匣,已经死了。大吃一惊。又见桌上留下一个单儿,就照单上写的,报明蓟州知州,知州相验已毕,才知道匣内装的是奏折。

　　折子上说的是同治皇帝既未曾生下太子,应该于晏驾以后,从子侄内择立承嗣的人。今反立了同辈光绪皇帝,将来光绪皇帝晏驾,必然立他的太子为帝,同治皇帝就无后了。这件事关系甚大,又是皇上的家事,论理不是作小官的人应该说的,但不说有心不能安,所以仿照古人尸谏的法子,自家先服毒死了。望两位皇太后,早下谕旨,说定将来光绪皇帝生下太子,就出嗣同治皇帝,光绪皇帝身后,就以这个嗣子立为皇帝。这样办理,才无流弊。这些话应该是在朝的大臣和那亲王们说的,他们都不敢说,独有先生把忠孝看得重,把性命看得轻,才能干出这惊人的事来。

卢　政

　　字敏斋。咸丰二年(1852年)举人。性至孝。父亲死了,在坟上整整的守了三年同治二年(1863年),选通渭训导。这个当儿,正是甘肃有军务的时候。上官知道政的为人,教他催办军粮。他拿着公勤清慎的四个字,竭力办理。不伤着百姓,能顾住公家的事,办得很是得法,因此加了五品衔,升了凉州府的学教授。

在凉州几年,辞官回家,为五泉书院山长。他一生讲学,宗的是陈白沙、王阳明、李二曲。不但在书本子上讲究,并能够脚踏实地,身体力行。所著的书有《学话》《辨惑琐言》《半读轩私警录》《形仁堂杂草》《皋兰县续志稿》各种。

张国常

字敦五。光绪三年(1877年)进士,授刑部主事。年才四十左近,因亲老,告养回家,当兰山书院山长。

书院肄业的人,受他的指教,不管聪明的、迟钝的都能长进。前后三十余年,甘肃发科成名的,大概是他的门生。国常又以《皋兰县志》久未重修,因与总督杨昌浚、学政胡景桂商定体例。仿照宋家的周应和《景定建康志》图、表、志、传,分为四大纲,以四大纲统各种条目,所叙的事,多方采访,引用各种书籍,原原本本,考证详明,修成名曰《重修皋兰县志》。论者都说是皋兰从来未有的书了。国常为人,外面似乎随俗,其实立身行事,丝毫不苟。不愧为有名之士。

刘果斋先生年谱

序

民纪十有七年（1928年）果斋先生以年老退休，综其平生所经营各社事，畀之地方人士及其门人等分司而继武焉。诸人既受事，有谓先生一生服务社会，宜乘其暇，请将夙所经历告诸吾辈同人，吾辈当辑一年谱，俾后人知其苦心孤诣，亦可见其学术道德之真与规模之宏远也。众议允洽，唯以未推定执笔者，遂迁延数载。

而先生殁三十七年（1948年）春，民勤王君重锡访余，谓欲作《果斋年谱》，倩余搜集资材，余以夙愿所在，亟应其请。自此凡先生事迹所关，文翰所遗，有可入谱者丛录之。唯王君数月未再至，而零章断简恐或遗忘也，遂仿王渔洋年谱例，列为表式，随时写入，姑作编稿。至秋九月，王君来询，余以谱表相质，王君云："即此亦可成谱。"促余终之。窃念廿年前旧事，亦有不可不成此谱者，遂别缮清本，而以原草本奉王君备其有更编之处。

昔《朱文公年谱》有白田本与建本二种行世，且年谱直书其事者多，而用表式者少，兹谱以表式为之，聊备一格耳。谱既成，兴文各社将合资印布，使世之景仰先生者得先睹为快，而悉其生平梗概焉。爰为书其始末如此

民纪三十有八年（1949年）季春，门人王烜序。

五泉山人刘果斋先生年谱

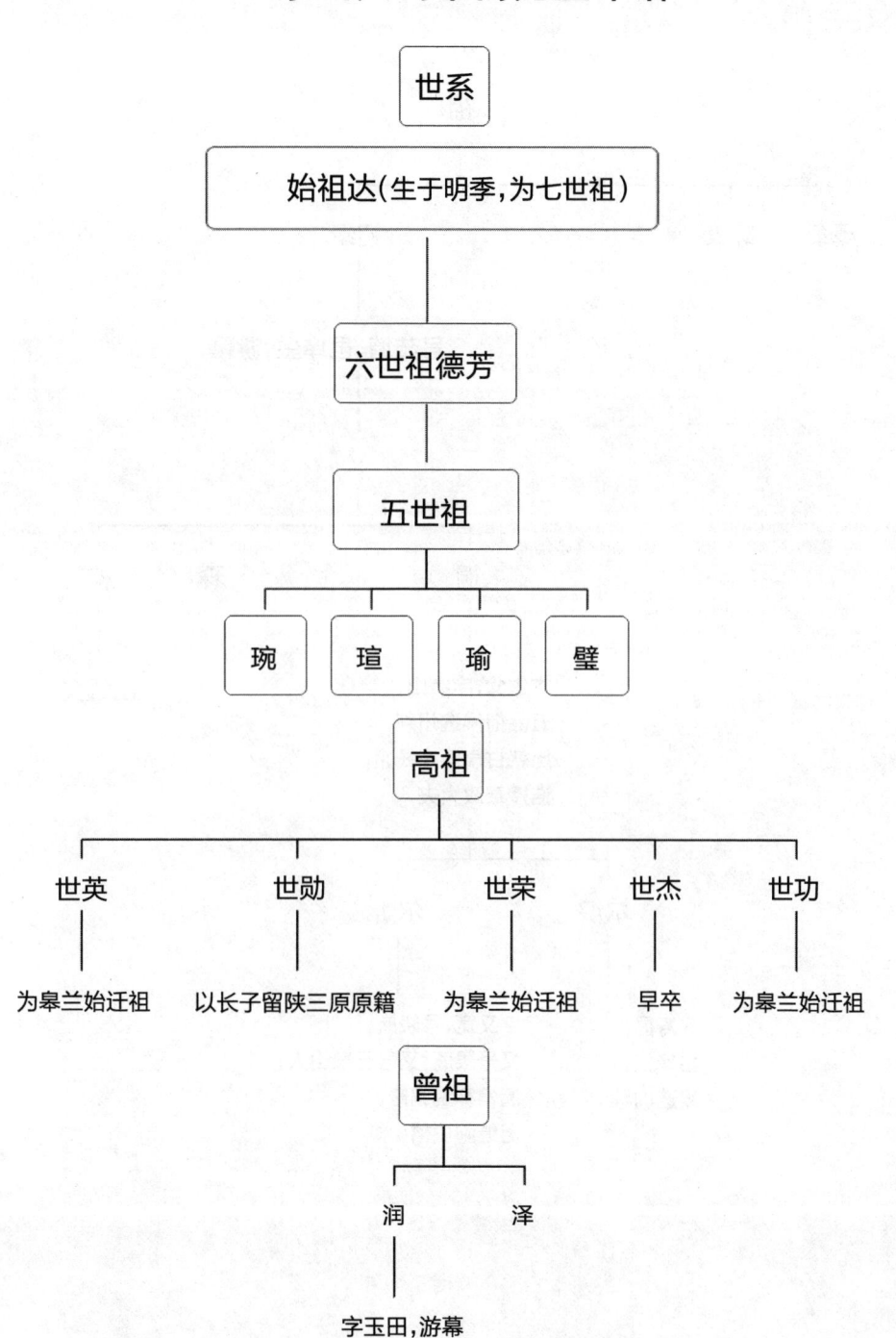

世系

始祖达(生于明季,为七世祖)

六世祖德芳

五世祖
- 琬
- 瑄
- 瑜
- 璧

高祖
- 世英 —— 为皋兰始迁祖
- 世勋 —— 以长子留陕三原原籍
- 世荣 —— 为皋兰始迁祖
- 世杰 —— 早卒
- 世功 —— 为皋兰始迁祖

曾祖
- 润
- 泽

字玉田,游幕

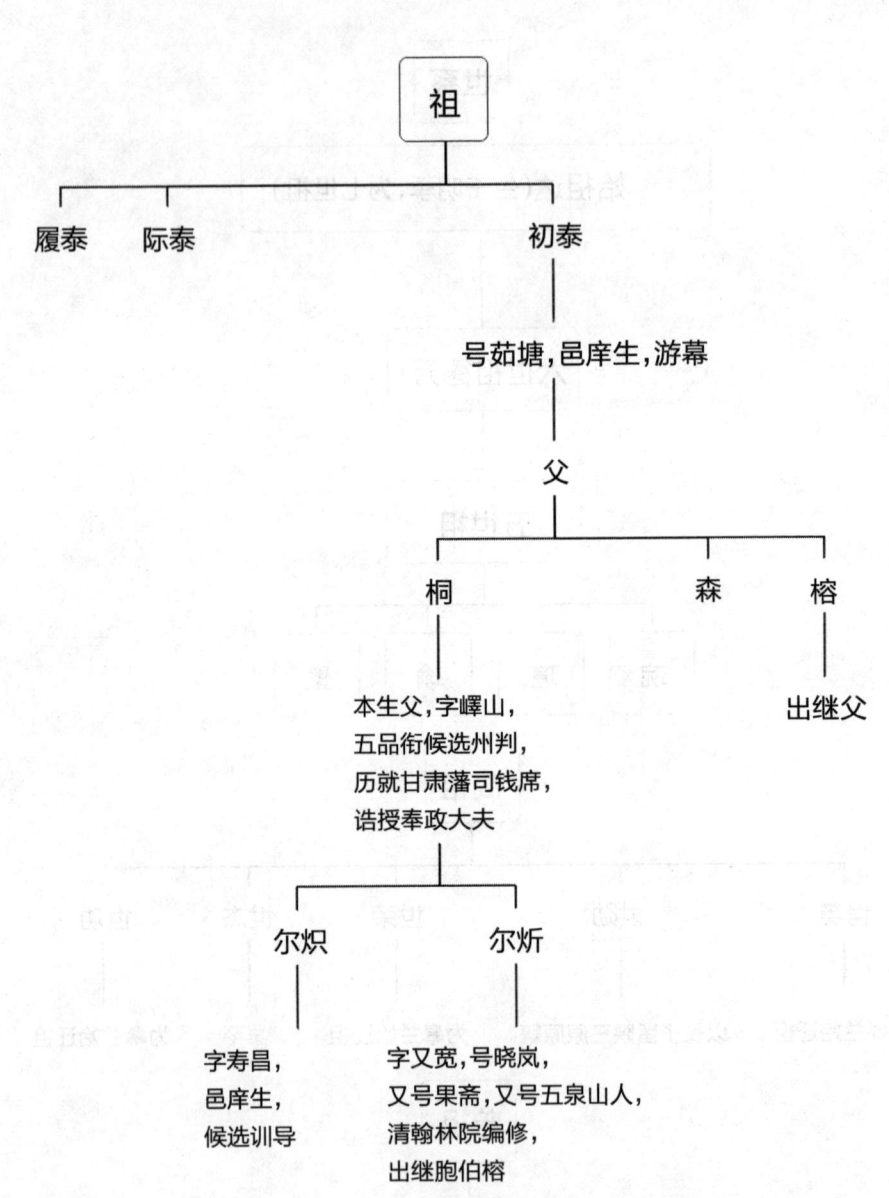

```
                          ┌─────┐
                          │  祖  │
                          └──┬──┘
        ┌────────┬──────────┤
       履泰      际泰       初泰
                             │
                     号茹塘,邑庠生,游幕
                             │
                             父
                   ┌─────────┼─────────┐
                   桐                 森        榕
                   │                           │
           本生父,字嶰山,                    出继父
           五品衔候选州判,
           历就甘肃藩司钱席,
           诰授奉政大夫
              ┌──────┴──────┐
             尔炽           尔炘
              │              │
          字寿昌,         字又宽,号晓岚,
          邑庠生,         又号果斋,又号五泉山人,
          候选训导        清翰林院编修,
                          出继胞伯榕
```

纪年	清同治三年甲子 一岁	四年乙丑 二岁	五年丙寅 三岁	六年丁卯 四岁	七年戊辰 五岁	八年己巳 六岁
出处交游						
事迹	次年乙丑正月初七日尚在立春以前，故纪年从甲子始。	生母徐氏，诰赠宜人。先生生于兰州省城河北盐场堡，时正月初七亥时也。				生母徐太夫人殁。由祖母柴氏鞠养。
学术著作	先生之学，绍吾兰段容思之绪。容思先生生于明永乐十七年己亥，卒于成化二十年甲辰，六十六岁。先生生于清同治甲子，相距三百八十年。其间萧光汉、陈育仁、卢政诸儒，先生尝求其遗著或刊行之。					

续表

纪年	九年庚午 七岁	十年辛未 八岁	十一年壬申 九岁	十二年癸酉 十岁	十三年甲戌 十一岁
出处交游					
事迹					
学术著作	出就外傅,从张铸堂清受业。	受业任梅村魁。			受业张德卿培基,副贡生,庄浪训导。始令先生学时文。

续表

纪年	光绪元年乙亥 十二岁	二年丙子 十三岁	三年丁丑 十四岁	四年戊寅 十五岁	五年己卯 十六岁
出处交游					甘肃学政郑衍熙岁考，入泮，为庠生。
事迹					
学术著作			受业徐铁海炳熙，炳熙光绪丙子举人，性孝友，博学多能，工书善画，尤嗜琴,喜谈诗。见《果斋前集·徐铁海先生家传》。	受业苏尚义，光绪壬午年恩贡生。笃志向学,以孝闻。	

续表

纪年	六年庚辰 十七岁	七年辛巳 十八岁	八年壬午 十九岁	九年癸未 二十岁	十年甲申 二十一岁
出处交游		甘肃学政陆廷黻岁考，补廪膳生。			
事迹	娶妻王氏，武庠生茂源之女。光绪辛卯科举人、平番县训导树涛之妹。				
学术著作	受业赵朴庵钰，邑庠生，补用县丞。			弱冠立志为学，以求人知为盟心要语，以无所为而为，为读书任事之宗旨。	《果斋遗言》："我二十岁以后，正西学渐盛之时，士大夫往往以讲求新学为趋时之要务，或附会经传以明所学之非外道。然我总觉其所有者未必是，而又不能直舍其非，姑妄听之而已，未敢盲从也。薰染既久，渐有明机，人争言西学之长，我乃兼悟西学之短，至今日而确然明科学是根据于气，以为人类造劫，窥见本源，如土委地，而于吾孔子之学愈识其真，以分清理气为衡量古今中外学术治术之权度。"

续表

纪年	十一年乙酉二十二岁	十二年丙戌二十三岁	十三年丁亥二十四岁	十四年戊子二十五岁	十五年己丑二十六岁
出处交游	乡试中式,第六名举人。	赴京复试,一等第七十一名。	会试未第,归里,设帐于西城巷授徒。	设帐于小山子石斗母宫授徒。腊月八日,由兰起程,赴京会试。	二月四日到京,住醋章胡同北馆。会试中式第二百九十名,复试二等第六十三名,赐进士出身,朝考二等第八名,殿试二甲第五十三名,授翰林院庶吉士。赵朴庵致书有云:"金马玉堂,乃吾人分内事,特俗眼易惊耳!殊不知圣域贤关,力行可到,天德王道,至性本全。贤契赋质清奇,名世道统,岂异人任耶?但愿志向无移,圣贤共励,是尤私衷所切祷者。"
事迹				十一月,王母柴太宜人病殁。病中犹询先生赴都之期。	出继母王太宜人病殁,时先生在都。
学术著作			先生《北游诗草》有云:"乘时勉报严君德,毕世难酬大母慈。"乃念柴太宜人也。		

续表

纪年	十六年庚寅 二十七岁	十七年辛卯 二十八岁	十八年壬辰 二十九岁
出处交游	又致书云："令尊疾虐，未至卧病。前见福报，有告假归省之意，尊翁面嘱，万不可告假以误前程。翰院专以资格为重，若病势渐臻，必将暗告，贤契断不敢以意外之功名，使人薄彝伦之恩爱。我辈所学何事，岂有轻重倒置之理？况捧檄承欢，古人所尚，贤契亦不得菲薄勋名，致拂高堂之盛意。"八月六日出都旋里，十月十二日抵家。		兰州府知府丁振铎，聘主五泉书院讲席。
事迹	时为文公叔平(名治)教读。闻王太宜人讣，即归。文公唁函称其至性。	家居守制。	
学术著作			

续表

纪年	十九年癸巳 三十岁	二十年甲午 三十一岁
出处交游		起复,进京,授职编修。
事迹	四月,丁本生父峄山公艰。	
学术著作	著《果斋一隙记》,为读四子书之札记。白遇道称其:"以程朱为宗,旁贯百家,折衷一是。"	《果斋日记》:"予三十后,始识为学门径。" 《果斋遗言》:"我之学从李安溪以入朱子之门,从朱子以窥圣人之堂奥。年三十时,从疾病忧患中读《大学》,忽悟书中所说,皆是我身心之事,将书自书、人自人的旧习打破,书与我合而为一。此是我读书以来大有悟入第一次。自此以后,心源日辟,返之于身心,征之于人事,验之于天地万物,而不以读文章者,读圣经矣。故晚年能窥见圣道之真,发前人未发之旨者,往往因天时人事之新奇万变,或实验而悟,或反映而出,不尽在于读书也。"

续表

纪年	二十一年乙未 三十二岁	二十二年丙申 三十三岁	二十三年丁酉 三十四岁	二十四年戊戌 三十五岁
出处交游	在京供职。	在京供职。	是夏，出都，行至西安，中军参将吴云伍聘请教其子本钧，旋与本钧归兰。	是年，复蒙兰州府知府周景曾聘，主五泉书院讲席。
事迹				
学术著作			是年春三月，在京始作《果斋日记》以自课，并识之云："古之为学者，往往以随手札记为日课，盖借以致思，亦借以省察也。窃念少不自励，岁月虚抛，荏苒光阴已蹉跎者，三十余年矣。悠悠终古，何以为人？积愧生奋，勉绍前修，聊以收已放之心，即以补半生之过。"	《有力求实学，示书院诸生条约六》："一宜立志；二宜存心；三宜有抉择；四宜有次序；五宜切己体察；六宜随事力行。"并附录《张清恪读书日程》二则："曰经书发明；曰读史论断。"见《果斋别集》。

续表

纪年	二十五年己亥 三十六岁	二十六年庚子 三十七岁	二十七年辛丑 三十八岁	二十八年壬寅 三十九岁
出处交游	主讲五泉书院。	主讲五泉书院。	主讲五泉书院,并设帐斗母宫授徒。从游者徐谦、王鑫润等。	主讲五泉书院。与王镜潭论学,并商出处,抄寄《劝学迩言》,请加笔削。
事迹				
学术著作			《果斋日记》:"年来课札记之功,虽未必即能有得,视无所用心者,亦微有间矣。庚子夏,感怀时事世变为忧,意绪棼如,竟荒笔录。静夜猛省,自笑匹夫之愁闷,何补于世?而已有害于心,两无谓也。爰理旧业,勉续前功。古人云:'一息尚存,此志不容少懈。'三复斯言,能不滋愧?"	作《劝学迩言》,为《道原》《立基》《穷理》《励行》《达用》五篇。本朱子学旨,以诏生徒。其序见《果斋前集》。

续表

纪年	二十九年癸卯 四十岁	三十年甲辰 四十一岁
出处交游	甘督崧蕃聘为甘肃高等学堂总教习。于九月开讲《尚书》。次年春毕讲。 以《劝学迩言》质诸陆君云锦，覆书云："今有究心理学、经训之人，洵足为前辈生色，为后进指迷，并为朋辈交好者，一洗从前揣摩诗文之陋习。"	高等学堂总教，讲授《易经》。 致王建侯书言："半生之事，有不克遂者，不能不望之同侪。"一创建陇右精舍，一设常平义仓，一表章先哲。 王建侯来函有云："近日读《近思录》，觉于人禽几希，天命之谓性数句，稍稍有见解。"
事迹		
学术著作	《尚书·嘤经日记》序："自客岁九月开讲《尚书》七阅月，至今春而毕。讲授之际，偶触所怀，随笔记之，与多士观摩焉。噫！《尚书》为二帝三王心法治法之所寄。昔者，横渠张子亦叹为难读。谓难得胸臆如此之大，固不独《二典》天文，《禹贡》地理，业属专家、事资考证者，未可以浅尝得也。窥管之见，一隙之明，浅者见浅，自知无当于经义，愿多士观摩而讨论，讨论而问难，因余之浅渐及于深，则余亦可获知新之助，收相长之功，不较有裨益也哉！"	《周易·嘤经日记》序："司马迁之言曰：'《易》本隐以之显。'孔子谓：'假年学《易》，可无大过。'是《易》之为书，寄至微之理于至显之象，使之体察观玩，以自寡其过者也。前古圣贤固示人以读《易》之方矣。今春开讲以来，多士每奇视此经，往往索之于隐，而不知为切己之求。爰本先儒之旨，衍绎解说，义必取其浅，思必主乎近，庶几导以先路，不致徒骛高远而无当于实用乎？" 《经学日记摘抄序》，附《治经条例》，均见《果斋前集》。

续表

纪年	三十一年乙巳 四十二岁
出处交游	高等学堂总教,讲授《诗经》。
事迹	《果斋遗言》:"我自离了我父亲,困苦艰难熬了十几年,到四十岁以后,才不为家计所迫。"
学术著作	《诗·嘤经日记》序:"甚矣!学《诗》门径之繁也。汉儒传授,既非一家,齐、鲁、韩、毛,各守师说,即《郑笺》问世,《毛传》孤行,而后人申毛难郑,申郑难王,趋向不同,旨归亦异。赵宋闳儒崛起,庐陵、颍滨、伊川、横渠之俦,以意逆志,不袭师承,《朱传》之作,抱此微尚,义理自优,然先民古训亦未尽弁髦置之。国朝诸儒,或声音一派,或训诂一门,或四家分治,或三家合参,微言精诣,亹乎不可几已。士生今日,欲博综精研,独标心得,虽毕此生亦未必即有止境。学堂功课,门目滋多,并鹜兼营,促促焉日无暇晷,又乌能策学子以前之说乎?讲贯指陈,聊即孔子所谓'兴观群怨''事父事君'者,期励诸实用而已。源流所在,涂轨攸关,偶触于怀,随笔纂录,诸说兼收,漫无体例。如酒肴罗列,珍错杂陈,嗜酸嗜咸,任人自择。倘有下一箸而津津不已,遂欲专味此品,餍饫终身者乎?则是编所采,亦导馋吻之一窬也。" 著《小儿语摘抄说意》序云:"《小儿语》一书,只数页耳,苟幼而习之,即将来成人,或为农,或为工,或为商,而胸中亦有一作人之规模在焉。尝见有田夫牧竖,闻人道格言一二语,即终身诵之不忘且能实践者。所守约而用心专正,不在撑肠万卷也。所患者,读而不讲,而又往往以文话出之,童蒙乌能识哉?夫圣贤道理虽难曰精深,然苟能以道家常者道之,则即三尺童子亦未有不瞭然者。盖自然之知识,固有之秉彝,无贵无贱,无大无小,此心同,故此理同焉。兹因取《吕氏书》,而择其尤鲜明尤切近为人人所能勉者,得三十条,以俗言说其大意,书为小楷,复附书寸楷于后。凡小学堂习字功课,即以此反覆影写,并读其韵语,解其说意,令儿童日日有此书之语,往来于眼中、手中、口中、耳中,因而即醖酿于心中。为之师者,于讲说之际,兼指示其韵语者,略杂文话,说意者纯是俗言,使以俗言繙为文话,以文话繙为俗言,如此日渐月化,不独习字,而作文之法,亦可渐通;不独作文,而先儒所以教人之旨,亦不知不觉习与性成矣。则功令所谓修身科、文字科者,安知不于此而立其基哉?一举而三善备焉,慎勿视为浅近而忽之。"

续表

纪年	三十二年丙午 四十三岁	三十三年丁未 四十四岁
出处交游	高等学堂总教,讲授《春秋》。	高等学堂总教,续讲《春秋》。
事迹	是年,升孔子为大祀,甘督升允、护督毛庆蕃先后畀先生以改修文庙之任。 整理臬兰兴文社,并建两等学堂于道升巷。	
学术著作	《果斋日记》:"今年为邑文社建两等学堂,土木之工扰扰者半载,不得潜心读书,深以为憾。 余自三十志学后,昼书夜六时中亲书卷者为多。近来人事日繁,不能专精读书,良用愧憾。当默拟定程,以期不入于荒怠,兹书之以自警云:'早饭前晚饭后,读书工夫,三时要够。早饭后晚饭前,应作之事,私后公先。'守此定程,天不变,万事纷来,吾志莫乱。只此不能守,人乎?抑猪狗?" 毛庆蕃书称:"执事于安溪之学,服膺者二十年。"并请创设存古学堂,会毛去不果。	《春秋·噫经日记》序:"治《春秋》当治《三传》,《三传》互有得失,而《左氏》详于事实,事实明而圣人之经旨自显,故《三传》中又当先通《左氏》。余既排比全经,节录《左氏》之言事实者,为《大旨提纲表》,间有所见,复随笔记之,另为一册,聊为学堂诸生导以先路,示之径途耳。世之君子尚纠正之。" 《春秋·大旨提纲表》序:"《记》曰:'属词比事',《春秋》教也。读《春秋》而第沾沾焉求褒贬于一字一句间,能得圣人之微旨乎?自丙午秋,为诸生讲授此经,每统观全局,专注意于中外得失之故,而于经传源流、义例觯语焉不详。亦时势之变,触于外而感于中,有不知不觉而然者。尝参考顾氏《大事表》,见其分类排比,极尽精详,而有分无总,是何异张其目而不振其纲耶?窃仿其体,取全经表为六项,纵横观之,各有意义。当华夏陵夷之际,其亦可以借鉴矣夫!"

续表

纪年	三十四年戊申 四十五岁	宣统元年己酉 四十六年	二年庚戌 四十七岁	三年辛亥 四十八岁
出处交游				任学务公所议绅。
事迹	是年秋，始修兰州府文庙及皋兰县文庙。 岁旱，先生与张筱坞太史创设陇右公社义赈处。	由沪购置乐器，订定祀孔典礼。	冬十月，兰州府、皋兰县文庙工程落成。 建兰州修学社及皋兰修学社。	建陇右乐善书局，并以"耐烦"二字与书局同人相勖。有题句云："遇事一烦，心头火灼。言既招尤，事亦差错。耐之一字，万金良药。任彼纷来，吾神自若。和气怡颜，人喜我乐。些些工夫，百事可作。" 武昌起义，陕西响应，甘督长庚委先生负城防责，募志果军三百人，保卫地方，首以延揽人才为务，洎共和成立，遂解散。
学术著作	有《兰州府文庙记》《皋兰县文庙记》。均见《果斋前集》。 《兰州府文庙礼器碑》。见《果斋前集》。 《筹备祀孔典礼表》。另有刊本。	是冬，辑《陇右轶余集》，由乐善书局刊行。见《果斋前集》。	有《兰州修学社记》《皋兰修学社记》。均见《果斋前集》。 倡建陇右公社，因募捐无多停办。其《捐启》，载《社章汇编》。	有《陇右乐善书局记》，见《果斋前集》。 教育总会开会及学务公所第一次会议，均有演词。见《果斋别集》。 有《皋兰兴文社公立两等小学堂校长高君遗念碑》，见《果斋前集》。

续表

纪年	民纪元年壬子 四十九岁	二年癸丑 五十岁
出处交游	三月,甘肃组织临时省议会,推先生为副议长,五月,辞去。 北京同乡有共和实进会之设,函请先生为名誉会长,先生覆书却之。	甘督赵维熙以先生前办城防,奖以勋章,先生复书却之。见《果斋前集》。
事迹	是年,甘肃汉回各军队由陕西邠、长、醴泉一带撤回者,麇集兰州。先生虑有衅隙,为地方患,乃电陈袁总统,例举各军人数以为比较,冀中央察其情形,有所处置,卒得调遣,省垣赖以无虞。 立兰州尊孔社。时因国体骤更,学官裁撤,祭祀罢废,孔庙无人过问。先生与地方人士倡立尊孔社于兰垣,以任修理庙宇、保守祭器之责。当即备置桌凳、灯彩应用之物,整顿礼器、乐器,按时祭祀,即《民国约法》信教自由之条,以示尊崇圣道之意。《陈请立案书》见《果斋续集》。	始以鬻书为生。 自是谢绝官事,始受所管各社车马费。 先生以陇上地处偏隅,山河阻塞,货多弃地,人不聊生,惟注重实业,或可救亡图存,于是致书张季直,以统筹甘肃实业办法及章程,请其指示方针。并遣人至大生纱厂研究。又有因实业,致姚石荃书。俱见《果斋续集》。 妾徐氏来归。
学术著作	《四十九初度诗》:"白驹滚滚隙中过,老我光阴疾似梭。回首当年春是梦,惊心来日睡为魔。神游世界空三古,泪洗乾坤泻九河。四十八年无个事,灵台高处月华多。"	《结翰墨缘斋待价表(即笔单)题醉三首》: "万变烟云静里看,江湖阔处地天宽。手中斑管潇湘竹,聊当严陵一钓竿。 奚童磨墨涧前溪,休怨先生价太低。但愿淋漓挥洒去,千门万户有云霓。 过客休嫌价太昂,将来声价要腾翔。不如及早来收拾,到手云烟四壁香。" 《五十初度诗》二首: "弹指光阴似转轮,茫然忽作再来人。露珠空滴花间泪,尘网难逃物外身。五夜幽怀名利淡,半身微尚性情真。而今问我同庚者,一岁婴孩小国民。 神州莽莽尽烟尘,谁向中原救兆民?天意酿成千古恨,人心打破一腔春。西欧新学珠还椟,东鲁微言火断薪。谋国经纶何处是?苍生先要不忧贫。"

续表

纪年	三年甲寅 五十一岁	四年乙卯 五十二岁
出处交游	冬月,与王说岩、王建侯、高献廷、白宝千、王紫垣、颜鹭廷、王著明、邓德舆诸人,为消寒会分韵赋诗。	作闰欢雅集,与王紫垣、邓德舆、练吉唐、高献廷、白宝千、王著明、王建侯、颜鹭廷、陆阶平诸人,为诗酒之会。其续入雅集者,有史嘉言、张筱坞、秦幼溪、杨济舟、卢子昭、段筱垣、邸应南。凡集中人,皆以别号行之。见《闰欢雅集丛录》。
事迹		时中央政府令各省征文,兰山道尹孔宪廷,请先生董其事,设征书局于陇右公社,编辑《甘肃历代文献录》《大清文献录》,三月而竣事。并以所征获书籍,创办甘肃省图书馆,函陇西阎太史士璘来省,任图书馆长。 以前皋兰水灾美金数年孳息款,立陇右实业待行社。
学术著作	夏五月,《果斋前集》出版。序目云:"余以诗文,自愧无深造之功也。生平所为,偶遇之,偶得之,亦未尝容心于其间。四十岁以前之作,大抵散之,兹之所存者,四十岁以后者耳,而又分辛亥以前者为前集,盖将以壬子以后者为后集矣。昔人有言:'从前种种,譬如昨日死;从后种种,譬如今日生。'昨日之我既死矣,聊以此从前种种,质之当世,共证心期。今日之我又生矣,则欲观从后种种者,当俟诸再死之年。"	

续表

纪年	五年丙辰 五十三岁	六年丁巳 五十四岁	七年戊午 五十五岁
出处交游	夏五月《撰皋兰刘氏先德碑》。 六月，重联闰欢雅集，续入者谈锡臣、曹月如、阎简斋，新旧得十八人。		
事迹			
学术著作			《果斋日记》："岁云暮矣，于道无所见，于业无所成。回首半生，直是悠悠忽忽，作得个俗人耳。及今晚，盖须要有唯日不足之志方可。" 为甘肃省议会议长王世相代作《省议会建筑记》："中华民国七年九月，吾甘第二届省议会选举毕役。七十七县中当选之五十六人者，皆萃于会所，依法选正副议长，方从事于开议，而议厅不符规式也。门堂阶除之败陋，屋宇之倾颓，不惟不足以壮观瞻，而且不适于用也。五十六人者，乃相聚而谋曰：'是第一届同人所有志未逮者，今不可缓矣。'乃决议重修。经始于八年四月，更两寒暑乃蒇厥事。用款九千九百八十两，而造成今日之会所时，则适当议会改选之时。用将修建名称，并会中公产，列之贞石以告七十七县中，后来之为五十六人者。十年七月，议长王世相谨撰。"

续表

纪年	八年己未 五十六岁	九年庚甲 五十七岁
出处交游		十一月，陇上大地震，甘督陆洪涛请先生办义赈，设筹赈处。先生为总绅，自此担任赈务。时北京同乡赵守恩、段永新等成立甘肃震灾救济会，来电乞先生提倡，将义仓存款酌量救济。护甘肃省长陈阆亦函称："甘省震灾奇重，为近世所仅见。当发生之始，即经张前省长于公署内附设筹赈公所，募集赈款，分派委员散放急赈，现在尚未竣事。转瞬春耕，青黄不接，正闾阎困乏之时，刻值奇灾之后，处置稍有失，宜转徙流亡，在在堪虞。本护省长受事伊始，每念及此，忧心如焚，辗转筹思，非有名德硕望、熟谙民间疾苦之正绅君子主持其事，深恐无以善后。凤仰贵绅恺悌为怀，见义勇为，为全陇士民所推重，正拟从容商榷，选接甘肃旅京震灾各会函电，交推共望贵绅综持一切，想贵绅谊关桑梓，念切恫瘝，与夫乡人推举之殷，灾黎呼吁之切，必能出而担任，勉为其难，本护省长实深切盼先生。"自是膺办赈之任。
事迹	建太昊宫于五泉西龙口，祀伏羲、黄帝、女娲，并三子祠，祀孔门三子，以陇上历代先儒附祀。	建万源阁于五泉，祀羲、文、周、孔，及周、邵、程、朱。 秋八月，妾徐氏殁，遗一女。 是冬，甘肃易督事起，风潮日盛。先生《电上徐总统书》曰："甘肃易督风潮日趋险恶，兹特略述情形，敬恳诸大总统暨海内仁人君子之前，一求解决焉。夫所谓日趋险恶者，其关系只在军队，请先就甘肃所有军队大约言之，其以客军称者，有公署亲军，有城防军，有新建军，有秦州镇守使孔繁锦所统各军，此皆随张督来甘者也。其以甘军称者，汉族所统有陇东镇守使陆洪涛各军，回族所统有宁夏护军使马福祥各军，有宁海镇守使马麒各军，有凉州镇守使马廷勷各军，此其大略也。其他与此次风潮无显然关系者不叙。当易督说起，今日谣传曰宁夏军队来矣，明日谣传曰宁夏军队到矣，张督于是调秦州镇守使，带机关枪队四营进省。当其时，陇东将士忽发电反对易督，于是谣言更甚，谓宁海亦调队矣，谓导河亦挑兵矣，谓陇东将士亦次第西上矣，满城风雨，人有戒心。近日以来，虽稍觉平和，而祸机自在，将何以善其后乎？夫易督亦寻常事耳，不图酝酿日久，一变而为主客之争，再变而为种族之争，而其实则皆权利之争耳。相猜互忌，人各一心，稍一不慎，全甘将有破坏之忧。在张督，在马护军使，在陆、马各镇守使，或宦陇日久，情意相孚，或荷戈里门，历致通显，皆君子也，即皆非破坏甘肃之人也。

续表

纪年	八年己未 五十六岁	九年庚甲 五十七岁
事迹	建太昊宫于五泉西龙口，祀伏羲、黄帝、女娲，并三子祠祀孔门三子，以陇上历代先儒附祀。	惟事机所迫，隐然相持，在主帅焉有他肠，在士卒岂无异志？我伺尔隙，尔抵我瑕，偶一相乘，群焉四起，保卫地方之人，竟酿成破坏地方之事。八九年来，如川、如滇、如湘、粤，言之齿冷，思之寒心。枯瘠如我甘，忍令蹈其覆辙乎？万一不慎而竟蹈覆辙，则甘肃固祸乱相寻，永无太平之希望。而所谓客军者，能于此交通不便，四面楚歌之地饱掠而还乎？汉族、回族之身家性命，能保不同归于尽乎？回族各统兵大员之富厚声名，能保不一落千丈乎？过此以往之甘肃，能保不为全国武人所注意，客军将日增日多乎？而今日之张督、马护军使、陆、马各镇守使，能免于遗误地方之咎乎？即大总统能免于全甘九百万人之怨乎？呜呼！可不慎哉！可不惧哉！炘，衰朽余年久矣，无心人世，而桑梓攸关，义难缄默，不能不揭其真象，贡以忠言，而又不能不恳诸大总统暨海内仁人君子之前，求以公理公意，为最后之解决。再，甘肃现状，银根枯竭，省城官银号自五月间以不能兑现之故停闭至今。饷源无出，哗溃堪虞，即此一端，已糜烂全甘而有余。乃数月以来，当局竟无奇策。一般伟人志士，又鼓舞于争权夺利之场，如谚所谓火上浇油者，岂知权是已烂之权，利是将竭之利，知者方逃避之不遑，而尚纷纷焉此争彼夺，致陷全甘于不可救药之地。呜呼！可痛也哉！大总统能择大公无我、威望素著之人，以解其结，以善其后乎？能实行裁兵以救甘民于水火乎？否则，前路茫茫，不忍言矣。"
学术著作	是冬，《果斋日记》六卷出版上下二册 全陇希社立国文讲习所	《果斋续集》出版。序目云："是编皆壬子迄庚申之言也。昔者昌黎韩氏以人之不得已而后言，喻物之不得其平则鸣。八九年来，余岂犹有不得已者乎？抑可已而不已乎？何鸣之出于不平者之多也？过此以往将不复鸣，故萃此不平之鸣以鸣于世，世有闻吾鸣而起者乎？倘浮一大，白曰：其鸣也哀，则余言为善言矣。" 《社章汇编》出版，存乐善书局。序云："呜呼！余不才，不获为国家效一日之长，此则半生来，穷居牖下，所借以寄情怀而消岁月者。曾文正议归熙甫文谓'浮芥身以纵送于蹄涔之水，不复忆天下有曰海涛者'，余之所谓事业不犹是熙甫之文欤？又乌足控揣也哉？唯是桑柳虽微，蛀虫不免；蜗角虽小，蛮触有争。《周官》以剪氏除蠹物，庄周以游心于无穷者息其争。兹编所述，亦剪氏之莽草，而戴晋人之魏中有梁，梁中有王乎？吁！盖有不得已者。" 重刊《小学弦歌节抄》。

续表

纪年	十年辛酉 五十八岁
出处交游	春正月,立震灾筹赈处,以总绅名义专司其事。 　　时兰山道尹陈閌护省长篆,会同先生致京电云:"北京大总统、国务院内务部钧鉴,旅京甘肃震灾救济会并转各同乡、各救灾会鉴、陕西督军省长、新疆省长鉴:甘肃省地震成灾后,急赈虽已办毕,而人民荡析离居,未能安定。其情可怜,其势可虑,现正接办春赈。閌受事后,体察情形,觉赈务重要,非有廉明公正、乡望素孚之人,一力住持,不能得人心,而收实效。适京外甘人连电,公举皋兰绅士刘尔炘专办赈务。閌久知其人,有为有守,因函请勉为其难。尔炘桑梓攸关,义难逊谢,已于兰州设立甘肃震灾筹赈处,以绅士名义综理其事,所有张前省长设立之筹赈公所当即取消,以一事权,尔炘仍随时商同省长暨各官厅,和衷共济,以期款不虚糜,民受实惠,庶渐消地方之隐患。閌等窃查此次震灾,三十余县急赈,略为点缀,用款已将近二十万元。接续应办之赈甚多,需款甚钜。我大总统已有惠施,还望从优从速。其各处捐款已收者望速汇,未收者乞速收,未劝者请力劝,不胜为纵横数百里灾区之民,昂首长鸣! 迫切待命之至!"
事迹	时甘督张广建去后,陇东镇守使陆洪涛护督篆,省外各镇守使尚未相洽,先生致书请同莅兰,共商要政,其书曰:"我甘政潮渐息,长吏更新,省会观听为之一变。然静参默察,隐患方长。即就财政一端言之,早已入不敷出,加以此次震灾区域至三十余县之多,精华减绝,元气凋伤,田赋征收,势必锐减,而灾民荡徙离居,又非钜金不能使之安定。官银号不能兑现,停闭已逾半年。商民交困,市厘相继罢业。凡此安危所系,即全甘生死关头。计惟有客主、汉回,和衷共济,以维持现状,以徐谋出险之方,或者能补救于万一乎? 窃念自民国以来,我甘无自主之能力,而好张排外之空拳。岂知落落甘人,团结之力有限;莽莽外界,更迭之势无穷。八九年来,每有一番举动,即伏一段祸机,竞争两字误尽苍生,极宜谦退为怀,以和气为致祥之本。况吾国从古以道德为重,居高位、握兵权者,谦则未有不吉,满则未有不凶。谋公众之利益,则富贵绵长,逞一己之偏私,则身名败裂。此一定之理,不可移易者也。我甘汉回相习,久如一家。汉族多文士,而贵族多将才。现值武装时代,为人民造福,全赖军人,军人之名誉日隆,地方之祸患自息,素稔贵族诸将帅皆深明大义,功在乡邦。近日,此间谣传谓贵族诸将帅因前次陇东有发电反对易督之举,故于陆镇守使之奉命护督亦心滋不悦。夫前电之措辞不当,如市井小儿之口角,稍有知识者皆能辨之,则非出于发电之人之本心,可断然矣。若因此区区细故,逐致贻误大局,楚固失矣,而齐亦未为得也。鄙人等亦深知贵族诸将帅决不能有此意见。或者麾下士卒不能化种族之见,不能无人我之分,意念不平,发为激论,是又不可不察也。当此是非纷起,嫌猜疑忌之时,若不表示真情,令人人知主将之本意,以息谣诼之朋兴,恐

续表

纪年	十年辛酉 五十八岁
事迹	酝酿日久，招惹外患，客军侵入甘境，则我甘不从此多事乎？鄙人等或残年衰朽，或人微言轻，只以桑梓攸关，九百万人生命财产所系，不得不妄发狂言。倘蒙加察，拟于旧历二月初春和日暖时，邀请大驾，轻骑减从，同莅兰垣，与护督军、护省长公筹诸要政，以尽区区希望和平之意。现拟详电中央，痛陈甘肃不能供养重兵情形。如表同意，还望即示电音，以便遵循，并以释各界疑虑，不胜翘盼。" 赎吴柳堂先生南府街故宅，归与文社管理。俟吴氏后嗣有回兰者，听其备价赎取。并于宅内藏器中得《吴氏家谱》，为续修之，交五泉书院收藏。 立段容思、邹兰谷、吴柳堂三先生故里碑于迎恩门外。 会宁县五里桥工程及静宁、通渭两县河工，于五月间兰州华洋救济会成立，即交由该会接办。 印布《甘肃震灾筹赈处第一期征信录》。
学术著作	创修《甘肃人物志》。先生自己未、庚申，修建五泉太昊宫时，即欲论定陇上人物，举其尤者以崇祀之，至是，乃属及门诸子与地方士绅共纂修之。 请省署拨官园废置中仓，缮修以作地方存粮之处。 全陇希社国文讲习所毕业，有《同学录》序云："吾社国文讲习所之立，为培养人才计耳。夫所谓人才者，其学业甚高，其程期甚远。今忽忽三年，相与循定章毕业而去，从此离群索居，何以收相关而善、与年俱进之效乎？然吾观自古魁儒志士，其德行道艺卓然著称于时者，皆能自修者也。吾国当科举时代，人才即出于科举，而真学术则在举业而外，即泰西诸邦智识技能自成一家者流，其所得亦往往不在学校中。盖自物质文明之月异而日新也，欧美之人皆茫茫然同化于机械，而不自知每作一事，必有定程，千人万人不得异趣，进则俱进，退则俱退，流风所被，虽以吾中国为学读书之事，亦合才智聪明、万有不齐之伦于一堂，而责同等之知，解机趣以拘牵，而多滞智慧以来缚而不灵，磨牛旋转，坐困英豪，其弊与纳天下学子于八股试帖程式文字内，而不能优游以读有用书者，何以异乎？一旦超然于外，自适其天，以方寸固有之灵源，与天地万物之翕辟变化，人事之诡幻离奇，相感相触相印证，起居动作，何处非讲堂乎？老幼男女，何人非教员乎？草木鸟兽之生生化化，何物非参考书乎？畎亩之中，闾阎之地，富贵利达之场，荣悴升沈之无定，何在非试验场乎？是校内毕业之时，实校外始业之日。异日者，吾乡人士当昼长多暇，把酒谈天时，倘欣欣然相告语曰：'国文讲习所诸生某也，以教育名家矣。某也，以实业救时矣。某也，以文学、政治知名当世矣。'类皆抱高尚之道德，著济人利物之事功。诚若此，岂独为今日在所职教诸君子及吾希社同人之光荣而已乎！仆虽老愈，愿扶杖以待此好音之入耳也！诸生勉旃！" 是冬，有《兰州五泉太昊宫记》。见《果斋别集》。

续表

纪年	十一年壬戌 五十九岁
出处交游	继办赈务。冬三月，会同警察厅办省垣粥厂，有河北、东稍门、雷坛三处。
事迹	是年三月，通渭、海原以赈款修城，八月工皆竣。 印布《甘肃震灾筹赈处第二期征信录》。
学术著作	有《辛壬震灾记》，详记募收省内外所捐赈款，及放海原等二十八县急赈，并办省垣附近及会宁、静宁、通渭、海原、榆中各县修城浚河工程。 夏四月，《果斋别集》出版。序目云："余既编诗文为二册，分辛亥以前者曰前集，壬子以后者曰续集。同人复怂恿梓其楹联，爰取前、续二集所弃而有关事实者，附益之，并为一册，曰《别集》。是又光宣以讫于今、三十年来之梦影也。回头循省，都属空言，而人事日非，烟云万变，而今而后，恐并此空言，而亦有不可言、不必言者矣。呜呼！噫嘻！"

续表

纪年	十二年癸亥 六十岁
出处 交游	
事迹	四月，赈务始竣。 六月，静宁城工完竣。十月，会宁城工完竣。 时清逊帝大婚典礼，海内名流皆有贡献，先生与安晓峰侍御与焉。
学术 著作	武威李叔坚卒，先生为之传略曰："李叔坚，名于锴，甘肃武威人。父铭汉，字云章，以绩学负重望于乡邦，为后进所矜式，学者称云章先生。叔坚承庭训，出官东鲁。经济、文章一根于家学，而益恢廓光大之，朝野知名，将寖寖肩当世大任矣。会遭国变，归，杜门不与世接。民国十二年夏正癸亥夏五月十日卒，年六十有二。叔坚幼聪慧，日诵八九百言，《十三经》皆上口。年十四即被选为博士弟子。光绪壬午举于乡，乙未成进士，入翰林。戊戌散馆，出知山东蓬莱县，权武城，权泰安，再知蓬莱，特授沂州府知府。在官十年余，解印绶时，年才五十。谈者惜之。（中略）叔坚于书无所不窥，而为学一宗谢山全氏。自有明王学盛行，其末流之弊，高谈心性，奉语录为捷径，儒术空虚，为诟病。昆山顾亭林氏起而矫之，标"博文""有耻"两言，别树一帜。三百年来，师承受授，宗派虽歧，而实事求是之风蒸为习尚，鸿生硕彦，海内相望。吾陇上仅武威张澍名于嘉道间，云章先生实为张澍弟子，再传至叔坚，故陇上学人识许、郑诸儒门径，穿穴群书，卓然知立言之不可苟者，首推武威。当乾隆鼎盛时，世之操儒业者，别立名称，号曰汉学，鄙宋贤书为不足读。自是以来，宗风日替，途辙日非，考证家之末流，又不免以一偏之弊见讥于时。读书万卷，群指目为经师，而行谊或不免荡，逾于闲检者失之肆，繁称博引，下笔千言而授政不达，枘凿龃龉者失之迂，以声音训诂为毕生大业，征文考典，动辄数十百纸，而无关于身心家国者失之琐。叔坚于濂、洛、关、闽书无门户见，纳为一冶，炼取精金。尝著《全谢山传》，称谢山：'深博无涯涘，然常守昔先贤立乎其大之言，力戒玩物丧志，不以探赜索隐为能，搜奇嗜琐为博。'是说也，叔坚殆自道欤？故坐而言，起而行，规模气象俨然康雍间名儒大师，无晚近破碎支离之习。生平抱经世才，不屑屑以辞章自见，故最长于文而不苟作，作亦随手散轶，漫不珍惜。身后，其子为搜辑之，仅得数篇。云章先生尝续《通鉴纪事本末》未成，叔坚卒成之，刊行于世。又以云章先生著述之精邃者，为《尔雅声类》，精心校雠以备梓。所著有日记藏于家。子二：鼎超、鼎文。旧史氏刘尔炘曰：'余闻叔坚卒，不觉涕泗之横流也。余尝谓人才有存亡，学术无存亡。今竟不然，叔坚丁末造，不获发舒志略，以竟干济之才，固可悲。叔坚之学，非犹是吾国之公器欤？自泰西学说倡言逐利，我黄帝子孙，弃六千年神圣之精义微言、礼俗政教，而一化于欧化，谁复识海以内如叔坚辈，所抱之学术为何如，而一思流衍之欤？嗟嗟！学术者，我之精神命脉也，学术亡，则我之貌存我之魂死，何异沦中华为异域，化四万万人为异物乎？此予之所以仰天长号，而不独为叔坚悲者也！'"

续表

纪年	十三年甲子 六十一岁	十四年乙丑 六十二岁	十五年丙庚 六十三岁
出处 交游			
事迹	春二月，甘督陆洪涛倡修小西湖，请先生为之督导，冬十月工乃竣。时五泉修建工程告成。 拨赈款，函请杨雨丞修盐场堡河堤，正月开工，五月工竣。 立皋兰乡贤祠于五泉文昌宫东院，奉祀皋兰前代贤哲，自晋麴允、唐辛云京以下，至清张国常共四十一人。	印布《甘肃震灾筹赈处第三期征信录》。	
学术 著作		夏五月，作《重修小西湖记》。六月，公告都人士落成。	创设丰黎社仓，有记。见《辛壬赈灾记》。 《日记》七八二卷出版，连前共八卷。其自跋云："右《日记》八卷，是自光绪丁酉至于今三十年来所自以为心得者也。回头猛省，岁月虚抛，而所谓心得者，亦不过饱更忧患，目睹沧桑，动忍之余，略识为学之门径耳。于大道能有丝毫之凑泊乎？如行路然，前途正远，来日无多，以衰朽残年，又值此空前世变，过此以往，倘不获偷生于斯世，则《日记》固止于此。倘一息尚存，不容少懈，窃愿以后之所获者，别为体格，变易名称，以存吾为学之究竟，则《日记》亦止于此。"

续表

纪年	十六年丁卯 六十四岁	十七年戊辰 六十五岁
出处交游		春正月，以所管兴文各社，交由地方人士接管。兴文主管施周臣，名誉检察王著明，义务赞襄杨子厚、王锡九、郑树民、孙文卿、陈伯辅。实业待行社主管牛厚泽，名誉检察魏少武，义务赞襄王祥甫、水季梅、李兴伯、陆阶平。丰黎义仓主管水楚琴、王著明、季兴伯，名誉检察杨慎之，义务赞襄张鸿汀、罗子衡、魏少武、慕少堂、田成于、王藻虞、赵正卿、秦幼溪、车子权、史嘉言、齐樾门、王训庭、王少沂、郑哲侯、邓绍元、谢子明、阎隽卿。全陇希社主管王训庭，名誉检察慕少堂，义务赞襄谈瑞岐、赵正卿、施周臣、水楚琴、秦幼溪、王著明。乐善书局主管杨显泽，名誉检察张鸿汀，义务赞襄施周臣、陈伯辅、孙文卿、牛厚泽、谈瑞岐、张月华、李兴伯。五泉图书馆主管杨济舟，名誉检察水楚琴，义务赞襄廖渭笙、张鸿汀、杨显泽、谢仲文、许季梅、卢子昭、张绍庭、陈伯辅、陆阶平、王致堂、邓德舆、施周臣。同仁局主管蔺子贤，名誉检察王著明，义务赞襄彭敬甫、颜鹭亭、李静岑、王松岩、王兰亭、杨雨丞。
事迹	是年春，举办儒医精舍，拟定条规及简章，将于五月开医学讲习所于道升巷养源别墅，并由兴文社立同仁施医馆暑期假后即开办精舍，嗣以招生报名者少，遂停办。	始习画兰及山水以自娱。以所藏书分赠友好与及门诸子。
学术著作		是年拍照古衣冠小影，自题云："六十五年春梦长，觉来忽著古衣裳。羲轩血统谁华胄？不敢轻将故我忘。（一） '毋我'微言两字香，嚼来滋味老来长。又将我相留人世，愧读尼山绝四章。"（二）

续表

纪年	十八年己巳 六十六岁	十九年庚午 六十七岁
出处交游		秋八月，邓德舆借旧举院开鹿鸣私宴，先生被邀重赴，首为诗倡之。邓时为造币厂盐督，在旧举院内，为前清秋闱地也。
事迹	三月间，病中风卧床。病中犹与来探者约，每月十五日聚谈一次，借以遣闷，谓之团圞小集。数月始愈。 七月，丁继母魏氏艰，开吊于南府街火神庙，治丧不用浮屠法，亦不款客。	
学术著作	是年甘境大旱，先生时以为忧，诗云："入耳声声乞食难，且凭柔翰写辛酸。笔尖都是哀鸿泪，此纸成灰墨不干。"	

续表

纪年	二十年辛未 六十八岁
出处交游	七月，国民军师长雷中田拘甘肃主席马鸿宾于公安局，谒先生请示办法，先生言："当率省城绅民恭迎马主席复位。"雷唯唯而去。先生乃致书公安局长高振邦，请以省垣治安为重，并派弟子水梱向雷马呼吁和平。
事迹	三月，子宝屋生。 四月，原配王夫人卒。 七月，立映藜堂家事代办处章程。 十月初九亥时卒，七日后厝柩于五泉山麓层碧山庄。十二月，安葬于东川珠子山茔。 刘宅丧例：临终用纸轿车一，男女各一，小敛毕，孝子焚香哭送，焚化，奠用家常便饭，至发引后，乃止。七日，预作大厅一座，桌凳齐备，当设常用笔砚等物，送坟墓焚化。开吊日，设奠，行三献礼，用海参席，不作佛事，不设道场，以饮酒为大戒。发引前导用乐人，不请僧道。
学术著作	著《拙修子太平书》，原名《太平答问》，再版时更定名《拙修子》，命弟子水梱签署，并负责校对印行。 《果斋遗言》："我前年大病时若果死了，还是个学而未成人，今幸《拙修子》著成，独立人间，卓然为一家学说，虚生之憾，庶几免乎？" 又云："《拙修子》融会古今，裁成中外，搜天地万物之根，抉为学处治之本源。苟能正本清源，循根发叶，别创以理驭气之方法，使理常胜气，则东西学术水乳交融，世界人类之太平自此而开。掬我赤心，愿以告千世万世之改造乾坤者。" 秋八月，作《果斋遗言》，以亲友索阅者众，遂印行之。 先生临终之前日，谓其门人视疾者曰："看他如何死法。"是先生已外其身矣！又口占绝命诗云："回头六十八年中，痛痒相关与世人。今日抛开躯壳去，权将热血洒红尘。"门人谈凤鸣书之。先生自注云："患失荣症，流血甚多。"按：此云六十八岁即以甲子计年也。

门人　王　烜编辑
　　　杨巨川参订
　　　蔺象祖参订
　　　水　梓参订
　　　水　枏参订
　　　杨沛霖参订
后学　张　维参订
　　　董健宇参订
　　　王重锡参订
　　　郑元滋参订

　　　皋兰兴文社
　　　五泉图书馆
　　　陇右乐善书局
　　　陇右实业待行社　　同印
　　　甘肃省丰黎义仓
　　　全陇希社
　　　兰州志果中学
　　　皋兰同仁局

录自1949年陇右乐善书局石印本《刘果斋先生年谱》

甲辰会试卷存本

履历

　　王烜,字著明,号煮茗,行三,光绪戊寅年十二月二十日吉时生。系甘肃兰州府皋兰县廪生,民籍。

　　卯癸年乡试中式第十八名,会试中式第八十二名,复试三等第十六名,殿试三甲第四十二名,朝考二等第八十一名,钦点主事,签分户部。

　　族繁不及备载,世居本城县门街。

会试墨卷

　　光绪甲辰,恩科。

　　中式第八十二名贡士王烜,甘肃兰州府皋兰县廪生,民籍

　　同考试官:翰林院编修、国史官协修、加三级赵阅:荐。

　　大总裁:户部右侍郎兼管钱法堂事务、加三级戴批:取。论策名通经义淹贯。

　　大总裁:经筵讲官、尚书衔都察院左都御史、南书房行走、加三级陆批:取。论策精核,经义宏深。

　　大总裁:经筵讲官、吏部尚书、政务大臣、学务大臣、南书房行走、加三级张批:取。论策赅博,经义昌明。

　　大总裁:经筵日讲起居注官、协办大学士、文渊阁领阁事、翰林院掌院学士、兵部尚书、镶黄旗汉军都统、管理圆明园、八旗事务大臣、加三级裕批:中。论策崇闳,经义殚洽。

　　本房原荐批:

　　第一场:平情酌古,不事剽袭。撷拾自尔,款款深深。

　　第二场:胪列明晰。

　　第三场:词旨熨帖。

　　文明堂原批:

　　词旨轩爽,识见清超。心平气和,足征学养。二三场识解明畅。

贾谊五饵三表之说，班固讥其疏，然秦穆尝用之以霸西戎，中行说亦以戒匈奴，其说未尝不效论

王 烜

古今有弱人国之一术焉，其互市而已乎？互市者，将以无用之物，易其有用之财，使靡费而不已，而其国已坏于冥冥之中。此其道，惟贾长沙三表五饵之说，为得之。班孟坚乃讥其疏，何所见？出秦穆公中行说下乎。夫秦穆僻在西陲，一旦得由余，并国十二，开地千里，岂甲兵一日之力哉！其所以优游浸渍，隐夺其国者，固有在也。

彼匈奴数为汉患，平城困帝，嫚语遗后，和亲输币，耻莫甚焉！而又威武不足以服之，彼且为边灾不止，可奈何？长沙表饵之策，殆将耗其财力，溃其范围，离其心思，昏其智术，然后一惟吾之所欲为，而鞭棰役之，独惜汉未能施，反令中行说窥其闲，得行其缯絮，驰草棘之诡计，而匈奴遂终为汉大患。

向诚竟其用兵戈不动，已战胜于无形，不待武帝穷兵绝域，而毳幕之名王已稽颡称臣于阙下矣！《孔丛子》之论弱夷狄曰："诱之以其所欲，而与之通市，则自至矣。"其言谅哉！是故互市者，弱人国之上策也。奈何中国不善用，而夷狄转窃之。南宋通番，已有钱币漏泄之忧，前明通夷，又有奸民假冒之弊，视中国为利薮而攫取之，谓之何也？呜呼！国家威德鼎盛，四夷款关纳贡之不暇，而圣王犹以不宝远物者，谨节制杜奢华，并以防未然之患。彼表饵之说，诚不足取！若当开通之世，强邻逼处，而欲效孟坚之（疏）〔讥〕[1]长沙得乎？其亦亟求弱人，而勿被弱于人，庶几追踪秦穆，不为中行说辈所欺也已。

本房加批：

从互市着想，能见其大。

校释：

[1]（疏）〔讥〕：据文义，"疏"误，应为"讥"。

诸葛亮无申商之心而用其术，王安石用申商之实而讳其名论

王 烜

诸子之学流传数千载，所以至今不废者，其必有独到之诣，足以救时者存焉。故

其所著书与圣贤之经传并垂不朽。然卒非圣人之中道,则足以救时者,亦足以祸世也。惟视用之之人为何如耳？商鞅、申不害诸子中之最著者,其言治天下,惨刻酷烈,无若刑名之贤,嬴秦用之遂致灭亡,然而犹有传者何也？

以诸葛武侯之贤,王荆公之学,并祖其术,岂急功近利贤者亦不免欤？吾固知其用以救时焉。虽然武侯之与荆公其术则同,而所以为术者异也。王氏船山不云乎："无申商之心而用其术者孔明,用申商之实而讳其名者安石。"洵笃论哉！或曰武侯循名责实,虚伪不齿,而蜀民安堵。荆公行新法,黎民怨愤,士夫沸腾。二人者均谓之救时,可乎？不知武侯以刘璋闇弱,力挽颓波救时也。荆公以真仁驰纵,欲矫流弊,亦不可谓非救时。其旨同其术同,而卒致成败异变,功业相反者,岂非在其心术之微乎？

夫良医之生人,针砭有时,济药饵所不及。良相之治国,刑法有时,救德教之已穷。无良医良相之才,倒行而逆施之,几何而不败哉？武侯以衽席斯民之志,一旦出而躬膺其任,非不欲禁网疏阔,俾苍生受其福,而宽以济宽,犹以水济水也。故其用申商,殆出于不得已,而固仁义以将之矣。若荆公者,泥古性成,方且托迹《周官》,鄙申商为不足道,而岂知天变不畏、人言不恤,即申商,何以加兹？是故申商家言,苟无其心,何必不用,苟讳其名,必不可用,何则？讳其名者,必有其心,而惟恐人之知者也。不然国侨治郑,景略治秦,何尝不近似申商,而卒未有掩饰其外者也。

程子有言："有睢麟之意,然后可行《周官》之法度。"吾亦谓有尧舜之心,即无妨用申商之术也。世诚值艰巨之秋,政敝俗偷,欲以申商救之,则惟有尧舜之心而后可。孔明者,有尧舜之心者也,故不讳其名,天下不闻以申商归之。荆公无尧舜之心,故愈讳其名,天下转得以申商诋之,择治术者,亦先自审其心术哉！

本房加批：

较量轩轾,持议明通。

北宋结金以图燕,南宋助元以攻蔡论

王 炬

立国当有自强之势,不可徒借乎人力以自保,则受制,而祸犹迟,借人力以攻敌,则速变而祸且大。盖人败则患犹中于我,而人胜则我且为所反噬,此千古轻开边衅者之通患。

而宋为尤甚焉。宋之一代与强邻相终始,辽发难于初,金承其继,元起而夺之。而推厥由来,皆其有以自取之也。

夫自石晋以燕云予契丹,至宋已无能为力。太宗席累胜之威,真、仁挟全盛之势,犹不能一战取之,乃听佞倖,远结女真,燕未可图,辽亡而金逼宋矣。南渡以后,韩、岳尚在恢复犹难,乃于晚季,复结元以攻蔡,蔡虽可得,金亡而元又逼宋矣。南北三百年间,败亡之祸如出一辙,呜呼! 何非不能自强之过哉? 大抵处外交之世,以自强为第一要义,屹然中立,无所于挠,国运方兴,赫濯之生灵,彼固惮之。即值中晚之际,兢兢自守,刻励振兴,和议以持大局,婉言以谢难端,彼岂能强为戎首哉?

宋何以不然也,自强无术,惟乘夷狄相攻,冀倖一旦之功而窃其地,曾亦思得地之权尚操诸人,而唇亡则齿寒,藩篱撤则堂奥洞开乎? 夫楚不灭庸蛮,群舒不敢问鼎,吴不取州来,破越,不敢争盟,何者? 彼有事中原,畏人之议其后也。今宋以燕、蔡之故,为金、元除患,即为己贾患,何其不知相制之道耶? 虽然汉武帝与南粤击闽越,李邺侯结回纥图吐番,得其利而未尝受其害,彼固自度已力,足以制其命也。故有国家者,莫如自强,宋能自强,则虽结金助元,终亦无患。不能自强,则虽不结金,不助元,亦岂能长存乎? 由是言之,其欲恢故土复世仇,皆所当从事而未为失计也。独其冒昧与人横挑强房,复夷然若无事,略不知振作,为失计之甚者耳! 不然宋卒不可为乎? 夫人力未可借,而自强之势宜早立也。

本房加批:

抗首而谈,侃切动听。

静宁县信札(四通)[1]

一

公务忙碌,较斗一事,无暇亲临。总之,仓斗由上所颁,深浅大小,必有准尺,请贵会会同敝署科员较量如何?并拟定公文相示。若有须请上另颁之处,即请酌办可也。为此,即候

公安!

县议会公鉴

王烜上言,初六日

二

启者,前奉财政司令拨绿营兵饷,以仓粮变价拨给一案,奉令之下,当即函商商务会估价出粜。兹已公同酌估,仓粮莞豆按市斗,每石以叁两叁钱作价,发商变银拨饷。理合将出粜仓粮酌定价值开单,函请贵会调查转报为祷。

县知事王烜手启,初五日

三

言卿仁兄先生鉴:

前此组织设立农会一事,宁文谱送来志愿书卅张,请阁下介绍入会,迄今多日,想已组有成数。祈将现已入会若干数,即送过署,以便即时设立、开会,呈报为盼。此候晚安!

愚弟王烜鞠躬,初九日

四

迳启者,案查《禁烟章程》第四条内开:"烟户具结之后,再由庄头、族绅、乡绅具一正副总结,连烟户之结,一律送城自治会查核;再由自治会具一限期禁绝永不再种正副甘,送该州县知事,将各副结留署,将各正结粘连盖印,加具印结,转详巡警道备案"等因,奉此相应函,请贵会将限期禁绝,永不再种正副甘结,于各烟户及庄头、乡绅各结送来时,即速具送县署,以便分别留署,加结分别转详。事关重要,务祈速办,是为至祷。

此请

县议会大鉴

县知事王烜敬启,九月十四日

校释:

[1]录自李世恩:《尺墨寸丹——古札中的世道人心》,商务印书馆,2021年,第261—265页。

王烜为其长子王均熙的[1]请假函

迳启者,小儿王均熙在贵院高中班肄业,现因婚事前赴民勤县成礼,唯值贵院开学伊迩,应请院长准予给假一个月,以便完婚为幸。专肃奉恳,即唯公鉴,以致

甘肃学院院长朱[2]

王烜敬启,二月十八日

兰州大学档案馆藏

校释:

[1]王均熙(1918—1965年):甘肃学院法律系毕业。历任皋兰县地方法院书记官、榆中县法院审判厅审判官、天水专署法院推事。1950年以后,任兰州市中级人民法院审判员、兰州市劳动局干部。

[2]院长朱(1895—1974年):即朱铭心,字镜堂,甘肃靖远人。北京师范大学毕业。1937—1938年2月,任甘肃学院院长。1938年2月,王自治(1890—1965年)接任院长,于是年2月18日批准王均熙婚假一个月。王自治,字立轩,甘肃宁县人。北京大学毕业。

王烜致次子王浚源的信

濬源儿览:

廿一日接来信,得知一切,甚慰,近日你的工作何如?算账已完否?平凉麦苗受冻,翻犁改种指望秋成,民食能接济否?去年丰收,今年尚觉粮少,若有灾荒更难过了。兰地春间嫌旱,近来有雨,亦不甚多,好在水地加多了,可以调剂。平地饭馆尚有肉吃,兰州是不可能的。人多需要多,就不容易办。我近月以来,眠食俱增,较病前吃的多,睡的时间亦多,想是休养功效。星期日学勤[1]带云生[2]来家玩了一时就走了。我们多吃杂面,但番瓜、蕨菜上市,有副食品,比前月好些。院中葡萄已成串缀架,今秋收获有望。家人都好,问你近佳。

父字

六月四日[3]

[1]学勤(1935—2022年):即崔学勤,王浚源之妻,甘肃临洮县人。与王浚源育有一男两女。历任

甘肃省级机关党委秘书处副处长、办公室处长、甘肃省级直属机关党委宣传部调研员。

[2]云生：即王成聪，生于1955年，王俊源长子。1971年毕业于兰州一中，次年在永登中堡公社何家营大队插队，1974年，进入兰州热水瓶厂工作，1980年之后，在甘肃省人大常委会办公厅行政处工作。

[3]六月四日：为1959年6月4日。

"北极尊神"匾

1.425米×0.620米，木质，正文"北极尊神"。其下题：牟绍唐、魏振皆、李毓英、吴俊杰、周元、官园朝山老社、杨文镜、周福、宋明信、苏天福、单衍庆、刘树德。上款：中华民国三十一年六月谷旦。下款：清赐进士前甘肃省政务厅长王烜敬撰书。钤印两枚："王烜之印""竹民"。

原挂后五泉老祖殿，藏后五泉铸管厂库房，现悬挂于后五泉灵岩寺。

附 录

附录一　书稿存目

《甘肃书院史稿》

1929—1931年编。辑入全省82座书院,262所义学,77所社学简况。1936年编入《甘肃通志稿》。现藏于甘肃省图书馆。

《甘肃社会教育史料》

1929—1931年编。辑入省城及77县平民学校、图书馆、教育馆、讲演所、阅报所、博物馆、剧艺所、体育场简况。1936年编入《甘肃通志稿·教育》。现藏于甘肃省图书馆。

《甘肃省水利著略》

1929—1931年编。辑入全省47县水利概况,1936年编入《甘肃通志稿·水利》。现藏于甘肃省图书馆。

《关梁》

1929—1931年编。辑入全省关隘、桥梁概况。1936年编入《甘肃通志稿》。待访。

《甘肃特产考略》

又名《陇产录异》,约1910年撰。待访。

《闰欢雅集丛录》

1915年,刘尔炘创"闰欢雅集"诗社,共收录10名科举人士诗作。次年,王烜编为《闰欢雅集丛录》,并撰《闰欢雅词》置书首。写本,现藏于甘肃省图书馆。

《皋兰明儒遗文集》

编于1944年,次年石印刊行。辑入兰州黄谏、段坚、赵英、陈祥、彭泽、邹应龙、聊让、滕佐等8人文40篇,赋3篇,诗100首,词八题36阕。现藏于甘肃省图书馆。

《皋兰县新志稿》

4种共19册43卷。纂于1949年,未完稿。现分藏于甘肃省图书馆和兰州市图书馆。

《皋兰县新志初稿》

甘肃省图书馆藏,手稿本,7册16卷;另藏《皋兰县新志》清稿本4册6卷,部分内容,下限延至1957年;还藏《皋兰县志》手稿本1册3卷。

《皋兰县新志初稿》

兰州市图书馆藏清稿本7册18卷,下限至1949年。

两馆所藏《皋兰县新志稿》内容基本相同,个别部分互有异同。

《补修金城吴氏家谱》

1921年补修。现藏于甘肃省图书馆。

《皋兰清诗拾遗》

1954年纂。辑入清代皋兰16人诗作166首。现藏于甘肃省图书馆。

《三变史料初编》

1954年撰。现分藏于甘肃省图书馆,甘肃省人民政府文史研究馆。

《纪提督曹克忠事》

清光绪间。现藏于甘肃省图书馆

《读经偶记》　　佚

《吏学札记》　　佚

《中学通绎》　　佚

《随获录》　　佚

《陇音》　　佚

《时轩诗义录》　　佚

《存庐异梦录》　　佚

《竹民日记》　　佚

《周易大象义》 佚

《诗笺粘存》 佚

附录二　友朋赠诗

闰欢雅集怀竹民寄赠[1]
刘尔炘

难得人中蕴借人,书生面目宰官身。
剥心蕉叶诗才隽,脸上桃花笑语真。
燕市秋高云出岫,锦江春暖月为邻。
飞鸿报我归来日,白露苍葭共采苹。

赠竹民画中题句
刘尔炘

小亭人散荡渔舟,摇向平桥以外游。
傍晚锝鱼归一醉,铃声无语塔当头。

校释:
[1]录自《刘尔炘诗集》,甘肃省文史研究馆,2010年。

送王竹民北上[1]
邓隆

十年香梦隔京华,望断佳人七宝车。
百顺胡同春色好,凭君为吊马缨花。[2]

校释:
[1]作于1922年,录自赵忠整理:《邓隆全书》,中国文化出版社,2010年。
[2]原注:"韩慕庐故宅今作青楼,马缨花极盛,与竹民旧曾游憩。"

和王竹民《残花诗》[1]
邓隆

回忆春情了不迷,偷吟花下总无题。

燕宾不识花将谢,辛苦犹衔补垒泥。
泥金贴子咏雄红,[2]深感无情四面风。
一缕香魂摇不稳,啼鹃肠断月明中。

校释:

[1]作于1918年,录自赵忠整理:《邓隆全书》,中国文化出版社,2010年。
[2]牡丹名。

闰欢雅集[1]

邓隆

闰欢雅集创自刘果斋太史。军兴以来不举行者二十年,丙子三月议复其事,适拙园牡丹盛开,乃邀徐益珊、杨济舟、王竹民、秦幼溪、谈瑞岐各同年,水楚琴、张鸿汀二厅长,张质生参政、蔺紫仙对花饮酒,追寻古欢,而果斋先生已归道山,不复见矣。率赋短歌,借志其事。

忆昔刘郎主骚坛,时和岁熟民粗安。良辰选胜招朋侣,雅歌投壶号闰欢。无何陇上干戈起,奔走呼号废宫征。风流消歇且廿年,屈指老成半生死。年来风雨稍应时,元气未复草木滋。俟河之清知难必,偷闲应再把酒卮。况兼三月花含润,三十余年又逢闰。[2]不及此时且行乐,坐看白雪侵双鬓。于嗟乎!两鬓已叹白雪侵,花飞转瞬绿成荫。眠琴松下弹孤调,珍重岁月万古心。

校释:

[1]作于1936年,录自赵忠整理:《邓隆全书》,中国文化出版社,2010年。
[2]原注:光绪二十四年戊戌闰三距今二十九年矣。

四月初四王竹民邀游五泉,是日天寒,张质生不至,戏以调之[1]

邓隆

雨过郊园水满陂,竹民喜赋竹枝词。
寒山不见张髯影,想是围炉独吟诗。

校释:

[1]作于1936年,录自赵忠整理《邓隆全书》:中国文化出版社,2010年。

心道法师讲《金刚经》竺民不至，吟此速之 [1]
邓隆

不知摩诘老，何故却逃禅？
疑是天花著，当非病魔缠。
闻经开法眼，种福净心田。
中道真空理，未容执二边。

校释：
[1]作于1936年，录自赵忠整理《邓隆全书》：中国文化出版社，2010年。

再柬王竺民 [1]
邓隆

闻教明心地，方超有漏禅。
□留二执惑，难免五阴缠。
月印开心镜，风骚守诗田。
如何来偈语？亦复在吟边。

校释：
[1]作于1936年，录自赵忠整理《邓隆全书》：中国文化出版社，2010年。

张质生云王竹民催讨诗债，拈此搪塞 [1]
邓隆

暑退嫩凉生，寥天净若拭。
宴坐藏舟亭，月上东山白。
秋光满拙园，红瘦蓼花寂。
乍悟色是空，恍见空中色。
形释心方疑，忘念间调息。
何来剥啄声？诗债苦相逼。
依韵欲拈毫，忽失记忆力。
天籁满虚空，求诗不可得。

校释：
[1]作于1936年，录自赵忠整理:《邓隆全书》，中国文化出版社，2010年。

约客看花王竹民以戒酒辞吟此调之[1]
邓隆

渊明嗜酒不学佛，竺民持佛能禁酒。
似此精进胜古人，予愧不及甘俯首。
座中有人笑胡卢，笑曰唯唯然否否。
满园花即九品莲，雨过大地净无垢。
能作唯心净土观，座上酒朋悉莲友。
不饮何妨看花来，以香花云供佛母。
翠竹黄花见佛性，即假即空究何有？
予耳欲作三日聋，如闻雪山狮子吼。

校释：
[1]作于1937年，录自赵忠整理：《邓隆全书》，中国文化出版社，2010年。

喜雨步王著明原韵[1]
杨巨川

慰解三农望泽忧，绿云霭霭麦盈畴。
莫言海宇烽烟逼，已觉蓬庐糁粥稠。
岁月侵入聊自遣，光阴果腹更何求。
良朋胜地赓欢集，曲曲亭高似小楼。

蒿目时艰抱杞忧，熏风龟坼满田畴。
天怜憔悴甘霖普，岁卜丰穰玉粒稠。
已见士民大欢喜，何须释道更祈求。
老怀敢谓能高咏，闲写心情楼外楼。

校释：
[1]录自杨巨川《梦游四吟》：2006年版。

自慰和王竹铭解嘲，七叠前韵[1]
杨巨川

归来陶令引壶觞，治产何须卜式羊。世代为农田不税，图书娱老玉韬光。
寓居马市门当竹，家在青城园有桑。奕叶公卿端伯起，至今余庆衍鱣堂。

居庐何必羡雕墙,清酒盈樽书满箱。阁下郑兰初放箭,庭前孙竹又添行。
赋裁能语白鹦鹉,曲奏将雏老凤凰。莫谓一宗难再起,处囊锥已露尖铓。

记得春官贡举场,抽毫献赋竞铺张。蠹书细字犹能识,雁塔名题都未忘。
花木四时成贝锦,琅嬛十载读天章。老年却会飞凫舄,步踏黄尘讵觉妨。

去思碑早树麻阳,谁把惰珠说斗量。年比太公犹谓少,人如曾点可称狂。
战龙幸免玄黄劫,饲雀分储赤白粱。似此流光天与福,焚香静坐玩归藏。

校释:
[1]录自杨巨川《梦游四吟》:2006年。

和王竹茗烜处长鹿鸣私宴引原韵[1]

张质生

高士鹿门隐,山中仙药香。深宵鹿梦醒,阶前月光明。
槐花踏自胜衣年,忆赋鹿鸣廿年前。同仿风流苏玉局,上方蜡炬撒金莲。
共说郎官应列宿,封侯百里亦超然。一从政变棘围封,公廨宏开多派别。
说士衡文不复闻,浮云幻化电光掣。吾友仲华逸兴飞,汉庭故事循绵蕝。
耻教戎马误书生,戈戟场中谱瑟笙。恍若玄宗游月殿,玉堂金马共证盟。
青衿儒士扬风雅,金粟前身认月明。冠持大市卖平天,礼乐追求先进先。
食苹食蒿赓旧句,羽衣逐队舞华筵。退院老僧说方丈,同舟郭李羡神仙。
再兴盛典知何日?剑术纵横绌儒术。龙华盛会非寻常,人选结束推第一。

校释:
[1]作于1930年,录自张质生著,张思温编:《退思堂诗文集》,甘肃民族出版社,2002年。

今年农历二月十九日,为余重游泮宫之期,去冬曾预赋七章,今再补一绝句,足成八首,分寄同人索和[1]

张质生

一

既寿而康到耄年,重游泮水乐无边。
也如携出丰城剑,与我同看只宝泉。[2]

二

和政回思访马陈，喜提佳话说前因。
欣陪泮水重游酒，把盏吟诗阅数春。

三

迩时头脑太冬烘，未把新诗寄蒋公。
老去师丹真善忘，长留缺陷在胸中。

四

尚有兰州王著明，再来簧序证前盟。
诗简聊仿唐元白，两地一时晋十觥。

五

此诗应寄蒋杨家，再叔开缄定许夸。
只愧失晨补鸣后，鸡群老鹤厌喧哗。

六

茂才异等数同人，桂榜宁唯遗子民。
也学德舆私宴意，鹿鸣谱入泮池滨。

七

骚人老去太情痴，预赋重游泮水诗。
邓禹有灵应笑我，昔曾和遍鹿鸣诗。[3]

八

重游泮水仲春天，健到武公好学年。
结束秀才身分好，威仪抑抑启宾筵。

校释：

[1]录自张质生著，张思温编：《退思堂诗文集》，甘肃民族出版社，2002年。
[2]原注："丁酉同案，惟余与宝泉存。"
[3]原注："德舆鹿鸣私宴征诗，余为代作骈文启并遍和来诗。今余此诗，亦望多和。"

和王著明烜喜赈务会改组原韵[1]

张质生

浮世交情半耳余，几经患难便相扶。
瘠肥那忍同秦越？左右何妨拥史图。
残局风云多变态，灾黎水火望通儒。
满怀悲悯向谁说？终日不言回也愚。

校释：

[1]作于1933年，录自张质生著，张思温编：《退思堂诗文集》，甘肃民族出版社，2002年。

四月四日竹茗招同诸社友于五泉山作第二雅集，余以有事爽约，越日访竹茗未晤，知题为喜雨竹枝词为补上八截句[1]

张质生

雅集刚逢第二回，骚人携酒上山来。天公先日作霖雨，不使俗尘留点埃。
雨后岚光快送青，图成位业会真灵。客星未预云台列，心事依依曲曲亭。
欲舒青眼作高歌，奈此江山破碎何？强倚栏杆窥醉客，诗人不及酒人多。
五泉泉水在山清，流到堤边带浊情。仆洗车轮僮洗菜，潺湲不定作喧声。
好雨知时四月初，且凭风雅送居诸。三农喜慰云霓望，争撷园中自种蔬。
多谢关情邓仲华，张髯未到费咨嗟。南山也仿北山例，戏写移文寄我案。
诘朝浴佛会宏开，知由何人灌顶来？居士忘言开士笑，大家稽首宝莲台。
山色河声最称心，问余底事罢登临？万方多难风云变，世外桃源何处寻？

校释：

[1]作于1933年，录自张质生著，张思温编：《退思堂诗文集》，甘肃民族出版社，2002年。

和竹民闰欢二集竹枝词元韵[1]

张质生

果斋妙擅培材技，杞梓都归叠叠园。岂料宫墙桃李外，有人无佛尚称尊。
曲曲亭通仄仄门，管弦歌舞不嫌繁。欣逢好雨为汤沐，各把诗心洗一番。
连朝凉雨浥金城，洗净黄埃道路平。嗟我寡缘撄俗网，停云未赋出山行。
词客胸怀饶淡雅，俗人眼界爱繁华。独醒众醉看何忍？酒味虽浓不愿赊。
美人吹气若芳兰，含翠春山雨后看。恰似天然好文字，成如容易却艰难。
入山如入武陵源，人自清歌石自蹲。独立南山最高处，北山俯首似儿孙。
由来天地贵氤氲，酝酿生机到十分。山自青青泉自绿，洞中摸子聚红裙。
佛国遥瞻宝月旗，法垂龙象座登狮。游人到此心斋恪，谱曲羞填妩媚词。

校释：

[1]作于1933年，录自张质生著，张思温编：《退思堂诗文集》，甘肃民族出版社，2002年。

杨济舟招同张鸿汀、邓德舆、王竺民、蔺紫仙、秦幼溪、徐廉泉、刘百禄作闰欢第三集于五泉图书馆,并登榆巢畅谈,为赋七律四首[1]

张质生

一

效绩群英共举觞,图书馆里足相羊。
一时文物风云郁,四壁琳琅日月光。
互诵新诗饶气味,共谈往事话沧桑。
树人须识刘公意,重上五泉君子堂。

二

竹树森森荫院墙,况兼榴火照巾箱。
左图右史资观览,王后卢前数辈行。
酒友刚欣水融乳,琴心未谱凤求凰。
健谈笑我多豪气,便欲引杯看剑铓。[2]

三

北道无端作战场,吾军壁垒问谁张。
十年旧事何堪忆?千岁忧怀未忍忘。
空手那能救饥溺,违心且自恋词章。
防秋不用田家乐,我赋闲居也不妨。

四

闲上榆巢对夕阳,各谈旧学做商量。
诗书误我丁秦乱,风雨怀人慕楚狂。
难得英雄抟白泽,漫贪富贵梦黄粱。
宿鸾佳约如能践,愿与诸公共写藏。

校释:

[1]作于1933年,录自张质生著,张思温编:《退思堂诗文集》,甘肃民族出版社,2002年。
[2]原注:"百禄携琴未鼓。"

再叠前韵柬济舟、竺民[1]

张质生

酿花为酒玉为觞,懒学初平叱石羊。虎气腾天知宝剑,龙文扛鼎吐雄光。
未亲洙泗三千士,先访成都八百桑。太史九原应点笔,贤人又聚读书堂。

无缘尧舜晤羹墙,且伴金埒与玉箱。洗马台荒诗懒赋,涂鸦天晚自成行。
无从培塿生松柏,岂有鹰鹯似凤凰。道大莫容翻自笑,合同混俗敛锋芒。
酒场潦倒又名场,差幸森然天骨张。钟鼎山林各成派,江湖魏阙两相忘。
一从当世推文举,更有何人论孝章。忧乐同民空老大,饭蔬饮水正无妨。
空群何日遇孙阳?頳洞风尘要自量。且漫推枰思救劫,试看举国竟如狂。
茂林鹿逸劳鹰隼,中泽鸿嗷盼稻粱。天下滔滔谁与易?踌躇满志善刀藏。

校释:
[1]作于1933年,录自张质生著,张思温编:《退思堂诗文集》,甘肃民族出版社,2002年。

济舟再叠前韵赐和,三叠以答并质竺民[1]
张质生

醉倒樽垒赌百觞,自公退食赋羔羊。共期陇坂销烽燧,拟向豫章觅剑光。
笛里关山吹竹管,人生福禄在农桑。廿年我亦孤前约,未访成都旧草堂。
桃李盈门傍短墙,三鳣讲席富青箱。鲲鹏变化招鸠笑,鸿雁哀鸣感鹓行。
我愧大名知草木,君巢阿阁宿鸾凰。刘琨祖逖闻鸡起,剑舞深宵共吐铓。
檀极全樽歌舞场,羡君天骨极开张。工诗李白原无敌,颂酒刘伶不可忘。
荷芰临风擎大盖,芭蕉蔽日受弹章。谈琴说剑从吾好,良会休教俗事妨。
时局挥戈盼鲁阳,艰难宏济待商量。替人不见厌公等,今世安能逢古狂?
多节心坚希缘竹,封侯懒梦入黄粱。与君领取眼前景,明月清风无尽藏。

校释:
[1]作于1933年,录自张质生著,张思温编:《退思堂诗文集》,甘肃民族出版社,2002年。

济舟三叠前韵见教,四叠酬之并质竺民[1]
张质生

一举输君累十觞,分甘肉袒效牵羊。能文那复希韩愈,不学安能类霍光?
有意改诗询郑谷,无方国医愧长桑。少未趋庭犹面墙,老来空自抱巾箱。
家传黄石书三卷,字抚兰亭跋数行。虎卧龙跳羡神骏,鸾漂凤泊剩孤凰。
古琴短剑须珍惜,不遇知音莫露铓。往事如烟梦一场,故家门第愧金张。
涸菌无定抱孤愤,物我哪能教两忘?七步何曾窘曹植?二天莫漫戴苏章。
漆园卓识逍遥甚,人世穷通总不妨。独抱丹心向太阳,阴霾试扫费筹量。
无边风月聊妤老,既倒波澜孰挽狂?小草何敢酬远志?大田共祝刘新粱。
抛砖引玉吾痴甚,敞帚千金且自藏。

校释：

[1]作于1933年，录自张质生著，张思温编：《退思堂诗文集》，甘肃民族出版社，2002年。

济舟又示感事叠韵，六叠酬之并柬竺民[1]

张质生

大将衔杯血满觞，气吞丑虏缚犬羊。崆峒人武勋名著，竹帛铭成史册光。
为救三边弓下鸟，竟荒五亩宅前桑。伫看好雨洗兵气，解甲归休绿野堂。
战祸西南弭阋墙，走私沿海检车厢。龙蛇混杂劳分剖，鹅鹳喧哗练阵行。
岛国逞雄如虓虎，匈奴未灭漫求凰。抚夷何日收东北，弦诵诗书化剑铓。
洋海东西竟市场，群雄角逐极诪张。诚中形外功谁密？惩后惩前事莫忘。
尝胆卧薪见经济，镕金铸史裕辞章。精研哲理娴科学，新旧同参并不妨。
宫怨曾闻写上阳，铸成大错悔无量。置君若弈真儿戏，画饼充饥类病狂。
睐眼自甘涂黑墨，枕头姑借梦黄粱。鹊巢终被尸鸠夺，何似幽林早遁藏。

校释：

[1]作于1933年，录自张质生著，张思温编：《退思堂诗文集》，甘肃民族出版社，2002年。

竹民转示济舟五叠感事，七叠酬之[1]

张质生

金谷敲诗数罚觞，豳风岁献荐羔羊。曾闻犬子名司马，恰喜梅妻比孟光。
儒素自安开蠹简，女红无旷课蚕桑。人生最重天伦乐，学礼趋庭聚一堂。
碉堡勤修数仞墙，大田多稼裕仓箱。黄河如镜波千顷，赤鲤传书字数行。
关塞风高窥牧马，梧桐雨霁看栖凰。割鸡何预牛刀事，小试烹鲜也露铓。
傀儡看登鲍老场，道穷文武弛谁张？交情贵贱终难悭，人世恩仇未易忘。
至治华胥劳梦想，名邦乌托费周章。门前桃李都成荫，高卧北窗正不妨。
道术高深魏伯阳，止观佛法寿无量。戏拈偈语充诗料，懒赋游仙避酒狂。
欲替国家斩荆棘，忍教子弟误膏粱？近来学得蛰龙诀，拟向深山深处藏。

校释：

[1]作于1933年，录自张质生著，张思温编：《退思堂诗文集》，甘肃民族出版社，2002年。

奉酬济舟自慰竺民解嘲，各叠第一章韵[1]

张质生

词客多情飞羽觞，忠臣持节看羝羊。
我今出处两俱负，君吐雄奇万丈光。
安得飘风能解箨？横吹烈日落扶桑。
妄言妄听休相笑，自署头衔六一堂。

校释：

[1]作于1933年，录自张质生著，张思温编：《退思堂诗文集》，甘肃民族出版社，2002年。

济舟以九十两叠杂感见示，十叠十一叠酬之，并柬竺民解[1]

张质生

共拚酩酊醉千殇，恰喜兵争弭五羊。瀛海涛声淘巨浪，丰城剑气发奇光。
畏逢夏日思衰盾，利析秋毫陋孔桑。何以与民休息好？载其清静盖公堂。
笑看鸡斗上城墙，且把鸿文秘宝箱。懒炼金丹八九转，闲临玉版十三行。
几时河洛出龙马？百尺梧桐鸣凤凰。莫实词人吟兴发，倒倾峡水吐锋芒。
当年耆旧数名场，共说韩门有李张。弛拓原为才俊累，典型讵忍老成忘？
欲酬白傅缠绵意，聊作黄门急就章。但使歌声金石出，呕残心血又何妨？
笔参造化燮阴阳，晁贾匡刘费考量。后起有人堪共慰，中行未得且求狂。
清高久羡拥图史，温饱何曾志锦粱？多事绕朝空赠策，吾谋不用合深藏。
文苑横飞醉月觞，封侯莫羡烂头羊。十年富贵如春梦，五夜辛勤爱景光。
但解求珠需罔象，定能修德死祥桑。苴中抚外无他策，伟略深谋仗庙堂。
仗剑休登逐鹿场，攻文且守贮书箱。纵教善射追蚩卫，无那盐车困太行。
狐兔未除盼鹰隼，河图不出况鸾凰。北平没羽成空想，底用铅刀砺钝铓。
词客多登选佛场，问谁脱略似琴张？补天浴日人难得，尝胆卧薪事莫忘。
孔伋亦曾推苟变，孟轲何碍接匡章？由来成物兼成己，题外置身便不妨。
构难群阴莫蔽阳，车书统一况权量？共思炼石补天坠，自合策鳌挽海狂。
为避暑炎依绿竹，欲援饥溺煮黄粱。未能达道聊求志，养晦遵时利器藏。

校释：

[1]作于1933年，录自张质生著，张思温编：《退思堂诗文集》，甘肃民族出版社，2002年。

丙子闰三月二十三日，邓德舆招王竹茗、徐益珊、杨济舟、水楚琴、张鸿汀、蔺自贤复兴闰欢雅集于拙园，为第一集，以绍刘果斋太史诗社，为赋长歌，聊质同人[1]

张质生

果斋太史如山立，曾召同人为雅集。逐月赋成闰欢吟，诗社群推牛耳执。
太史亡后六七年，风流云散忘结习。每念遗民溯典型，古今岂讵不相及？
吾友邓侯擅风骚，想约共将坠绪拾。座中尤钦王子安，诗册殷勤费编辑。
前辈威仪极谨严，不容脱略头戴笠。是时拙园花正开，香气向人襟袖袭。
春兼三月闰余成，闰欢故事征篇什。嗟余绠短深难汲，对酒无言转于唈。
不过风人不论诗，卧云甘作蛰龙蛰。动静交养忘辟翕，词坛何劳互推挹。
多君好我辄阿私，文战相邀共持钑。大厦忽牵薄茅茸，黄河竟许一口吸。
自惭短笛不堪吹，子才笑倒大历十。忆昔私宴赋鹿鸣，征诗檄如羽书急。
问君胡为逸兴飞？高从百尺龙门入。如今闰欢续旧吟，琅函当筵启宝笈。
老韵砰訇诵清芬，金膏水碧沾遗汁。况君园中亿佛龛，不亚浮屠高七级。
长句赋就仰天呼，聊与群公作拱揖。

校释：

[1]作于1936年，录自张质生著，张思温编：《退思堂诗文集》，甘肃民族出版社，2002年。

酬水楚琴、王竺民仍叠前韵[1]

张质生

此行乞得自由身，稳卧林泉作隐沦。佳信时传青鸟使，旧交奉访素心人。三生有福超千界，五蕴皆空况六尘。娱老年来唯静养，培成龙马健精神。谁知曼倩岁星哉？自信通天自有台。不屑求名培正气，曾因就范敛奇才。阴阳鼓动往而返，气数循环迍以徊。悟得阴虚消息后，此生端为读书来。家声久愧复张堪，萧肯敢夸天下男。吕伋那能承吕望，[2]巫贤有幸继巫咸。抛砖引玉双星合，通韵摹唐一味憨。多谢二公期许厚，寒门岂易聚辽谈。[3]和光混俗与时偕，思把人间困难排。地土求还潮射海，天山未定箭抽耙。飞鸣我养三年晦，音乐谁谙六律谐。解道吾生有涯涘，纷纷何必逐无涯。

校释：

[1]作于1944年，录自张质生著，张思温编：《退思堂诗文集》，甘肃民族出版社，2002年。
[2]先人武功起家，仆病未能。
[3]用竺民赠诗。

孟威将军招同范喑翁之杰、水楚琴、范禹勤、徐韵潮、高一涵、郭冷厂、蔡晓霞、王竺民、廖井芝、丁宜中诸名流二十余人宴赏凤尾兰,即席分韵,余得王字,为赋长歌[1]

张质生

牡丹僭称百花王,富贵须臾梦一场。梅开首占百花上,状元宰相朝明堂。
那如凤尾之兰吐芬芳,累累贯珠灿宝光。或名铁树骨骼老,或号波罗趣味长。
或经牧斋恣幽赏,种植红豆小山庄。自古蕙兰多佳品,似此艳丽不寻常。
浓绿染成幺凤羽,淡白分得玉梨香。徘徊花下不忍去,修干攒叶费评量。
似若蒲剑更锋锐,比之木笔尤繁昌。吐者明如灯笼锦,美人倚烛作素装。
苞者垂如石钟乳,驼峰熊掌截脂肪。主人为言开三次,初吐红晕紫霞翔。
有时妃白兼俪黄,即色即空佛心肠。我闻此言发奇想,欲觅玉杵捣青霜。
安得屈子风骚祖,纫以为佩着衣裳。吹气发言同臭味,高抉云汉分天章。
坐中群推大小范,诗才元白话文唐。主人更擅徐熙妙,写生直欲穷微茫。
分韵多是大手笔,使我汗流走且僵。抚声当筵歌一曲,赢得共噱老怆荒。

校释:

[1]作于1944年,录自张质生著,张思温编:《退思堂诗文集》,甘肃民族出版社,2002年。

温儿和著明诗,词意俱佳,喜而又和并抄送著老,以示难忘结习[1]

张质生

丁年同案两诗翁,周甲仍从泮水逢。雏凤声清胜老凤,张童才那及王童。南华秋水流红叶,子和鹤鸣真实语,顿教逸兴起衰躬。

杨子诗迟久费猜,兰山凝望意徘徊。难同曹李争先睹,还冀通(谓庚山)雄(谓雨丞)共赐来。人寿平分天寿格,墨花定用笔花催。谷神不死勤修养。

校释:

[1]录自张质生著,张思温编:《退思堂诗文集》,甘肃民族出版社,2002年。

前索王著明老友吟邹公梅花古风，欣荷抄示，为赋长句报之[1]

张质生

冯君多情曾访古，访到北塔山寺堵。忽然觅得邹公梅，驰告著明蹲蹲舞。金石刻画邹裔孙，嘉靖缺陷道光补。同时蔡君逸兴飞，录刊公诗成杂俎。欲广流传多保存，摹搨墨帖百千数，分惠同人争快睹。冯君来作冰灵游，征我旧作以为辅。谈及著明有古风，表扬前哲无双谱。我闻此语心颜开，专函索稿资规抚。果然珠玉自天来，乞求声应如风雨。诵君诗，画我肚。世间唯有素心人，不使山河隔肺腑。请将此作质冯君，还为温儿述猊缕。从此邹梅发光辉，汇成完璧供说部。嗜者知味胜麟脯，传者物色等凤羽。我歌将终情更痴，事关掌故忘辛苦。即此风流儒雅心，也似屈平芳草美人垂为辞赋祖。吁嗟乎！也似屈平芳草美人垂为辞赋祖，灯下歌成余勇贾。

校释：

[1]作于1951年，录自张质生著，张思温编：《退思堂诗文集》，甘肃民族出版社，2002年。

又和著明老友元韵，并质仲翔以博一粲[1]

张质生

邹公画梅金石吹，喜吾老友更宣徽。
相与搨墨倚寺扉，谁云后世知音稀？
扬风扢雅赖宗师，趋步上山读古碑。
共抱热肠寻古迹，那容素愿与心违？
如水藏珠而川媚，如石韫玉而山辉。
邹公心事圣贤希，宁唯劾奸能奋威。
政绩远留云南省，宁唯赐带佩鱼绯。
黄河落天同浩浩，北塔高山共巍巍。
凡我同侪皆忭舞，虚而往者实而归。
搜索枯肠酬雅意，更为趁韵和新诗。

校释：

[1]作于1951年，录自张质生著，张思温编：《退思堂诗文集》，甘肃民族出版社，2002年。

己丑花朝,奉约楫舟、禹勤、著明、渊如、楚琴诸老,宜中、定三、新令、仲翔、啸霞、玉章诸先生小集寓斋。渊如、玉章均有赠诗。省工窑街,行役匝月,归赋七律四章,补纪其事[1]

张思温

一

二月春风绿柳条,漫天阴噎未全消。
宾筵恰喜多前辈,乱世正宜处下僚。
冀免柴门题凤字,哪知雨雪到花朝?
流民亿万谁尸咎,浊酒难将块垒浇。

二

小聚文星便置觥,座中同此祝和平。
耆英重会千龄客,烽火难销十载兵。
席上赋诗推老手?天涯怀旧忆前盟。
骚坛莫教风流歇,雅曲阳春好共赓。

三

乐我嘉宾醉不辞,置身相许到轩羲。
热肠直欲吞汤鼎,冷眼何妨看弈棋。
每以酒狂遭俗忌,敢凭直道矫时危。
登龙小友希文举,更喜满堂尽旧知。

四

今年春日忆春晖,廿载金城胡不归?
役急须知民力尽,时艰更觉宦情微。
门多长者亲心慰,邑有流亡素愿违。
多谢诸公褒祖德,重劳史笔播芳徽。[2]

校释:
[1]作于1949年,录自张思温著,郭栋、赵忠选辑:《张思温诗选》,敦煌文艺出版社,1994年。
[2]原注:"家君所作三代事略,诸公多有题咏。"

和王著明先生重游泮水诗原韵[1]

张思温

海上鸮音漫费猜,泮林修禊且徘徊。
少年同学王杨在,老踞文坛班马来。

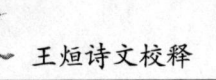

百岁康强成预祝,一时诗赋竞相催。
兰山漓水遥酬唱,二鸟吟成共举杯。

校释:

[1]作于1957年丁酉上巳前一日,录自张思温著,郭栋、赵忠选辑:《张思温诗选》,敦煌文艺出版社,1994年。

附录三　王烜传及相关序跋

《兰州市志·王烜传》[1]

　　王烜(1878—1959年),字著明,一字竹明,别号市隐君、煮茗山人,兰州人。生于仕宦人家,光绪甲辰科进士,授户部主事。光绪三十四年(1908年),受陕甘总督升允之聘,为《甘肃新通志》分纂。

　　民国二年(1913年),任静宁县知事。民国五年(1916年),任成都吏学馆编纂员。时护国军第一军总司令蔡锷入川,闻王烜善理财且清廉,遂任命为剑阁征收局长。期间,积极支持反袁护国,拥护孙中山,被任为护法国会参议院议员,出席广东制宪会议。后任北京总统府顾问。民国七年(1918年)春,代理灵台县知事。次年初,陕西爆发战乱,波及灵台,陕军过境缴粮缴款,百姓不堪其苦。王烜多次与陕军交涉劝阻无果,愤而辞官归里。

　　民国九年(1920年)12月6日,甘肃海原、西吉、固原发生强烈地震,波及170万平方千米,死伤10余万人,流离无助者几十万人。次年,雹灾、旱灾相继,灾情更重。王烜协助刘尔炘劝募赈款,以工代赈,接济灾民,救活众多濒临死亡的灾民。民国十六年(1927年)著成《甘肃历代地震纪》,记地震411次,为甘宁青研究地震的先行者。

　　民国十一年(1922年),旧国会恢复工作,王烜以护法运动时的议员资格,被聘为总统府顾问。次年,曹锟贿选总统,王烜不屑与之为伍,辞官归里。在甘肃,历任省长公署秘书长、代理政务厅厅长、省长顾问、兰州自治协进会干事长、兰州市政筹备处代理总办、甘肃省临时参议会候补参议员、皋兰县参议会议长等职。民国十七年(1928年),在兰州中山大学任教,此后积极从事地方社会福利救济事业和文化教育工作。民国二十年(1931年)后,因拒绝陕军强索赈灾款遭诬陷,遂退出政坛,隐居存庐。20世纪40年代,应皋兰县政府之聘编纂《皋兰县新志》。王烜才思敏捷,擅长文史、书法,尤精诗词,著述甚丰。

　　1950年,王烜被选为甘肃省各界人民代表会议代表。1953年,聘为甘肃省文史研究馆馆员。1955年12月,聘任为第一副馆长。著有《击柝集》《皋兰县新志稿》等。

校释:

[1]邓明撰。录自兰州市地方志编纂委员会办公室编:《兰州市志(先秦—2008)》,方志出版社,2019年。

《王烜诗文集》序一[1]

吴廷富

王烜先生,为二十世纪五十年代甘肃省文史馆副馆长,1957年逝世。其子王浚源最近将其诗文汇集成册,委托邓明点校、注释,自费刊行,嘱我作序。经向老馆员们请教,简序如下:

王烜,字著明,一字竹民,1878年生,兰州市人。清光绪甲辰(1904年)科进士,授户部主事。辛亥革命后历任四川剑阁县征收局长、甘肃灵台县知事。曾支持蔡锷讨袁(世凯)护国,任广东护法国会议员,总统府顾问,出席广东制宪会议。曹锟贿选总统,他拒不投票。后返回甘肃,任甘肃省长公署秘书长、政务厅长等职。从事民间赈济工作,任兰州丰黎义仓主管、华洋赈济会总办。他始终以儒家思想和老庄思想为主导,热心为地方公益、文教事业服务。为甘肃社会救济做了大量有益的工作。

新中国成立后,任甘肃省各族各界人民代表会议代表,甘肃省文史研究馆第一副馆长。在任期间,全心致力于甘肃文史、诗词、书画、金石、技艺等研究,整编辛亥革命后四十年甘肃政、兵、民三变史料,著述甚丰,举其要者有:《皋兰明儒遗文集》《存庐文录》《陇音》《击柝集》《甘肃历代文献录》《竹民文存》《皋兰县新志稿》等20余种。其诗词作品具有他自己的风格与情调,富有讽喻社会意义,关心人民疾苦,反对军阀内战,反对民族仇杀,反对列强侵华战争,表达出爱国反帝的思想。遗著《皋兰县新志稿》,是一部地方重要文献。

这部《王烜诗文集》收入诗词作品一千余首,文稿有《存庐文录》《存庐诗话》、史料、书稿存目等。其诗词作品绝大多数属格律诗,意境高雅,音韵和谐。古人所谓"诗言志""诗如其人""知人论世",余诚信矣。其文多为地方文史资料集萃,拾遗补阙,赈灾抚恤,济贫救苦,疏河修路及呈请当局缓免征农民徭役,为民请命的文献作品。综观《王烜诗文集》,作为史料文献,颇有价值,值得一读。我们应当学习王烜的治学精神,开展文史书画研究,整理三变史料,为社会主义精神文明建设贡献力量。

甘肃省文史研究馆馆长兼党组书记吴廷富

校释:

[1]录自王俊源主编,邓明注释:《王烜诗文集》,甘肃省人大办公厅印刷厂1997年。

《王烜诗文集》序二[1]

李鼎文[2]

皋兰王竹民先生为学人,为诗人。一生博览群书,著述丰富,尤精于史学。关心甘肃文献,搜集编写,孜孜矻矻,数十年如一日。除《刘果斋先生年谱》《皋兰明儒遗文集》外,均未刊行。原稿二十余种。分藏于甘肃省图书馆及兰州市图书馆,其中如《甘肃辛亥后四十年政兵民三变史料》《甘肃历代地震纪》《皋兰县新志初稿》等,史料价值极高,近年来编撰地方史志者皆甚重视,以能获读稿本为幸事。先生于治学之余,雅好吟咏,其诗出三唐两宋,自写己意,有真性情流露其间。尝有诗云:"吾爱香山诗,老妪能解之。吾善长吉句,妙造自瑰奇。恢诡与平易,那能并得师。聊以性灵写,但当纪事为。"盖自道其作诗之旨也。今存诗千余首,如《爇余纪闻》,写光绪庚子外国侵略军占领北京,《桃符叹》,写一九三九年日本飞机轰炸兰州,亦诗亦史,洵可珍异。

今年先生哲嗣浚源同志复印遗著,请邓明同志任整理校点注释之责,即将出资印行。浚源同志孝思之切,邓明同志敬业之勤,难能可贵,令人钦佩!此书之出版,必将有助于精神文明建设,可断言也。

公元一九九六年十二月,后学李鼎文谨序于西北师范大学

校释:

[1]作于1996年12月。录自王俊源主编,邓明注释:《王炬诗文集》,甘肃省人大办公厅印刷厂,1997年。

[2]李鼎文(1919—2014年):字献甫,甘肃武威人。1957年,随甘肃师专合并到西北师院,任中文系副教授、教授。代表作有《中国文学史》(先秦到宋)、《中国古代文学作品选注》(先秦到宋元明清)、《杜甫诗选注》《敦煌文学作品选注》《甘肃文史丛稿》《梦槐庵丛稿》等。

《王炬诗文集》跋一[1]

邓明

笔者热爱乡邦文化,常读乡贤著述。1980年初,在甘肃省图书馆西北历史文献部首拜读竹民先生诗作,为他流溢浓郁乡土气息的风物诗所感动,曾撰文评介于报章杂志。1988年初,从事地方志工作,又阅读了先生所编著的史志资料,对先生博览群籍,深入调查,严谨考证,精心编纂的治学精神留下了深刻印象。

为了深入了解先生的生平,曾拜访过先生哲嗣浚源先生,交谈之际,都对先生著述的流失表示深切关注。浚源先生退休后,在其夫人及子女、侄子女的大力支持下,自费编辑出版先生遗著。这不仅是对竹民先生最好的追思,也是对乡邦文化的阐扬,是一件嘉惠学林的好事。

1996年9月,浚源先生嘱我整理,慨然应允。于是商订体例及工作步骤后,立即分头工作。浚源先生不辞辛劳,出入图书馆,查目录,搜遗著,并初步整理,复印装订成册,然后交我点校,注释。我利用公暇,翻检史籍,访问耆旧,实地调查,经过考订,对

遗著中所涉及的一些有关甘肃的行将湮没的人、事、物作出了简要注释。在排印过程中,每出清样,他初校后,再由我复校,然后由他再校对三至五次,以尽量减少讹误,并对个别注释提出很好的修订意见。

一年多过去了,正值竹民先生诞生120周年,此书就要问世了,谨写以上文字,说明整理经过,并对竹民先生表示崇高的敬意。由于笔者水平有限,整理中缺点不少,敬希读者指正。

1997年12月18日于兰州兼葭楼

校释:

[1]作于1997年12月18日。录自王浚源主编,邓明注释:《王烜诗文集》,甘肃省人大办公厅印刷厂,1997年。

《王烜诗文集》跋二[1]

王浚源

家中所藏先严遗著均于二十世纪六十年代散失或焚毁。对此,余为未能尽到藏护之责,愧疚不已。可幸,甘肃省图书馆和兰州市图书馆收藏之稿本尚存。为保存资料,广泛提供社会,"以备他日征考献者取材",现将其中诗、文、文史资料十种孤本,经初步整理并请兰州市地方志编纂委员会副主编邓明同志校点注释后,编为本集。同时,将部分文稿和已知书目共约二十种编为存目附内,一并刊行。

先严一生,尊崇儒学,晚年又习佛学。且历经清末、民国和新中国三段历史时期,其所著述,必然反映当时立场、观点。本集以提供历史文献资料计,故以原稿刊出。仅供研究、参考之用。

值此集印行之际,对省文史研究馆馆长吴廷富、省图书馆馆长潘寅生,及其西北历史文献部主任易雪梅等同志之大力支持,对甄载明、李鼎文两位老先生之具体关怀和指导,对邓明同志之全力协助,特表衷心谢意。

余才疏学浅,辑此集时,虽经多次反复查证校核,也实难避免疏漏、不当之处。诚望读者正之。

丁丑冬月于兰州

校释:

[1]作于1997年。录自王浚源主编,邓明注释:《王烜诗文集》,甘肃省人大办公厅印刷厂,1997年。

《我的父亲王烜》[1]

王浚源

我的父亲王烜,字著明,一字竹民,别号煮茗山樵,亦号市隐,兰州市人。生于1878年,病故于1959年。

这里我先写一写我在青少年时期和父亲在一起时的一些印象比较深刻的事。

由于我母亲去世早,我一直在父亲的照料下长大。我二十岁时参加了工作,基本上就离开了家。故父亲生前,我未能在身边尽孝道,甚至父亲病逝时,我也未能回兰为父送葬,这是我心头的终身歉疚。

我在五岁时,父亲就教我识字、写大楷。继而读《三字经》《百家姓》《朱字治家格言》等。六七岁时,读《大学》《中庸》《论语》,还读唐诗宋词等。我读书时,父亲要求很严,不许偷懒、玩耍,也不许家人来打扰。每天上午读两个多小时。开始时,先复读日前读过的,然后父亲再讲解新段落。这叫"正书"。正完后,立即让我大声朗读。他老人家就在一旁听,有时也看书,有时打坐。待到中午吃饭时,才让我停下。凡是要求我背会的、写完的,必须做好,否则不允许我离开书桌,不让我出房或吃喝。

父亲对我是严厉的,但从不打骂。在教我学习时,经常结合具体事例阐释如何学知识、如何做人的道理。经常讲人不能贪不义之财,不能做坏事,不能害人。要为人正直,要爱百姓。在当时好多大道理我还不懂。但是,先入为主,总算有了印象。可是有些事印象就很深。如父亲所讲的岳飞的《满江红》、岳母刺字、文天祥的《正气歌》,还有木兰从军,《木兰词》及杜甫的《石壕吏》,等等。因为父亲讲这些文、诗、词时,都讲故事,这就使我懂了不少道理,而且印象很深刻。现在感觉到,父亲给我讲的不少道理,以后自觉不自觉地成了我的行为准则。

自我记事时起,父亲已是五十多岁的人了。那时他未担任官职,而是在兰州丰黎义仓主持工作。有时还带我去看收集救济粮或放平粜粮。丰黎义仓在贡元巷(今城关区贡元巷三洲开发公司家属院内),院子比较大,有好多间粮仓。拉粮的大马车都停在院子里。办公室是一明两暗的三大间平房。两面的房间中,一面是主管办公室,一面是其他人员办公室。我看到义仓发文,都是由我父亲和白豫三、杨雨丞三位主管共同在文稿上划"行"后才发出。当时我感到这里办事很严肃、很认真。

父亲还有时去皋兰兴文社、兰州益社、乐善书局开会。皋兰兴文社在延寿巷文庙内,这里附设兴文小学。我八岁时,父亲就送我到兴文小学上二年级。那时,每年在孔子诞辰日,都要举行祭孔仪式,我在兴文小学上学三年中,祭孔三次,都是我父亲主祭。父亲还参与过大文庙(即兰州府文庙,在今兰州二中院内)的祭孔活动。

父亲还主管过兰州保节堂的工作。保节堂在山字石后街,父亲也带我去过几次。

这是个前后两院的建筑,前院小,只有数间办公用房;后院大,为收入堂内的无依靠的妇女住宿、劳作的地方。我第一次去看到十多个妇女在干活,有的纺线,有的做鞋,有的缝衣,等等,活很多,干得很忙。我问引我的管理人员,她们怎么做这么多的活?他告诉我,这都是给别人做的,是挣钱的,她们就是凭这些活路来维持生活。这些妇女,如果有人有了依靠,就可出堂。我记得有一次父亲说,有个女人的老家来人要接她回去另行成亲。我随父亲去看时,那人已经走了。还有一件事,约在1943年左右,有一姓宋的女人,因儿子已十七八岁了,有了工作,一个女儿也出嫁了,生活有了依靠,这就要出堂了。当时,这家人没有住房,保节堂就将堂内靠老城墙的夹道中的三间破房子暂借给她们住,并从东墙上另开一个门,将原通向堂内的门封闭以便与堂分开。通过这些事,使我得到的直观印象是父亲在勤勤恳恳地为老百姓,为社会办着公益事业,办着教育事业。

  父亲虽然不担任官职,但他那忧国忧民的情怀,令我终身难忘。这主要是在抗日战争时期,从父亲在谈论战事时的情感变化所感受到的。1937年卢沟桥事变后,特别是1938年日寇攻占我国不少大中城市,并对内地一些城市包括兰州在内进行狂轰滥炸,父亲十分愤慨。对当局屡屡放弃重要城市捶胸顿足,对老百姓遭遇不幸,惨遭杀戮深表痛惜,对国家蒙辱受难忧心忡忡。

  父亲性格内向,一般情不外露。但是在抗日战争中,随着战役胜败变化,父亲的情感也有很大变化,且往往溢于言表。如从报纸或社会传闻中得知抗日军民取得了比较大的胜利,他会立即向我们讲述,且笑容满面,神态安详;如战事失利,丢失城池,他一般在饭后才讲述战情,且愁锁眉间,神情忧伤。我还多次见到,父亲与来家造访的老先生们谈论战事,往往情绪激昂,都为自己年老体弱,不能奔赴疆场杀敌而喟叹。为此,他们多以写参战诗来抒发情怀。如父亲在诗中写道:"从戎投笔笔多秃,怒发冲冠发早斑。奕局残时争一着,仗他老卒去搜山。"(《王烜诗文集》第176页)这充分表达了老人抗战报国的壮心。由于父亲对战事高度重视,致使他做梦也梦到战争风云,他给我们说过几个这一类的梦。现举一例,1938年秋的一天,父亲下班回家后说从报上看,日寇进军广州等地,人们都很担心。过了不几天,父亲说他昨夜有一梦,感到稀奇,梦见在东南方向的天空出现一个很大的"残"字,不知预示什么?为此父亲还写了一首《残》字诗。又过了几天,报纸相继报道日寇占领了广州和武汉等地。父亲说,梦中的"残"字就是表示国土残缺不全。后来,父亲还将这个梦收入《存庐异梦录》中。

  1939年,日寇侵略日益猖獗,对兰州的轰炸更加疯狂。到了农历十月和十一月,轮番轰炸,春节期间连日轰炸。记得有一次,日寇飞机来了一百架,天空黑压压一片,兰州东关(今庆阳路南关十字以东段)、桥门(今中山路西关十字至中山桥段)、普照寺(兰园)等处被夷为平地,损失惨重。父亲看到后,悲愤至极,多日哀叹不止。

就在这次狂轰滥炸中,我家大门被炸,门上悬挂的"赐进士第"匾也荡然无存。对日寇的这种暴行,父亲这一年共写了十首诗,予以记述,留于后代以警世。1940年,我们又重新修了大门,父亲写"存庐"匾悬挂其上。父亲说,这寓意不可战胜永存之意。这说明父亲坚信中华民族是不可战胜的。记得父亲写这匾时,原稿是"存存庐",到刻匾时写为"存庐",叫我送给刻匾的匠人,我说少了个字,父亲说,改为"存庐",两个"存"字,不含蓄。以后,父亲还将他的三部著作冠以"存庐",即《存庐诗话》《存庐异梦录》《存庐文录》。

1941年太平洋战争爆发后,日机再未炸过兰州。但是父亲仍然很关注战场变化。在此期间父亲向我们多次谈过对战局的展望。他认为这是个旷日持久的战争,短时间打不赢,最忧愁的是,越打国家越穷,人民特别是青壮年男人死伤越多。抗战越来越艰难,对此他心情非常沉重。那时,我才十岁左右,更多的事,我不得而知,但父亲的这种爱国真情给我的心灵上留下了磨灭不了的痕记。现在想起来,有些情景和父亲的神情,还历历在目。

在那时候,父亲不攀官场。有时当局邀请地方人士,除非不得已,父亲都不去。我也从未见过父亲请官员吃酒或向其送礼之事。记得有这样几件事。1946年,蒋介石召开国民代表大会,当年春夏季各地选举国大代表,地方一些人士多次动员父亲参选兰州市无党派人士国大代表,均被父亲谢绝。同年,张治中任西北行辕主任,当局通知父亲参加欢迎会,父亲托词未去。1949年,马步芳任西北军政长官,到任后,曾邀请地方人士见面,父亲以病婉拒。

但是,父亲对来访的学者、诗友都十分热情。他经常往访的,也就是这些人。我记得比较清楚的有邓德舆、水梓、水枻、杨巨川、刘绍庭、徐渊如、徐韵潮、冯仲翔、阎荫桐等先生。有一次父亲因病卧床,中午时分,正靠在床上吃饭,老友阎荫桐来访,父亲放下碗筷,去前厅接待。事后,我们给父亲说,该吃完饭再去,父亲却说,客人到家,让人家坐等我们吃饭,是很不礼貌的行为,并给我们讲了周公"一沐三握发,一饭三吐哺"的故事,使我们很受启发。父亲有时也请诗友来家或在五泉山聚会小酌。也常应诗友之邀赴宴。如1948年春,诗友徐渊如七十寿辰,父亲赋诗四首,以正楷写成条幅相赠,予以祝贺,并带我去小西湖徐府赴寿宴。

父亲在新中国成立前,未参加过任何党派组织。他痛恨旧社会的腐朽,但认为一介书生,无能为力,故采取不问政治的态度。所以除承担的公益事业外,在家就是读书著述作诗。家中藏书不少,约五六百册,绝大多数都是线装本。父亲对那些书都很熟悉,写作时,需引经据典者,在书架上信手取来,很少有东找找西翻翻的情况。父亲写的书稿,装满了两个小壁柜。父亲写作的底稿,都用行楷书写。凡定稿都用正楷书写。就是为别人写条幅和对联,都用正楷,我未见过用草书的。凡付印的书均亲自校对,如1945年印《皋兰明儒遗文集》,就是这样。那是石印的书,印刷厂将书稿写在专用纸上送来校对,正值暑假,我就帮父亲校对。父亲校对的很仔细,每页都校三遍,如发现问题,校的次数更多。书印好后,又进行检查,发现还有一些错处,父亲叫我从印刷厂找来铅字,用红印泥全部改正后,才向外发书。父亲的这种作风,给我留下了一种对事严肃认真、十分正规,并很尊重别人的感觉。

父亲酷爱古字画,珍藏了两木箱,其中有几幅古画是他最喜爱的。其中有董北苑的山水长幅,系千年古画,世所罕见。文衡山的《中秋望月图》,五百多年古画。有一木箱专用存放这些画,每年都要取出两次,挂两三个月,父亲说,这样对保存画有好处。还说过,这两幅画他在北京任职时都带去自己保管。还有一幅画,是赵孟頫画的驴,条幅较小,长约1.5尺,宽约1尺,装在一个红木镜框内,悬挂在卧室。画已发黑了,但墨驴还清晰。那时我不懂事,记得有一年腊月打扫卫生,我把这画摘下来随便放在地下,还不小心碰了一下,父亲马上过来责备我,我说把那么个破旧画有啥好的! 父亲说那是七百年的画了,找不到第二个。我才知道这也是个宝贝。而且也认识了赵孟頫这个名字。约在二十世纪四十年代末,父亲托人请来一位摄影家,将这幅画拍摄留影。

父亲还有一把扇子,扇面是黑色,由甘肃静宁县名人刘翰华用泥金楷书写的《道德经》,装在一个木制盒内,放在父亲装书稿的壁柜内,常常取出观赏。1939年冬,日寇炸兰,有一天警报响后,我从学校跑回家,随父亲向城外跑,临走时父亲将此扇子从桌子上拿起,放在袖筒里。我们跑出西门,在西关(今临夏路)发现扇子没有了,父亲领我又往回走,找扇子,但人流涌向城外,我们拨开人流在地下找,没有找到,又挤了一阵,但基本上还在原地,确实无法朝东,只得随人群跑到西郊。一路上和在防空洞里,父亲一再说扇子丢得太可惜。次年春,父亲还写了一首《忆扇》的诗,以表珍惜之情。

父亲的日常生活,平淡而有序,清苦而充实。虽然年事日高,且多病,但每日总是日出而起,晨昏两次静坐,活动肢体各一小时,从不间断。读书、写作都是有计划、有目的地进行着。饮食简单,粗细粮均食,以面食为主,很喜欢吃小米白面糁饭、搅团、扁豆一锅面、臊子面,夏秋季常吃浆水面、番瓜糊沓(番瓜糊糊)。吃这些饭,有两样小菜即可。有时也吃点肉,更多的时候是吃素食。冬天,全吃家中泡的酸菜或腌的咸菜。他很喜欢吃豆腐乳,不论冬夏,常有豆腐乳在餐桌上。父亲从不抽烟。原来喜欢喝酒,但抗日战争中百物昂贵,遂于1940年戒酒。在抗日战争前,家中尚有一辆轿车子(骡车)为代步工具,抗战后牲口养不起了,就连同骡子带车都卖了。此后,老人一直拄着拐杖步行。穿着朴素,多年不添新衣,有的内衣还有补丁。二十世纪四十年代家中,生活困难,负债累累,父亲常为此犯愁,不得已于1944年将在皋兰县达家梁的数十亩田产出卖,以偿债务,维持全家生活。

父亲对我大哥和我的工作、生活都很关心。我大哥从甘肃学院(兰州大学前身)

法律系毕业后,至1949年8月在榆中县和天水县的审判庭和法院工作。父亲经常写信关注他的工作和生活,也让我给大哥多写信。二十世纪五十年代初,我长期在外工作,父亲也多次给我写信询问工作、生活情况,叮嘱该注意的事项,并经常给予鼓励。特别是我在农村工作时,来信都要问及当地农业生产情况及农民生活。这就显现了他老人家对人民生活的关注。1957至1959年秋,我先后在安西县和平凉县劳动、工作,父亲每次来信都问当地农情。现将父亲于1959年6月4日写给我的最后一封信录于后,以证之:

"浚源儿览:廿一日接来信,得知一切,甚慰。近日你的工作何如?算账已完否?平凉麦田受冻,翻犁改种指望秋成,民食能接济否?去年丰收,今年尚觉粮少,若有灾荒更难过了。兰地春间嫌旱,近来有雨,亦不甚多,好在水地加多了,可以调剂。平地饭馆尚有肉吃,兰州是不可能的。人多需要多,就不容易办。我近月以来,眠食俱增,较病前吃的多,睡的时间亦多,想是休养功效。星期日学勤(即王浚源夫人崔学勤)带云生(王浚源之子)来家玩了一时就走了。我们多吃杂面,但番瓜、蕨菜上市,有副食品,比前月好些。院中葡萄已成串缀架,今秋收获有望。家人都好,问你近佳。

父字六月四日(见《王烜诗文集》上册插页六)

这封信我还没有收到,父亲于六月七日五时与世长辞了,竟成了父亲的绝笔。

总之,在我的心目中,父亲知识渊博,淡泊名利,道德高尚,平易近人。虽然当过京官、县官,但两袖清风,一尘不染,生活俭朴,热心公益事业,心系国家百姓。

父亲作古后,不几年在家一直侍奉父母的二姐和大哥也相继谢世。不久,家中又遭"文革"洗劫,父亲留在家中的书画、著述被抄毁殆尽。自此之后,我意识到,我在人生旅途中,出现了个很大的失误,就是在父、兄在世时,未能了解掌握父亲的生平事迹,也未能尽到人子之责,藏护好父亲遗作。这又在我的心灵上增添了永世无法抹去的愧疚。

到二十世纪八十年代,偶然看到报纸上刊登有介绍父亲诗作的文章,后与该文作者邓明同志取得联系,得知省、市图书馆尚存有父亲的一部分遗著。当时由于工作忙,未能即时查阅。1992年我退休后才抽出时间,查阅了省图书馆的所有存稿,并在邓明同志的大力协助下整理校勘十种文稿,并加注释,后汇编印成《王烜诗文集》上、下两册印行出版。另有二十四种著作,其中有十三种只存书名,书稿已佚;有三种是属《甘肃省通志》专志稿本;有三种早已刊行;还有五种因故再未整理编印。就将这二十四种著述编为书目,附录于《王烜诗文集》之后,以备查考。

后经查访得知,现存文稿部分是父亲生前送到甘肃省文史研究馆作研究资料用的。"文革"中,省文史馆将这些文稿与其他资料一并送至省图书馆,故得以保存。属省通志稿之类的,原本就存在图书馆。另外,有一些书稿流落到古旧书店由图书馆收藏的。现在,我能读到这些遗著,并将其中部分编印刊行,以供社会利用,这就给了我一次补过的机会,这也多少能消除我心头多年的一些悔恨。通过研读父亲的遗作和查阅有关资料,使我比较概括且系统地了解了父亲的坎坷经历、治学精神、人生追求和事业成就及为人品格。

下面,主要以现有的父亲遗著为依据,分《一生清廉,甘为循吏》《鞭挞时弊,建言改革》《心系民众,全力赈灾》《修志辑佚,传承文化》《致书陈词,为民请命》《参加革命,夕阳终红》等六个方面,对父亲的生平作一简略介绍,为史志研究提供一些资料和线索。

一生清廉　甘为循吏

父亲生于清朝末年,少儿时,由其长兄启蒙。1891年14岁,我祖父去世,由祖母典当首饰供其学业。开始送父亲在普照寺受业于庠生滕尚儒、举人佘德楷先生。1897年考中皋兰县学廪生,考列第一。秋,赴乡试而未中。此后入求古、兰山、五泉、皋兰四书院,研读达六年之久。1903年乡试考中第十八名举人。1904年赴开封会试,中式第八十一名,又赴北京殿试,中三甲第四十二名进士,朝考第八十一名,钦点主事,签分户部。当时,父亲踌躇满志,"以报皇恩",在1905年第一次领到俸银时,写了一首诗,就表达了这种心情:"已仕何堪素飧讥,葵心也自向晨晖。家贫亲老君恩重,击柝报关是与非。"(见《王烜诗文集》第9页)其实,父亲早在读书时,就立有宏愿:要做实事,不留浮名,坚持清廉,忧乐天下。1902年,在求古书院考课时,作《书怀四首》,就比较系统的表达了这种志向。这四首诗,是现存父亲最早的诗作,这里引三首:

南山一片云,不为飘风移。
托根岱宗石,崇朝蔽四垂。
士生贵有本,本立荣其枝。
有如微云行,好雨随乃施。
有如旱既甚,苍生望属斯。
少壮宜努力,勿贻老大悲。
古语不吾欺,安可弃若遗。
但抚幽兰操,空谷抱芳姿。
披榛花自馥,廉泉根可滋。
忧乐以天下,穷达任所之。
胡为多自苦,独行在忘机。
邓禹年廿四,佐命定炎刘。
陶潜晋处士,心逸而日休。
达者固已达,贫士贵优游。
我来自田畔,泛泛飞白鸥。
振翎刷其羽,天地任遨游。

故不抟九万,风高动人愁。
但怜草木腐,非为浮名留。

(见《王烜诗文集》第2页)

1907年,父亲在兰州送其同学陆阶平之官太原的诗中,明确说:"勉此功名争第一,文官不爱半文钱。"(见《王烜诗文集》第11页)表达他当官必须保持清廉的意志。

父亲就是抱着这种态度步入宦途的。但是到户部任职才一年,祖母在京病逝,报丁忧,以致父亲未能赴日本留学,于1907年初扶榇归里葬祖母。至1909年春,宣统元年时,起复赴京,仍任度支部(即户部)主事(类似今科长)。又年余,辛亥革命爆发,推翻了清朝政府。至1912年国民政府成立后离京返兰。虽然父亲当京官,实际在任先后不到四年时间,且只是个户部小吏,年俸银只六十两。不但没有作出什么成就,也未挣下多少薪资。但是,他对清朝政府的腐朽、无能,内忧外患,了解很多,表示愤慨。早在1906年,就写了《燹余纪闻》三首,揭露了清政府丧权辱国、八国联军蹂躏北京的惨状,抒发了一个正直的中国人的爱国情怀。同时,对宦途也有了一些新的感受和认识。在1909年暮春,写《自叹》一首:"艳说京曹吏若仙,风尘仆仆竟何缘?须眉老大惭形影,郎署浮沉积月年。陋巷箪瓢仍乞米,小园榆荚却名钱。此生岂得徒温饱,须是贫来不惘然。"(见《王烜诗文集》第16页)

清代的京官,特别是下层很清苦,常常生活不济,不知情者还"艳说京曹吏若仙",于是吟出了"此生岂得徒温饱,须是贫来不惘然"的诗句。同年秋,父亲在《思家》诗中还有"官味同鸡肋,乡思入雁声"之句。(见《王烜诗文集》第18页)又表露了对"官味"的索然。

父亲在结束了"京官"生活返兰后,原想"挂冠赋归去,自分永潜藏"。但是由于家境贫困,"生计风飘瓦,为贫厕官场"。(见《王烜诗文集》第236页)不得已又步入宦途,在甘肃布政使署任了预决算委员和甘肃省财政司科员。冬,又被选为参议院候补议员。1913年夏,父亲署理静宁县知事。这是父亲第一次当"父母官",自然是抱着坚持清廉、劳作为民的信念上任的。

静宁地处甘肃中部干旱地区,水利灌溉极为重要。然而县城外旧有的兴隆渠坍塌毁坏严重,以致大片农田因缺水而减产,为了百姓生计,父亲到任后,立即采取措施,察看渠道,多方筹款,征集民工加以修复,重新引葫芦河水灌溉农田,当年见效,农作物产量倍增。为此,父亲有诗纪之:"四围山色拥岩城,绕郭新堤玉带横。但愿旁流均乐利,晴川千亩课春耕。"(见《王烜诗文集》第38页)

静宁百姓做饭、取暖缺乏燃料,集市薪炭价格昂贵。父亲就劝导老百姓植树造林,以解燃料之困。父亲在《阿阳即事》诗中有一首是这样记述这件事的:"却因薪桂问山虞,也似长安不易居。毕竟小民艰力食,十年树木盍兴诸?"(见《王烜诗文集》第38页)

父亲对百姓的诉讼事专心致志,亲自外出查办。在那道路不畅之时,有时连夜赶路,风里来雨里去,一丝不苟,使所办案件,百姓都感到满意。父亲有诗两首,以纪当时实情。一首是《赴庄浪查案夜行》:"庄浪万壑里,傍晚更难行。犬吠知城近,灯开得路清。多艰如世道,善幻是人情。此日真公仆,劳劳已半生。"(见《王烜诗文集》第39页)还有一首是《由庄浪赴隆德途遇暴雨》:"村村问路叩人家,雨过天晴油碧车。山色四围浓翠中,道旁开遍马兰花。"(见《王烜诗文集》第39页)

1914年春末,父亲卸任后,当地传称父亲为"廉吏"。对此,父亲在《七十二生日自述》一诗中写道:"会计安委吏,衔命宰阿阳。期月而已可,廉吏愧名扬。"(见《王烜诗文集》第236页)

1914年夏,父亲在家赋闲,他认为"当官"做事主张要"适意",而不能"慕浮名",赋诗吟道:"人生贵适意,何用慕浮名。"(见《王烜诗文集》第53页)他为政清廉,为民服务,不慕浮名,自豪地说是"傲骨"。在1914年冬《消寒六首》中的第五首如是说:"后凋松柏同人健,甘冒风霜笑我顽。一片冰心难附热,半生傲骨肯投闲。"(见《王烜诗文集》第58页)

父亲虽为官员,但家道清贫的情况并未改变,而且经常出现负债。为此,深感烦恼。1914年隆冬,在贫病交加中过除夕,深有感触,赋诗一首,以表期冀:"无赖病魔遣不去,连番债主苦相催。药笼取物常烧鼎,铁券成书欲铸台。明日送穷亦送鬼,一声爆竹唤春回。"(见《王烜诗文集》第60页)

虽然贫病交加,但矢志不渝。1915年在《和问芳老人六六闱欢原韵》诗中,就说:"不妨有酒称名士,何必多钱是好官。"(见《王烜诗文集》第66页)还是反对当官的贪财。1915年,因服官回避本省,父亲拟赴北京等待分发,典出一小院房屋,作为路费。父亲说:"休道固穷君子事,半生总未合时宜。"(见《王烜诗文集》第67页)再次表露了宁受贫困,也不去做贪官的情怀。闱欢诗社诸公为父亲饯行,父亲赋诗致谢:"半生薄宦犹如此,嘉会耆英岂偶然。"(见《王烜诗文集》第68页)也流露了当时的复杂心情。到京后被分发至四川,1916年到成都,奉命赴川西北提调款项。由于长时间旅途奔波,花费较大,到川后薪俸又不高,生活紧张,但他赋诗表达守廉之心:"不受人间暮夜金,穷途还守固穷心。此生纵复为贫仕,一勺廉泉饮到今。""廉吏可为且自为,十年宦辙尚驱驰。如能种豆南山下,亦赋陶潜归去辞。"(见《王烜诗文集》第80页)

时绵阳征收局长谢筱舲与父亲同出马积生师门,一见如旧,邀游李杜祠,父亲赋诗道:"不辞绿酒连朝醉,欲却黄金守故贫。"(见《王烜诗文集》第81页)表达坚持清廉的意志。1917年,父亲卸任剑阁,有友人以诗五章赠别,父亲步韵答之,有句云:"抱关击柝今吾分,贫仕谁云待价沽?""一著儒冠便固穷,相逢多半是文雄。"(见《王烜诗文集》第91页)仍然表达了老人家的淡泊之情。

1918年返回兰州后,父亲就职于禁烟局,薪俸也不高。得故友推荐,任灵台县知事。父亲赋诗云："有友怜我贫，微禄混和光。春风偏嘘我，复见坐琴堂。"（见《王烜诗文集》第236页）就这样，父亲又第二次当了"父母官"。在灵台县父亲爱惜民力，不事征敛，使百姓得以喘息。为了安民，父亲上书陇东镇守使陆洪涛，反映驻军两部为抢收农作物而内讧，扰民之情，建议调整防区，以保境安民。次年初，陕西爆发战争，毗邻的灵台县倍遭荼毒，陕军过境，檄催各乡供给军需，稍有延误，打骂并至，迫使老百姓冒雪输挽薪粮，苦不堪言。父亲对军方多次劝阻，终不为所听，遂愤然辞职归里。当地人称父亲是"学道爱人，无上控案"，父亲赋诗纪之："学道则爱人，褒语安敢当？每睹军阀横，法治希典常。"（见《王烜诗文集》第237页）1921年至1925年，省长潘龄皋、林锡光、陆洪涛、薛笃弼先后任命父亲为省署科长、秘书长、代理政务厅长、省长顾问等职，1927年，任兰州市政筹备处会办、代理总办。每职任期都较短，但廉风不减。1928年至1933年间，父亲专职赈灾。卸职后，隐居不出。

鞭挞时弊　建言改革

父亲自小崇尚儒学。对"儒者第一义"的义与利的问题特别重视，用"君子喻于义，小人喻于利"作为衡量行为的标准。父亲进入社会后，逐渐看到社会的黑暗，吏治腐败，军阀贪官沉瀣一气，鱼肉百姓，财政困乏，民不聊生。就痛心疾首，屡屡口诛笔伐，并再三向当局陈情，欲感动上层，予以清吏治，肃贪官，行法治，除时弊，大利国政以恤小民。这种言行，见诸文字，且现留于世者尚有十数篇。这充分表达了父亲"刚肠疾恶，轻肆直言"的正直性格。

父亲步入仕途，是1905年春28岁时的事情。至1911年底清朝政府被推翻，当"京官"共七年（实际在任三年多），对清廷腐败、外辱内患已深有感触，认为问题十分严重。于是约在1910年时写了《箴风》一文，揭露"仕风"日坏，急呼"拨乱反正"。现将该文摘录如下：

"今夫治天下者，岂无枢机乎？兴亡治乱，果孰为之而孰致之乎？盖枢机之发，治乱兴亡之主也，而枢机者，风是也。……其风之美，天下赖之；其风之恶，天下亦受其敝。其始，或一时政教之所崇尚，而化行俗美于无穷，或倡于士君子一二人，而蔚成风气，以不可遏。美兴恶长，殆无二致，唯视乎有转移风化之责者之所为耳。呜呼！世衰道微，风俗日坏，士大夫寡廉鲜耻，恬不为怪，则举世之熙熙攘攘，以群趋于利之一途者，又何怪焉？城中好高髻，四方高一尺。上行下效，草上之风必偃。

吾为滋惧，于是不能不有以箴之。昔吕新吾先生有言：'变民风易，变士风难，变士风易，变仕风难，仕风变，而天下治。'旨哉孰言乎？是故贿赂公行，奔竞成风，必兴廉让以激扬之。逸豫无度，侈奢成风，必崇俭素以愧励之。倾轧相寻，其风浇薄，则培之以仁厚；随波逐流，其风颓靡，则振之以方直。风声之树也甚微，而天下之起而响应者必有日彰之势。故大块噫气，其名为风，是生万物焉。圣贤治天下，何莫不然。其申明行事，亦唯握其枢机，而人之旋转篠荡于不自己者，即其妙用也。世风之不古也久

矣,谈治者亦穷于术矣。窃以为拨乱而反之正,则风俗人心其大本也,为之者亦春风风人而已。"(见《王烜诗文集》第338页)

父亲于1911年冬,目睹了袁世凯上下其手,篡夺辛亥革命成果的经过,气愤之时,写下了《即事》诗四首,以表抨击之意。

1912年冬,父亲返兰后,担任过甘肃布政使署预决算委员和甘肃财政司科员。他对甘肃财政情况比较了解。对在财政领域的时弊甚为不满。为政为民计,他于1915年撰写了《甘肃田赋征收刍议》,指出甘肃征收田赋中,"私垦之地,以多报少","徒令吏胥饱其贪囊","州县官借此以为利薮,明吞暗蚀,以遂中饱之私,上下相蒙,盈余陋规,优缺,或年有三五万两,次亦复盈千累万,皆田赋之弊窦,不可不急求改良者也"。(见《王烜诗文集》第344页)同时又指出：甘肃征收田赋折收银两,其当地官吏对折价高低,上下其手,侵蒙滋至,将其多征的折价,充以私囊。对这些弊端,父亲极力呼吁操政柄者改革征收办法,使多征之数全部公开,全归公收,以兴利除弊。

那时甘肃财政困顿至极,甘肃省当局提出要清理财政。为此,父亲又于1917年撰写了《甘肃清理财政议》,并致书国会参议员、甘肃省财政司长田枫溆,建议惩治贪污、节省浮费,改良税法,改良财政。

在《甘肃清理财政议》一文中首先指出,甘肃近年来新增税捐"赢于他省""民间受累非浅",而省财政亏空增至180余万两白银。对此提出质问："财政当局果以何策施之,而困顿至于此极耶?"文中,父亲列举了弊端数项："如官员差缺薪俸,定章原不得兼差,即兼差亦不得兼薪。今甘肃各机关,兼差而兼薪者比比皆是,虚耗巨款,上下相蒙,大为财政蠹害。"又如,兴办工程"是否均经过法定手续,其所用款项,有无明确报告,吾省议会不可不过问也"。文中还对省警察厅、筹款局的胡作非为予以揭露："今收款名目日有增加,如警察厅、筹款局之所为,究竟曾经议会通过与否?外间不得而知,而民间负担日增。是何义务之多乎?且筹款局,既纯系地方收入,则应如何组织,亦应由省议会议决,以符本省单行法之规定。乃今纯由官府主持,薪水优厚,浪费浩繁,闲员布满内外,不啻第二财厅。以地方筹款机关,乃徒为宦场位置闲散之地。揆以理财本旨,大不相谬乎?"父亲在文中提出建议："关于财政厅国税者,由省议会调查清楚,拟具辅助办法,建议于参议院,准请政府照章核办。其关乎地方税者,即由省议会调案清算,拟具筹款局章,为根本之解决。"父亲还建议裁并骈枝机构,加强预决算管理和审计、议会的监督检查,"节省其浮费、改良其税法、以省民力而纾商艰,庶款无虚耗,而公家亦受其利也。"最后父亲还提出警示性意见说："若复以一二私人关系之故,顾后瞻前,置大局于不问,诿义务于后来,则甘肃财政即无整理之望,即地方日陷于不可为之境矣!愿吾负地方责任诸公,好为之也。"(见《王烜诗文集》第355—357页)

父亲《致田枫溆书》中进一步对甘肃财政之弊窦作了进一步的揭露和鞭挞,并欲借田枫溆之力,促省财政改革:"乃统捐加成,则借公肥私。如省城黄烟,本于额定比较十二万外,加成三万六千金,而财厅报部,竟朦加成为长收,充作提奖,致使所加之数不归公而归私,此其大者也。百货各局私发小票及大头小尾,海关联单隐匿不报各弊,均比前尤甚,而无所忌惮也。又如变枭仓谷,上下其手,不徒为各县知事生财,而厅中亦借此以牟利,致使本省积贮根本归于乌有。顷闻上峰又有省垣折收本色之议,民间所纳,视完银又多两倍。吾民何辜,受此睃削。然敢怒而不敢言也。""今吾省官厅以及局所,凡属要人,有兼差三五处者"。"又如土木之兴,用一报十,冗员之设,坐食素餐。此等虚縻,难更仆数。至地方款项,则筹款局、警察厅取之锱铢,用之泥沙,从未交省议会核议,莫可究诘也。向使先生得久于其任,吾知今日财政必有常轨,地方当受其福,何至如此之无纪极乎?前见报载财部已裁并骈枝机关,遣散冗闲人员,励精责实,以为救时至计。而先生适于此时入都,参议国家大事,谅于故乡荣瘁之端,亦不能忘怀也。鄙意此次议员临时召集,为期不久,将来云路腾翔,似可先恢复旧日地步,为国家效忠,亦为故乡造福,驾轻就熟,展布必易,未知尊意以为何如?若尚不谬,则大材槃槃,久已见重于斯世,在遵旨之一转移耳。至现时利弊,似亦当先为调查以为建议及振顿之地也。叨在知末,敢陈感触,狂愚之诮,固所不辞"。(见《王烜诗文集》第357—359页)

从字里行间,看出父亲是抱着挚诚之心、急切之意、痛切之情上书田司长,以敦促其决心改革。但是田枫溆于当年冬病逝。

民国以来,父亲对吏治方面的时弊,也多次予以揭露。现存的《说吏治》《分权议》《与省议员李翼侯论用人问题》和致国民政府委员徐季龙电中,都讲的是这方面的问题。

《说吏治》中是这样讲的:"民元以来,吏治窳敝。法则变本而加厉,人则假公以济私。中央之条教既未备具,而各省并其已布之,宪纲又不尽实行,遂至人浮于事,奔竞成风,真才不出,而政事不举,民生将何赖焉?夫为政在人,古有明训。……今也何如?上之用人也不一途,于是幸进之门开,而亲昵布满于要路,其贤否不必问也。……然试观各省……所谓科长、征收官吏,有县令资格者,不得其位也。其有得之者,考其渊源,必上峰之戚友也。其于县缺亦然,否则必无幸矣。清季,捐纳例开,各省人满为患,然有数可稽也。今则堤防尽决,无量数之人才群焉,伏处于有权力者之腕下。而政府分发人员尽为所摈,几成喧宾夺主之势。夫此为政府所分发者,既挟其名,欲求其实,则不惜随波逐流,以争胜于宦途者有之,羁旅穷愁,负累难甘,以期得一当者有之。一旦得志,则思保位求全,以自容而获利,又孰肯尽心民事,以撄众忌而招谤乎?此养成萎靡之习也。欲求吏治清明得乎?然则如何而可?曰清其源,严其格,养其气,庶然后吏治可兴也。…否则漫无限制,善于因缘者捷足先登,安分守命者,沉沦不起,是利于宵小者必多,贤豪尤安得不屈抑乎?……夫法治、人治之说,各有所长。然徒法不能以自行,必其人奉法唯谨,而后良法美意有所施效。否则立法虽精,而有权力者弁髦置之,有法与无法等。……今仕风败坏莫可言喻,而欲天下治能乎?吾不能不望于有移风易俗之责者。"(见《王烜诗文集》第348—352页)

父亲在《分权议》中指出:"各省大吏用人决于爱憎,法令置若弁髦。中央有权,而地方僭之矣"。并提出要健全法制,改革行政制度,"使用人者自由于法律之中,不能自由于法律之外,始可不为爱憎取与所夺,而受任者得心存乎治理"。(见《王烜诗文集》第352—354页)

1922年,甘肃省省议员李翼侯向父亲征询官绅并用的意见,父亲强调要依法公平选择人才。不能"以一二人之私意遏抑之""诚使当道秉公访采,拔一人取其尤,登之荐剡,而与之共事,则不啻吾省光荣,亦当道知人之明,为国之忠所宜也(见《王烜诗文集》第360—361页)

1925年,父亲任兰州自治协进会干事长。时国民政府委员徐季龙(谦)来电,征询国家用委员制解决国是的意见。父亲以协进会名义复电。痛斥当时省议会、国会、总统选举中的贿选行为,并无情鞭挞民国以来四维不张之情势。并指出,只有解决这些问题,才是解决选举问题的根本:"民国十三年来,五易总统,至曹锟而明目张胆逐黄陂而代之,恃金钱大力贿买议员,以成大选,此吾全国人民之公耻也。今乘讨阀贿选之成功,举总统而废除之,与民更始,建委员制,拔本塞源,为将来遏乱萌,国之休也!民之福也!凡我同胞,孰不额手称庆?虽然,本会以为有可虑者二端,不能不作为先决问题焉。一、委员选举问题:夫既行委员制,则委员选举方法,应即先行解决。而民国以来,凡属选举,皆有内幕,无论省议会、国会、总统选举会,殆无一不出于贿选,曹锟特尤著者耳。将来之委员选举,能愈于以前之选举者,能几何乎?若曰限以职业团体,不许政党作用,则人民之有职业团体者,恐同胞四万万人中不及四分之一也。而且农工商业者多数无优美学识,其嗜利更为习性,是不第少数操纵多数,又令无知之暴民专制也。况年来选举,人民多已厌弃,善良者放弃其权,猾桀者据为己有,流弊迭出,势难挽回。中国国情非西洋比,选举实无善法,贸然行之,则全国皆将贿买委员,甚者酿成各省自相争杀矣。此选举制之能否改善,应先解决者一也。二、人心是非问题:夫徒法不能以自行,国之所以与立者,纲纪是也,人之所以生存者,廉耻是也。古曰四维不张,国乃灭亡。民国以来,纲纪沦亡,廉耻扫地。前年选曹,以全国人民代表竟至多数受贿,恬不知人间有羞耻事。今虽曹氏犹待判罪,而各受贿议员,或高爵厚禄、或坐拥巨资,盘踞京师及散布各省者,俱无恙也。溯自袁项城篡国被讨,而附逆议员无恙。广东护法,取消不赴粤议员,洎黄陂再起,不能振纲饬纪,乃仍召集民六国会,以相敷衍,而解职之议员又无恙。败类厕满议席,京报反诽护法议员为无理取闹,天下之无公理至于此极,驯至贿选祸成,干戈满地,而于若辈犹未敢一加惩处,若投鼠忌器者。然群趋于势力之一途,痼疾中于人心风俗,非第法制改订所能奏效而起废也。即令委员制尽善尽美,而国家无纲纪,人心无是非,何以使之必善必美乎?此人心是非如何激励,应先有所解决者又一也。今者,吾国人于此二端若能有改良之希望,而操必达之权,则虽循内阁制,有总统可也。即进而行委员制,亦无不可也。倘选举无善制,人心无是非,窃恐职业团体适供少数之利用,各省委员益启奸慝之竞争而已。故委员制政府者,政治进化之盛轨,即自治之实施也。凡从事自治者,固所乐观,而选举制度及国人造成之人心风俗,则不可不有所长虑,而却顾以求根本解决之方也。既关国是,敢献刍荛,尚祈察之。(见《王烜诗文集》第452—454页)

心系民众　全力赈灾

自1920年至1931年的十余年间,甘肃先后遭遇了大地震和长期大旱的浩劫,人民死伤惨重,幸免于难者,流离失所,挣扎在死亡线上。对此,父亲予以全身心关注,先后两度投入赈灾全过程,做出了自己的贡献。

1920年冬,甘肃发生大面积地震。兰山、泾原、渭川、宁夏各道属,山崩地裂,庐舍涂地者,广袤千里,死人民二十余万,伤者无数。英国米尔纳地震记录所测:泾原道属为发动地,实为世界大地震之一云。(见《王烜诗文集》第419页)父亲在北京闻知此事后,归心似如箭,亟返兰州。在途经静宁县时,目睹了县城西四十里许的祁家山崩裂情景,写《祁山崩行》诗一首,以表痛心之情:"生不识混沌始,安知地辟于丑天开子?天柱倾西北,地轴折东南,疑是洪荒古代之谰言。古代茫茫不可纪,驱车来过陇山址。陇头山色何郁苍,匡庐面目忽非是:南峰颠兮北峰起,高岸为谷丘陵徙;千树倒垂根出土,几家零落空无户。忆曾客岁之仲冬,山河大地声隆隆。我时羁旅栖上京,传闻陇坂山都倾,火岩喷烈水泉涌,黄沙漠漠天失晴。兹来追望西岩雪,雪消冰释岩皴裂。山下屋瓦解鱼鳞,山头白土崩陶穴。穴崩屋解几万千,千家百家惨沦灭。陵壑居然现大荒,原田陆海幻沧桑。我曾作宰来阿阳,睹此不觉心为伤。呜呼!不仁兮彼天苍,万物刍狗还玄黄。人云地震前,往往夜半火烛天。又云地将震,处处井泉溢如浚。天有咎征人则愚,古今浩劫归洪炉。始信洪水横流亦如是,地球破裂当无除。遥遥十二万年后,元会终极何所殊?驱车下山山愈纡,中怀惆怅增长吁。"(见《王烜诗文集》第108页)

1921年春,父亲返兰后,立即襄理刘尔炘参与震灾筹赈会工作。组织募款,以工放赈。在兰州接纳了大批灾民。当年初夏。华北救灾协会派员来甘了解灾情及救灾事宜,父亲大力配合,积极提供灾情资料,组织察看灾情现状,参与商议赈灾措施并组织施行。同时受托,将灾情及救灾中的困难、所需物资和建议,撰拟电稿上达,为争取华北救灾协会的支援做出了努力。是年,甘肃又成立了甘肃震灾华洋救济会,父亲又入该会,办理以工代赈事务。组织了会宁、静宁和通渭三县的疏河、修路工程。完工后,父亲均分别撰写了该工程的记述碑文,将这三县的灾情、工程艰险程度及工程量、投入人力、物力等予以记述,并刻石存照。

1925年9月，国民军入甘，省长薛笃弼聘我父亲为省政府顾问兼筹赈会会长，1926年，父亲又任甘肃华洋赈灾会总办。至1931年甘肃筹赈会改为赈务会，父亲又被任命为主席。在这段时间里，甘肃赈灾任务，一年比一年重。特别是1928年至1930年，甘肃全省大旱三年死亡二百余万人，坐以待毙者达二百五十余万人。父亲全力主持救灾工作，派员拍摄灾民遗尸横陈的照片，和河州张建二人共书纪灾诗篇，派代表赴南京等地，广为宣传，向各界募集赈款。全国赈务会负责人许世英了解了甘肃灾情后，立即拨款救济。经父亲及其同仁竭尽全力从新疆等地先后募集赈款一百八十余万元，或设粥厂舍饭，或将赈款发放各地，以工代赈；或开丰黎义仓，平价限量销售库粮以救饿馑。虽经多方努力，在当时的条件下，只能在某些方面、某种情况下、某些范围内，起到减轻灾难的程度。但是，父亲确实付出了辛苦。

父亲对人民所遭劫难，痛心疾首。每睹惨景，常常发出哀痛唱叹。在1920年至1931年间，甘肃连遭天灾之际，一些地方又发生兵变；有的地方军政当局实施暴政，使生灵涂炭。父亲在救灾过程中，了解到这些"人祸"表示了极大愤慨与悲痛。但是，却毫无办法，只是赋诗以表情，纪事以儆后。这里摘引1928年写的纪河凉之变的《杂诗》、写官军拉夫抢粮的《拉拉行》《锅魁谣》及写灾民流离失所、忍饥挨饿惨状的《饥民谣》等数首，以证之。

河凉之变是1928年一年中发生在甘肃河州和凉州的两次兵戎之变。这两次事变造成甘肃、宁夏、青海七万多人死亡，不少地方人民遭受很大灾难。为此，父亲写了《杂诗》云：

"陇水接洮云，苍茫黯几重？流澌人不返，树秃鸟难逢。草野知何罪？花门令未从。更休原祸始，大劫在劳农。

黄金盈十万，轳辘出凉州。眼突胡儿泪，眉添赵女愁。何人潜异志？此地赋同仇。独有生民痛，干戈几日休？

不信苍天死，黄巾覆汉家。三边飞羽檄，五月落梅花。夜痛石壕哭，风闻金穴夸。流星霄外白，茫射到虫沙。

竟尔经年旱，兴师饥馑余。何当劳赈恤？况复索军储。束缚商君令，流亡郑监图。征徭犹未已，中泽有鸿胪。

逢辰胡不幸，今岁却逢辰。风迅霾常在，云翻雨又新。天心原莫测，边患竟何因？闻说河西路，征车更起尘。"（见《王烜诗文集》第127页）

在那战乱不息的年代，官军征款征粮、施暴人民的事层出不穷，父亲对此，写了《拉拉行》一首，以纪民众处于水深火热之中的惨景：

"有唐府兵寓农田，征召往往盈万千。河北河南数百战，征夫怨女纷涕涟。尔来招募百千载，沙场健儿尽争先。三军临戎贾余勇，小民供饷输租钱。但言力役不三日，忍饥犹愿谢苍天。岂知今日变端集，拉车拉马拉夫急。三载以来无休息，内忧外患转相袭。忆自旃蒙已季秋,北人来西西人愁。壶浆谊为劳远道,无衣还应赋同仇。仁言入人名荡荡,杀机天发鬼啾啾。潢池弄兵者谁氏？伏锧乃有怀恩俦。陇干自此戎莽伏,橇枪一扫天狼宿。兵车辚辚农车忙,结驷连骑相驰逐。骞驴喑马皆入选,却将逸足潜山谷。村舍处处宵埋轮,牧童不敢叱黄犊。车马尽时拉途人,日夕吏出追呼频。壮者已卖征兵去,老弱入市撄吏嗔。无辜亦应拘为役,此际岂知自由身。荷戈前驱且入伍,扶伤况复劳比邻。东征北伐犹未已,天方之徒一呼起。大夏河边战骨堆,墁坪坡在腥风里。车飞刍,马挽粟,徒役万人转相徙。野营月黑逃生还,夜战方罢鼓声死。死者长已矣,生还幸自喜。昔闻养兵以卫民,民今从征辄未耗。呜呼彼苍兮胡不仁!生豺生虎谁造因？陇头一片干净土,都教碧血染黄尘。生死关头只几希,拉拉小事何嗟为。劝君且休唤奈何,军令森严他岂知？不见中原逐鹿地,一枰白黑未残棋。"(见《王烜诗文集》第128页）

接着,父亲又写了《锅魁谣》一首："打锅魁,打锅魁,载裹糇粮满路隈。驴驮马载金成堆,增灶不已大兵来哉。睊睊胥谗心肝摧,可怜人命委蒿莱。花门之劫已卅载,池鱼焦烂城门灾。嗟嗟汉与回,白骨同尘埃。橇枪兮胡为西指？侧身北望重徘徊。打锅魁,家家宿火夜飞灰。"(见《王烜诗文集》第129页）

但这愤懑之情,仍郁积于胸,又写了《饥民谣》三首,以淋漓尽致的笔锋,把人民的疾苦,活脱脱地显现在世人面前：

"大雪满荒甸,鸟鸣何所恋？雄飞觅枝栖不定,雌飞觅食粒不见。村中老翁呼老伴,遣儿寻柴炊晨膳。箱中豆麦已无羡,还防官军索米面。

北风飕飕彻骨寒,草棚欹斜千百间。哀鸣嗷嗷无处诉,田庄咫尺何日还？屋虽毁兮田虽荒,还家尚有窖存粮。官军养贼不肯战,忍饥忍冻空惆怅。

鬻儿鬻不去,鬻女无人顾。亦非无人顾,官家严禁制。死填沟壑饱豺狼,老者已矣少者伤。吾侪何故遭此殃,天下何事多战场。"(见《王烜诗文集》第130页）

父亲忧虑灾民,期望来年有个好天气,农田有收成,就能救民。但是,一些地方连草根都吃完了。父亲在1929年初写的《二月二踏青有感》是这样记述的："为寻芳草踏阳春,雨后郊原净不尘。无奈草根都食尽,芒鞋踏破转愁人。"(见《王烜诗文集》第132页）

1929年灾情更为严重,约有50多县大旱。入冬,大批灾民离乡背井,乞食求生。涌入兰州的灾民也越来越多。父亲《腊八日食粥》有句"唯怜中泽雁,此日灶平添。"并注"时经兵燹,流民载道。赈会放粥就食者,数逾万人。"(见《王烜诗文集》第135页）

父亲主持省赈务会工作,从不懈怠,兢兢业业,尽其所能,使有限的赈灾资财,使用在救命线上。同时,对赈会的所有资料、文书逐年汇集成册,编成三编《甘肃赈务汇刊》。将当时天灾之巨、人民罹难之惨、各方援助之情、办理赈务者心情之重、工作之艰辛、赈务之效果等均做了精确记载,以留后世参照。但是,于1932年春,陕军十七师师长孙蔚如入甘，任甘肃省政府临时维持委员会委员长，欲得省赈务会存款以充军饷。父亲予以断然拒绝。孙遂扬言赈账不清，主事者侵款数十万。省防司令部派兵逮捕了赈会管款人员，清乡局复派人至存有赈款各商号止付赈会取款。使赈务会业务停顿。后经南京赈务会、省府三次彻查，赈会并无侵款之事。不了了之。父亲对此写道"黾勉四五载，乃被人鼓簧。沉冤三字狱，寸衷质昊苍。"（见《王烜诗文集》第237页）此事，使父亲进一步认清当时社会之黑暗军阀之横暴。遂于1933年秋冬之际辞职归隐，从此，不再过问政事。

修志辑佚　传承文化

父亲对传承祖国文化十分重视，十分热心，生中多次参与修志工作。并在公务之余，集名人遗作，编纂成册，以留传后世。对此，老人是孜孜矻矻，数十年如一日。

1906年冬，我祖母病逝北京，父亲扶榇归里安葬。在家服丧时，陕甘总督升允聘父亲为《甘肃新通志》分纂。负责修编水利、关梁、蒙、番、土、回及历代戎事编。自1907年至1909年二月编就《甘肃水利著略》和《关梁》二部。对蒙、番、土、回及历代戎事作了大量采访工作。由于服丧期满，起赴京都供职，未能完成。到京后，利用公余时间，将修志过程中了解到的甘肃特产资料，于1911年编就《甘肃特产考略》（又名《陇产录异》）。录入植物类400余种，动物类200余种，矿物类40余种，工作物类20余种，并将其他普通产物列其简表附之，以备考。

1915年，父亲在征书局任职时，敦促全省各地响应清史馆征书之举，并承刘尔炘所嘱与李九如、王国香编成《甘肃文献录》（含《历代甘肃文献录》《大清甘肃文献录》）。辑入上至古黄帝时期包括汉、晋、魏、南北朝、十六国、隋、唐、周、五代、宋、金、元、明、清等20个朝代的407名甘肃名人的著作803部。其中有152部著作包含3039卷。1945年，父亲又独自编成《历代甘肃文献补录稿》，补充了汉、唐、晋、魏、梁、明、清共7个朝代中的45位甘肃名人的64部著作。以上文献录中，对作者生平及著作内容做了简要介绍。

1921年至1925年，父亲与张维、李蔚起遵刘尔炘嘱合作纂集《甘肃人物志》，由张维先生修订成书，于1936年刊行。1935年，父亲承刘尔炘嘱，与王国香、李九如用古白话文合撰了《皋兰乡贤事略》。辑入晋、唐、明、清四代皋兰县41位名人事略，并书列于五泉山皋兰乡贤祠内，同时予以刊行。

1928年，甘肃又编修《甘肃新通志》。父亲又被聘为分纂。于当年十月编就《甘肃书院史稿》和《甘肃社会教育史稿》。分别辑入全省82座书院、261所义学、77所社学的简况和省城及77县平民学校、图书馆、教育馆、讲演所、阅览所、博物馆、剧艺社、体育馆简况。在三四十年代，父亲反复阅读清代著名书法家朱克敏在《诗经》上的眉批、旁注等，认为很有学术价值，故予以整理，编为《时轩诗义录》，写"自序"详述了编此录之经过、目的及其学术价值："朱时轩先生，吾兰一通经硕儒也。……余家旧藏先生所读《诗经》一部,其有所心得,发挥意蕴处,皆写之简端,琳琅满纸,朱墨烂然。……余每展诵,见其旁通诸经,证以史传,或阐旧闻,或抒己意,识议有出故说之上者。窃谓先生以书画名,即其著述在《皋兰志》不过一《赋律入门法》耳,而此经学乃反湮没不彰,甚可惜也。……爰按遗著,加以篇目,次以章节,手写一通,聊作编稿。……编录既竟,名之曰《时轩诗义录》,以质吾乡之重先生而与夫孜孜传经学者,敢云发潜德之幽光乎?亦存吾兰文献之一云尔。"(见《王烜诗文集》第406页)

1944年,父亲编就《皋兰明儒遗文集》,辑入兰州明朝学者、循吏黄谏、段坚、赵英、彭泽、邹应龙、陈祥、聊让、滕佐等八人的文章四十篇、赋二篇、诗一百首、词八题三十六阕。于1945年刊行。

1945年,父亲撰就《存庐诗话》,共有八十条。《自序》说:"读古人书,偶有所得,与今人语,时有会心。每值言诗,辄为载笔;或来篇什,必贮锦囊。悦亲戚之情话,忆朋辈之交游,拾文献之所遗,备风骚之当选。此《存庐诗话》之所由作也。其事则附庸大雅,而所见不免一隅。取纪事以言情,句不必镂云琢月;集零章与断简,名勿须震古烁今。落落数十年,寥寥几千字,谨成小品,尚属初编。供文士之笑评,资乡人之谈助。北调南腔,都随他之遇合;东鳞西爪,亦见我之生平。知有遗珠,更期引玉。詹詹小言,聊为短引云尔。"(见《王烜诗文集》第280页)

1948年父亲编就《五泉山人刘果斋年谱》。次年印行。

1948年,父亲又总纂《皋兰县新志稿》,至1949年因故未完。现存稿共19册43卷。现今史志学者认为,此稿很有史学价值。现在甘肃省图书馆、兰州市图书馆以重要文献保存。

父亲一生,为诸多名人的著作写过序言。据今有考者,达十多篇。还为一些名人写传略、德教碑记等,现存的有十篇。

父亲博览群书,包括经、史、易、礼等等方面。并对其读书心得体会,精义探求,都有著述。据今有考之书目,有《读经偶记》《吏学札记》《中学通绎》《随获录》《周易大象义》《陇音》《存庐异梦录》和《竹民日记》等约10部。连同省市图书馆现存稿本和印行本,合计有34部著作。

父亲在治学之余,雅好吟咏。自1902年至1959年写诗现存1199首。编为《击柝集》,共4卷。实属编年史诗。西北师大教授李鼎文先生说:"其诗出三唐两宋,自写己意,有真性情流露其间"。这部诗作,时间跨越58年,记录了清末、民国和新中国三个历史时期的见闻、感触、欢乐、辛酸、遭遇和期冀。内容广泛,史料丰富,情感真切,文笔流畅。其中有揭露、讥讽清朝政府腐败、投降之情的,有写民国军阀横行的,有写当时宦途艰辛的,有写甘肃人民惨遭天灾人祸的,有写国穷民困之情的,有写抗日战争中日寇残暴罪行的,有歌颂抗日战争胜利的,有赞颂党的政策、赞颂抗美援朝、赞颂社会主义建设的,也有歌颂祖国大好山河和以通俗易懂的词句描写民俗民风的。还

有不少流溢浓郁乡土气息的风物诗。不仅具有很高的文学价值,而且保存了丰富的甘肃历史资料。

父亲以诗会友,以诗祝寿,以诗送行,以诗吊唁。诗友之间,过从唱和甚密。并参与组织过"消寒会"诗社、"闻欢雅集"诗社、"和平诗社"等。定期和不定期聚会咏诗,联络感情、切磋诗艺。父亲的诗作中有不少是在这些诗社中分韵和唱和之作。

父亲为传承祖国文化,除自己著述编写外,而且曾数次进言当道,为继承和发扬祖国传统文化而采取一些实际措施。早在1912年,民国甫立,有废除祭祀孔子甚至焚毁文庙之主张,父亲就上书大总统,指出儒道适用于共和,"孔子学说以仁民为宗旨,而不拘泥于时世法制之证。民国正宜阐明而推尊之"。故倡言以儒家之道治国平天下。并说:"孔子学说载于四子、六经者,皆道德之楷模,而政治之鹄的。民国不能不求道德之高尚,不能不务政治之优美,则即不能外孔子之道","将来圣学昌明,名儒辈出,致国家于治之郅隆,皆于此基之。"(见《王烜诗文集》第338—341页)虽然这是力主尊儒之主张,但从唯恐传统文化受损,倡导继承传统文化有用部分,以利建立新国家的愿望看,确实有其有益的一面。

1916年,父亲在四川吏学馆任编纂员时,为了将文献编纂工作做得更有效,改变"犹笼储药,杂然并陈"的做法,使将来编出的文稿更好应用。父亲又撰写了《四川吏学馆上言编纂事宜笺》。可见父亲对传承文化的工作一丝不苟之精神。

为了提倡经学,以存固有文化,父亲于1946年上书甘肃省政府,建议以德治国,恢复经学,恢复甘肃学院(兰大前身)文史系。并指出道德教育应从青少年抓起。

这些意见、建议,究竟起了那些作用,我未予寻据研究。但是,可见父亲当时忧国忧民,期望在优秀文化滋润下,国运昌盛、人民幸福的良苦用心。

致书陈词　为民请命

父亲对地方上的事,特别是关系民众疾苦的事,十分关注。在他一生中,曾利用其有利时机或情急之下,以正直胸怀,致书当局,陈报民情,揭露地方当政者的胡作非为,向最高当局提出建议,期求纠正鱼肉乡里的政策。

1922年,父亲以护法国会议员的身份,被总统府聘为顾问。当年秋,他利用这一便利条件,上书黎元洪总统,反映了甘肃民困财竭,养兵过多,私铸铜圆,滥发纸币,对当权者利用禁鸦片,行高额罚款,以中饱私囊之劣政。并建言中央政府彻查实情,予以裁军、肃贪、整顿税收、改良财政,将罚款公开,用于正当之途。并节俭政费,兴办实业,造福甘肃。该书是这样写的:"烜籍隶甘肃,于故乡情形,时有所得。兹即其闻见最有关系者,敬为我大总统一陈其概。甘肃地居西鄙,土瘠民穷,在胜清时为受协饷省份。民元以来,协饷断绝,于是创办皮毛、驼捐等新税,课收土药等别捐,加征之令,日出不穷,不足则益以地方公债,又不足则益以派借军饷。沿至近年,民困财竭,加无可加,借无可借。于是滥发纸币,私铸铜圆,以求余利,饮鸩止渴,必受其毙。卒至纸币停兑，市面之金融恐慌，恶币充斥，民间之生计破产。推原其故，岂非养兵过多，为之厉阶乎？窃查甘肃近来岁出入总数，每年所入不过三百余万元。而所出则五百余万元，内军费已占三百余万元，以入抵出，即军费一项，尚属不敷，而政费年均二百余万元，全数无着。然政费不能毫不发给。于是军饷不敷，则不得不截留中央解款，以济急需。是则地方与中央交受其敝，而徒供挟兵者之自豪而已。夫财政既窘无办法，而军政所需尤不能长此困顿，致令秩序不能维持，则铤而走险，别开筹款之生面者，亦势所不容已也。侧闻甘肃本年将有特别大宗收入之款，为国家悬为厉禁者，必且冒险而实行之，未知政府亦有所闻否？此甘肃安危大势所在，政府不可不注意，而有所权衡设施于其间也。夫所谓大宗收入者，即将昭驰烟禁，而课以罚款也。甘肃素名产生鸦片之区，近今数年，以查禁甚严，有肃清之说，然其实各县偷种往往而有。……今年人民以烟禁已不复严，多已布种，官厅缘以为利，借以征为禁之名，按亩收捐。闻其有每亩收银六两者。又有按县分大小定额者，陇南如伏羌一县，即派银十三四万，陇东固原、灵台、平凉诸县，各派银五六万，兰山道属之靖远派至十七八万，甘凉等处有派五六十万之说，其他各县殆无可免者。虽曰罚应从重，而民力何以堪？此今中国大势，尾大不掉，无可讳言。中央苟能严令强制，使其厉行禁种，则应早为之计。威信所在，疆吏承风，小民受赐多矣。若犹有鞭长莫之虑，则禁如不禁，有名而无实。民间贪小利，官厅投机而攫之。及此项巨款将来归公，能有几何？恐大半为操有权力者攫为己有矣。人民受害，而于地方无益也。故为权其利害计，与其空文禁止，不如查明情形，使此项民膏民脂，归诸有用正当之途，……令此巨款悉数公开，划分用途，实行其裁兵政策，转害为利，使财政永立不拔之基，则甘民只一次任此重负，而为将来政治计，犹得失参半也。查甘肃兵额共八十余营，不过二万余人。以一省之大，似不为过多。然以地方瘠苦，物力艰难，遂有不克负荷之势。以年饷三百余万计，若裁兵三分之一，则省饷可百万。闻陆督军洪涛有本年四月裁兵二成之议，但恐各镇不与赞同，借口欠饷，推延展限，终无实裁之日。今宜乘此有款之际，规划一切，如每镇应裁若干，所需之费，以前项收款充给，以后即照裁定兵额给饷，不得再有逾额。如此则以后每年省饷百万，其岁出不敷之数约尚有百万，则减节政费、整顿税收、救济已坏之金融、兴办有利之实业，举种种军政应兴应革之事。本年有款，即可措置，务使将来财政收支有适合之度，而后政本巩固，民生以安，一省之治安保矣。若令此项巨款各人利用，或直接入于私囊，或间接充诸战费，则不第甘肃财政无恢复之望，即战乱之机，久则必发，民必愈穷，兵必愈多，安危所在，可不虑哉？今甘肃有八镇守使，其拥兵较多者，率骄横无度，干涉政治，莫敢谁何？而借口不外欠饷。今若借此，首将裁兵实行，使财权政权能归省政府统一，则甘事善后有可为矣。虽然此事关系烟禁，中央政府既不能不闻不问，尤不能容此不正当之收入，则须密电甘肃军民长官，查明声复核办。一面由地方机关严为监督，有所措施，庶机内外合谋，而后可借以成功也。前因甘肃督军省长派烜充中央财政会议代表,于甘肃财政军政之关系略有所知,故敢就其愚见谨密陈辞,唯祈钧座顾念边陲重要,俯赐采择,甘民幸甚。"(见《王烜诗文集》第370—374页)

当年为减轻甘肃民负计,父亲从北京又致函甘肃督军陆洪涛,吁促整顿金融市场,裁兵兴办屯田,兼办林牧工程,以利民众。函中称:"敝省地居边鄙,近来民穷财尽,困苦难堪。所幸我公宦甘三十年,悉知闾阎情状,人民自当戴德无涯。铜圆一事,已为民厉,前聆清诲,亟当收拾,足见轸念民瘼之至意。唯念此事官家兴铸,未能防弊未然,致使恶币流行,私铸纷起,无从辨别。虽欲补救,实难为力。闻现金价格,每两易铜圆尚在七八千文,小民生计维艰,想我公必有以善其后者。甘肃财政困穷,年约不敷二百余万,积累堪虞。然以烜所知,若能裁节浮费,则年可省出款四十万元。而入款长列预算者,若尽数列作正款,则亦每年可增四五十万元,是不敷之数,不过一百余万。顷闻裁兵之议已定。来年四月实行。裁汰二成,年可节饷七八十万,则是不敷者,亦无多矣。近来南孙北吴,俱有工兵计划。甘肃地广人稀,倘能兴办屯田,令冗兵尽数归农,兼办林牧工程诸事,则虽多减兵额,师古人实边之意,作为后备,无事耕作,有事调遣,未始非计之得者。迂腐之见,未识可贡采纳否?叨在不弃用,敢缕缕再。"(见《王烜诗文集》第374—376页)

1941年7月1日,设立了兰州市政府,对市民税捐项目日趋增多。当年加征土地价税,改良建筑物税,土地增值税等,当时市民感到难以承担,为此,父亲遵从民意,撰写请缓收土地等税文,上呈甘肃省政府和行政院,以达民情。在《公呈甘肃省政府请饬兰州市政府缓免土地建筑等税文》中是这样写的:"窃甘肃向系边瘠省份,人物凋耗,财力枯涸,中外人所共知。近复连年灾浸,物价奇昂,又为从来所未有。而新加遗产税、军粮、员工粮及各种杂捐,已属竭泽而渔,敲骨见髓。残喘苟延之甘民,业已血尽汗干,无力担负。今又新设市政府,专事搜括聚敛。于营业等税,每月所收已达十万元,其他迫拆民房,政尚烦苛,种种害民者尤多。而土地价税,改良建筑物税,土地增值税,于敌机肆扰之余,同时并举,只顾征取,何恤民瘼?炸毁余生,何忍如此荼毒耶?谨将市政府不应遽行成立各税亟应缓行者,胪陈于后,伏乞鉴而悯之。一、查定章。市政府以市民超过二十万,地方庶富,市面繁荣者始行设立。今兰市人民只九万余,轰炸死亡及逃往数百里者外,存在不过八万有余,人口凋耗如此,法律规定如彼。且市区所辖地方不过五六里,地狭人少,原无设市府资格。此其不应遽行成立者一也。二、查兰市政府经费,每年定为六万元。以五六里之地,八九万人民,将令其负担如此巨额之费,其何能堪?今一时抽收三项新税,民力万难支持,应俟年丰岁稔,人口恢复原状,再行拟办,以纾民力。此不应遽行成立者二也。三、查四川天府、陕西冲区,人民之殷繁,财力之富厚,为中国有数之地。以兰州较之,不啻天壤,今川陕于土地等税尚未实施,而独于凋敝狭小之兰州加此新税,国府一视同仁,断不出此,不过倡行者不顾民生痛苦,以邀干济之名,害多利少,民不堪命,贻患何极。此应缓行者三也。四、查国府公布之《土地法》第七章第三百一十一条：'市地改良物，得照其估定价值，按年征税，其最高税率，以不超过千分之五为限'。今兰市政府竟以千分之五抽税，必取其最高额，何其剥民之太甚？况此条有详义说明凡土地改良物，均在免予征税之列，以示奖励。土地使用所有改良物征税一项，为迁就事实之权宜办法，因恐地价税开始办理期中，从前关于土地及其改良物之一切征收税费，均予撤销，所得之新收入，或有不足抵补向来收入数额之虞，特为权宜办法，但于相当时应取消之，方合地价税原则'云云。是改良物税本不应收。在兰市初立田赋附加等税尚未撤销，亦无抵补以前各税撤销额之可言，与其将来整理，不如此时不设。此改良物税不应施行者四也。五、查《土地法》第九章第三百二十八条：'因地方发生灾难，就关系区内之土地免税或减税'等因。今兰市房屋原有五万余间，经炸毁后，破壁颓垣，所在皆是，此系何等灾难？而又连年歉收，粮价过高，防空复紧，往往空室经月，残喘余生，昼则撷野菜为食，夜则就土块以眠。哀我人斯，竟至于此。以民生论，以法律论，兰市灾区土地等税应在减免之列。此土地等税应缓施行者五也。六、增值税现时虽由售产者负担，但公家抽税，往往较售产者所得为多，则以后售之无益，保业受死，他人亦无产可得。是欲平均地权，而适得其反。兰市中户居多，因此必受穷蹙，是收税太重所致也。此增值税亦应缓行者六也。以上诸端，皆系实在情形，而又关系民生切肤之痛，所谓危难安缄默。查兰市府所定征收前项各税，前于十月念间公布，乃不俟中央政府核准，即于十一月发出各收税通知，补征下半年之税。公民等迫不得已，用敢不揣冒昧，泣涕上陈，伏恳钧府鉴核，俯怜兰民痛苦，准予令饬兰州市政府，将土地等税分别缓免施行，以重法典，而安民生。不胜迫切待命之至。"（见《王烜诗文集》第454—457页）

当时，还以相同内容撰拟《呈行政院请缓收兰州市土地等税文》一达行政院，期冀公断。以上各文上呈后，有何效应，我未深查。但是，父亲这种敢于抨揭时弊，坦诚建言，为民请命的精神，是我们应当认真学习的。

参加革命　夕阳终红

父亲参与革命工作，有两个阶段，第一阶段是辛亥革命后的护国运动期间。情况是：1915年，因回避本省服官，父亲于是年秋由北洋政府分派到四川供职，1916年5月，四川宣布独立，当时组织护国军反袁世凯的蔡锷任四川督军兼民政长。蔡锷听说我父亲善于理财，廉洁可信，就任命他为剑阁征收局长。父亲不辞辛苦，不顾艰险、安危深入川北山区，不惧土豪劣绅淫威，按田亩征收田赋，输往成都，以实际行动支援了护国运动。

1917年7月，孙中山反对北洋军阀解散国会，提出拥护约法，恢复国会的主张，于是率一百五十余名国会议员离京南下广州召开国会非常会议，我父亲被甘肃补选为议员，于1919年秋赴广州参加国会会议制定宪法的工作。后因国会议员意见不一，制宪未成而于1920年冬返回北京。

1922年，旧国会恢复，黎元洪复任总统。我父亲被聘为总统府顾问。次年直系军阀曹锟以五千元一票收买国会议员贿选总统。父亲愤而和国会中守正议员一起离京赴沪，予以反对。在沪期间，父亲撰写了《沪上与国会同仁议法律问题》痛斥猪仔议员见利忘义，违法祸国的罪恶行径。其原文如下："民国号称法治，凡百设施，必一以法律为依归，而不得丝毫出入。然后赏罚信而政令行，庶跻于共和之治。此自来民主国莫可易之原则也。盖法律者有绝对遵守之性，而无通融之余地者也。设以一时不得已而通融之，则非法矣。非法之例开，而天下从此多事。今者，大憝攘窃，法统虚悬，南北纷纷，干戈扰扰，吾民方有倒悬之危，国势又岌岌不可终日。于此而言法律问题，欲得正当解决，群不以为迂且远乎？虽然吾以为不欲民国之巩固，则已不欲其久安而长治，则已若犹欲巩固，而且冀其久安而长治也，则舍解决法律问题，其道末由舍以法律正当解决时局，而其道亦末由。故今日法律之问题，则犹是以年来之法统解决之耳。夫自护法军兴，西南掷无数之牺牲，争得法统，北方不得已，乃乘时势需要，而召集旧会，然其内幕中，不欲民党分子在国会占多数。其意以为民党多，则于军阀必有不利。而议员在粤递补者，皆有同民党声气之嫌，必屏之，使不得列席，庶足以杀民党之势。于是而解职分子利用之，遂有召集民六之说，使一般解职者得腼颜而重入院。于是而广州议会一笔抹杀法统之争，经年不决。然卒未得一当者，则以在地方势力范围中，而莫可如何也。今则所谓事实国会者，又随事实之总统而散亡矣。而南下议员，方且以撤台之故，诩诩然曰：'吾事实国会南来也'。护法议员亦嚣嚣然曰：'吾随事实国会撤北方之台。他非所问也'。呜呼！何其重视一时之现象，而轻抛国家万年之计也。其亦弗思之甚矣。以情论理，则破坏法律之罪，首唯国会议员当之。其次，则军阀等等也。何以言之，当袁世凯败死时，议员之附逆者若干人，已登报除名矣，及后集会，则名竟未除，而附逆者依然列席，此法律不行于国会，而议员以自身之故，首先破坏之也。及六年解散粤中护法，其议员之未南下者，以前之附逆者居多，是其狃于法之不行，而畏难苟安，顾惜一身，不计国家利害，其无代表人民资格已可概见。粤会解其职，而递补之，则其资格丧失，即其人格可知。此辈寡廉鲜耻，见利则趋，见害则避，蝇营狗苟，唯利是图，初不知议员当作何事也。乃去年开会，持正义者，欲澄清其分子，而寡不胜众，竟令国会终以事实名，是又议员之破坏其法律也。夫国会而可以事实名之，则中华民国尚何所不可事实哉？以事实国会多解职分子之故，而国会遂复尊严，炭敬二百元也，节敬五百元也，顾问、咨议无定额也，制宪而忽有出席费也。贿赂公行，昭昭耳目，谓非人之利用，此辈寡廉鲜耻之所为乎？此虽不尽解职者，然一马败群，非去不可。况此二三百人之丑类乎？至今日事势已穷，自好者乃始南下，不已晚乎？然而今之南下者已月余，而留京者犹百余人，岂能无虽不南下，仍为议员之心理乎？故曰法统问题不能决，则国事无根本解决方法也。夫正当解决之方法，则置事实于后，以国会仍继广州宪法会议，一切依法解决，而国事亦迎刃而解焉。若目前之补

苴苟且,则治丝而愈棼之日,见其扰攘而已。人人皆事实议员,人人皆事实总统,则人人皆事实之总理阁员,纪纲扫地,无复可维持矣,法治云乎哉?"(见《王烜诗文集》第367—370页)

此文不仅痛斥了无耻议员,也抨击了北洋军阀攫取国家权力之勾当。同时,表达了父亲维护孙中山护法运动的坚强心愿。

父亲在沪月余,曹锟败,复还京,至冬黎元洪下台,父亲遂于1924年春返里。

父亲参加革命工作的第二阶段,是新中国成立后的事。

解放初期,父亲因对党的政策不甚了解,思想上疑虑多端,担心"来日恐大难",抱着"安心礼梵王"的不问政治的态度。经过一段时间的观察,亲眼见到党和政府一切为民的政策,对待旧社会过来的各类人员的政策,逐步对党有了了解,特别是1950年被选为甘肃省各族各界人民代表会议代表,并多次出席省政协及有关方面召集的参政议政会议,思想上有了很大变化。从内心拥护中国共产党和人民政府。1952年夏初,父亲在《咏史》诗中,就表达了这种认识"居然肃慎主中华,文物典章尚未差。素位而行君子事,九夷犹是圣人家。"(见《王烜诗文集》第248页)并逐渐开始参加政治活动。1952年12月,父亲被甘肃省人民政府聘为省文史研究馆馆员。自此,积极参加文史馆工作。虽然年事已高,且经常有病,但稍感体力尚可,就拄着拐杖,去省文史馆参加会议,编撰史料。至1954年编成《皋兰清诗拾遗》,辑入清代皋兰县籍人士十六人诗作一百六十六首。当年还撰就《白朗扰甘材料》《冯玉祥督甘史料》和《甘肃辛壬间政变材料》。这些都是"三亲"史料,很有价值。1955年,又编成《存庐文录》和《竹民文存》两书,共收入父亲自己著述四十五篇。是年夏,父亲加入国民党革命委员会为成员,并任民革甘肃省委社会联系委员会委员。彻底改变了一生不参加任何党派组织和二十世纪三十年代以来不问政治(见《王烜诗文集》第248页)的态度。1955年底,甘肃省人民委员会任父亲为甘肃省文史研究馆第一副馆长,主持馆务(时无专职馆长)。1956年,父亲又辑成《甘肃历代地震纪》,纪周幽王二年至民国十六年止二千七百余年间,甘肃地震四百一十一次的概况。是一本研究地震史的很有价值的文献。同年11月任民革甘肃省委员会委员。1957年又撰成《陆洪涛督甘史料》。在父亲的主持下,于1958年省文史馆馆员共同纂辑成《甘肃辛亥后四十年政兵民三变史料》初稿。

父亲在省文史馆工作期间,心情比较好,一些大事件和文史馆同仁的集会等,都赋诗纪之。对抗美援朝有颂,朝鲜访华代表团来兰,赋诗欢迎。应邓宝珊主席之邀,与文史馆同仁往慈爱园赏牡丹,慈爱园宴集敦煌参观团,与文史馆同仁重阳聚会,文史馆派员参加武汉参观团赴武汉参观苏联工业展览,都赋诗纪之。孙中山先生九十诞辰写诗纪念,1957年春节,为民委会征诗写《工农联盟》《百花齐放》两首;春节省文史馆联欢会上,写《百家争鸣》一首。以赞党的好政策。当年还赋诗庆祝苏联十月革命,赋诗欢呼苏联人造卫星过兰州。1958年还赋诗纪念戊戌政变并寄康有为之女康同壁女士。当年，对引洮工程、炼钢等事项，也赋诗寄予希望，等等。总之，经过近十年社会主义建设事业的发展变化，父亲进一步认识了"新世界"和人民得到的自由。1959年年初，父亲在病中写下了一副自挽联，说"在几许暮年来，悟到大元会中应有的新世界；从达观远景上，得知太虚空里不无自由魂"。同时，老人又产生了对人民服务太少的思绪。他的绝笔诗《自觉》，就充分表达了这一点"水当折处还呈彩，花近残时总放香。自怪老来辣懒甚，不曾劳动替人忙"。(见《王烜诗文集》第278页)

真是，一生艰辛路，终显夕阳红。

父亲一生，经历了清末、民国和新中国建国初期的三段历史时期。作为历史的见证人，用他的笔锋记录了半个多世纪的沧桑变迁，抒发了他的爱与恨、取与舍、支持与反对、褒扬与摒弃的真实思想和情感。也记录了他对每段新时代的认识过程。虽然在整个著述中，在对时事的认识上，不时显现历史的局限性。但是，我深深地感到，他老人家，一生学而不倦、淡泊名利、刚正不阿、为国爱民、斥恶责顽、俭朴生活、传承文化、追求真理的精神，是留给我们的最宝贵的遗产。我们子孙后代应该加倍珍惜，努力学习、继承和发扬。

2001年夏于金雁斋

校释：

[1]作于2001年夏。录自王浚源主编：《我的父亲王烜》，甘肃省人大办公厅印刷厂，2001年。

《皋兰县新志稿校注·序》[1]

杨建新

历史上，兰州这一地区名称甚多，除经常使用兰州、皋兰、金城等称呼之外，在不同时期还有子城、五泉、兰县、金县、兰山、兰泉等，其行政级别也曾拥有郡治、府治、州治、县治等地位，甚至被个别割据政权作为首都。这说明，兰州地区历史复杂，地位重要，区划变动大，属辖关系易变，特别是在中国历史上不同民族政权和朝代变迁时期，经常是各方交往、争夺、杂处、交融的要冲，给这一地区的政治、经济、社会、文化、民族带来巨大的变化，使其流动性、多样性、边缘性、复杂性更明显、更突出。

这一情况反映在地方志的编纂中，就形成了历史传说久远但记述实证很少的特点。明代以来，虽有若干部志书存世，但资料少，条目简，继承多，创新少，令人遗憾之处甚多。清人所纂志书，虽已感觉丰满，但满意之作仍属罕见。在遗留不多的兰州志书中，王烜先生的《皋兰县新志稿》应该是比较突出的一个稿本。

王烜(1878—1959年)，字著明，号竹民，兰州人，光绪三十年(1904年)中进士，授

户部主事，民国时期担任过甘肃静宁县、灵台县县知事。先生在任四川剑阁县征收局长期间，支持讨袁护国，曾为护国军第一军（蔡锷任军长）征集军需等，参加过1917年孙中山先生在广州召开的国会非常会议，此后又担任过甘肃省公署秘书长、政务厅长、兰州市政筹备处会办等职。正当年富力强、仕途远大的不惑之年，先生却投身甘肃救灾筹赈的事务之中，担任甘肃华洋赈灾总办，关心和推动甘肃的救灾筹赈工作，后来更以"知天命"之年，全力投身于动员救灾筹赈的慈善社会工作之中，在兰州赈灾会（后更名赈务会）自任会长，极大地推动了兰州救灾筹赈的工作，为甘肃慈善事业开创了新局面。新中国成立后，先生以耄耋之年应聘为甘肃文史馆研究馆员，后任第一副馆长，为新中国甘肃省的文史研究事业做出了贡献。

先生多学博识，才思敏捷，擅长文史，精于诗词，文学修养甚高，晚年更专注于传统文化研究，著书立说，其成文之作，多达二十余种，篇篇都显示出了济世救困、爱国爱民的思想和愿望，是甘肃历史上值得后人纪念敬仰的一位爱国知识分子。

先生的《皋兰县新志稿》完成于二十世纪四十年代，这部书稿不仅尽力继承和搜集了前人对兰州的记述和研究，而且对许多事件、事物亲自调查、采访和验证，丰富和厘正了兰州方志的不足，提高了兰州方志的可信度。本书稿王烜先生并未付印，仅存稿本，且不完善，幸为甘肃省和兰州市图书馆收藏，免遭散佚。本校注本所依，为兰州市地方志编纂委员会搜集、整理、疏正之稿本，编纂工作科学严谨，书稿结构完整，体例清晰合理，具有很高的参考价值，是一部完整、可信的志稿。

《皋兰县新志稿》虽成稿于民国时期，但作者王烜先生古文功底深厚，稿中旁征博引，用典颇多，遣词用句，典雅绮丽，读之虽可达意，毕竟难以尽解，为了便于大众阅读，对原书稿的一些词做了力所能及的注释。由于注释者水平有限，不足和错误之处，在所难免，祈读者指正。

本书稿乃七八十年前之旧作，对当时事物的主观立场和观点，在今天看来，自然会有巨大的差异和局限。为保持书稿原貌，尊重前人劳动，尊重历史记述，使人们了解当时实际，对原稿的内容和遣词用字，除对有关敏感内容进行了删节，以及订正了明显错漏之处以外，其余均未改动，以便读者审用。

校释：

[1]作于2019年11月8日。录自王烜总纂，兰州市地方志编纂委员会办公室整理：《皋兰县新志稿》，九州出版社，2020年。

附录四　王竹民先生年谱

后学邓明谨识

先生名烜,字著明,号煮茗山樵,别署竹民、市隐、三竺游民、外史氏,书斋曰存庐。世居皋兰县城内县门街(今兰州市城关区武都路)。父印潭,五品衔候选通判。母蔺氏。生三子二女。先生行三。长兄炳,廪生,承祧伯父鉴潭。次兄炜,分省补用,从九品。长姊,适吴可读之侄。次姊,适章。先生夫人颜氏。先生有三女二子。长女菊隐适陈,善中医,1974年病逝。次女琴玉终生侍奉双亲,1962年病逝。三女媛媛,1963年病卒。长子均熙,甘肃学院法律系毕业,从事法律、劳动工资工作,1965年病逝。次子浚源曾任甘肃省工商行政管理局个体私营经济处处长,2009年病逝。

清光绪四年(1878年)戊寅1岁
农历十二月二十日,生于皋兰县城内县门街王宅

光绪十七年(1891年)辛卯14岁
父印潭公病卒。先生在普照寺受业于庠生滕尚儒、举人佘德楷师。母蔺氏典首饰充学资。此前由长兄炳启蒙。

光绪二十二年(1896年)丙申19岁
先生与颜氏结婚。

光绪二十三年(1897年)丁酉20岁
先生考中皋兰县学廪生,考列第一。秋,赴乡试,荐卷而未中。先后入求古、兰山、五泉、皋兰四书院。受业于赵文源、张国常、刘光祖、王兆辰山长,达六年之久。

光绪二十八年(1902年)壬寅25岁
先生在求古书院肄业,考课时作《书怀》四首。此为今存最早的先生诗作。

光绪二十九年(1903年)癸卯26岁
秋,先生参加乡试,考中第十八名举人。

光绪三十年(1904年)甲辰27岁
先生在开封会试,中式第八十二名。又赴北京殿试,中三甲第四十二名进士,朝考第八十一名,授户部主事。

九月,先生回兰州接母亲到北京奉养。

光绪三十一年（1905年）乙巳28岁

春，先生奉母亲抵北京。在西安，先生谒前汉中知府兰州金文同前辈，勉励先生："作京官当勤苦，有能耐，好为之。吾视汝当晚成也。"（金书舲：《〈听云山馆集〉序》）

光绪三十二年（1906年）丙午29岁

春，先生任度支部（户部）主事。寓北京皋兰会馆。写《燹余纪闻》三首，抨击庚子岁八国联军蹂躏北京的惨状。

秋，朝廷派先生赴日本留学，以侍母病未果行。不久，母不治而卒。

光绪三十三年（1907年）丁未30岁

扶榇归葬兰州。陕甘总督升允聘先生为《甘肃新通志》分纂，至宣统元年（1909年）编竣《水利》《关梁》。

光绪三十四年（1908年）戊申31岁

先生编成《甘肃省书院史稿》《甘肃社会教育》。

宣统元年（1909年）己酉32岁

春二月，起复，赴京，复任度支部主事。

宣统三年（1911年）辛亥34岁

夏四月，在北京宣南旅次，编成《甘肃特产考略》。

写《纪事》四首，抨击袁世凯上下其手，篡夺辛亥革命成果的经过。

秋，送阎简斋出都。

民国元年（1912年）壬子35岁

春，先生在北京，与武威举人张振麒诗词唱和。

深秋离北京，初冬抵兰州。先生被选为参议院候补议员，任甘肃布政使署预决算委员、甘肃省财政司科员。

民国二年（1913年）癸丑36岁

夏七月初，署静宁县知事。

七月初六日，先生因甫上任，政务烦巨，无暇亲临"较斗"（校正量粮食的量具——斗）事宜，即派县署科员，与静宁县议会会同"较斗"。

八月初五日，先生奉甘肃省财政司关于以仓粮变价银圆，拨充绿营兵饷命令，致函静宁县商务会办理。

八月初五日，先生根据农林部颁布的《农会暂行章程》，委托邑绅王尔兴筹办静宁县农会。

九月十四日，先生根据内务部《禁烟章程》，致函静宁县议会，开展禁烟工作，令绅士、烟户出具永不再种罂粟的"甘结"（保证书）。

是年，先生主持修复兴隆渠，倡导营造薪炭林。

民国三年(1914年)甲寅37岁

三月,卸任,归兰州。

冬,先生与刘尔炘、王树中、高炳辰、邓隆、王兆辰、白鉴真、祁荫甲、王世相共组消寒会诗社。

民国四年(1915年)乙卯38岁

二月二日,先生参加闰欢雅集诗社。

春,先生在甘肃征书局任职,敦促全省各地响应清史馆征书之举。刘尔炘嘱先生与李九如、王国香编《甘肃文献录》,内有《历代甘肃文献录》和《大清甘肃文献录》,历三月而编成。

七月,因回避本省服官,膺荐,典屋充资,离兰州,八月二十八日抵北京,另请分发。冬,发分四川,离北京,取道汉口,溯江入川。

是年,撰《甘肃田赋征收刍议》,建议改征粮为征银,以兴利除弊。

民国五年(1916年)丙辰39岁

春,抵成都。奉省令赴绵阳、剑阁等县征款。沿途咏颂大好河山。

初夏,差竣,回成都,任吏学馆编纂员,撰《四川吏学馆上言编纂事宜笺》。

秋,蔡锷任四川都督兼省长,任先生为剑阁县征收局长。

民国六年(1917年)丁巳40岁

夏、卸任。适逢四川省省长戴戡被迫自尽,兵祸连绵,乃请假取道昭化、天水,秋,抵兰州。

撰《甘肃清理财政议》,并致书前甘肃省财政司长、国会参议员田骏丰,建议惩治贪污,节省浮费,改良税法,改善财政。

任职禁烟局。

民国七年(1918年)戊午41岁

春,阎毓善之任新疆实业厅长,道出兰州,先生置酒赋诗送别。

任灵台县知事,保境安民,息诉讼,无上控事。上书陇东镇守使陆洪涛,建议驻灵台军队换防,以保境安民。

民国八年(1919年)己未42岁

春,仍为灵台县知事。

选为护法国会参议院议员。八月,取道上海,乘海轮至广州,参与制宪。撰《粤东重修甘肃义园募捐启》。

民国九年(1920年)庚申43岁

暮秋,离广州,取道杭州,赴北京。

年底,甘肃地震,死亡甚众,亟返兰州。

民国十年(1921年)辛酉44岁

春,抵兰州,入甘肃震灾筹赈处,协助刘尔炘办赈务。入甘肃震灾华洋救济会,办理以工代赈事务。撰静宁、会宁、通渭灾区以工代赈疏河修路记。

夏,续修吴可读《吴氏家谱》。

九月,甘肃省省长潘龄皋委先生为省署第二科科长。

刘尔炘嘱先生与张维、李蔚起纂辑《甘肃人物志》。次年脱稿,由张维修订成书,于十五年(1926年)夏排印问世。

民国十一年(1922年)壬戌45岁

夏,赴北京国会。总统黎元洪聘先生为总统府顾问。上黎元洪书,反映甘肃民情,建议除弊政,轻赋税。上甘督陆洪涛书,建议禁私铸,裁军,兴屯。

六月,抵制曹锟贿选总统,先生与国会守正议员赴上海,依浙江军务善后督办卢永祥。曹败,复还京。

民国十二年(1923年)癸亥46岁

夏,在上海撰《沪上与国会同人议法律问题》,抨击猪仔议员见利忘义的行径。

秋,赋诗谢潘龄皋师惠书。

民国十三年(1924年)甲子47岁

春,回到兰州。甘肃省省长林锡光、陆洪涛均任先生为省署秘书长。

刘尔炘在五泉山建皋兰乡贤祠,命先生与李九如、王国香用白话文撰成《皋兰乡贤事略》,书于祠壁,次年夏铅印问世。

民国十四年(1925年)乙丑48岁

任兰州自治协进会干事长,元月十日,致电徐谦(季龙),对以委员制解决国是的建议,提出改进意见。

三月,代理政务厅长。

九月,国民军入甘,省长薛笃弼聘先生为顾问。

秋,与张维等所编《甘肃人物志》(由李九如、王国香搜集资料,张维、王烜、李蔚起纂辑,张维增删进退,统一体例)由陇右乐善书局出版。

民国十五年(1926年)丙寅49岁

春,先生与邓隆等作消寒会诗社。

任华洋赈灾会总办。

民国十六年(1927年)丁卯50岁

秋,先生任兰州市政筹备处会办、代理总办。

民国十七年(1928年)戊辰51岁

正月,先生任皋兰县兴文社名誉检察、丰黎义仓主管、全陇希社义务赞襄和同仁局名誉检察。

春,河湟事变,战乱逐渐延及河西,河东大旱。创设甘肃筹赈会,先生任会长。写《拉拉行》抨击国民军暴政。

编修《甘肃新通志》,先生被聘为分纂。

民国十八年(1929年)己巳52岁

甘肃五十多县大旱,灾民达245万余人。改甘肃筹赈会为甘肃省赈务会,先生任主席,募款,急赈,以工代赈,开粥厂,救济灾民。赋诗记灾情惨状。

民国十九年(1930年)庚午53岁

仍然赈灾。

秋,邓隆在甘肃举院邀在省城科甲同人作鹿鸣私宴,先生与会,赋诗、收入《鹿鸣私宴集》中。

民国二十年(1931年)辛未54岁

四月,武威学者李鼎超病逝于上海,赋诗遥祭。

十月,刘尔炘病重,嘱托先生为幼子刘宝厚干爹,照顾成人,先生遵嘱关怀有加。初九,刘尔炘卒,先生撰《刘果斋先生事略》。

冬吴佩孚入甘,调解"雷马事变"释放马鸿宾,先生赋诗纪之。

民国二十一年(1932年)壬申55岁

春,陕军十七师师长、甘肃省政府临时维持委员会委员长孙蔚如欲提省赈务会存款充军饷,先生断然拒绝。孙扬言赈账不清,主事者侵款数十万。

经南京赈务会、省府三次查账,查明自民国十八年至本年五年来募赈款1840306元,支出1840167元,账目清楚,无侵款事,谣言不攻自破。

民国二十二年(1933年)癸酉56岁

灾情渐息,赈务亦将结束,先生辞职。自此隐居,读书、著述、礼佛、静坐、莳花,不复出。

民国二十三年(1934年)甲戌57岁

先生始知有活佛,称为奇人,以诗纪之。

腊月公宴同年。

民国二十四年(1935年)乙亥58岁

子药局爆炸,赋诗痛惜民灾。

民国二十五年(1936年)丙子59岁

春,与邓隆等人在拙园重作闰欢会诗社。和郑元浚花甲自寿长诗。郑与先生同学,进士,官河北,流寓保定。

民国二十六年(1937年)丁丑60岁

腊月二十七日,邓隆逝世,赋诗诔之。

民国二十七年(1938年)戊寅61岁

吟抗战,忧国忧民。

民国二十八年(1939年)己卯62岁

正月初二、初五,日寇飞机轰炸兰州,先生赋诗多首,纪其暴行。

民国二十九年(1940年)庚辰63岁

百物昂贵,戒酒。赋诗多首,谴责日寇的暴行,抒发抗日救国的情怀。

民国三十年(1941年)辛巳64岁

兰州市政府加征土地价税、改良建筑物税、土地增值税,百姓负担沉重,先生撰《请缓收兰州土地等税文》呈省府、行政院。

民国三十一年(1942年)壬午65岁

子女多病,负债累累,以诗纪之

民国三十二年(1943年)癸未66岁

夏,重病数月。

民国三十三年(1944年)甲申67岁

三月,上书省政府,建议国立甘肃学院恢复文史系。

四月,被选为兰州市参议会议员。

变卖达家梁田产,以维持生计。

编成《皋兰明儒遗文集》。

民国三十四年(1945年)乙酉68岁

春,著成《存庐诗话》。

抗战胜利,喜赋《鼓吹铙歌》新乐府十八章。

郑元浚在保定病卒,挽诗悼之。

冬,编成《历代甘肃文献补录稿》。

民国三十五年(1946年)丙戌69岁

春,同年祁荫甲病卒,赋诗悼之。

入千龄诗社,应征赋《玉门行》长诗。与江西徐绅、江苏徐文泉订交、诗词唱和。

秋,妻颜氏卒,作《悼亡》八首。

赴天水,竭李广墓,有诗。

民国三十六年(1947年)丁亥70岁

长子均熙任榆中县审判所审判员,接先生登兴隆山休养,赋诗纪之。

在皋兰山麓塔子坪访明代理学家段坚墓碑。

民国三十七年(1948年)戊子71岁

秋,编成《五泉山人刘果斋先生年谱》,次年春由兰州兴文社出资石印流布。

入和平诗社,诗词唱和。将保节堂改办为益社施诊所,有医务人员5人。1954年停办。

1949年，己丑72岁

与兰州大学教授阎澍恩订交，诗文往还。

总纂成《皋兰县新志初稿》二十七卷十八册。

作《七十二生日自述》五言六十四韵长诗，回顾大半生历程。

1950年，庚寅73岁

当选为甘肃省各族各界人民代表会议代表。

为清咸丰兰州举人马世焘《枳香山房诗草》作序。

1951年，辛卯74岁

与冯国瑞赴兰州金山寺访明邹应龙画梅刻石，写长诗纪之。

卸丰黎义仓等任职。

1952年，壬辰75岁

十二月，被甘肃省人民委员会聘为甘肃省文史研究馆馆员。

1953年，癸巳76岁

在文史馆从事文史研究工作。

1954年，甲午77岁

朝鲜访华团来兰州，赋诗欢迎。

为故友张维《敦煌石室访古图》题诗。

编成《皋兰清诗拾遗》。

撰成《三变史料初编》《白朗扰甘材料》《冯玉祥部督甘史料》《甘肃辛壬间政变材料》）。

1955年，乙未78岁

初编《存庐文录》《竹民文存》。

应甘肃省人民委员会主席邓宝珊之邀，赴慈爱园赏牡丹，赋诗纪之。

参加民革，任民革甘肃省委社会联系委员会委员。

12月12日，甘肃省人民委员会任命先生为甘肃省文史研究馆第一副馆长，主持工作，向馆员及全省各地征集辛亥革命后四十年"三变（政变、兵变、民变）""三亲"史料。

1956年，丙申79岁

赋诗纪念孙中山先生90诞辰。

辑成《甘肃历代地震纪》，纪周幽王二年至民国十六年2700余年间，甘肃地震411次。

11月，任民革甘肃省委员会委员。

1957年，丁酉80岁

范振绪赠画《重游泮水图》，题诗赋谢。

赋诗纪念苏联十月革命,赋诗颂扬苏联人造卫星过兰州。

1958年,戊戌81岁

"戊戌政变"六十周年纪念,赋诗寄康有为之女康同璧女士。

撰《陆洪涛督甘史料》。

根据征集到的"三变"史料以及本人的所撰史料,编成《甘肃辛亥后四十年政兵民三变史料》初稿甲乙两编。

1959年,乙亥82岁

春病。写《自觉》:"水当折处还呈彩,花近残时总放香。自怪老来疏懒甚,不曾劳动替人忙。"为绝笔。

因患脑出血,经医治无效于6月7日5时逝世,享年82岁。

9日,甘肃省文史馆在甘肃日报发讣告。14日9时在甘肃省政协礼堂举行公祭。葬狗娃山茔。

注:年谱农历月日用汉字数,公历用阿拉伯数字。

参考文献

1. 王浚源、邓明：《王烜诗文集》，兰州：甘肃省人大办公厅印刷厂内部印刷，1997年。
2. ［西汉］司马迁：《史记》，北京：中华书局，1985年。
3. ［东汉］班固：《汉书》，北京：中华书局，1983年。
4. ［南朝宋］范晔：《后汉书》，北京：中华书局，1982年。
5. ［晋］陈寿：《三国志》，北京：中华书局，1982年。
6. ［唐］房玄龄等：《晋书》，北京：中华书局，1996年。
7. ［北齐］魏收：《魏书》，北京：中华书局，1984年。
8. ［唐］魏征等：《隋书》，北京：中华书局，1973年。
9. ［后晋］刘昫等：《旧唐书》，北京：中华书局，1975年。
10. ［元］脱脱等：《宋史》，北京：中华书局，1985年。
11. ［元］脱脱等：《金史》，北京：中华书局，1975年。
12. ［明］宋濂等：《元史》，北京：中华书局，1976年。
13. ［清］张廷玉等：《明史》，北京：中华书局，1984年。
14. ［宋］《资治通鉴》，北京：中华书局，1982年。
15. ［清］许容等：《甘肃通志》，兰州：乾隆元年（1736年）。
16. ［清］安维峻：《甘肃全省新通志》，兰州：宣统元年（1909年）。
17. 杨思、张维等：《甘肃通志稿》，兰州：稿本，1931年。
18. 慕寿祺：《甘宁青史略》，兰州：俊华印书馆，1936。
19. ［明］唐懋德：《临洮府志》：万历三十三年（1605年）。
20. ［清］涂鸿仪等：《兰州府志》，兰州：道光十三年（1833年）。
21. ［清］陈如稷：《重订兰州志》，兰州：康熙二十五年（1686年）。
22. ［清］黄建中：《皋兰县志》，兰州：乾隆四十三年（1778年）。
23. ［清］秦维岳：《皋兰县续志》，兰州：道光二十七年（1847年）。
24. ［清］张国常：《重修皋兰志》，兰州：陇右乐善书局，1917年。
25. 张维：《陇右著作录》，兰州：写本，1948年。
26. 郭汉儒：《陇右文献录》，兰州：甘肃文化出版社，2014年。
27. 郝润华：《甘肃文献总目提要》，兰州：甘肃人民出版社，2014年。
28. 邓明：《兰州市志·地方文献志》，兰州：兰州大学出版社，2011年。
29. 颜永桢：《兰州楹联汇存》，甘肃大学出版课，1932年。
30. 张维：《兰州古今注》，兰州：甘肃文献征集委员会，1943年。

31. 郭冷厂:《千龄社分韵第一集》,兰州:1943年。
32. 程俊英:《诗经译注》,上海:上海古籍出版社,1985年。
33. 漆子扬:《刘尔炘集校释》,兰州:甘肃人民出版社,2018年。
34. 戴恩来:《陇上大儒刘尔炘》,上海:上海古籍出版社,2020年。
35. 郭栋、赵忠:《张思温诗选》,兰州:敦煌文艺出版社,1994年。
36. 马玉海、赵忠:《河州古诗校评》,兰州:甘肃民族出版社,1997年。
37. 张质生:《退思堂诗文选》,兰州:甘肃民族出版社,2002年。
38. 邓隆:《邓隆全书》,北京:中国文史出版社,2010年。
39. 杨巨川:《梦游四吟》,兰州:敦煌文艺出版社,2021年。
40. 邓明:《兰州史话》,北京:中国文史出版社,2016年。
41. 邓明:《兰州民俗散论》,兰州:兰州大学出版社,2018年。
42. 邓明:《街巷旧事》,兰州:甘肃文化出版社,2017年。
43. 邓明:《杏坛遗泽》,兰州:甘肃文化出版社,2017年。
44. 邓明:《王光晟集王澍霖集》,兰州:兰州博林内部印本,2010年。
45. 天水地方志编纂委员会:《天水市志》,北京:方志出版社,2004年。
46. 张掖地区志编纂委员会:《张掖地区志》,兰州:甘肃人民出版社,2010年。

后　　记

　　王竹民先生为晚清进士，民国名宦，反对袁世凯帝制，跟随孙中山护法，从事赈灾济困的社会慈善工作，1955年任甘肃省文史研究馆第一副馆长，阅历丰富，爱国爱民，是不断完善自己，追求进步，跟上时代步伐的科举士人。

　　竹民先生一生博览群书，能诗善文，尤精于地方史志研究，著作丰赡，特别是《甘肃辛亥后四十年政兵民三变史料》《甘肃历代地震记》《皋兰县新志初稿》等，史料价值极高，尤为学界推崇，但经动乱，散佚不少。1996年，竹民先生哲嗣王浚源先生从甘肃省图书馆、兰州市图书馆复印、抄录竹民先生残存书稿10种及遗失或待访书目，整理成《王烜诗文集》，邀邓明点校注释，于1997年铅印、内部使用。2020年4月，兰州市地方志编纂委员会办公室又整理出版了王烜总纂的《皋兰县新志稿校注》，编史修志者、学术研究者、传媒宣传兰州者，多参考王烜的遗文著述，起到了存史和弘扬地方文化的作用。

　　2021年5月6日，王烜之孙王成聪会同省政协提案委副主任潘胜强、《档案》杂志编辑部马宝明主任、兰州市地方志办公室原副主任、《兰州市志》副主编邓明先生、西北师范大学古籍整理所所长漆子扬教授等筹划，为了更好地弘扬传统文化和在更广范围便利史学工作者查阅借鉴，拟将已查找到的竹民先生存世诗文和著述名录进一步充实、整理，以《王烜诗文校释》，纳入甘肃省文史研究馆"陇上文藏"的一种，刊印流布。于是，由竹民先生重孙、甘肃政法大学教师王旭敏与甘肃省文史研究馆邓明馆员，共同开展整理工作。经过一年多的艰辛工作，于10月5日完成书稿。

　　借此机会，感谢甘肃省文史研究馆赵少智馆长的大力支持，感谢漆子扬教授的专业指导及鼎力相助，感谢马宝明主任的积极推动和协调联系，感谢王浚源的子女后辈及亲属为推动该书出版付出的努力。同时也感谢甘肃省档案馆张寅处长和甘肃图书馆西北历史文献部张丽玲、王娟女士，兰州市图书馆吕悦茹女士提供的资料。感谢平凉市文联李世恩主席惠赠竹民先生信札电子版。感谢兰州大学档案馆陈艳副馆长惠赠竹民先生信函电子版。感谢后五泉孙中图先生提供王竹民先生书匾信息。感谢甘肃中医药大学戴恩来教授惠赠《刘果斋先生年谱》复印件。

校释者

2024年3月